La place de l'autre

SANDRA BROWN

La place de l'autre

ÉDITIONS FRANCE LOISIRS

Titre original : *The Switch*
publié par Warner Books Inc., New York.

Traduit de l'anglais (Etats-Unis) par Laure Joanin-Llobet.

Ce livre est une œuvre de fiction. Les noms, les personnages, les lieux et les événements sont le fruit de l'imagination de l'auteur ou utilisés fictivement. Toute ressemblance avec des personnes réelles, vivantes ou mortes, des événements ou des lieux serait pure coïncidence.

Édition du Club France Loisirs,
avec l'autorisation des Éditions Jean-Claude Lattès.

Éditions France Loisirs,
123, boulevard de Grenelle, Paris.
www.franceloisirs.com

ISBN : 2-7441-5889-5

CHAPITRE 1

— Un bisou, un bisou... (Melina Lloyd souffla un baiser en direction de sa sœur jumelle.) J'ai commandé un vin blanc italien. Frais, léger, pas trop corsé. J'ai suivi les conseils du serveur. Tu vas voir, il est drôlement survolté. En parlant du loup, le voilà...

Gillian prit place en face d'elle. Le garçon versa un verre de Pinot Grigio à Melina, éclaboussant sa main au passage tandis qu'il les dévisageait l'une et l'autre avec ahurissement.

— Oh, doux Jésus !

— Nous sommes identiques, ironisa Gillian en lui épargnant la question.

— Je suis estomaqué. La ressemblance est tout simplement... *bouleversifiante. Bouleversifiante* !

Melina lui adressa un sourire glacial.

— Ma sœur aimerait vous commander à boire, s'il vous plaît. Si cela ne vous dérange pas.

Sa voix sévère le rappela à l'ordre.

— Certainement, répondit-il d'un ton contrit en se mettant presque au garde-à-vous. Pardon, pardon. Madame ?

— Un club soda. Avec beaucoup de glace et une rondelle de citron, s'il vous plaît.

— Je reviens *prontomente*, avec la boisson et la liste des plats du jour.

— Je brûle d'impatience, marmonna Melina entre ses dents alors qu'il s'esquivait.

Gillian se pencha vers elle et murmura :

— *Prontomente*, c'est un mot, ça?

— Et *bouleversifiant?*

Les deux sœurs éclatèrent de rire.

— Je suis heureuse de te voir sourire, remarqua Gillian. A mon arrivée, tu paraissais d'une humeur de chien.

— Je suis de mauvais poil, admit Melina. J'ai dû conduire un auteur à l'aéroport ce matin au vol de 5 h 58. 5 h 58! Les responsables du marketing font exprès de nous faire lever à l'aube, nous les attachées de presse.

— Quel était cet oiseau matinal? Quelqu'un d'important?

— Son nom n'a aucun intérêt. Il vient de publier son premier livre qui s'intitule : « Elevez vos enfants comme des animaux domestiques ».

— Et alors? Les mioches de deux ans font les beaux et aboient sur commande?

— Je ne sais pas. Je ne l'ai pas lu. Mais on m'en a parlé. Il est troisième au classement des meilleures ventes du *New York Times*.

— Tu plaisantes!

— Non, je te jure. Tout se vend quand la pub est bien faite. Même moi je pourrais écrire un bouquin. Seulement je ne trouve rien d'intéressant à dire. (Elle y réfléchit pendant une seconde.) Je pourrais peut-être raconter des anecdotes sur les gens célèbres insupportables que j'ai rencontrés. Il y en a que j'aurais volontiers étranglé au bout de quelques heures. Mais je serais probablement poursuivie pour diffamation.

Le serveur réapparut avec le club soda de Gillian et une petite panière en argent remplie de pain et de galettes. Il récita son baratin habituel truffé d'adjectifs lyriques et s'éloigna l'air maussade quand elles commandèrent un demi-avocat crevettes.

Melina tendit le panier à Gillian qui se saisit d'un gâteau aux noix de pécan.

— Et la gémellité ? Tu pourrais pondre quelque chose là-dessus.

— Il y a trop à dire. Le sujet doit être plus précis.

— Le mimétisme vestimentaire des jumeaux ?

— Mouais.

— La rivalité pour attirer l'attention des parents ?

— C'est mieux. Que dirais-tu d'un truc du style : « Comment posséder un sens de la télépathie hors du commun ? » (Melina jeta un coup d'œil à Gillian par-dessus son verre de Pinot.) Ce qui m'amène à la réflexion que ma jumelle semble atrocement songeuse aujourd'hui. Que se passe-t-il ?

Avant de répondre, Gillian épousseta les miettes de biscuit et la farine qui maculaient le bout de ses doigts.

— Je l'ai fait.

— Quoi ?

— Tu sais bien. (Elle baissa la voix, la mine embarrassée.) Ce que j'envisage de faire depuis des mois.

Melina faillit s'étrangler avec son vin italien, excellent de surcroît. Ses yeux, de la même nuance grise que ceux de sa sœur, cherchèrent le ventre de Gillian mais la table faisait écran.

Gillian éclata de rire.

— Tu ne peux rien voir. Pas encore. J'arrive directement de la clinique.

— Tu veux dire aujourd'hui ? Tout à l'heure ? Si ça se

trouve, pendant que nous parlons, je suis une tata en gestation ?

Gillian pouffa de nouveau :

— Je suppose que oui. Si les petits gars font ce qu'on attend d'eux, ne se perdent pas en chemin et nagent vers l'endroit indiqué...

— Mon dieu, Gillian ! (Elle avala une autre gorgée.) Tu l'as fait ? Enfin ! Tu y es allée ? Pourtant, tu te comportes de façon tellement normale. Tu es si détendue.

— Mon gynécologue serait content. Il a eu le toupet de me demander de me relaxer. Comme si c'était possible. J'aurais voulu l'y voir, les étriers étaient gelés. En outre, j'ai tellement hésité. C'était un moment crucial. Tu sais, je n'ai pas pris cette décision à la légère.

L'insémination artificielle prévoyait qu'on fasse appel au sperme d'un donneur anonyme. Gillian avait pesé le pour et le contre pendant de longues semaines. Melina savait avec certitude que sa sœur jumelle avait bien réfléchi à la question mais elle ne pouvait s'empêcher d'abriter quelques craintes.

— Tu as bien considéré le problème sous tous les angles, Gillian ?

C'était l'existence de sentiments inconscients, de désirs enfouis qui inquiétait Melina mais elle garda ces appréhensions pour elle.

— Je suis passée par tous les stades. J'étais vraiment partagée. Parfois, j'ai été tentée de rejeter cette idée en bloc, de l'oublier. Comme si elle ne m'avait jamais traversé l'esprit. Mais je n'ai pas pu m'en débarrasser.

— C'est bon signe. Quand une envie est plus forte que tout, quand elle s'accroche, c'est toujours pour une excellente raison.

— Physiquement, il n'y avait aucune contre-indication.

Je suis en parfaite santé. J'ai lu tout ce qu'on peut trouver sur les méthodes de procréation assistée. Et plus je lisais, plus j'étais écartelée. Sincèrement, j'ai tout tenté pour y renoncer.

— Et ?

— Je n'ai rien trouvé qui ait pu me faire changer d'avis. Alors, j'ai foncé, ajouta-t-elle dans un sourire.

— Tu es allée à la clinique Waters ?

Gillian hocha la tête.

— Ils ont le taux de réussite le plus élevé et une réputation solide. J'aime bien le docteur. Il a été très gentil. Patient. Il m'a tout expliqué en détail. J'ai pris ma décision en toute connaissance de cause.

A voir son visage rayonnant, il paraissait évident qu'elle était heureuse.

— Je n'arrive pas à croire que tu ne m'en aies pas parlé. Je serais venue avec toi si tu me l'avais demandé. Je t'aurais tenu la main. Apporté mon soutien.

— Je sais, Melina, que je peux compter sur ton aide. Toi et Jem sont les deux seules personnes avec qui j'ai débattu de cette question. Je suis désolée de ne pas t'avoir tenue au courant. Mais Melina... (Ses yeux lancèrent un appel angoissé.) S'il te plaît, comprends-moi. J'ai pris en compte ton point de vue ainsi que celui de Jem, sans oublier vos réticences.

— Je...

— Ecoute-moi, s'il te plaît. Au-delà des paroles et de vos avis respectifs, cette affaire ne concernait que moi. C'est moi qui devais subir cette insémination. Si ça marche, je porterai ce fœtus et j'aurai cet enfant. La décision me revenait. A moi seule. J'aurais voulu t'en parler. Mais, je ne voulais pas...

— ... faire marche arrière ?

— Ni même être questionnée.

— Je respecte ça. Vraiment. (Elle souligna son propos en serrant la main de Gillian.) Jem était-il avec toi ?

— Non.

— Je n'arrive toujours pas à y croire, reprit Melina, en lançant un coup d'œil furtif vers son ventre. Comment font-ils... ? Comment... ?

— Hier, j'ai fait un test d'urine qui a révélé une montée hormonale. Ça signifiait que mon ovulation aurait lieu dans les vingt-quatre à trente-six prochaines heures. J'ai appelé la clinique et pris rendez-vous. C'est très technique. Ils utilisent un cathéter intra-utérin.

Fascinée, Melina ne quittait pas sa sœur des yeux tandis qu'elle lui expliquait le déroulement de la procédure.

— Tu as eu mal ?

— Non, pas du tout.

— D'où vient le sperme ?

— A ton avis ?

Melina ne put réprimer un sourire.

— Je veux dire géographiquement.

— La clinique Waters possède sa propre banque mais ils ont préféré ne pas utiliser d'échantillon provenant de la région.

— C'est judicieux.

— Le sperme qui m'était destiné est arrivé ce matin dans de la neige carbonique d'un établissement spécialisé de Californie. Puis on l'a décongelé et lavé...

— Pardon ?

— C'est le terme. La semence est mélangée à une protéine et mixée dans une centrifugeuse. Ainsi, la substance obtenue est... (Elle gloussa.) En fait, c'est une sorte de concentré, si l'on peut dire.

— Il me vient des milliers de blagues à l'esprit mais je m'abstiendrai.

— Je t'en remercie.

— Te sens-tu différente ?

— Pas du tout. Je me suis même endormie après. J'ai dû rester allongée pendant une demi-heure. Je me souviens seulement du moment où l'infirmière est revenue dans la salle d'examen pour me demander de me rhabiller et de rejoindre le docteur dans son cabinet. Il m'a gratifiée d'un laïus sur le taux de réussite de son établissement et m'a fait promettre de ne pas me décourager en cas d'échec. Voilà ! Ensuite, je suis directement venue ici.

Rassurée devant l'assurance manifeste de Gillian, Melina se carra au fond de sa chaise et observa attentivement le visage qui lui ressemblait trait pour trait.

— Oh là, là ! C'est positivement *bouleversifiant* ! (Complices, elles pouffèrent de rire en pensant au serveur.) Il me semble que le plus difficile doit être de faire pipi sur une bandelette de papier.

— Cela demande un certain talent. Je suis devenue experte en la matière.

— Et franchement... (Melina s'interrompit et agita les mains comme pour rattraper ces paroles.) Rien. Je ferais mieux de me taire.

Gillian avait déjà compris l'allusion de sa sœur.

— Tu allais dire que tu préfères la vieille méthode classique de procréation.

Melina fit mine de dégainer un revolver.

— Tu me connais bien.

— Papa disait toujours que nous avions le même cerveau.

— Traite-moi de salope, asséna Melina en haussant les épaules avec un rien d'exagération, mais je préfère le sang et la chair aux cathéters et aux étriers. Un métal glacial n'a pas le charme d'une poitrine chaude et de jambes poilues qui se frottent aux vôtres sous les couvertures. Sans parler de l'appareil génital.

— S'il te plaît ! Tais-toi !

— Tu n'as pas regretté l'absence d'un souffle rauque à ton oreille ? De ne pas sentir un corps musclé contre le tien ? De vibrer en te disant « Mon Dieu, que la vie est belle » ? Allez, avoue !

— Cela n'a rien à voir avec le sexe. Je n'étais pas à la recherche du grand frisson. Je l'ai fait pour avoir un bébé.

Melina se reprit.

— Je plaisante. La vérité est que tu veux un enfant à tout prix, lâcha-t-elle en posant ses coudes sur la table.

— C'est exact. C'est la seule raison de mon geste.

— Je suis heureuse pour toi, ajouta Melina en lui adressant un sourire attendri. C'est dommage que Jem soit stérile. Tu aurais pu avoir les deux d'un seul coup. Le sexe et le bébé.

Le serveur revint avec les plats, joliment décorés de pensées fraîches. Ils étaient presque trop beaux pour être consommés. Du bout de sa fourchette, Gillian joua avec le minuscule bouton pourpre juché au sommet de son avocat crevettes.

— Jem a eu cette vasectomie bien avant de me rencontrer.

— Ce qui d'après moi est une grande chance, lança Melina en levant son verre pour porter un toast. C'est un drôle de coco.

— Melina ! gronda Gillian.

— Désolée. (Mais elle ne l'était pas et Gillian en était consciente.) C'est un tocard, Gillian. Il ne te rend pas heureuse.

— Ce n'est pas vrai. Je suis heureuse.

— Vraiment? Tu n'as franchement pas l'air d'être au septième ciel. A moins que j'aie raté quelque chose. C'est le cas?

— Apparemment. Parce que j'aime réellement Jem.

Melina haussa les sourcils, l'air peu convaincu.

— Si! Je t'assure, insista Gillian. Mais existe-t-il une relation vraiment parfaite? On ne peut pas tout recevoir dans du papier doré. C'est beaucoup trop demander qu'une seule personne exauce tous vos désirs et vos besoins.

— Et dans ton cas, de te faire un bébé. Tu veux être enceinte depuis ton plus jeune âge. Tu jouais à la poupée alors que je préférais le patin à roulettes.

— Au fait, tu veux toujours participer au Roller Derby?

— Oui et je suis furieuse parce qu'ils ont modifié le règlement de la compétition. Elle est devenue bien plus difficile.

Gillian laissa éclater sa bonne humeur.

— Maman nous reconnaissait souvent grâce à nos genoux.

— Les miens étaient couverts de cicatrices. (Elles s'égayèrent un instant avec de vieux souvenirs mais, brusquement, Melina redevint songeuse.) Si la stérilité de Jem est un obstacle à votre couple, demande-lui de subir un traitement.

— J'ai abordé la question une fois. Il ne voudra même pas en entendre parler.

— Comment a-t-il réagi face à ta décision?

— Etonnamment bien. Pour tout dire, quand j'exprimais un doute, il m'encourageait à passer outre et à foncer.

— Hum! (Melina ne pouvait cacher sa surprise.) N'empêche que je te l'ai déjà dit, c'est un type bizarre.

— Ne parlons plus de Jem. A chaque fois qu'on aborde ce sujet, on se dispute et je ne veux pas gâcher une journée comme celle-là. Acceptons l'idée que nous ne sommes pas d'accord. OK?

— Ça me va très bien.

Elles mangèrent en silence pendant quelques minutes.

— Encore une chose, reprit Melina.

Gillian émit un grognement désapprobateur mais Melina fit la sourde oreille.

— Si l'insémination réussit et que tu te retrouves enceinte, ce sera un bon test. Tu mesureras réellement l'affection que te porte Jem.

— J'y ai pensé.

— Fais attention, Gillian. A la naissance du bébé, la réalité pourrait se révéler moins rose qu'elle n'en a l'air. Attends-toi à connaître plus de galères que de moments euphoriques. Quoi qu'il t'ait fait croire, Jem pourrait bien avoir du mal à supporter la situation. A sa décharge, il doit penser qu'il y parviendra.

Elle s'interrompit pour boire une nouvelle gorgée de vin puis décida de formuler son trouble à voix haute. Elle et Gillian s'étaient toujours montrées directes et honnêtes l'une envers l'autre.

— Je crains qu'il change d'attitude à l'arrivée du bébé, poursuivit-elle. La plupart des hommes ont des difficultés à accepter l'enfant d'un autre, ce qui sera pratiquement le cas. Il risque d'éprouver quelques doutes. Peut-être des ressentiments.

— Je m'attends à un retour de bâton, précisa Gillian. Je l'ai pris en compte. Mais je ne pouvais pas arrêter ma décision sur des hypothèses et des spéculations. Si j'avais dû en permanence me dire « Et si, et si? », je ne l'aurais jamais fait. Quitte à m'y résoudre, il valait mieux que ce soit plus tôt que plus tard. Nous aurons trente-six ans dans deux mois.

— Inutile de me le rappeler.

— Mon horloge biologique se rappelait constamment à moi. Je ne pouvais plus l'ignorer.

— Je comprends.

Gillian posa sa fourchette.

— Vraiment, Melina? Tu es sûre de comprendre?

Elles avaient toujours quêté l'approbation l'une de l'autre. Melina accordait du crédit aux opinions de sa sœur et lui faisait confiance. Elle savait que la réciproque était vraie.

— Oui, articula lentement Melina. Je te comprends. Simplement je ne partage pas ton sentiment. Je n'ai jamais ressenti l'urgence d'avoir un enfant. C'est mieux ainsi, n'est-ce pas? J'ai voué ma vie et mon avenir à mon travail. (Elle eut un sourire désabusé et tendit la main par-dessus la table pour attraper celle de Gillian.) L'instinct maternel est peut-être la seule chose qui nous différencie. Je pense que tu as hérité des deux, du tien et du mien. Si ton désir est aussi intense, tu aurais eu tort de l'ignorer. Tu avais besoin de le vivre, sinon tu n'aurais jamais été heureuse. Tu as pris la bonne décision.

— Oh, Seigneur, je l'espère.

Bien qu'elle sût ce que cette expérience représentait pour sa sœur, Melina fut surprise par l'émotion qui transparaissait dans sa voix.

— Je désire un enfant de toutes mes forces, gémit Gillian, mais... mais, que se passera-t-il si... si ce bébé ne veut pas de moi?

— Pardon?

— Imagine que mon envie de maternité soit éphémère et que je me révèle être une mauvaise mère?

— Il n'y a aucune chance.

— Tu dis ça pour me faire plaisir, Melina.

— Tu sais que je n'ai jamais mâché mes mots. Je dis ça parce que c'est la vérité. Tu seras une maman idéale.

— J'en ai tellement envie.

Le visage de Gillian exprimait une sincérité farouche. Sa voix tremblait et elle paraissait sur le point d'éclater en sanglots. D'où venait cette fragilité soudaine? De son excès d'hormones ou de la profondeur de ses sentiments?

— C'est l'initiative la plus importante que j'aie prise de toute ma vie. Celle qui va engager mon avenir. Je ne veux pas échouer. Je ne peux pas.

— Et tu n'échoueras pas, asséna Melina d'un ton ferme.

— Je veux que mon bébé soit aussi heureux avec moi que je le serai avec lui.

— Il se considérera comme l'enfant le plus chanceux du monde. Je n'en doute pas un seul instant. J'aimerais bien être aussi sûre de moi pour des tas d'autres choses. Tu seras une mère parfaite, Gillian. Alors, ôte-toi de la tête cette histoire d'échec. Bannis-la. Enterre-la. Ça n'arrivera pas.

La confiance de Melina fit naître un sourire de soulagement sur les lèvres de Gillian. Elle chassa ses larmes d'un battement de cils.

— D'accord. Mes doutes sont définitivement morts et enterrés.

— Super! Ouf, nous sommes débarrassées de ça. (Melina leva de nouveau son verre.) A toi et à la médecine moderne. J'espère que ces têtards microscopiques font leur boulot !

Elles portèrent un toast.

— Même lorsque toutes les conditions sont réunies, comme c'est mon cas, hésita Gillian, le taux de réussite n'est que de vingt-cinq pour cent. Il faut souvent recommencer plusieurs fois.

— Ce n'est pas ce que nous a dit maman avant notre premier rendez-vous.

Elles ne purent s'empêcher de rire au souvenir de la douloureuse timidité que montrait leur mère lorsque la conversation tournait autour du sexe. Elles se rappelaient encore de ses avertissements sur les dangers que pouvait impliquer une relation.

— Tu te souviens de cette conférence ? J'ignorais alors qu'il y avait autant d'euphémismes pour parler du corps et des rapports sexuels ! s'exclama Melina. Mais le message nous est parvenu clair et net : une seule fois suffit pour tomber enceinte.

— On verra bien. Le docteur m'a assuré que c'étaient de bons nageurs.

— Il les appelle des *nageurs* ?

— Je te le jure.

Elles gloussèrent comme deux adolescentes devant une blague salace. Enfin, Melina demanda au serveur de débarrasser la table et commanda des cafés.

— Et le donneur ?

— Il n'est qu'un numéro sélectionné sur un catalogue. De tous les candidats, c'est celui qui correspondait le plus à mes préférences.

— Couleur de cheveux, des yeux. Son type physique.

— Oui, sans compter ses centres d'intérêt, ses origines et son Q.I.

— Alors, tu as commandé par correspondance ? ironisa Melina.

— C'est une technique des plus scientifiques.

— Biologique, tu veux dire. La reproduction humaine réduite à sa forme la plus clinique.

— Exactement.

— Mais...

Gillian ne put réprimer un sourire. Elle se savait piégée. Elle ne pouvait pas cacher grand-chose à sa sœur.

— Oui, je sais ce que tu vas dire. Je suis un être humain et mon corps n'est pas une éprouvette. Je reconnais que je n'arrive pas à être aussi objective que je le devrais. Grâce à l'aide d'un inconnu, j'espère créer un nouvel individu. Un bébé. Une personnalité. Une âme. C'est une pensée vertigineuse. Bien sûr, je m'interroge sur ce donneur, qui il est et à quoi il ressemble, ajouta-t-elle le regard perdu dans le vague.

— C'est normal. Mais tu n'en as pas la moindre idée ?

— Non. C'est probablement un étudiant en médecine qui avait besoin d'argent de poche.

— Et qui aime se masturber. Mais, ils aiment tous ça, n'est-ce pas ?

Melina cligna de l'œil à un client assis à la table voisine. Il lui rendit son sourire, flatté par l'intérêt qu'elle lui manifestait.

Gillian la réprimanda d'une voix contenue.

— Tiens-toi bien.

— Il ne m'a pas entendue.

Les deux sœurs avaient une personnalité assez différente. Melina avait une fâcheuse tendance à dire ou à faire ce qui lui passait par la tête alors que Gillian était plus circonspecte, plus timide. Elles avaient souvent les mêmes envies mais Melina plongeait sans réfléchir aux conséquences tandis que Gillian était du genre à rester une éternité sur le bord du plongeoir avant de se jeter à l'eau. Melina admirait la discrétion de sa sœur. Gillian ne jurait que par le courage de sa jumelle.

Abandonnant leur voisin de table à ses conjectures, Melina demanda à Gillian dans combien de temps elle aurait les résultats.

— J'y retourne la semaine prochaine pour une prise de sang.

— Encore huit jours ! Es-tu obligée de suivre certaines recommandations ?

— Aucune. Je peux mener une vie normale.

— Et ton travail ?

— J'ai un rendez-vous cet après-midi.

— D'ordre sexuel ?

— Féminin.

— Très drôle. Tu sais ce que je veux dire.

— Bien sûr que j'ai compris. Si tu tiens à le savoir, non, rien ne m'est interdit. D'ailleurs, le médecin m'a encouragée à avoir un rapport sexuel avec l'homme qui m'aidera à élever l'enfant. Il paraît que c'est bon psychologiquement pour les couples stériles qui ont choisi de faire appel à un don de sperme. S'ils font l'amour peu de temps après l'insémination, il y a une chance pour que...

— ... Ce soit la semence du partenaire qui féconde l'ovule.

— Exactement.

Melina pressa ses doigts sur ses tempes.

— Mon Dieu, ça devient...

— Profond et compliqué. Je sais. Il y a d'innombrables facteurs à prendre en compte. Des questions éthiques et religieuses à sonder et à résoudre. Mais je ne regrette rien. Maintenant que j'ai sauté le pas, je ne vais pas me prendre la tête. Si ça ne marche pas cette fois-ci, je ferai une nouvelle tentative. Il y a encore quelques mois, mon désir de maternité était plutôt flou. Il se situait dans un futur lointain. Mais aujourd'hui, j'ai fait du chemin, cette envie s'est cristallisée. Je veux un bébé, Melina, avec les couches sales et tout le reste. J'en veux un de tout mon cœur. Une fille ou un fils dont je prendrai soin. Quelqu'un qui aura besoin de mon amour. Quelqu'un qui m'aimera en retour.

Melina avala sa salive avec difficulté.

— Essaies-tu de me faire pleurer?

Gillian refoula ses larmes. Elle effleura son ventre de la main.

— Cette semaine va me paraître bien longue.

Melina renifla, agacée devant tant de sentimentalisme.

— Tu as besoin d'une distraction, coupa-t-elle. Quelque chose qui t'évite de gamberger. Le temps te paraîtra moins long.

— Comme quoi?

— Je réfléchis.

Elle tapota ses lèvres du bout de ses doigts effilés. Soudain, une idée géniale lui traversa l'esprit. Aussitôt, elle eut un mouvement d'exaspération.

— Crénom! s'exclama-t-elle en tapant du poing sur la table. Je n'arrive pas à croire à ce qui vient de germer dans mon cerveau.

— Quoi?

— Oh, et puis zut! reprit-elle, brusquement décidée. (En proie à une grande excitation, elle se pencha vers sa sœur.) Prends ma place ce soir.

— Quoi? Où?

— Devine qui je dois accompagner ce soir?

— Je m'en fiche.

— J'en suis sûre. Christopher Hart.

— L'astronaute ?

— Ah ! Ah ! Tes yeux se sont mis à briller en prononçant son nom.

— Si j'ai eu l'air intéressé, ce dont je doute, c'est parce que je suis impressionnée que ma sœur ait été choisie pour accompagner une telle personnalité. Ne vient-il pas de rentrer d'une mission dans l'espace ?

— Oui, il y a trois mois. Il est allé récupérer à bord de la navette un satellite militaire de la plus grande importance. Un truc crucial pour la paix dans le monde, paraît-il.

— Que fait-il à Dallas ?

— Il doit recevoir un prix décerné par l'association des anciens élèves du SMU au cours d'un banquet huppé à l'Aldolphus. (Son visage s'éclaira d'un sourire malicieux.) Tu veux le rencontrer ?

— Je ne connais rien à ton travail ! se récria Gillian. Mon métier consiste à vendre des locaux commerciaux.

— Ton boulot est difficile. Il faut connaître les taux d'intérêt, le marché immobilier. Le mien ne nécessite pas de réflexion. Qu'y-a-t-il à savoir ?

— Des quantités de choses.

— Pas tant que ça. Tu vas le chercher en début de soirée et tu le ramènes à la fin.

Ce n'était qu'un aperçu simpliste de sa profession. Stagiaire pendant des années, elle avait finalement racheté l'affaire de son patron quand ce dernier avait pris sa retraite. Sous sa direction, la société s'était développée. Elle employait désormais trois employées expérimentées. Leur travail et celui de Melina consistaient à prendre en charge les VIP en voyage d'affaires à Dallas. Outre l'organisation des rendez-vous avec la presse, elles leur servaient de chauffeur, de confidente ou de nounou. Bref, veillaient à contenter leurs moindres besoins. Melina ronchonnait parfois sur son emploi du temps surchargé mais en fait, elle adorait son boulot. Sa firme avait prospéré parce qu'elle était une excellente professionnelle.

Gillian était fort capable de la remplacer l'espace d'une soirée. Elle n'était pas du style à rester muette en présence du colonel Christopher Hart. Elle avait vendu des biens immobiliers à des gens beaucoup plus éminents. Et cela l'éloignerait quelques heures de Jem Hennings. Ce qui n'était pas pour déplaire à Melina.

— Tu sais où se trouve l'Adolphus, n'est-ce pas?

— Laisse tomber, Melina, répliqua Gillian en détachant les syllabes.

— Il est descendu au Mansion. Tu vas le chercher là-bas et tu l'emmènes en ville à...

— Tu n'écoutes rien.

— Je déteste les excuses bidon. Tu ne m'as pas encore donné une seule raison valable pour refuser.

— Alors, écoute celle-là. Nous ne sommes plus des gamines. Les grandes personnes ne jouent pas à ce genre de jeu.

— On a le droit d'échanger nos identités.

— Bien sûr, mais là n'est pas la question.

— Pourquoi?

— Parce que c'est débile.

— Le colonel Hart ne me connaît ni d'Eve ni d'Adam. Où est le mal?

Gillian continuait de faire la sourde oreille.

— J'ai ma carrière à assurer. Je suis à deux doigts de vendre une boutique d'une valeur de trois millions à une célèbre agence publicitaire. J'ai rendez-vous avec leurs représentants cet après-midi pour fixer les dernières modalités. En outre, Jem doit passer ce soir. Alors, merci pour l'intention, mais c'est non.

— Christopher Hart est super, super, super, fredonna Melina d'une voix tentatrice.

— Tu me raconteras plus tard.

— C'est ta dernière chance. Vas-y, vas-y.

— Non, Melina.

— Tant pis.

Pestant contre le caractère rabat-joie de Gillian, Melina demanda l'addition et régla la note en dépit des protestations de sa sœur.

Devant le restaurant, les voituriers ramenaient les véhicules. Un des jeunes employés les dévisagea avec tant d'insistance qu'il faillit percuter l'arrière d'une voiture en stationnement.

Au moment de se séparer, Melina plaida sa cause une dernière fois.

— Tu vas regretter d'avoir laissé filer cette occasion.

— Merci quand même.

— Gillian, c'est un héros national! Tu te rends compte, tu pourrais passer la soirée avec lui. C'est le plus beau cadeau que je te fais depuis le jour où je t'ai offert un Wonderbra.

— J'apprécie ton geste.

— Oh, je pige. Tu fais la tête.

— La tête?

— Parce que je n'ai pas pu t'arranger de rendez-vous avec Kevin Costner, le mois dernier. Gillian, je t'ai répété dix mille fois qu'il avait un emploi du temps trop serré. Il n'y avait aucun moyen.

En riant, Gillian se pencha et l'embrassa sur la joue.

— Je ne boude pas. Je t'aime, sœurette.

— Moi aussi.

— Amuse-toi bien avec ton astronaute.

Melina lui adressa un clin d'œil et répondit, mutine :

— Tu peux en être sûre.

— Je veux tous les détails. (Gillian la rappela alors qu'elle grimpait dans sa voiture.) Les détails croustillants.

— Promis. Je te téléphone dès que je rentre.

⁂

Un souffle violent balayait le désert, soulevant des tourbillons de sable qui écorchait les flancs de la montagne avant de s'éparpiller dans les broussailles. Sur la crête, le vent glacial jouait des castagnettes dans les feuillages couleur safran des peupliers.

Le domaine était niché au cœur de la forêt de trembles. Il s'inscrivait si bien dans le paysage qu'il était presque invisible de la route qui serpentait à des kilomètres en dessous. Ses constructions étaient faites de granit importé d'Ecosse. Les pierres colorées, telles des coulées de lave ocre, semblaient se perdre dans la terre brune et dorée.

Un homme priait sur la terrasse ombragée située au troisième étage du bâtiment central. Il était agenouillé sur un coussin de velours bordeaux orné de broderies délicates. Ses lanières métalliques, or et argent, scintillaient sous les rayons du soleil qui perçaient à travers les arbres.

Cet ornement précieux lui avait été offert par un admirateur. On disait qu'il avait été apporté de Russie, au début du siècle par une famille d'émigrants. Assurément, il s'agissait d'un objet de prix et représentait un énorme sacrifice pour celui qui s'en était séparé.

L'homme tenait la tête penchée. Ses épais cheveux blonds semblaient presque blancs, angéliques, doux comme de la soie. Il gardait les yeux fermés et, les mains jointes sous le menton, marmonnait des incantations entre ses lèvres serrées. Il paraissait l'incarnation de la piété. Elu de Dieu. Béni de Dieu. Sanctifié.

Il ne l'était pas.

Une silhouette vêtue d'un sévère costume noir se faufila par la baie vitrée donnant sur la terrasse. Sans bruit, elle s'approcha de l'homme en prière et déposa un bout de papier à côté de lui, prenant soin de coincer un coin de la feuille sous le coussin de velours pour éviter qu'elle s'envole. Puis elle se retira aussi doucement qu'elle était venue.

L'homme se redressa brutalement, ramassa la note et remarqua qu'elle portait une heure et une date. Aujourd'hui. Une heure plus tôt.

En déchiffrant le message dactylographié, un pâle sourire éclaira ses traits parfaits. De ses longues mains effilées, il serra le billet contre sa poitrine comme si sa valeur était inestimable. Il ferma les yeux de nouveau. L'air émerveillé, il tourna son visage vers l'astre lumineux. Il n'invoqua pas le Créateur. Le nom qu'il murmurait avec extase était « Gillian Lloyd ».

CHAPITRE 2

Le colonel Christopher Hart regarda sa montre aussi discrètement que possible. Malheureusement, George Abbott, l'un des hommes assis en face de lui, surprit son geste et se pencha en avant.

— Voulez-vous encore du café? Ou quelque chose de plus fort?

Christopher — ou Chief comme l'avaient surnommé ses collègues de la NASA — sourit et secoua la tête.

— Non, merci. J'ai une conférence de presse ce soir avant le banquet. J'ai besoin d'avoir l'esprit clair.

— Nous ne vous retiendrons plus bien longtemps.

L'homme qui venait de parler s'appelait Dexter Longtree. De nature réservée, il laissait s'exprimer son collègue la plupart du temps. Sa voix était aussi lisse et froide qu'une pierre polie mais chacun de ses mots semblait peser une tonne. Il avait un visage sévère et buriné et de minuscules rides couraient autour de ses yeux, profondément enfoncés dans leurs orbites. Quand il souriait — fait plutôt rare — seules ses lèvres s'étiraient de façon forcée et incongrue.

Depuis le début de la réunion, une heure plus tôt, Longtree n'avait pas bougé sauf pour jeter une sucrette dans son café et porter par intermittences sa tasse en porcelaine de chine à sa bouche. Sa grosse main brune était de taille à la réduire en miettes d'une seule pression. Quand il ne buvait pas, il gardait ses poings serrés, solidement plantés en haut de ses cuisses.

Abbott était tout l'inverse et ne tenait pas en place. Il avait enlevé une bonne douzaine de fois la paille de son verre de thé glacé et l'avait tordue dans tous les sens avant d'en faire un nœud. Il jouait avec la boîte d'allumettes dans le cendrier vide, n'arrêtait pas de gigoter sur son siège comme en proie à une crise d'hémorroïdes ou balançait les jambes. Contrairement à Longtree, il n'était que sourires.

Le premier était sinistre, l'autre doucereux.

Chief ne savait pas lequel des deux lui inspirait le moins confiance.

— J'apprécie l'intérêt que vous me portez, messieurs,

déclara-t-il, désireux de mettre un terme au rendez-vous. Grâce à vous, j'ai de nombreux sujets de réflexion.

Abbott s'éclaircit la gorge avec nervosité :

— Nous espérions, Colonel, avoir au moins un élément de réponse.

— Aujourd'hui? s'exclama Chief. Vous voulez que je me décide maintenant?

— Non, rien ne presse, s'empressa de corriger Abbott. Nous aimerions juste avoir une idée de votre décision finale.

— Ce n'est pas réaliste. (Chief regarda Dexter Longtree dont le visage restait impénétrable.) Mon départ à la retraite de la NASA ne sera pas officiel avant plusieurs mois et ce que je ferai ensuite reste un mystère, même pour moi. (Il eut un rire forcé.) Je ne suis même pas sûr de l'endroit où je vivrai.

— Naturellement, nous serions ravis que vous reveniez au Nouveau-Mexique reprit Abbott d'une voix suraiguë qui détonnait dans le bar silencieux de l'hôtel. Vous avez grandi là-bas, n'est-ce pas? Nous souhaiterions beaucoup vous y ramener.

— Merci, coupa Chief sèchement.

Ses souvenirs d'enfance ne lui avaient laissé aucun bon souvenir.

— Notre quartier général sera situé à Santa Fe. Ce serait pratique si vous viviez à côté.

— Pratique mais pas indispensable, psalmodia Longtree.

— Bien sûr, bien sûr, approuva docilement Abbott, attentif à ne pas déplaire à son supérieur. Ce que veut dire Dexter, Colonel, c'est que, si vous acceptez ce travail, vous aurez du temps pour vous. Vous aurez la possibilité de mener à bien d'autres tâches, tant qu'elles ne nuiront pas à votre mission, bien sûr. Cette situation est idéale pour nous tous. Voyez, c'est très simple.

Il avait l'air d'un vendeur de voitures d'occasion prêt à tout pour conclure une vente. Ses sourires grimaçants incitaient à la méfiance.

— J'ai peur que ça ne soit pas aussi simple, monsieur Abbott. (La voix de Longtree évoquait un serpent glissant dans l'eau froide.) Colonel Hart, j'ai le sentiment que vous éprouvez quelques réserves.

— J'ai effectivement des doutes, oui.

— Par rapport à l'organisation ?

Chief prit son temps pour répondre. Il ne voulait pas les offenser et il devait reconnaître que Dexter Longtree était intimidant. Comme tous les Apaches Jicarilla, il arborait de longues tresses qui pendaient jusqu'à sa taille comme deux rubans de soie noire contre le revers de sa veste. Il faisait penser aux statues de bronze exposées dans les musées militaires de l'ouest. Malgré tout, Chief avait servi sous des commandements militaires autrement plus impérieux. Il n'allait pas se laisser impressionner par l'apparence du vieil homme.

— Mes inquiétudes ne concernent pas spécialement le PIA, confessa Chief.

L'organisation que les deux hommes prévoyaient de créer s'appelait le Plaidoyer pour les Indiens d'Amérique. D'après la documentation qu'ils avaient envoyée à Chief, elle avait pour vocation de venir en aide aux tribus qui en faisaient la demande. Elle proposait différents types de services : de la représentation légale, des collectes de fonds et du lobbying sur les décisions du Congrès qui affecteraient directement le sort des populations indiennes. Certains hommes de loi avaient accepté de participer au projet en échange d'une simple commission.

Le PIA offrait à Chief de devenir son porte-parole auprès des médias et des autorités gouvernementales de Washington. En contrepartie, on lui avait promis un salaire annuel.

Considérations financières mises à part, sa première réaction avait été de décliner l'offre purement et simplement.

— J'ai lu et entendu certaines choses qui me gênent énormément, reprit-il d'un ton évasif.

— Comme... ?

— Comme le fait que certains Indiens s'enrichissent grâce aux gisements miniers, aux casinos qui fleurissent sur les réserves tandis que la plupart des autres continuent de vivre en dessous du seuil national de pauvreté. Les richesses ne sont pas distribuées équitablement. Parfois, elles ne le sont pas du tout. Cela me perturbe. Beaucoup.

Abbott saisit la balle au bond.

— Voilà une excellente raison de vous impliquer. Vous pourriez changer cet état de fait. C'est également notre but.

Chief tourna les yeux vers l'homme excité.

— N'existe-t-il pas d'autres mouvements du même genre ?

— Oui, et ils font un travail remarquable. Mais nous espérons faire mieux. Les surpasser. Vous pourriez nous y aider.

— Pourquoi moi ?

— Parce que vous êtes un héros national, le premier astronaute d'origine indienne. Vous avez été dans l'espace !

— Ça ne fait pas de moi un bon avocat.

— Au contraire, Colonel Hart. Quand vous parlez, les gens vous écoutent. Surtout les femmes, ricana Abbott avec un clin d'œil appuyé.

Hart le toisa et secoua la tête avec dédain.

— Vous voudriez me faire signer avant de savoir quelles sont mes opinions? Vous ne vous souciez pas de mes convictions politiques! Vous ne m'avez même pas demandé quelle est ma philosophie personnelle.

— Mais...

Longtree fit signe à Abbott de se taire. Ce dernier baissa la tête, mortifié.

— Laissons Monsieur Hart nous expliquer le fond de sa pensée, George.

— Merci.

De plus amples discussions seraient inutiles car il avait pris sa décision. Il valait mieux leur avouer sans attendre.

— Avant d'accepter d'être affilié à une quelconque organisation de service public, je souhaiterais d'abord être convaincu que son but n'est pas de servir ses propres membres. Ensuite, j'aimerais être sûr que l'on s'intéresse à moi en tant qu'homme. Pas à cause de mes racines.

Un long silence lui répondit. Longtree fut le premier à reprendre la parole :

— Reniez-vous d'où vous venez?

— Même si je voulais, je ne le pourrais pas. Mon surnom en est la preuve. Mais je ne m'en suis jamais servi. Jamais je n'accepterai un travail pour lequel mes origines sont ma seule qualification.

Abbott émit un rire nerveux.

— Nous voyons un énorme avantage à ce que vous soyez le descendant de Quanah Parker.

— Qui était à moitié blanc.

Abbott ne sut que répondre à cette saillie et se réfugia dans le mutisme. Longtree comprit qu'il était plus sage de battre en retraite. Il se leva. Chief réalisa soudain à quel point il était petit. Son air majestueux le faisait paraître plus grand qu'il ne l'était en réalité.

— Nous avons donné au colonel Hart bien assez de sujets de réflexion pour un après-midi, George. Il doit assister à un important banquet ce soir.

Chief repoussa sa chaise. Abbott paraissait confus, comme si on avait oublié de l'avertir d'un changement de programme de dernière minute. Il se leva à son tour.

— J'apprécie votre confiance, reconnut Chief en tendant la main à Longtree. Je suis flatté par votre proposition mais je ne suis pas d'humeur à m'engager pour l'instant.

— C'est à nous de faire en sorte que vous soyez prêt. (Il donna à Hart une brève et vigoureuse poignée de main.) Seriez-vous d'accord pour reprendre cette discussion demain matin?

— J'ai prévu de repartir pour Houston dans la matinée.

— Nous sommes matinaux. Choisissez le lieu et l'heure.

De quoi voulait-il discuter? Avant même d'aller à cette réunion, Chief connaissait la réponse. Il avait accepté de s'y rendre par politesse. Leurs explications ne l'avaient pas fait changer d'avis. Longtree avait un air prospère qui lui semblait suspect. Il avait peine à croire que cet indien gagnait sa croûte dans une réserve et cherchait à se battre pour les démunis. N'empêche. Ce salaud, avec son rendez-vous matinal, venait bel et bien de le coincer.

— Neuf heures? proposa Chief avec brusquerie. Pour le petit déjeuner ici sur la Promenade?

— Nous nous verrons demain, acquiesça l'Apache, laconique.

A son tour, Abbott salua rapidement Chief puis sortit du bar sur les talons de Longtree.

Les habitués du lieu se retournèrent pour les observer. Dexter Longtree n'était pas passé inaperçu parmi les clients select de l'élégant bar du Mansion. Surtout avec son haut-de-chausses perlé et frangé qu'il portait sur son pantalon.

— Est-ce un acteur?

— Non, c'est un Indien authentique, rétorqua Chief à la serveuse qui s'était glissée à ses côtés.

— Vraiment? Wouah! (Puis dans un sourire :) Puis-je faire autre chose pour vous, monsieur Hart?

— Non, merci.

— Alors j'espère que vous repasserez avant de quitter l'hôtel.

— Peut-être viendrai-je prendre un dernier verre.

— Je vous attendrai avec impatience.

Les femmes aimaient flirter avec lui. Il y était accoutumé. Il avait reçu des dizaines de propositions scabreuses, des mots doux, parfois accompagnés de photos coquines. Il ne comptait plus le nombre de fois où des créatures séduisantes avaient griffonné leur numéro de chambre d'hôtel sur des serviettes en papier chipées au bar. Un jour, au cours d'un dîner officiel à la Maison Blanche, une femme lui avait glissé une culotte dans la main alors qu'il prenait congé. L'attention de la gent féminine lui plaisait. Même s'il prenait ça comme un dû.

Mais cette jeune femme était séduisante. Dotée d'un sourire éblouissant, elle possédait ce mélange irrésistible de timidité et de culot, propre aux filles du sud. Chief n'était pas loin de succomber.

Mais elle était si jeune!

Quelques années plus tôt, sans doute aurait-il répondu à son invitation à peine voilée sans se poser de questions. Mais il avait pris de l'âge et s'était assagi. Néanmoins, il lui offrit un bon pourboire puis, sans perdre de temps remonta dans sa chambre pour prendre une douche. Comme prévu, son smoking était repassé et suspendu dans l'armoire. Ses bottes noires de cow-boy avaient été cirées à la perfection.

Tout en s'habillant, il s'autorisa un verre de bourbon avant de se brosser vigoureusement les dents et de se rincer la bouche. Un Indien ne pouvait pas se permettre de se présenter à une conférence de presse en puant l'alcool.

Maudissant son tempérament vindicatif, il enfila sa chemise plissée et fixa ses boutons de manchette en onyx. La plupart du temps, il veillait à ne pas se laisser emporter. Mais sa conversation avec Abbott et Longtree l'avait mis hors de lui.

Qu'avait-il à prouver? Pourquoi éprouvait-il toujours le besoin de se justifier? Il n'avait rien à se faire pardonner. Il avait réussi dans tout ce qu'il avait entrepris. Dans les sports collectifs. Dans l'armée de l'air. Aux commandes d'un avion de combat. A la guerre. Dans le programme spatial. Il avait grandi dans une réserve. Et alors? On ne lui avait accordé aucune faveur. Cela ne l'avait pas aidé.

Il savait que la NASA n'aurait jamais confié à trois reprises le commandement de ses navettes à un individu sans qualification.

Mais en son for intérieur, il n'ignorait pas que ses origines lui valaient une place à part au sein de l'agence fédérale. Ses ascendances indiennes avaient-elles favorisé son parcours à l'université puis dans sa vie professionnelle ?

Ayez de l'indulgence pour ce petit métis. Cela nous fera une bonne pub.

Personne ne s'était jamais permis de dire une chose pareille. Mais il détestait l'idée qu'on puisse le penser. Comme il l'avait affirmé à Longtree et Abbott, il s'était hissé seul en haut de l'échelle, à la force du poignet.

S'ils préféraient croire qu'il reniait ses origines, c'était leur problème. C'était stupide.

Il se frictionna le visage avec de l'eau de Cologne et fit courir sa main dans ses cheveux noirs obstinément raides. Les gènes indiens étaient chez lui dominants. Il avait la toison et la mâchoire d'un Comanche, comme sa mère. Mais il avait hérité sa taille élancée et ses yeux bleus — que sa première petite amie avait comparés à ceux de Paul Newman — de son arrière grand-père. Ce dernier était un cow-boy de l'Oklahoma qui était tombé amoureux d'une jeune Peau-Rouge à l'époque où ce territoire avait été annexé aux Etats-Unis.

Son regard azur ne lui avait pas valu que des conquêtes. Son père avait utilisé ce prétexte pour foutre le camp.

Agacé par le cours que prenaient ses pensées, il attacha son bracelet montre. Il était prêt. En quittant sa chambre, il lança un coup d'œil au programme que lui avait faxé son bureau de Houston. Il vérifia le nom de son contact.

Il aurait préféré se rendre seul, en voiture, du quartier chic de Turtle Creek où était niché le Mansion, à l'Adolphus. Son sens de l'orientation était infaillible.

Mais le SMU avait insisté pour lui fournir une accompagnatrice.

« Elle connaît parfaitement les médias et les reporters

locaux » lui avait-on dit. « Vous apprécierez d'avoir Melina Lloyd pour gérer la situation. Sinon, vous serez assiégé ».

Alors qu'il descendait les marches du perron, une femme s'approcha de lui.

— Colonel Hart ?

Elle portait une robe de cocktail noire, simple mais bien coupée, qui devait valoir une petite fortune. Les rayons du soleil dessinaient des flammèches irisées dans sa chevelure qui était presque aussi brune que la sienne. Son regard était dissimulé derrière des lunettes noires.

— Vous devez être madame Lloyd.

Elle lui tendit la main.

— Melina.

— Appelez-moi Chief.

Ils échangèrent un sourire.

— Comment trouvez-vous votre chambre ? Satisfaisante, j'espère ? interrogea-t-elle.

— Bouteille de champagne, corbeille de fruits. Le personnel m'a traité royalement.

— Ils sont connus pour ça.

Elle indiqua d'un signe de tête une Lexus dernier cri qui attendait au bout du passage surplombé d'une marquise. Un groom se tenait près de la portière du passager. Melina Lloyd lui donna un généreux pourboire.

— Soyez prudente, Madame Lloyd, ronronna-t-il dans une courbette.

— Vous êtes une habituée à ce que je vois, fit remarquer Chief.

Elle éclata de rire.

— Pas moi. Quelques-uns de mes clients résident ici — les plus célèbres — expliqua-t-elle en lui glissant un regard en coin. Quand j'ai envie de faire de folles dépenses, je viens déjeuner ici. J'adore regarder les convives et on y sert une soupe délicieuse.

— J'en prends bonne note.

— Réglez l'air conditionné à votre convenance.

Un rideau de cheveux bruns balaya ses épaules alors qu'elle tournait la tête pour vérifier si la voie était libre. Il respira un effluve de parfum.

— C'est parfait ainsi, merci.

— A quelle heure êtes-vous arrivé à Dallas?

— Vers 14 heures.

— C'est bien. Vous avez eu le temps de décompresser.

— Je suis allé à la piscine.

— L'eau n'était pas trop froide?

— Pas pour moi. J'ai fait quelques longueurs. Peaufiné mon bronzage.

Elle fit halte à un feu rouge.

— Votre bronzage? C'est une blague indienne, n'est-ce pas?

Il éclata d'un rire franc, heureux qu'elle ait compris sa plaisanterie et ravi de constater qu'il ne l'avait pas mise mal à l'aise.

— Exactement.

Elle lui rendit son sourire et il eut envie qu'elle enlève ses lunettes de soleil. A quoi ressemblaient ses yeux? Tout en elle était délicieux. Surtout sa bouche. Elle lui donnait à croire au péché.

Quand elle ôta son pied du frein pour le poser sur la pédale de l'accélérateur, sa robe remonta d'un centimètre sur son genou. Le tissu émit un crissement soyeux en frottant contre son bas. Un son agréable. Sexy. Un genou désirable.

— Que souhaiteriez-vous?

Ses yeux remontèrent de sa cuisse à son visage.

— Pardon ?

— Il y a de l'eau minérale et des jus de fruits dans le frigo derrière moi.

— Oh, euh... rien merci.

— On m'a dit de vous prévenir qu'il y aura foule à cette soirée. Vous êtes au courant pour la conférence de presse ?

— Au deuxième étage ?

— Oui. Elle est réservée aux reporters accrédités. N'oubliez pas que le dîner commence officiellement à 19 h 30, mais vous n'êtes pas obligé de répondre aux questions des journalistes jusqu'à cette heure-là. Vous me ferez signe quand vous voudrez y mettre un terme. A votre signal, je vous excuserai et je vous entraînerai vers la salle du banquet. Ainsi, ce sera moi le sale type.

— Je suis sûr que personne ne croira ça.

— Que je suis un sale type ?

— Que vous êtes un garçon.

Elle n'était pas folle. Elle savait reconnaître quand on la draguait. Elle lui lança un autre regard en coin par-dessus ses verres fumés.

— Merci.

***

— Gillian ?

— Salut Jem.

— Chérie, je viens d'écouter ma messagerie et je suis ravi. Tu y es allée ?

— Oui, ce matin.

— Et alors ?

— J'aurai les résultats dans une semaine.

— Quand as-tu pris ta décision définitive ?

— Hier. J'avais l'estomac noué mais j'ai foncé.

— Pourquoi ne m'as-tu pas appelé? Je t'aurais accompagnée. J'aurais aimé être avec toi.

— Désolée, Jem. Je voulais être seule. Je ne t'ai pas téléphoné plus tôt parce que j'ai déjeuné avec ma sœur. On s'est éternisées. J'ai failli rater mon rendez-vous cet après-midi et j'ai juste eu le temps de te laisser un message sur ton répondeur.

— Tu en as parlé à Melina? s'enquit-il avant de se reprendre en hâte, bien sûr, je suis bête! Qu'en pense-t-elle?

— Elle est aussi excitée que moi.

— Je le suis également.

— J'en suis heureuse. Je suis ravie que tu approuves mon geste.

— J'ai quelque chose pour toi. Une surprise. Je la garde depuis longtemps en prévision de cet événement. J'ai envie de te l'apporter.

Sa voix se faisait caressante. Elle devina son impatience. Mais elle aspirait à la solitude.

— Jem, je sais que nous avions projeté de nous voir ce soir, commença-t-elle avec diplomatie, mais... ça ne te gêne pas si on remet ça?

— Ça ne va pas? Tu ne te sens pas bien?

— Si, si, parfaitement. Je suis juste très fatiguée. Cette expérience a été très éprouvante. Plus que je ne l'imaginais. J'ai réalisé toutes les implications émotionnelles que...

— A quel niveau? Es-tu bouleversée? Tu as pleuré?

— Rien d'aussi dramatique. C'est dur à expliquer.

— Tu m'avais pourtant affirmé qu'il s'agissait d'un acte purement clinique.

— C'est le cas.

— Alors, je ne comprends pas comment ça peut te perturber autant. Comment tu as dit ? Implications émotionnelles...

Jem avait pour habitude de tout analyser, disséquer. Ce soir, elle n'avait aucune envie de réfléchir.

— Je veux simplement rester seule un moment, coupa-t-elle en tentant de masquer son irritation. Pour me reposer. Ne peut-on pas parler de ça une prochaine fois ?

— Bien sûr !

Au son de sa voix, elle comprit qu'il était blessé.

— J'aurais cru qu'après une telle journée, tu aurais besoin d'un peu d'amour. Visiblement, j'avais tort.

Elle regretta immédiatement de l'avoir rembarré. Elle aurait dû le laisser venir. Il avait tellement hâte de lui offrir son cadeau. Quelle idiote ! Mais avant qu'elle ait eu le temps de changer d'avis, il grommela d'un ton vexé :

— Je te rappellerai plus tard, Gillian.

Il raccrocha.

CHAPITRE 3

— Mademoiselle Lloyd, j'ai garé votre voiture ici pour vous éviter de faire la queue.

Au moment où Melina et Chief sortirent de l'Adolphus, le voiturier s'avança vers eux. La Lexus était stationnée près du perron. Le moteur tournait déjà et Chief fut heureux de constater que l'air conditionné était en marche. On avait beau être en automne, il transpirait dans son smoking.

Le dîner avait duré une éternité. Les orateurs avaient tous dépassé largement leur temps de parole. Quand était venu son tour de s'adresser aux convives, il en avait déjà assez. Il était heureux d'en avoir terminé et profondément reconnaissant au jeune groom de leur permettre d'éviter la foule qui se bousculait vers la sortie.

En ouvrant la portière du véhicule, le jeune homme s'enquit d'un air timide :

— C'est comment l'espace, Colonel Hart ?

— Très différent d'ici, assura-t-il, l'air amusé.

Il avait répondu des centaines de fois à cette question. Sa réponse ne variait jamais.

— Ça doit être que'que chose !

— Assurément.

Chief ajouta un billet de cinq dollars au pourboire que lui avait donné Melina.

— Merci, monsieur. Prenez soin de vous.

En bouclant sa ceinture de sécurité, Melina le complimenta sur son discours.

— Vous avez été parfait. Lorsque vous quitterez la NASA, vous pourrez devenir conférencier.

— C'est ce que font beaucoup d'anciens astronautes.

— Vous avez ce genre d'aspirations ?

— J'ai plusieurs idées en tête.

— Comme ?

Il défit le bouton de sa veste.

— Ne pourrions-nous pas parler d'autre chose ?

— Je suis vraiment navrée. Je ne voulais pas me montrer indiscrète, répliqua-t-elle, vexée.

— Ce n'est pas ça, c'est seulement que...

— Nous ne sommes pas obligés de bavarder. Ne vous gênez pas pour moi, fermez les yeux et reposez-vous. J'aurais dû penser que vous en auriez assez de discourir.

Faire la conversation est probablement la dernière chose dont vous avez envie.

— Melina ! (Chief se pencha vers elle et lui toucha le bras.) Je vous en prie, je ne suis pas fatigué. En fait, j'adorerais discuter. Mais pas de moi, d'accord ? Je n'en peux plus de radoter. Pouvons-nous changer de sujet ?

— Bien sûr. De quoi voulez-vous parler ?

— De sexe ?

— D'accord, répondit-elle, imperturbable. Vous désirez mon opinion ?

— S'il vous plaît.

— Et bien, pour commencer, je pense que tout le monde devrait en posséder un.

Il ne put s'empêcher de sourire.

— Vous avez l'esprit vif.

— Il paraît. Parfois, c'est un inconvénient.

— Ça ne vous gêne pas si je me mets à l'aise ?

— Pas du tout.

Il ôta sa veste de smoking, la jeta sur la banquette arrière puis défit son nœud papillon et déboutonna son col de chemise.

— Ouf ! Je me sens mieux !

— Voulez-vous boire quelque chose ? proposa-t-elle.

— Un bourbon sec.

— Je pensais plutôt à du coca light ou à une eau minérale.

— J'en veux bien une goutte...

— ... Dans le bourbon ! s'exclamèrent-ils d'une seule voix avant de partir dans un grand éclat de rire.

Quand ils eurent repris leur sérieux, il posa sur elle un regard empreint de franchise.

— On vous attend chez vous ?

Elle ne comprit pas immédiatement le sens de sa question. Elle attendit d'arriver à un stop pour tourner lentement la tête vers lui. Il resta imperturbable sous cet examen, subjugué par ses prunelles grises. Elles étaient de toute beauté.

— Pourquoi?

— Parce que j'aimerais vous inviter à prendre un verre. Y a-t-il une raison qui m'en empêche?

Elle eut un geste de dénégation puis reporta ses yeux sur la route avant de redémarrer.

— D'accord. Alors, voulez-vous boire un verre avec moi?

— Chief, vous connaissez la différence, n'est-ce pas, entre une attachée de presse et une femme, disons plus facile?

S'il n'avait pas remarqué le sourire en coin qui accompagnait ses paroles, il aurait pu craindre de l'avoir offensée.

— Je ne voulais pas insinuer que vous n'êtes pas une professionnelle, jura-t-il la main sur le cœur. (Il se crispa.) Oh seigneur! Je m'enferre.

— Complètement, ironisa-t-elle en gloussant sous cape.

— Expliquez-moi votre boulot, reprit-il, l'air plus détendu.

Elle résuma en quoi consistait son travail.

— Je passe la plupart de mes journées en voiture. Je vais d'un bout à l'autre de la ville pour vérifier que mes clients ont honoré leurs rendez-vous avec la presse, qu'ils sont détendus, satisfaits. J'essaie de les protéger de tous les aléas qui peuvent survenir.

— Quoi, par exemple?

— Des embouteillages. Des annulations de dernière minute. Des modifications d'emploi du temps. Des maladies. Tout ce que vous pouvez imaginer. Parfois, je suis tellement débordée que j'ai à peine le temps de faire le trajet. C'est pour ça que je transporte ce matériel, expliqua-t-elle en désignant d'un mouvement de tête les affaires qui s'entassaient sur la banquette arrière. J'ai même une trousse de secours, une boîte à couture et des gants Mapa.

— Des gants Mapa?

— J'ai accompagné un jour une star de TV qui avait la phobie de serrer les mains de ses admirateurs. Elle les lavait après chaque contact.

— C'est qui?

Elle hocha la tête et le fusilla du regard.

— Voulez-vous que je divulgue vos secrets à mes autres clients?

— Je n'ai rien à cacher, rétorqua-t-il avec un sourire malicieux qui contredisait ses paroles.

— Très bien! De toute façon, les gants Mapa sont pratiques pour enlever les traces de maquillage sur les tissus de couleur sombre.

— Sans rire? Hum. On en apprend tous les jours?

— J'ai appris sur le tas. Je dois veiller à ce que mes clients soient bien traités — qu'ils le méritent ou pas — à ce qu'on leur déroule le tapis rouge et qu'ils soient reçus avec les honneurs, partout où ils vont.

— Je peux en attester.

Un sourire lumineux éclaira son visage.

— Alors, je mérite des félicitations pour ce soir. Mon but était que vous soyez déchargé de toutes vos responsabilités. Sauf celle de faire votre discours.

Comme il aimait entendre le son de sa voix, il continua à lui poser des questions. Il découvrit que son travail ne se limitait pas à jouer les chauffeurs ou à orchestrer une conférence de presse.

— Lorsqu'un client a besoin de compagnie, je m'en occupe. J'ai appris à savoir écouter. Je l'emmène où il veut. Au restaurant, à la fête foraine, au parc, au concert, au cinéma, au théâtre. Par exemple, je connais un écrivain qui adore jouer au billard. C'est sa façon de se changer les idées. A chacune de ses visites à Dallas, lors de la sortie de son nouveau roman, nous allons faire une partie.

— Je suppose que vous le laissez gagner.

— Forcément!

Chief s'esclaffa.

— Et ça vous plaît de fournir ces petits extras?

— Ces « petits extras » comme vous dites, me permettent de fidéliser mes clients et d'en trouver de nouveaux. Les bruits vont vite, surtout parmi les auteurs qui font des campagnes de promotion. Bien sûr, nous aussi, entre gens de la profession, nous échangeons nos informations sur les célébrités. Qui est sympa, bizarre, odieux.

Il admira son profil. Forcément, il n'était pas le seul à avoir remarqué à quel point elle était séduisante. Passer une journée en sa compagnie dans une voiture devait se révéler drôlement tentant pour un homme sans attache.

— J'imagine que vous vous fixez une limite à ne pas franchir concernant ces petits extras.

— Je me refuse à les emmener dans des boîtes de striptease ou de top-less. Je n'autorise aucune prostituée. Si ça les intéresse, qu'ils se débrouillent. La drogue est interdite, bien évidemment. Et... (Elle coula un regard dubitatif dans sa direction.) Un jour, j'ai accompagné un acteur qui s'est permis un geste déplacé sur le chemin de l'hôtel. J'ai arrêté la voiture et je l'ai jeté dehors. Il est rentré par ses propres moyens.

— Il est allé se plaindre ?

— A qui ? Sa femme est son manager. C'est elle qui m'avait embauchée. En outre, vu son ego monstrueux, ça m'étonnerait qu'il soit allé se vanter de l'incident.

Ils rirent de concert.

— Donnez-moi un indice.

Elle hésita une seconde puis lâcha :

— Un vieux beau.

— J'en vois une bonne cinquantaine. Théâtre, cinéma ou télé ?

— Cinéma.

— Mouais. Quelles sont ses initiales ?

Elle secoua vivement la tête.

— C'est trop facile.

— Où a-t-il posé sa main baladeuse ? (Elle le foudroya du regard.) Au-dessus de la ceinture ou en dessous ? Dites-moi juste ça.

— Chief !

— D'accord, d'accord. Je vais devoir lâcher la bride à mon imagination.

Elle lui fit les gros yeux en souriant.

— Au-dessus.

— Humm. On ne peut pas lui en vouloir d'avoir essayé.

— Si ! Je suis prête à me mettre en quatre pour satisfaire les besoins et les désirs d'un client, dans des limites raisonnables.

— Ahh ! Mon Dieu !

— Quoi ?

— Et bien, justement... J'allais vous demander... (Il s'interrompit, faussement intimidé.) J'espère seulement que vous considérerez ma demande comme raisonnable.

*
**

— Jem!

— Ne m'en veux pas de ne pas avoir appelé avant de venir, lâcha-t-il d'un trait. Il fallait que je te voie, Gillian. Surtout après notre conversation de tout à l'heure.

— J'en ai été malheureuse, moi aussi.

— Puis-je entrer, s'il te plaît? Juste un petit moment. Je te promets de ne pas m'attarder.

Cette visite impromptue lui déplaisait. Il avait la fâcheuse manie de débarquer sans prévenir, chose qu'elle considérait comme une violation de son intimité. Elle n'avait pas envie de le voir. Mais il avait l'air si penaud, suppliant. Elle s'écarta pour lui laisser le passage.

— Tu vois, je n'attendais aucune visite.

— Tu es superbe. Je te préfère sans maquillage.

— Tu devrais aller chez l'ophtalmo.

Amusé, il l'attira à lui et l'embrassa doucement, tendrement. Sentant sa réticence, il n'insista pas. Il desserra son étreinte, remarquant pour la première fois la serviette drapée autour de sa tête.

— J'aime ton turban.

— Je me suis fait un après-shampoing.

Bien qu'il ne fût pas encore 21 heures, elle avait déjà enfilé son pyjama, un short en coton avec un haut assorti. C'était une tenue confortable mais peu sexy. Comme toujours, Jem était tiré à quatre épingles. Même habillé à la hâte d'un pantalon kaki et d'un simple polo, il ressemblait à une gravure de mode.

Il la prit par la main, l'entraîna dans le salon, et l'obligea à s'asseoir sur le sofa à côté de lui.

— Il fallait que je vienne ce soir, Gillian. Je ne voulais

pas attendre pour te donner ton cadeau. Je tenais à te l'offrir aujourd'hui pour fêter cette insémination.

Il fouilla dans sa poche et en tira une petite boîte en velours.

— Jem ! Quand tu m'as parlé de surprise, j'ai pensé à des fleurs. Des chocolats. Pas à ça ! Tu aurais dû attendre le résultat de l'analyse de sang.

— Je veux partager cet événement avec toi, que tu sois enceinte ou pas. Je te soutiendrai quoi qu'il arrive.

Elle contempla le coffret et, pendant un court instant, craignit que Jem la demande en mariage. Mais l'écrin était de forme allongée, bien trop grand pour abriter une bague de fiançailles. Jem souleva le couvercle lentement, impatient de voir sa réaction. Il prit son petit cri de soulagement pour une exclamation de joie.

— Tu l'aimes ?

— C'est splendide, Jem.

La chaîne en or, fine et brillante, supportait un cœur incrusté de rubis.

— J'ai pensé que ça irait parfaitement à ton teint.

— C'est ravissant. Vraiment.

Il sortit délicatement le pendentif et lui glissa autour du cou avant d'attacher le fermoir. Puis, il la saisit par les épaules et la tourna vers lui, l'air satisfait.

— Parfait. Ça te va bien.

Il la poussa vers le miroir. Le bijou était magnifique. Des étincelles de lumière rouge semblaient danser sur sa peau. Elle fit volte-face et singea une pose de starlette.

— Suis-je mignonne ?

— Tu es très belle. Et sexy. Même avec ta serviette sur la tête. Tu verras, tu seras resplendissante pendant ta grossesse.

— Même quand je serai grosse comme une montgolfière?

Il tendit sa main vers son ventre et, l'enserrant par la taille de son autre bras, l'attira vers lui.

— Oui. (Il l'embrassa dans le cou.) Gillian, j'ai envie de toi, murmura-t-il. S'il te plaît, laisse-moi rester ce soir.

Au moment où il glissa ses doigts entre ses cuisses, elle l'arrêta avec un sourire contrit.

— Je suis désolée, Jem.

— Que se passe-t-il?

— N'insiste pas, je ne veux pas être forcée de te dire non.

— Alors ne dis rien, souffla-t-il d'une voix rauque en continuant à la caresser.

Elle tenta de lui échapper mais n'y parvenant pas, saisit son visage entre ses mains.

— Je ne peux pas passer la nuit avec toi. C'est difficile à expliquer. Déjà au téléphone, je ne suis pas parvenue à te le faire comprendre...

— Je connais la raison, coupa-t-il sèchement. Tu as déjeuné avec Melina.

— Qu'a-t-elle à voir là-dedans? répliqua-t-elle.

— C'est à toi de me le dire. A chaque fois que tu la quittes, j'ai l'impression d'être un pestiféré.

— C'est faux.

— Que se passe-t-il alors?

— Je n'arrive pas à l'exprimer.

— Essaie toujours.

Elle resta silencieuse un instant puis reprit :

— Je suis mal à l'aise à l'idée de faire l'amour si peu de temps après l'insémination.

— Il paraît que c'est souhaitable, au contraire.

Elle fut surprise de constater à quel point il semblait bien renseigné. Il avait dû se livrer à des recherches sur le sujet.

— C'est vrai. On encourage les couples à...

— Nous sommes un couple.

— Mais nous n'essayons pas d'avoir un bébé depuis des années.

— Alors, on se dérobe ?

Il posa ses mains sur ses hanches et lui sourit d'un air engageant.

— C'est une chose personnelle, Jem, insista-t-elle en se tortillant pour se dégager. Je n'ai ni la tête ni le cœur à ça. Ça ne serait agréable pour aucun de nous deux. (Voyant qu'il s'apprêtait à argumenter, elle posa ses doigts sur ses lèvres.) S'il te plaît ? J'ai besoin que tu me comprennes. Fais-moi plaisir. Permets-moi d'avoir la migraine ce soir.

A contrecœur, il déposa un léger baiser sur le bout de son nez.

— D'accord. Sinon, je vais passer pour un salaud. Je vais rentrer prendre une douche froide. Peut-être deux. Je suppose que je dois m'habituer à ces montées d'hormones, n'est-ce pas ?

— Oui, gloussa-t-elle, soulagée. On peut se voir demain.

— Pour déjeuner ?

— Appelle-moi dans la matinée. Il faut que je vérifie mon emploi du temps. Mais, quoi qu'il arrive, je te promets qu'on se verra. (Elle le raccompagna à la porte.) Le pendentif est vraiment magnifique, dit-elle en portant machinalement la main à sa gorge.

— Tu es ravissante. Je t'aime.

— Moi aussi.

CHAPITRE 4

— *Des tacos?*

Image même de l'innocence, Chief répondit :

— Que pensiez-vous que j'allais vous demander, Melina?

Elle aurait juré qu'il s'amusait comme un petit fou.

— Sûrement pas des tacos.

— Je suis un drogué de la bouffe. En plus, je meurs de faim.

— Vous n'avez pas aimé le repas?

— Je n'ai rien pu avaler avec tous ces gens qui me parlaient et me demandaient des autographes. Ma demande est-elle dans les limites du raisonnable?

— Il n'est pas difficile de trouver des tacos.

— Même à cette heure-là?

— Il n'est pas encore 22 heures.

— Vous êtes sûre? (Il consulta sa montre.) Hein! J'ai eu l'impression que ce banquet avait duré une éternité.

Quelques minutes plus tard, ils s'arrêtaient sur le parking d'un fast-food proposant des spécialités mexicaines. Bien qu'il fût déjà tard pour dîner, il y régnait une grande activité.

— Vous préférez emporter la commande ou manger à l'intérieur?

Une longue file de voitures serpentait autour du bâtiment pour rejoindre le guichet de vente à emporter. La salle de restaurant était presque déserte.

— Je n'ai rien à cacher, glissa-t-il. Et vous?

Elle se gara sur une place libre.

— Moi non plus, mais nous sommes bien trop élégants. Je suis sûre qu'on va se faire remarquer.

— Plus on est nombreux, moins on court de risques.

Sur ces mots, il glissa son bras autour de sa taille et l'attira contre lui. Collant sa hanche contre la sienne. Un léger vertige s'empara d'elle. Sans jouer les saintes-nitouches ou les effarouchées, elle adorait cette sensation de se sentir, petite, délicate et si féminine. Dès qu'elle l'avait aperçu sur le perron de l'hôtel, elle s'était demandé ce qu'on pouvait ressentir dans ses bras. Ça surpassait ses attentes. Il était si merveilleusement masculin.

L'esprit taquin, il lui caressa les cheveux.

— Je défie quiconque de se frotter à nous.

Alors qu'ils approchaient de l'entrée, un homme arriva dans le sens inverse. Sur le seuil, il s'écarta pour les laisser passer. Comme un gamin, Chief s'amusait à blottir son nez dans les mèches brunes de Melina en faisant mine de pousser des grognements de bête féroce. D'un air absent, il remercia l'inconnu.

Soudain, ce dernier les interpella.

— Mademoiselle Lloyd ? Gillian Lloyd ?

Elle stoppa net et se retourna.

L'homme était vêtu d'un pantalon kaki informe, d'un tee-shirt sale et portait des tongs en caoutchouc. Ses cheveux clairsemés étaient blonds et filasses. Il abaissa ses lunettes de soleil trop grandes pour lui.

— J'étais sûr de vous avoir reconnue, marmonna-t-il.

Chief le dévisagea et reporta son attention sur elle. Instinctivement, dans un geste protecteur typiquement masculin, il la serra contre lui.

— Je suis désolée, je ne... bégaya-t-elle avec un sourire embarrassé.

Soudain gêné, l'homme déglutit bruyamment, laissant apparaître une pomme d'Adam proéminente.

— Dale Gordon. Je travaille à la clinique Waters.

— Oh oui, bien sûr. Bonjour.

Il fixa Chief de son regard de myope, glissa sur sa main qui reposait toujours sur la hanche de Melina et se figea, les yeux perdus dans le vague. Puis il se tourna vers elle avec une sorte d'égarement blessé.

La situation devenait étrange. Elle n'aurait su dire pourquoi.

Elle se reprit vivement.

— Apparemment, tout le monde a une folle envie de tacos, ce soir.

— Hein?

Dale Gordon semblait avoir oublié où il se trouvait. Elle désigna du doigt le sac qu'il tenait à la main. Il le contempla l'air hagard puis bredouilla.

— Hein.. oh... ouais, je voulais, heu... un snack.

— Bon appétit, alors!

— Vous aussi.

Chief lui donna une légère bourrade et ils rejoignirent la file indienne des clients qui attendaient leur tour au comptoir.

— Un de vos amis? questionna-t-il. Comment vous a-t-il appelée?

— Il a dû me confondre avec ma sœur, Gillian. Ça m'arrive tout le temps. C'était plus rapide de lui faire croire que je le connaissais plutôt que de lui expliquer.

— Vous vous ressemblez tant que ça?

— Nous sommes de vraies jumelles.

— Vous plaisantez? s'étonna-t-il interloqué.

— Non. J'ai une sœur qui me ressemble trait pour trait.

Il effleura des yeux les cheveux et le visage de Melina, s'arrêtant un instant sur sa bouche. Une bouffée de chaleur lui monta aux joues.

— Je n'arrive pas à croire que deux femmes peuvent avoir un regard pareil.

— Dois-je prendre ça pour un compliment ? minauda-t-elle avec malice.

— Sans aucun doute. Pour qu'il n'y ait aucun malentendu, laissez-moi être plus clair, mademoiselle Lloyd. Vous êtes une créature très séduisante.

— Merci, Colonel Hart.

— J'ai du mal à croire que Gillian... ?

Elle hocha la tête.

— ... soit aussi attirante que vous.

Ils s'étudièrent un long moment, comme hypnotisés l'un par l'autre. La voix de la serveuse les fit revenir à eux.

— Bonjour. Que désirez-vous ?

Chief parut se réveiller. Il s'éclaircit la gorge.

— Qu'est-ce que vous voulez ?

— Suis-je invitée à dîner ?

— C'était sous-entendu.

— Alors, choisissez pour moi. J'aime tout.

Elle le laissa passer la commande et se tourna vers la porte d'entrée. L'homme qui s'était présenté sous le nom de Dale Gordon avait disparu. Cette rencontre lui avait donné la chair de poule. Elle avait la pénible impression d'avoir frôlé une toile d'araignée et de sentir une haleine fétide au creux de son cou.

Cependant, une demi-heure plus tard, lorsque Chief la fit pénétrer dans sa suite de l'hôtel Mansion, elle avait déjà oublié l'incident.

— Je suis ravie que vous ayez pensé aux tacos, dit-elle, parce que je réalise que je suis affamée. Je n'ai pas beaucoup dîné. (Décontractée, elle quitta ses hauts talons et alluma une lampe du salon.) Ça sent divinement bon.

Ils décidèrent de pique-niquer sur la table basse. Elle

déballa les aliments et les répartit dans les assiettes. Chief se chargea des boissons. Le bar, à sa demande, regorgeait de bouteilles de Bourbon.

— Avec de l'eau?

— Et de la glace, s'il vous plaît.

Il s'approcha du canapé, lui tendit un verre et s'accroupit en face d'elle. Il porta un toast.

— A la matière grasse et au cholestérol.

Elle trinqua et avala une gorgée.

— Humm! Et à ce bon whisky de derrière les fagots!

Ils attaquèrent leur dîner. Bientôt ils riaient de bon cœur devant leur voracité, dégustant le fromage, la laitue et la viande épicée avec leurs doigts.

— Vous allez croire que je n'ai pas mangé depuis un mois, fit-il remarquer. Ou que je viens de rentrer de mission. Généralement, après un séjour dans l'espace, je me rue sur la nourriture.

— Ce n'est pas bon ce qu'on sert dans la navette?

— Ça va, mais... c'est... enfin...

Il se tut. Occupée à sucer l'extrémité de son index avec sa langue, Melina ne le remarqua pas. Chief était fasciné. Il ne pouvait penser à autre chose. Ce geste intime, sexy! Il se moquait royalement des plats infects servis à plusieurs milliers de kilomètres au-dessus de la terre.

Soudain, elle croisa son regard et rougissante, reposa sa main sur ses genoux.

— Je me suis coupée avec le papier, avoua-t-elle avec brusquerie. Dans le sac. Je crois... Le sel...

Elle s'interrompit. Il ne l'écoutait pas. Il regardait ses lèvres s'entrouvrir et se fermer, sans comprendre le sens de ses paroles. Elle avait l'impression de voir ses mots s'envoler comme des bulles de savon. Ses yeux plantés dans les siens. Une étrange sensation de vide s'insinua au creux de son ventre.

Enfin, il lui jeta un regard indécis.

— De quoi parlions-nous?

***

Dale Gordon jeta son sac de tacos intact dans une poubelle. Il était trop bouleversé pour pouvoir manger.

Le cœur au bord des lèvres, il se glissa dans sa voiture et s'affaissa sur le siège du conducteur. Il appuya son front moite contre ses mains et se cramponna au volant. Il respira à pleine bouche pour ne pas vomir. Des larmes coulaient sur ses poignets osseux.

Il transpirait à grosses gouttes. La soirée était douce mais pas suffisamment pour expliquer la sueur qui lui collait à la peau.

Quand Gillian Lloyd et l'homme élancé sortirent du restaurant, son tee-shirt était trempé. Ils montèrent dans une Lexus en bavardant entre deux éclats de rire, avant de démarrer. C'est elle qui conduisait.

Dale Gordon mit le contact d'un geste tremblant et les suivit. L'hôtel n'était pas très loin. Il en avait entendu parler mais n'y était jamais allé. Les arbres qui bordaient l'impasse privée brillaient de mille feux. Pourtant, ce n'était pas Noël. De l'eau jaillissait des fontaines.

La Lexus s'engagea dans l'allée circulaire. Dale Gordon les dépassa. Il avança jusqu'au prochain pâté de maison, fit demi-tour et repartit dans l'autre sens. De la grille d'entrée, il les vit descendre de la voiture avec l'aide d'un groom et grimper les marches du perron dissimulé par la marquise blanche.

Gillian Lloyd allait à l'hôtel avec un homme. Un type

qui la pelotait en public comme si elle était sa propriété. Elle l'y avait autorisé. Pire, elle paraissait l'encourager.

Le monde de Dale Gordon volait en éclats.

⁂

— C'est comment?

Rassasié, Chief était affalé dans le sofa, un genou relevé, son whisky-soda à la main.

Elle ne pouvait en détacher son regard. Elle aimait la façon qu'il avait de tenir son verre. Sa puissance. Elle releva la tête.

— C'est comment, quoi?

— D'avoir une jumelle?

Elle regroupa les détritus et les serviettes en papier et les fourra dans le sac vide.

— Vous voyez ce que ça fait quand on vous pose toujours la même question : A quoi ressemble l'espace?

— Oui, c'est vrai. On ne sait pas quoi répondre et on n'a pas envie d'essayer.

Elle eut un sourire.

— C'est la même chose.

— Désolé.

— Je comprends votre curiosité. Vous êtes excusé.

— Parfait. En tout cas, si vous continuez à me fixer ainsi, je pourrai vous pardonner n'importe quoi.

Elle baissa la voix, aux aguets.

— Je vous regarde comment?

— Comme lorsque je faisais mon discours.

— J'étais attentive et polie.

— Vous étiez nettement provocante.

— Pas du tout!

— Oh si!

— Dites donc, Colonel, je vous regardais de quelle façon, selon vous?

— Vous avez essayé de me déconcentrer pendant ma conférence en exhibant vos jambes.

— On m'a désigné cette place d'autorité, rétorqua-t-elle. Je ne l'ai pas choisie pour être dans votre champ de vision.

— Mais vous en avez tiré avantage.

Elle haussa les épaules.

— Je croise toujours les jambes quand je suis assise.

— Même avec des talons hauts?

— Toujours.

— Avec une robe courte?

— Elle n'est pas si courte.

— Suffisamment pour que mon imagination divague où bon lui semble.

Elle fit mine d'être outragée.

— Je suis une dame, Colonel Hart.

— Assurément, vous l'êtes.

— Votre façon de me jauger me fait penser le contraire.

— Ah, me voilà pris en faute, maintenant?

— Chacun son tour.

— D'accord. Comment est-ce que je vous regarde? Quelle impression avez-vous?

— J'ai le sentiment d'être un cornet de glace en plein été.

L'air était devenu étouffant. La pièce semblait chargée d'électricité. Soudain, il se pencha en avant et posa son verre avec brusquerie.

— Melina?

— Hein?

— Allons-nous coucher ensemble?

Une vague d'excitation s'empara d'elle. Elle reprit son souffle.

— J'ai une réputation à tenir.

— Moi aussi.

Elle laissa échapper un rire rauque.

— Il paraît que vous êtes un homme à femmes.

— Et que vous, vous les tenez à distance.

Elle marqua une pause, puis se lança :

— Non ! (Elle se leva lentement, contourna la table basse et se planta en face de lui.) Tout le monde vous dira que Melina Lloyd est une impulsive. Elle agit toujours au moment opportun.

Il ne bougea pas. Son œil inquisiteur, assombri par le désir, restait rivé aux siens.

— Qu'est-ce qui vous semble opportun ? souffla-t-il d'une voix assourdie.

⁂

Il faisait une chaleur torride dans l'appartement. Quand Dale Gordon y pénétra, ça sentait le moisi et le renfermé.

L'ancien garage accolé à la maison avait été converti en appartement dix ans avant Pearl Harbor. On y avait fait des aménagements sommaires. Le seul tribut à la modernité consistait en un système d'air conditionné, mais l'installation qui était placée au niveau de l'unique fenêtre du studio était hors norme. Hiver comme été, elle diffusait un souffle humide et chaud. Dale Gordon avait du mal à respirer.

Il enleva son tee-shirt et le jeta sur le lit défait. Du bout des doigts, il frotta son torse osseux, presque concave, et essuya les gouttes de sueur qui perlaient sur sa peau blême et ses côtes proéminentes. Il frissonna et les bouts violacés de ses seins frangés de longs poils blonds, se durcirent.

Avec frénésie, il fit le tour de la pièce en désordre et alluma les bougies d'une main tremblante. Il les laissait brûler si longtemps qu'elles en étaient réduites à l'état de trognons carbonisés.

Sous l'effet des flammes et de la fumée, la température monta encore d'un cran, mais Dale Gordon qui avait entrepris de se déshabiller ne s'en rendit pas compte.

Il s'agenouilla, nu, devant son autel de fortune. Ses articulations émirent un craquement sec en heurtant le sol en ciment. Dale Gordon ne ressentit aucune douleur. Sa souffrance était morale, spirituelle. Il avait l'impression que tous les démons de l'enfer cherchaient à se frayer un passage en lui.

Il avait attendu dans sa voiture que la Lexus ressorte du parking du Mansion. Gillian Lloyd était seule. Elle rentrait chez elle. Après avoir forniqué avec l'homme brun et élancé au physique d'Indien.

Dale Gordon ne s'intéressait pas à lui. Il se moquait de connaître son nom. Ça n'avait pas d'importance. Mais comment ne pas penser à ce que Gillian avait fait avec lui.

Dale n'avait aucune expérience sexuelle mais il savait ce que les hommes et les femmes faisaient quand ils étaient seuls. Il avait vu des photos, des films.

A chaque fois qu'il imaginait Gillian, ses membres séduisants enroulés autour du corps de cet homme comme une bête en rut, il était saisi d'une envie irrépressible de pleurer.

Les larmes coulaient sur ses joues. Sa poitrine frêle, secouée de sanglots bruyants semblait sur le point de se déchirer. Il pria avec ferveur, le cœur gros. Gillian n'était pas la seule coupable. Lui aussi avait fauté. Cet échec était également le sien. Il avait failli à sa mission. Misérablement.

Il devait être puni. Laver cette souillure.

Il souleva le tissu à franges recouvrant la commode devant laquelle il était agenouillé et ouvrit l'un des tiroirs. Un fouet à lanières de cuir était couché au fond. Il en attrapa la poignée d'une main moite, murmura une courte prière et se flagella le dos. Des gouttes écarlates jaillirent de sa peau rougie et allèrent s'écraser sur le sol.

Il s'évanouit.

Quelques minutes plus tard, il reprit connaissance, les genoux remontés contre son torse. Il tremblait de tous ses membres. Des flaques de sang maculaient le plancher nu.

Il se remit sur ses pieds avec raideur et tituba jusque dans la salle de bains qu'un rideau élimé séparait de la pièce principale. Il prit une douche froide, saisit une serviette et, sans même penser à se sécher, retourna en hâte devant l'autel. A quatre pattes, il entreprit d'essuyer les dégâts. C'était impossible. Il avait tout abîmé.

Cependant, les sillons rouges qui maculaient le tissu lui rappelèrent le sang de Jésus, crucifié sur la croix. Il en tira un certain réconfort, puis se reprit. Comment osait-il se comparer à ce prophète révéré ?

La flagellation n'était pas suffisante. Il devait se confesser à Frère Gabriel. Lui avouer qu'il avait trahi sa confiance et failli à sa mission.

Les yeux embués, il se dirigea vers le téléphone. Il souleva le combiné, le cœur empli d'appréhension. Il était tard. Peut-être valait-il mieux attendre le matin.

Non. Quelle importance ! Le sacerdoce de Frère Gabriel ne connaissait pas de répit. Il était infatigable. Les lignes téléphoniques du Temple fonctionnaient vingt-quatre heures sur vingt-quatre, sept jours sur sept. En outre, Frère Gabriel avait exigé d'être informé immédiatement des nouvelles. Bonnes ou mauvaises.

Dale Gordon connaissait le numéro par cœur. Il l'avait composé le matin même. Comme il s'était réjoui alors à l'idée d'annoncer qu'il avait accompli la tâche divine qu'on lui avait confiée. Oh, il en était si fier!

Et maintenant... maintenant!

Son cœur battait douloureusement dans sa poitrine. Il entendit le bip-bip annonçant que la communication était établie. Au bout de cinq sonneries, quelqu'un décrocha. Une voix à des kilomètres de son appartement se fit entendre.

— Paix et amour. Que puis-je faire pour vous?

CHAPITRE 5

La journée promettait d'être lourde et oppressante. La température était agréable mais il faisait déjà très humide. Dale Gordon transpirait à grosses gouttes. La sueur brûlait son dos lacéré mais il ne sentait pas la douleur.

Il faisait route en bon soldat obéissant, sans se décourager. Il ne craignait pas les obstacles qui pourraient survenir. Autour de lui, la nuit était silencieuse. Seule sa respiration rauque troublait le calme des rues qu'il traversait. Il ne l'entendait pas.

Aucune lumière ne brillait. La lune se limitait à un mince croissant argenté, juste à l'ouest au-dessus de l'horizon. L'aube ne se lèverait que dans une heure. Mais malgré l'obscurité, Dale Gordon avançait comme en plein jour. Il n'était jamais allé chez elle mais il connaissait le chemin. Il attribuait la sûreté de son pas à la bienveillance de Dieu.

Frère Gabriel l'avait assuré que toutes les difficultés seraient aplanies. Une fois de plus, il ne s'était pas trompé. Ce grand homme pouvait faire des miracles par le seul pouvoir de son esprit. Il était même parvenu à faire taire les chiens du voisinage. Aucun d'eux n'avait aboyé.

Dale Gordon n'avait pas noté l'adresse. Il la connaissait par cœur. L'œil fixé devant lui, il chemina d'un pas rapide. Quand il arriva enfin au terme de son voyage, il exécuta un lent demi-tour et contempla la maison.

C'était une villa d'un étage de style traditionnel. L'extérieur était en brique. Le porche en bois était blanc, la porte d'entrée noire. Ou peut-être bleue. Difficile d'être sûr dans la pénombre. La cour était bien entretenue.

Elle devrait laisser une lampe allumée par précaution, pensa Dale Gordon en remontant l'allée. Il ne cherchait pas à passer inaperçu. Frère Gabriel lui avait promis qu'il était invincible. Il avait la foi.

Trois marches basses, encadrées de pots de chrysanthèmes en fleurs, conduisaient au perron. Il se hissa sur la pointe des pieds et scruta à l'intérieur par le vasistas en forme d'éventail qui surplombait la porte.

Une vague lueur bleutée parvenait de l'arrière de la bâtisse. Tout le reste était plongé dans l'obscurité. Il appuya sur la poignée. Elle était fermée. Il redescendit le petit escalier et vérifia méthodiquement une à une les fenêtres donnant sur la rue. La troisième était ouverte.

« Si une alarme se déclenche, tu dois réagir rapidement. Avant l'arrivée des voisins ou de la police. »

Frère Gabriel pensait à tout.

Dale Gordon essuya ses paumes moites sur son pantalon kaki et respira brièvement par à-coups comme un haltérophile avant une épreuve olympique.

Sa précaution était inutile. Quand il remonta le châssis, aucun hurlement strident ne rompit le silence. Cependant, il resta sans bouger une bonne minute et tendit l'oreille, à l'affût du moindre bruit. Rassuré, il se hissa par l'ouverture.

Habitué à la pénombre, il n'eut aucun mal à voir où il se trouvait. Il était dans son salon. Des effluves de parfum — de fleurs et d'épices — le saisirent à la gorge. Il se dirigea vers la desserte sur laquelle était posé un joli bol en cristal débordant de pétales fanés et de bâtonnets de cannelle. Il se pencha et huma les fragrances délicates. Il n'avait jamais vécu dans un endroit pareil. Il aurait aimé s'y attarder mais il devait accomplir sa mission avant l'aube. Il se redressa et jeta un coup d'œil autour de lui, songeant à allumer une lampe pour contempler les objets disséminés dans la pièce et flâner parmi les bibelots qu'elle effleurait tous les jours sans y penser. Des livres, des magazines et des photos encadrées étaient éparpillés sur les tables. Il faisait trop sombre pour reconnaître les visages. Il fut tenté d'en emporter une comme souvenir, mais il résista à la tentation. Il n'était pas un voleur.

Se déplaçant avec précaution pour ne pas se cogner dans les meubles et faire craquer les lattes du parquet, il se dirigea vers le rayon de lumière qu'il avait aperçu de l'extérieur. C'était la lumière d'une veilleuse, dans la cuisine. Il pensa à l'éteindre et y renonça. Elle ne le gênait pas.

Il allait quitter la pièce quand il aperçut un verre posé sur le comptoir. Il contenait quelques gouttes de liquide transparent. Il tendit la main, hésitant. Frère Gabriel l'avait abjuré de ne toucher à rien à moins que ce ne fût nécessaire.

Mais Frère Gabriel ne le saurait jamais, n'est-ce pas?

Dale Gordon porta le récipient à ses lèvres. C'était de l'eau. Cependant, il fut pris d'un léger vertige. Sa bouche et sa langue avaient effleuré ce cristal froid avant lui. Elle avait bu à la même source.

C'était un geste quasi religieux. Son cœur battait aussi vite que lorsqu'il écoutait les cassettes des sermons de Frère Gabriel.

Un frisson charnel le secoua de la tête aux pieds. Il lécha le pourtour du verre, excité. Sa respiration s'accéléra. Une légère tension naquit entre ses cuisses. Stop! C'était mal.

Que lui arrivait-il? Il ne devait pas se laisser distraire. Se faire prendre au piège. Sale putain de Gillian Lloyd!

Il recula, atterré et s'enfuit pour refuser la tentation. De retour dans le salon, il se calma et examina la disposition des lieux.

Un couloir sombre s'éloignait dans la direction opposée à la salle à manger et à la cuisine, desservant trois pièces fermées. Elle devait dormir dans l'une d'elles.

Dale Gordon se glissa dans le corridor.

La première était meublée d'un ordinateur, d'armoires de classement et d'un fax. Sur le mur, un panneau de liège supportait des notes prises à la main et des cartes de visite. Le bureau.

La deuxième, petite et coquette, contenait un lit recouvert d'un joli plaid de couleur pâle et d'une couette matelassée. Un fauteuil. Une table ronde drapée d'un tissu assorti à la courtepointe. Ce devait être une chambre d'amis.

Il avança encore de quelques pas.

Bien avant d'ouvrir la dernière porte, il sut qu'elle se trouvait là. Il respirait son shampoing. Le parfum de sa peau, tiédie par le sommeil, lui faisait l'effet d'un fruit mûr dans sa bouche.

La pièce était plongée dans l'obscurité mais il n'eut aucun mal à distinguer la silhouette de la jeune femme. Sans doute était-ce la main de Dieu qui l'accompagnait.

Son cœur battait à tout rompre mais ce n'était ni la peur ni l'anxiété. Il était transi d'excitation. Enfin... Etre si près d'elle. Elle qui était élue. Choisie. Tout du moins jusqu'à hier soir.

Il refusa de laisser cette pensée l'envahir par crainte de donner libre cours à sa colère. Quand il songeait à l'homme qui l'avait tripotée, caressée, salie, profanée, il était sur le point d'exploser. Il eut des haut-le-cœur. Il l'imaginait serrée contre lui, gémissant de plaisir, heureuse.

Elle dormait sur le ventre, la tête tournée d'un côté. Il aperçut une joue, un œil, une oreille délicate. Sa respiration était presque silencieuse mais il devinait la douceur de son haleine. Ses cheveux noirs étaient étalés sur l'oreiller, emmêlés et doux comme de la soie.

Sur le plancher, près du lit, il buta dans un tas de vêtements qui semblaient avoir été jetés à terre à la hâte. Il se pencha et les ramassa. C'était un pyjama. La veste courte, sans manche était entièrement boutonnée. Il caressa d'une main fébrile le coton qui avait effleuré sa poitrine et le renifla.

Cela le rendait fou de penser à sa peau nue frottant contre le tissu, ses seins gonflés, tendus, que le bébé aurait suçotés.

Mais c'était trop tard. Jamais il n'y aurait de nouveau-né.

Il déposa doucement le petit boléro au pied du lit, le cœur gros. Du bout des doigts, il serra le short contre lui et se prit à rêver qu'il était encore tiède, imprégné de sa chaleur. Légèrement humide à l'entrejambe.

Il retourna le bas de pyjama, le posa sur son pénis et commença à se masturber à travers le coton. Malgré l'épaisseur de la toile, il sentit le désir monter en lui.

C'était une sensation que Dale Gordon avait peu connue. Depuis ce cours de gym au lycée où les autres garçons avaient raillé la taille de son sexe, il avait refusé cette chose dégoûtante qui pendait entre ses jambes. Il détestait le toucher, même pour uriner. Il ne supportait pas de le tenir, de le frotter, le frotter jusqu'à le rendre propre.

Parfois, son sommeil le trahissait. Quelle mortification de s'apercevoir au matin que ses draps étaient tachés ! Le jour où sa mère avait découvert ce qu'il faisait pendant la nuit, elle l'avait battu jusqu'au sang pour le débarrasser de ses pensées impures et de ses désirs.

Frère Gabriel était du même avis.

C'était un péché de satisfaire la chair. L'acte charnel était un anathème pour les hommes d'esprit.

Frère Gabriel l'avait affirmé. Dale Gordon l'avait compris. S'il n'y prenait pas garde, le plaisir allait l'engloutir, dévoyer son jugement et mettre sa mission en péril.

Mais c'était agréable de se frotter au pyjama de Gillian Lloyd. En fait, c'était si merveilleux qu'il ne parvenait pas à s'arrêter. Il poussa un grognement d'animal repu, mêlé à un gémissement de dégoût et de honte.

C'est ça qui la réveilla.

Elle ouvrit les yeux mais ne bougea pas. Elle eut l'air hébété, incapable de savoir où elle se trouvait, de comprendre ce qui l'avait tirée du sommeil.

Puis, soudain, elle roula sur le dos.

Et hurla.

Ce ne fut pas réellement un cri. Le son était si frêle. A peine ébauché. Sa gorge nouée le retint. Il resta coincé au fond de sa poitrine.

— Salut Gillian !

Elle hoqueta.

— Que faites-vous là ?

Elle l'avait reconnu ! Elle savait qui il était. Elle connaissait son visage. Béni soit le ciel, c'était le dernier qu'elle verrait jamais.

CHAPITRE 6

— Mademoiselle Melina Lloyd ?

Réveillée en sursaut, elle avait rejeté ses couvertures, revêtu à la hâte une robe de chambre et avait titubé d'un pas mécanique jusqu'à la porte d'entrée. Tout plutôt que d'entendre retentir cette sonnette !

Il lui avait fallu plusieurs secondes avant de comprendre qu'elle ne rêvait pas. Face à elle, sur le perron, deux hommes en uniforme de la police de Dallas. Malgré sa vision brouillée et la douleur qui lui martelait la tête, elle remarqua leur véhicule garé dans l'allée.

— Mademoiselle Lloyd ?

Elle repoussa une mèche de cheveux.

— Oui ? Je suis désolée, j'étais... Que voulez-vous ?

— Je suis le sergent Lewis et voici le sergent Caltrane.

— Y a-t-il un problème ?

— Pouvons-nous entrer ?

Sa torpeur s'évanouit. Les policiers ne sonnaient pas

chez les gens à une heure aussi matinale pour vendre des tickets de tombola. Lorsqu'il y avait un incendie ou une prise d'otage, ils débarquaient, gyrophares allumés, en hurlant leurs instructions à pleins poumons. Que se passait-il ?

Ils n'étaient pas venus l'avertir d'une catastrophe imminente. Non. Il s'était passé quelque chose de grave. Sinon, pourquoi montraient-ils autant d'hésitation à la regarder en face ?

— Qu'y a-t-il ? (Elle agrippa le chambranle.) Dites-le-moi.

Lewis tendit la main vers elle mais elle recula dans le vestibule. Ils la suivirent à l'intérieur. Caltrane referma la porte.

— Vous feriez mieux de vous asseoir, mademoiselle Lloyd, commença Lewis.

— Je ne veux pas. Je veux savoir ce qui se passe et ce que vous faites là.

Désorientée, elle les dévisagea à tour de rôle. Lewis comprit qu'il était plus sage de parler carrément.

— Votre sœur... Il y a eu un... heu... un problème chez elle. La nuit dernière ou aujourd'hui à l'aube. Nous ne savons pas encore exactement.

— Est-ce qu'elle va bien ?

Caltrane plongea le nez sur ses chaussures. Lewis toussota mais il eut la bonne idée de ne pas baisser les yeux.

— Non, mademoiselle. Malheureusement pas. On l'a retrouvée morte ce matin.

Une douleur lui transperça la poitrine. Elle poussa un cri rauque. Ses jambes se dérobèrent. Lewis tendit le bras pour la soutenir. La pièce dansait autour d'elle. Un sifflement suraigu emplit ses oreilles. Un voile noir descendit devant ses yeux.

Sans savoir comment, elle parvint à ne pas s'évanouir mais sa respiration était hachée. Lewis ordonna à Caltrane d'aller lui chercher un verre d'eau et ce dernier parut soulagé de devoir quitter le salon.

Elle pressa sa main sur ses lèvres. Sa paume était moite, glacée. Des flots de larmes coulèrent le long de ses joues. Des larmes brûlantes dues au choc. Pas au chagrin. Il était encore trop tôt pour ça.

C'était impossible. Elle n'arrivait pas à y croire. C'était un cauchemar dont elle allait se réveiller. Bientôt, je vous en prie. Ce n'était qu'un rêve. Un peu plus tard, dans la journée, elle s'en souviendrait en frissonnant et ferait une petite prière, soulagée de pouvoir chasser cet horrible souvenir. Le lendemain, elle l'aurait totalement oublié.

Ou alors, c'était juste une affreuse méprise. C'est ça, les policiers s'étaient trompés de personne et de maison. Ils avaient fait une erreur. Elle poursuivrait la police de Dallas devant les tribunaux pour les punir de lui avoir fait vivre une douleur pareille.

Non, non. Elle enverrait plutôt à chaque service un panier de fruits, du fromage et des saucisses, heureuse qu'ils aient commis une telle bévue.

Quand elle leva enfin un regard hagard vers le policier, elle comprit que ces fantasmes n'étaient qu'un rêve.

— Sachant que votre sœur se lève toujours de bonne heure, l'une de ses voisines est allée lui emprunter du café vers 7 heures 30 ce matin. Elle a sonné plusieurs fois. Comme la voiture était garée dans l'allée, elle a pris le double des clés dans la cache habituelle et est entrée. Elle l'a trouvée dans sa chambre.

Caltrane revint avec un verre d'eau. Lewis lui prit des mains et le tendit à Melina. Par crainte de vomir, elle le posa sur la table près de son fauteuil.

Lewis poursuivit :

— Cette femme a donné votre nom à l'inspecteur. Il nous a envoyés vous prévenir.

— Elle est morte? (Elle secoua la tête, l'air incrédule.) Comment?

Lewis lança un regard embarrassé à son collègue, mais aucun des deux n'eut le courage de répondre.

— Dites-le-moi, ordonna-t-elle, d'une voix rauque. Vous avez dit... vous avez dit qu'il y avait eu un problème. Quel genre? Avec le chauffe-eau? A-t-elle été asphyxiée? A-t-elle eu une crise cardiaque, une attaque? Quoi?

— Heu, non... mademoiselle. Ça ressemble plutôt à un meurtre, avoua Lewis.

Sa gorge émit un long gargouillement.

— Je suis désolé, mademoiselle Lloyd, reprit le sergent. Il n'y a aucune façon plus élégante de dire ça. Votre sœur a été tuée. Plutôt brutalement.

— Brutalement? répéta-t-elle d'une voix ténue.

— Les enquêteurs sont déjà sur les lieux. Une unité spécialisée est en route.

Elle sauta sur ses pieds.

— J'y vais!

— Ce ne serait pas raisonnable, coupa Lewis avec impatience. Le corps de votre sœur va être emmené...

— J'y vais.

Elle se rua dans sa chambre et enleva précipitamment sa robe de chambre et sa chemise de nuit. Elle décrocha un jean et une chemise de l'armoire et enfila une paire de chaussures. En moins de deux minutes, son trousseau de clés à la main, elle rejoignit les policiers sur le perron.

Lewis offrit de l'accompagner sur place.

— Je conduirai moi-même, répliqua-t-elle en le repoussant.

— Je ne peux pas vous laisser prendre le volant dans l'état où vous êtes, mademoiselle Lloyd. Vous risqueriez de vous mettre en danger. Peut-être qu'un ami pourrait...

— Bon d'accord. Je monte avec vous. Mais s'il vous plaît, ne perdons pas de temps.

— Rappelez-vous qu'il s'agit d'un crime. On ne vous autorisera pas à entrer.

— Je voudrais bien qu'on essaie de m'en empêcher.

*
**

Ils mirent exactement onze minutes pour arriver chez Gillian. A cette heure de la journée, les écoliers se rendaient en classe. Caltrane le silencieux conduisit plus lentement que ne l'y autorisaient les limitations de vitesse et le trajet parut deux fois plus long que d'habitude.

Assis à l'avant, Lewis lui jetait des regards inquiets.

— Comment vous sentez-vous, mademoiselle Lloyd?

Elle ne répondit pas. Elle était dans un état affreux et il le savait. Pourquoi affirmer le contraire? Seul l'abattement l'empêchait de hurler et de se débattre. Elle était trop choquée pour pleurer. Elle se contentait de fixer d'un regard vide le paysage qui défilait, essayant de se remémorer les phrases des deux policiers mais elle ne parvenait pas à comprendre. Impossible. Cette tragédie n'avait pas pu avoir lieu.

Pour tout le monde, c'était un jour ordinaire. Les mères de famille traînaient leurs enfants à l'école. Les couples qui partaient au travail comparaient leurs emplois du temps avant de se dire au revoir en s'embrassant. Les retraités lisaient les journaux du matin et regardaient les informations à la télévision.

Tous les gens, sauf elle, vaquaient à leurs occupations

habituelles. Indemnes et indifférents. Elle haïssait leur ignorance, leur mépris.

Sa vie avait basculé à jamais dans le chaos. Plus rien ne serait jamais comme avant. Elle avait perdu sa sœur, sa sœur jumelle. L'absence ne connaîtrait aucune trêve.

Mais qui s'en apercevait? Comment le monde pouvait-il continuer à tourner?

En même temps, elle enviait l'innocence des autres, des anonymes. Elle aurait souhaité désespérément remonter dans le temps quand un bas filé ou un ongle cassé représentait le seul drame de sa journée. Arrêter l'horloge. Etre de nouveau hier soir, la nuit dernière. Retrouver l'inconscience avant l'horreur.

Quand ils tournèrent au coin de la rue, la réalité lui sauta au visage. Des véhicules d'urgence et de police stationnaient un peu partout. Près de la maison ornée de beaux volets blancs, on avait dressé un périmètre de sécurité.

Des hommes et des femmes en uniforme allaient et venaient, affairés ou faisant mine de l'être. Sur les trottoirs, les voisins s'étaient agglutinés en petits groupes. Certains répondaient aux questions de la police.

— Pour l'heure, il n'y a aucun témoin, l'informa Lewis en suivant son regard.

La voiture avançait au pas au milieu de la foule. Caltrane ralentit.

— Pourquoi vous ne klaxonnez pas? rugit-elle avec impatience.

— Désolée, mademoiselle Lloyd. Mais un crime attire toujours beaucoup de curieux.

Lorsqu'un gamin à vélo les dépassa, elle laissa éclater sa colère.

— Oh, pour l'amour de Dieu! Laissez-moi sortir!

Lewis avait deviné qu'elle était sur le point de craquer. Il ordonna à Caltrane d'arrêter la voiture, en descendit et alla ouvrir la portière arrière. Elle l'écarta d'un geste brusque et courut vers la maison, ignorant les coups d'œil surpris des badauds.

Malgré l'injonction de plusieurs policiers, elle se faufila sous le cordon de sécurité, traversa la pelouse à grandes enjambées, escalada les marches du perron et s'engouffra dans le vestibule. Aussitôt, elle fut ceinturée par trois agents.

— Je dois la voir. Laissez-moi passer, hurla-t-elle en se débattant.

Lewis accourut sur ses talons, à bout de souffle.

— C'est la sœur de la victime.

— Sœur jumelle! corrigea-t-elle d'une voix stridente, hystérique qu'elle ne reconnut pas. Je veux la voir! S'il vous plaît, laissez-moi entrer. Je *dois* la voir.

— Sincèrement, mademoiselle Lloyd, je ne vous le conseille pas. Pas maintenant.

Un homme d'apparence ordinaire s'approcha et lui présenta son badge.

— Lieutenant Lawson, bureau des homicides.

— Laissez-moi entrer, s'il vous plaît. S'il vous plaît.

— Je comprends que vous ayez besoin de vérifier qu'elle est morte, mademoiselle Lloyd. Croyez-moi, elle l'est.

— Dans ce cas, laissez-moi la voir.

Il secoua la tête vigoureusement.

— La police recherche des indices. Là-bas, dit-il en pointant le menton vers la chambre à coucher. Moins il y aura de gens qui entreront dans cette pièce, plus nous aurons de chances de mettre la main sur un suspect. Vous voulez savoir qui a tué Gillian, n'est-ce pas? Et pour quelle raison?

Sa technique relevait manifestement de la psychologie. Il savait comment gérer les crises d'hystérie des parents de victimes. Ses manières douces la calmèrent. Elle cessa de se débattre.

Lawson dardait sur elle un regard hypnotique. Dans une autre circonstance, jamais il n'aurait eu le pouvoir de la garder sous son contrôle mais une part d'elle avait besoin que quelqu'un prenne les choses en main, remette un peu d'ordre dans sa vie détruite.

— Nous allons travailler main dans la main pour chercher des réponses. Voulez-vous? demanda-t-il.

Elle hocha la tête.

— Bien. Mon but est que le coupable soit arrêté, jugé et condamné. Pour cela, il vaut mieux nous tenir éloignés de la scène du crime. Sinon, ce salaud risque de s'en sortir.

— Je ne veux pas... (Elle déglutit avec difficulté.) Je ne veux pas qu'il s'en sorte. Je veux qu'il soit appréhendé et puni.

— Dans ce cas, nous sommes d'accord.

Il fit un pas en avant et, sur son ordre muet, les policiers la relâchèrent.

Elle pressa ses mains l'une contre l'autre comme pour reprendre son calme.

— Savez-vous ce qui s'est passé?

Il la fit pénétrer dans le salon.

— Pourquoi ne pas nous asseoir? J'ai quelques questions à vous poser.

Devant le seuil de la chambre, un technicien relevait les empreintes sur le montant de la porte. Peut-être avait-elle surestimé ses forces? Elle avait déjà vu des scènes semblables au cinéma ou à la télévision, mais la vivre soi-même était insupportable. Voir ce cadre familier envahi d'étrangers la blessait plus qu'elle n'aurait su le dire. Ces bruits, ces allées et venues la rendaient malade. Et ce parfum qui flottait dans l'air...

Quand elle fut assise sur le canapé, Lawson lui proposa un remontant. Elle secoua la tête, d'un air las.

— Vous ne voulez rien boire?

— Non, merci.

Le policier prit place en face d'elle sur une ottomane.

— Y a-t-il quelqu'un d'autre à prévenir?

— Ma...

Ses larmes jaillirent brutalement, inondant ses joues. Elle renifla. Lawson fit signe à un agent de lui donner immédiatement des mouchoirs en papier.

Elle s'essuya les yeux et se moucha.

— J'allais dire qu'il fallait appeler ma sœur. Vous voyez, nous sommes... étions... très proches.

Impassible, il ajouta :

— Vos parents?

— Ils sont décédés.

— D'autres membres de la famille?

— Non, coassa-t-elle. Juste nous deux.

Le policier exprima ses regrets d'un froncement de sourcils.

— Je sais que c'est difficile, mademoiselle Lloyd. On va vous demander d'identifier le corps.

Elle avala sa salive et inclina la tête pour dire qu'elle comprenait.

— La voisine qui l'a trouvée l'a reconnue immédiatement. Vous lui ressemblez de façon stupéfiante.

— Que lui est-il arrivé, détective?

Elle avait oublié son grade mais il ne parut pas s'en formaliser.

A première vue, Lawson donnait l'impression d'un homme massif. Son torse paraissait engoncé dans sa veste trop courte, étriquée. Elle aurait mérité une taille au-dessus. Sa coupe en brosse lui faisait une tête carrée. Son cou était épais, ses sourcils formaient une ligne broussailleuse au bas de son front.

Dans sa jeunesse, il avait sûrement pratiqué le sport de haut niveau. Son physique de footballeur ou de lutteur lui donnait l'air méchant. Ses yeux étaient désabusés et un rien cyniques. Mais il se comportait envers elle avec gentillesse et douceur.

— Je ne vous épargnerai pas mademoiselle Lloyd. Elle a été agressée avec sauvagerie. Elle a été tuée avec un objet pointu, probablement un couteau.

— Elle a été poignardée ?

— A plusieurs reprises.

Elle laissa échapper un long gémissement et se recroquevillant au fond du canapé, les bras serrés contre elle, se balança doucement d'avant en arrière. Des larmes brûlantes s'échappèrent de ses yeux clos.

— Je suis désolé, murmura le policier. Etes-vous sûre de ne pas vouloir appeler quelqu'un ?

Elle rejeta sa proposition d'un violent hochement de tête.

— A-t-elle été violée ?

— Le médecin légiste l'examine en ce moment. On photographie le corps. Une fois qu'il sera à la morgue, l'autopsie...

— Lieutenant, a-t-elle été violée ? coupa-t-elle.

— Sincèrement, je ne peux pas vous le dire. Il ne

semble pas qu'elle ait subi de sévices sexuels mais à ce stade de l'enquête, nous ne pouvons rien affirmer.

— Merci de votre franchise.

Lawson remua son large derrière sur l'ottomane et sortit un carnet de notes et un stylo de la poche de sa veste.

— Acceptez-vous de répondre à quelques questions?

— Bien sûr. Je veux vous aider au maximum mais... est-ce obligatoire de le faire maintenant?

— Plus tôt nous pourrons établir un mobile, plus vite nous saurons où chercher.

— Comment puis-je vous aider?

— Nous allons passer au crible la vie de votre sœur, ses amis, ses relations, ses habitudes professionnelles, etc. On partira de là.

Elle se moucha, essuya ses yeux et d'un geste de la main, lui indiqua qu'il pouvait commencer.

— D'après vous, avait-elle des ennemis?

— Non.

— Un ex-mari jaloux?

— Elle n'a jamais été mariée.

— Un ex-petit ami ou un amoureux éconduit?

— Non.

— Un ancien employé, un collègue rancunier?

— Elle s'entendait bien avec tout le monde.

— C'est peut-être ce que vous croyez.

— Monsieur Lawson, si elle avait eu un ennemi, j'aurais été au courant.

— Elle vous disait tout?

— Oui.

— Même sur sa vie privée?

— Je ne peux pas affirmer qu'elle me racontait tout, mais elle aurait été bien incapable de me cacher un secret important. La réciproque était vraie. Rien qu'en échangeant un seul mot avec elle, même au téléphone, je savais si elle était de bonne ou de mauvaise humeur. Si elle avait eu un souci quelconque, je l'aurais senti. Entre nous, c'était de la télépathie. Je pouvais presque lire dans ses pensées. C'est un phénomène courant entre jumeaux.

— J'en ai entendu parler. Vous a-t-elle jamais dit qu'elle était suivie ?

Elle soupira. Bon sang, pourquoi ne l'écoutait-il pas ?

— Non.

— Y avait-il quelqu'un dont elle se méfiait ? Qui la poursuivait de ses assiduités ?

— Non.

— Vous ne voyez personne qui aurait pu lui en vouloir ?

— Personne.

Il tapota son stylo contre son carnet et se mordilla l'intérieur de la joue.

— Quoi ? demanda-t-elle.

Il s'agita, mal à l'aise.

— Et bien, nous ne croyons pas au crime d'un rôdeur. Il n'y a eu aucune effraction, aucun vol. Rien ne semble avoir été dérangé ou dérobé. Bien sûr, vous pourrez nous aider en vérifiant chacune des pièces. Nous avons trouvé un pendentif en rubis sur la table de nuit. Il était en évidence. Un cambrioleur l'aurait embarqué.

— C'est un cadeau de Jem. Il lui a apporté la nuit dernière.

— Jem ?

Lawson sembla intéressé. Il échangea un regard entendu avec les policiers postés à ses côtés.

— Jem Hennings. (Elle écarquilla les yeux, l'air incrédule.) Je n'arrive pas à croire que je ne vous en aie pas parlé. Je l'ai complètement oublié. Je ne pensais pas...

— Qui est-ce?

— L'homme qu'elle voyait.

— Son petit ami?

— Oui.

— Avez-vous un numéro où on peut le joindre?

Elle lança un coup d'œil alarmé aux agents en faction.

— Oui, mais... Jem n'est pas impliqué là-dedans.

— De toute façon, il doit être averti. Et s'il est venu ici la nuit dernière, nous devons lui parler.

Elle lui donna le nom de la société de courtage dans laquelle travaillait Jem Hennings.

— Il y arrive très tôt avant l'ouverture de Wall Street.

— Alors, on va lui téléphoner.

Lawson chargea Caltrane d'aller passer l'appel.

— Faites-le venir. Ne lui dites rien.

Elle regarda le flic en uniforme s'éloigner, son téléphone à la main. Puis elle reporta son attention sur Lawson.

— C'est vraiment cruel, non?

— Ce qui est cruel, mademoiselle Lloyd, c'est ce qui est arrivé à votre sœur. C'est d'ailleurs pour ça que je ne crois pas à la panique d'un cambrioleur qui aurait tué, sans préméditation.

Elle jeta un œil furtif vers la chambre et fit observer calmement :

— Vous pensez que c'était prémédité?

Il acquiesça, la mine lugubre.

— Je crois que votre sœur était visée. Ce n'est pas qu'une impression. Il y a un indice.

— Lequel?

Caltrane arriva sur ces entrefaites.

— Hennings est en route, annonça-t-il.

Lawson hocha la tête en direction du policier, sans la quitter des yeux.

— Quelle était la nature exacte des relations entre votre sœur et monsieur Hennings?

— Ils sortaient ensemble.

— Depuis combien de temps?

— Voyons... (Elle fit un calcul rapide.) Presque un an.

— Leur relation était intime?

— Vous voulez dire, est-ce qu'ils couchaient ensemble? siffla-t-elle.

Imperturbable, il se tut, les yeux rivés aux siens. Alors, elle reprit :

— Ils avaient des relations sexuelles, oui. Est-ce bien nécessaire, monsieur Lawson?

— Peut-être. C'est quel genre de type, ce Hennings?

— Quel genre? Il a une belle situation. Il est séduisant.

— De quelle race?

Elle toisa Lawson, stupéfaite.

— Je ne sais pas. Hennings est d'origine irlandaise ou anglaise. Franchement, quel intérêt, asséna-t-elle avec impatience.

— Vous êtes sûre que votre sœur ne fréquentait que ce Hennings?

— Où voulez-vous en venir?

— A votre avis, est-il jaloux?

— Je ne sais pas. Peut-être. Pourquoi? Lieutenant Lawson...

Elle s'interrompit en entendant les roues d'un brancard crisser dans le couloir. Instinctivement, elle se leva et s'avança de quelques pas maladroits avant de prendre appui sur le dossier d'une chaise. Le corps enveloppé dans un sac plastique était sanglé sur la civière.

— Je veux la voir.

— Je vous conseille de laisser le médecin légiste l'emmener. Vous l'identifierez après, répliqua Lawson.

— Je *veux* la voir!

Lawson obtempéra à contrecœur et après une longue hésitation donna l'ordre au policier de faire glisser la fermeture éclair du sac, à la hauteur du visage. Elle s'approcha lentement.

Gillian paraissait sereine. Elle était pâle comme de la cire. Melina contempla ses traits semblables aux siens, frappée par les taches sombres qui maculaient ses joues. Elle réalisa soudain qu'il s'agissait de sang séché.

Ce fut comme un uppercut à l'estomac.

— Je vais vomir.

CHAPITRE 7

— Mademoiselle Lloyd?

Une femme policier frappa doucement contre la porte des toilettes.

— Vous allez bien?

Bien? Vais-je bien? Bien sûr que non, je suis malade de chagrin. Elle préféra taire ces paroles sarcastiques. La jeune agent avait de bonnes intentions.

— Ça va, cria-t-elle. Je sors dans un instant.

Ses nausées avaient disparu mais elle se sentait vidée, physiquement et mentalement. Elle se passa de l'eau froide sur le visage et sur le cou, se rinça la bouche et les mains. Elle avait l'air d'un fantôme mais elle s'en moquait. Plus rien n'avait d'importance.

Quand elle ressortit dans le couloir, la femme en uniforme lui sourit gentiment :

— Désirez-vous quelque chose ?

— Oui. Le lieutenant Lawson.

L'agent l'accompagna dans le salon. Lawson était accroupi devant une fenêtre, écoutant un sergent lui expliquer qu'on avait trouvé des empreintes à l'extérieur.

— On a mis de la poudre et fait des photos. On a également prélevé des échantillons de terre.

— Et le verre dans la cuisine ?

— Il est déjà emballé.

Satisfait, Lawson se releva en grimaçant. Sans doute, de l'arthrite aux genoux. La femme policier s'approcha de lui.

— Mademoiselle Lloyd demande à vous parler.

— Bien sûr.

Melina l'attendait à l'écart, prête à l'affrontement qu'elle allait provoquer.

— Je veux voir la chambre à coucher.

— Je vous le déconseille.

— Vous avez parlé d'un indice prouvant que l'assassinat de Gillian était prémédité. Je peux peut-être vous aider, mais pour ça il faut que je pénètre dans la pièce.

— Nous vous montrerons des photos.

— Pourquoi attendre ?

— C'est pas beau à voir.

— Je ne suis pas impressionnable. Je sais qu'il y a du sang. J'ai vu des éclaboussures sur son visage. Vous dites qu'elle a été poignardée à plusieurs reprises. Je sais à quoi m'attendre.

— Pas vraiment. (Il fixa le bout de ses chaussures avant de poser les yeux sur elle, l'air navré.) Je n'ai pas voulu vous le révéler parce que vous aviez déjà beaucoup trop de choses à assumer.

Que pouvait-il avoir omis? Rien ne pouvait être pire que ce qu'elle avait déjà vu. Elle lui jeta un regard interrogateur.

— Il y a une inscription sur le mur de la chambre.

— Une inscription?

— Apparemment, il... d'après les empreintes trouvées devant la fenêtre, il s'agirait d'un homme. Il semble qu'il a trempé un gant de toilette dans le sang de votre sœur et qu'il a griffonné des... des obscénités sur la tapisserie.

Son estomac se souleva et elle eut un vertige. Mais elle se reprit.

Elle était résolue à tout affronter. Elle devait saisir la réalité à bras-le-corps, si horrible fût-elle, pour ne pas rester des années durant face à une abstraction. Elle ne pourrait pas vivre en laissant galoper son imagination.

Peut-être en visualisant le lieu du crime de ses propres yeux, serait-elle capable de la digérer, de la laisser s'endormir dans son subconscient.

— Je veux voir l'endroit où ma sœur a été tuée, monsieur Lawson.

Les techniciens du bureau des homicides avaient achevé leur travail. Ils avaient remballé leur matériel et déguerpi, cédant la place officiellement au lieutenant chargé de l'enquête.

Lawson l'examina attentivement et poussa un soupir comme s'il avait compris qu'il venait de perdre une bataille. D'un geste de la main, il lui fit signe de le suivre. Il fit halte sur le seuil de la chambre, attendant qu'elle le rejoigne.

Elle esquissa un pas à l'intérieur, effrayée.

Curieusement, elle n'eut aucun mal à contempler la

scène du carnage. Son corps et son esprit étaient comme insensibilisés. Il n'y avait pas de mot pour décrire ce qu'elle ressentait. Comment raconter l'inracontable ?

Elle avait l'impression d'être plongée brutalement dans une eau glaciale. Le cœur et les membres engourdis, elle n'éprouvait plus aucune émotion.

Glacée, elle se tint droite, silencieuse, devant le lit où sa sœur avait trouvé la mort. Plus rien ne la touchait. C'était sa seule façon de se protéger.

Une fois photographiés, les draps avaient été emballés et envoyés au laboratoire pour examen. Mais une flaque rouge encore humide souillait le centre du matelas.

Elle la fixa en proie à une horreur grandissante.

— Nous supposons qu'il s'est tenu à l'endroit où vous êtes, commença Lawson. Il y a de la terre là, sur le parquet. Elle était probablement endormie.

— Je l'espère.

Sa voix était à peine audible.

— On l'a découverte couchée sur le dos. Nue. Est-ce normal ? Dormait-elle toujours ainsi ?

— Je crois. Pas toujours.

— Nous avons trouvé un haut de pyjama sur le lit mais pas le bas.

Elle chercha son regard, interloquée, mais il semblait perdu dans ses pensées.

— Ses bras et ses mains ne portaient aucune trace de lutte, reprit-il. A mon avis, tout s'est passé très vite, si ça peut vous réconforter.

Son regard erra sur la tache ensanglantée avant de s'arrêter sur la table de nuit, maculée de poudre à empreintes. Le pendentif en rubis était couvert de pellicules blanchâtres.

Elle se tourna vers Lawson d'un air dubitatif.

— Oui, allez-y, marmonna-t-il.

Elle s'empara du collier et referma ses doigts dessus.

Soudain, elle avisa le mur en face d'elle. D'immenses lettres manuscrites couraient sur la tapisserie, certaines dégouttant encore de sang.

PUTAIN. SALOPE. SALE BAISEUSE D'INDIEN.

Elle darda un œil haineux vers l'inscription, atterrée par la rage sauvage qui transparaissait dans ces insultes. Quel être perverti était capable d'un geste pareil ?

Puis elle relut les mots en se concentrant sur leur signification.

Brutalement, elle comprit. Elle ferma les yeux et hurla :

— Oh, mon Dieu, oh mon Dieu !

Elle vacilla, se détourna et s'élança vers la sortie avant de s'écrouler contre Lawson.

— Mademoiselle Lloyd ? Que se passe-t-il ? Qu'y-a-t-il ?

— Oh, mon Dieu, hurla-t-elle. C'était pour moi ! C'est moi qui devrais être là !

Titubante, elle se rua dans le couloir en tentant de se dégager de la poigne de Lawson.

Elle s'affala comme une poupée de chiffon. Des larmes ruisselaient sur ses joues. Elle se mordit la lèvre pour faire taire les gémissements plaintifs qui s'échappaient de sa gorge.

Lawson la saisit par les épaules et la secoua doucement.

— Parlez-moi. Que veulent dire ces mots ? Qu'avez-vous compris ?

Un cri résonna du côté de la porte d'entrée.

— Laissez-moi entrer. On m'a demandé de venir. Que se passe-t-il ?

Jem Hennings se débattait contre une rangée d'hommes en uniforme.

— C'est vous Hennings ? aboya Lawson.

— Bon sang, qui êtes-vous ?

Sur l'injonction de leur supérieur, les policiers s'écartèrent.

Jem se rua sur le lieutenant.

— Bureau des homicides de Dallas, asséna Lawson en brandissant son insigne.

Eberlué, Jem agrippa la main de Melina.

— Pour l'amour de Dieu, Gillian, tu as l'air d'un fantôme. Tu vas bien ? Que se passe-t-il ici ?

Lawson prit la parole, sans lui laisser le temps de répondre.

— Gillian vient de partir en ambulance.

— Une ambu... Pourquoi ? (Jem se tourna vers elle.) Melina ? Qu'y a-t-il ? Qu'est-il arrivé à Gillian ?

Devant son mutisme, il prit un air hautain.

— Quelqu'un va-t-il enfin me dire ce qu'il se passe ?

— Je suis désolé de vous apprendre cette nouvelle, monsieur Hennings.

Jem fixa le lieutenant.

— Gillian est morte. Elle a été retrouvée assassinée dans son lit ce matin.

Jem ouvrit la bouche mais ne put proférer aucun son. Il tituba et les contempla, l'air incrédule. Il s'approcha lentement des hommes postés devant la porte, dans l'espoir qu'ils contredisent cette nouvelle.

Alors, il parvint à bredouiller :

— C'est impossible.

Devant leurs visages sombres et impénétrables, il comprit. Il porta sa main à sa bouche.

— Voulez-vous vous asseoir, monsieur Hennings ?

Il secoua la tête.

— Vous dites qu'elle a été... *assassinée* ?

Il jeta un coup d'œil rapide par-dessus leurs épaules et

avant que l'un d'eux ait eu le temps de prévenir son geste, il se rua dans le couloir.

— Attendez !

— Jem !

Sur le seuil de la chambre, il stoppa net.

— Oh, mon Dieu, gémit-il. Oh, non ! sanglota-t-il en se couvrant la tête de ses mains.

— Jem, je suis désolée.

— Melina ? Que... ?

Elle s'approcha de lui et l'attrapa fermement par les épaules.

— Viens, Jem. Viens avec moi. J'ai besoin de toi. Nous avons besoin l'un de l'autre.

Jem pleurait sans retenue. De longs sanglots déchirants s'échappaient de sa gorge.

Avec effort, Melina l'entraîna vers le salon et serrée contre lui, le fit asseoir sur le canapé. Elle prit place à ses côtés. Il chercha sa main, la serra entre la sienne et la porta à ses lèvres.

— Melina, je suis désolé. Mon Dieu, je suis tellement désolé. Est-ce toi qui l'as trouvée ?

Ses larmes la troublaient plus qu'elle n'aurait su le dire.

Avec bienveillance, Lawson s'éclipsa quelques minutes.

Après quoi, il revint dans la pièce et s'installa de nouveau sur l'ottomane, carrant ses épaules épaisses contre le dossier dans une posture disgracieuse qui le faisait ressembler à une grenouille sur un nénuphar.

Jem s'était calmé. Il s'essuya le visage avec un mouchoir.

— Que s'est-il passé ?

Lawson lui résuma brièvement les derniers événements.

— Son corps portait de multiples coups de couteau. Ça ressemble à une vengeance. Plutôt brutale.

— Qui aurait pu en vouloir ainsi à Gillian ?

— C'est ce que nous devons découvrir. Vous pouvez nous y aider.

Jem hocha la tête d'un air absent.

— Quand lui avez-vous parlé pour la dernière fois ?

— La nuit dernière. Je suis venu lui offrir un cadeau. Un pendentif.

— Nous l'avons trouvé sur la table de nuit.

— C'est moi qui l'ai, Jem.

Elle ouvrit les doigts. Le bijou s'était incrusté sur sa peau, dessinant un cœur au fond de sa paume.

Jem lui prit des mains et esquissa un sourire nostalgique.

— Il lui allait à ravir. Elle l'avait autour du cou quand je suis parti.

— Quelle heure était-il ? interrogea Lawson.

— Heu.. environ 21 heures, je crois, hésita-t-il en se grattant la tempe. Est-on obligé de parler maintenant ? J'ai besoin de temps.

— Soyez assez aimable pour répondre encore à quelques questions.

A contrecœur, Jem obtempéra.

— Combien de temps êtes-vous resté ?

— Pas longtemps. Gillian était sur le point de se coucher quand je suis arrivé. Je lui ai offert mon présent et je suis parti.

— Vous lui avez donné et vous êtes parti ?

— En gros, oui.

Lawson resta silencieux. Discrètement, il étudiait Jem.

— C'est un bijou de grande valeur, monsieur Hennings. Etait-ce pour une occasion spéciale ?

— Oui.

— Pouvez-vous préciser?

— C'est d'ordre privé.

— Privé?

— C'est ça.

Lawson tirailla sa lèvre supérieure comme s'il venait de noter une contradiction.

— Donc, vous avez fait l'aller et retour. Vers 21 heures.

— Oui.

— Et selon vous, Mademoiselle Lloyd s'apprêtait à se mettre au lit?

— Elle était très fatiguée. Elle avait eu une grosse journée. Elle était déjà en pyjama.

— En pyjama?

— Ne suis-je pas assez clair, lieutenant Lawson? Ou bien vous avez un problème d'oreille? s'écria Jem avec impatience. Pourquoi répétez-vous toutes mes phrases? Seigneur! Ma fiancée a été retrouvée assassinée...

— Votre fiancée?

— Fiancée?

D'une seule voix, Melina et Lawson poussèrent une exclamation de surprise.

— Vous étiez fiancés? réitéra le policier.

Agacé, Jem l'ignora.

— Je suis navré que tu apprennes cette merveilleuse nouvelle en une telle circonstance, avoua-t-il à Melina.

— *Vous* étiez fiancés? répéta-t-elle, abasourdie.

— Je sais que vous n'aviez aucun secret l'une pour l'autre. Mais Gillian et moi, avions choisi de ne le dire à personne.

— Quand avez-vous décidé ça?

— Il y a quelques semaines.

— Aviez-vous fixé la date du mariage ?

— Non. Nous n'étions pas pressés.

Il lui glissa un regard entendu. Elle comprit qu'il songeait à l'insémination artificielle et qu'il ne voulait pas en parler devant Lawson.

— Je vois.

— C'était dur de le taire, poursuivit-il d'un ton navré. Surtout vis-à-vis de toi.

— Je m'en doute.

— Elle ne portait pas de bague de fiançailles, coupa Lawson. Vous êtes certain que mademoiselle Lloyd avait accepté de vous épouser ?

Jem haussa les épaules.

— Bien sûr que j'en suis sûr. Que croyez-vous ? Que j'invente ?

Lawson fronça le sourcil.

— C'est le cas ?

— Pourquoi ferais-je une chose pareille ?

— Parce qu'un enquêteur pourrait avoir du mal à croire qu'un simple petit ami débarque un soir avec un bijou de valeur sans passer la nuit sur place. Par contre un fiancé... (Il laissa sa phrase en suspens.) Etiez-vous furieux que Gillian ne vous invite pas à dormir chez elle ?

Jem bondit sur ses pieds.

— Vous croyez que j'ai fait une chose pareille ? hurla-t-il en indiquant la chambre du doigt. Je l'aimais. Elle allait devenir ma femme.

— Jem !

— Calmez-vous, Hennings, gronda Lawson qui ne paraissait pas décontenancé par son explosion de colère. Personne ne vous accuse. J'imagine certaines hypothèses, c'est tout.

— C'est dégueulasse.

— Je veux m'assurer que votre version de l'histoire tient debout.

— Ce n'est pas une version. C'est la vérité.

— Très bien. Asseyez-vous.

Fulminant, Jem serra les poings mais obéit.

— Il t'a charcutée aussi, Melina?

— J'ai dû répondre à des questions, oui.

Lawson fit mine de n'avoir rien entendu.

— Vous disiez que mademoiselle Lloyd était en pyjama.

— Oui, siffla Jem. Un short avec un boléro assorti.

— Elle était nue quand on l'a trouvée.

— Alors, elle a dû se déshabiller en se couchant.

— Nous avons trouvé le haut mais pas le bas.

Jem se raidit.

— Votre sous-entendu est insultant. Pour moi et pour Gillian.

— Je ne sous-entends rien. Pourquoi êtes-vous sur la défensive?

Jem garda un silence renfrogné.

— Après votre départ, êtes-vous rentré directement chez vous? poursuivit Lawson.

— Oui.

— Quelqu'un peut-il en témoigner?

— Le portier de mon immeuble. Je vis dans une tour près de Oak Lawn. J'ai laissé ma voiture au surveillant du parking. Elle est y restée toute la nuit, jusqu'à ce que je parte travailler ce matin. Vous pouvez vérifier.

— Nous le ferons.

— Ce n'est pas utile, lieutenant Lawson. Ce serait une perte de temps.

Jem la considéra avec stupéfaction.

— Que veux-tu dire, Melina?

Lawson resta bouche bée. Ce n'était pas tant la phrase qu'elle venait de prononcer qui l'étonnait que le ton de sa voix. Les agents en faction s'immobilisèrent, attentifs. La femme policier la fixa de son regard doux.

Melina se tourna vers Lawson.

— Nul besoin de vérifier auprès du gardien. Je peux corroborer sa version.

— Melina, que...?

Elle secoua la tête pour le faire taire.

— Je *sais* que tu étais là hier soir à 21 heures. Tu es parti à 21 heures 15. Après... après ton départ, j'ai rincé mon après-shampoing.

Un silence épais lui répondit. Jem l'observait d'un air incrédule. Puis il ouvrit la bouche et d'une voix rauque, souffla :

— C'était...

— Moi... murmura-t-elle. Ce n'est pas Gillian qui était avec toi, hier soir.

Interdit, il ne put proférer un son. Il se tourna vers le lieutenant qui dardait sur elle un regard suspicieux.

— Quand nous étions petites, ma sœur et moi, nous échangions souvent nos identités, expliqua-t-elle. On jouait des farces aux baby-sitters, aux professeurs, aux amis et même à nos proches. C'était un jeu d'enfant pour nous. Ça nous amusait de voir qu'on pouvait tromper les autres sans se faire prendre. On s'en est toujours tirées haut la main.

Elle s'adressa à Jem qui semblait transformé en statue.

— Hier soir, manifestement, ça a marché.

Il bredouilla :

— Mais... je t'ai embrassée.

— Rappelle-toi. Je t'ai arrêté avant que ça n'aille trop loin.

Il paraissait secoué.

— Mais pourquoi? Pourquoi hier soir?

Elle prit une longue inspiration.

— C'était une idée à moi. Un caprice idiot. Je l'ai proposé à Gillian, hier au déjeuner. Elle a refusé en arguant que nous n'étions plus des gamines. Je l'ai rappelée un peu plus tard en insistant. J'ai prétexté une grande fatigue. Je l'ai harcelée jusqu'à ce qu'elle accepte de prendre ma place. J'étais avec toi, Jem pendant qu'elle accompagnait mon client.

— Que voulez-vous dire par *accompagner*, interrogea Lawson, intrigué.

Elle expliqua au policier en quoi consistait son travail.

— La nuit dernière, j'étais en mission avec le colonel Christopher Hart.

— L'astronaute? coupa Jem.

Elle acquiesça.

— Mon rôle consistait à le conduire à son banquet à l'Adolphus et à faire le pied de grue pendant sa conférence de presse. (Ses yeux s'embuèrent.) Gillian y est allée à ma place. C'est pour ça que j'ai été choquée en découvrant l'inscription sur le mur.

Lawson paraissait avoir réuni toutes les pièces du puzzle. Il hocha la tête.

— Indien. Christopher Hart. Il est d'origine Comanche, n'est-ce pas?

— Si le meurtre de ma sœur est lié à cet homme d'une façon ou d'une autre, alors, c'est moi qui aurais dû être assassinée.

— Attends une minute. (Jem perdait son sang-froid.) Je comprends la référence à Hart. C'est évident. Mais la suite, ce... cette obscénité sur Gillian. Qu'est-ce que ça veut dire?

Lawson renifla et baissa le nez sur son carnet de notes.

La voix de Jem se perdit dans les aigus.

— Melina ? Qu'est-ce que ça signifie ? s'écria-t-il.

Sa volonté de savoir était compréhensible, sa demande justifiée. Mais ni elle, ni Lawson n'osèrent le regarder en face.

CHAPITRE 8

— Je n'ai rien de plus à vous dire.

Chief remercia d'un signe de tête le serveur qui lui proposait une nouvelle tasse de café. Il en avait rudement besoin. Il se sentait mal fichu.

Il s'était réveillé de mauvaise humeur et depuis ça ne s'était pas arrangé. Cette réunion avec Longtree et Abbott lui faisait perdre son temps. Ça le mettait en rogne.

— Je suis déçu, répliqua Abbott. Je sais que je parle aussi au nom du Chef Longtree.

Impassible, le vieil Indien fixait Hart qui serrait les poings pour ne pas hurler.

— J'apprécie sincèrement l'intérêt que vous me portez, rétorqua Chief. Vraiment. Les buts que vous poursuivez avec le PIA sont admirables. C'est une cause noble qui mérite d'être portée à la connaissance du public. Seulement, je...

Zut ! Comment préciser sa pensée sans les insulter. Ils le mettaient dans une situation détestable. Il n'avait aucune envie d'y réfléchir maintenant. Sa soirée de la veille n'en finissait pas de le hanter.

— Je n'ai pris encore aucune décision, continua-t-il

adroitement. Je ne sais même pas de quoi va être fait mon avenir. C'est ça le problème. Je ne vois pas l'intérêt de poursuivre cette discussion tant que je n'aurai pas quitté la NASA.

— A ce moment-là, prendrez-vous notre offre en considération ? le pressa Abbott. Etes-vous d'accord pour que nous vous recontactions ? Disons, dans deux mois ?

Chief essaya de temporiser.

— Quoi qu'il arrive, je préfère rester indépendant. Je ne veux pas vous offenser, monsieur Abbott, mais je...

— Vous ne voulez pas vous mouiller pour des Indiens, coupa Longtree.

C'était la première fois en une demi-heure qu'il prenait la parole.

— Je n'ai pas dit ça.

— Mais c'est ce que vous pensez.

Chief estimait avoir fait le maximum. Sans le vouloir, il les avait déjà offensés. Longtree avait compris qu'il tournait autour du pot. Alors, pourquoi ne pas y aller franco et en finir une fois pour toutes. Tout le monde y gagnerait.

Après tout, il ne leur devait rien. Rien.

— Oui, Chef Longtree, c'est ce que je pense. Franchement, je n'ai aucune envie de rejoindre votre organisation. Si vous êtes sincère, vous méritez des éloges. Vos objectifs sont louables et requièrent de grands efforts. Mais il y a des années que je ne suis pas allé dans une réserve. Je me sens loin de ce monde-là et je n'ai aucun désir d'y retourner. Mes origines indiennes ne m'ont valu ni succès, ni échec. J'aurais l'impression de tromper les Indiens si j'acceptais d'être leur porte-parole. Je n'ai rien en commun avec cette population, hormis de l'ADN.

— En d'autres termes, le PIA a besoin de vous mais vous pouvez vous passer de lui.

— Je ne serais pas aussi direct.

— Mais, c'est ce que vous voulez dire.

Le vieux buriné paraissait décidé à le pousser à bout, à le faire passer pour un salaud. Parfait. Il n'était pas d'humeur à mâcher ses mots.

— C'est exact, Chef Longtree. Je ne tiens pas à être récupéré par une cause quelconque. Car j'ai l'impression que la vôtre est surtout destinée à servir les intérêts de quelques-uns. Comme vous venez de le dire si abruptement, vous avez plus besoin de moi que moi de vous.

Calmement, le vieux Peau-Rouge ôta la serviette de ses genoux et la plia près de son assiette. Abbott sembla sur le point de répliquer. Un regard sévère de Longtree l'en empêcha.

— Merci d'avoir accepté ce rendez-vous, lança-t-il en repoussant sa chaise.

Chief se leva. Les deux hommes demeurèrent face à face.

Bien qu'il dépassât le vieil Indien d'une tête, Chief se sentait insignifiant. La colère l'envahissait. Il n'avait aucune envie de revoir ces deux types mais il détestait l'idée d'avoir fait mauvaise impression.

Dans un effort de conciliation, il reprit :

— Je respecte votre point de vue, Chef Longtree. J'espère que la réciproque est vraie.

Longtree ne répondit pas. Il l'observa longuement en lui serrant la main vigoureusement.

— Le jour viendra — c'est pour bientôt, je le prédis — où vous aurez besoin de nous, Colonel Hart.

— Christopher Hart?

A l'appel de son nom, Chief fit volte-face.

Un homme massif comme un tronc d'arbre lui brandit son insigne sous le nez.

— Lieutenant Lawson, du bureau des homicides.

Longtree esquissa un pas en arrière.

Chief ne put cacher sa surprise. En se retournant, il s'était attendu à découvrir un chasseur d'autographes qui l'aurait repéré alors qu'il prenait son petit déjeuner. *Le Dallas Morning* avait publié sa photo dans son édition du matin, accompagnée d'un article sur le banquet de la veille. A cette heure-ci, tous les habitants du coin devaient savoir qu'il était en ville.

Mais l'individu costaud en civil qui se tenait devant lui se fichait manifestement de son statut de vedette. Son visage, ainsi que ceux des deux policiers en uniforme qui l'accompagnaient, était de marbre.

Le maître d'hôtel s'avança vers Chief.

— Je suis vraiment désolé, Colonel Hart. Je lui ai proposé de vous appeler pour que vous alliez le rejoindre dehors, mais...

— C'est bon! répliqua Chief en levant la main pour couper court à son flot d'excuses. Puis-je vous aider? lança-t-il à l'officier de police.

— Oui, je crois.

J'aurais dû boire quelques gorgées supplémentaires de café se dit Chief. Une surdose de caféine ne lui aurait pas fait de mal. Il n'avait bu qu'un Bourbon la nuit dernière mais il avait la gueule de bois. Probablement pas assez de sommeil et trop de sexe. Trop? Disons, pas suffisamment.

— Excusez-moi, vous avez dit homicide?

— C'est exact.

— Vous êtes sûr de ne pas vous tromper de personne?

— Vous êtes bien l'astronaute?

— Oui.

— Alors, y a pas d'erreur. J'ai besoin de vous poser quelques questions.

— Bien sûr. A quel sujet ?

— Le meurtre de Gillian Lloyd.

Chief laissa échapper un éclat de rire tonitruant. C'était donc ça ! Une farce ! Ah ! Ces vieux potes !

Il balaya du regard le restaurant bondé. Les convives s'étaient arrêtés de manger et les dévisageaient. Il ne reconnut personne. Le responsable de cette bonne blague devait s'être caché, en gloussant, derrière un meuble ou un palmier en pot. Il sortirait bientôt en hurlant de rire devant sa mine éberluée. On lui avait déjà fait le coup une fois. Deux ans auparavant.

Le souvenir se fit plus précis dans sa mémoire.

C'était un dimanche après-midi. Il était seul chez lui devant le championnat NFC de football opposant Dallas à San Francisco. Steve Young venait de marquer un touchdown de cinquante yards dans le troisième quart temps quand on sonna à la porte.

Sur le seuil se tenait une femme inconnue enceinte jusqu'aux yeux. A ses côtés, un flic qui, question carrure, aurait pu en remontrer aux gorilles qui se démenaient sur son écran de télé.

En le voyant, la femme se mit à proférer d'horribles allégations. D'une voix aiguë, elle déclara que Christopher Hart l'avait violée au cours d'une fête deux mois plus tôt. Il avait soi-disant versé de la drogue dans son verre avant d'abuser d'elle. Puis comme si ça ne suffisait pas, il l'avait abandonnée en lui refilant une sale infection, la menaçant de mort si elle le dénonçait.

Chief, interloqué, était incapable de prononcer le

moindre mot. Quand il retrouva ses esprits, il s'adressa au policier muni d'une matraque.

— Je n'ai jamais vu cette femme de ma vie et j'ignore de quoi elle parle.

L'hystérique l'insulta, et au détour de ses accusations, livra des détails intimes que lui seul pouvait connaître. Il en vint presque à douter de ses propres protestations d'innocence.

Puis, à sa stupéfaction, elle dégrafa sa robe, jeta le coussin servant à simuler sa grossesse et une paire de faux seins. Sur l'un était marqué « Heureux », sur l'autre « Anniversaire ». Puis, elle lui fit un clin d'œil en criant « Surprise ! ».

Des copains de la NASA, une bande de joyeux drilles qui s'étaient cachés dans la cour, bondirent de leur cachette en hurlant de rire. Ils avaient apporté des boissons et de la nourriture en vue d'une fête improvisée.

Le flic, qui faisait partie du complot, les avait laissés faire la bamboula en leur recommandant de ne pas faire trop de bruit. Ils avaient passé la nuit à boire et à danser avec la fille qui était en réalité une danseuse de cabaret.

Chief n'avait pas vu la fin du match. Il n'avait appris le résultat que le lendemain.

S'agissait-il d'une farce dans le même genre ? Chief en était persuadé. Ses amis montaient la barre de plus en plus haut, rivalisant d'adresse pour le piéger. C'était devenu une surenchère : qui allait avoir l'idée de la blague la plus désopilante, la plus originale ?

Mais son anniversaire ne tombait que dans six mois.

Une fête pour son départ à la retraite ? Non, il ne devait pas intervenir avant plusieurs semaines. Alors quoi ?

Soudain angoissé, Chief réalisa que le flic, ce Lawson, n'avait pas l'air d'être d'humeur à se marrer. Il regretta son instant d'hilarité.

— Je suis à vous immédiatement, s'excusa-t-il.

Il pivota sur lui-même pour prendre congé de Longtree et Abbott mais ces derniers s'étaient déjà éloignés sur la pointe des pieds. Avant de sortir du restaurant, le vieil Indien lança un long regard étrange à Chief.

— On dirait que vos amis vous laissent tomber, ironisa Lawson.

Ecœuré par le sous-entendu sarcastique et, de façon plus générale, par les contrariétés accumulées depuis le matin, Chief s'adressa au policier avec une raideur militaire.

— De quoi s'agit-il? De quel homicide parlez-vous?

— Messieurs, peut-être aimeriez-vous un endroit plus confidentiel?

Le directeur de l'hôtel, inquiet pour la réputation de son établissement avait accouru. Sans ménagement, il les poussa hors de la salle.

Chief se retrouva en tête à tête avec Lawson dans un petit bureau. Les policiers en uniforme se postèrent devant la porte. Craignaient-ils qu'il déguerpît?

Il risqua une offensive.

— Voulez-vous me dire ce que ça signifie?

— Le meurtre de Gillian Lloyd.

— Ouais, vous l'avez déjà dit. Je n'ai jamais entendu ce nom-là. Vous aurez de mes nouvelles. Comment osez-vous me mettre dans cette situation embarrassante en public?

— Vous n'avez jamais entendu...

— Je viens de vous le dire. Et...

Il s'interrompit, réalisant soudain à quel point il était imprudent de parler d'un meurtre avec un flic sans l'assistance d'un avocat.

— Peut-être devrais-je appeler mon bureau?

— Pour quoi faire?

— Avoir un conseil.

— Légal? Vous avez besoin d'un homme de loi, colonel Hart? Vous avez quelque chose à cacher?

Chief grinça des dents. Il brûlait d'envie de dire à Lawson d'aller se faire foutre mais, pour l'heure, il fallait se montrer diplomate.

— LA NASA n'apprécierait pas que je sois interrogé pour un motif aussi grave sans l'aide d'un avocat. Ça ne veut pas dire que je suis coupable, ni même au courant. C'est une question de bon sens. L'agence spatiale est très sourcilleuse concernant la réputation de ses astronautes.

— J'en suis sûr, riposta Lawson. Alors, allez-y, téléphonez.

Chief reconsidéra la situation. N'était-il pas en train de perdre son sang-froid?

Il s'était levé du pied gauche. Melina avait profité de son sommeil pour déguerpir en douce et ça l'avait agacé. Il avait dû ensuite affronter Longtree et Abbott. Dieu merci, cette histoire était réglée. Ces deux types étaient sortis définitivement de sa vie. Mais il gardait de leur entretien une drôle d'impression désagréable qu'il n'arrivait pas à définir. Et maintenant, ça! Se coltiner un flic incapable de fermer sa veste, c'était le bouquet.

Il s'appuya contre le bureau du directeur et croisa les jambes, faussement décontracté.

— D'accord, lieutenant Lawson. Qui est Juliette?

— Gillian. Nom de famille : Lloyd. On l'a retrouvée assassinée, dans son lit, ce matin. Elle a été poignardée à plusieurs reprises dans le ventre et dans la région du pubis. Nous pensons... disons nous espérons, que la plupart des coups ont été portés après sa mort. N'empêche que c'était plutôt sanguinolent. Son meurtrier a écrit des obscénités sur le mur avec son sang.

Il s'interrompit et asséna :

— Vous y êtes maintenant, Colonel?

Chief ne le quittait pas des yeux.

— Je suis navré. Vraiment. C'est... c'est terrible, murmura-t-il adouci. Mais je ne comprends toujours pas pourquoi vous êtes venu me trouver. Je ne connaissais pas cette femme. Je n'ai jamais rencontré...

Soudain, il comprit. Lentement, il décroisa les jambes et se leva.

— Seigneur, grogna-t-il. Je viens de piger. Lloyd. La sœur de Melina? Sa jumelle?

Lawson hocha la tête lentement.

Chief expira longuement et passa ses mains sur sa nuque. Le regard perdu dans le vague, il s'efforça de digérer l'information. Comment Melina allait-elle supporter cette nouvelle atroce? Quelques heures plus tôt, il lui avait fait l'amour et voilà que maintenant, elle devait affronter la mort brutale de sa sœur.

Il cligna des yeux et fixa Lawson.

— Comment va Melina?

— Elle prend sur elle.

— J'aimerais l'appeler.

Il avait déjà fait deux tentatives ce matin. En vain. Il était déterminé à recommencer jusqu'à ce qu'il la trouve. Il répugnait à lui laisser un message. La dernière chose qu'il avait prévue était de devoir lui adresser ses condoléances.

— Ce n'est pas une bonne idée, coupa Lawson en le voyant sortir son portable de sa veste en cuir. Elle est bien assez occupée comme ça.

Il espérait que Melina entendrait sa voix avec plaisir.

Bon sang, il n'était pas juste une « occupation » pour elle. Enfin, il le souhaitait.

Mais ce flic avait raison. Ce n'était pas le moment. Il n'avait aucune envie de discuter de ce qui s'était passé entre eux, devant la police.

Rempochant son téléphone, il grommela :

— Je suppose que vous avez raison.

— Que savez-vous d'elle ? interrogea Lawson.

— Je l'ai rencontrée hier soir pour la première fois. Elle m'a accompagné.

— Ouais, elle m'a expliqué son travail.

— Elle est très compétente. Qualifiée.

Il sourit intérieurement au souvenir de son attitude autoritaire pendant la conférence de presse. Elle avait fait marcher les reporters au doigt et à l'œil. Ils avaient eu l'air d'aimer ça. Les femmes autant que les hommes.

— Elle est très efficace, reprit-il.

Il revoyait son sourire quand elle avait cédé à sa prière de rester un peu plus longtemps. S'en voulait-elle aujourd'hui ? Regrettait-elle de ne pas l'avoir quitté plus tôt pour aller protéger sa sœur ?

Bien sûr, c'était stupide. Mais les gens avaient tendance à culpabiliser quand ils perdaient un être cher brutalement au cours d'un accident. Alors, un meurtre ?

Il s'affaissa contre le bureau et murmura comme pour lui-même.

— Mon Dieu, elle doit vivre un enfer. (Il leva la tête et contempla Lawson.) Avez-vous mis la main sur le salaud qui... ?

— Pas encore.

— Aucun indice.

— Quelques-uns. L'inscription sur le mur, par exemple. C'est ce qui nous a conduits jusqu'à vous.

— A moi?

En entendant la nouvelle, Chief n'avait songé qu'à Melina et au chagrin qu'elle devait ressentir. Il n'avait pas fait le rapprochement avec lui. La dernière phrase de Lawson l'intrigua. Que venait-il faire dans cette histoire?

— Je n'ai jamais rencontré Gillian, lieutenant. Si vous ne me croyez pas, demandez à Melina.

— Pour dire le vrai, c'est elle qui nous a mis sur votre piste.

Il secoua la tête :

— Je ne comprends pas.

— Ça viendra. Nous vous expliquerons plus tard.

— Qui nous?

— Moi. Melina. Lors d'une réunion, à 14 heures 30, aujourd'hui.

Chief était sincèrement navré pour Melina mais pour le reste, il ne se sentait pas concerné par cette enquête.

— A cette heure-là, je serai dans ma voiture quelque part sur l'A 45 entre Dallas et Houston.

— Je ne vous le conseille pas. Vous seriez probablement contraint de faire demi-tour.

Chief le toisa.

— Stop, Lawson! Etes-vous en train de suggérer que j'ai quelque chose à voir avec la mort de cette femme?

Lawson lui tourna le dos et se dirigea vers la sortie.

— 14 heures 30, troisième étage, dans les locaux de la brigade en ville. Vous n'aurez qu'à me demander.

Il ouvrit la porte. Les deux flics en uniforme étaient toujours en faction.

— Peut-être pourriez-vous appeler un des avocats de la NASA avant la réunion? (Il fit un pas et se retourna à nouveau.) Vous êtes trop connu pour pouvoir vous planquer, Colonel. Réfléchissez-y avant de choisir cette solution.

*
**

— Vous avez prouvé votre foi et votre loyauté, Frère Dale. Bien au-delà de mes espérances...

Dale Gordon trembla de plaisir en serrant convulsivement le combiné du téléphone. Sa gorge était nouée par l'émotion.

— Merci, Frère Gabriel.

— Etes-vous absolument sûr que Gillian Lloyd a reçu une bénédiction correcte ?

Frère Gabriel savait s'exprimer. Les journaux télé de la mi-journée avaient largement commenté la « sanctification » de Gillian Lloyd, mais les journalistes des stations locales considéraient sa mission comme « un acte de violence gratuite ». Ils avaient diffusé des images de sa maison cernée de policiers, du brancard que l'on transportait dans l'ambulance. Au passage, la civière avait arraché un bourgeon du chrysanthème jaune ornant le perron. Le reporter envoyé sur les lieux parlait d'un « atroce homicide ». Cet homme ne comprenait rien. Qui d'ailleurs pouvait comprendre que Gillian Lloyd méritait d'être assa... sanctifiée.

— Oui, Frère Gabriel, elle a été bénie.

— A-t-elle souffert ?

— Non. Comme vous me l'avez demandé, j'ai agi avec fermeté et rapidité. J'étais habité par la justesse de mon acte. Selon votre promesse.

— Vous avez bien œuvré, mon fils.

Dale Gordon rougit de fierté. Personne ne l'avait jamais appelé « fils ». Son père avait disparu avant sa naissance. Sa mère l'avait baptisé de multiples sobriquets. Horribles. Jamais de ce nom-là.

— Racontez-moi tout Frère Dale. Je veux pouvoir partager cette heureuse nouvelle avec les disciples du Temple.

Le Temple ! Frère Gabriel allait chanter ses louanges devant les fidèles qui avaient gagné le droit de vivre avec lui. Là-bas !

Il se mit à parler. Jamais il ne s'était exprimé aussi clairement. Avec la même précision qu'il avait mis à remplir sa mission, il narra l'événement par le menu sans omettre les détails prouvant sa loyauté.

— Vous n'avez pas laissé d'indices ?

— Non, Frère Gabriel.

Il ne mentionna pas le verre dans la cuisine. La police ne possédait pas ses empreintes, alors quelle importance ! Elle n'arriverait jamais à remonter jusqu'à lui.

Il ne parla pas non plus de l'inscription sur le mur. C'était une inspiration de dernière minute. Il y avait pensé tout seul. Sa mère employait toujours de vilains mots pour le rabaisser, l'obliger à croire qu'il méritait une punition.

Gillian Lloyd *devait* être blessée et insultée. Après tout, elle l'avait poussé au péché. C'était de sa faute s'il avait succombé à l'acte charnel. A la voir là, couchée nue, près de lui, il n'avait pu résister à toucher cette horrible chose. Il préféra le taire à Frère Gabriel.

— Excellent, excellent.

La voix mélodieuse du grand homme lui fit l'effet d'une main douce caressant sa tête.

— Pour vous récompenser, je vais vous confier une autre mission.

Si Dale Gordon n'avait pas été allongé dans son lit, berçant contre lui le couteau taché du sang de Gillian Lloyd, il se serait probablement évanoui de joie et d'incrédulité.

— Je ferai tout pour vous et le Programme, Frère Gabriel.

— C'est ce genre d'enthousiasme que j'aime voir chez mes disciples.

La peau blême de Dale Gordon vira au rose.

— Dites-moi ce que je dois faire pour votre Grandeur.

— Ce n'est pas pour moi, répondit Frère Gabriel d'un ton humble et onctueux. C'est pour le Programme.

— Certainement.

— Je vous conseille de réfléchir avant d'accepter, Frère Dale. Cette fois, il s'agit d'une mission très difficile. Bien plus dure que la sanctification de Gillian Lloyd.

Poussé par un rare élan de confiance en lui, Dale Gordon plastronna :

— Je peux y arriver, Frère Gabriel. Confiez-moi une tâche et je la remplirai. Avec une joie extrême !

CHAPITRE 9

— Tu veux quelque chose, Melina ?

— Non, merci.

Jem la considéra avec attention.

— Tu es fatiguée qu'on te pose sans cesse cette question ?

— Un peu, admit-elle avec un sourire triste. Un jus de fruit ne me sera d'aucun secours. Mais j'apprécie ta gentillesse et l'intérêt que tu portes à mon bien-être.

— Je ne sais pas quoi faire, quoi dire.

— Je comprends. Je suis comme toi. Je suis hébétée.

Ils étaient arrivés en avance à la réunion et attendaient Lawson dans une petite pièce exiguë, adjacente au

CCPERS — Crimes Contre les Personnes — une division dépendant du Bureau des Homicides.

Lawson s'était arrangé pour disposer de la salle. L'ameublement était sommaire, l'atmosphère oppressante mais au moins, elle leur offrait un peu d'intimité.

Melina était lasse de la bienveillance des gens, lasse d'être scrutée en permanence comme si elle était névrosée.

Jem avait les yeux rougis à force d'avoir pleuré. D'ordinaire, il respirait la suffisance et l'égoïsme. Son air supérieur rebutait souvent les autres. Ce matin, il paraissait hagard et peu sûr de lui.

Il prit sa main et la réchauffa entre les siennes.

— Tu as les extrémités froides. Comme Gillian. Elle était toujours gelée. Je me moquais d'elle en permanence à cause de ça.

Elle refoula un sanglot refusant de se laisser aller dans un tel endroit.

— Je ne peux pas imaginer ma vie sans elle, Jem.

— Moi non plus.

— Tu ne la connaissais que depuis un an. Elle était liée à moi depuis l'instant où l'œuf s'est divisé en deux. Elle faisait partie de moi. Elle *faisait* partie de moi.

— Je comprends ce que tu ressens.

Il en était incapable. Après tout, tant pis. Elle n'allait pas se battre pour déterminer qui avait le plus de chagrin.

— As-tu prévenu son bureau? demanda-t-il.

— Malheureusement, ils l'avaient déjà appris par la télé.

— Mon Dieu, ça, c'est dur.

— Ils étaient assommés mais impatients de m'aider. Certains ont même débarqué à la maison.

Quand il était parti à la recherche de Christopher Hart,

Lawson avait demandé à Lewis et Caltrane de la reconduire chez elle. Jem aurait voulu la ramener, mais comme elle souhaitait rester seule, elle avait accepté de rentrer avec les deux policiers.

La nouvelle du meurtre s'était répandue rapidement. Une foule de voisins, d'amis et de connaissances l'attendaient devant son perron, les empêchant presque de se garer. A contrecœur, elle les avait fait entrer dans le salon. Une des collègues de sa sœur avait pris la parole.

— Je ne sais pas si tu es au courant, Melina. Hier, Gillian a conclu une vente extraordinaire, la meilleure de toute sa carrière.

— Elle m'en a parlé au déjeuner. Pour une agence de pub, c'est ça?

La jeune femme hocha la tête.

— Nous avons trinqué à son succès avec un mauvais champagne avant son départ du bureau, hier après-midi. Elle semblait tellement heureuse. Invincible. Elle ne savait pas...

Elle s'écroula en larmes dans les bras d'un de ses confrères.

Ce genre de scène devenait familière. Gillian Lloyd était très respectée et appréciée. Melina était submergée de messages de condoléances. Chacun proposait son aide, se renseignait sur l'organisation des obsèques.

Les obsèques? Elle allait devoir y penser. Comment y parviendrait-elle?

Leurs parents avaient prévu les modalités de leur enterrement dans leur testament. Elle et Gillian les avaient réprimandés, à l'époque en jugeant leur préoccupation macabre. Cela s'était avéré une bonne idée. Une bénédiction même.

Ils étaient morts tous deux en l'espace de trois mois,

leur mère d'abord d'un cancer du pancréas puis leur père d'un infarctus.

Les jumelles n'avaient eu qu'à signer les papiers nécessaires, délivrées de l'obligation de prendre des décisions importantes en cette période difficile.

Melina était effrayée à l'idée de préparer une telle cérémonie.

— Je ne peux faire aucun projet tant que le médecin légiste n'aura pas rendu le... son corps, répétait-elle à ceux qui lui posaient la question. Je ne sais pas quand ça aura lieu. Je suppose que Jem voudra apporter sa contribution.

Les amis de Gillian paraissaient aussi surpris qu'elle d'apprendre leurs fiançailles secrètes. Mais s'ils affichaient leur stupéfaction, ils firent preuve de tact et renoncèrent à aller à la pêche aux informations.

Manifestement, bien qu'elle fût la jumelle de Gillian et malgré sa peine incommensurable, elle se rendit compte qu'elle n'était pas seule. Elle avait beaucoup de gens pour la soutenir.

— Si tu as besoin, Melina, appelle-moi.

— Melina, n'hésite pas, téléphone si je peux t'aider à quelque chose.

— Je suis là. Tu sais, j'ai perdu ma sœur dans un accident de voiture l'année dernière. Une mort brutale est toujours cruelle. Appelle-moi si tu as envie de parler.

Malgré ces évidentes bonnes intentions, elle se sentait perdue. Qui pourrait jamais la consoler vraiment? Elle avait réconforté ses amis en leur confiant de menues tâches pour qu'ils se sentent utiles. Pendant que l'un préparait du café ou que l'autre passait des coups de fil, elle partit se doucher et s'habiller.

Elle grimpait l'escalier quand elle les entendit faire son panégyrique à voix basse.

— Elle est admirable. Elle supporte très bien le choc, murmura une voix qu'elle ne reconnut pas.

A l'extérieur, peut-être, se dit-elle.

En réalité, elle était sur le point de s'écrouler.

Elle ouvrit à fond le robinet du lavabo de la salle de bains et sanglota à perdre haleine. Protégée par le bruit des cataractes d'eau, elle s'effondra en gémissant et pleura amèrement sur sa sœur ainsi que sur le rôle qu'elle avait elle-même joué dans cette tragédie.

Elle sortit de la douche, épuisée, et s'habilla avec des gestes mécaniques, se mouvant instinctivement comme une marionnette dont on agite les fils.

Elle était dans l'incapacité de prendre une décision, même la plus simple, de résoudre un problème ou de faire un geste quotidien.

Serait-elle capable un jour d'étendre sa tête sur un oreiller, de s'endormir, de manger pour le plaisir, d'aller à une fête ou de rire ? Pourrait-elle profiter de la vie à nouveau ? Non, pas tant que la mort de sa jumelle ne serait pas vengée.

Assise dans un fauteuil, dans les locaux de la brigade, elle réitéra en silence le vœu qu'elle avait formulé à voix haute devant la glace de sa salle de bains : quoi qu'il arrive, jusqu'à son dernier souffle, elle n'aurait de cesse de pourchasser l'assassin de Gillian.

La haine l'étouffait. Elle aurait voulu affronter ce salaud face à face pour lui cracher son fiel au visage. Elle découvrait ce sentiment pour la première fois. Elle en avait presque peur.

— Tu avais du travail aujourd'hui ?

La voix de Jem la tira de ses pensées malveillantes.

— Non, heureusement.

— Tu as quelqu'un pour te remplacer?

— Oui. J'ai prévenu que j'allais probablement prendre plusieurs semaines de congé. Ça ira. Les affaires n'en souffriront pas.

Jem leva les mains, visiblement crispé.

— Melina, j'ai du mal à croire...

— Quoi?

— J'ai du mal à croire que Gillian ait fait une chose pareille. Qu'elle ait pris ta place et soit allée à cette soirée. Cette impulsivité ne lui ressemble pas. On dirait...

— C'est plutôt mon genre, n'est-ce pas, l'interrompit-elle.

— Ce n'est pas une critique.

— Ne t'en fais pas. Je m'en veux. Si je pouvais revenir en arrière, jamais je ne lancerais une idée pareille.

— C'était déjà arrivé?

— Je te l'ai dit. Quand nous étions petites.

— Mais elle n'a jamais accompagné de client en ton nom?

— Non, c'était une première.

— Pourquoi la nuit dernière?

— Sans raison particulière. C'est une lubie que j'ai eue pendant le déjeuner.

Manifestement, son explication ne le satisfaisait pas.

— C'était à cause de Christopher Hart? Elle voulait rencontrer une célébrité? Un astronaute? Hein...?

— Non, non. J'ai voulu...

— Peu importe, coupa-t-il. Je ne veux pas en parler.

— C'était un caprice puéril, idiot dont je prends l'entière responsabilité.

— Gillian était responsable de ses actes. Elle aurait pu refuser.

Elle s'énerva.

— Ne lui en veux pas ! Il ne s'agissait que d'une farce. Comment aurait-elle pu savoir qu'elle se ferait tuer ?

Elle dégagea ses mains et se leva d'un bond.

— Excuse-moi.

— Je t'ai bouleversée.

— Non, je suis horripilée.

— Melina !

— Je ne supporte pas qu'on la critique, Jem.

Désorienté, il enfonça ses doigts dans sa tignasse.

— Tu as raison, tu as raison. Je suis désolé. Je sais que tu te sens coupable. Je n'aurais pas dû aborder ce sujet.

— Il faut que je sorte d'ici.

— Où vas-tu ? Tu ne peux pas t'en aller. On doit attendre Lawson.

— Je ne pars pas. Je vais aux toilettes.

— Je t'accompagne.

— Non, s'exclama-t-elle. Attends-le. Dis-lui que je reviens immédiatement.

— Tu es sûre que ça va aller ?

— Ne t'en fais pas, le rassura-t-elle en s'éloignant.

Elle mentait. Elle se sentait misérable, insignifiante.

Elle s'accouda au lavabo et massa ses tempes pour chasser la migraine qui la torturait depuis sa dernière crise de larmes.

Une femme policier fit irruption derrière elle.

— Mademoiselle Lloyd ?

Elle se redressa et se retourna.

— Je suis désolée de vous déranger mais le lieutenant Lawson vous fait dire qu'il est arrivé. Ils vous attendent. Quand vous serez prête.

— J'y vais.

— Ça va ?

Elle hocha la tête.

— Merci.

— Prenez votre temps, si vous le souhaitez.

— Je vais bien.

Quelques minutes de plus ou de moins ne changeraient rien. Avec un petit sourire forcé, elle ramassa son sac et quitta la pièce. En chemin, elle s'arrêta près du distributeur d'eau pour avaler deux aspirines qu'elle venait de piocher dans sa besace.

En faisant demi-tour, elle tomba nez à nez avec Christopher Hart. Il se tenait à quelques mètres d'elle.

— Salut !

— Bonjour.

Son visage arborait un sourire complice. Il fit quelques pas hésitants dans sa direction. A cet instant, un homme, muni d'un carnet de notes, l'intercepta.

— Colonel Hart, je suis le sergent Crow, dit-il en tendant la main. J'ai appris que vous veniez aujourd'hui. Je suis d'origine indienne, comme vous. De la tribu Choctaw. Pourrais-je avoir un autographe pour mon fils? Il a neuf ans, et il est passionné par l'espace.

— Je vous verrai plus tard, d'accord? Avant mon départ. J'ai rendez-vous avec le lieutenant Lawson et je suis déjà en retard.

— Oh, bien sûr. Désolé de vous avoir interrompu.

— Pas de problème. Je serai heureux d'écrire un mot à votre fiston après ma réunion.

L'homme s'éloigna, mal à l'aise.

Chief haussa les épaules d'un air navré.

— Je suis confus, Melina. Ils choisissent parfois le mauvais moment.

Il s'approcha d'elle en deux enjambées. Son corps n'était qu'à quelques centimètres du sien. Son blouson de cuir respirait les parfums automnaux et la chaleur du soleil. A sa grande stupéfaction, il lui caressa le menton du bout du doigt.

Elle rejeta sa tête en arrière instinctivement.

— Vous avez de l'eau, là, s'excusa-t-il en recueillant quelques gouttes sur son pouce avant de s'essuyer la main. Melina, je suis... (Il baissa le regard mais le replongea presque aussitôt dans le sien.) Seigneur, je ne sais pas quoi dire. Je suis désolé pour votre sœur.

— Merci.

Elle allait s'éloigner quand il poursuivit à voix basse, ému :

— Pouvions-nous imaginer que notre deuxième rencontre aurait lieu dans les locaux de la police ? Je ne comprends pas ce qu'il se passe, expliqua-t-il, l'air incrédule. Je ne sais pas en quoi je suis concerné, ni pourquoi vous m'avez envoyé ce lieutenant. Pour l'instant, je suis incapable de me faire une opinion. En tout cas, je veux que vous sachiez que je suis terriblement navré de la mort de Gillian. C'est horrible ! (Il leva les bras en signe d'impuissance.)

Je suis profondément désolé. C'est tout ce que je peux dire.

Malgré elle, ses yeux se remplirent de larmes. Elle se mit à pleurer.

— Mon Dieu, je suis un imbécile.

Il l'enlaça et l'attira contre lui avant de l'embrasser sur les cheveux. A son contact, elle se raidit instinctivement et prit une profonde inspiration.

— Vous devez être effondrée, reprit-il en déposant un dernier baiser plein de tendresse sur son front. Je déteste ce qu'il s'est passé. Surtout pour vous. A cause de vous.

— Quand vous voudrez tous les deux...

Ils tressaillirent et s'éloignèrent l'un de l'autre avant de se retourner. La tignasse ébouriffée, Lawson, les observait avec curiosité.

⁂

Chief précéda Melina dans la pièce où les attendaient Alan Birchman, l'avocat de la NASA et un jeune homme qu'on lui présenta comme Jem Hennings, le fiancé de Gillian Lloyd. Mal à l'aise, il lui présenta ses condoléances d'une voix contenue. En temps normal, il aurait sans doute été intrigué par le signe de tête à peine poli que Hennings lui adressa en guise de réponse, mais il était préoccupé par la conduite de Melina. Elle semblait le traiter comme un étranger.

Vu les circonstances, elle avait tous les droits, même celui de se taper la tête contre les murs. La mort atroce de sa sœur jumelle suffisait à expliquer son comportement. Il comprenait son besoin d'isolement, sa réserve.

Cependant, il aurait souhaité pouvoir lui apporter sa sympathie, partager son désarroi, lui redire encore et encore à quel point il avait mal pour elle.

Il devait se rendre à l'évidence : elle était déterminée à le fuir. Elle ne l'avait pas regardé une seule fois depuis leur aparté dans le couloir.

Lawson résumait à Birchman les informations dont disposaient les enquêteurs. L'avocat était un homme d'allure distinguée avec des lunettes à monture argentée. Il arborait un costume à 3 000 dollars et une large tache de vin sur la joue gauche qui lui descendait jusque dans le cou.

Chief avait fait brièvement sa connaissance dans la salle d'attente du premier étage. Ils s'étaient serré la main avant de monter dans l'ascenseur, après quoi Chief l'avait remercié d'avoir répondu à la convocation au pied levé.

— Je suis heureux d'avoir été disponible, répliqua l'homme de loi avec brusquerie.

Manifestement, il ne s'embarrassait pas de chichis ou de fioritures. D'entrée de jeu, il parla affaires.

— La NASA m'a résumé le dossier, commença-t-il. Quelle est votre version?

Bien que le sous-entendu insultant lui déplût, Chief se retint de répliquer, préférant calquer son attitude sur celle de Birchman qui était du genre à aller à l'essentiel.

— J'ai rencontré Melina Lloyd hier soir pour la première fois. Elle m'a accompagné au banquet à l'Adolphus.

— Et la victime?

— Je ne l'ai jamais vue. Je ne comprends vraiment pas pourquoi on s'intéresse à moi. A moins qu'on me demande de fournir un alibi à Melina.

— Lawson vous en aurait déjà parlé. Etes-vous sûr de m'avoir tout dit? N'attendez pas l'interrogatoire pour abattre vos cartes. Je déteste être le dernier informé. Je ne le tolérerai pas.

Chief ravala sa colère.

— Après vous! lança-t-il d'un ton sec en s'écartant pour lui céder le passage, sur le palier.

C'est là qu'il aperçut Melina.

***

Birchman remit le sujet sur le tapis dès le début de la réunion.

— Maintenant que les présentations sont faites, j'aimerais savoir pourquoi on a convoqué le Colonel Hart. Il aurait pu faire sa déposition à mon cabinet. En admettant qu'il ait un lien avec ce meurtre.

— S'il vous plaît, coupa Lawson.

Chief apprécia à sa juste valeur la riposte du policier. C'est lui qui avait initié cette rencontre. Il avait prévu de la mener à sa guise et ne supporterait pas de se faire voler la vedette par un avocat autoritaire qui devait empocher en une seule affaire ce qu'il gagnait en un an.

Lawson roula des épaules. Sa veste bâilla.

— Je tiens à vous signaler, monsieur Birchman, que toutes les présentations n'ont pas été faites, lança-t-il d'un ton mystérieux en insistant sur le mot.

— Pardon ?

L'avocat resta interloqué. Chief sentit la moutarde lui monter au nez.

— Vous aimez parler par énigmes, n'est-ce pas Lawson ? Qui peut m'expliquer, ajouta-t-il en jetant un coup d'œil à Melina, en quoi cette enquête me concerne ?

— J'ai pensé qu'il serait bon de vous présenter l'un à l'autre, répondit Lawson en soutenant le regard de Chief.

Il pointa son menton en direction de Melina.

Chief la fixa d'un œil interrogatif.

Impassible, elle le considéra en silence. Il aurait donné dix ans de sa vie pour savoir ce qui se cachait derrière la façade de ses yeux gris.

— Melina et moi, nous sommes rencontrés la nuit dernière, insista-t-il.

— Non.

La voix de Lawson retentit comme un coup de feu.

Chief ouvrit la bouche pour protester, mais le lieutenant de police qui semblait s'amuser beaucoup, leva la main pour le faire taire.

— La femme que vous avez vue hier soir était Gillian.

L'information mit quelques minutes à parvenir à son cerveau. C'était impossible.

— Gillian? Non, lieutenant. J'étais avec Melina.

Il se tourna vers elle, quêtant sa confirmation.

— Dites-leur.

Elle soutint bravement son regard et secoua la tête.

Soudain, il comprit. Tout devenait clair : les allusions méprisantes de Lawson, l'étrange distance de la jeune femme.

Son sourire se figea. Il détailla fiévreusement le visage qui lui faisait face, cette bouche, ces cheveux... Il ne pouvait pas faire erreur. Il avait passé la soirée avec elle.

— C'était vous, répéta-t-il d'une voix rauque. C'était vous.

— C'était Gillian, reprit-elle calmement.

Il ne la croyait pas. Ce n'était pas vrai. Il l'avait tenue dans ses bras. Comment l'oublier?

Un flot de souvenirs le submergea. Il revoyait chacun de ses sourires, de ses soupirs, ses expressions, ses caresses. Il ne pouvait pas se tromper de femme. Impossible.

Elle se leva et s'avança vers lui, la main tendue.

— Je suis Melina Lloyd, Colonel Hart. J'étais censée vous accompagner la nuit dernière mais ma sœur a pris ma place.

Les bras ballants, il resta un temps sans bouger avant d'effleurer ses doigts en tremblant. Bon sang, c'était la même sensation. La texture de sa peau, la taille de sa paume, la façon dont elle se glissait dans la sienne.

— Je ne parviens pas à le croire, murmura-t-il à voix haute. Cette ressemblance est presque inquiétante.

— On nous dit ça depuis le jour de notre naissance, dit-elle en souriant.

— Mais votre voix...

— Personne ne pouvait les distinguer l'une de l'autre.

Abasourdi, il ne parvenait pas à la quitter des yeux.

Elle était aussi jolie que la veille, même sans maquillage.

Non. C'est Gillian qui était maquillée.

Gillian.

Que l'on avait retrouvée morte ce matin.

Il inspira une grande goulée d'air. Un élancement douloureux déchira sa poitrine.

— Elle est morte ?

— Je n'arrive pas à y croire, moi non plus. Mais c'est la réalité, souffla-t-elle en agitant la tête tristement.

Brutalement, la vérité se fit jour en lui. Il comprit pourquoi Lawson voulait l'interroger. Il était l'une des dernières personnes à avoir vu Gillian Lloyd en vie. Peut-être la dernière. A part son assassin.

Egaré, il lâcha la main de la jeune femme qui retourna s'asseoir auprès de Jem Hennings. Jem Hennings, le fiancé de Gillian.

Son fiancé ?

Chief l'observa avec un intérêt accru.

Jem dardait sur lui un regard empreint de ressentiment, d'une haine presque palpable. Il était rouge de colère et paraissait sur le point d'exploser comme une bouilloire oubliée sur le feu.

Je le comprends, se dit Chief intérieurement. *Il mérite mes excuses.*

— Je suis désolé, glissa-t-il doucement. Veuillez accepter toutes mes condoléances.

— Espèce de salaud ! cracha Jem.

Il se rua sur lui.

CHAPITRE 10

Personne n'avait senti venir l'attaque. Melina et Birchman poussèrent un cri d'effroi. Rapide comme l'éclair, Lawson saisit Hennings par les épaules et le tira en arrière mais il se dégagea, en se débattant comme un beau diable. Pris par surprise, Chief s'affala contre le mur. Il n'était pas du genre à chercher les embrouilles mais quand ça lui tombait dessus, il ne reculait pas. Il savait se battre. Malheureusement, pour une fois, il n'avait pas été assez rapide.

Il parvint à parer plusieurs coups avant que Hennings lui balance finalement son poing dans la joue. Ivre de rage, Chief répliqua par un direct au menton.

Lawson bondit et agrippa Jem par la taille.

— Arrêtez immédiatement! Immédiatement! Hennings, que se passe-t-il, bon Dieu? hurla-t-il en le propulsant en arrière de toutes ses forces.

Déséquilibré, Jem s'écroula sur une chaise.

— A la prochaine connerie, vous irez moisir en prison, tonna le flic, hors de lui. (Il tirailla sur sa veste trop courte, passa une main dans sa coupe en brosse et rectifia sa tenue.) Pardonnez ma grossièreté, Melina.

— Vous êtes excusé. J'ai failli être encore plus grossière que vous. (Furieuse, elle toisa le jeune homme effondré.) A quoi joues-tu, Jem? C'est quoi, ton problème?

— Si ce type n'existait pas, hurla-t-il en montrant Chief du doigt, Gillian serait encore en vie. Elle a été tuée à cause de lui.

Sa voix se cassa et il enfouit sa tête dans ses mains en sanglotant.

Chief s'approcha de Lawson, l'air menaçant.

— Bon sang, qu'est-ce qu'il raconte? aboya-t-il. Pourquoi ne m'avez-vous pas expliqué la situation? Vous auriez pu me dire que Gillian et Melina avaient échangé leurs identités. J'aurais été préparé.

— C'est pour ça que j'ai préféré me taire. J'avais besoin de voir votre réaction en direct.

Chief ne cacha pas son dégoût.

— Dites plutôt que vous espériez assister au spectacle. J'espère que ça vous a plu.

Lawson ignora l'insulte.

— Nous allons tout vous raconter. Que dites-vous d'abord de faire une pause pour calmer les esprits?

— Non, martela Melina, les poings serrés. (Elle avait les larmes aux yeux mais paraissait habitée d'une volonté farouche.) Je suis aussi folle de rage que Jem et j'ai envie de laisser parler mon cœur. Je hais la raison qui nous a conduits ici. Je voudrais être n'importe où, sauf là. C'est le cas de chacun d'entre nous, je suppose. Mais si cette réunion peut nous conduire à trouver l'assassin de ma sœur, alors je pleurerai plus tard. Je veux que nous allions jusqu'au bout.

— Compris, répliqua le lieutenant Lawson. Je serai aussi bref que possible. Merci de votre compréhension.

— Vous me remercierez plus tard. Coffrez d'abord le salaud qui nous vaut d'être ici, asséna-t-elle sèchement.

Chief avait la joue entaillée et avait épongé le sang avec un des mouchoirs de Birchman. Sur le moment, surpris par l'attaque de Hennings, il n'avait ressenti aucune douleur. Mais les minutes passant, il avait l'impression d'avoir le visage en feu.

La souffrance physique avait anesthésié le choc qu'il avait ressenti en apprenant la vérité sur l'identité des deux jeunes femmes. Il ne parvenait pas à réaliser que Gillian était morte. Comment imaginer qu'une créature aussi séduisante puisse disparaître ainsi?

Une nuit. Une nuit écourtée. Quelques heures. Il n'avait eu droit qu'à ça. Mais elles s'étaient gravées en lui à tout jamais. Il voulait les revivre. Il voulait qu'elle revienne.

Etait-ce un sacrilège de pleurer une femme qu'on a à peine connue? En avait-il le droit? Il exhala sa colère, impuissant à exprimer son émotion autrement.

— Bon Dieu, pourquoi affirme-t-il que Gillian a été tuée à cause de moi? maugréa-t-il en désignant Hennings d'un bref mouvement de tête.

— Vous voulez mettre quelque chose sur votre visage? interrogea Lawson avec un calme irritant.

— Non! Je suis d'accord avec Melina, je veux en finir le plus vite possible. Pour commencer, dites-moi pourquoi ce trou du cul veut me rendre responsable de ce meurtre.

Malgré lui, sa voix se lézarda. Il était plus secoué qu'il ne voulait le reconnaître. Il jeta un coup d'œil à Melina qui l'observait attentivement comme si elle voulait lire dans ses pensées.

— Colonel, asseyez-vous. Si vous nous racontiez votre soirée avec Gillian? dit Lawson en lui indiquant un fauteuil.

Chief s'y affala.

— Que voulez-vous savoir?

— Avant de commencer, j'aimerais dire un mot en privé à mon client, lança Birchman. Je tiens à lui parler avant qu'il réponde à vos questions.

Lawson parut réfléchir et haussa les épaules.

— D'accord. Nous allons faire une pause. Sortons. Melina. Hennings.

Il les entraîna vers la porte.

Birchman approcha sa chaise de celle de Chief.

— Comment va votre joue?

— Je survivrai. Que voulez-vous me dire?

Son ton déplut à l'avocat.

— Je ne vous conseille pas de jouer au plus fin avec moi, colonel Hart. Vous êtes peut-être un as dans votre domaine mais j'en suis un aussi dans ma partie. Vous êtes l'enfant chéri de la NASA, sa chère petite blonde, n'est-ce pas? ironisa-t-il.

— Raté! riposta Chief en montrant sa chevelure noir corbeau.

— ... Mais ils ne vont pas apprécier si vous avez foutu la merde.

Chief fut surpris par la vulgarité de l'homme de loi. Le langage ordurier était monnaie courante dans l'armée, mais il ne s'attendait pas à ça dans la bouche de cet avocat distingué. Il comprit que Birchman cherchait à capter toute son attention.

— Je vous écoute.

— La réputation d'un astronaute de la NASA se doit d'être impeccable. Bien sûr, il y a eu des renégats dans l'histoire du programme spatial mais leurs agissements ont été étouffés.

Chief ne fit aucun commentaire.

— Mon enquête sur vous m'a prouvé, continua Birchman que vous êtes très bien noté. Vous êtes populaire auprès de vos chefs et de votre équipage. Vous êtes impulsif mais vous savez reconnaître vos erreurs et vous excuser quand il faut.

— S'il vous plaît, vous me faite rougir.

L'avocat fronça les sourcils devant son ironie à peine voilée.

— Vous êtes hétérosexuel. Célibataire. Vos conquêtes féminines — il paraît qu'elles sont nombreuses — n'ont donné lieu à aucun ragot. Votre grande histoire d'amour, vous la vivez avec la presse. Faut dire qu'elle vous traite avec complaisance depuis le début. A chaque fois que vous apparaissez à la télé, la NASA boit du petit lait. Avec votre charisme hollywoodien, votre charme et votre capacité d'élocution, vous êtes un excellent VRP.

« Des gens comme vous offrent une image séduisante de l'agence spatiale. Elle y tient. Ça évite que les contribuables ne s'intéressent de trop près à ses échecs retentissants et rouspètent contre les sommes colossales que lui donne le Congrès. Un argent, je vous rappelle, qui pourrait être alloué aux logements sociaux ou à la sauvegarde des séquoias.

— Vous êtes bien renseigné, monsieur Birchman. Mais vous oubliez mon prochain départ à la retraite.

— Justement. Parlons de votre avenir.

— Je n'ai encore rien décidé.

— C'est votre droit. Faites-moi la grâce d'accepter un conseil. Je suppose que vous appréciez le succès et la popularité, hein? Alors évitez de faire une erreur qui pourrait détruire votre image de héros national en un claquement de doigts, dit-il en joignant le geste à la parole.

Chief hocha la tête, alerté.

— Vous avez du talent, Colonel Hart, reprit l'avocat. Vous êtes intelligent. Un homme de votre valeur est susceptible d'intéresser beaucoup de monde. Mais soyons franc. Vous devez votre prestige à votre carrière d'astronaute. Mettez-vous ça dans le crâne, ce n'est pas votre charme qui vous entraînera vers les sommets. Quittez la NASA avec sa bénédiction et votre avenir est assuré. Par contre, le moindre scandale risque de vous coûter cher. Il vous poursuivra jusqu'à la fin de votre vie. (Il s'interrompit pour prendre une grande inspiration.) Je ne sais pas à quel tour de passe-passe se sont livrées ces jumelles l'autre soir. Ni pour quelle raison. Je m'en fous. La seule chose que j'attends de vous, c'est que vous me disiez si vous avez quelque chose à redouter de l'enquête de ce Lawson.

— Non.

Il examina Chief longuement et se renversa dans sa chaise, soulagé.

— Parfait. Voici la règle à suivre. Ne fournissez aucune information spontanément. Rien. Soyez avare de paroles. Ne donnez aucun détail. Compris ?

— Compris.

Birchman se dirigea vers la porte et se retourna, brutalement.

— Oh ! Au fait, juste une curiosité : quand vous êtes entré tout à l'heure, avez-vous réalisé que vous n'aviez jamais vu Melina Lloyd ?

Chief secoua la tête.

— Elles se ressemblaient tant que ça ?

— Vous n'avez pas idée.

⁂

— Melina, s'il vous plaît, asseyez-vous.

Melina accepta la chaise que lui indiquait Lawson et le remercia. Quand tout le monde eut pris place, le policier prit la parole.

— Vous n'êtes pas considéré comme suspect, Colonel, commença-t-il. (Il s'interrompit mais voyant que Hart ne mordait pas à l'hameçon, il continua.) Votre empreinte de pied est plus grande que celle que nous avons trouvée devant la maison de la victime.

Christopher Hart crispa la mâchoire. Melina l'observait à la dérobée. Elle savait que le sous-entendu de Lawson le mettait hors de lui. Mais il était trop malin pour réagir à cette provocation.

Le sermon de son avocat avait porté ses fruits. Il semblait plus calme, moins sur la défensive. Détaché. Son magnifique regard bleu azur semblait assombri. Impénétrable. Il n'y avait plus trace des émotions fugaces qu'elle avait pu y lire tout à l'heure.

— Colonel Hart, reprit Lawson, nous aimerions entendre de votre bouche le récit des dernières heures de Gillian.

— Que voulez-vous savoir? demanda-t-il avec indolence.

— A quelle heure l'avez-vous vue pour la première fois?

Chief leur donna un bref aperçu de leur rencontre, de la conférence de presse et du banquet.

— Jamais je n'aurais pu imaginer que Gillian n'était pas l'accompagnatrice prévue, mademoiselle Lloyd. Elle se comportait comme une pro, expliqua-t-il en regardant la jeune femme.

— Elle était très compétente. S'il vous plaît, appelez-moi Melina.

Il accepta d'un signe de tête et reprit son récit.

— A la fin du dîner, elle m'a ramené à mon hôtel.

— Vous vous êtes arrêtés en route? s'enquit Lawson.

— Une fois. Je lui ai demandé de faire une halte pour acheter des tacos. Elle a accepté en me disant que son travail consistait à accéder aux désirs du client. C'est ça, Melina?

— Tout à fait.

Jem, que l'on n'avait pas encore entendu, prit la parole, l'air agacé.

— Bon sang, on ne peut pas sauter cette histoire de tacos ? Je veux qu'on parle de l'inscription sur le mur.

— L'inscription sur le mur ? s'étonna Chief en jetant un regard interrogateur à Lawson qui dardait un œil vindicatif sur Jem.

— S'il vous plaît, monsieur Hennings, gronda-t-il. Je vous rappelle que ma menace de vous coller en prison est toujours d'actualité. (Il revint à Chief.) Vous avez pris des plats à emporter, Colonel ?

— Oui.

— Pour les manger où ?

— Dans ma suite, au Mansion.

— Gillian vous a accompagné dans votre chambre ?

— Oui, avoua-t-il calmement. Elle a reconnu qu'elle avait faim. Nous avons dîné sur la table basse.

— Le restaurant était complet ?

Chief rétorqua, exaspéré :

— J'avais envie de boire un verre. J'ai pris un bourbon dans le bar, si ça vous intéresse.

— Et Gillian ?

— Egalement.

— Combien de temps est-elle restée ?

— Nous avons achevé notre repas. Je ne me rappelle pas l'heure à laquelle elle est partie.

— Quelqu'un l'a-t-il vue sortir ?

— Je ne sais pas. Je ne l'ai pas raccompagnée. Peut-être aurais-je dû ?

Birchman lui lança un regard d'avertissement. Seule Melina le remarqua.

Lawson continuait.

— Donc, vous avez mangé. Vous avez bu un Bourbon. Qu'avez-vous fait d'autre?

— Nous avons parlé.

— Parlé? (Lawson plissa les yeux comme pour tenter d'imaginer la scène.) Parlé devant la table basse?

— Allez-y franco, Lawson! Posez-moi la question qui vous brûle les lèvres.

— D'accord. Avez-vous couché ensemble?

CHAPITRE 11

La réponse fut brutale. Succincte.

— Non.

— Apparemment, quelqu'un pense le contraire.

Lawson ouvrit un dossier posé devant lui et en sortit un jeu de photos. Il les tendit à Chief qui, sans réfléchir, les attrapa d'un geste rageur. Au premier coup d'œil, il blêmit.

— Oh, mon Dieu! gémit-il en se tenant le front.

— Puis-je? reprit Lawson.

Chief lui rendit machinalement le cliché. Il feuilleta les autres et les passa à son avocat. Horrifié par ce qu'il venait de voir, il resta un long moment le regard perdu dans le vide.

— Melina, reprit-il enfin, je...

Incapable de trouver les mots, il s'interrompit et laissa retomber ses mains en signe d'impuissance.

— Et bien? aboya Jem.

Avec une lenteur pesante, presque menaçante, Chief se tourna vers lui.

— Et bien, quoi?

— Avez-vous fait ce que prétend l'inscription? Avez-vous baisé ma fiancée?

— Jem!

— Je t'offense, Melina? hurla Hennings. C'est lui qui nous insulte, pas moi!

— Monsieur Hennings devrait peut-être se retirer, suggéra Birchman.

Ignorant cette interruption, Lawson s'adressa à Jem.

— C'est le dernier avertissement, Hennings. Encore une incartade et vous sortez d'ici.

— Oh que non! s'indigna Jem en agitant la tête frénétiquement. Je reste. Je veux savoir ce que cet officier de mes deux peut dire pour sa défense.

— Je ne parlerai qu'à la sœur de Gillian, trancha Chief d'une voix tremblante de rage. Pas à vous.

— Jem, pourrais-tu te maîtriser? murmura-t-elle d'un ton las.

— Je vais me calmer. Je ne prendrai pas le risque de rater les explications de Monsieur l'Astronaute.

— Pourquoi quelqu'un aurait-il écrit une chose pareille? reprit Lawson. Il doit bien y avoir une part de vérité, Hart.

— Vous me demandez...

— Colonel... s'interposa Birchman en tendant le bras pour l'empêcher de répondre.

Chief le repoussa.

— C'est du sang, n'est-ce pas? rugit-il en désignant la photo que Lawson tenait entre ses mains. Vous me demandez une explication sensée? Je n'en ai pas. Comment voulez-vous que j'explique le geste d'un fêlé. Faut être tordu pour écrire sur un mur avec le sang d'une femme qu'on vient d'assassiner.

Je ne suis pas psychiatre. Ni flic. Alors, bon Dieu, je n'ai aucune solution à vous proposer. Je n'ai pas le cerveau dérangé.

— D'accord, calmez-vous.

— Jamais de la vie !

— Avez-vous eu une relation sexuelle avec Gillian Lloyd ?

— Qu'est-ce que je vous ai dit ?

— Vous m'avez répondu non.

— Alors, vous savez tout. Elle est partie et...

— A quelle heure ?

— Je vous ai dit que je ne m'en souvenais pas.

Lawson s'adressa à Melina

— A quelle heure est-elle rentrée ?

— Tard. Entre deux et trois heures du matin.

Lawson toisa Chief, un sourire sardonique aux lèvres.

— Vous avez parlé sacrément longtemps.

Jem se contrôlait avec difficulté.

Chief ne parut pas décontenancé. Au contraire, il exagéra dans la provocation.

— Je ne me rappelle pas à quelle heure elle est partie. Je ne sais absolument pas pourquoi elle a été tuée. C'est tout. J'en ai terminé.

Il se leva d'un bond.

— Rasseyez-vous, Hart ! hurla Lawson.

Furieux du traitement réservé à son client, Birchman s'en prit au policier. Une joute verbale s'ensuivit entre les deux hommes.

Jem foudroya Chief du regard et s'éloigna à l'autre bout de la pièce avant de lui tourner le dos.

Chief observait Melina avec curiosité. Ses yeux ressemblaient à deux lasers. Il paraissait en proie à des émotions puissantes : indignation, culpabilité, désespoir.

— Plus que quelques questions et j'en aurai fini avec le colonel Hart, expliquait Lawson à l'avocat.

— J'espère que c'est en rapport avec votre enquête.

Lawson rassura l'homme de loi et reporta son attention sur Chief.

— Avez-vous été suivis la nuit dernière?

Chief gardait les bras croisés.

— Non. Mais je n'y ai pas fait attention.

— A-t-elle téléphoné à quelqu'un?

— Pas pendant qu'elle était avec moi.

— Elle vous a quitté durant la soirée?

Chief haussa les épaules.

— Oui, nous avons été séparés quelques minutes. Je suppose qu'elle aurait pu passer un coup de fil. Mais je ne l'ai pas vue faire.

— Elle n'a reçu aucun appel?

— Non.

— A-t-elle parlé à quelqu'un?

— Bien sûr. A tout le monde. Aux portiers. Aux voituriers. A ceux qui assistaient à la conférence de presse. Les convives du banquet.

— Vous n'avez rien remarqué de suspect? D'inhabituel? Quelqu'un de bizarre?

— Non.

— Une personne qu'elle aurait pu rencontrer par hasard? Un ancien camarade de classe? Un ex-petit ami? Un voisin, une connaissance?

Chief secoua la tête.

— Non, non et non.

— Au cours de la soirée, a-t-elle échangé des mots un peu vifs avec quelqu'un? Et vous?

— Non, s'exclama-t-il avant de tourner soudainement la tête vers Melina. Je sais que vous comptez sur moi,

Melina. Je suis désolé. Je ne peux pas vous aider davantage.

— Je suis sûre que si vous aviez le moindre indice, vous le diriez, concéda-t-elle avec un sourire triste. Le problème est que même s'il s'est produit un incident minime, vous ne l'avez sans doute pas remarqué. Elle s'est débrouillée pour gérer la situation.

— Je vous jure que... (Il s'interrompit brusquement.) Attendez une seconde.

Elle se pencha en avant.

— Colonel?

— Je me rappelle un truc.

Il pesa le pour et le contre un court instant. Un silence épais régnait dans la pièce.

— Il y avait un type. Au restaurant de tacos. Il est sorti au moment où on entrait. Il lui a parlé, l'a interpellée par son nom. Il a dit « Gillian ». Elle a sacrément bien joué son rôle. Quand je lui ai demandé pourquoi ce gars l'avait appelée ainsi, elle m'a expliqué qu'il l'avait prise pour sa sœur. (Il leva les yeux vers elle.) C'est là qu'elle m'a parlé de vous, de sa sœur jumelle.

— Comment s'appelait cet homme? questionna Lawson.

— Il l'a dit, mais...

— Comment?

— Bon sang, je ne sais plus. Je ne prêtais attention qu'à... (Il croisa le regard de Jem.) Je ne suis pas sûr que Gillian l'ait reconnu, reprit-il. Ils ont échangé quelques plaisanteries. Elle m'a fait croire qu'il s'était trompé de personne et je n'y ai plus pensé. Mais en y réfléchissant...

— Quoi?

— Je peux me gourer mais j'ai l'impression qu'elle était mal à l'aise.

— Comment ça? s'enquit Lawson.

Chief hésita.

— Je ne sais pas exactement. J'ai juste le sentiment qu'il lui a foutu la trouille. En fait, à moi aussi. C'était un drôle de zèbre.

— Précisez! s'impatienta Lawson, le stylo pointé sur son carnet.

— D'abord par son allure.

— Décrivez-le.

— Grand. Pâle. Très maigre. Avec des lunettes. Elles étaient si épaisses que ses yeux semblaient déformés. Elles avaient glissé sur le bout de son nez. Mais c'était surtout son comportement qui était bizarre. La façon dont il regardait Gillian.

— C'est-à-dire?

— Comme si... (Il chercha le mot exact.) Comme s'il était choqué, voire dégoûté de la voir là. Surtout avec... (Il s'arrêta, embarrassé. Un coup d'œil à Jem et il poursuivit.) Avec moi.

— Vous êtes sûr qu'il croyait avoir affaire à Gillian? continua Lawson, l'air songeur.

— Il a prononcé ce nom-là, opina Chief. Elle ne l'a pas détrompé. Elle n'a pas fait croire qu'elle était Melina.

— Si cet homme était vexé de voir Gillian Lloyd avec le colonel Hart, spécula Birchman, je crois que vous tenez un suspect, lieutenant.

— Pourquoi aurait-il été furieux de la voir avec moi? insista Chief. (Il darda un nouveau regard en coin à Jem.) C'est peut-être un de vos amis qui s'est fait un film!

— Vieux tas de merde, cracha Jem. Vous ne comprenez pas qu'il est en train de tout inventer? Il a créé ce tordu pour détourner l'attention de sa précieuse personne. Il ment!

D'un bond, Chief sauta sur ses pieds.

— Espèce de salaud ! (Très vite, il reprit son sang-froid et implora Melina.) Je vous assure, j'ai vu ce type. Je lui ai parlé.

Elle ne le quittait pas des yeux.

— Lieutenant Lawson, ça mérite d'être vérifié, n'est-ce pas ? dit-elle. Si cet homme était à ce point étrange, d'autres s'en souviendront, qui sait.

— C'est tout ce que vous pouvez nous dire à son sujet, Hart ? riposta Lawson.

Chief plongea ses doigts dans sa tignasse, en proie à une grande agitation.

— Ouais. La rencontre n'a duré que vingt à trente secondes.

— Avez-vous remarqué sa voiture ?

— Non.

— Continuez, essayez de vous souvenir. Des détails vont peut-être vous revenir.

Il faillit refuser mais obtempéra sous le regard fébrile que lui lança Melina.

— Il nous a tenu la porte quand nous sommes entrés dans le restaurant. Il a parlé à Gillian. Je ne crois pas qu'elle l'ait reconnu. Elle a fait mine de savoir qui il était, pour ne pas le vexer mais manifestement, elle ne se rappelait pas de lui.

— C'est une situation qui nous est arrivée à tous, admit Melina.

— Mais il lui a rafraîchi la mémoire ? insista Lawson.

— Ouais. Il me semble qu'il lui a dit son nom mais je ne suis pas foutu de m'en rappeler.

— Essayez.

— Il vous affirme qu'il ne peut pas, lieutenant, lança sèchement Birchman.

— Birchman, c'est mon enquête ! D'accord ?

Chief ne les écoutait plus. Il avait sombré dans le silence et s'était retiré en lui-même. Le front plissé, il réfléchissait, traquant la moindre parcelle de souvenir. Son cerveau fonctionnait comme un ordinateur doté d'une capacité bien au-dessus de la moyenne. Sa mémoire regorgeait d'informations techniques, de données scientifiques complexes qu'il utilisait pour son travail. Généralement, il lui suffisait de se concentrer une fraction de seconde pour faire surgir le renseignement dont il avait besoin.

— Ce n'est pas son nom qui a fait réagir Gillian. Elle n'a paru le reconnaître que lorsqu'il a dit... commença-t-il.

Birchman et Lawson cessèrent leur joute oratoire. Ils s'arrêtèrent net et braquèrent leur regard sur Chief.

— Merde, c'était quoi ? (Chief ferma les yeux et se pinça le bout du nez.) Il a dit.... (Il les rouvrit brusquement.) Waters. Waters. C'est ça !

— Waters ! répéta Lawson, fébrile avant de quêter la réaction de Melina. Ça vous dit quelque chose ?

— La clinique Waters, répondit-elle.

— Qu'est-ce que c'est ?

— Oh, Seigneur, gémit Jem, en serrant le poing. Je savais que cette histoire d'insémination artificielle était une mauvaise idée. J'étais contre depuis le début.

Elle lui décocha un regard mauvais mais avant qu'elle ait pu lui clore le bec, Lawson la pressa de s'expliquer.

— La clinique Waters, précisa-t-elle, est spécialisée dans les traitements contre la stérilité. Gillian s'y est rendue hier.

— Pour une fécondation, murmura Jem.

Lawson ne cacha pas sa surprise.

— Gillian était une de leurs patientes ?

— Oui.

— Pour quelle raison ?

— Ce qui est intéressant, lieutenant, c'est que cet individu bizarre l'a manifestement aperçue là-bas, coupa-t-elle.

Lawson parut en convenir. Il rangea les affreux clichés dans la pochette.

— Vous pouvez partir. C'est terminé.

— Qu'allez-vous faire ? s'enquit-elle.

— Je vais aller rendre une petite visite à cette clinique pour savoir si ce type y est employé. Je vous appellerai quand j'aurai appris quelque chose. Hart, poursuivit-il, j'aimerais bien que vous ne quittiez pas la ville. En tout cas, pas avant la fin de l'enquête.

— Vous ne pouvez pas exiger de mon client qu'il mette sa vie entre parenthèses en attendant d'avoir élucidé ce meurtre, protesta Birchman. Ça peut prendre des mois.

Lawson se leva et fit quelques pas en direction de Chief.

— Birchman a raison. Je ne peux pas vous obliger à rester. Mais peut-être en avez-vous envie. Je peux avoir besoin de vous pour identifier cet homme. En outre, je vous rappelle qu'il est de votre devoir de citoyen de collaborer avec la police. Vous êtes un être humain avant d'être un héros national. Songez à l'aide que réclame Mademoiselle Lloyd. Celle qui est encore en vie. OK ?

Il sortit d'un pas lourd, les laissant tous abasourdis.

Birchman fut le premier à réagir. Il ramassa son attaché-case et fit signe à Chief de le suivre.

— Après vous.

Chief ne bougea pas. Il se tourna vers Melina.

— Melina. Je suis désolé de ce qui vous est arrivé.

— Merci. Je regrette les désagréments que cette affaire vous a causés.

— Ce n'est rien.

— Désolé de vous interrompre, tout ça a duré déjà trop longtemps, coupa Jem grossièrement en poussant la jeune femme vers la sortie.

Birchman et Chief zigzaguèrent entre les bureaux qui encombraient la salle et, une fois dans le couloir, se dirigèrent vers l'ascenseur, talonnés par Jem et Melina.

Tandis que l'avocat appuyait sur le bouton d'appel, le sergent Crow apparut avec son bloc notes, désireux d'avoir son autographe.

L'appareil s'immobilisa à leur étage.

— Je reste ici un instant, avertit Chief, en serrant la main de l'homme de loi. Je vous téléphone à votre cabinet.

Birchman acquiesça.

— Vas-y, Melina. Monte, lança Jem.

— Pars devant. Je dois aller aux toilettes.

— Très bien, répondit-il en tentant maladroitement de repousser les battants qui se refermaient sur lui.

— A plus tard.

Les portes se fermèrent dans un claquement sec. Melina ne fit aucun mouvement.

Chief, qui achevait de griffonner un mot pour le fils du policier, leva la tête et l'observa avec curiosité.

— Merci, Colonel, dit le sergent en opinant du chef.

— De rien. Bonne chance à votre fils, à Todd.

Chief serra la main du flic qui s'éloigna fier comme un paon et pressa de nouveau le bouton de l'ascenseur.

— Vous descendez ?

— S'il vous plaît. J'ai fait croire à Jem que je devais me rendre aux lavabos.

— Je vois, répliqua-t-il.

Le subterfuge lui avait pourtant échappé.

Ils patientèrent, à quelques mètres l'un de l'autre, l'œil fixé sur le rai de lumière qui perçait entre les portes. Le silence était palpable.

Quand l'appareil s'ouvrit, elle nota avec plaisir qu'il était vide. Il s'écarta pour lui laisser le passage et lui emboîta le pas.

Elle se planta devant lui.

— Je m'excuse pour l'attitude de Jem.

— Vous n'y êtes pour rien.

— Il s'est comporté comme un imbécile et m'a mise mal à l'aise.

— Ne vous inquiétez pas, je n'ai pas l'intention de me disputer avec vous, lâcha-t-il en souriant.

Elle s'abstint de répondre.

— Je voulais également vous parler entre quat'z-yeux.

— D'accord.

— Pour vous dire que vous êtes un lâche.

Il encaissa le coup.

— Pardon?

— Vous êtes une poule mouillée, Colonel Hart.

— J'avais compris, grogna-t-il sèchement. Ça vous gênerait de m'expliquer pourquoi?

— Pas du tout.

L'ascenseur avait achevé sa course. Les portes s'ouvrirent sur le rez-de-chaussée. Melina n'esquissa aucun geste.

— Jem a eu tort de vous agresser, reprit-elle rapidement par peur qu'il l'interrompe mais il a eu raison sur une chose. Vous êtes un menteur, vous étiez mort de peur à l'idée de répondre franchement à la question de Lawson.

— Quelle question?

— Celle concernant votre soirée avec Gillian. Je sais que vous avez couché avec elle.

CHAPITRE 12

Chief pénétra d'un pas vif dans sa suite de l'hôtel Mansion et claqua la porte derrière lui. Après avoir jeté sa veste sur le dossier d'une chaise, il se dirigea vers le bar pour y prendre un Bourbon avant d'opter finalement pour un jus d'orange.

Il l'emporta dans le salon, s'affala sur le canapé au milieu des coussins et engloutit la moitié de la canette avant de reprendre sa respiration. Le parfum de Gillian lui monta aux narines. Il retint son souffle devant cette odeur familière et douloureuse.

Un gémissement étranglé, rauque, gargouilla dans sa gorge. Il s'assit, posa sa canette sur la table basse et, les coudes appuyés sur les genoux, plongea ses doigts dans sa tignasse. La détresse l'envahissait.

Il ferma les yeux et expira lentement.

Seigneur. Pourquoi devait-il vivre cette torture? Pourquoi? Quel dieu de vengeance s'acharnait-il ainsi sur lui?

Non, il ne pleurerait pas. Les astronautes ne se laissent pas aller. Personne de sensé ne sanglote sur la mort d'une personne croisée quelques heures dans sa vie.

Pourtant, il avait l'estomac noué et quand il rouvrit les paupières, ses cils étaient étrangement humides.

Il saisit son jus de fruit et en avala une gorgée tout en réfléchissant aux derniers mots de Melina. Il aurait souhaité se mettre en colère. Elle l'avait offensé, humilié avant de le planter à l'entrée des locaux de la brigade sans qu'il ait eu le temps d'esquisser un mouvement.

Quand il avait voulu lui courir après pour la moucher, un gardien l'avait intercepté en le priant de régler son ticket de parking à l'un des guichets automatiques prévus à cet effet.

Le temps de s'exécuter et de serrer la main de l'homme qui rosissait de plaisir devant cet illustre client, Melina avait disparu.

Sur le chemin de l'hôtel, il avait essayé de se calmer. Elle l'avait traité de menteur et de lâche. Jem Hennings avait failli prendre son poing dans la figure pour moins que ça. Comment osait-elle ?

Sa colère avait fait long feu assez rapidement. En fait, il avait mauvaise conscience. Il savait qu'il avait tort.

La fureur lui était familière. C'était une émotion qu'il savait gérer, une expression salutaire. Mais il ne savait pas lutter contre cet étrange sentiment qui s'insinuait en lui. Si encore, il avait su le définir, mettre un nom dessus ! Il détestait cet état confus qui le laissait les mains liées face à des impressions fantomatiques, presque irréelles.

Une jeune femme séduisante avait été brutalement assassinée. C'était tragique, certes. Mais après tout, sa liaison avec Gillian avait été fugitive. Elle ne méritait pas un tel désespoir.

Pourquoi alors ne parvenait-il pas à se laver les mains de toute cette affaire, à l'oublier ? Le récent sermon de Lawson n'entrait pas en ligne de compte. Il connaissait parfaitement ses devoirs de citoyen mais il ne devait rien à la police de Dallas. Ça, il en était sûr. Ce flic miteux avait voulu l'impressionner en pontifiant sur l'aide qu'il pourrait apporter à Melina, d'accord. Ce n'était pas assez pour l'empêcher de rentrer à Houston s'il en avait envie.

Non, il y avait autre chose. Un pouvoir invisible qui le retenait, l'obligeant malgré lui, à demeurer sur place jusqu'à la conclusion de l'enquête. Une force insaisissable qu'il n'arrivait pas à cerner.

Il avala la dernière goutte de son jus de fruit et s'allongea sur les coussins. Il décida d'approcher le problème de façon pragmatique comme il le ferait d'un aléa surgissant à bord de la navette. Il devait bannir ces émotions qui lui encombraient l'esprit, prendre chacun des éléments de cette énigme séparément. En procédant par élimination, il parviendrait à localiser la source de ce trouble, à s'en défaire une fois pour toutes.

Premier point : sa colère, dans une certaine limite, était justifiée. Comment se montrer ravi d'être impliqué dans une enquête pour meurtre ? Fallait être fou ! Pour dire vrai — il s'en rendait compte maintenant — il avait passé sa vie à craindre un tel événement.

Il appartenait à une minorité et avait dû bosser plus dur, plus longtemps que les autres. Il l'avait compris dès son plus jeune âge. Il avait davantage à prouver. On le surveillait. Il avait grandi en redoutant de tomber en disgrâce.

Aujourd'hui, le pire était arrivé : il n'avait plus rien à craindre.

Les réflexions de Birchman avaient fait mouche. LA NASA ne verrait pas d'un bon œil que la police interroge l'un de ses meilleurs gars à propos du meurtre d'une jeune femme qu'il était probablement le dernier à avoir vue en vie.

Suspect ou pas, c'était une mauvaise publicité pour l'agence spatiale. Dangereuse. Mais putain, ce n'était pas de sa faute. Qu'avait-il fait de mal? Il ne pouvait pas se douter qu'un taré allait prendre un coup de sang en l'apercevant avec Gillian Lloyd.

Avez-vous couché ensemble?

Oui. Ils avaient passé la nuit dans le même lit. Ils avaient baisé, et alors?

Comment Melina avait-elle découvert qu'il mentait? S'était-il trahi en réfutant brutalement l'accusation? Avait-elle lu dans son jeu grâce à ce fameux pouvoir de télépathie qu'on prête aux jumeaux? Gillian lui avait-elle parlé?

Si ça se trouve, Melina avait prêché le faux pour savoir le vrai. Gillian avait peut-être pris la place de sa sœur pour fanfaronner. Collectionnait-elle les hommes comme d'autres les timbres? Voulait-elle inscrire un astronaute à son palmarès?

Non. Non. Ça le rendait malade rien que d'y penser. Certaines femmes traquaient les trophées. Il était bien placé pour le savoir. Mais Gillian n'était pas comme ça. Au fond de lui, il le savait.

La vérité est qu'ils avaient éprouvé un désir violent l'un pour l'autre à l'instant même où ils s'étaient vus sur le perron de l'hôtel Mansion. Le Bourbon et le repas épicé n'y étaient pour rien. Le premier sourire, la première poignée de main avaient décidé de leur sort.

Bon Dieu! Il ne devait pas penser à ça. Non. Il s'y refusait.

Pour couper court à ses divagations, il saisit son portable et appela la boîte vocale de son bureau, ainsi que la messagerie de son domicile. Il en profita pour passer quelques appels urgents.

Il déclara à ses interlocuteurs qui lui demandaient la date de son retour qu'il était retardé, sans s'étendre davantage sur le sujet. Ils apprendraient la véritable raison bien assez tôt. Ce n'était qu'une question de jours avant que son nom apparaisse dans les journaux. Les médias boiraient du petit lait. Un jour, lauréat d'un prix, le lendemain, suspect dans une affaire d'homicide.

Quel enfer ! Depuis le matin, il évitait de réfléchir à la nuit qu'il avait passée avec Gillian. Exactement depuis le moment où il s'était aperçu en se réveillant qu'elle était partie. Tout le ramenait aux heures fabuleuses vécues en sa compagnie. Il devait l'affronter.

Va te faire foutre.

Il s'était montré irrité par son départ en douce, mais il s'en remettrait, n'est-ce pas ? Il avait des occupations, des amis et saurait bien aller prendre du plaisir ailleurs.

Mais sa réaction typiquement masculine avait cédé la place à l'impatience. Il l'avait appelée deux fois avant sa réunion avec Longtree, agacé de devoir parler à un répondeur. Lorsque Lawson lui était tombé dessus dans le bar, il avait eu d'autres soucis à gérer.

Le temps était peut-être venu de se souvenir ? Pourquoi hésiter ? Pourrait-il dégoter un indice, un détail important qui aiderait Lawson dans son enquête ?

Ton besoin de mémoire est donc noble ?

Foutaises. Il crevait d'envie de revivre cette soirée. Point final.

Il ferma les yeux et s'adossa aux coussins. Il crut la voir devant lui près de la table basse.

« Qu'est-ce qui vous semble raisonnable ? »

Il espérait qu'elle avait en tête la même chose que lui.

Elle avait dégrafé le haut de sa fermeture éclair d'un geste féminin et sexy avant de faire glisser sa robe jusqu'à sa taille, puis sur le sol.

Perdu dans ses rêves, il poussa un gémissement rauque :

— Doux Jésus !

« Dois-je prendre ça pour un plébiscite ? »

Sa voix dansait à son oreille.

En guise de réponse, il avait posé ses mains sur ses hanches et l'avait attirée à lui. Il l'avait embrassée sur le ventre, suçotant doucement sa peau avec sa langue. Elle s'agenouilla tandis que ses lèvres moites couraient sur son corps. D'un geste assuré, il dégrafa son soutien-gorge et prit ses seins à pleine bouche. Elle frissonna et lui caressa les cheveux.

Il ne se rappelait plus vraiment comment ils avaient atterri sur le canapé. Il se souvenait d'avoir roulé, enlacés au milieu des coussins, de ses mains qui pétrissaient son corps, des courbes gracieuses de sa poitrine.

— L'un d'entre nous est trop habillé, lui murmura-t-elle à l'oreille en picorant ses lèvres de baisers.

Elle le renversa sur le sofa et s'agenouilla entre ses jambes. Lentement, elle défit un à un les boutons de sa chemise, repoussant ses mains en riant. L'impatience le tenaillait. Bon Dieu, elle n'allait pas assez vite...

Quand il prit ses seins entre ses paumes, son regard s'assombrit de désir.

Enfin, elle entrouvrit les pans de tissu et l'embrassa sur le torse. Ses lèvres l'effleurèrent, aussi légers que son souffle. Sa bouche se fit plus insistante. Il sentit la râpe humide de sa langue, ses dents descendre lentement jusqu'à son nombril.

Chief retint sa respiration. Il avait l'impression de sentir sa main de nouveau s'infiltrer sous la ceinture de son pantalon, défaire la fermeture éclair. Elle avait glissé son index effilé dans l'entrebâillement de son slip.

— Pas étonnant qu'on vous appelle Chief, avait-elle murmuré d'une voix malicieuse.

Il avait exhalé un faible gémissement, nouant ses doigts dans sa chevelure soyeuse tandis qu'il fondait sous la pression de son baiser.

Le timbre du téléphone le tira brutalement de son rêve érotique.

Il s'essuya le visage d'un revers de manche et attrapa son portable en jurant. La sonnerie continua, stridente. Il se rendit compte qu'on l'appelait sur la ligne de l'hôtel et tendit le bras pour décrocher le poste posé sur la table.

— Oui ?

— Colonel Hart ?

— Qui est à l'appareil ?

— Dexter Longtree.

— Que voulez-vous ?

Tant pis s'il se montrait grossier. N'avait-il pas déjà fait comprendre au vieux chef qu'il n'y avait aucun espoir pour qu'ils travaillent un jour ensemble ? Il pensait avoir été clair. Depuis ce matin, il avait eu son compte de mauvaises nouvelles. Il avait le droit d'être de mauvaise humeur.

— Tout va bien ?

— Pourquoi ?

— La dernière fois que je vous ai vu, vous étiez aux mains de la police.

— Pas aux mains, seulement...

— Rappelez-vous, je vous ai prédit que vous auriez bientôt besoin de moi.

Chief aboya un rire railleur.

— Alors, Longtree, on a des visions ? On joue les Madame Irma ?

Après un court silence, l'Indien répondit :

— Pourquoi tant de mépris pour le spirituel, Colonel Hart ?

— Ce que je méprise, ce sont les gens qui se mêlent des affaires des autres et qui refusent qu'on leur dise non.

— Justement, rétorqua Longtree sans se vexer. Je m'intéresse énormément à ce qu'il vous arrive.

Chief était gagné par l'énervement.

— C'est votre problème ! Je vous ai dit et répété, hier et encore ce matin, que je ne veux pas faire partie de votre organisation. Mes intérêts et ceux du PIA sont incompatibles.

— Que vous n'aviez pas besoin de nous.

— Donc, vous avez compris le message ?

— Bien sûr, Colonel Hart. Vous avez été très direct.

Un long silence s'ensuivit. Chief fut sur le point de s'excuser avant de raccrocher.

— J'espérais que vous aviez changé d'avis, reprit Longtree. Certaines circonstances malheureuses ont peut-être modifié votre point de vue.

Chief fut secoué d'un frisson. Un étrange sentiment s'empara de lui : sa vie partait en vrille depuis qu'il avait rencontré Abbott et Longtree.

— Écoutez-moi bien, espèce de salaud, si vous...

— Manifestement, vous êtes dans le même état d'esprit. Je vais vous donner un peu plus de temps pour réfléchir. Pensez-y soigneusement. Au revoir, Colonel Hart.

— Attendez une minute, hurla Chief.

Longtree avait déjà raccroché.

Chief lança le combiné d'un geste rageur et fit les cent pas dans la pièce, en essayant d'y voir clair. Pouvait-il y avoir un lien entre Longtree et son acolyte et ce qui était arrivé à Gillian ? Étaient-ils capables de sacrifier une femme innocente dans le seul but de créer un scandale dont ils le *sauveraient?*

Ainsi, il leur serait redevable.

Il poussa un juron.

Si Longtree avait un rapport avec le meurtre de Gillian, s'il avait combiné toute l'affaire, il devait en informer immédiatement Lawson. Mais que lui dirait-il? Qu'il avait le pressentiment d'être tombé dans un piège?

La sonnerie du téléphone le fit sursauter.

L'ancêtre avec ses nattes n'avait pas perdu de temps. Chief se rua sur l'appareil.

— D'autres menaces, Longtree?

— Qui est Longtree et de quoi vous menace-t-il?

C'était Lawson.

— De rien, grommela Chief.

— Qui...

— Le vieux avec qui j'ai pris mon petit déjeuner. Un truc de boulot, ajouta-t-il agacé. C'est compliqué. Ça n'a rien à voir avec vous. Que voulez-vous?

— Nous l'avons trouvé.

— Qui?

— Le type bizarre que vous nous avez décrit.

Il mit une à deux secondes pour comprendre. Il se laissa tomber sur le bord du canapé.

— Son nom est Dale Gordon, expliqua le policier. Il travaille à la clinique Waters. J'ai donné son portrait-robot au personnel. Ils l'ont identifié immédiatement.

— L'avez-vous interrogé? Que vous a-t-il dit?

— Il n'était pas là. Il a laissé un message à son bureau ce matin en disant qu'il était malade et qu'il ne viendrait pas travailler. Je pars chez lui.

— J'espère que vous allez en tirer quelque chose. Bonne chance.

— J'aimerais que vous veniez.

— Moi? Pourquoi?

— Je veux être sûr que c'est bien le type qui vous a parlé dans le restaurant. Imaginez que je cuisine un pauvre bougre innocent.

— Vous n'avez qu'à me convoquer après pour que je l'identifie.

— Ça m'obligerait à l'arrêter. Pour l'instant, il n'est pas suspect. Officiellement. Personne ne l'a vu sur le lieu du crime.

— En d'autres termes, vous voulez que je vienne — *officiellement* — pour couvrir vos fesses si jamais vous vous êtes gouré.

— Je savais que vous comprendriez. Nous sommes à l'entrée du Mansion. Vous êtes prêt?

***

— Bonjour. Clinique Waters, susurra une voix agréable.

— Bonjour, mon nom est Melina Lloyd. J'ai besoin de parler au lieutenant Lawson du bureau des homicides de Dallas. Il doit se trouver dans votre établissement. Pouvez-vous me le passer, s'il vous plaît? (Un silence lui répondit.) J'ai essayé son portable mais visiblement, il ne fonctionne pas, insista-t-elle. C'est très important.

— Il était ici tout à l'heure avec un autre policier, répondit la réceptionniste à contrecœur.

— Était?

— Il est parti, il y a environ un quart d'heure.

— A-t-il arrêté Monsieur Gordon?

— Rappelez-moi votre nom.

— Melina Lloyd.

— Je ne suis au courant de rien, madame Lloyd.

— Le lieutenant enquête sur le meurtre de ma sœur. Ont-ils arrêté monsieur Gordon, oui ou non ?

La journée lui avait appris une chose capitale : le chagrin revêtait des formes différentes suivant les individus. Jem était inconsolable et passait le plus clair de son temps à errer, comme perdu dans le brouillard, ou enclin à de pénibles sautes d'humeur. Son agression contre le Colonel Hart en était la preuve. Il semblait accueillir avec plaisir la sollicitude de ses amis alors qu'elle supportait à grand-peine d'être entourée en permanence de gens bienveillants. Elle se sentait claustrophobe.

Pour s'échapper, elle avait prétexté une envie de faire une sieste et s'était retranchée dans sa chambre.

Elle s'était allongée sur son lit, les yeux brûlants à force d'avoir trop pleuré. Elle n'arrivait même plus à les fermer. Il était hors de question de dormir. Elle avait besoin d'agir, de mettre sa vengeance à exécution.

Mais que pouvait-elle faire ? Peu désireuse de rejoindre les autres dans le salon et la cuisine où s'entassaient des casseroles sales et des salades surgelées, elle avait fait les cent pas dans sa tanière jusqu'à ne plus pouvoir tenir. Que faisait Lawson ? Il avait promis de la tenir au courant.

Elle se doutait que le lieutenant serait furieux de son appel mais n'avait pas prévu la réaction glaciale de la standardiste de la clinique Waters.

— Eh bien ?

— Ils n'ont pas appréhendé Dale... Euh, monsieur Gordon. Il n'était pas là. Il a téléphoné ce matin pour avertir qu'il était souffrant. Je pense que le lieutenant s'est rendu directement chez lui. (Elle baissa la voix.) Qu'est-ce qu'il a fait ?

Esquivant la question, Melina demanda l'adresse personnelle de l'employé.

— Elle doit se trouver dans son dossier au service du personnel.

— Je suis désolée. Je ne peux pas vous donner cette information.

— S'il vous plaît !

L'employée avait raccroché. Zut !

Elle s'écroula sur le bord du lit et pencha la tête, laissant retomber son menton sur sa poitrine. Elle était rompue de fatigue. Épuisée. Les muscles de son dos étaient tendus, douloureux.

Peut-être devrait-elle suivre le conseil de ses amis et prendre un somnifère ? Deux. Trois. Jusqu'à tomber dans l'hébétude. Quel bonheur d'oublier enfin !

Ce serait de la lâcheté. *Pire que le mensonge !* Elle avait au moins la satisfaction d'avoir piégé Christopher Hart. Elle revoyait avec une douce amertume son air hagard quand elle lui avait asséné ses quatre vérités.

Elle ne voulait plus songer à lui. Se droguer lui apporterait-il un réconfort ? Non. C'était simplement retarder les choses. Elle n'avait pas encore mérité le repos. Elle avait du pain sur la planche avant de pouvoir fuir la réalité. Mais que pouvait-elle faire ?

Brusquement, elle eut une idée. Elle s'agenouilla devant la table de chevet, ouvrit le second tiroir et sortit un énorme bottin qu'elle posa sur ses genoux.

*
**

— Gordon ?

Lawson tambourina à la porte pour la deuxième fois. Devant l'absence de réponse, il demanda au jeune policier qui l'accompagnait de composer le numéro de téléphone de Dale Gordon.

Keating venait d'être muté dans son équipe. Il était méticuleux, irréprochable, soucieux de se faire remarquer, surtout d'un pro comme Lawson.

— Je l'ai fait. A deux reprises. Personne ne répond.

— Sa voiture est là, remarqua Lawson. Que vous a-t-elle dit ?

Il fit un pas en direction de la vieille dame qui se tenait debout, appuyée sur sa canne, sous le porche, à l'arrière de la maison mitoyenne. Elle les regardait avec curiosité et suspicion. Un loulou de Poméranie, planqué derrière sa jupe, aboyait bruyamment.

— C'est la propriétaire, expliqua Keating. Elle ne l'a pas vu aujourd'hui. D'après elle, il ne rentre que vers 18 heures, au plus tôt. Il n'est chez lui que le week-end. C'est paraît-il, exceptionnel qu'il soit là en semaine.

— Il vit seul ?

— Ouais et il n'a pas d'amis. Elle ne l'a jamais aperçu avec quiconque. C'est un gars tranquille qui paie son loyer. Leur seul différend concerne le chien. Il se plaint qu'il vient foutre la pagaille près de chez lui.

— A sa place, ça fait longtemps que j'aurais flingué ce foutu clébard.

Chief dodelina de la tête. Il était d'accord avec Lawson. Il adorait les animaux mais les aboiements suraigus de ce toutou miniature lui faisaient l'effet d'un ongle crissant sur un tableau noir.

— Je vais voir à l'intérieur, décida Lawson. Fais-la rentrer chez elle.

Keating trottina jusqu'à la vieille femme et, ignorant ses protestations, la poussa à l'intérieur. Il ramassa le chien sous son bras et le balança dans la maison.

— Hart, planquez-vous. Si ça se trouve, il nous guette.

Chief s'accroupit derrière la voiture banalisée. Pour un peu, il se serait cru au cinéma. Arme au poing, les deux policiers prirent position de chaque côté du porche. Après avoir hurlé le nom de Gordon, Lawson flanqua un coup de pied sur la porte qui s'ouvrit dans un craquement sec.

Les deux policiers se ruèrent à l'intérieur. Chief s'arma de courage, s'attendant à entendre des coups de feu. Aucun bruit ne lui parvint. Il distingua juste la voix mal assurée de Keating hurlant à Lawson que la voie était libre. Les aboiements féroces du chien, enfermé dans la demeure voisine, ponctuaient le silence.

Lawson réapparut enfin dans l'embrasure de la porte.

— Hart?

Il l'appela en agitant la main. Chief remarqua que le lieutenant avait replacé son neuf millimètres dans son holster.

— Il s'est flingué, annonça Lawson. C'est pas beau à voir mais j'aimerais que vous y jetiez un œil pour identifier le corps. Vu la baraque, c'était un sacré taré.

Il fit demi-tour et retourna dans la maison avant de lancer par-dessus son épaule :

— Ne touchez à rien. (Il toisa Chief du regard.) Vous avez l'estomac bien accroché, j'espère?

— J'ai survécu au simulateur d'apesanteur, le « Vomit Comet ».

— Ah bon? Alors, ça sera une promenade de santé pour vous. Pour ma part, j'ai eu mon quota d'hémoglobine pour la journée, ajouta Lawson.

Il faisait un froid glacial dans le studio et une odeur de boucherie empuantissait l'air. Lawson l'avait prévenu : il y avait beaucoup de sang.

Dale Gordon gisait par terre devant une sorte de petit autel, les bras et les jambes en croix, paumes tendues vers le ciel. Il s'était ouvert les veines. Un méchant couteau et une paire de lunettes traînaient près du corps. Il avait dû les enlever pour ressembler au Christ en croix. Il était nu.

Lawson darda un coup d'œil à Chief.

— C'est lui ?

Chief hocha la tête. Dans le lointain, il entendit la sirène d'une ambulance.

— Lawson ?

Keating apparut derrière une portière. Il tenait un short entre ses mains gantées.

— C'est un bas de pyjama. Il colle avec le boléro que vous avez trouvé dans la chambre de la fille ?

Lawson poussa un soupir de dégoût.

— Il a embarqué un souvenir.

Keating écarta le tissu, révélant la semence séchée qui maculait le coton blanc. L'estomac de Chief fit la culbute. Il jura et pressa ses poings sur ses yeux comme s'il voulait chasser cette vision écœurante.

— Vous avez trouvé autre chose ? questionna Lawson.

— Je cherche.

Après avoir glissé le vêtement en coton dans un sac plastique, il repartit fouiller l'appartement.

— Est-ce le couteau qu'il a utilisé pour tuer Gillian ? s'enquit Chief pour faire diversion.

— On va faire analyser le sang. On le saura dès que j'aurai le rapport du médecin légiste. Mais j'en mettrais ma main au feu. C'est notre homme.

Chief le dévisagea avec attention. Lawson lui cachait quelque chose.

— Qu'est-ce qu'il y a ?

— C'était un psychopathe, admit l'inspecteur en fronçant les sourcils. Avant que vous entriez, j'ai trouvé un dossier complet sur Gillian Lloyd, avec des photos. Là-dedans, expliqua-t-il en indiquant la commode transformée en autel de fortune.

— Des photos?

— Prises en cachette. Dans la salle d'examen de la clinique.

— Seigneur!

— Ouais, vous pouvez le dire, répliqua Lawson sèchement. C'était un fanatique religieux. Regardez-moi ce bazar. Y a plus de bougies que dans une église. Des icônes. Un fouet maculé de sang. Je vous parie que c'est le sien. Une collection de livres sur l'Apocalypse. Quelle merde! Ce type a dû péter les plombs. Il n'a pas réussi à assumer sa contradiction : son amour pour Dieu et pour Gillian Lloyd.

— Surtout quand il m'a vu avec elle.

— Ouais, soupesa Lawson. Il l'a aperçue à la clinique et s'est entiché d'elle. Une véritable obsession avec fantasmes sexuels et tout le tremblement. Quand il vous a croisés l'autre soir tous les deux, il est devenu malade de jalousie. Alors, il a réglé le problème. Comme il ne pouvait pas la posséder, il l'a tuée.

Un gémissement horrifié se fit entendre derrière eux. Ils firent volte-face. Melina Lloyd se tenait sur le seuil. Son visage défait indiquait qu'elle avait dû entendre la majeure partie du petit discours de Lawson.

— Bon sang, que faites-vous là? rugit le lieutenant.

Chief la saisit par les épaules et la poussa vers la sortie. Elle résista.

— C'est lui qui l'a tuée? Pourquoi? Pourquoi?

— Vous n'auriez pas dû venir, la tança Lawson.

— Dehors. Avec moi, ordonna Chief en l'attrapant par le bras.

— Non!

Elle fit un pas en direction du cadavre mais il lui bloqua le passage.

— Je veux voir son visage.

— Comment avez-vous su qu'on était là? questionna Lawson.

— Oh, j'ai fait un véritable travail de détective. J'ai cherché son adresse dans l'annuaire. Laissez-moi passer! hurla-t-elle à Chief qui tentait de l'empêcher d'avancer dans la pièce. (Elle le repoussa.) Je veux le voir. Je veux voir l'assassin de ma sœur. Je veux être sûre qu'il est mort.

— Pas question. (Chief saisit ses deux mains entre les siennes.) Melina, s'il vous plaît!

Elle lutta quelques instants, puis à bout de forces, commença à se relâcher. Devant ses signes d'épuisement, il reprit l'avantage et l'entraîna dehors. Une fois sous le porche, il la prit dans ses bras. Elle s'effondra contre sa poitrine et se mit à sangloter. Il resserra son étreinte.

Une ambulance freina brutalement sur le gravier. Le loulou de Poméranie galopait un peu partout comme une boule de poils déchaînée en poussant des jappements stridents. La vieille femme, effrayée et perdue, titubait comme un papillon privé de lumière. Elle entra en collision avec les brancardiers qui s'élançaient vers la maison.

— Il est arrivé quelque chose à monsieur Gordon? leur cria-t-elle.

Les voisins s'agglutinaient dans l'allée ombragée. Pour la plupart, il s'agissait de retraités. Le drame qui se déroulait à quelques pas de chez eux était bien plus passionnant que le programme télé de l'après-midi. Le quartier bruissait d'excitation.

Chief caressa les cheveux de Melina.

— Vous n'aviez pas besoin de ça. Vous n'auriez pas dû venir.

Elle se dégagea brutalement.

— Pourquoi pas? Il a tué ma sœur.

— Ça en a tout l'air.

— Alors, ma place est ici.

Elle le foudroya du regard.

— Par contre, ce n'est pas la vôtre. Vous l'avez prouvé en mentant sur votre relation avec Gillian. Vous nous avez fait comprendre clairement que tout ça ne vous concernait pas. Qu'est-ce que vous foutez là?

Il lui expliqua la demande pressante de Lawson.

— Il a insisté. Il voulait interroger Gordon et souhaitait que je puisse l'identifier.

— L'avez-vous fait?

— Oui. C'est bien lui.

— Alors, votre mission est terminée. Pourquoi traînez-vous dans le coin?

Chief était vexé et dérouté. L'attitude autoritaire de Melina commençait à l'agacer prodigieusement. Il était venu pour rendre service. Si ça ne tenait qu'à lui, il aurait préféré aller au diable plutôt que de contempler le corps nu d'un taré couché dans une flaque de sang. Il y avait bien d'autres façons plus agréables de profiter d'une belle journée d'automne.

Enfin, les choses étaient réglées. Le suicide de Gordon et les preuves retrouvées à son domicile mettaient un point final à cette affaire. Il avait fait son devoir.

Lawson n'avait plus besoin de lui. Pourquoi, bon sang, ne fichait-il pas le camp?

— J'en sais fichtrement rien, riposta-t-il sur le même

ton. Mais avant de m'en aller, je tiens à vous dire une bonne chose...

— Oui ?

— Je suis sincèrement attristé de qui est arrivé à Gillian. Bien plus que vous ne voulez le penser. Je suis malade à l'idée d'avoir joué un rôle malgré moi dans cette tragédie. (Il approcha son visage du sien, la fusillant de ses yeux bleu laser.) Mais je suis heureux d'avoir passé la soirée d'hier avec Gillian. Et pas avec vous.

CHAPITRE 13

Lamesa était le plus petit comté de l'Etat du Nouveau-Mexique. S'il paraissait vaste, c'est parce qu'il était le moins peuplé. Le shérif Max Ritchey l'appréciait tel qu'il était.

Certains auraient refusé de vivre dans un tel désert. Pas lui. Le paysage qu'il contemplait à travers le pare-brise de sa voiture lui rappelait le doux cocon du ventre maternel. Il était né et avait grandi dans cette région. Hormis les deux ans passés au collège de Las Cruces, une époque dont il gardait un mauvais souvenir, et son année sous les drapeaux où il n'avait pas fait d'étincelle, il ne l'avait jamais quittée.

Il avait pris très tôt sa retraite de l'armée de l'air et était revenu chez lui pour épouser une fille du cru qui lui avait donné trois enfants, un garçon et deux filles. Il désirait mourir et être enterré dans le berceau de ses ancêtres.

Pour dire vrai, jusqu'à ce qu'il entre dans l'administration, il ne s'était jamais vraiment illustré professionnellement. Sa carrière avait été aussi médiocre que ses états de service.

Il avait d'abord travaillé comme magasinier dans une boutique d'électroménager mais avait démissionné, vexé de ne pas avoir décroché à deux reprises le poste d'assistant de direction. Après ça, il avait essayé, l'espace d'une année, de vendre des voitures et des pick-up. Sans grand résultat. Un désastre question finances.

Ce n'est que lorsqu'il s'était vu proposer le job de shérif suppléant qu'il avait cessé de tirer le diable par la queue.

Au bout de trois ans, on lui avait offert de se présenter aux élections. Ritchey avait emporté la victoire haut la main. Le taux d'abstention avait atteint des records, mais à sa grande surprise, il avait été élu. Au cours des deux derniers suffrages, son bilan n'avait pas été contesté. Il devait faire du bon boulot.

Son métier de shérif le ravissait. Il aimait son uniforme marron élégant, le petit bureau qu'il partageait avec trois adjoints sans ambition. Une de ses passions était de sillonner le quartier dans sa voiture de fonction. Les gens le saluaient avec respect. Il était fier de pouvoir porter une arme. Il en avait appris le maniement dès son plus jeune âge mais pour se perfectionner, il se rendait dans le désert pour dégommer des bouteilles et des canettes destinées au recyclage. Du moins, c'est ce que croyait sa femme.

Malheureusement, en sept années d'exercice, il n'avait pas eu l'occasion de prouver son talent. Il n'y avait pas souvent d'homicides dans le comté de Lamesa. Deux ans auparavant, il y avait bien eu un viol, mais l'affaire avait tourné court. La fille avait été incapable d'identifier l'adolescent — un gars du coin d'après ses dires — qui l'avait ramassée sur la nationale alors qu'elle faisait du stop. Le type avait déguerpi bien longtemps avant qu'elle porte plainte. Il n'avait jamais été arrêté.

Récemment, un meurtre avait eu lieu dans la communauté indienne : un mari jaloux avait buté sa femme et son amant, qu'il avait retrouvés couchés dans le même lit. Les forces de police indépendantes de la réserve s'étaient chargées de l'enquête. Elles n'avaient pas eu un gros boulot. C'était juste un crime passionnel.

Le rôle de Ritchey s'était borné à la paperasserie. Il veillait à laisser les Indiens gérer leurs propres affaires. C'était une règle chez lui. Ainsi, ça ne créait aucun conflit.

L'automne dernier, on avait appréhendé des gamins qui s'étaient introduits dans un collège de la région pour tondre une tête de buffle, la mascotte de l'établissement. C'était simplement une blague, plutôt drôle d'ailleurs. Les chenapans avaient été expulsés quelques jours, et leurs parents contraints de remplacer le trophée.

Il arrivait à Ritchey de boucler un ivrogne en attendant qu'il ait cuvé son vin ou de régler des conflits conjugaux. C'est tout. L'activité criminelle de Lamesa n'était pas très florissante.

Ce fut donc avec une grande excitation qu'il reçut le coup de fil du lieutenant Lawson.

— Bureau des Homicides de Dallas, lança l'homme de la voix rauque d'un fumeur invétéré.

— Que puis-je faire pour vous?

— Je suis chargé de l'enquête du meurtre d'une jeune femme, ici, à Dallas. Elle avait 35 ans. Type européen.

Ritchey sirota sa tasse de café tout en écoutant le résumé des faits.

— Une inscription sur le mur? C'est horrible.

— Oui. On a trouvé le coupable. Trop tard, expliqua-t-il en mentionnant le suicide de Gordon. C'est une affaire plutôt sinistre.

— Effectivement. A priori, votre dossier est bouclé, non ?

— J'essaie de réunir les dernières pièces du puzzle. Ce type, un dénommé Gordon était du genre solitaire. Complètement tordu mais avec une intelligence au-dessus de la moyenne. Efficace dans son boulot. Il était technicien de laboratoire dans une clinique spécialisée dans la stérilité.

— Ça alors !

— Il s'entendait bien avec ses collègues même s'il était très réservé. Ce n'était pas un fouteur de merde, un gars à papoter devant la machine à café. Vous voyez ce que je veux dire ? A part son obsession pour la victime, il ne paraissait pas avoir de passion : bowling, jeux vidéo... Il n'appartenait pas à une communauté religieuse. Ça, c'est vraiment bizarre.

— Pourquoi ?

— Parce qu'il était bigot. Vous connaissez Frère Gabriel ?

Le shérif Ritchey éclata de rire.

— Bien sûr. Comme tout le monde !

— Moi non. J'en ai entendu parler mais je n'avais jamais regardé son show télé, ni écouté ses sermons avant d'avoir découvert le corps de Dale Gordon.

— Quel est le rapport entre les deux ?

— C'est là que j'ai besoin de vous, shérif Ritchey.

Ritchey se remémorait cette conversation en grimpant la route escarpée et sinueuse qui menait au domaine de Frère Gabriel. Avec une courtoisie confraternelle, il avait accepté pour rendre service au lieutenant d'aller bavarder avec le prédicateur.

— Allez lui demander pourquoi Dale Gordon l'a appelé dix fois en un mois, avait proposé Lawson.

— Pourquoi ne passez-vous pas un coup de fil?

— Je pourrais. Mais on va me faire tourner en bourrique. Les gens ont tendance à se fermer comme des huîtres au téléphone. Vous, ils vous connaissent. Vous en obtiendrez davantage.

Ritchey ne manquait pas de jugeote. Il savait qu'il ne pouvait pas débarquer chez la célébrité du comté sans se faire annoncer. Frère Gabriel possédait toute la montagne sur laquelle était implantée sa propriété. Ritchey n'avait pas la moindre envie d'offenser l'évangéliste. Ce terme, d'ailleurs, déplaisait à Sa Grandeur. Selon lui, les prédicateurs de la télévision avaient déprécié cette appellation. En outre, il ne leur ressemblait pas et détestait être confondu avec la masse.

Le shérif avait téléphoné pour prendre rendez-vous. Il était attendu. Quand il immobilisa sa voiture devant l'entrée du Temple, un gardien s'avança et se pencha à sa portière.

— Paix et amour, shérif.

— Paix et amour, répondit-il, légèrement gêné.

Le garde l'examina, fouilla des yeux la banquette arrière et retourna à sa guérite. Le portail électronique s'ouvrit lentement. Il lui restait encore un peu plus de huit cents mètres à parcourir avant d'atteindre le cœur du domaine.

Le Temple comptait plusieurs bâtiments : des dortoirs pour les disciples qui vivaient sur place, une école avec un terrain de jeu doté de tous les équipements sportifs nécessaires, un studio de télévision à partir duquel Frère Gabriel transmettait ses différents programmes et bien sûr le quartier général qui abritait les appartements privés du prédicateur.

La bâtisse sans fenêtre dissimulait le centre de contrôle. Il commandait le système de sécurité ultra perfectionné. On murmurait que Frère Gabriel avait recruté ses vigiles parmi les agents des services secrets internationaux, des mercenaires de tout poil prêts à mourir pour leur chef, si nécessaire.

Frère Gabriel étendait son pouvoir et son influence sur une armée de fidèles. Sans être paranoïaque, il était doué de bon sens et n'ignorait pas qu'il avait de nombreux ennemis.

Il errait, selon sa formule, « dans un monde charnel », univers fébrile où les âmes perdues se livraient à des actes insensés par amour du frisson, de l'ambition ou de la perversité. C'est pour ça qu'il avait pris soin de faire du Temple, un endroit inviolable, inaccessible.

Ritchey se rendait dans le domaine pour la deuxième fois. Malgré ça, il était un peu intimidé. Chacun de ses déplacements et de ses gestes était filmé par des caméras vidéos invisibles. Il ne l'ignorait pas.

Quand il grimpa les marches de pierre menant à l'entrée principale du quartier général, il avait l'impression d'être surveillé comme un vulgaire délinquant.

Il se faisait l'effet d'un pécheur s'approchant des portes du paradis. Il n'était pas franchement à l'aise. Son cœur tambourinait dans sa poitrine. Il pressa le bouton situé à droite des grandes baies vitrées. Un gardien assis derrière un comptoir, trônait au centre du foyer en marbre.

— Shérif Ritchey?

Une voix le fit sursauter. Elle provenait d'un haut-parleur placé au-dessus de sa tête.

— Oui?

— Pourriez-vous enlever votre chapeau?

— Oh, bien sûr.

Il se découvrit et se mit au garde-à-vous.

— Entrez, précisa son mystérieux interlocuteur.

La lourde porte cliqueta. Il la tira et pénétra dans une oasis pastel. Une musique douce résonnait en fond sonore. Le gardien, vêtu d'un uniforme impeccable, lui sourit d'un air amène.

— On vous attend au troisième étage. Vous pouvez monter.

— Merci.

L'ascenseur était truffé de micros et d'appareils de vidéosurveillance. Ritchey fit mine d'être décontracté. Il fit un effort pour ne pas se dandiner d'un pied sur l'autre et ne pas se racler la gorge.

Enfin, les portes glissèrent dans un chuintement. Un homme l'attendait sur le palier.

Il reconnut le bras droit de Frère Gabriel. L'homme était grand, mince, vêtu comme un dandy et arborait un œillet blanc au revers de sa veste noire.

— Bonjour, shérif Ritchey, glissa-t-il d'une voix douce. Heureux de vous revoir. Ça fait longtemps.

— Monsieur Hancock, répondit Ritchey en prenant la main manucurée qu'on lui tendait.

— Frère Gabriel vous attend.

Sans plus de cérémonie, il conduisit Ritchey dans une immense galerie. Elle lui fit penser à la Grande Salle des Cavernes de Carlsbad, celle qu'on atteignait après avoir parcouru des kilomètres au travers de gouffres noirs et profonds. On disait que ça valait le coup d'œil.

C'était le cas ici aussi.

De la dorure à foison. Les moulures, les meubles, les poignées de porte. Tout était en or. Jusqu'aux charnières.

Les lumières étaient tamisées comme si on avait voulu éviter d'aveugler les visiteurs.

Les murs étaient tendus d'un tissu bleu roi brillant. De la soie?

Le plafond supportait une fresque gigantesque. On aurait dit les peintures d'une église européenne. Son premier réflexe fut de l'examiner bouche bée mais il se reprit, se contentant d'y jeter un coup d'œil discret. A la dérobée, il entrevit de gros nuages roses et des anges ailés.

Le tapis était plus large qu'un terrain de basket, le bureau plus gros qu'une locomotive. L'homme assis derrière, plus irréel qu'un dieu.

Frère Gabriel déploya un large sourire et lui fit signe d'avancer.

— Shérif Ritchey. C'est toujours un plaisir de vous voir. Aimeriez-vous boire quelque chose?

— Hum... non, merci, bredouilla Ritchey tout en prenant la chaise que Frère Gabriel lui indiquait.

Avec son haut dossier en bois sculpté, elle ressemblait à un trône. Le confort en moins.

— Bien... (Frère Gabriel joignit ses longues mains fines et les posa à plat sur la table.) Pourquoi avoir sollicité cette audience?

Bien que Max Ritchey n'ait jamais eu la moindre tendance homosexuelle, il était presque aveuglé par la remarquable beauté de son interlocuteur.

Un front large, des yeux verts perçants, un nez droit et fin, des lèvres pleines, un menton creusé d'une fossette et des mâchoires carrées. Pour couronner le tout, une masse épaisse de cheveux blonds, presque blancs. Il était d'une finesse presque désincarnée.

Voilà sans doute à quoi aurait ressemblé l'Archange

Gabriel s'il était descendu sur terre. La coquetterie mise à part ! se dit intérieurement le shérif.

Envoûté, le regard fixé sur le prédicateur, Ritchey s'éclaircit la gorge et carra ses fesses dans son fauteuil.

— Je m'en veux de vous embêter avec ça. C'est une peccadille, j'en suis sûr.

Frère Gabriel le dévisagea, l'air inquisiteur.

— Il existe une forme de fraternité entre les officiers de police, commença Ritchey. Quand l'un d'eux vous demande un service, on essaie d'être à la hauteur.

— Bénis soient ceux qui œuvrent pour la paix, pontifia Frère Gabriel. Car ils seront appelés fils de Dieu.

Ritchey accueillit sa remarque en souriant.

— Pour sûr, j'en ai vu un paquet qui n'agissaient pas comme des fils de Dieu.

Frère Gabriel lui rendit son sourire, révélant deux rangées de dents éblouissantes.

— J'admire les gardiens de l'ordre. Comment puis-je vous aider ?

— J'ai reçu un appel du Texas ce matin. De Dallas. D'un lieutenant de police nommé Lawson.

Il lui résuma sa conversation téléphonique. Frère Gabriel ne manifesta aucune réaction.

— Quelle horreur ! Je prierai pour les âmes de cette pauvre victime et de ce psychopathe, s'exclama-t-il saisi d'un léger frisson. Monsieur Hancock, veuillez s'il vous plaît, ajouter leurs noms à la prière du jour.

Ritchey tourna brusquement la tête, surpris. Monsieur Hancock avait pris place sur un canapé au fond de la pièce. Il s'était montré si discret qu'il l'avait cru parti.

— Bien sûr, Frère Gabriel, opina l'assistant.

Le prêcheur contempla Ritchey, l'air dubitatif.

— Je ne vois toujours pas en quoi ça me concerne.

— Et bien...

Ritchey gigota sur sa chaise, mal à l'aise. Le regard de Frère Gabriel lui donnait envie de se cacher dans un trou de souris.

— D'après ses factures de téléphone, reprit-il, ce Dale Gordon a appelé plusieurs fois au Temple. Dix pour être exact. Lawson se demandait si vous aviez une explication.

— L'enquête est close, n'est-ce pas?

— Il affirme qu'il essaie de rassembler des pièces du puzzle.

— Des pièces du puzzle?

— C'est ce qu'il a dit.

— Je comprends. Moi-même, je n'aime pas les tâches inachevées.

— Je suis sûr que ce n'est qu'une formalité.

Frère Gabriel hocha la tête.

— Monsieur Hancock, pourriez-vous s'il vous plaît, vérifier le registre des communications?

— Certainement.

Hancock se dirigea vers un meuble aussi large qu'un mobile home. Il déverrouilla les deux portes et s'assit devant le clavier d'un ordinateur.

— Heureusement pour vous et votre collègue de Dallas, nous gardons trace de tous les appels reçus, expliqua Frère Gabriel.

— Je suis confus de vous occasionner autant de dérangement, bredouilla le shérif.

— Pas du tout. Pendant que Hancock consulte les enregistrements, peut-être pourrais-je vous convaincre d'accepter un rafraîchissement?

Ritchey se détendit. Maintenant qu'il avait exécuté sa mission officielle sans s'attirer les foudres de Sa Grandeur, il accepta volontiers.

Frère Gabriel pressa sur un bouton de son téléphone. Une voix féminine se fit entendre aussitôt.

— Apportez le chariot de boissons fraîches, s'il vous plaît.

Les ordres du prédicateur n'autorisaient manifestement aucun retard. Quelques secondes plus tard, la porte s'ouvrit.

— Ah, Mary ! Amenez-le jusqu'ici.

Ritchey jeta un coup d'œil derrière lui. Il marqua un temps d'arrêt.

La dénommée Mary était une jeune adolescente au visage menu encadré de boucles brunes. Elle était vêtue de l'uniforme bleu roi de l'école du Temple. Ses yeux noirs mettaient en valeur ses joues rosies par l'émotion. Tout en poussant la table roulante, elle coula un regard timide en direction du shérif sans cesser de fixer Frère Gabriel.

— Que voulez-vous boire, shérif ? demanda Frère Gabriel.

— Euh, comme vous voulez.

La jeune fille décapsula une canette, versa la boisson pétillante dans un verre rempli de cubes de glace et le lui tendit.

— Merci, bredouilla-t-il en évitant de la regarder.

Frère Gabriel se tapota le flanc. Obéissante et ravie, Mary contourna le bureau imposant et s'approcha du Maître. Il passa son bras autour de sa taille, l'attira à lui et posa son autre main sur son ventre détendu par une grossesse avancée.

— Mary est l'un de nos plus beaux trésors, fanfaronna Frère Gabriel. Depuis combien de temps êtes-vous avec moi, Mary ?

— Depuis l'âge de dix ans, murmura-t-elle d'une petite voix.

— Je l'ai rebaptisée Mary car elle me rappelle les portraits de la Madone de la Renaissance. N'est-elle pas magnifique ?

Ritchey acquiesça en silence. Il n'avait toujours pas touché à son jus de fruits.

— C'est un être exceptionnel, reprit Frère Gabriel en la caressant lentement. Elle a montré l'exemple aux autres enfants. C'est une bonne élève, un délice pour les professeurs. En fait, elle s'est révélée parfaite à tous les niveaux.

Il tira en plaisantant sur l'une de ses boucles. Elle lâcha un petit gloussement. Tendrement, il se pencha et déposa un baiser sur son ventre proéminent.

— Vous le voyez, shérif, nous nous aimons particulièrement beaucoup.

Très gêné, le shérif Ritchey fixa Frère Gabriel.

— Oui, je vois, lâcha-t-il d'une voix bourrue.

— J'espère garder cette enfant avec moi au Temple très, très, très longtemps. Oh, monsieur Hancock, merci.

Son assistant venait de déposer devant lui, une feuille de papier fraîchement sortie de l'imprimante. Frère Gabriel la parcourut des yeux sans cesser de pétrir les formes généreuses de la jeune fille. Sa main experte et familière s'attarda sur sa poitrine gonflée et descendit plus bas, à la hauteur du pubis.

La fille contemplait la tête penchée de l'évangéliste, l'œil confit d'adoration.

Max Ritchey réprima une nausée. Il n'arrivait pas à détourner son regard de l'adolescente qui semblait accueillir avec plaisir les gestes obscènes de son bienfaiteur. La fascination et le dégoût se disputaient en lui.

— Ah!... Monsieur Gordon! murmura Frère Gabriel au bout d'un instant. Ça y est, maintenant, ça me revient. Une bien triste histoire en vérité. (Il souleva la main de Mary et la posa sur son torse carré, la guidant avec tendresse.) Écoutez-moi bien, shérif Ritchey. Je vais vous raconter la lamentable histoire de monsieur Gordon. Le lieutenant Lawson sera alors convaincu, comme moi, que ce type était un névrosé, un pauvre pervers pathétique.

CHAPITRE 14

Deux jours s'étaient écoulés depuis le meurtre de Gillian Lloyd et le suicide de Dale Gordon. Le lieutenant Lawson était sur le point de clore le dossier.

Avant cela, il tenait à parler à Melina. Il ouvrit une canette de Dr Pepper, en avala une gorgée et l'appela de son bureau en désordre.

Après les civilités d'usage, il attaqua :

— Les analyses confirment nos soupçons. Le couteau de Gordon est bien celui qui a servi à tuer votre sœur. On a retrouvé ses empreintes sur la poignée de porte, sur le rebord de la fenêtre et sur le verre dans la cuisine. On a formellement identifié le sperme sur le bas de pyjama. C'est le sien.

Par contre, il n'y avait aucune trace de semence sur le corps de Gillian. Sa peau a révélé une grande concentration d'huile de bain. En un mot, si Hart a menti, on n'a aucune preuve qu'ils ont eu une relation sexuelle. De toute façon, il n'y a pas de trace d'agression. Gordon ne l'a pas violée.

— Je ne mets pas en doute les preuves matérielles, lieutenant Lawson. Je suis convaincue comme vous que Dale Gordon est coupable. Ce qui m'intrigue c'est le mobile. Pourquoi l'a-t-il tuée ?

— Je crains que la réponse à cette question n'ait disparu avec lui. Il faut se contenter de suppositions logiques. Gordon était perturbé même s'il n'avait jamais eu de problèmes avec la justice. Il s'entendait bien avec ses voisins, ses collègues. Il avait un bon boulot. Il était même brillant. Il était diplômé de l'université de biologie d'Arlington. Mais c'était un marginal.

« D'après ses anciens professeurs, il a eu une enfance malheureuse. Personne ne sait ce qu'est devenu son père. A priori, il ne l'a jamais connu. Sa mère était cinglée. C'était une bigote. Non seulement elle l'a maltraité moralement, mais on pense qu'elle a aussi abusé de lui. Depuis sa mort, il y a plusieurs années, Gordon a vécu seul dans cet appartement sordide.

« Il a développé une obsession pour Gillian. Peut-être qu'un jour, elle s'est montrée gentille, du coup il a pris ça pour une invitation. Qui sait ? Ce type était bourré de fantasmes. Il n'y a qu'à voir : il s'est suicidé en se prenant pour le Christ ! Quand il a vu votre sœur avec Hart cette nuit-là, il a disjoncté.

— Il l'a poignardée.

— Vingt-deux fois. Le rapport d'autopsie était un vrai charabia. Bien trop technique pour moi, mais j'ai compris l'essentiel. L'aspect des plaies cadre avec la longueur et la forme de la lame. Le coup mortel a été porté à la gorge. Il a sectionné la carotide. C'est pour ça qu'il y avait autant de sang. Un autre a touché le cœur. Elle n'a pas souffert longtemps, si ça peut vous consoler.

— J'aurais dû mourir à sa place, asséna-t-elle calmement.

— Pourquoi réagissez-vous ainsi, Melina?

Il changea le combiné d'oreille et sirota une gorgée de Dr Pepper. Elle vivrait le restant de sa vie avec ce fardeau, cette culpabilité stupide. C'était injuste. Pourquoi avaient-elles fait la bêtise d'échanger leurs identités comme deux gamines?

— Comment a-t-il fait les photos de Gillian? questionna-t-elle.

Il avait refusé de lui montrer mais elle était au courant.

— Par un minuscule trou percé dans le mur entre son labo et les salles d'examen. En l'apprenant, le personnel de la clinique était catastrophé.

— Je l'espère!

Un silence s'éternisa. Il s'éclaircit la gorge délicatement.

— J'ai pensé que vous aimeriez connaître ces détails avant que je referme le dossier, poursuivit-il.

— Mais... il me semble que....

Les familles des victimes haïssaient toujours cette idée. Elles ne voulaient pas accepter le fait que leurs proches soient partis simplement parce que quelqu'un avait souhaité leur mort. Comment admettre que la vie d'un être cher puisse être brisée par la jalousie, la cupidité ou le délire d'un maniaque?

Lawson comprenait leur refus d'affronter la réalité en face, mais devant la réaction de Melina, il soupira. Il était rompu de fatigue et trois autres affaires l'attendaient sur son bureau.

Il aimait bien Melina Lloyd. Il la respectait. Elle avait fait montre de beaucoup de courage. Il admirait les gens qui avaient du cran.

Il se surprit à l'encourager.

— Il vous semble que... ?

— Ce genre de crime ne colle pas avec la personnalité de Gordon. Jamais il n'aurait eu l'audace. Les couilles, si vous me permettez l'expression. Avez-vous trouvé dans sa vie quelque chose qui explique cette violence ?

— Non, mais j'ai découvert qu'il avait passé de nombreux coups de fil à un prédicateur de la TV.

— Lequel ?

— Frère Gabriel.

— Avec des cheveux blonds et des dents plein la bouche ?

— Oui, celui-là. Gordon était un fan. Le quartier général de Frère Gabriel se trouve au Nouveau Mexique. Il s'appelle le Temple. Gordon a téléphoné là-bas à plusieurs reprises, surtout ces dernières semaines. J'ai envoyé le shérif local vérifier sur place.

— Et ?

— Il a été reçu par Sa Sainteté en personne, ironisa-t-il. Frère Gabriel a beau recevoir des milliers d'appels chaque jour, il s'est fort bien rappelé de Gordon. Il semble qu'il appelait à toute heure du jour et de la nuit.

— A quel sujet ?

— Il voulait des prières et des bénédictions pour faire taire ses désirs.

— Sexuels ?

— Je vous épargnerai les détails. C'est un sacré baratin. Enfin... Gordon a appelé à l'aube le matin du meurtre de Gillian. Il a annoncé à Frère Gabriel qu'il allait commettre une mauvaise action. Jusque-là, il s'était contenté de la masturbation et de la flagellation.

— Seigneur !

— Je vous l'ai dit, sa mère est responsable de ce qu'il

est devenu. L'acte charnel et les fantasmes étaient l'œuvre du diable. Il en a probablement voulu à votre sœur. Parce qu'elle lui plaisait. Dans son esprit tordu, elle était la Tentation. A cause d'elle, il était impur.

— Alors, il est passé de la masturbation au meurtre ?

— C'est lié. Elle l'obsédait et il la détestait. Frère Gabriel a regretté son suicide mais il ne s'est pas montré surpris. Il avait prodigué ses conseils à Gordon quelques heures avant mais d'après lui, l'autre n'avait pas compris son message. Comme il semblait plus fébrile que d'habitude, il a demandé à l'un de ses assistants de le rappeler deux heures plus tard. Gordon a certifié qu'il se sentait mieux. Soi-disant, sa conversation avec Frère Gabriel lui avait redonné espoir.

— Mais il s'est tué peu de temps après ?

— Oui.

— J'en suis heureuse, murmura-t-elle platement. Sinon, c'est moi qui m'en serais chargée.

En temps normal, Lawson était foncièrement contre toute idée de vengeance personnelle. Dans ce cas précis, comment blâmer Melina de vouloir se faire justice elle-même ?

Il glissa le rapport d'autopsie dans le dossier. L'enquête était terminée.

— Je pense que nous avons fait le tour.

— Merci de m'avoir tenue au courant.

— J'ai cru comprendre que vous aviez procédé à l'incinération du corps.

— Oui, hier. Dès que le médecin légiste me l'a rendu. J'avais signé les papiers nécessaires. Un service religieux se tiendra demain après-midi.

Elle lui précisa le lieu et l'heure.

Il n'assistait jamais à l'enterrement d'une victime d'un

meurtre sur lequel il enquêtait. Sauf si son dossier était bouclé ou s'il cherchait un éventuel suspect parmi l'assistance.

— Je suis sincèrement navrée, Melina. Veuillez accepter mes condoléances personnelles ainsi que celles de mon service.

— Merci.

Ils raccrochèrent.

Presque à regret, il déposa le dossier sur la pile des affaires classées. Il n'aurait plus l'occasion de revoir Melina Lloyd. Dommage. Il aurait aimé la rencontrer dans d'autres circonstances. Au cours d'une soirée.

Quel imbécile il faisait ! Jamais elle n'aurait regardé un vieux type comme lui, courtaud et usé. Elle visait mieux. Plus haut.

Christopher Hart était davantage sa tasse de thé. Comme Gillian.

Hart était peut-être un héros national mais il mentait mal. Lawson n'avait pas cru une seule seconde à son blabla. Si le fiancé était dupe, c'était son problème. Comment croire qu'une femme telle que Gillian ait pu quitter la suite de cet astronaute sans essayer son lit. Un type comme lui ne se contentait pas de parler à une pépée jusqu'à deux ou trois heures du matin. Surtout pas des nanas dans le genre de Gillian, ou Melina.

Lawson se redressa, troublé. Plongeant le nez dans le dossier tout chaud qui lui tendait les bras, il grommela :

— Enfoiré de chanceux !

***

Frère Gabriel reposait dans son lit à baldaquin, les mains croisées sur sa poitrine. Il avait les yeux fermés.

Le plafond de sa chambre seigneuriale s'ornait d'une fresque identique à celle de la grande galerie. Ces peintures à l'huile flamboyantes décrivaient sa vision de l'au-delà qui n'avait rien de bien traditionnel. Dans son esprit, le paradis offrait d'étranges ressemblances avec une orgie romaine. Les femmes y étaient dominantes. Elles étaient vêtues de drapés diaphanes ou carrément nues et exhibaient éhontément leurs corps sublimes. Les hommes, êtres inférieurs, ressemblaient davantage à des eunuques qu'à des gladiateurs.

Au centre de la toile, le Christ étendait ses bras bienveillants sur ses fidèles. Ses traits fins et ciselés étaient ceux de Frère Gabriel, alias Alvin Medford Conway.

Il était né quarante-six ans plus tôt, dans l'Arkansas. Issu d'une famille de huit enfants, il était le dernier rejeton d'un misérable ferrailleur. Dès son plus jeune âge, le petit Alvin s'était trouvé livré à lui-même. Il passait ses journées à errer dans les rues de la bourgade où il vivait, à l'affût de la moindre distraction.

Ce fut lors d'une de ces inutiles expéditions qu'il croisa le chemin de Dieu.

La minuscule et pittoresque église protestante se dressait à la sortie de la ville, là où la rue principale rencontrait la route nationale.

On accédait à la chapelle en bois par une allée de graviers protégée par une barrière. Le clocher sombre et élancé supportait à son sommet une petite croix. Le principal attrait de l'édifice consistait en ses six vitraux de toute beauté, trois de chaque côté du sanctuaire.

A l'intérieur, il y avait douze rangées de bancs en bois blanc. Un tapis rouge miteux recouvrait l'allée centrale qui menait à l'autel.

Tous les dimanches, le pasteur s'adressait à la congrégation qui agitait d'un air désinvolte les éventails en papier offerts gracieusement par l'établissement de pompes funèbres local. Son sermon consistait en conseils variés. Comment élever les enfants à la baguette ou se montrer charitable envers les déshérités ? Comment cesser de jurer, de boire, de jouer et de danser ? Comment ne pas convoiter l'âne de son voisin, son bœuf ou sa femme ?

Le petit Alvin, âgé de 11 ans, écoutait, subjugué. Il ne comprenait pas tout, mais c'était sans importance. Les prêches virulents attisaient son imagination, lui laissant entrevoir un monde de convoitise qu'il ne connaissait pas.

Au départ, il avait été attiré à l'église par les vitraux colorés qui brillaient au soleil.

Un jour torride de juillet, alors qu'il cherchait à s'occuper en attendant l'heure du dîner, il avait atterri par hasard du côté de la chapelle. Aucun souffle ne venait adoucir la chaleur implacable qui s'était emparée de la ville. Le ciel était presque blanc.

Il s'immobilisa, les pieds plantés dans un tas d'herbes poussiéreuses, l'œil fixé sur l'édifice tout en se grattant une piqûre d'ortie sur la cuisse. Que se passerait-il s'il jetait un caillou sur ces jolies fenêtres étincelantes ?

Pour sûr, il y aurait des hurlements à la maison. Sa mère lui serinerait qu'il allait finir en prison avant l'âge de 21 ans comme son frère aîné.

Il s'en fichait pas mal de se faire disputer. Ses parents oublieraient peut-être pour une fois de s'insulter. Ça changerait des éternelles querelles à propos de l'argent et du copain de sa sœur qui avait disparu après l'avoir à moitié assommée. Si la police le ramenait à la maison, ses parents seraient forcés de s'occuper de lui.

Il hésitait à passer à l'acte quand il entendit le son de

l'orgue à l'intérieur. Sans réfléchir, il traversa la rue, à peine conscient des bulles chaudes de goudron qui s'agrippaient à la semelle de ses chaussures.

Il grimpa les marches d'une traite et ouvrit la porte qui émit un léger grincement. Un filet d'air rafraîchit son visage rougi par l'effort.

Une jolie femme était assise au clavier. Elle ne leva pas la tête.

Alvin s'arrêta sur le seuil. Un homme allait et venait dans l'allée, déposant des livres sur les bancs. Des psautiers comme Alvin l'apprendrait plus tard.

— Vous jouez merveilleusement bien, cet après-midi, Mademoiselle Jones, fit remarquer l'homme.

— Merci, pasteur.

L'ecclésiastique avisa Alvin qui le dévisageait à l'autre bout du sanctuaire. Il lui fit un signe de la main, l'enjoignant de le rejoindre. Après lui avoir tapé gentiment sur l'épaule, il l'appela et lui proposa de revenir le dimanche suivant :

— Je t'attendrai.

A partir de ce jour-là, Alvin assista régulièrement aux offices. Il aimait admirer l'organiste et la chorale d'enfants, battant le rythme avec ses pieds et ses mains.

C'est l'épouse du pasteur qui avait en charge le programme musical. Elle était rondouillette et son visage était parsemé de taches de rousseur. Lorsqu'elle se mettait à chanter, son menton tremblait d'émotion. A la fin, tous les hommes criaient Amen.

Alvin ne connaissait pas les hymnes. Alors, il imitait les autres : il se levait en même temps qu'eux et remuait les lèvres en play-back. Certains fidèles connaissaient les paroles par cœur. Ça le fascinait.

Quand arrivait l'heure de la quête, ils déposaient leur

monnaie dans l'assiette que le pasteur faisait circuler entre les bancs. Ce geste généreux le surprenait. Chez lui, l'argent se faisait tellement rare.

Ses frères et sœurs l'accablaient de sarcasmes. Ils le surnommaient « la grenouille de bénitier » mais Alvin s'en moquait. Pas une fois, il ne manqua le service du dimanche, même quand les froidures de l'hiver s'abattirent sur l'église mal chauffée.

Les sermons du pasteur lui réchauffaient le cœur. Il fallait voir avec quelle facilité il obtenait l'attention de ses ouailles. Sous les inflexions de sa voix, on en oubliait la sensation de faim qui tiraillait le ventre, l'inconfort des banquettes rugueuses.

Alvin était conquis et intrigué. Le révérend avait beau réprimander les gens, les exhorter à une vie morne, sans péché, ils revenaient chaque semaine, comme des toutous dociles.

Un nom inconnu revenait souvent dans la bouche de l'homme d'église. Celui du roi David. Alvin avait du mal à suivre mais l'histoire de ce monarque qui adorait regarder les jeunes filles prendre leurs bains, le fascinait. La concupiscence, quel mot merveilleux !

Ça voulait dire désirer un bien appartenant à autrui. Pas seulement un gant de base-ball, une bicyclette ou le fusil que son père venait de ramener à la maison. Ça parlait aussi des femmes. D'après le pasteur, le pire péché était l'acte charnel. S'envoyer en l'air, comme disaient ses frères, risquaient de vous fermer au nez les portes du paradis.

Le 31 mai, Alvin Medford Conway fêta ses 12 ans. C'était également le premier jour des vacances d'été. Pour célébrer l'événement, il empoigna ses cannes à pêche et se rendit au bord du ruisseau.

Quand il arriva sous l'orme centenaire, dans son coin de verdure préféré, il découvrit avec stupéfaction la voiture du révérend garée sur l'herbe, à l'ombre des feuillages. Pas mécontent de cette rencontre avec un homme dont il admirait le pouvoir, il s'avança en silence pour aller le saluer.

Un son étrange l'arrêta dans son élan.

CHAPITRE 15

Il se glissa lentement vers le rivage. Un couple allongé sur une couverture était en train de faire l'amour.

Alvin n'était pas stupide. Il savait de quoi il s'agissait. Un soir, alors âgé de sept ans, il avait suivi en douce ses frères qui s'étaient éclipsés de la maison, après le dîner. Il s'était rincé l'œil.

Ses frangins étaient partis rejoindre une vieille fille du village et lui avaient grimpé dessus à tour de rôle. Quand ils l'avaient aperçu, hissé sur le bord de la fenêtre, ils l'avaient traité de voyeur et d'espion et l'avaient frappé. Une fois leur colère passée, ils avaient rigolé comme des bossus et lui avaient fait une démonstration, histoire de le dégourdir.

Depuis, la bagatelle n'avait plus de secret pour lui.

Mais le pasteur? Jamais il n'aurait cru qu'il se livrait au commerce charnel par plaisir. Surtout pas en plein air et dans l'après-midi. Un homme d'église, ça fricote dans le noir, sous les draps après avoir fait sa prière.

Le plus drôle, c'est qu'il s'y prenait de la même façon

que ses frères. C'était tordant de voir ses fesses blanches s'agiter, monter, descendre...

Brusquement, il remarqua les jambes qui s'enroulaient amoureusement autour de la taille du curé. Elles étaient jolies et menues. Pas du tout grassouillettes. Les bras ne portaient aucune tache de rousseur. Ce n'était pas la femme du pasteur, c'était mademoiselle Jones, l'organiste.

Cette découverte bouleversa Alvin. Une grande tristesse l'envahit. Pendant deux jours, il se terra dans une épave de voiture, abandonnée et oubliée au fond du hangar à ferraille de son paternel. Le fond du châssis était rongé par la rouille et envahi de mauvaises herbes.

Vautré sur la banquette de laine miteuse qui lui brûlait le postérieur, Alvin remâcha sa colère et son sentiment de trahison.

Le pasteur était un sale menteur. Il n'était pas meilleur que les autres. Il avait beau critiquer ceux qui ripaillaient, juraient ou forniquaient, il faisait la même chose.

Dans un premier temps, Alvin songea à le dénoncer à voix haute, le dimanche suivant au cours de l'office. Il mourait d'envie de raconter à tous la scène dont il avait été le témoin. Mais une étrange admiration s'empara progressivement de lui.

Quel petit malin, ce révérend! Il vouait les méchants à l'enfer éternel mais ne semblait pas craindre, lui-même, les foudres du diable. Tout le monde était persuadé qu'il était en communication directe avec Dieu. Il le laissait croire et se payait du bon temps. C'est lui qui avait raison, il jouait sur les deux tableaux. Ni vu, ni connu.

Alvin Medford Conway avait depuis toujours la certitude qu'un grand destin l'attendait. Son instinct lui soufflait à voix basse. Comment l'atteindre? Il avait la réponse.

Il allait suivre la route que lui indiquait cet hypocrite. Ça devait être sacrément agréable de lire l'adoration dans les yeux des autres, d'entendre des paroles affectueuses, de donner l'accolade à des gens transis d'émotion, de recevoir des cadeaux et de diriger les âmes.

Le pasteur avait eu une riche idée. Alléluia et Amen.

En août, mademoiselle Jones quitta la ville brusquement. On murmura qu'elle avait « un problème » et qu'elle était partie rejoindre sa famille dans l'Oklahoma.

Le révérend et son épouse enceinte de son quatrième enfant, furent mutés dans une autre paroisse, loin de la ville. La congrégation se montra inconsolable. En guise de remerciement pour les services rendus, elle pleura amèrement et lui offrit un présent dc grande valeur.

Son remplaçant n'avait rien pour plaire. Il était vieux et laid et ses sermons aussi secs que du talc. Sa femme ressemblait à un pruneau et avait une nette tendance à la constipation.

Alvin cessa d'aller à l'église. Il s'initia, seul devant sa glace ou près du ruisseau, à travailler son élocution pour faire disparaître son accent. Il étudia les Écritures, écrivit des prières émouvantes, cherchant à copier les prédicateurs de la télévision.

A l'âge de 14 ans, il fit sa première apparition en public grâce à une élève de sa classe d'anglais qui l'avait invité à une réunion de réflexion charismatique. Quand il eut fini de prêcher, il découvrit avec ivresse la portée de son talent. Les gens se mouchaient, les yeux humides, le cœur gros d'émotion.

Quand il rentra chez lui en voiture avec la fille, il entendit la voix de l'esprit saint lui parler à voix basse. Elle lui ordonnait de s'arrêter sur le bas-côté et de prier. L'adolescente accéda aussitôt à l'injonction du ciel et s'allongea près de lui sur la banquette du pick-up. Pendant toute la nuit, obéissant aux consignes célestes, Alvin adora le corps de sa compagne qui rentra chez elle en se disant que les voies du Seigneur étaient impénétrables.

De son côté, le jeune garçon se félicitait d'être sur le bon chemin.

Il était loin le gamin maigrichon, se battant avec ses frères pour une malheureuse cuisse de poulet frit. Allongé voluptueusement dans son lit de dorures, Frère Gabriel se fendit d'un large sourire.

Aujourd'hui, il possédait une armée de cuisiniers, un diététicien personnel, un tailleur chargé de vêtir son corps parfait.

Il adorait ses muscles et sa peau ferme, sa vigoureuse constitution. Son torse puissant était parsemé d'un fin duvet qui paraissait avoir été enduit d'or. Paresseusement, il se caressa la poitrine du bout des doigts, ému de sa propre virilité.

Il allongea ses membres élancés et musclés, tendit ses paumes vers le plafond et les examina attentivement. Elles étaient assez fortes pour tordre de l'acier et assez tendres pour bercer un nouveau-né.

Il glissa ensuite la main vers son sexe. Ses testicules étaient fermes. Il se caressa et sentit son pénis se gonfler de sang, se tendre et s'étirer.

La femme couchée à ses côtés remua et s'éveilla. Elle lui sourit tout en s'asseyant. Elle avait eu un enfant récemment. Ses seins étaient gonflés, auréolés d'une ligne brune. D'habitude, il les préférait plus petits, plus virginaux mais il devait parfois faire des sacrifices. Elle s'agenouilla et tendit ses lèvres vers son ventre.

— Seulement avec la bouche. Très lentement.

Il ferma les yeux et se laissa dériver dans le rêve.

D'où lui venait son exceptionnelle beauté ?

Il avait du mal à se souvenir du visage de ses géniteurs. Ils ne lui avaient jamais parus très avenants.

Une fois son diplôme en poche, il avait quitté l'école. Du jour au lendemain, il avait mis les voiles, sans prévenir personne de son départ. Il n'avait jamais regardé en arrière. A une certaine époque, il aurait bien voulu connaître la réaction de sa famille quand elle avait découvert qu'il avait disparu. S'en était-elle aperçue ? Peut-être avait-elle cru qu'il s'était noyé ? Bon débarras ! Une bouche de moins à nourrir.

Ses parents étaient probablement morts à l'heure qu'il était mais ses frères devaient être encore en vie. L'avaient-ils reconnu à la télévision ? Non. Sûrement pas. Sinon ils auraient débarqué pour quémander de l'argent.

Lorsqu'il était enfant, tout le monde se moquait de ses cheveux blond filasse. Lui aussi les avait détestés. Aujourd'hui, il était heureux qu'ils n'aient pas foncé avec l'âge. Ils étaient devenus sa marque de fabrique. Cette couleur dorée favorisait des comparaisons avec l'archange Gabriel dont il avait emprunté le nom.

Il s'était inscrit au séminaire pour découvrir les rudiments du métier. A sa grande surprise, il y avait pris plaisir. En parallèle, il avait passé beaucoup de temps à apprendre avec application les thèses athéistes et agnostiques. Il s'apprêtait à mener croisade. Pour remporter la victoire, il était indispensable de dominer les arguments de ses adversaires.

Très vite, il avait accepté une charge de pasteur dans une paroisse. Le plaisir de la nouveauté s'estompa rapidement. Il était fatigué de baptiser les enfants, de visiter les malades et d'enterrer les morts. Il gâchait son talent au sein de cette minable congrégation qu'il manipulait avec une facilité dérisoire. Il ne refusait jamais une invitation à dîner ou un cadeau mais son seul défi était de déflorer les filles de ses fidèles.

Il était destiné à un autre avenir. Pourquoi se contenter de la médiocrité ?

Il s'installa dans une ville plus importante. Sans y trouver de jouissance. Les repas du dimanche étaient plus copieux, les présents plus coûteux. C'était la seule différence. Les filles étaient les mêmes partout. Elles adoraient s'envoyer en l'air et prenaient leur pied en rêvant en secret de provoquer sa chute. Elles l'imaginaient se défroquer pour leurs beaux yeux, endossant avec délice les rôles de Jézabel et Dalila.

Ce n'est que dans sa troisième paroisse qu'il commença enfin à flirter avec la célébrité. Comme il disposait de locaux assez vastes, il décida d'enregistrer ses offices du dimanche pour la station de télévision locale. Le programme fit de l'audience et bientôt on lui confia un créneau horaire régulier au niveau régional. Le succès aidant, il abandonna son ministère et se consacra entièrement à son nouveau personnage de prédicateur télé.

Pourquoi se contenter d'aussi peu ? Pourquoi ne pas devenir une star nationale ? Internationale ?

Le reste, mes amis, concerne l'Histoire !

Il fut sur le point d'éclater de rire à voix haute et se retint. C'était prendre le risque de mettre un terme aux caresses buccales auxquelles se livrait sa partenaire. Cela aurait été dommage !

Aujourd'hui, Frère Gabriel pesait des millions de dollars.

Alvin Medford Conway se targuait d'avoir des valets

dans le monde entier, suppliant pour le servir. Il régnait sur l'esprit de millions de fidèles et possédait plus d'influence qu'un chef d'État.

L'année dernière, il avait participé avec le Pape à une conférence internationale en Belgique. Le vieil homme avait été moins applaudi que lui. Le Saint Père et les dignitaires des Églises traditionnelles représentaient le passé. Lui symbolisait l'avenir, l'espoir du nouveau millénaire. Son pouvoir semblait illimité. Grâce à Dieu, il avait mis sur pied un plan génial pour en acquérir encore davantage.

— Frère Gabriel? (Il ouvrit les yeux en entendant la voix de Hancock résonner dans le haut-parleur.) Oui?

— Je m'excuse de vous déranger mais le correspondant que vous attendiez est en ligne. Je vous le passe?

— Accordez-moi cinq minutes.

— Certainement.

— Dois-je conclure, Frère Gabriel? s'enquit sa partenaire.

Il sourit à la jeune femme et guida sa tête vers le bas de son ventre.

— Bien sûr.

— Vous collectez, ce soir?

— Non, pas aujourd'hui.

Les Grands Hommes avaient bien le droit de se montrer égoïstes de temps en temps.

***

Il avait béni la jeune femme, l'avait embrassée sur la joue et l'avait renvoyée au dortoir rejoindre son enfant Après une douche rapide, il avait regagné son bureau, enveloppé dans un peignoir blanc moelleux en tissu éponge.

Les cinq minutes étaient écoulées. Il prit la communication.

— Allô, ici Frère Gabriel.

Il n'avait pas peur des espions. La pièce était insonorisée et vérifiée trois fois par jour. Son ordinateur et son standard téléphonique étaient dotés d'un système de sécurité qu'on modifiait fréquemment pour faire face aux avancées technologiques. Toutes ses conversations étaient enregistrées pour pallier une éventuelle trahison.

— J'ai de bonnes nouvelles pour vous, Frère Gabriel et même d'excellentes, commença son interlocuteur après un échange de plaisanteries.

Monsieur Hancock déposa un verre de brandy devant lui. Il le remercia d'un hochement de tête.

— Je vous écoute.

— L'affaire Dale Gordon est officiellement classée. Le bureau des homicides de Dallas estime que le meurtre de Gillian Lloyd est résolu.

— Voilà qui est parfait.

— Dale Gordon a rempli sa mission.

— A merveille. Il a été obéissant jusqu'au bout. On pourra le remplacer facilement. J'y travaille. Par contre, je suis furieux qu'on ait perdu Gillian Lloyd. Elle me semblait une candidate parfaite.

— Attendez que je vous livre la suite...

Son correspondant se tut un instant pour lui permettre de faire son effet.

— Vous avez oublié un détail dans le dossier de Gillian, reprit-il. Elle a une sœur jumelle.

— Une jumelle?

Le cœur de Frère Gabriel se mit à battre à tout rompre. Il avait oublié ça ! Quand il avait découvert cette information, elle lui avait paru sans intérêt. Mais maintenant ?

— Authentique. Elle s'appelle Melina.

— Melina. (Frère Gabriel savoura la sonorité du prénom. Il avait un accent biblique.) Nous devons relancer la procédure. Y a-t-il des obstacles ?

— Plusieurs, je pense.

— Est-elle mariée ?

— Non. Les deux sœurs étaient extrêmement proches. Melina est effondrée par la mort de Gillian. Elle a besoin d'énormément de tendresse, d'amour.

Frère Gabriel gloussa :

— Ça vous arrange !

— C'est ce que je me suis dit. Mais il y a un problème.

A mille kilomètres de distance, Frère Gabriel arqua les sourcils. Il porta son verre à ses lèvres et huma le parfum du brandy avant d'en boire une gorgée.

— Lequel ?

— Christopher Hart.

Frère Gabriel parut soucieux.

— Oui, et alors ?

— Je crois qu'il pourrait la séduire.

— Cet homme a profané l'une de nos meilleures candidates. Je refuse de lui en laisser une autre, asséna le prédicateur d'une voix vibrante de colère.

— Je peux me tromper. J'espère que c'est le cas. Mais j'ai un mauvais pressentiment. J'ai pensé qu'il fallait vous avertir. Il peut nous mettre des bâtons dans les roues. C'est probablement la seule difficulté.

Frère Gabriel avala une autre lampée et la garda en bouche avant de déglutir.

— Alors il faut le mettre hors d'état de nuire.

— Je m'en occupe.

— Parfait. Vous avez bien travaillé. Vous serez récompensé, monsieur Hennings.

— Merci Frère Gabriel.

— Paix et amour.

Après avoir raccroché, Frère Gabriel demanda à monsieur Hancock de lui apporter le dossier sur Gillian Lloyd.

— Il est consigné sur une disquette, expliqua l'assistant.

— Glissez-la dans l'ordinateur, s'il vous plaît.

Il sirota tranquillement son verre en attendant que Hancock mette la main sur le fichier codé. Quand la photographie de la jeune femme apparut à l'écran, le secrétaire se lamenta à voix haute :

— Quel dommage d'avoir perdu une telle recrue. Pensez-vous que sa sœur sera aussi séduisante ?

— Vous avez entendu monsieur Hennings. Il sait ce qu'il dit.

Après avoir congédié Hancock, il s'installa devant le clavier et parcourut les renseignements piratés dans les registres de la clinique Waters. Ce qu'il lut lui fit chaud au cœur. A moins que ce soit l'effet de son coûteux brandy.

Il effleura l'appareil du bout des doigts comme s'il s'agissait de la joue de la jeune femme.

— Melina, murmura-t-il avec tendresse et convoitise. Tu me conviendras parfaitement.

CHAPITRE 16

— Il y a vraiment beaucoup de monde. Je suis très surprise.

La chapelle était pleine à craquer. Tous les bancs étaient occupés.

— Je ne vois pas pourquoi, Melina, s'étonna Jem. Gillian avait beaucoup d'amis. Tu ne peux pas les connaître tous.

— Je veux dire qu'elle aurait été heureuse de voir cette foule.

— Je n'ai jamais vu autant de fleurs.

— Elles sont magnifiques, n'est-ce pas? Je vais les faire porter dans un hôpital après le service. La maison croule sous les bouquets et ça serait dommage de les perdre.

— Pourquoi as-tu souhaité organiser une cérémonie religieuse? demanda-t-il en étudiant le programme.

Elle le considéra avec stupéfaction.

— Tu étais le fiancé de Gillian et tu ne sais pas qu'elle était croyante?

— Elle n'allait jamais à l'église.

— Peut-être, mais elle avait la foi. J'aurais cru que tu le savais. Elle...

Intrigué par cette interruption, Jem se retourna et suivit le regard de Melina.

— Que fait-il là? cracha-t-il avec mépris.

— Il vient nous offrir ses condoléances, je suppose.

Christopher Hart se tenait debout au fond de l'église. Elle resta interloquée. Après la scène qui les avait opposés devant chez Dale Gordon, elle pensait ne plus jamais le revoir. Elle n'avait pas mâché ses mots et il ne l'avait pas épargnée non plus.

Quand leurs regards se croisèrent, elle détourna rapidement les yeux.

— Si sa présence te bouleverse, Melina, je vais lui demander de partir.

Jem aurait-il l'audace de faire un esclandre pendant le service dédié à la mémoire de sa sœur?

— Je te l'interdis! s'exclama-t-elle dans un murmure.

— J'essaie seulement de te protéger.

— Ce n'est pas la peine. Je n'ai pas besoin d'un chevalier servant.

— Je veux t'éviter du chagrin. Gillian aurait voulu que je prenne soin de toi.

Elle lui prit la main, chagrinée de l'avoir rabroué.

— Merci Jem. Tu m'as soutenue avec beaucoup de délicatesse. Je t'en suis très reconnaissante.

Il posa doucement ses mains sur ses épaules et la serra dans ses bras.

— Si tu changes d'avis sur l'astronaute, je me ferai un plaisir de le mettre dehors.

Ils gardèrent le silence. Melina ne comprenait pas la présence du colonel Hart. Pourquoi était-il venu? Pourquoi n'avait-il pas encore quitté Dallas? Lawson n'avait plus besoin de lui maintenant. Il aurait dû avoir regagné Houston, avoir chassé de sa mémoire sa soirée avec Gillian, repris le fil de ses activités quotidiennes. N'était-il pas un homme débordé?

Se sentait-il coupable? Voulait-il rendre un dernier hommage à la jeune femme qu'il avait séduite avant qu'elle soit assassinée?

En tout cas, son attitude était respectueuse. Il ne faisait rien pour attirer l'attention. Au contraire, il paraissait vouloir passer inaperçu. Vu sa notoriété, c'était impossible mais Melina admira sa volonté d'y parvenir.

Le pasteur s'approcha d'elle discrètement pour lui demander s'il pouvait commencer. Elle hocha la tête. Elle faisait un effort pour contenir sa peine, angoissée à l'idée de se faire remarquer. C'était surhumain. Les sanglots s'accumulaient dans sa poitrine, prêts à jaillir.

Un des collègues de Gillian s'était proposé pour lire un texte. Il se montra émouvant.

— Il nous est difficile de comprendre, encore plus d'assumer, qu'une jeune femme aussi vivante et séduisante que Gillian ait pu nous être arrachée si cruellement. Je pense qu'elle aurait voulu que cette tragédie nous rappelle à tous à quel point la vie est merveilleuse et fragile. Je ne doute pas qu'elle aurait aimé nous laisser ce testament.

— Il a raison, Melina, chuchota Jem en lui serrant le bras.

A la fin de la bénédiction, Melina s'échappa sur le parvis. Le ciel était lourd, chargé de nuages de pluie. Elle serra mécaniquement des dizaines et des dizaines de mains, embrassa une foule de gens qui souhaitaient tous lui parler de Gillian.

Enfin, les retardataires s'éloignèrent en courant vers le parking, espérant éviter l'averse.

— Mademoiselle Lloyd ?

Une femme âgée d'une cinquantaine d'années s'avançait vers elle. Elle avait un visage carré, doux et un air dynamique.

— Mon nom est Linda Croft. Je travaille à la clinique Waters. Votre sœur était adorable. Je ne la connaissais pas bien et j'espère que vous ne m'en voulez pas d'avoir assisté au service.

— Pas du tout, madame Croft. J'apprécie que vous soyez venue.

— Je n'arrive pas à croire à sa mort. Je l'ai vue cette semaine.

— Elle s'est rendue à la clinique la veille de son décès, n'est-ce pas ?

— Vous saviez qu'elle consultait chez nous ?

— Elle m'avait mise au courant pour l'insémination artificielle. Ne craignez rien, vous ne divulguez aucune information confidentielle. Ma sœur et moi n'avions aucun secret l'une pour l'autre.

— Votre ressemblance avec elle est stupéfiante. Quand je vous ai vue dans l'église, j'ai eu le souffle coupé. J'ai cru que j'avais mal compris, que l'annonce de son décès était une erreur.

— Si seulement c'était vrai.

Linda Croft lui toucha le bras.

— Je suis vraiment désolée pour vous. C'est une perte immense.

— Oui.

Du coin de l'œil, Melina aperçut Jem. Il l'attendait avec impatience près de la voiture et lui faisait des signes. Il commençait à bruiner.

Le jeune homme déploya un parapluie. Rouge vif. Elle ne pouvait plus voir cette couleur sans penser aux lettres de sang sur le mur. Réprimant un frisson, elle reprit :

— Merci d'être venue, madame Croft.

— Nous avons eu notre lot de tragédies à la clinique. Après ce qui est arrivé au bébé des Anderson. Oh, ma chère ! J'espère que je ne monopolise pas votre attention. (Elle indiqua du menton un homme élancé qui s'éloignait à pas lents.) J'ai bien peur de l'avoir fait fuir. Il attendait que j'aie fini. Je n'aurais pas dû bavasser ainsi.

Christopher Hart redescendait l'allée, indifférent aux gouttes drues qui tombaient sur sa tête nue. Il passa à côté de Jem sans ralentir son allure et s'immobilisa devant une élégante voiture de sport. Il déverrouilla la portière et se glissa sur le siège baquet. Le moteur vrombit et il démarra en trombe.

— ... un rapt il y a quelques mois. Mademoiselle Lloyd ?

— Pardon ?

Melina posa un regard absent sur la femme. Christopher Hart attendait pour lui parler ? Que lui voulait-il ?

— Le nouveau-né a été enlevé à l'hôpital, poursuivait madame Croft qui n'avait rien perçu de son trouble. Les Anderson étaient des patients de la clinique. Ce n'est pas un secret. On l'a annoncé aux informations. Comme ils n'arrivaient pas à avoir de bébé, ils ont eu recours à l'insémination artificielle. Nos excellents médecins ont fait des merveilles, à la deuxième tentative. Je n'ai jamais vu de gens aussi heureux. Mais le chérubin a été kidnappé, le lendemain de sa naissance.

— Je m'en souviens maintenant. A-t-on retrouvé l'enfant ?

— Non. Pas d'après ce que je sais. (Soudain réticente, Linda Croft se ferma.) Je n'aurais pas dû vous parler de ça. Vous avez déjà suffisamment de chagrin. Dieu vous bénisse, mademoiselle Lloyd.

***

— C'était qui ? questionna Jem en l'aidant à monter en voiture. J'ai cru qu'elle n'allait pas te lâcher.

— Elle s'appelle Linda Croft.

— Une de tes amies ?

— Je ne l'avais jamais rencontrée. Elle travaille à la clinique Waters. Elle m'a vanté les mérites de Gillian. Elle voulait m'exprimer sa peine et ses condoléances.

Jem hocha la tête d'un air pensif.

— Tu l'as vu ?

— Qui ? Tu parles de Chief ?

Ils échangèrent un regard.

— Alors, tu le surnommes Chief maintenant ?

Elle pencha la tête successivement à droite et à gauche pour détendre ses cervicales. Elle était épuisée.

— Tout le monde l'appelle Chief, Jem. Même la presse. Je ne lui ai pas parlé.

— Il se planquait.

— Apparemment, il a renoncé à venir me voir. Il est parti. C'est mieux ainsi. Nous n'avons plus rien à nous dire. Vu la vitesse à laquelle il a démarré, il est déjà dans les faubourgs de Houston à l'heure qu'il est.

Sans vouloir se l'avouer, elle était déçue. Elle aurait aimé discuter avec lui une fois encore. Elle mourait d'envie de s'excuser pour... Pour tout.

Pour l'avoir abusé en changeant d'identité avec sa sœur, pour ses paroles agressives lors de leur dernière rencontre. Mais il y avait autre chose. Autre chose qu'elle aurait voulu lui dire. Elle refusa d'y penser. Pas maintenant.

— C'est préférable qu'il ait quitté la ville, conclut-elle brusquement.

Ils roulèrent un long moment en silence avec en fond sonore le frottement des essuie-glaces sur le pare-brise.

— J'ai eu un appel de Lawson, lança Jem enfin. Toi aussi, je suppose. (Il attendit sa confirmation.) Il t'a annoncé qu'il avait clos le dossier ?

— Il semble satisfait.

— *Il* semble satisfait ? Tu ne l'es pas ?

Elle n'avait guère le cœur à parlementer. Plongée dans

ses pensées, elle se laissait bercer par le ronronnement du moteur.

Voyant que Jem la fixait, espérant une réponse, elle déclara dans un soupir :

— Je suppose que je ne peux pas être aussi objective que le lieutenant. Il est habitué à ce genre de drame. Pour lui, ce n'est qu'une affaire parmi tant d'autres, un tas de paperasseries dont il avait hâte de se débarrasser pour aller rejoindre ses copains au pub ou au foot et faire l'amour à sa femme.

— Il est marié ? Je croyais qu'il était célibataire.

— Tu comprends ce que je veux dire, s'irrita-t-elle. Il possède un détachement professionnel que je lui envie presque.

— Pourquoi ?

— Parce que j'aimerais être capable de penser à l'assassin avec son pragmatisme. Pouvoir analyser la situation sans être polluée par mes émotions.

— Dans quel but, Melina ?

Pour faire taire mes doutes. Pour me convaincre que ça s'est passé exactement comme le dit Lawson. Pour être certaine que Dale Gordon n'a pas agi pour d'autres motifs. Pour être sûre qu'on n'a rien négligé d'important.

Elle garda ses réflexions pour elle.

— Sans raisons précises, concéda-t-elle. De toute façon, l'affaire est classée.

— En ce qui me concerne, je suis ravi que l'assassin se soit suicidé.

— Ça a été ma première réaction.

— Il a fait faire des économies aux contribuables en se tailladant les veines : pas de procès, pas de séjour en prison. Nous n'aurons pas à revivre tout ça devant la justice. Je regrette juste de ne pas lui avoir fait la peau moi-même.

Elle avait tenu le même discours à Lawson. Aujourd'hui, elle regrettait de ne pouvoir affronter Dale Gordon. Pourquoi avait-il tué Gillian? Pourquoi? Était-ce seulement un geste de désaxé?

Dale Gordon était mort mais il n'était pas responsable. C'était la raison de son insatisfaction. L'acte de Gordon laissait libre cours aux spéculations. L'analyse de Lawson ne l'avait pas entièrement convaincue. Il restait trop de questions sans réponse.

Jem parut lire dans ses pensées.

— Tu devrais être heureuse que ce soit fini, Melina.

— Je le suis, affirma-t-elle avec un pâle sourire. Je suis juste fatiguée.

— J'ai un bon remède à te proposer.

— Moi aussi... un somnifère.

— En dernier recours, acquiesça-t-il. Mais d'abord, un repas chaud. Je vais te mijoter un bon petit plat. Pas question que tu avales les restes. Après un bon dîner, un bain moussant. Puis, je te ferai un massage de la nuque. Gillian t'a sûrement parlé de ma spécialité. Et enfin, un calmant.

— Serais-tu vexé si je me contentais du somnifère?

— Oui. Le fantôme de Gillian va venir me hanter si je ne prends pas soin de toi.

— Jem...

— Je refuse d'entendre tes objections.

***

Pourquoi avait-il éprouvé le besoin d'assister à la cérémonie? Chief se sentait perturbé. Il ne regrettait pas son geste. La politesse voulait qu'il exprime par sa présence ses condoléances à Melina. Il avait un moment pensé à aller lui parler mais en se rappelant leur dernière conversation, avait changé d'avis.

Non, ce qu'il ne comprenait pas, c'était la raison de sa réticence à quitter Dallas.

Il avait apporté sa contribution à l'enquête, permettant à Lawson de retrouver la piste de Dale Gordon. Il s'était rendu à la messe. Il avait rempli ses obligations. Il n'avait plus rien à faire ici. L'affaire était classée.

Il entra dans le bar, fort de cette résolution.

— Un Bourbon avec de l'eau.

Le barman lui versa un verre.

— Dites, vous n'êtes pas...?

— Non, ce n'est pas moi. Mais on me le dit souvent.

L'établissement situé dans un quartier branché était fréquenté par des stars du sport, des nouveaux riches et des gloires locales. Le barman avait appris à respecter leur intimité quand ceux-ci ou celles-là le demandaient.

Il hocha la tête d'un air entendu.

— Le prochain, c'est la maison qui offre.

— Merci. Mais je paie celui-là.

Finalement, Chief accepta la deuxième tournée. L'alcool lui faisait du bien. Il aurait aimé se soûler, juste ce qu'il faut pour ne plus se souvenir des reproches de Melina, quitte à revenir chercher sa voiture plus tard.

Mais le Bourbon lui pesait sur l'estomac. Il se sentait de plus en plus merdeux.

La jeune femme avait visé juste. Il avait cherché à prendre ses distances avec cette affaire criminelle. Il avait menti sur sa relation avec Gillian. Melina l'avait vite cerné. Il détestait s'impliquer. Surtout avec les autres. Les psychologues seraient sûrement captivés par les raisons qui le poussaient à s'entourer d'un périmètre de sécurité plus large que la normale.

Il ne vivait pas en reclus. Pas du tout. Il était sociable, aimait le contact. La foule ne le gênait pas, ni le flash des appareils photo. Il savait parler en public. Mais s'il révélait volontiers son personnage officiel, il était réticent à se livrer. Dès qu'on faisait mine de chercher Christopher derrière Chief, le héros national, il freinait des quatre fers. Son détachement était plutôt un avantage dans son boulot. Il avait la tête froide. Une sacrée qualité quand on pilote des avions de combat. Objectif, il savait prendre des décisions difficiles, mener un équipage. Dans l'espace, on n'a pas droit à l'erreur.

Dans sa vie privée, il se fermait comme une huître, incapable de faire taire son penchant pour la neutralité. Voilà pourquoi il n'avait jamais vécu de relation durable avec une femme, pourquoi il ne s'était pas marié.

Une union réussie exigeait un engagement émotionnel total. Il s'y refusait.

Il n'avait pas menti en disant à Abbott et Longtree qu'il était attaché à son indépendance. Le prix à payer était moins élevé.

Melina le croyait-elle insensible ? Il n'était pas de pierre. Sa sympathie pour elle était profonde. A cet égard, la réaction soulagée de Birchman à la fin de la réunion, l'avait écœuré.

— Vous voilà innocenté, monsieur Hart, lui avait lancé joyeusement l'avocat. Vous êtes libre de continuer votre route. Votre nuit avec Gillian Lloyd aurait pu vous coûter cher. Vous pouvez remercier Dale Gordon. Il vous a fait un sacré cadeau.

Ce manque de tact l'avait laissé sans voix. Comment cet homme de loi osait-il parler ainsi de la mort de deux personnes, l'une innocente, l'autre pathétique. C'était une tragédie.

En outre, Birchman se trompait sur toute la ligne. Sa rencontre avec Gillian pèserait longtemps sur sa vie. Il n'était pas près de l'oublier.

Allez, défoule-toi, Chief. Personne ne peut lire dans tes pensées, alors pour l'amour de Dieu, sois honnête envers toi-même.

Il avait déjà connu des nuits d'amour torrides mais jamais il n'avait supplié une femme de rester. Il s'était réveillé quand elle avait cherché à partir en douce.

— Je ne veux pas te déranger, avait-elle murmuré en glissant ses doigts dans ses cheveux pour se dégager.

Il s'était endormi la tête sur ses bras, sa joue contre sa poitrine.

— Je dois filer, insista-t-elle.

Il grommela une protestation et replongea son visage au creux de son cou.

Elle rit.

— Chief, je dois m'en aller.

Il releva la tête brusquement.

— Pourquoi ?

— Il est tard.

— Ou très tôt. Ça dépend comment on voit les choses.

Il contempla ses seins et les caressa gentiment. Elle haleta et lâcha son nom dans un soupir.

— Je ne veux pas que tu partes. Reste, supplia-t-il.

— Tu es sûr que tu ne préféreras pas être seul demain matin ?

Il se pencha vers elle. Il lut le désir dans ses yeux gris, une couleur qu'il avait appris à aimer en l'espace de quelques heures.

— Reste.

Il effleura ses mamelons du bout des lèvres et de la langue. Elle émit un son rauque, sexy.

— Tu n'es pas beau joueur, Chief.

— Je suis un excellent tricheur.

Il s'arc-bouta pour accroître la pression sur son corps.

— Toi aussi, apparemment, grogna-t-il.

— Parce que je veux que tu gagnes.

En souriant, il glissa ses mains sous ses bras et les étira sur l'oreiller. Ses cuisses s'entrouvrirent. Il la pénétra.

— Humm. Je crois que je vais rester encore un peu, susurra-t-elle.

Il resserra son étreinte.

— Tu vas venir?

Elle souleva ses hanches pour mieux le recevoir.

— Oui, je crois.

— Monsieur?

Chief revint à lui. Depuis combien de temps le barman l'appelait-il?

— Pardon?

— Un autre bourbon?

— Vous avez du café?

— Il a été fait il y a trois heures.

— Parfait.

Le breuvage était infect mais il avait connu pire. Il contempla d'un regard absent le marc qui s'était déposé au fond de la tasse. Le sourire de Gillian dansait devant ses yeux. Il crut entendre sa voix. Tous ses sens étaient en éveil. Il se souvenait du moindre détail.

Sauf que... Une chose continuait à lui échapper. Un facteur important. Ça le tracassait. Était-ce enfoui dans son subconscient?

C'était apparu pendant la conférence de Lawson. Une phrase que quelqu'un avait prononcée... Une pensée lui avait alors traversé l'esprit avant de s'évaporer presque immédiatement. De quoi s'agissait-il? Qui avait parlé? Lawson? Hennings? Melina?

C'est pour cette raison qu'il n'avait pas quitté Dallas, qu'il avait fait irruption à l'église, au cours de la cérémonie. Il ne parviendrait à tourner la page que lorsqu'il aurait compris ce qui le tourmentait.

Le bar bruissait de rires et d'exclamations. Il y avait foule. Chief n'avait pas conscience des gens qui se pressaient autour de lui. Il faisait défiler dans sa mémoire la scène qui s'était déroulée dans les locaux de la police. Il traquait les gestes de chacun et revivait les dialogues comme un spectateur dans une salle de théâtre. Une fois, deux fois, en marche arrière. Son cerveau fonctionnait comme un magnétoscope. C'est à la troisième tentative qu'il comprit. Bon Dieu! Voilà pourquoi il continuait à regarder en arrière.

Il faillit dégringoler de son tabouret. Il examina sans les voir les douzaines de bouteilles d'alcool alignées derrière le comptoir, indifférent au rire de l'inconnue assise à côté de lui.

Abasourdi, il demeurait imperméable aux plaisanteries qui fusaient dans la salle enfumée. Enfouissant son visage dans ses mains, il murmura :

— Salaud!

— Chief? Hé, mon pote, tout va bien?

Lentement, Chief releva la tête et fixa d'un air perplexe le barman qui venait de lui adresser la parole. Il lui offrit un sourire désabusé.

— J'ai assisté à un enterrement aujourd'hui. Une jeune femme.

— Désolé, mec.

Chief le remercia d'un hochement de tête.

— L'addition !

Il était soulagé. Il savait enfin pourquoi il se sentait lié à cette affaire.

Aussitôt, il se figea. Bon sang, que pouvait-il faire ?

CHAPITRE 17

Les murs avaient la couleur d'une purée de pommes de terre restée trop longtemps au frigo. La pièce était dénuée de fenêtres et le sol en vinyle avait connu des jours meilleurs. Les caissons acoustiques du plafond étaient tachés, d'autres cassés. Par contre, l'ordinateur était neuf. Seul le clavier était usagé.

Quand on avait remplacé le matériel obsolète par un équipement dernier cri, Lucy Myrick avait refusé de s'en séparer. Elle l'avait tellement utilisé que les lettres et les chiffres étaient effacés. Elle s'en moquait : elle les connaissait par cœur et n'autorisait personne d'autre à s'en servir. Elle aurait préféré prêter sa brosse à dents plutôt que son précieux instrument de travail.

Lucy Myrick ne correspondait en rien au profil qu'on prête habituellement aux agents du FBI. L'humidité qui régnait dans le bureau semblait profiter à ses cheveux carotte, sa bête noire depuis toujours. Elle avait beau s'empiffrer quotidiennement, les calories devaient la mépriser car elle était maigre comme une tringle à rideaux pour reprendre l'expression de sa grand-mère.

Son mètre cinquante et sa tignasse rouge lui avaient valu le surnom d'allumette. Lucy n'était pas du genre à se démoraliser pour si peu. Elle était de bonne composition et d'une patience à toute épreuve. Les moqueries et les rebuffades n'avaient aucune prise sur elle.

Sa détermination et sa perspicacité étaient parvenues à lui ouvrir les portes de l'agence fédérale. Elle était diplômée de l'Académie Nationale du FBI et possédait son port d'armes. Son instrument de combat préféré restant l'ordinateur.

Elle avait vite compris qu'avec son physique, il valait mieux éviter de travailler sur le terrain. Jamais elle n'aurait été prise au sérieux par les flics ou les truands. Un poste d'agent secret ? Pas la peine d'y songer. Elle aurait détonné. De toute façon, ça ne l'intéressait pas. Elle adorait le travail de documentation.

Ses talents d'informaticienne combinés à sa passion pour la criminologie lui avaient valu un boulot d'analyste en renseignements.

Ça consistait à faire des recherches. Elle réexaminait les dossiers de la police, comparait les crimes, cherchait des similitudes entre eux, recoupait les méthodes employées, les coïncidences.

Elle traquait les serial killers qui étaient parvenus à échapper à la justice, Lucy appelait ça « Traque et Destruction ».

La fin de la journée approchait.

Elle bâilla, s'étira et regarda l'horloge murale. Elle avait le choix entre partir immédiatement et se mêler au flot de voitures qui encombraient Washington ou rester au bureau en attendant la fin de l'heure de pointe. Dans tous les cas, elle serait chez elle en début de soirée.

Ce soir, elle voulait être rentrée pour 20 heures et s'écrouler devant son émission de télé préférée. Ce soir...

Brusquement, elle se pencha vers l'écran, intriguée par

une information qui venait de s'afficher. Elle la relut à trois reprises. Son cœur se mit à battre.

Tobias lui avait demandé d'être vigilante. Elle voulait lui faire plaisir parce qu'il... Autant l'avouer, elle avait le béguin pour lui.

Dix minutes plus tard, Lucy Myrick grimpait les escaliers quatre à quatre. Elle préférait éviter d'utiliser le téléphone pour le prévenir de son arrivée. Elle aimait l'idée de débarquer dans son bureau, hors d'haleine, les joues rosies par l'excitation, sa poitrine maigrichonne se soulevant sous l'effort.

Quand elle pénétra dans la pièce, il était en train de décrocher son pardessus du portemanteau.

— Je suis heureuse de vous avoir trouvé, bredouilla-t-elle.

Il fit volte-face et l'estomac de Lucy fit un looping.

— Qu'y a-t-il, madame Myrick?

Madame Myrick. Pas Myrick comme ses autres collègues. Il ne l'appelait jamais Lucy. Cette adresse formelle était-elle bon signe? Difficile de le savoir. Peut-être ne connaissait-il pas son prénom. Craignait-il de se montrer trop familier? Cette pensée était extrêmement agréable.

Hank Tobias n'était pas simplement le plus beau noir qu'elle avait jamais vu, c'était l'homme le plus séduisant, point final. Il avait joué au football au Collège. Selon les rumeurs, il avait même failli devenir professionnel. Ça n'avait rien d'étonnant avec le corps qu'il se payait.

Au lieu de ça, il avait préféré entrer dans la police fédérale. Il était intelligent et s'habillait à ravir. Mieux encore, il était célibataire.

Sa vie amoureuse faisait l'objet d'innombrables spéculations au sein de la Maison. On s'accordait à penser qu'il était trop dévoué à son travail pour s'offrir le luxe d'une relation durable. Cette explication convenait parfaitement à Lucy qui y trouvait une raison d'espérer.

— Dois-je mettre mon pardessus ou l'enlever?

Tobias darda un coup d'œil sur le dossier qu'elle tenait sous le bras, se demandant si cette paperasse allait le retenir longtemps.

— Raccrochez-le.

— Je craignais de vous entendre dire ça.

Tobias suspendit à nouveau son manteau et se rassit derrière sa table de travail.

— Qu'avez-vous trouvé?

— Les cliniques spécialisées dans la stérilité. (Elle fit un pas dans sa direction.) Vous m'avez demandé de recenser les kidnappings qui y ont été perpétrés.

— Vous avez dégoté quelque chose?

— Sur les enlèvements? Ou sur les actions criminelles?

— Du genre?

— Un meurtre.

Il saisit le papier qu'elle lui tendait.

— Dallas, résuma-t-elle tandis qu'il parcourait la feuille dactylographiée.

Gillian Lloyd. Une femme de type occidental, âgée de 35 ans. Trouvée poignardée dans son lit, il y a trois jours. Le bureau des Homicides de Dallas a imputé le crime à un certain Dale Gordon, qui était employé à...

— Laissez-moi deviner.

— D'accord. La clinique Waters, pour être exact. Gillian Lloyd était une des patientes.

Tobias lui lança un coup d'œil acéré.

— Pour quel motif?

— Je n'ai pas d'info là-dessus mais on peut supposer...

— On ne suppose jamais.

— Oui, monsieur. (Elle rougit si brusquement que ses

taches de rousseur parurent se regrouper comme par magie.) Je vais me renseigner sur la nature des visites de Gillian Lloyd à la clinique.

— Mariée ?

— Célibataire.

Tobias se leva et se dirigea vers l'armoire de classement. Pendant qu'il fourrageait dedans à la recherche d'un dossier, Lucy reluqua ses fesses sans vergogne tout en lui résumant le reste de l'affaire. Il se retourna triomphant, brandissant une chemise.

— Le kidnapping du bébé des Anderson. Ça s'est passé à Dallas, s'exclama-t-il.

(Il feuilleta les pages pour se rafraîchir la mémoire.) Vous savez quoi ? C'était également à Waters. Madame Anderson a donné naissance à un enfant de sexe masculin, normalement constitué, grâce à une insémination artificielle. Deux jours plus tard, le bébé a été enlevé dans les locaux de l'établissement.

— Comme le couple de Kansas City l'an dernier. L'enlèvement de Dallas est plus récent, n'est-ce pas ?

— Février de cette année.

— D'après mes souvenirs, reprit Lucy, la clinique de Kansas City n'appartenait pas au même groupe que Waters.

— Non, mais elle fournit le même type de traitement aux couples stériles.

— Ou aux célibataires qui souhaitent concevoir.

Personnellement, elle avait déjà envisagé cette solution, n'ayant pas encore rencontré le père idéal, ni même un type pas trop mal. Pour l'instant, on n'avait pas trouvé le moyen de faire des gamins sans spermatozoïde.

Tobias referma le dossier d'un geste définitif.

— Prévenez le bureau de Dallas de mon arrivée. Je

veux rencontrer ce soir le flic qui a mené l'enquête sur le meurtre de Lloyd.

— Il s'appelle Lawson.

— Lawson. J'exige sa complète coopération quand j'interrogerai Dale Gordon.

— Oh, je suis désolée, monsieur Tobias. J'ai oublié de vous dire... Il...

L'agent Tobias fit grise mine en apprenant le suicide de Gordon.

— Zut !

— Il s'est tué peu de temps après le meurtre. On a retrouvé un couteau taché du sang de la victime chez lui, ainsi que le bas du pyjama de la jeune femme, maculé de sa semence. Ses empreintes ont été relevées sur le lieu du crime.

— Comme c'est pratique, glissa-t-il calmement avant de sombrer dans le silence.

Lucy en profita pour admirer son visage auquel la concentration donnait un air sévère.

— Presque trop beau, hein ? Cela vous rappelle-t-il quelque chose, madame Myrick ? questionna-t-il avec autorité.

Heureusement, c'était le cas.

— L'histoire d'Oakland en Californie, résuma-t-elle. Fin 1998, je crois. Octobre ou novembre. Kathleen Asher, célibataire, âgée d'une petite trentaine d'années. Elle a été assassinée quelques jours après avoir subi une insémination artificielle. Son assassin a été retrouvé mort, quelques heures plus tard. Il s'était tiré une balle dans la tête.

— Excellent. Pensez-vous que nous sommes en face d'un canevas récurrent ?

— J'aimerais approfondir mon enquête. Dans le détail. Peut-être ai-je négligé certains cas. Maintenant que nous avons mis le doigt sur des similitudes criantes, j'aimerais revenir en arrière, élargir la base des recherches.

— Bien. Laissez tomber tout le reste et concentrez-vous là-dessus. Tenez-moi au courant. Si vous trouvez quelque chose qui ait un rapport, même éloigné, avec ces affaires, prévenez-moi.

— Vous serez informé immédiatement.

Inconscient de son regard adorateur, il feuilleta de nouveau le dossier qu'elle lui avait apporté.

— Le service funèbre a eu lieu aujourd'hui. Le plus proche parent s'appelle Melina Lloyd, sa sœur. Une conversation avec elle pourrait s'avérer fort utile.

— Voulez-vous que je l'appelle?

— Oui, mais je n'ai pas le temps de lui parler maintenant. Organisez un rendez-vous pour demain matin. Prétextez l'urgence mais restez vague sur les raisons de cette convocation.

— Certainement. Alors, vous partez? lâcha-t-elle en tentant de masquer sa déception. L'agence de Dallas ne pourrait-elle pas procéder à cet interrogatoire?

— Bien sûr mais il faudrait d'abord que je briefe les agents. C'est plus rapide que je le fasse moi-même. En outre, je préfère parler personnellement à Melina Lloyd, me faire ma propre opinion sur la personnalité de Gillian.

— Pauvre femme, murmura Lucy en secouant la tête, j'espère qu'elle est solide. Elle a déjà subi un grand choc cette semaine.

— Je me demande comment elle va réagir en apprenant que le meurtre de sa sœur est peut-être lié à une machination.

Il avait déjà décroché son téléphone pour mettre au point les préparatifs de son voyage au Texas.

— Quelle sorte de machination? s'enquit Lucy.

— C'est à nous de le découvrir, coupa-t-il sèchement, l'oreille collée au combiné.

***

— Melina ? (Jem frappa à la porte de la salle de bains.) Tout va bien ?

Elle refoula un sanglot et s'obligea à répondre d'une voix claire et normale.

— Ça va.

— Puis-je t'apporter quelque chose ? Un autre verre de vin ?

— Rien, merci.

S'il s'apercevait qu'elle était en train de pleurer, il insisterait pour la consoler alors qu'elle aspirait plus que tout à la solitude.

— Appelle si tu as besoin de moi, lança-t-il à travers le battant.

La gorge serrée, elle attendit d'entendre ses pas s'éloigner dans le couloir pour se laisser aller complètement. Quand elle fut certaine d'être seule, elle se remit à pleurer de plus belle. Les larmes ruisselaient sur ses joues avant de dégouliner dans la baignoire en créant de minuscules éclaboussures à la surface de l'eau.

Elle se sentait misérable et perdue. Sa perte semblait immense, éternelle. Son esprit et son âme étaient comme morts bien qu'elle ait encore du mal à réaliser la disparition de sa sœur. Comment accepter cette réalité ? Elle devait pourtant se faire une raison. Gillian l'avait quittée. Elle avait vu son corps.

Son avenir s'étalait devant elle, inutile et stérile. Elle avait peur de vivre. Comment affronter des semaines, des mois de souffrance ? Si seulement elle avait pu s'endormir une année ou deux en attendant de se réveiller un beau matin, guérie de cette blessure?

Enfin, progressivement, ses sanglots se calmèrent. Epuisée, elle posa la tête sur le bord de la baignoire et ferma les yeux. La sonnerie du téléphone la tira brutalement de sa torpeur. Elle hésita à répondre puis se décida en songeant qu'il lui faudrait de toute façon rappeler son interlocuteur plus tard. Elle décrocha le sans-fil qu'elle avait apporté avec elle dans la salle de bains.

— Allô? fit-elle.

Jem décrocha en même temps sur un autre poste.

— Allô?

— Je voudrais parler à mademoiselle Melina Lloyd.

— C'est moi. C'est bon, Jem. Je prends.

Elle attendit qu'il ait raccroché puis reprit :

— Je suis Melina Lloyd.

— Je m'excuse de vous déranger, mademoiselle Lloyd. J'ai cru comprendre que vous aviez enterré votre sœur Gillian aujourd'hui.

— Qui êtes-vous?

— Je m'appelle Lucy Myrick. Je suis du FBI.

Elle se figea brusquement. Les traces de larmes séchèrent immédiatement. Un calme étrange l'envahissait. Elle entendait les bulles de savon qui crevaient les unes après les autres autour d'elle. Elle songea à s'en recouvrir le corps comme d'un manteau. L'eau soudain lui parut glaciale.

Ce n'était pas le nom FBI qui la paralysait. Curieusement, depuis le début, elle attendait cet appel ou quelque chose d'approchant. Elle ne croyait pas à la version simpliste de Lawson. Elle soupçonnait que cet assassinat cachait des zones sombres qui n'avaient pas été explorées.

Dale Gordon n'était que le haut de l'iceberg. Le mystère sur la disparition de sa sœur restait entier.

Elle déglutit avec difficulté.

— Que puis-je pour vous, madame... Je suis désolée.

— Myrick. Je vous appelle de la part de l'agent spécial Hank Tobias. Il aimerait vous rencontrer demain matin. Le plus tôt possible.

— A quel sujet?

— A quelle heure êtes-vous disponible?

— Cela doit avoir un rapport avec le meurtre de ma sœur.

— Pourquoi dites-vous ça?

— Parce que mes impôts sont payés et que je n'ai provoqué aucune émeute. Ne jouez pas au plus fin avec moi, s'il vous plaît, madame Myrick, poursuivit-elle avec aigreur. A part l'assassinat de Gillian, je n'ai été mêlée à aucun crime cette semaine. Pour quelle autre raison le FBI me téléphonerait-il?

— Je suis navrée de vous bouleverser. Sincèrement. Oui, monsieur Tobias veut vous parler de cette tragédie.

— Le lieutenant Lawson de Dallas a été chargé de l'enquête. Il est bien plus à même que moi de vous renseigner. Surtout pour les détails techniques.

— En fait, monsieur Tobias veut vous entretenir d'un aspect de l'affaire plus personnel.

— Vous voulez dire plus personnel que d'être poignardée avec un couteau de cuisine?

Ignorant le sarcasme, Myrick poursuivit d'un ton aimable :

— Votre sœur était une des patientes de la clinique Waters, exact?

— Ça regarde le FBI? Depuis quand?

— A quelle heure êtes-vous libre, demain, mademoiselle Lloyd?

Melina fut sur le point de l'envoyer promener mais elle se reprit. Lucy Myrick n'était qu'un émissaire. En admettant qu'elle connaisse les raisons de ce rendez-vous avec Tobias, elle ne lui dirait rien.

— Neuf heures? Chez moi?

Elle donna son adresse.

— Il sera là. L'agent Patterson de Dallas l'accompagnera.

— D'où vient monsieur Tobias?

— De Washington.

— District de Columbia?

— C'est exact. Monsieur Tobias sera chez vous demain matin à neuf heures. Bonne nuit.

Melina raccrocha et resta quelques instants pensive, le combiné contre la tempe. Le FBI? Un fédéral se déplaçait exprès de Washington pour la voir? A propos de la clinique Waters. Bon sang, que...

— Melina?

Jem tambourinait contre la porte de la salle de bains.

— Je sors dans une minute.

Tant pis pour le bain relaxant, pensa-t-elle en se rinçant. C'était la seule proposition de Jem qu'elle avait adoptée sans rechigner. A contrecœur, elle s'était laissée dorloter et l'avait autorisé à prendre les choses en main. Comme promis, il lui avait fait boire un verre de vin, écouter de la musique douce pendant qu'il préparait le dîner. Une douce torpeur, accrue par le bruit hypnotique de la pluie qui clapotait à l'extérieur, l'avait envahie.

Finalement, elle s'était aperçue qu'elle était affamée en dégustant le délicieux plat de pâtes que Jem avait cuisiné. Après le repas, elle avait proposé de ranger la cuisine. Il n'avait pas voulu en entendre parler et avait insisté pour qu'elle prenne un bain moussant.

L'appel de Lucy Myrick avait rompu le charme. Elle était comme une pile électrique. Elle quitta la salle de bains, enveloppée dans une robe de chambre en flanelle confortable. Jem l'attendait dans la chambre. Pour dissiper sa propre anxiété, elle lui adressa un sourire.

— Tu avais raison. C'est exactement ce dont j'avais besoin.

— Qui était-ce?

— Qui? demanda-t-elle en feignant l'innocence. Pourquoi les lumières sont-elles éteintes?

Jem alluma un peu partout dans la pièce sans oublier les bougies. Elle cliqua sur l'olive de la lampe de chevet.

— Au téléphone? répéta-t-il.

— Oh. Je ne la connaissais pas. Une cliente de Gillian. Elle était en déplacement et n'a entendu les nouvelles qu'en rentrant cet après-midi.

Elle n'avait pas choisi sciemment de lui mentir mais tant qu'elle ne connaîtrait pas les raisons exactes de la curiosité du FBI, elle n'avait pas l'intention d'en parler à quiconque. Même pas à Jem.

— J'aurais dû décrocher plus tôt pour éviter que tu sois dérangée dans ton bain.

— De toute façon, j'étais sur le point de me ramollir. Il était temps que je sorte.

— C'est l'heure du Grand Finale.

— Tu as travaillé d'arrache-pied, remarqua-t-elle en embrassant du regard les chandelles allumées et le lit ouvert.

— Je n'ai pas arrêté, reconnut-il l'air décontracté. J'ai transporté certains bouquets dans la cuisine. Ils étaient fanés. A cause de la pluie, je n'ai pas pu les mettre dehors.

— Merci. Je les jetterai à la poubelle demain matin.

Après ma rencontre avec Tobias, l'agent spécial du FBI.

Jem prit place sur le bord du lit et, tapotant la courtepointe matelassée, lui fit signe de s'asseoir à côté de lui.

Elle eut une hésitation.

— Ne te crois pas obligé de tenir ta promesse, Jem. Il se fait tard.

— Pas tant que ça.

— Tu dois être aussi crevé que moi.

— Je n'ai pas l'intention de polémiquer avec toi, Melina. J'ai dit que je te masserais les cervicales et je vais le faire.

Préférant couper court à une discussion oiseuse qui contribuerait à l'épuiser davantage, elle s'assit en lui présentant son dos.

— Cinq minutes. Après quoi, tu t'en iras pour que je puisse me coucher.

— Tu verras, tu en redemanderas.

Cette situation la mettait mal à l'aise. Totalement. Elle n'était pas naturelle. D'un geste doux et amical, Jem fit glisser le col de la robe de chambre sur ses épaules pour dégager sa nuque. Ses mains, enduites d'huile, effleurèrent sa peau.

— A ce que je vois, tu as gardé le pendentif, remarqua-t-il.

Il avait insisté pour le lui donner, expliquant que Gillian aurait voulu qu'elle le porte.

Elle avait commencé par refuser. Pour finir, elle s'était laissée fléchir et ne le regrettait pas. Ce bijou lui rappellerait jour après jour, le serment qu'elle s'était fait. Si sa résolution devait s'affaiblir, elle caresserait les pierres rouges et se rappellerait les mots écrits en lettres de sang sur le mur de la chambre. A cette pensée, ses muscles se durcirent. Jem s'en aperçut.

— C'est pas du luxe. Tu es complètement nouée.

Elle pencha la tête en avant pour éviter sa bouche qui frôlait son oreille d'un peu trop près.

— Ça n'a rien d'étonnant.

— Tu as vécu l'enfer, commença-t-il. (Il marqua une pause puis reprit.) Gillian est morte, Melina. Nous devons apprendre à vivre avec cette idée. Détends-toi.

Il planta ses pouces à la base de son cou. La sensation était délicieuse et elle lui avoua. Il émit un gloussement.

— Je te l'avais dit que tu y viendrais.

— Tu n'as pas menti.

— Gillian adorait mes massages.

— Je comprends pourquoi.

— Ça nous servait souvent de préliminaires.

Elle trouva la remarque totalement déplacée mais préféra la considérer comme une plaisanterie. Ce n'était pas le moment de faire un drame.

— Tu m'en dis plus que je ne le souhaiterais, Jem.

Ils rirent de concert.

— Tu sais, c'est drôle, Melina, reprit-il en étendant ses paumes sur ses épaules.

— Quoi?

— Que tu m'aies piégé la nuit où Gillian a été tuée. Tu ne crois pas que j'aurais dû faire la différence entre toi et elle? Après tout, on était fiancés.

— Tu n'as pas deviné que c'était moi? Même quand je t'ai ouvert la porte avec ma serviette sur la tête?

— Je n'ai jamais eu le moindre soupçon. Même pas quand je t'ai embrassée.

— Je t'ai arrêté quand tu as voulu aller plus loin. Je ne t'aurais jamais laissé faire.

— C'était déjà suffisant. (Il suspendit son geste et abattit ses mains sur son dos.) Suffisant pour m'exciter.

Elle bondit sur ses pieds et fit volte-face, serrant le col de sa robe de chambre contre sa gorge.

— C'est révoltant.

Il émit un petit rire.

— Je plaisantais. (Tendant la main, il l'implora.) Melina, s'il te plaît. Tu n'as pas cru que je parlais sérieusement, n'est-ce pas ?

— Je crois qu'il est temps que tu t'en ailles. Largement temps.

— Melina. Allez ! C'était une blague.

— Elle n'était pas drôle.

Il baissa la tête comme un gamin pris en faute.

— Non, tu as raison. (Il lui lança un regard par dessous, l'air penaud. Comment résister ?) Je suis navré.

— J'accepte tes excuses. Maintenant, s'il te plaît, souhaite-moi bonne nuit. Je veux aller me coucher.

Elle se détourna et quitta la chambre d'un pas décidé pour couper court à ses protestations. Il lui emboîta le pas, récupérant au passage sa veste qu'il avait déposée sur le canapé au début de la soirée.

Elle ouvrit la porte d'entrée.

— Merci pour le dîner, lança-t-elle sèchement.

— Pourquoi ai-je l'impression que cette triste journée s'achève sur une note amère ?

— C'est une sale journée, Jem. Une très sale journée. Je veux la terminer seule avec ma tristesse. Depuis que les flics ont fait irruption sur mon perron, je n'ai pas eu un seul moment pour moi. J'ai besoin de faire mon deuil.

Il hocha la tête.

— Certaines choses ne se partagent pas.

— Merci pour ta compréhension.

— Je viendrai prendre de tes nouvelles demain matin, dit-il, la main posée sur le chambranle.

— Je vais à mon cours de gym.

— Es-tu sûre d'être en état?

— Ça me fera du bien de faire de l'exercice.

— Alors, j'essaierai de venir plus tard dans la matinée.

— Appelle d'abord.

Elle avait de plus en plus de mal à le supporter. Elle voulait qu'on la laisse tranquille. Immédiatement. Il se pencha et l'embrassa sur la joue. Elle eut un mouvement de recul :

— Bonne nuit, trancha-t-elle.

Jem sortit sous la pluie et courut jusqu'à sa voiture. Melina ferma la porte, la verrouilla et s'effondra contre le battant. Après quoi, elle respira profondément à plusieurs reprises. Ce n'était pas suffisant. En hâte, elle regagna la salle de bains et se lava avec frénésie, frottant les diverses parties de son corps que Jem avait touchées jusqu'à ce que les traces d'huile aient disparu.

— Célèbre massage de la nuque, mon œil, grogna-t-elle en se versant du gel douche sur l'épaule.

Soudain, elle interrompit son geste. Il y avait du bruit dans la maison. A moins que ses oreilles ne lui jouent des tours. Elle se figea, aux aguets. De nouveau, un léger grattement se fit entendre. Sur la pointe des pieds, elle se laissa guider par le son et emprunta le couloir. Arrivée dans la chambre, elle marqua un temps d'arrêt avant de pousser une longue expiration, soulagée. Une branche d'arbre frottait contre la vitre, sous l'effet du vent et de la pluie. N'en déplaise au FBI, elle avait la trouille. Après tout, elle en avait le droit. Elle avait vu en quelques jours davantage de sang qu'en trente-cinq ans d'existence. Celui de sa sœur et celui de Dale Gordon, baignant dans d'horribles flaques rougeâtres au milieu de son appartement crasseux. Elle éteignit une à une les bougies que Jem avait allumées. Elles lui rappelaient cet autel sinistre, le rideau qui séparait la pièce en deux. Et le psychopathe qui vivait là. Gordon avait pris des photos de Gillian — Lawson lui avait dit — pendant qu'elle se trouvait à la clinique en situation vulnérable. Ça lui donnait la nausée rien que d'y penser. Elle eut la chair de poule et se frotta les bras.

Du calme, s'admonesta-t-elle. Comment parviendrait-elle à sombrer dans un sommeil réparateur si elle se laissait envahir par ce genre de souvenirs? Elle devait se vider la tête. Contrairement à ce qu'elle avait annoncé à Jem, elle n'avait pas l'intention de prendre un somnifère.

Tobias allait débarquer à neuf heures du matin. Elle voulait être fraîche et reposée pour affronter ce rendez-vous. Il venait chercher des réponses à des questions. Ce qu'il ignorait, c'est qu'elle aussi se trouvait dans le même cas. *Un verre de vin! Voilà la solution pour me détendre sans être groggy,* pensa-t-elle.

Il devait en rester. Ils n'avaient pas tout bu au cours du dîner.

Dans l'obscurité, elle gagna la cuisine et sortit la bouteille du réfrigérateur. Elle le referma d'un mouvement de hanche et tendit la main pour attraper un verre. A cet instant, la porte donnant sur l'arrière de la maison s'ouvrit avec fracas.

D'abord, elle ne vit que du sang.

Encore du sang.

CHAPITRE 18

D'un geste sec, elle brisa la bouteille de vin sur le comptoir. Le chardonnay dégoulina par terre, l'éclaboussant au passage.

Elle brandit le goulot ébréché en direction de la figure sanguinolente affaissée contre le chambranle de la porte.

— Sortez ou je vous frappe. Je vais appeler la police.

La silhouette pénétra dans la pièce en titubant. Une méchante plaie lui entaillait la joue et l'arcade sourcilière. L'œil était bleu et enflé. Des filets de sang s'égouttaient sur son torse.

— Je ne vous conseille pas d'appeler Lawson, ce faiseur de miracles.

— Chief!

Elle laissa tomber son arme de fortune et, sans se soucier des débris de verre qui jonchaient le sol, se précipita vers lui. Elle ferma la porte pour les protéger de la pluie puis le fit asseoir sur une chaise devant la table.

— Que vous est-il arrivé? Vous avez eu un accident?

— N'allumez pas, s'exclama-t-il en la voyant tâtonner vers l'interrupteur.

— Pourquoi?

— J'ai peur d'avoir été suivi, et...

— Vous êtes venu en voiture?

Il tenait à peine debout.

— Non. Des témoins m'ont mis dans un taxi. J'ai demandé au chauffeur de me laisser au coin de la rue et j'ai marché jusqu'ici.

— Vous avez dit des témoins? De quoi?

— Plus tard. N'allumez pas. S'ils se sont lancés à ma

poursuite, ils vont aussi s'en prendre à vous. Avec la lumière, on offre une cible parfaite.

Une cible? Pour qui? De quoi parlait-il? Qui étaient ces *Ils*?

Cette conversation décousue l'intriguait au plus haut point. Tout en l'écoutant, elle chercha un torchon. Où les avait-elle rangés? Finalement, elle ouvrit un tiroir et en sortit plusieurs. Elle grimaça. Un tesson s'était planté dans son talon. Elle verrait ça plus tard. Elle pressa le linge contre la joue ensanglantée de Christopher Hart.

Il tressaillit.

— Ce salaud a rouvert la blessure que Hennings m'a faite à la réunion.

— Quel salaud? Commencez par le début et expliquez-moi tout. Qui vous a fait ça?

— J'ai été attaqué devant un club sur Greenville Avenue.

— Attaqué? Vous voulez dire agressé? L'avez-vous signalé à la police?

— Non.

— Pourquoi?

— Avez-vous des anti-inflammatoires?

— Heu...

— Vous n'avez rien du tout?

— Attendez-moi ici.

Sans se soucier de son pied qui lui faisait un mal de chien, elle se rua hors de la cuisine et courut dans la salle de bains.

Elle fourragea frénétiquement dans l'armoire à pharmacie, balançant les médicaments hors d'usage dans le lavabo. Elle trouva enfin ce qu'elle cherchait.

Quand elle se retourna, le flacon à la main, Chief se tenait dans l'embrasure de la porte. Il pressait le torchon contre sa joue de sa main rougie, prenant appui de l'autre contre le chambranle.

Elle sortit un comprimé.

— Problème de dents. L'année dernière.

— Qu'est-ce que c'est?

Une fois qu'elle lui eut expliqué, il hocha la tête et prit la pilule entre deux doigts.

— J'en ai déjà pris. Pour une douleur dentaire également.

— Le dosage est assez léger. Par contre, je ne sais pas si ce genre de médicaments perd ses propriétés à la longue comme les vitamines.

Elle remplit le verre à dents au robinet et lui tendit.

Il avala le cachet avant de lui rendre le gobelet.

— Merci.

— Enlevez votre veste et asseyez-vous ici.

Elle abaissa le dessus de la commode. Il indiqua le plafonnier allumé en se dévêtissant d'un air maladroit.

— Il n'y a pas de fenêtre, expliqua-t-elle. Personne ne peut voir la lumière. Mais il faut que j'examine votre visage.

Il s'assit et pencha la tête en arrière. La blessure n'était pas importante mais elle était profonde.

— Vous avez besoin de points de suture.

— Avez-vous du sparadrap?

— Je crois.

— Ça ira. Désinfectez d'abord.

— Vous êtes sûr? Ça va faire une cicatrice. Je pense vraiment qu'il faut...

— Seulement... (Il s'avança d'un pas hésitant vers l'armoire ouverte.) Ça ira très bien.

Elle attrapa un flacon d'antiseptique et en arrosa la plaie.

Il lança une bordée de jurons.

— C'est ce qu'on vous apprend dans votre école d'astronautes ? demanda-t-elle.

— Oui, le cours est obligatoire.

— Vous avez dû vous payer d'excellentes notes.

— J'étais le meilleur.

Quand elle eut nettoyé l'entaille, elle lui tendit un carré de gaze humide.

— Pour votre coupure au-dessus de l'œil. Elle n'a pas trop l'air méchante mais il faut la désinfecter.

Jugeant qu'un pansement ne serait pas assez grand pour protéger l'estafilade qui courait sur sa joue, elle en confectionna un au moyen de compresses.

— Avez-vous un revolver, Melina ?

La question la prit au dépourvu. Le rouleau de bande adhésive lui échappa des mains. Un bout de sparadrap resta collé au bout de son doigt. La bobine en métal oscilla au sol comme un pendule.

— Un revolver ? Vous voulez dire une arme ?

— Vous en avez un ?

— Pourquoi ?

— Alors, vous en avez un, oui ou non ? insista-t-il.

— Non.

— Dépêchez-vous. Il faut qu'on parle.

Melina tapota à toute allure les plaies avec de la crème antibiotique puis couvrit la joue avec un pansement qu'elle fixa avec de la bande adhésive.

— Ça va sûrement se remettre à saigner. Je vous le changerai.

Il ne lui vint pas à l'esprit de lui demander s'il resterait assez longtemps pour ça, ni pourquoi il avait choisi de se réfugier chez elle après son agression. Il était écrit qu'elle devait faire un bout de route avec Chief. Peu importe la raison, ils étaient impliqués dans la même galère.

Elle se sentit à la fois étrangement rassurée et perdue.

Elle était heureuse d'avoir un allié intelligent, sûr de lui. Un homme qui, bien que blessé, gardait la tête froide et partageait son sentiment de culpabilité envers Gillian.

Dommage que Chief Hart soit cet homme-là. Sa simple présence la jetait dans un trouble indéfinissable, provoquant chez elle des maladresses inaccoutumées. Elle avait dû s'y reprendre à deux fois avant de parvenir à scotcher le sparadrap sur la gaze. Ses doigts tremblaient rien que de le savoir à quelques centimètres d'elle. Elle réalisait que sa posture — elle se tenait debout devant lui entre ses cuisses — était sujette à bien des interprétations. En se penchant sur lui, elle pouvait presque le toucher. Elle en mourait d'envie.

Elle consolida en hâte le pansement, ôta ses mains et recula d'un pas. C'est le seul moyen qu'elle avait trouvé pour éviter de triturer l'ourlet de sa robe de chambre ou de tripoter son col. Ses gestes de nervosité trahissaient une timidité infantile dont elle le rendait responsable.

— Essayez de garder votre doigt appuyé dessus, dit-elle.

Il se leva et examina le bandage dans la glace en le tapotant doucement.

— Merci.

— Et votre œil ?

— Un peu de glace, peut-être.

— Je reviens.

Elle repartit vers la cuisine en boitillant, contourna les gros tessons qui gisaient au sol en priant pour parvenir à éviter les minuscules débris de verre. Cédant à l'anxiété qu'elle avait devinée dans sa voix quand il avait parlé de cible, elle n'alluma pas. Elle puisa une dizaine de glaçons dans le bac à glace du frigo et les enveloppa dans un torchon propre.

A peine avait-elle fait irruption dans la chambre qu'il l'interpella :

— Je suis là.

Il était affalé sur le fauteuil, dans l'obscurité, un pied reposant sur l'ottomane, l'autre par terre. Sa veste gisait sur ses genoux. Il semblait totalement épuisé.

— Vous vous sentez vraiment mal, n'est-ce pas? s'enquit-elle doucement.

Il la gratifia d'un sourire ironique.

— C'est peu dire.

Elle prit sa veste, la lissa et la suspendit au portemanteau pour la faire sécher. Enfin, elle se tourna vers lui.

— Voulez-vous une serviette pour essuyer vos cheveux?

— Inutile.

— Avez-vous d'autres blessures? Des côtes fêlées ou cassées? Avez-vous reçu un coup sur la tête? Une commotion cérébrale? Une hémorragie interne?

Il eut un geste de dénégation.

— Non.

— Peut-être devriez-vous aller aux urgences pour vous en assurer?

— Vous avez taché votre moquette?

Elle baissa la tête et remarqua les traînées rouges qu'elle avait laissées dans son sillage.

— J'ai marché sur un bout de verre.

— Voilà ce que c'est de me menacer avec une bouteille.

— J'ignorais que c'était vous. Habituellement mes visiteurs utilisent la sonnette d'entrée, ils ne fracassent pas la porte arrière de ma maison.

— Et votre pied?

— Je crois que le morceau est resté fiché dans mon talon.

— Faut vérifier ça.

— D'abord, je veux entendre...

Il ne l'écoutait plus. Il avait fermé les yeux sous l'effet de la fatigue. L'anti-inflammatoire qu'elle lui avait donné était-il plus puissant qu'elle ne le croyait?

Elle clopina jusque dans la salle de bains et s'installa du mieux qu'elle put sur le dessus de la commode. Un seul coup d'œil sur son pied suffit à la rassurer. La blessure n'était pas profonde. Avec une pince à épiler, elle extirpa le tesson qui s'était planté dans la peau et lava la plaie avec la lotion antiseptique. Elle ressentit une douleur vive et grimaça. Elle se confectionna maladroitement un pansement et retourna dans la chambre, en sautillant sur sa jambe valide.

Il ronflait doucement. Elle prit place avec précaution sur le bord du lit. Une heure plus tôt, elle était là, installée près de Jem. Tant d'événements s'étaient déroulés depuis son départ. L'apparition brutale de Christopher Hart, sa mystérieuse agression, ses questions étranges à propos d'un revolver. Ce qui la surprenait le plus, c'est qu'il parvienne à s'endormir paisiblement comme si rien ne s'était passé.

Elle resta immobile pendant dix minutes à le regarder dormir. Enfin, il ouvrit les yeux d'un seul coup comme si une alarme invisible l'avait réveillé. En la voyant, il sourit.

— Salut! murmura-t-il. (Il tendit une main vers elle et reprit d'une voix traînante.) Vous êtes revenue?

— Je...

Elle se sentit rougir. Désireuse de rompre le malentendu, elle répliqua d'une voix précipitée :

— Je suis Melina.

Il baissa le bras et remua dans le fauteuil, l'air malheureux. Puis farfouillant dans ses cheveux, il reprit d'un ton irrité :

— Je le savais.

— Pendant un instant, j'ai cru que vous l'aviez oublié.

Il fit mine de ne pas avoir entendu.

— Je me suis assoupi ?

— Non, vous avez sommeillé.

— Désolé.

— Vous devriez essayer de dormir au moins huit heures d'affilée. Sauf si vous craignez d'avoir une commotion cérébrale. Dans ce cas, il faut rester éveillé.

— Je vous ai dit que je n'avais pas pris de coup sur le crâne.

— D'accord. (Elle marqua une pause avant de poursuivre.) Comment connaissiez-vous mon adresse ?

— Lawson me l'a donnée. J'ai envoyé des fleurs.

— Oh ! Je n'ai pas encore lu toutes les cartes de visite. Merci.

— De rien.

Il contempla le bout de ses pieds. L'ourlet de son jean était trempé mais ses bottes l'avaient protégé de la pluie. Il ne sembla pas remarquer les taches de sang qui maculaient le cuir.

— Comment l'avez-vous appris ? lâcha-t-il, hésitant.

— Quoi ?

— Ce qui s'est passé entre Gillian et moi.

— Que vous avez couché ensemble ?

Il hocha la tête nerveusement.

— Elle me l'a confié. Quand elle est rentrée cette nuit-là.

Il se replongea dans l'étude de ses bottines.

— Quand j'ai dit à Lawson que je ne savais pas à quelle heure elle était partie, je ne mentais pas, expliqua-t-il. Elle ne m'a pas dit au revoir. (Il lui décocha un coup d'œil rapide avant de replonger le nez sur ses chaussures.) Elle s'est enfuie pendant que je dormais.

— Elle a estimé que c'était mieux. Pour vous éviter d'être embarrassé le lendemain matin.

Il la considéra avec perplexité, attendant visiblement d'autres explications.

— Certains hommes détestent se réveiller avec leur conquête, continua-t-elle. Gillian a pensé que vous seriez mieux seul.

— Elle s'est trompée.

— Ah ! Parfait ! riposta-t-elle en détachant chacune des syllabes.

— Elle ne pouvait pas savoir. Elle n'était pas du genre à jouer les coups d'un soir.

Il dardait sur elle ses yeux bleus.

— C'est vrai, insista-t-elle. A ce propos, nous étions différentes.

— Elle m'en a parlé.

— Ah bon ?

— Elle s'est décrite comme impulsive. Elle m'a expliqué que Melina Lloyd faisait exactement ce qu'elle jugeait bon au moment opportun.

Elle eut un pâle sourire.

— C'est mon portrait craché. Gillian n'était pas comme ça. Elle était beaucoup plus circonspecte. Vous devriez être flatté, Chief. Elle a dérogé à ses principes pour coucher avec vous. Elle a dû vous trouver exceptionnel.

— Alors, pourquoi a-t-elle...

Il s'interrompit, manifestement en colère.

— Je vous ai déjà exposé les motifs de son départ.

— Ouais, ouais, maugréa-t-il. Vous dites qu'elle est rentrée entre deux et trois heures du matin?

— Elle s'est excusée d'arriver aussi tard, mais je l'attendais.

— Pour entendre le récit de la soirée?

— Oui.

— Alors? s'enquit-il, fébrile.

Elle se hérissa.

— Que désirez-vous, un diplôme? Une bonne note? Sur une échelle allant de un à dix? Avec une mention en plus? N'est-ce pas un peu puéril?

— Pas plus que des jumelles qui échangent leur identité! coupa-t-il en élevant la voix.

Elle se leva d'un bond en agitant les mains avec vigueur.

— Nous nous égarons.

Oubliant son pied blessé, elle le posa brutalement par terre et fit la grimace.

— Votre pied vous fait souffrir?

— Pourquoi êtes-vous venu ici, Chief? Pour quelle raison avez-vous fracassé ma porte?

— J'étais dans un club sur...

— ... Greenville Avenue. Pour l'instant, c'est tout ce que je sais.

— J'étais sur le point de monter en bagnole quand deux types m'ont sauté dessus.

— Ils vous ont cassé la figure?

— Ils ont essayé. Ils ont voulu me faire grimper de

force dans un camion en menaçant de me tuer. Je crois qu'ils auraient mis leur menace à exécution si à cet instant, un véhicule n'avait pas fait irruption sur le parking. Ils ont sauté dans leur camionnette et ils ont filé. Comme les occupants de la voiture voulaient appeler la police, j'ai prétexté une bagarre entre amis en leur disant que je ne voulais pas envenimer les choses. Ils m'ont mis dans un taxi. Vous savez la suite.

— Pourriez-vous décrire vos agresseurs?

— Ils portaient des cagoules de ski.

— Des cagoules? Mon Dieu! Vous avez noté leur plaque d'immatriculation?

Il secoua la tête.

— Il faisait trop sombre. Je n'ai même pas pu voir dans quel Etat elle était immatriculée. Leur estafette était de couleur foncée. C'est tout ce que je peux dire.

— Ils ne vous ont rien volé? interrogea-t-elle en jetant un coup d'œil à sa montre de pilote.

— Ce n'étaient pas de vulgaires voleurs, Melina. Ils ont menacé de me faire la peau. Ils étaient sérieux. C'était pas une plaisanterie. Je ne suis pas du genre trouillard...

Il s'interrompit en se rappelant brutalement la fois où elle l'avait traité de lâche et reprit plus sèchement :

— Contrairement à ce que vous pensez. Mais ils ont été très clairs. Ils auraient tenu leur promesse.

Chief n'exagérait pas. Il n'avait pas besoin de dramatiser les situations pour attirer l'attention sur lui. Son charme naturel y suffisait. Il lui était inutile d'inventer un combat contre des dragons pour ressembler au prince charmant.

— Pourquoi vous ont-ils agressé à votre avis?

— Ils ne m'ont pas choisi au hasard, Melina, asséna-t-il

en s'impatientant. Ils me guettaient. C'est *moi* qui étais visé.

— Ils vous ont appelé par votre nom?

— Vous n'écoutez rien?

— D'accord, d'accord. Ils vous connaissaient. C'est d'autant plus grave, alors. Pourquoi n'avez-vous pas appelé la police?

Il se mordilla la lèvre un instant puis poursuivit d'une voix pressante :

— Réfléchissez. Il y a trois jours, Gillian a été assassinée dans son lit. Dans un but précis. Sur le mur de sa chambre, on a retrouvé une inscription injurieuse qui faisait état de notre liaison. Apparemment, nous gênions quelqu'un.

— Dale Gordon.

Il poussa un grognement.

— Croyez-moi : c'était pas un putain de fantôme qui m'a tabassé ce soir. Je ne crois pas aux coïncidences. En tout cas, je suis sceptique. Je suis un scientifique : je regarde les faits et j'entrevois les causes et les conséquences. Quand une cloche se met à sonner, je cherche pourquoi. J'ai appris dans mon boulot à prendre en compte immédiatement les signes annonciateurs. Ça arrive qu'on lise les signaux de travers. Il peut s'agir d'une fausse alerte. On doit toujours vérifier. Les avertissements ne sont pas à prendre à la légère. Ça veut dire qu'il y a danger. En l'occurrence, nous voilà en présence d'un crime, d'un suicide et d'une tentative de meurtre. Il se passe quelque chose d'anormal.

— Vous pensez que l'assassinat de Gillian a un rapport avec votre agression?

— Ouais. Je suis sûr que vous aussi. (Il la fixa de ses yeux laser. La lumière de la salle de bains se reflétait dans ses prunelles.) Je pense ne pas me tromper en affirmant que vous n'êtes pas convaincue par la version de Lawson. Pensez-vous vraiment que Gordon a agi seul? Oui ou non?

Ils se regardèrent longuement dans la semi-pénombre. Melina avait la gorge serrée. Elle pouvait à peine respirer. Enfin, elle rompit le silence :

— Aimeriez-vous du thé?

CHAPITRE 19

— Du thé?

— J'en bois parfois pour me détendre, expliqua Melina.

— Vous n'avez jamais essayé le Bourbon?

— Avec un anti-inflammatoire?

— C'est encore mieux.

— Je vais voir ce que j'ai.

Sur ce, elle quitta la chambre. Chief examina la pièce. Elle était confortablement meublée. Féminine mais sans chichi. Rangée sans maniaquerie obsessionnelle. Sur la table de nuit, il avisa une photo encadrée des jumelles. Il se leva et s'empara du cadre, contemplant les deux sourires identiques.

— Savez-vous qui est qui? lança Melina en réapparaissant, un verre dans chaque main.

— Non. Merci.

Elle marqua une hésitation.

— Non merci?

Il prit la boisson qu'elle lui tendait.

— Non, je ne suis pas foutu de vous distinguer l'une de l'autre. Et merci pour le bourbon.

— De rien.

— Vous avez suivi mon conseil à ce que je vois.

— C'est plus rapide que le thé.

Elle hocha la tête en regardant la photo.

— Je suis celle à droite.

Il jura entre ses dents et murmura :

— Sapristi !

Après avoir reposé le cliché, il reprit sa place dans le fauteuil. Melina se laissa choir sur le lit et s'adossa contre l'oreiller, dardant un regard douloureux vers le visage de sa sœur.

— Je n'ai même pas pu la pleurer.

— Vous n'avez pas eu le temps.

— Je suppose.

— Ça vous tombera dessus un jour ou l'autre. Quand vous ne vous y attendrez pas. C'est comme un mur de briques qui vous dégringole sur la tronche. Vous réaliserez alors qu'elle est vraiment partie. A ce moment-là, vous pleurerez.

— C'est l'expérience qui parle, Chief? Vous avez perdu un être cher?

— Ma mère. Il y a sept ans. Une expérience difficile.

— Quand nos parents sont morts à quelques mois d'intervalle, Gillian et moi nous sommes soutenues mutuellement.

— Vous n'étiez que deux? Pas d'autres frères et sœurs?

— Rien que nous deux. Aujourd'hui, je suis seule.

Elle fit courir son doigt contre le bord de son verre.

— Et votre père? s'enquit-elle en levant la tête.

— Il est toujours en vie.

Il n'avait rien d'autre à dire sur le sujet. Elle parut le comprendre car elle n'insista pas et garda le silence un long moment comme si elle méditait sur la difficulté du deuil.

— Nous sommes dans une étrange situation, Melina, reprit-il.

— A quel niveau? Je partage votre point de vue mais expliquez-moi en quoi elle vous paraît étrange?

— Généralement, quand j'ai la chance de boire un pot, seul avec une belle jeune femme, je ne parle ni de décès, ni de mystère à élucider.

Elle lui adressa un sourire dénué de gaieté.

— Rien ne me paraît normal à moi non plus. Le meurtre de ma sœur a tout chamboulé.

— Alors, vous me comprenez... Depuis ma rencontre avec Gillian, ma vie ne ressemble plus à rien.

Elle bondit du lit comme un boulet de canon, laissant entrevoir au passage deux jambes nues. Elle ne portait manifestement rien sous sa robe de chambre. Elle posa d'un geste hargneux son bourbon sur la table de chevet et l'affronta, l'œil noir.

— Vous savez ce que je viens de remarquer? Sans vous, rien de tout ça ne serait arrivé!

— Vous avez raison.

Son expression sereine la décontenança. Elle s'attendait à une réplique virulente. Du coup, elle se montra incapable de trouver une riposte appropriée.

— Votre colère est passée? Vous êtes prête à m'écouter? sermonna-t-il.

D'un air pincé, elle reprit sa place sur le lit et croisa les bras.

— Puis-je vous servir un autre verre? demanda Chief.

Elle secoua la tête.

— D'accord, alors, allons-y. Mettons tout sur la table. Voyons si nous pouvons tirer quelque chose de tout ce fatras. OK?

— A quoi jouez-vous? maugréa-t-elle. Vous avez laissé entendre clairement l'autre jour que vous refusiez d'être impliqué dans cette affaire, que vous étiez innocent et que vous aviez hâte d'oublier cette tragédie.

— C'est ce que je pensais alors. Je ne voulais pas être mêlé à une galère dont je n'étais pas responsable. Vous avez raison, c'était égoïste de ma part. Maintenant, je vois les choses sous un autre angle.

— Pour quelles raisons? A cause des menaces qui pèsent sur votre vie? Un soudain élan de sollicitude?

— Une prise de conscience, corrigea-t-il en souriant.

Elle remâchait sa colère.

— Allez-y, punissez-moi Melina, murmura-t-il d'un ton docile. Je le mérite. Je me suis comporté comme un salaud.

— Vous cherchez à gagner du temps.

Il eut une hésitation puis reprit doucement :

— La raison de ma présence ici est personnelle. Je ne souhaite pas en parler.

— A-t-elle un rapport avec Gillian?

— En partie. En grande partie.

Il refusait manifestement d'en dire plus. Elle accepta son explication.

— Avec quoi d'autre?

— Je suis persuadé que l'assassin de Gillian a essayé de me tuer ce soir. (Il avait réussi à capter son attention. Son hostilité avait baissé d'un cran). En tout cas, on m'a fait comprendre que ma vie était en danger. Peut-être a-t-on simplement cherché à m'effrayer.

— Donc vous admettez que vous avez eu peur?

— Je suis surtout furieux. C'est peut-être mon sang indien qui bout dans mes veines, je ne supporte pas de me faire agresser en pleine nuit, kidnapper et menacer sans me défendre.

Elle resta silencieuse quelques instants puis leva les mains en signe d'impuissance.

— Mais l'assassin de Gillian est mort, Chief.

— Vous pensez vraiment que Dale Gordon a agi de son propre chef ?

— C'est une hypothèse sensée.

— Alors pourquoi êtes-vous allée chez lui hier soir ?

Elle resta bouche bée, muette de surprise.

— J'y suis passé en voiture, moi-même, confessa-t-il. J'ai franchi le cordon de sécurité en espérant me convaincre que ce tordu était le seul responsable de la mort de Gillian. Je vous ai aperçue assise derrière votre volant. Vous fixiez cet endroit lugubre avec une telle intensité que vous ne m'avez pas remarqué. Votre présence m'a conforté dans l'idée que Lawson avait oublié quelque chose. Cette affaire est plus compliquée qu'elle n'en a l'air. Je suis prêt à parier qu'elle cache de nombreuses implications.

— Effectivement, avoua-t-elle. Je cherchais à me faire une conviction. Je voulais mettre un terme à...

— ... Et vous êtes repartie... ?

— Avec le même sentiment que vous, Chief. Il y a un mystère derrière tout ça. Ce sinistre individu a dû être manipulé.

— Vous pensez que quelqu'un connaissant son obsession pour Gillian, l'a utilisé pour porter le chapeau.

— Quelque chose dans ce goût-là. (Frustrée, elle martela le matelas de ses poings.) Mais qui ? Pourquoi ? Gillian n'avait aucun ennemi.

Il engloutit son verre. L'anti-inflammatoire combiné à l'alcool avait anesthésié sa douleur lancinante. Malgré le sac de glace, il sentait son œil gonfler comme une baudruche. Les glaçons ne semblaient plus faire d'effet.

— Il y a bien ces hommes commença-t-il, hésitant, ces Indiens qui sont venus me trouver.

Il lui relata ses deux rendez-vous avec Dexter Longtree et George Abbott. Melina l'écouta sans faire de commentaire.

— Abbott est un béni-oui-oui mais Longtree est un chef de tribu et ça se voit, fit observer Chief. Il siège au Conseil Intertribal. Il a manifestement beaucoup d'influence et beaucoup d'argent. Ils espéraient me persuader de rejoindre une organisation qu'ils sont sur le point de créer. (Il lui décrivit les objectifs du PIA.) Ils veulent que je sois leur porte-parole officiel.

— Ça paraît une bonne idée.

— C'est l'enfer, vous voulez dire.

— Ah bon?

— Je n'ai aucune envie de servir la cause des Indiens. Je refuse d'être la marionnette de quiconque.

— Vous croyez que c'est ce qu'ils attendent de vous?

Son scepticisme l'agaça.

— Je... Oui! s'énerva-t-il. Ils ont essayé la méthode forte pour me contraindre à m'engager. Je leur ai dit d'aller se faire foutre. Un truc dans le genre. Pour finir, Longtree m'a téléphoné quelques heures après l'interrogatoire de Lawson. Il s'est montré inquiétant : il m'a gratifié d'un laïus étrange sur les « malheureuses circonstances qui me valaient des ennuis avec la police ». Il espérait qu'elles m'avaient fait changer d'avis.

Melina sursauta. Elle paraissait l'écouter avec un intérêt accru, les sourcils froncés, ses lèvres légèrement plissées.

— Vous supposez que vos agresseurs ont été envoyés par Longtree ?

— Ça m'a traversé l'esprit.

— Etaient-ils d'origine indienne ?

— Je ne sais pas. Ils portaient des cagoules, je vous l'ai dit.

— Ça n'a aucun sens, Chief. S'ils veulent que vous soyez leur avocat, ils ne peuvent pas souhaiter vous éliminer.

— Peut-être voulaient-ils m'intimider. (Il l'évalua d'un regard pensif et ajouta.) Parce que je n'avais pas tenu compte de leur premier avertissement.

— Le premier ? (Elle chercha son regard et chuchota, le souffle court.) Le meurtre de Gillian ?

Il s'approcha lentement du lit et prit place en face d'elle.

— A votre avis, sont-ils capables de l'avoir utilisée ?

— Pour qu'elle couche avec vous ?

— Ou un truc approchant.

Elle aboya un rire bref.

— Avez-vous perdu l'esprit ? Elle n'aurait jamais accepté de jouer la pute.

— Ce n'est pas ce que j'ai voulu...

— ... Deuxièmement, ce n'est pas elle qui a proposé d'échanger nos identités. C'est moi. Je l'ai expliqué à Lawson mais vous n'étiez pas là. C'est moi qui ai suggéré à Gillian de vous rencontrer. Elle a refusé. Au début. Alors, je lui ai téléphoné et je l'ai forcée.

— Pourquoi a-t-elle accepté ?

— Je suppose qu'elle avait envie de voir à quoi vous ressembliez. Ou...

— Quoi ?

— Rien. (Elle évitait son regard.) Je ne sais pas pourquoi elle a cédé.

— Sapristi, grogna-t-il. Vous n'aviez aucun secret l'une pour l'autre. Vous le proclamez sur tous les tons.

— Peut-être, mais ça ne regardait que nous.

— Ça n'a plus aucune importance. Elle est morte.

Elle était sur le point de perdre son sang-froid.

— Je n'ai pas besoin que vous me le rappeliez. Merci beaucoup. Je veux que vous partiez. Maintenant.

Chief s'en voulait de la faire pleurer. Pourquoi ne comprenait-elle pas qu'il cherchait à la protéger? Ils étaient impliqués malgré eux dans une affaire mystérieuse et dangereuse. Il était décidé coûte que coûte à élucider la mort de Gillian. Même si ça exigeait de blesser une femme qui venait de vivre un terrible choc.

Il la saisit par les épaules.

— Melina, je vous en prie. A votre avis, Gillian a-t-elle pu entrer en contact avec Longtree ou quelqu'un d'autre entre l'heure du déjeuner et le moment où vous l'avez appelée?

— Entrer en contact?

— Ils l'ont peut-être menacée.

— Elle me l'aurait dit. Elle aurait prévenu la police.

— Soudoyée?

— Vous devenez insultant.

Chief insista.

— Ont-ils pu faire appel à sa générosité, la persuader d'aider une minorité?

— Non. Gillian soutenait de nombreuses causes humanitaires, mais pas celle des Indiens.

— Jusqu'à ce qu'elle couche avec moi.

— Espèce de salaud!

Elle tenta de se dégager mais il la retint d'une main vigoureuse.

— Melina ! Pourquoi Gillian a-t-elle changé d'avis ?

— Je ne sais pas !

— Si ! la pressa-t-il. Avouez ! Pourquoi m'a-t-elle accompagné ce soir-là ?

— Je vous l'ai déjà dit.

— Vous mentez. Pourquoi, bon Dieu, s'est-elle décidée à prendre votre place ?

— A cause de l'IA !

Son cri fut suivi d'un long silence, rompu uniquement par leurs respirations haletantes.

— Bon sang, c'est quoi ?

— Une insémination artificielle. Gillian en avait subi une le matin même. S'il vous plaît, voulez-vous me lâcher ?

Il relâcha son étreinte et se passa la main sur le menton.

— Ouais, j'en ai entendu parler. Dans le bureau de Lawson.

— C'est plutôt loin de votre théorie d'un complot fomenté par Longtree, n'est-ce pas ?

— Pourquoi est-elle allée consulter avec Hennings dans cette clinique spécialisée ?

— Pas Jem. C'était une décision strictement personnelle de Gillian. Elle a fait appel au sperme d'un donneur.

— Elle voulait un enfant mais pas nécessairement avec Hennings ?

— C'est ce qu'elle m'a expliqué au cours du déjeuner.

Il se leva d'un bond et se mit à faire les cent pas comme pour chercher à y voir plus clair.

— Je ne comprends toujours pas le rapport avec moi.

Elle se mordillait la lèvre inférieure, hésitant manifestement à poursuivre cette conversation.

— Qu'y a-t-il Melina? s'écria-t-il.

— Il me vient une idée. Mais ce n'est qu'une *supposition*, attaqua-t-elle en insistant sur le mot. C'est compris?

— Compris!

Elle prit une grande inspiration.

— Les couples qui font appel à cette méthode de procréation...

Il hocha la tête, impatient de connaître la suite. Elle s'arrêta, troublée et recommença :

— Les médecins recommandent à ces couples d'avoir une relation sexuelle le jour de l'IA.

Il suivait le moindre mouvement de ses lèvres. Comme elle se taisait, il prit la parole et acheva à sa place :

— Je comprends. C'est une question psychologique. Pour les deux, mais surtout pour l'homme.

— C'est ça.

— Alors, pourquoi Gillian n'a-t-elle pas choisi de rester faire l'amour avec Hennings?

— Il est stérile. Il a eu une vasectomie.

Chief vacilla et dut prendre appui sur le fauteuil.

Elle continua, adoucie :

— Gillian ne vous a pas piégé. Elle n'aurait jamais accepté ce rendez-vous dans le seul but de coucher avec vous. Elle détestait utiliser les autres. Quand elle est rentrée à la maison après votre soirée, elle m'a avoué l'attirance qui existait entre vous. Du moins, elle avait l'impression que c'était réciproque.

Il acquiesça lentement.

— Il est possible, distilla-t-elle avec hésitation, qu'inconsciemment — je vous rappelle qu'il ne s'agit que d'une supposition, que je peux fort bien me tromper — elle ait songé que vous feriez un excellent donneur. Bien sûr, si vous avez utilisé...

Il lui décocha un coup d'œil rapide et baissa la tête, incapable de soutenir son regard.

— Est-ce le cas? interrogea-t-elle.

— Bien sûr.

— Je vois.

— Elle ne vous l'a pas dit?

— Non, elle ne m'a pas raconté ça.

— J'avais des préservatifs.

— Oh.

Chief détourna les yeux et ils sombrèrent dans un silence embarrassé. La dernière fois qu'il avait parlé de capotes, c'était avec des copains du lycée. Il n'avait jamais abordé le sujet avec une femme, excepté en pleine action dans un lit.

Il fut soulagé quand Melina reprit la parole.

— Gillian n'avait aucune arrière-pensée, Chief, l'assura-t-elle fermement. Elle s'est rendue à cette soirée pour se changer les idées, pour se détendre après l'épreuve qu'elle avait subie à la clinique. L'insémination est une expérience éprouvante. C'est d'ailleurs pour cette raison que je l'ai poussée à prendre ma place. Je voulais qu'elle pense à autre chose. Je ne pouvais pas prévoir, et elle non plus, que vous seriez attirés l'un par l'autre.

— Voilà un excellent résumé de la situation.

— Elle ne faisait pas partie d'une conspiration. Elle n'a agi sur les ordres de personne, Longtree ou un autre.

— Vous avez raison. (En soupirant, il se leva de l'ottomane et se laissa choir lourdement sur le fauteuil.) J'en suis convaincu. Je n'ai jamais eu l'impression qu'elle avait voulu me piéger. Je cherchais juste une explication.

Il sortit sa chemise de son pantalon et commença à se frotter le ventre d'un air absent.

— Alors, où en sommes-nous? reprit-il.

— Avez-vous faim ?

— Quoi ? (Il s'aperçut qu'elle l'observait bizarrement et suspendit son geste.)

— Non, je n'ai pas faim. Je suis juste endolori.

Il défit un à un les boutons et écarta les pans de tissu. Son torse était couvert de bleus.

Quand il releva la tête, il surprit le regard de Melina posé sur lui.

— Vous êtes blessé.

— Ce n'est pas grave.

— Gillian m'a affirmé que vous étiez superbe.

Il déglutit avec difficulté.

— Hein ?

— Elle a dit *superbe.* C'est exactement l'adjectif qu'elle a employé.

Il était décontenancé. Que répondre à ça ?

Les yeux de Melina s'attardaient sur sa boucle de ceinturon. A sa grande surprise, il se sentit rougir. C'était plutôt gênant d'apprendre que Gillian avait fait des confidences à sa sœur. Que lui avait-elle raconté ? Lui avait-elle livré des détails intimes ? Non. Elles avaient beau être jumelles, il y avait une limite à l'indécence. Il n'imaginait pas qu'elles puissent étaler leur vie sexuelle en distribuant des notes à leurs partenaires respectifs. N'en déplaise à Melina, son attitude était peut-être puérile mais il aurait donné cher pour connaître l'opinion de Gillian. L'avait-elle catalogué dans les *bons coups?* Ou l'inverse ?

Au terme d'un silence qui lui parut durer une éternité, Melina redressa la tête et le scruta longuement, détaillant sa plastique. Ses joues le brûlaient.

Non. Gillian ne lui a pas raconté ça !

Comment imaginer qu'elle ait pu décrire les positions qu'ils avaient adoptées ?

« *Et alors, je me suis mise sur lui.* » Impossible ! Ce souvenir érotique le titilla. Ils étaient des dizaines, tapis dans un coin de son cerveau, prêts à s'abattre sur lui, à le torturer.

Melina venait de lui poser une question. Il n'avait pas entendu. Comment lui répondre ?

— Lawson ?

Qu'avait-elle demandé au sujet du lieutenant de police ?

— Pourquoi avez-vous ironisé tout à l'heure sur ses compétences professionnelles ? réitéra-t-elle.

— J'étais sincère, avoua-t-il, heureux de la diversion. C'est probablement un type bien et un flic capable. Je pense qu'il était pétri de bonnes intentions en démarrant l'enquête mais il est débordé. Débordé et sous-payé. Plus vite il peut clore un dossier, mieux il se porte. Voilà pourquoi il a accepté la culpabilité de Dale Gordon sans chercher plus loin.

— Une culpabilité presque trop évidente.

— Je suis d'accord avec vous. Ce Gordon s'est révélé sacrément négligent. Laisser autant de preuves derrière lui, c'est presque trop beau.

La glace avait fondu dans le sac plastique. L'eau glaciale ne lui apportait qu'un soulagement minime mais c'était mieux que rien.

C'est alors que Melina abattit sa dernière carte. Sa phrase lui fit l'effet d'un coup de tonnerre.

— Peut-être que le FBI nous éclairera un peu ? lança-t-elle, désinvolte.

Le torchon trempé lui échappa des mains.

— Vous avez appelé le FBI ? s'exclama-t-il, complètement interloqué.

— Non. C'est eux qui m'ont téléphoné. Ils seront là à neuf heures. (Elle lança un coup d'œil au réveil posé sur la table de chevet.) Vous pouvez rester si ça vous tente.

CHAPITRE 20

— Elle m'a menti, hurla une voix furieuse à l'autre bout du combiné.

Frère Gabriel fronça les sourcils. Par principe, il détestait être dérangé par le téléphone au beau milieu de la nuit à moins d'être prévenu à l'avance. Ces appels nocturnes étaient toujours porteurs de mauvaises nouvelles. Le dernier coup de fil de Dale Gordon en était un parfait exemple.

Ce pauvre type l'avait sorti de son lit à une heure avancée pour lui relater le rendez-vous de Gillian avec l'astronaute, dans un état proche de l'hystérie. Du coup, il n'avait pas réussi à se rendormir. Heureusement, il avait jugulé les problèmes jusqu'à ce que la police boucle enfin son enquête.

Bon sang! De quoi s'agissait-il encore?

Dans l'espoir d'amortir une nouvelle catastrophe, monsieur Hancock lui avait servi un chocolat chaud. Il en avala une gorgée, appréciant la douce chaleur que le breuvage répandait dans son corps. Son assistant n'avait pas oublié de verser une petite goutte de Schnaps à la menthe, comme il aimait.

— Je suppose que vous faites référence à Melina Lloyd, répondit-il calmement.

— Oui, reprit Jem Hennings. Elle m'a menti.

— A quel sujet?

— Elle a été contactée par le FBI.

Frère Gabriel reposa brutalement sa tasse, inquiet.

— Comment le savez-vous?

— J'étais là. J'ai écouté sa conversation sur l'autre poste. Elle pensait que j'avais raccroché. Une femme l'a appelée de la part d'un agent spécial nommé Tobias Hank.

— De l'agence de Dallas?

— De Washington.

C'était pire.

— Bon Dieu! siffla Frère Gabriel.

— Je vous jure que c'est vrai. Les agents gouvernementaux s'apprêtent à donner naissance à l'Antéchrist.

— Foutaises! coupa Frère Gabriel en rogne. Ils n'ont pas ce pouvoir. Ni l'intelligence nécessaire.

Ils n'étaient que des animaux nuisibles. Néanmoins, il fallait s'en méfier. Ils avaient la capacité d'ébranler la foi des fidèles. Non pas qu'il craigne réellement l'Agence Fédérale. Il avait une pleine confiance dans ses capacités et son pouvoir de persuasion sur ses disciples. Malgré tout, les fédéraux avaient les moyens de lui mettre des bâtons dans les roues, de nuire à son organisation parfaitement huilée.

A l'époque du suicide collectif de Jonestown, il venait de prendre en charge son premier ministère. L'affaire l'avait fasciné. Jim Jones avait été traîné dans la boue, calomnié par les médias, condamné par le gouvernement et l'opinion publique. Officiellement, le pasteur Alvin Conway avait réagi avec virulence : lors de l'office du dimanche, il avait poussé sa congrégation à prier pour les victimes de ce massacre. Secrètement, il tenait ce chef religieux en haute estime. Voilà un homme qui avait su faire montre d'autorité et d'emprise sur les foules.

Depuis ce drame, la réglementation avait été renforcée et le gouvernement surveillait de très près les activités des sectes religieuses. La tuerie de Waco au Texas, impliquant l'organisation des Davidiens, avait semé la panique en haut lieu. Le FBI et l'ATF redoutaient qu'un nouveau

David Koresh puisse nuire à leur image sur le plan international. Ces organismes fédéraux paraissaient reprocher aux leaders charismatiques l'influence qu'ils possédaient sur les âmes faibles.

Frère Gabriel ne s'estimait pas menacé. Il avait noyauté les principales agences avec des hommes à lui. Ils l'alerteraient si son ministère faisait l'objet d'une enquête. En attendant, le mieux était d'éviter d'attirer l'attention.

— Tobias a rendez-vous avec Melina à neuf heures demain matin, l'avertit Hennings.

— Vous dites qu'elle vous a menti à ce propos?

— Quand je lui ai demandé qui l'avait appelée, elle m'a raconté une salade. Manifestement, elle ne voulait pas que je sois au courant de sa rencontre avec l'agent Tobias.

Frère Gabriel plissa les yeux.

— Pourquoi?

— Je ne sais pas.

— A-t-elle une raison de se méfier de vous?

— Non. Depuis la trahison de Gillian, je l'ai traitée avec beaucoup de tendresse.

Jem Hennings avait été expédié à Dallas après la première consultation de Gillian Lloyd à la clinique Waters. C'est Dale Gordon, le premier, qui l'avait repéré. Il l'avait aperçue dans une salle d'examen et avait téléphoné au Temple, complètement excité, pour signaler qu'il avait trouvé une nouvelle candidate idéale pour le Programme.

La mission de Hennings consistait à infiltrer sa vie. Il avait noué des liens d'amitié avec un de ses collègues de l'agence immobilière et s'était débrouillé pour se faire présenter à la jeune femme. Hennings était un excellent collaborateur, expérimenté de surcroît. Il n'avait pas mis longtemps pour s'attirer l'affection de Gillian.

Quand elle avait commencé à parler grossesse et bébé, il l'avait encouragée à subir une insémination artificielle, en évitant de faire preuve d'enthousiasme. Il avait attendu qu'elle aborde elle-même le sujet. Bien sûr, il n'avait pas l'intention de jouer les pères de famille.

Comme tous les surveillants spirituels du Ministère, Hennings avait eu une vasectomie. Frère Gabriel avait rendu cette procédure obligatoire pour éviter de mettre le Programme en danger. Pour l'instant, il n'avait pas encore trouvé la solution pour empêcher que ses Soldats aient des relations sexuelles avec les postulantes triées sur le volet. Dès que ce serait possible, il appliquerait ce règlement.

Gillian Lloyd était la troisième Elue suivie par Hennings. Les deux autres avaient eu des enfants. Un taux de réussite excellent. Frère Gabriel fondait de grands espoirs sur Gillian. Hélas, elle avait trahi sa confiance en s'offrant à cet astronaute. Certes, il n'en avait pas la preuve mais le Programme n'admettait aucune exception. Toute femme soupçonnée de fréquenter un homme, autre que son mari ou son gardien, devait être éliminée.

Il avait eu du mal à digérer cette perte. Heureusement, il y avait sa sœur jumelle, Melina.

Hennings continuait de parler :

— Tobias veut interroger Melina sur la clinique Waters.

Frère Gabriel l'interrompit d'un ton ferme et résolu.

— Ce rendez-vous ne doit pas avoir lieu. Vous en êtes conscient, n'est-ce pas?

— Bien sûr.

— Puis-je vous faire confiance pour faire le nécessaire?

— Sans problème.

— Ce n'est pas votre spécialité. Je pourrais envoyer quelqu'un...

— Je peux m'en charger, insista Jem catégoriquement. (Il marqua une pause, conscient de la sécheresse de sa voix et reprit humblement.) Avec tout le respect que je vous dois.

Frère Gabriel esquissa un sourire et sirota une nouvelle gorgée de son chocolat. Rien n'était plus motivant que la compétition. Hennings travaillerait d'arrache-pied de peur qu'un autre Soldat soit envoyé à sa place pour réparer ses bêtises.

— Où en êtes-vous concernant l'autre problème que nous avons à Dallas ?

Hennings hésita.

— Malheureusement, il n'est pas encore réglé.

Frère Gabriel croisa le regard de monsieur Hancock qui haussait les sourcils de façon éloquente.

— D'après ce que j'avais compris, ce devait être fait ce soir.

— Oui monsieur, bredouilla Jem. On a fait une tentative. On l'a blessé.

— Ce n'est pas ça que j'avais en tête.

— Moi non plus. Je partage votre désir de l'éliminer.

D'où venait cette jalousie qui transparaissait dans la voix de Hennings ? Quand il s'agissait de Christopher Hart, le jeune homme avait tendance à devancer les ordres. Blessé dans son amour-propre, il ne pardonnait pas à l'astronaute la nuit qu'il avait passée avec Gillian.

Frère Gabriel décida d'exploiter ce sentiment.

— Ça me rend malade de les imaginer ensemble. J'ai ici des photos d'elle. Quelle peau splendide, quelle sensualité. J'abhorre l'idée qu'il ait pu la caresser. La pénétrer. Vous êtes le seul à qui j'avais donné la permission de connaître un tel plaisir.

— Oui, monsieur, grogna Hennings d'une voix rauque.

— Ce colonel Hart a fréquenté beaucoup de femmes. Il doit savoir comment les faire jouir.

— Je suppose.

Un large sourire se déploya sur les lèvres de Frère Gabriel. Il était fasciné par sa brillante habileté à manipuler les gens. C'était presque trop facile.

— Dans tous les cas, continua-t-il, je suis bouleversé à l'idée que l'homme qui a sali notre Gillian puisse rester impuni.

— Pas pour longtemps, Frère Gabriel.

— Il est aux mains de Satan. Vous le comprenez, n'est-ce pas?

— Oui.

— Rendez-moi ma confiance en vous, Jem.

Jem Hennings quémanda une bénédiction. Frère Gabriel lui accorda et raccrocha, l'air sombre. Après quoi, il se tourna vers monsieur Hancock qui avait deviné la mauvaise humeur de son patron.

— Une affaire bien empoisonnante. Très empoisonnante, roucoula l'assistant.

Frère Gabriel engloutit la fin de son chocolat et repoussa la tasse d'un geste rageur.

— Je veux qu'on mette un terme au problème Hart.

— J'ai confiance, ce sera bientôt fait.

— Et en ce qui concerne le remplacement de Gordon?

— La clinique a cinq candidats pour le poste. Deux appartiennent au Ministère.

— Assurez-vous que l'un d'eux obtienne ce job. C'est une clinique très efficace Je veux un gars à nous sur place.

— Bien sûr.

Frère Gabriel tritura d'un air pensif le presse-papiers en cristal qui décorait son bureau, en songeant à Melina Lloyd. Christopher Hart lui avait dérobé un atout de valeur. Il n'était pas disposé à s'en faire voler un autre. Devait-il croire Hennings quand il affirmait qu'il avait senti le courant passer entre eux?

Frère Gabriel se mettait à douter à regret de la capacité du jeune homme à gérer le cas Melina.

Aurait-il l'intelligence nécessaire? Peut-être était-elle plus intuitive que sa sœur jumelle? Dans ce cas, Hennings ne pouvait s'autoriser aucun faux pas.

— Puis-je vous apporter autre chose, Frère Gabriel?

Monsieur Hancock était toujours infaillible. Il devinait instantanément à quel moment il devait le décharger du poids de ses responsabilités.

— Que me recommandez-vous, monsieur Hancock?

— Leslie, répondit-il sans hésiter. Une fille superbe. Blonde. Elle est arrivée l'année dernière, de l'Iowa.

— Ah oui!

L'image d'une campagnarde robuste au visage parsemé de taches de rousseur se forma dans son esprit.

— Nous avons récemment intercepté une lettre qu'elle a écrite à ses parents, expliqua Hancock. Apparemment, elle a le mal du pays.

Frère Gabriel laissa éclater sa colère. Il détestait l'ingratitude.

— Elle vit comme une princesse dans un palais. Comment peut-elle regretter son trou perdu?

— Elle affirme qu'elle se sent seule, mal aimée et que personne ne s'intéresse à elle.

Frère Gabriel quitta son bureau en hâte et se rua dans sa chambre à coucher.

— Convoquez Leslie, monsieur Hancock. Moi aussi, ce soir, je me sens seul et mal-aimé.

⁂

— Melina ?

Elle grommela un son inaudible, la tête enfouie dans l'oreiller.

Chief la secoua par l'épaule.

— Allez ! Bougez vos fesses. Ils sont là.

Elle roula sur le dos et ouvrit un œil.

— Quoi ? Qui ?

— Les gars du FBI.

Melina rejeta ses couvertures, fusa hors du lit et se précipita vers la fenêtre. Soulevant une persienne, elle lorgna à travers. Une berline bleu marine était garée au coin de la rue. Deux hommes, un blanc et un noir, vêtus d'un costume en descendaient. Ils s'immobilisèrent un instant pour apprécier l'immeuble du regard puis remontèrent l'allée. Elle fit volte-face et vérifia l'heure sur le réveil. Elle avait branché l'alarme sur huit heures et demie. Il était huit heures vingt-cinq.

— Ils sont en avance.

— J'ai entendu la voiture arriver. C'est ce qui m'a réveillé.

Chief avait décidé de rester. Il avait dormi dans la chambre d'amis. Ces quelques heures de sommeil ne l'avaient visiblement pas remis d'aplomb. Il arborait un magnifique coquard et avait du mal à garder son œil ouvert. Le pansement qui recouvrait sa joue était couvert de sang. Il était torse nu et s'était contenté d'enfiler un jean sans prendre la peine de mettre des chaussures.

— Dépêchez-vous de vous habiller, pressa-t-il. (Il lui

jeta un pantalon et un tee-shirt qu'il avait sortis du placard au hasard.) Je crois qu'il vaut mieux qu'ils ignorent ma présence.

Melina fut sur le point de le rabrouer. Elle n'appréciait pas qu'il ait fouillé dans sa penderie et qu'il se permette de lui donner des ordres. Mais il avait raison. Elle ne pouvait pas accueillir le FBI en chemise de nuit. C'était déjà bien assez horrible d'être surprise au saut du lit, avec une tête à faire peur, sans avoir avalé un café. Chief non plus ne semblait pas dans son assiette. L'air hagard, il regardait fixement ses genoux.

— Chief?

Il releva la tête, décontenancé.

— Voulez-vous sortir? s'écria-t-elle en indiquant les vêtements qu'il lui avait lancés sans cérémonie.

— Ah... hum, ouais. Je serai dans ma tanière.

Il fit demi-tour en hâte et se glissa dans le couloir.

— Chief?

Il revint sur ses pas.

— Quoi?

— Pourquoi préférez-vous vous cacher?

— Ma présence appellerait une explication. Nous n'en avons aucune. Hâtez-vous!

Sur ce, il quitta la pièce. Elle enleva sa liquette, s'habilla en un temps record et s'apprêtait à enfiler une paire de tennis quand on sonna à l'entrée.

En passant devant la chambre d'amis, elle vit qu'il avait laissé la porte entrouverte. Elle se repeigna hâtivement avec les doigts et bondit sur le verrou en entendant le deuxième coup de sonnette.

— Désolée, s'excusa-t-elle le souffle court en apparaissant sur le perron.

— Mademoiselle Lloyd?

Les yeux de l'officier fédéral se posèrent sur le canari jaune qui ornait son polo informe. Instinctivement, elle le lissa d'un geste de la main.

— Vous avez une demi-heure d'avance.

— Nous sommes navrés. La circulation n'était pas aussi dense que nous le pensions. Je suis l'agent spécial Hank Tobias. Voici l'agent Patterson.

Les deux hommes brandirent leurs cartes d'identité de concert.

Elle recula d'un pas pour leur laisser le passage.

— Asseyez-vous.

Tobias prit le siège qu'elle lui indiquait.

— Nous vous avons réveillée? demanda-t-il, indiquant par là que son étrange tenue vestimentaire ne lui avait pas échappé.

— Je l'avoue. Je ne me suis endormie qu'à trois heures du matin. Depuis la mort de ma sœur, j'ai du mal à trouver le sommeil.

— Je comprends, fit Patterson, la mine grave. Mes condoléances.

— Merci.

— Vous n'avez pas de famille ou d'amis qui pourraient rester avec vous?

Elle pensa à Chief tapi dans la chambre voisine. Il n'était rien de tout ça, alors elle n'eut pas l'impression de mentir en répondant par la négative.

— Des copains ont proposé de s'installer ici provisoirement mais je tiens à mon intimité.

— C'est probablement plus sage, reprit Tobias dans un sourire qui sonnait faux. Le chagrin est personnel.

— Voulez-vous du café? Moi en tout cas, je vais en prendre un.

— Oui, volontiers. Monsieur Patterson?

— Oui, merci. C'est gentil à vous.

— Ça ne prendra qu'une minute. Après quoi, nous parlerons affaires. Je suis impatiente d'entendre ce que vous avez à me dire.

— Nous aussi, répondit Tobias.

Elle les planta dans le salon et disparut dans la cuisine. Elle faillit pousser un cri d'effroi. Elle avait oublié l'état dans lequel elle l'avait laissée en allant se coucher. La pièce paraissait avoir essuyé une tornade. Le sol était jonché de débris de verre, de taches de vin et de sang, celui de Chief et le sien. Des torchons ensanglantés étaient roulés en boule sur la table.

Elle avança avec précaution par peur de se blesser malgré ses tennis. Les tessons crissaient sous ses semelles en caoutchouc. Elle prit le balai et la pelle dans le cagibi et était sur le point de faire disparaître les morceaux de bouteille quand Tobias et Patterson firent irruption dans son dos.

— Que s'est-il passé ici? s'inquiéta Tobias.

Comment leur dire la vérité sans révéler la présence de Chief?

— J'ai.. hum.. eu un petit accident hier soir.

Tobias ne la quittait pas des yeux. Il n'avait pas l'air d'avaler sa petite histoire.

— Le compteur électrique a disjoncté pendant l'orage, improvisa-t-elle. Je me suis retrouvée dans le noir. Dans un mouvement de panique, j'ai laissé tomber une bouteille de vin. Et j'ai marché dessus. (Elle haussa les épaules d'un air dégagé.) J'étais trop fatiguée pour nettoyer hier soir.

Tobias fixait les serviettes maculées et les éraflures sanglantes sur le carrelage.

— Vous vous êtes coupé le pied? s'enquit-il.

— Je me suis planté un bout de verre dans le talon.

— Etes-vous allée à l'hôpital ?

— A l'hôpital ? Non, non, ce n'était pas grave. Seulement une petite coupure.

— Ça a drôlement saigné pour une simple entaille !

Elle détourna les yeux, considéra Patterson avant de reporter son attention sur Tobias en laissant échapper un petit rire nerveux.

— Vous savez, les bobos, ça peut paraître impressionnant. J'avais l'impression de me vider de mon sang.

— Vous devriez être plus prudente, Melina.

— Oui. Je suis d'accord. Je devrais vraiment faire attention.

Elle fit volte-face et attrapa la cafetière posée sur le comptoir à côté du bouquet fané que Jem avait déplacé la veille au soir. Les fleurs pendaient lamentablement, leurs pétales tristement desséchés.

— Avez-vous déjeuné ce matin dans l'avion de Washington, agent Patterson ? demanda-t-elle, l'air de rien.

— Bof, un jus de fruits, un café et un muffin. Un peu léger à mon goût.

Elle leur adressa un sourire désarmant par-dessus son épaule.

Sans qu'ils aient eu le temps de prévenir l'attaque, Melina pivota sur elle-même et projeta à bout de bras le vase en cristal, auquel était restée accrochée une carte de visite, sur la tête de Tobias.

Le projectile le heurta à la tempe, l'arrosant au passage d'une eau croupie et nauséabonde.

— Putain ! hurla-t-il.

Il vociféra de douleur et reculant à l'aveuglette, s'abattit sur la table de la cuisine. Sous le choc, la corbeille de fruits dégringola par terre, faisant voltiger les oranges et les pommes sur le carrelage jonché de verre brisé, de feuilles écrasées et de flaques écœurantes.

Patterson réagit immédiatement. Laissant à Tobias le temps de reprendre son équilibre, il se jeta sur Melina qui esquiva le coup avant de se ruer d'un bond vers la porte. Tobias la saisit par la cheville. Elle s'écroula comme un poids mort, l'épaule en avant contre le chambranle, en poussant un cri strident.

Chief bondit dans la pièce, le poing serré autour d'un club de golf. Il écarta Melina sans ménagement et fondit sur les deux hommes. Son effet de surprise fut total. Il asséna de toutes ses forces un violent revers dans les côtes de Patterson avec son manche d'acier. L'homme se plia en deux en gémissant. Sans reprendre son souffle, Chief le frappa de nouveau, visant la tête. Le fédéral s'écroula enfin dans un grognement sourd.

Tobias plongea de tout son poids sur le corps de son collègue comme sur un trampoline et rebondit sur Chief qui alla s'écraser contre le mur dans un bruit mat.

— Melina, sortez d'ici! tonna Hart au bord de l'évanouissement.

La mâchoire crispée, il laissa tomber son arme et enfonça son coude dans la pomme d'Adam de Tobias qui recula en titubant. Mais reprenant du poil de la bête, le Noir baissa la tête et chargea. Affalé au sol, Chief n'eut pas le temps d'esquiver le coup. L'autre le précipita dans le couloir, sur le dos. Tobias claqua la porte, puis pivotant sur lui-même, attrapa Melina d'une main tout en dégainant son revolver de l'autre.

Il ne fut pas assez rapide. En une fraction de seconde, elle eut le temps de ramasser le club en métal. Elle bondit sur lui et lui tordit le bras si violemment qu'elle entendit les os craquer.

Chief jaillit. Il asséna une manchette de karaté sur la nuque de Tobias qui lâcha le pistolet, les jambes flageolantes, avant de s'effondrer comme un sac de ciment, les yeux révulsés.

Patterson gisait au milieu d'une mare fétide, inconscient.

Chief noua ses mains autour de ses genoux et laissa pendre sa tête entre ses cuisses. Sa respiration était bruyante, hachée. Il toussa et essuya son nez d'un revers de manche.

— Sapristi, j'espère que vous avez une excellente raison.

— Ils n'étaient pas du FBI.

— Vous en êtes absolument sûre?

— Il m'a appelée Melina.

— Il vous a appelée Melina?

— C'est pas un peu étrange de la part d'un agent spécial, un dur à cuire?

— Ouais. Ce n'est pas vraiment un bon motif pour agresser un fédéral, Melina.

— Ce n'est pas tout. On m'a avertie que Patterson appartenait à l'agence de Dallas. Quand je l'ai interrogé sur le vol de Washington....

— J'ai entendu.

— S'il est vraiment du FBI, pourquoi aurait-il menti?

— Merde! maugréa-t-il.

Elle était incapable de dire s'il faisait référence à la situation ou à son nez qui dégoulinait de sang.

— J'abandonne. Pourquoi avez-vous fait ça? râla-t-il.

— Je ne sais pas.

Maintenant que la bagarre était terminée, Melina recouvrait son bon sens. Le danger ne lui paraissait plus aussi réel. Avait-elle trop d'imagination? Les événements de la semaine l'avaient-ils perturbée au point de voir des psychopathes à tous les coins de rue ? Et si elle s'était trompée ? Elle s'était mise dans de sales draps, entraînant Chief malgré lui.

— J'ai peut-être fait une erreur, avoua-t-elle d'un air piteux.

Chief la toisa et s'agenouilla près de Tobias. Il sortit un portefeuille noir de sa poche, le feuilleta et le présenta à Melina.

— Ça a l'air vrai.

La photo de la carte d'identité correspondait trait pour trait à l'homme étendu sur le sol.

Elle posa une main tremblante sur sa bouche et murmura :

— Oh, merde !

Chief se releva. Ils se regardèrent longuement en silence.

— Je n'arrive pas à le croire, lâcha-t-il enfin.

— Moi non plus, souffla-t-elle en inspirant profondément.

Il indiqua les chambres d'un geste de la tête.

— Allez chercher vos clés.

CHAPITRE 21

— Doux Jésus... !

Patterson poussa un cri étranglé en découvrant derrière Tobias la cuisine dévastée. Les deux hommes contemplèrent en silence un long moment la scène de carnage.

Puis, l'agent de Dallas se tourna vers son collègue plus expérimenté.

— A votre avis?

Tobias repoussa un pétale de fleur fané du bout de sa chaussure.

— Hormis le fait qu'il y a eu une bagarre, je suis complètement dans le brouillard.

Voyant que Melina ne répondait pas à leur coup de sonnette, Tobias avait essayé d'ouvrir la porte d'entrée. Elle était déverrouillée. Ils avaient pénétré à l'intérieur et avaient crié le nom de la jeune femme. Personne n'avait répondu. Il n'y avait pas âme qui vive.

S'était-elle enfuie intentionnellement pour éviter d'être interrogée? Dans ce cas, elle devait avoir quelque chose à cacher. Peut-être n'avait-elle pas eu le choix. Si elle était partie, en laissant la maison ouverte et sans surveillance, ce n'était pas bon signe. Tobias eut un frisson. Se pourrait-il que la jeune femme ait connu le même destin que sa sœur?

Les deux agents se partagèrent le travail. Tobias se chargea du salon, de la salle à manger et de la cuisine.

En rasant les murs, Patterson se glissa dans le couloir. Moins d'une minute plus tard, ils furent forcés de se rendre à l'évidence : l'endroit était désert. Tobias avait rengainé son arme. Planté au milieu des débris de verre, il méditait sur la tournure qu'avait prise la situation quand Patterson le rejoignit.

Le Noir pointa le menton en direction du corridor.

— Ça ressemble à quoi par là?

— Il y a deux pièces. Deux personnes y ont dormi. J'ai trouvé une serviette tachée de sang dans la salle de bains. Des pansements sales. Dans ce qui ressemble à une chambre d'amis, il y a plusieurs éraflures sanglantes sur l'oreiller et sur le tapis. Ainsi qu'un sac plastique rempli d'eau.

— D'eau ?

— Peut-être de la glace qui a fondu ?

— C'est possible. Si quelqu'un a pris ce vase sur le crâne...

Patterson hocha la tête.

— La porte du placard était ouverte, mais rien ne semble avoir été dérangé. Pareil pour les tiroirs du bureau. La boîte à bijoux est intacte. Aucun signe de cambriolage ou de lutte.

En enregistrant mentalement les informations que lui délivrait son collègue, Tobias lissa machinalement de la main sa cravate de soie. Elle lui avait coûté cher. De couleur argentée, elle était parfaitement assortie à sa chemise striée d'une bande beige qui rappelait les rayures de son costume bleu marine. La mode était sa seule fantaisie. Il n'avait aucune passion en dehors de sa gymnastique quotidienne. Il ne partait pratiquement jamais en vacances et ne possédait ni bateau, ni paire de skis, ni clubs de golf. Il se contentait de sa voiture de société et vivait seul dans un petit T2 dont il avait converti la deuxième chambre en placard à vêtements.

— Donc, tout s'est déroulé ici, disserta-t-il à voix haute.

— A moins que j'aie oublié quelque chose.

— Je vais aller jeter un coup d'œil, assura Tobias.

— Je ne serai pas vexé.

Tobias parut soudain changer d'avis. Il avança avec précaution dans la cuisine en longeant les murs pour éviter de toucher à un éventuel indice. Il enroula un mouchoir sur la poignée de la porte menant au garage et l'ouvrit.

— Il est vide. Où est la voiture ? s'enquit-il en haussant le ton.

— Voulez-vous que j'appelle le bureau ?

— Oui, allez-y.

— Que dois-je signaler ?

— Bon sang, si je savais ! Aucun signe de vie. Aucun cadavre.

— Kidnapping ?

— Possible, reconnut Tobias d'un air absent.

Patterson s'éloigna pour téléphoner.

L'agent Tobias quitta les lieux, traversa le salon impeccablement rangé et s'engagea dans le couloir. Il visita d'abord la chambre d'amis. Le lit était défait et encore chaud. Ainsi que Patterson l'avait remarqué, la taie d'oreiller était maculée de sang. En se penchant, il avisa un détail étrange, de couleur sombre, qui se découpait sur la blancheur du tissu. Il se pencha, l'examina avec attention et mémorisa l'information. Les techniciens de laboratoire s'en occuperaient plus tard.

Il se faufila ensuite dans le domaine de la maîtresse de maison et étudia la pièce d'un air songeur. Une chemise de nuit visiblement enlevée à la hâte trônait sur la courtepointe matelassée. Elle ne paraissait pas avoir été arrachée au cours d'une lutte. Le matelas portait l'empreinte d'un corps. La jeune femme avait dormi seule.

Il venait de remarquer la photo encadrée sur la table de chevet et la soulevait pour la regarder de plus près quand Patterson le rejoignit.

— Ils sont en route.

Le jeune agent remarqua alors la mine éberluée de Tobias plongé dans l'étude du cliché.

— J'ai vu ça tout à l'heure. C'est hallucinant, n'est-ce pas ? fit-il observer.

Au cours de son rendez-vous avec Lawson, Tobias avait appris que les sœurs Lloyd étaient jumelles.

— Elles étaient interchangeables, lui avait révélé le lieutenant. J'aurais été incapable de les distinguer l'une de l'autre.

A sa demande, le policier lui avait fourni des renseignements précieux.

— Elles ont bien réussi professionnellement. Aucune n'a été mariée. Par contre, Gillian était fiancée.

— Avec qui ?

— Entre nous, un vrai trou du cul, répondit Lawson d'un air laconique.

— Vous pouvez être plus précis ?

— Un connard de la plus belle espèce.

Si Lawson n'avait pas exagéré, Jem Hennings avait tout de l'ordure intégrale.

— Je suis persuadé que vous avez vérifié son alibi, risqua Tobias.

— Il est blanc comme neige. De toute façon, il n'avait pas de mobile. Il avait l'air franchement secoué.

— Et Melina ?

— A quel niveau ?

— Avait-elle une raison de... ?

Le lieutenant secoua la tête avec vigueur.

— Même pas une assurance-vie. Les jumelles avaient décidé d'un commun accord de tout léguer à des causes humanitaires. Une fois réglé le montant des funérailles et les quelques factures qui traînent, tous les biens de Gillian seront répartis à différentes organisations.

— Melina est d'accord ?

— Je ne lui ai pas posé la question mais ce n'était pas nécessaire. A la mort de leurs parents, elles ont distribué tout leur héritage. Il n'était peut-être pas très conséquent, il n'empêche qu'elles n'ont pas touché un centime. Si vous voulez mon avis, Melina Lloyd n'a rien à se reprocher.

— N'est-elle pas la dernière personne à avoir vu Gillian en vie ? questionna Patterson.

— Exact. Sans compter l'assassin. Mais je mettrais ma main au feu qu'elle n'y est pour rien.

Tobias commençait à avoir une idée plus précise de la personnalité des deux sœurs. Manifestement, elles étaient très proches et partageaient la même philosophie de vie. D'après la photo, elles se ressemblaient de façon stupéfiante, presque inquiétante.

— Lawson n'a pas exagéré, fit-il remarquer en fouillant dans sa poche à la recherche de son portable.

— Vous appelez ce flic ?

— Par courtoisie. Son dossier est bouclé. (Il composa le numéro.) Pendant ce temps, appelez la DMV pour leur demander le numéro d'immatriculation du véhicule de Melina Lloyd. On va essayer de le localiser. Si ça se trouve, la voiture est garée devant un supermarché. La fille est peut-être allée tout bonnement acheter un détachant à moquette.

— C'est ce que vous pensez ? risqua Patterson. Vous croyez qu'elle a foutu le bordel chez elle et qu'elle a oublié notre rendez-vous ?

Tobias réfléchissait, se remémorant les différentes affaires qui avaient déclenché ses recherches. Des femmes avaient été assassinées sans mobile apparent et leurs assassins s'étaient suicidés avant de pouvoir être interrogés. Des bébés avaient disparu sans laisser de trace.

Le dénominateur commun : des cliniques spécialisées dans le traitement de la stérilité qui pratiquaient à la chaîne des méthodes de procréation assistée. Les implications étaient effrayantes.

Tobias se passa la main sur les yeux, troublé.

— Non, je ne crois pas, répondit-il d'un ton solennel.

⁂

Jem Hennings tapotait son stylo contre son bloc d'un geste irrité. Wall Street était ouvert, les transactions allaient bon train et il perdait son temps à devoir résoudre des problèmes stériles.

Depuis quelques jours, les mauvaises nouvelles s'abattaient sur lui comme un océan en furie. La mort de Gillian l'avait mis KO. Il avait l'impression de ne plus pouvoir respirer. L'air s'était raréfié. Si ça continuait, ses poumons allaient exploser.

— Que s'est-il passé ? grogna-t-il dans son portable.

— Il était là-bas.

— Qui ?

— L'astronaute.

Le crayon de Jem s'immobilisa.

— Christopher Hart était avec Melina ? Chez elle ?

Hart était parvenu à échapper à ses agresseurs. Ces abrutis avaient raté leur coup. Bon sang, c'était pourtant du tout cuit. Ça devait ressembler à une vengeance d'écolos fanatiques, furieux de voir les fonds publics dilapidés au profit du programme spatial quand on aurait pu les utiliser pour sauvegarder la planète Terre. Jem avait écrit la lettre qu'on aurait retrouvée attachée au corps de Hart, flottant dans la Trinity, une balle dans la tête.

Mais Hart avait eu de la chance. Devant l'irruption de témoins, les soi-disant écologistes cagoulés s'étaient tirés comme une volée de moineaux. Ils étaient revenus plus tard sur les lieux, à bord d'un autre véhicule, sans leurs déguisements mais Hart était resté introuvable.

Jem avait posté des hommes de main devant le parking du bar où l'astronaute avait abandonné sa voiture ainsi qu'au Mansion. Après son coup de fil à Frère Gabriel, il avait passé une nuit blanche. Pendant ce temps, Hart se donnait du bon temps avec Melina.

La haine et la jalousie le consumaient. Melina l'avait chassé de chez elle en prétextant la fatigue et son désir de solitude. Manifestement, la compagnie de Hart ne la rebutait pas tant.

Hart représentait un danger pour Jem. A cause de lui, il risquait de perdre la confiance de Frère Gabriel.

C'était une raison suffisante pour le tuer.

Jem chassa de son esprit le marché boursier et les gains substantiels qu'il faisait perdre à ses clients et écarta d'un geste hargneux sa secrétaire qui venait de lui déposer un message sur son bureau.

— Commence par le début et raconte-moi tout, aboya-t-il en ignorant l'icône qui clignotait sur son écran pour lui indiquer qu'il avait reçu un e-mail. (C'était pire que ce qu'il craignait.) Melina t'a repéré ?

— Ou alors, elle en a rien à foutre du FBI.

La brute qui avait endossé le rôle de Tobias était une recrue de Frère Gabriel qui l'avait rebaptisé Joshua comme le guerrier de l'Ancien Testament, et l'avait enrôlé dans son armée d'élite. Jem ne connaissait pas sa véritable identité. L'homme avait vécu sous tellement de noms d'emprunt que même lui ne devait plus savoir comment il s'appelait à l'origine. Joshua s'était distingué à Haïti sous les ordres de Duvalier. Il avait un penchant macabre pour la mort et l'hémoglobine. Depuis que Frère Gabriel avait fait libérer son frère, un mercenaire sanguinaire, d'une geôle de Malaisie, il s'était donné corps et âme au Ministère, lui vouant une allégeance totale. Joshua aurait marché sur les braises pour faire plaisir à son patron...

Jem admirait sa loyauté et sa barbarie et était heureux de le compter dans son équipe. Pourtant, à cet instant, il l'aurait volontiers étranglé.

Joshua poursuivait ses récriminations contre Melina qui, selon lui, n'aimait pas les fédéraux.

— J'ai une bosse sur le front et j'crois qu'j'ai le poignet cassé. Je sais pas c'qui a pu lui mettre la puce à l'oreille.

— Tu t'es procuré les fausses cartes d'identité ?

— Elles sont parfaites, râla Joshua. Même le vrai Tobias n'y verrait qu'du feu.

— Tu as dû te vendre sans faire exprès !

Joshua se lança à contrecœur dans le récit détaillé du rendez-vous.

— Voilà, espèce de crétin, hurla Jem quand le tueur mentionna l'allusion de Patterson au vol de Washington. Il était supposé venir de l'agence de Dallas.

— Tu me l'as pas dit.

— Bien sûr que si.

— Non, tu me l'as pas dit, répéta Joshua d'une voix coupante.

— En tout cas, tu t'es vendu.

Joshua décrivit la bagarre.

— Quand on a repris connaissance, on a filé.

— Et Melina et Hart ?

— Ils avaient disparu. La voiture de la fille était plus là.

Joshua avait échoué lamentablement dans sa mission. Il n'avait pas neutralisé Hart et avait laissé Melina s'enfuir. Trop d'endoctrinement spirituel l'avait-il adouci ? C'était toujours risqué de faire appel à des personnes malléables.

Dale Gordon par exemple. Les sciences n'avaient aucun secret pour lui et il aurait donné sa vie pour le Programme. Malheureusement, il s'était montré d'une stupidité totale en omettant de détruire les photos et le dossier de Gillian. A cause de lui, la police avait remonté la piste jusqu'à la clinique. Jem Hennings n'aurait pas commis une telle erreur.

Il ne digérait pas que Frère Gabriel ait ordonné le meurtre de Gillian et le suicide de Gordon sans le consulter. Cet assassinat l'avait bouleversé. C'est lorsqu'il avait lu l'inscription sur le mur que Jem avait compris que la disparition de la jeune femme avait un lien avec son Election Spirituelle. En entendant Christopher Hart décrire Gordon en présence de Lawson, il avait achevé de réunir les pièces du puzzle.

Frère Gabriel ne pouvait être condamné. Il était parfait. C'était la faute de Gordon. Ce foutu imbécile n'avait pas été assez prudent. Il avait tout fait foirer. Jem refuserait désormais d'assumer l'incompétence d'un larbin.

— Tu m'as déçu, Joshua, asséna-t-il avec la fermeté d'un juge. A deux reprises.

— Pourquoi on s'est pas contentés de tuer le type ? Ou d'attraper la fille quand elle a ouvert la porte ? C'était plus facile. Toute cette comédie pour rien, grogna-t-il.

Jem s'abstint de répliquer à cette critique à peine voilée de sa stratégie.

— Je n'ai pas le choix. Je vais devoir signaler tes deux échecs à Frère Gabriel.

Ce nom distillait la peur et le respect. Frère Gabriel était le porte-parole de Dieu, la seule personne sur terre à qui le Très-Haut avait confié l'avenir du monde. Tout homme, même le plus puissant, pâlissait à l'idée de son courroux. Le contrarier équivalait à menacer le Créateur.

— On n'a pas échoué, rétorqua Joshua qui ne semblait pas aussi contrit que Jem l'aurait souhaité. On a un plan de rechange. Tu te rappelles ?

Jem lâcha un ricanement satisfait. Il était tellement écœuré par la tournure des événements qu'il avait failli oublier son dispositif de secours.

Il reprit contenance et inspira bruyamment.

— Tu es sûr que ça va marcher ?

— Ouais. Ils peuvent pas aller bien loin. Qu'est-ce qu'on fait de la fille et du gars ?

C'était une excellente question. Le problème était de savoir ce que savait Melina réellement. Etait-il le seul à être au courant de la venue chez elle du FBI ? Que faire si elle révélait ses informations à la police ou aux fédéraux ?

Il devait réfléchir, peser le pour et le contre, parer à toute éventualité.

— Quand tu les auras localisés, préviens-moi. Ne bouge pas avant de m'avoir eu, ordonna-t-il à Joshua.

Il était conscient qu'un tel ordre déplaisait à ces hommes d'action qui mouraient d'envie de se venger de Christopher Hart. Parfait. Il utiliserait leur ressentiment.

— Christopher Hart, reprit-il, est un ennemi du Programme. Il a dévoyé Gillian Lloyd. Il risque également de contaminer Melina.

— Il doit être éliminé.

— C'est pour ça qu'on a été choisis.

La voix de Jem vibrait d'une ferveur sincère. Il espérait que ces brutes pulvériseraient ce salaud de Hart et le saigneraient comme un porc dans ses bottes de cow-boy.

— Ne les lâchez pas d'une semelle et évitez de vous faire remarquer. Ils connaissent vos visages maintenant. S'ils vous repèrent, vous êtes foutus.

Joshua se vexa.

— J'suis pas idiot.

— Tu as prouvé le contraire, grommela Jem entre ses dents. Tiens-moi au courant.

Il raccrocha. Au même instant, sa secrétaire se planta devant lui en agitant un mémo sous son nez.

— Ça ne peut pas attendre? rugit-il.

— Je ne crois pas, roucoula-t-elle d'une voix doucereuse avant de s'éloigner d'un pas alerte.

— Monsieur Hennings?

Jem pivota sur sa chaise à roulettes. Deux hommes se tenaient près de son bureau. Le premier était grand, noir, tiré à quatre épingles. Il soutint son regard avec un air si impérieux que Jem se contenta de jeter un coup d'œil distrait à son compagnon dont la présence semblait de moindre importance.

L'estomac de Jem se contracta. Il parvint à se lever et déploya un sourire de circonstance, légèrement interrogateur.

— Je suis Jem Hennings. Que puis-je pour vous?

L'homme ouvrit d'un coup sec son portefeuille en cuir.

— Agent spécial Tobias, FBI.

CHAPITRE 22

— C'est votre acheteuse personnelle? demanda Chief avec une grimace comique en la voyant éteindre son portable.

— Qu'est-ce qui vous gêne?

— Rien. En fait, Melina, je suis impressionné.

Elle prit un air mauvais et le menaça de l'index. Il feignit d'avoir peur.

— Vous n'allez pas me frapper avec un vase, n'est-ce pas ? plaisanta-t-il.

Elle resta d'un calme olympien et se leva. L'écart entre leurs deux lits était si étroit qu'il dut replier son genou pour la laisser passer.

— Je suis heureuse qu'elle ait pu faire mes courses. Je lui ai donné la liste des choses dont j'avais besoin. Elle va regrouper ma commande et me l'envoyer ici en taxi.

— Ce ne sont pas des articles usuels. Elle ne vous a pas demandé d'explication ?

— Elle doit penser que j'ai une liaison. La plupart de ses clients sont riches et célèbres. Elle perdrait vite leur clientèle si elle posait trop de questions. La discrétion, c'est son fonds de commerce.

— Comme vous. Gillian m'a expliqué que vous ne divulguiez jamais les secrets de vos protégés.

— C'est mauvais pour les affaires.

— Vous ne m'avez toujours pas expliqué pourquoi vous avez acheté des vêtements de haute couture.

— Nos poursuivants risquent de surveiller les mouvements de ma carte de crédit. Avec un peu de chance, ils ne penseront pas à Neiman. C'est la seule solution que j'ai trouvée pour me changer. Vous m'avez dit de prendre mes clés. Je l'ai fait. Dieu sait quand je pourrai rentrer chez moi. Ce truc est un peu voyant, expliqua-t-elle en montrant son tee-shirt.

Elle examina la chambre impersonnelle dans laquelle ils s'étaient réfugiés. Après avoir fait quelques courses et sorti de l'argent liquide, ils s'étaient arrêtés dans un motel, sur la route nationale, fréquenté par des routiers.

Elle darda sur lui un regard désemparé.

— Chief, écoutez-moi. Je vais sans doute être obligée de vivre ici un bout de temps mais vous n'êtes pas obligé de rester.

— Comment va votre clavicule? demanda-t-il en la voyant se masser.

Elle laissa retomber son bras.

— Ça va. Je n'aurais pas dû vous avouer que j'étais au courant de votre liaison avec Gillian. Si je ne vous avais pas traité de lâche et de menteur, vous seriez parti immédiatement après cette réunion.

— Vous croyez qu'elle est cassée?

— Ma clavicule? Non.

— Fêlée?

— Non, répéta-t-elle en hochant la tête, agacée. Elle est juste contusionnée. Je m'en veux de vous avoir entraîné dans cette galère, continua-t-elle en se tordant les mains.

Il poussa un soupir de résignation.

— Vous tenez vraiment à parler de ça? D'accord, alors, allons-y. Vous n'êtes pas responsable, Melina. Je suis impliqué dans cette affaire depuis le commencement. Malgré moi peut-être, mais c'est comme ça. Gillian a été tuée parce qu'elle a passé la nuit avec moi. Il semble que je sois le prochain sur la liste. Je veux savoir pourquoi.

— La NASA pourrait vous protéger. Vos agresseurs hésiteraient sans doute à s'attaquer à vous.

Elle le supplia d'appeler le FBI.

— Pour leur dire quoi?

— Que vous avez cru que j'étais attaquée par des cambrioleurs.

— Des cambrioleurs! gloussa-t-il.

— Vous avez volé à mon secours. Quand vous avez réalisé votre erreur, il était trop tard. Vous avez essayé de me retenir mais je suis parvenue à m'enfuir.

— Vous pensez qu'ils vont croire un truc pareil? ironisa-t-il. Non. Jamais de la vie. Je refuse de me servir de la NASA. N'oubliez pas, il s'agit d'une querelle privée, coupa-t-il en indiquant son visage amoché.

— Comment vous sentez-vous?

— Ça ne vous regarde pas.

Son nez avait cessé de saigner. A leur arrivée au motel, il s'était lavé et elle avait changé son pansement. Il avait appliqué de la glace sur son œil qui avait nettement désenflé. Malgré tout, il avait l'allure d'un boxeur qui aurait livré un combat de trop.

— Je suis désolée, Chief.

— Au moins, je leur ai rendu la pareille à ces salauds.

Ses dénégations et son humour désenchanté ne suffisaient pas à la déculpabiliser. Elle se sentait responsable de la situation dans laquelle il se trouvait.

— Et votre voiture?

— Je l'ai laissée sur le parking devant le pub en espérant les appâter. Je ne peux pas retourner la chercher.

— Ils vont essayer de retrouver la mienne. Que pouvons-nous faire?

— Je cherche une solution, répondit-il en se frappant la tempe de l'index.

— Nous formons une sacrée paire de hors-la-loi. (Elle se laissa choir sur le lit et laissa éclater un rire sans joie.) Je n'aurais jamais cru avoir un jour une conversation pareille.

Il eut un sourire.

— Moi non plus.

— Je ne sais pas comment on se comporte quand on est en cavale.

— Je suppose qu'il faut vivre au jour le jour.

— Sans doute.

Il farfouilla dans la poche de sa veste et sortit son portable pour appeler l'hôtel Mansion.

— J'ai été forcé de m'absenter subitement, expliqua-t-il au concierge. Pourriez-vous m'envoyer mes affaires avec un taxi ? (Il donna l'adresse du motel sans préciser le nom du lieu.) Le plus tôt possible, s'il vous plaît, conclut il avant de raccrocher.

L'air absent, Melina tapotait son téléphone contre sa joue.

— Je n'arrive pas à le croire, lâcha-t-elle, songeuse.

— Quoi ?

— Que Tobias et Patterson étaient réellement des agents fédéraux. Je sais, je sais, leurs cartes d'identité paraissaient authentiques. Mais les escrocs savent fabriquer des faux.

— Il n'y a qu'une façon de s'en assurer. Contactez le FBI.

— Contactez le FBI.

Ils avaient lancé la phrase à l'unisson.

— Ça nous arrivait tout le temps à Gillian et moi, précisa-t-elle.

Ils échangèrent un regard. A chaque fois qu'ils mentionnaient le nom de Gillian, un sourire se déployait sur leurs lèvres. Comme maintenant.

— J'arrive à l'oublier provisoirement, expliqua-t-il avec calme. Et puis, son souvenir me revient et je ressens comme un pincement.

— Moi aussi. (Elle effleura les touches de son mobile et composa le numéro de l'agence fédérale.) Gillian a passé une excellente soirée avec vous, remarqua-t-elle laconiquement.

Avant qu'il ait eu le temps de la presser de questions, Melina obtint sa communication :

— Allô, je cherche à joindre l'agent Hank Tobias. Pouvez-vous me le passer?

— Je vous mets en ligne avec son bureau.

Elle couvrit le combiné de sa main.

— Oh, mon Dieu, il existe vraiment.

— Nous sommes cuits.

Une voix autoritaire se fit entendre à l'autre bout du fil.

— Puis-je parler à l'agent Tobias? demanda Melina.

— Il est injoignable pour l'instant. Voulez-vous parler à quelqu'un d'autre?

— Madame...

Elle fit un effort de mémoire. Comment s'appelait la femme qui l'avait appelée chez elle? Le nom lui revint brutalement.

— Myrick.

— Ne quittez pas, s'il vous plaît.

Melina lança un coup d'œil à Chief et secoua la tête, le cœur gros.

— J'endosse l'entière responsabilité. C'est moi qui me suis trompée. Je suis sûre qu'ils comprendront.

Une voix familière l'interrompit :

— Je suis Lucy.

*
**

— J'ai vu Melina la nuit dernière, commença Jem Hennings en réponse à l'interrogation de Tobias. Pourquoi? Que se passe-t-il? Lui est-il arrivé quelque chose? Oh, Seigneur, ne me dites pas qu'elle aussi...

— Ne tirez pas de conclusions hâtives, répondit Tobias calmement. J'avais rendez-vous avec elle, ce matin. Elle n'était pas là. Je suis à sa recherche.

— Vous deviez rencontrer Melina? Pourquoi? Qu'est-ce qu'elle a fait?

Tobias esquiva la question.

— Savez-vous où elle a pu aller? Nous avons vérifié à son bureau. Elle ne s'y est pas présentée.

— A son cours de gym. Elle m'a annoncé qu'elle irait s'entraîner.

— A quel endroit?

— Je suis désolé, je ne sais pas où se trouve son club.

Tobias chargea Patterson de mener l'enquête et se retourna vers Hennings.

— A quelle heure l'avez-vous vue, hier soir?

Jem jeta un coup d'œil confus à Tobias avant de couler un regard en coin à Patterson qui s'entretenait à voix basse au téléphone.

— Heu... Voyons, vers 22 heures, 22 heures 30. Nous avons dîné ensemble chez elle. Elle s'est détendue un moment. Elle était épuisée. Après la semaine qu'elle a passée... Vous êtes au courant pour ma fiancée, Gillian, n'est-ce pas? La sœur de Melina?

— Nous avons eu une longue conversation avec le lieutenant Lawson ce matin.

— Oh! Alors vous savez. Enquêtez-vous sur le meurtre de Gillian?

— Nous voulions simplement poser quelques questions à Mademoiselle Lloyd.

— A quel sujet?

— Vous n'avez pas eu de ses nouvelles depuis hier?

— Non. Je devais passer la voir aujourd'hui, mais nous n'avions rien prévu de précis.

— Etait-elle seule quand vous êtes parti?

— Oui. Elle avait pris un bain et voulait aller se coucher. En fait, elle m'a mis dehors en disant qu'elle était crevée. Personnellement, j'aurais préféré rester. Du moins pendant quelques jours. Mais elle est très indépendante. Elle n'a pas voulu en entendre parler.

Tobias restait impassible. Patterson raccrocha.

— Une des employées de Melina s'est proposé d'appeler son club de gym, lança-t-il à la ronde.

— Ce n'est pas son style de poser un lapin, continua Hennings. Elle est très professionnelle. Elle honore toujours ses rendez-vous. Peut-être qu'elle n'est plus elle-même après tous ces événements.

— Précisez.

— Je la trouve absente, distraite. Elle sera mortifiée en s'apercevant qu'elle a oublié votre venue. Pourquoi ne l'appelez-vous pas sur son portable? s'empressa d'ajouter Hennings, désireux de bien faire. J'ai le numéro.

— Moi aussi.

Tobias avait tenté de la joindre à plusieurs reprises. A chaque fois il était tombé sur sa messagerie.

— Vous avez dû avoir son répondeur, reprit Jem, infatigable. Ça agaçait beaucoup Gillian. Melina coupe son téléphone pour ne pas déranger ses clients.

— Vous paraissez très bien la connaître. Aussi bien que votre fiancée.

— Elles étaient si proches et se ressemblaient énormément. Je suis tombé amoureux de Gillian et j'en suis venu à considérer Melina comme ma sœur. Alors, si je peux vous aider, n'hésitez pas. De quoi s'agit-il? A-t-elle des ennuis?

Tobias sortit une carte de visite de sa poche de costume et la tendit au jeune homme.

— Appelez-moi dès que vous aurez de ses nouvelles.

— J'aimerais savoir la nature de ses problèmes.

— Nous voulons discuter avec elle.

— Vous resterez en contact avec moi? s'enquit Jem anxieusement.

— Vous pouvez y compter.

Sur ces mots, les deux fédéraux s'éloignèrent. En se dirigeant vers l'ascenseur, Patterson émit un gloussement :

— Lawson n'a pas exagéré. C'est un sacré trou du cul.

— Qui s'emmêle les pinceaux dans sa hâte à vouloir nous aider.

— Vous pensez qu'il mentait en affirmant qu'il l'avait quittée hier soir?

— Je ne sais pas. En tout cas, ce n'est pas lui qui a dormi dans la chambre d'amis.

— Comment le savez-vous?

— Il a des cheveux fins et ondulés.

— Pardon?

Le portable de Tobias grésilla.

— Allô?

— Vous allez m'adorer.

— Pourquoi ça, madame Myrick?

— Je viens de parler à Melina Lloyd.

***

— Noir, un bon mètre quatre-vingts, sapé comme une gravure de mode. Ce sont ses mots. Mignon. C'est également elle qui le dit. Avec un faux air de Denzel Washington.

Melina répétait à Chief la description de Tobias que lui avait fournie Lucy Myrick.

— Elle ne connaît pas Patterson, précisa-t-elle. Il appartient à l'agence de Dallas.

— Celui qui a menti quand vous lui avez posé la question à propos du vol de Washington ?

— Peut-être n'irai-je pas en prison après tout.

— Probablement, acquiesça Chief. Notre Tobias était loin d'être aussi grand et il ne ressemblait pas du tout à Denzel Washington.

— Avec son costume à trois balles et ses chaussures bon marché, c'est pas vraiment un top model.

— Une femme qui possède une acheteuse personnelle sait reconnaître ce genre de choses.

— Voulez-vous arrêter avec ça ?

— Votre employée connaît son métier, ironisa-t-il en lorgnant ses fesses. Ce pantalon vous va à merveille.

Ses achats étaient arrivés une demi-heure plus tôt. Conformément à ses exigences, la vendeuse de chez Neiman avait envoyé des vêtements sport : deux pantalons, une jupe et des pulls assortis. Sans compter une veste légère en laine, trois lots de sous-vêtements, deux paires de chaussures et une chemise de nuit. Elle avait glissé dans un petit sac des produits de beauté et de toilette accompagnés d'un mot malicieux qui disait : « Amusez-vous bien ! ».

Melina s'était douchée aussitôt et s'était changée, troquant son tee-shirt pour un pull-over en soie et cashmere.

Ignorant le compliment de Chief, elle lui relata la fin de son entretien avec madame Myrick.

— Elle m'a promis de contacter Tobias immédiatement. Je laisse mon portable allumé, il doit me rappeler.

— Qu'allez-vous lui dire ?

— Je n'en ai aucune idée. J'improviserai.

— Qui était au courant de votre rendez-vous avec lui ?

— Personne.

— Il y a forcément quelqu'un.

— Lucy Myrick m'a appelée hier soir pendant que je prenais mon bain. Jem et moi avons répondu...

Leurs regards se croisèrent, s'accrochèrent comme deux aimants.

— Hennings était là?

— Il m'a demandé qui avait téléphoné.

— Vous lui avez dit?

— J'ai inventé une histoire.

Une petite lueur s'était allumée dans les yeux de Chief. La sonnerie du téléphone l'empêcha de poser la question qui lui brûlait les lèvres.

Melina vérifia promptement le numéro qui s'affichait sur l'écran. Il lui était inconnu. Parfait. Ce n'était pas Jem. Elle n'avait absolument aucune envie de lui parler. Elle décrocha à la quatrième sonnerie.

— Allô?

— Mademoiselle Lloyd. Agent Tobias.

— Je m'excuse de vous avoir raté.

— Je suis arrivé à neuf heures.

— Trop tard manifestement.

— Comment allez-vous?

— J'ai connu mieux.

— Que s'est-il passé ce matin? Je suis entré chez vous. J'ai vu des taches de sang, un désordre indescriptible. Etes-vous blessée?

— Non.

— Et le colonel Hart? Il n'a rien?

Elle marqua une pause et glissa un regard en coin à Chief qui tentait de suivre leur conversation. Devant son haussement de sourcils interrogateur, elle secoua doucement la tête.

Inquiet de son silence, Tobias affermit le ton de sa voix.

— Il faut que je vous voie. Dites-moi où vous vous trouvez.

— Pas encore. Pas tant que vous ne m'aurez pas expliqué pourquoi vous vous intéressez à la mort de Gillian.

— Parce qu'elle était une des patientes de la clinique Waters.

— La clinique a une nombreuse clientèle. Le seul intérêt de ma sœur, c'est qu'elle a été poignardée cette semaine. Pourquoi l'honorez-vous de votre attention, monsieur Tobias ?

— C'est ce que je suis en train de chercher.

— Vous devez avoir une idée.

— Pas pour l'instant.

— L'assassinat de Gillian vous a lancé sur une piste.

— Des meurtres en séries, confessa-t-il après une hésitation.

— Vous croyez que Dale Gordon était un serial killer ?

— Non. Nous avons vérifié, répondit-il patiemment.

— Le point commun entre toutes les victimes est la clinique Waters ? C'est ça ?

— Peut-être mais ce n'est pas aussi tranché. L'une des femmes assassinées consultait dans un cabinet privé, une autre dans un établissement franchisé à la réputation solide. Par contre, il y a une similitude frappante entre le cas de votre sœur et celui d'une jeune fille d'Oakland, en Californie : toutes deux avaient subi une insémination artificielle quelques jours avant leur mort. Les suspects se sont suicidés avant d'avoir pu être interrogés par les autorités.

— Mon Dieu, murmura-t-elle d'une voix tremblante. Combien y a-t-il eu de crimes ?

Il ne se donna pas la peine de répondre. Ils restèrent silencieux un instant. Chief l'interrogeait d'un air suppliant.

Enfin, Tobias reprit :

— C'est tout ce que je peux vous dire pour l'instant, mademoiselle Lloyd. Il faut que nous nous voyions avec l'agent Patterson. Laissez-nous...

— J'ai essayé une fois. Ça n'a pas marché.

— Qui vous a rendu visite ce matin ?

— Je ne sais pas. Vous les connaissez ? Vous leur avez demandé leurs noms ?

— Demandé ?

— Quand vous êtes entrés chez moi ?

— La maison était vide, mademoiselle Lloyd.

— Ils étaient partis ? s'exclama-t-elle.

Chief se redressa brutalement.

— Partis ? grommela-t-il.

— Quand vous avez quitté votre domicile, ces hommes étaient encore là ? s'enquit Tobias, fébrile.

— Oui. Inconscients. Sur le carrelage.

Tobias rumina l'information quelques secondes puis lui demanda de décrire les deux individus. Elle lui fournit une description approximative en consultant Chief du regard. D'un hochement de tête, il lui donnait son aval.

— Au début, je suis tombée dans le panneau, expliqua-t-elle à Tobias.

— Et ensuite ?

— J'ai compris. J'ai fait ce qu'il fallait pour me protéger et pouvoir m'enfuir.

— La cuisine avait l'air d'avoir essuyé une tornade. Il y avait du sang sur la moquette de la chambre.

Elle expliqua qu'elle s'était coupé le talon.

— Vous avez dormi le pied couché sur l'oreiller ?

— Pardon ?

— Il y avait des taches sur le lit de la chambre d'ami.

Ainsi qu'un long cheveu noir et raide. Je présume qu'il appartient au Colonel Hart.

Elle fit mine de ne pas avoir entendu.

— J'ai consulté le dossier de Lawson, mademoiselle Lloyd. Je sais que Hart a passé la nuit avant le meurtre avec Gillian. S'étaient-ils déjà rencontrés auparavant ?

— Lawson vous a mis au courant ? Je croyais que son enquête était close.

— Je l'ai rouverte. Officiellement.

— Je vois.

— Ça vous gêne ?

— Je reprendrai contact avec vous.

Elle raccrocha sans ménagement et lança son portable à l'autre bout de la pièce comme s'il lui brûlait les mains.

— Que se passe-t-il ?

Chief semblait tendu.

— Ils poursuivent l'enquête, gémit-elle avec une agitation exagérée. Dieu merci, son corps a été incinéré. Sinon, ils l'auraient probablement exhumé. Oh ! Au fait, il sait que nous sommes ensemble.

— A qui téléphonez-vous ?

Elle avait bondi pour récupérer son téléphone et martelait les touches avec frénésie.

— Clunkers.

— Clunkers ?

CHAPITRE 23

— J'ai retrouvé sa trace, annonça Jem à monsieur Hancock. Mes hommes sont en train de la suivre. S'il vous plaît, prévenez Frère Gabriel que j'ai la situation en main.

Jem était piqué de ne pouvoir s'adresser directement à Sa Grandeur.

— Je l'en informerai dès que sa réunion aura pris fin. Il ne sera pas surpris d'apprendre que tout est arrangé. Il a une grande confiance en vous, monsieur Hennings.

— Malheureusement, l'autre nouvelle est nettement moins bonne.

Jem pria pour que l'assistant perçoive la note de tristesse qui perçait dans sa voix. Il fut exaucé.

— Il y a un problème ?

— Il y a une chose que Frère Gabriel devrait savoir. Ainsi, il pourra prendre ses précautions avant d'agir.

— Allez-y.

— Christopher Hart est toujours avec elle. (Il marqua une pause pour donner à sa phrase une puissance dramatique puis poursuivit.) Pour l'instant, ils sont réfugiés dans la chambre d'un motel. Je suis persuadé que Frère Gabriel arrivera à la même conclusion que moi. Melina n'a pas le profil adéquat pour le Programme.

Monsieur Hancock prit une mine de circonstance et l'assura qu'il transmettrait son message.

— Je ne mets pas en doute le jugement de Frère Gabriel, temporisa Jem sans craindre d'avoir l'air contradictoire, mais je me demande si cette approche timide est la meilleure.

Quelques heures plus tôt, il avait dû annoncer le nouvel échec de Joshua, expliquer que l'astronaute avait passé la nuit chez Melina et la bagarre qui avait eu lieu. Inquiet devant l'enquête menée par le FBI, Frère Gabriel lui avait ordonné de ne prendre aucune initiative sans son consentement. Il jouait la prudence. Jem avait beau comprendre cette attitude, il brûlait d'envie de se venger de Hart ainsi que de Melina qui avait eu le toupet de l'éjecter de chez elle.

Monsieur Hancock reprit la parole d'un ton onctueux, sans se mouiller.

— Dès que Frère Gabriel optera pour une stratégie, vous en serez informé, monsieur Hennings.

— J'attendrai.

Jem raccrocha, rasséréné. Ce n'était pas une victoire totale mais il avait pu faire valoir son opinion sans être remis à sa place comme un malpropre. Le cas de Hart serait bientôt réglé — peut-être pas aussi brutalement qu'il le souhaitait — et il avait semé le doute sur Melina.

Son éventuelle participation au Programme serait-elle remise en cause? Physiquement, elle était parfaite. Mais sa conduite et sa valeur spirituelle laissaient à désirer. Elle avait toujours été plus débridée que Gillian. Elle se vantait d'avoir eu plusieurs amants, certains parmi ses clients célèbres.

Comment croire qu'elle ne coucherait pas avec Hart? C'était probablement déjà fait. Les images de leurs deux corps unis qui se formaient dans son esprit le bouleversaient. Il était positivement furieux. Comment avait-elle osé le repousser? Cette chienne devait attendre la visite de Hart! Parfait. Jem Hennings ne la pleurerait pas : il survivrait à sa disparition. Il était cependant de son devoir sacré d'avertir Frère Gabriel de sa perversion.

Le Ministère ne pardonnait aucune turpitude. Son bras

vengeur était sûr et foudroyant. Il était guidé par l'esprit du Tout-Puissant.

Hart et Melina rencontreraient le sort qu'ils méritaient. En temps voulu.

⁂

Chief grimaça derrière ses lunettes de soleil.

— Comment savez-vous qu'elle va sortir bientôt ?

— Je n'en sais rien. Mais la clinique ferme tous les jours entre 13 et 14 heures 30. Je suppose que le personnel part déjeuner.

Chief et Melina étaient assis sur un banc de fer forgé derrière un arbre de belle taille au feuillage automnal. Les feuilles étaient d'un rouge vif. Les pelouses vert tendre s'étiraient à perte de vue, séparées de-ci, de-là par de magnifiques massifs de fleurs et des dalles de ciment à la forme géométrique.

Le parc de forme carrée entourait le complexe médical qui se composait de bâtiments de trois étages. La clinique Waters était située au deuxième niveau.

Un chauffeur de taxi avait livré les effets personnels de Chief au motel. A son grand déplaisir, l'homme avait ironisé sur son nouvel hébergement.

— Vous êtes à court de fric, c'est ça ? avait-il ricané avant de railler son visage tailladé. Vous vous êtes fait massacrer, hein ?

— Il me reste assez d'argent pour vous payer.

— Ça fait vingt-deux dollars.

— Trente-cinq et vous ne m'avez jamais vu.

— Quarante et j'oublie ma propre mère.

Après s'être douché, Chief avait changé de vêtements. Il se sentait beaucoup mieux même si sa joue entaillée se rappelait constamment à lui. Contre l'avis de Melina, il avait choisi d'enlever son pansement, estimant que sa blessure était suffisamment cicatrisée. La plaie n'était pas belle à voir. Son œil enflé le brûlait malgré ses verres teintés.

Il était d'une humeur de chien. Pas étonnant avec ce qu'il avait enduré depuis 24 heures. Mais Melina ? Comment expliquer son attitude ? Depuis sa conversation avec Tobias, elle sursautait au moindre bruit et était déterminée à fuir sans laisser de traces. Ils avaient quitté le motel dont il avait réglé la note en liquide à leur arrivée et abandonné leur voiture sur place.

— On ne va pas aller bien loin dans ce tas de ferraille, l'avertit Chief en entassant ses affaires sur la banquette arrière du véhicule qu'ils s'étaient procuré chez Clunkers.

Cette société de location proposait des automobiles bon marché, vieilles comme Mathusalem, soi-disant garanties.

— Le patron de la boîte est un ancien copain d'école de Gillian et moi, expliqua Melina. Nous sommes restés en contact et il me doit un service.

— Qu'avez-vous fait pour lui ?

— Vous vous souvenez de la Playmate de Playboy de l'année dernière ?

— Bien sûr. Comment l'oublier ?

— J'ai travaillé pour elle quand elle est venue à Dallas. J'ai obtenu à mon pote un exemplaire du magazine dédicacé.

— Vous n'avez pas dû avoir trop de mal. Elle a dû en signer des milliers.

— Oui, mais pas avec l'inscription griffonnée là où je pense disant :

« Tu es là ».

— Ah !

Elle avait proposé à son ami de lui régler un acompte pour plusieurs jours quand il avait livré le tacot.

— T'en fais pas. On verra ça plus tard, avait-il déclaré avant de l'assurer qu'il ne révélerait leur transaction à personne.

En quittant le motel, Chief lui avait arraché les clés de contact des mains.

— Il vaut mieux que ce soit moi qui conduise ce tas de ferraille.

— Je suis une excellente conductrice et je connais la route.

— Je suis bien meilleur que vous. Vous n'avez qu'à m'indiquer le chemin.

Il s'était installé d'autorité au volant, mettant un terme à la discussion.

Elle surveilla son rétroviseur pendant tout le trajet, anxieuse d'y apercevoir un gyrophare. Elle avait planqué sa Lexus sur le parking du motel, entre deux dix-huit tonnes de façon à ce que les flics qui étaient à ses trousses ne la débusquent pas. Maintenant, dans le parc, elle suivait les faits et gestes des passants avec une nervosité non dissimulée.

Sa peur était contagieuse.

— Sommes-nous en train de commettre un acte illégal ? demanda-t-il. J'aimerais le savoir avant de me retrouver au tribunal.

— Je ne sais pas. Est-ce un délit de fuir le FBI ?

— De refuser de témoigner ?

— C'est interdit ?

— Oui, ça s'appelle faire obstruction à la justice.

— C'est que nous faisons ?

— Vous avez le même genre de culottes.

Elle pivota vers lui, éberluée.

— Quoi?

Pourquoi dissimulait-elle ses yeux derrière des verres fumés? Gillian avait la même manie. Il se rappelait son impatience de découvrir la couleur de son regard.

— Quand j'étais dans la salle de bains, j'ai remarqué que vous aviez suspendu votre slip et votre soutien-gorge sur le bord de la douche. Gillian en portait d'identiques.

— Nous avions la même acheteuse personnelle.

— Je m'en doutais.

La conversation mourut. Au bout de quelques secondes, Melina la relança :

— On essaie d'échapper au danger et vous ne trouvez que ça à dire.

— C'est juste une observation. Pour tuer le temps.

— Mes sous-vêtements vous aident à patienter? C'est trop fort!

— Ça m'est venu à l'esprit par hasard. Je n'ai jamais trouvé de lingerie sur une tringle à rideau. C'est une expérience inédite.

— Vous n'avez jamais vécu avec une femme?

— Non.

— J'aurais cru le contraire.

Il secoua la tête.

— Et vous?

— Non.

— Tant que je serai votre compagnon de chambrée, je vous promets d'essayer de ne pas oublier de rabattre le couvercle des toilettes.

Elle gloussa.

— Merci. J'apprécie.

Les accents de son rire, ses mouvements de tête, l'ombre dorée sur sa gorge, son sourire... Chief avait mal rien qu'à la regarder et devait faire un effort pour ne pas la toucher. Il était heureux de constater qu'elle ressemblait à Gillian parce qu'il avait tout aimé chez la jeune femme. Son visage, sa silhouette, son grain de peau, sa bouche, elle n'était que séduction. Dès l'instant où il l'avait vue, il avait eu envie de la dévorer avec gourmandise. Il aimait bien Melina également et pour cette raison, aurait souhaité qu'elle soit différente de sa sœur. C'était déconcertant, curieux, de craquer pour deux femmes quasiment identiques.

Il avait du mal à oublier qu'elle n'était pas Gillian. Ce n'est pas Melina qu'il avait bercée dans ses bras, chaude et ronde ; pas elle qui lui avait murmuré d'une voix ensommeillée :

« Chief? Je n'aurais pas raté ça pour tout l'or du monde ».

Il avait attiré Gillian contre lui et l'avait embrassée sur l'épaule sans savoir que ces mots étaient les derniers qu'il l'entendrait jamais prononcer. Pour finir, ils s'étaient endormis. Il s'était réveillé seul le lendemain matin, déterminé à retrouver le son de sa voix et les traits de son visage. Aussi souvent qu'il le pourrait.

— La voilà ! s'écria soudain Melina.

Un groupe de gens transportant du matériel médical poussait les portes à tambour de la clinique Waters.

— C'est la femme aux cheveux gris? Je me souviens l'avoir vue vous parler à l'issue de la cérémonie.

En voyant Linda Croft quitter ses collègues de travail et se diriger vers le garage construit dans une aile du bâtiment, Melina sauta sur ses pieds.

— Allons-y !

Linda Croft détestait les parkings souterrains. Dans les films, c'était le lieu idéal pour toutes sortes d'agressions.

Effrayée de se retrouver seule au premier sous-sol, elle déverrouilla en hâte sa portière de voiture et sursauta, terrorisée, en voyant s'approcher la jeune femme et Chief.

— Madame Croft, je suis Melina Lloyd. Vous vous rappelez de moi?

L'employée de Waters plaqua une main dodue contre sa poitrine pour contenir les battements de son cœur.

— Bien sûr, mademoiselle Lloyd.

Melina ôta ses lunettes de soleil.

— Désolée de vous avoir fait peur.

— J'ai craint un instant de me faire agresser, lâcha-t-elle en regardant Chief droit dans les yeux. Je suis ravie que ce soit vous.

— Voici le colonel Hart, annonça Melina. Colonel Hart, Linda Croft.

— Je vous avais reconnu, je vous ai aperçu à l'église. C'est un plaisir, Colonel Hart.

— Pour moi aussi.

— Qu'est-il arrivé à votre visage? Si je ne suis pas indiscrète.

— J'ai été attaqué dans la rue, la nuit dernière.

— C'est horrible! Vous a-t-on dérobé quelque chose?

— Juste mon amour-propre, ironisa-t-il.

Linda lui rendit son sourire.

— Peut-être avez-vous un rendez-vous. J'espère que nous ne vous mettons pas en retard? s'enquit Chief poliment.

— Je rentre chez moi pour regarder la télévision et nourrir mes chats.

— Nous ne vous retiendrons pas longtemps, l'assura Melina. J'ai simplement un renseignement à vous demander. A propos d'un sujet dont vous m'avez parlé après la messe.

Linda Croft pencha la tête d'un air interrogateur. Melina se jeta à l'eau :

— Vous m'avez fait remarquer que deux patientes de la clinique avaient été victimes d'un crime. Gillian a été tuée et un bébé a été kidnappé.

— Celui des Anderson.

— Le Colonel Hart et moi sommes impressionnés par cette coïncidence.

Le regard de Linda passa de l'un à l'autre.

— Que voulez-vous dire par impressionnés ?

De toute évidence, elle se méfiait. Ils n'obtiendraient rien de cette façon. Mieux valait changer de tactique. Pourvu que Melina s'en aperçoive, se dit Chief. La jeune femme parut lire dans ses pensées. Elle embraya de nouveau :

— Les Anderson ont dû souffrir le martyre. Je voudrais les rencontrer et leur offrir mes condoléances. Je comprends pleinement maintenant ce qu'ils ont ressenti. Je me sens solidaire de leur chagrin.

— Oh, et bien...

— Alors, je me demandais si vous pourriez m'aider à les contacter.

— Vous voulez que je vous donne leur adresse ?

— Ou leur numéro de téléphone. Je pourrais faire la recherche moi-même mais j'ai oublié le prénom de monsieur Anderson.

Chief passa son bras autour de ses épaules et l'attira à lui.

— Je crois que, sans le vouloir, nous avons placé madame Croft dans une situation embarrassante, Melina, dit-il.

Comprenant à demi-mot, elle se reprit :

— Oh, Seigneur, j'ai été maladroite. Dites-moi la

vérité : peut-être n'avez-vous pas le droit de nous renseigner ?

— J'en ai peur, s'excusa Linda Croft, visiblement bouleversée de leur opposer un refus. Notre déontologie professionnelle nous interdit de parler de nos patients ou de révéler des informations. Ce serait violer leur intimité. L'aide que nous leur apportons est intime, personnelle. Je suis persuadée que vous comprenez qu'elle exige la confidentialité.

— Evidemment.

Chief sentit le corps de Melina trembler contre le sien. Sa déception était palpable.

— Mais puisque le kidnapping a fait la une des journaux, insista-t-elle.

— Les Anderson ont veillé à ne pas divulguer leur adresse et leurs prénoms aux médias.

— Je comprends ça. J'aurais souhaité autant de discrétion à la mort de Gillian. (Elle lui adressa un sourire attristé.) Peu de gens comprennent le deuil que j'ai subi. J'ai perdu à la fois Gillian et l'enfant qu'elle portait peut-être. Mon espoir d'avoir un jour un neveu ou une nièce a disparu avec elle. J'ai cru que je pourrais partager ce sentiment avec quelqu'un qui aurait vécu... (Elle fit mine de respirer avec difficulté et marqua une pause pour reprendre son souffle.) Je suis désolée de vous avoir dérangée, madame Croft. Pardonnez-moi de vous avoir mise dans l'embarras. Vous avez été très gentille de venir aux funérailles de Gillian. Nous allons partir. Je m'en voudrais de vous faire rater votre émission de télévision. Merci.

— Au revoir, madame Croft, glissa Chief à son tour en effleurant rapidement la main de la femme. Ce fut un plaisir de vous rencontrer.

Ils firent demi-tour et s'apprêtaient à s'éloigner quand madame Croft les rappela :

— Je leur envoie régulièrement des cartes postales.

Ils se retournèrent lentement. Linda Croft se mordillait la lèvre inférieure avec nervosité.

— Pour leur remonter le moral. Je leur écris des petits mots de réconfort du style : Je pense à vous ; Ayez du courage ; Le bonheur va vous sourire bientôt. Les Anderson n'oublient jamais de me remercier. Ils vivent toujours à la même adresse. Je l'ai notée dans mon agenda. Vous n'avez qu'à me suivre jusque chez moi.

Sa maison se trouvait dans un quartier de Dallas que l'on avait surnommé « M Streets » parce que tous les noms de rues commençaient par la lettre M. Cette ancienne zone résidentielle était redevenue à la mode depuis quelques années grâce à l'installation de célibataires fortunés et de familles avec enfants qui rachetaient les villas à la mort de leurs propriétaires.

Le cottage de Linda Croft était flanqué de deux bâtisses fraîchement rénovées. Il faisait penser à une vieille douairière luttant pour conserver sa dignité.

— La maison de Blanche Neige, rêva Melina d'un air absent quand ils se garèrent devant le portail.

Debout sous le porche, Linda Croft leur faisait des signes de la main. Elle déverrouilla la porte d'entrée de forme gothique, encadrée par deux fenêtres à meneaux.

— Allez-y, Chief. Elle vous mange dans la main, suggéra Melina dans un sourire.

— Question d'alchimie entre les deux sexes, plaisanta-t-il.

— Ça tient à vous. Ça ne marche pas aussi bien avec tout le monde.

Chief remonta l'allée en courant. Linda Croft avait déjà disparu à l'intérieur.

— Maman est rentrée, mes chéris! appela-t-elle à grands cris avant d'ajouter : entrez, Colonel Hart.

Il pénétra directement dans le salon qui croulait sous les photos de famille et les coussins brodés. Des litières disposées un peu partout dégageaient une odeur âcre. Une demi-douzaine de chats vinrent se frotter contre ses jambes, enroulant leurs queues autour de ses tibias.

Linda Croft apparut et lui tendit une feuille de papier quadrillé, arrachée à un cahier, sur laquelle étaient écrites quelques lignes à l'encre violette.

— C'est contraire au règlement mais j'ai pitié de Mademoiselle Lloyd, dit-elle. Elle a le cœur brisé par la mort de sa sœur. J'estime que les individus sont plus importants que les codes déontologiques. Une conversation avec des gens dans le chagrin l'aidera peut-être.

— Melina apprécie énormément votre geste. Moi également. Merci.

Elle lui serra la main et la retint entre les siennes plus longtemps que l'exigeait la politesse.

— Vous me rappelez feu mon mari.

— C'était un homme chanceux.

Elle rougit et son visage parut transfiguré.

— Il était très beau. Il avait du sang indien. Cherokee, renchérit-elle en souriant. Je n'aurais jamais pensé recevoir une célébrité comme vous dans mon salon.

— C'est un honneur pour moi.

Chief la salua avec courtoisie et dévala à la hâte les marches du perron. Il descendait l'allée quand elle le héla :

— Faites attention à votre blessure. Elle risque de laisser une cicatrice.

Il monta en voiture et offrit le bout de papier à Melina. Après quoi, il resta un long moment, pensif, l'œil fixé sur le pare-brise.

— Qu'y a-t-il? demanda la jeune femme.

— Je me sens merdeux.

— Voulez-vous une autre aspirine?

— Ce n'est pas physique. Je déteste l'idée de l'avoir manipulée de cette façon.

— Je comprends votre sentiment, soupira-t-elle. J'ai l'impression d'avoir abusé la gentille fée de Cendrillon.

— Oh, merci beaucoup. Ça me remonte le moral.

Chief démarra. Ils n'étaient qu'à quelques pâtés de maison du club devant lequel il avait abandonné son véhicule. Sa voiture de sport lui manquait et il fut tenté d'aller rôder près du parking pour voir si elle était toujours là, intacte. Comment pourrait-on les reconnaître dans ce maudit tacot? Cette vieille guimbarde n'avait rien d'une automobile, à part les roues et la carrosserie. Non. Il ne pouvait pas prendre ce risque.

Résistant à la tentation, il fit le tour du bloc et gagna la voie express.

— Nous n'avions pas le choix, continuait Melina sur sa lancée. Notre démarche va peut-être éviter un autre meurtre ou un enlèvement d'enfant.

— C'est pour ça que vous menez cette enquête en solo? Pour prévenir d'éventuels crimes?

— N'est-ce pas une motivation suffisante?

— Elle est très noble, renchérit-il en lui lançant un coup d'œil. Mais êtes-vous sûre que vous n'obéissez pas à un désir de vengeance?

— Oui, je ne le nie pas, coupa-t-elle d'une voix glaciale.

*
**

— C'est quoi cette poubelle?

Tobias fronça le nez de dégoût. Il avait déjà passé au crible des dizaines de taudis bien plus répugnants que l'appartement de Dale Gordon, mais là, il avait envie de vomir.

— C'est plein de conneries sur le Jugement Dernier, expliqua le lieutenant Lawson en le voyant feuilleter d'un air abattu un magazine chiffonné, couvert de dessins censés illustrer la fin du monde.

Décapitations. Eviscérations. Des bébés empalés sur des épées.

— Gordon croyait dur comme fer à l'Apocalypse, reprit-il. Je vous ai parlé de ses coups de fil à Frère Gabriel.

Après avoir quitté la société de courtage dans laquelle travaillait Hennings, Tobias et Patterson avaient retrouvé le policier chez Melina et lui avaient relaté la bagarre avec les deux faux agents du FBI.

Lawson s'en était montré chagriné. Il avait admis à contrecœur qu'il s'était fait avoir par l'accumulation d'indices matériels retrouvés chez Gordon. L'affaire n'était pas aussi simple qu'il l'avait cru. Il avait suggéré alors aux deux fédéraux de passer de nouveau au crible le studio de l'assassin dans l'espoir de trouver une nouvelle piste.

Tobias avait entendu parler de Frère Gabriel et connaissait ses émissions.

— La plupart des églises traditionnelles s'en méfient et considèrent son mouvement comme une secte, expliqua-t-il.

— C'est peut-être vrai, conjectura Lawson. Possible

aussi qu'elles soient jalouses de sa réussite. Il a des fidèles partout. En Europe. En Asie. En Afrique. Il est incontournable.

— Vous avez fait des recherches sur lui ?

Tobias était impressionné par le travail qu'avait fourni Lawson. Sous ses dehors de vieux ruffian, il était plus astucieux qu'il en avait l'air.

— J'ai cherché à comprendre la fascination que Gordon éprouvait pour Frère Gabriel. Les Conseillers du Temple qui prennent les appels téléphoniques m'ont appris qu'il s'était rendu odieux à force de les bombarder de messages. Enfin, c'était dit avec plus de tact. Avec leur charabia Peace and Love, ils ne sont pas du genre à dénigrer un adepte, surtout un mort. D'après eux, Gordon était terrifié par l'Armagedon.

— Je ne suis pas un spécialiste de la question mais je lis régulièrement les rapports de nos experts maison. Dale Gordon a le profil type de l'endoctriné. Un manque de confiance en lui. Socialement marginalisé. Frère Gabriel représentait pour lui l'image du père, du sauveur, quelqu'un qui l'aimait et l'acceptait tel qu'il était. En rejoignant le mouvement, il est entré dans une famille. Il y a trouvé immédiatement une identité. Il lui a voué entièrement sa vie.

— Pas entièrement, s'écria Patterson en s'approchant de Lawson. (Il brandissait une pochette de photos.) Je les ai trouvées sous les lattes du lit. Vos gars ont dû passer à côté.

Le policier émit un grognement. Il travaillait déjà depuis des dizaines d'années quand Patterson était venu au monde. Comme tous les flics, il n'aimait pas beaucoup les agents du FBI qui avaient une fâcheuse tendance à débarquer comme des cow-boys, empiétant sur leur domaine pour fourrer le nez dans leurs dossiers.

Dans l'espoir de désamorcer l'hostilité naissante, Tobias se montra diplomate.

— Comment ne pas oublier quelque chose dans cette pagaille ? Qu'avez-vous trouvé ?

Avec tact, Patterson divisa le paquet de clichés en deux tas et les distribua aux deux hommes.

— Des femmes. Des femmes nues.

Tobias feuilleta la liasse en proie à un profond dégoût.

— Il aimait le porno, ce salaud !

Les modèles avaient été manifestement photographiés à leur insu. Certaines portaient des blouses blanches d'infirmières. D'autres étaient complètement nues. Toutes étaient jeunes et paraissaient en bonne santé.

— Il les a prises à la clinique, expliqua Lawson, grâce à un orifice qu'il avait percé dans le mur de son laboratoire. Ce doit être des patientes. Nous avons trouvé deux photos de Gillian quasiment identiques. L'une était posée sur l'autel.

— Autel, mon cul, marmonna Patterson. J'espère pour cette ordure que Dieu est d'humeur à pardonner.

Tobias arqua le sourcil devant la grossièreté de son collègue et le fusilla du regard sans pour autant le réprimander.

— Gillian Lloyd n'était donc pas la seule obsession de Gordon ?

Lawson haussa ses épaules musclées.

— En quoi consistait exactement son travail ? s'enquit Patterson.

— Ça va vous couper l'appétit, avertit le policier en guise de préambule. Ça n'a rien de réjouissant.

Les deux agents le considérèrent en silence.

— Gordon était andrologue, commença Lawson. Avant cette affaire, je n'avais jamais entendu ce mot-là. J'ai été obligé de chercher dans le dico. C'est le nom qu'on donne aux techniciens de laboratoire qui bossent dans les banques de sperme et les cliniques spécialisées contre la stérilité. Ils s'occupent du stockage, de la congélation et du lavage des échantillons. Ils les préparent en vue d'une insémination artificielle in vitro ou intra-utérine. (Il poussa un soupir, leur laissant le temps d'imaginer la scène.) Maintenant que je le connais, ça me rend malade d'imaginer qu'il manipulait... des semences. Vous voyez ce que je veux dire?

— Ouais, je vois, répondit Tobias avant de s'interrompre, le visage éclairé d'un large sourire. J'entrevois également autre chose.

— On va se payer la clinique? s'exclama Patterson.

Tobias le considéra, amusé.

— Il vaut toujours mieux s'adresser au bon Dieu qu'à ses saints.

CHAPITRE 24

George Abbott se rongeait les ongles jusqu'au sang en faisant les cent pas.

— Je ne comprends pas pourquoi?

— Je te l'ai déjà expliqué.

Dexter Longtree mesurait la longueur du bureau vide à l'aide de ses bottes, relevant le métrage pas à pas, de la pointe du pied au talon et du talon à la pointe du pied.

— Pardonne-moi, Dexter, rétorqua Abbott avec un rire

nerveux. Je n'ai pas confiance comme toi dans mon Moi spirituel. Je ne crois ni aux rêves ni aux visions. Je laisse ces foutaises aux vieux de la tribu.

Longtree releva la tête et lui lança un coup d'œil courroucé.

— Sans vouloir t'insulter murmura Abbott, gêné.

— Je ne me sens pas visé, asséna l'autre sans se départir de son calme tout en continuant de prendre ses mesures.

Arrivé à l'autre bout de la pièce, il sortit un stylo et un papier de la poche de sa veste et griffonna quelques chiffres. Le relevé n'était pas très précis mais c'était suffisant pour prévoir le tracé du futur quartier général du PIA.

— Je suggère qu'on le titille un peu plus, suggéra Abbott.

— C'est inutile.

— Si on laisse passer trop de temps, il oubliera le PIA. Profitons-en pendant que c'est frais dans son esprit. On est sur le point de démarrer, c'est le moment de lui coller la pression.

— Nous lui avons tout dit.

— Hart est poursuivi en permanence par des raseurs qui lui demandent des faveurs. Ecrire un livre. Faire un discours. Visiter une école. Signer des autographes. Il ne peut pas accéder à toutes ces sollicitations, alors son premier réflexe est de dire non. (Il fit claquer ses deux mains l'une contre l'autre.) Je t'assure, Dexter. Avec un type pareil, il faut insister.

Longtree acheva de dénombrer les prises électriques et reporta le chiffre sur sa feuille.

— Hart refuse d'être courtisé.

— Bon sang, tout le monde adore ça, argumenta

Abbott en s'attaquant à un autre ongle. Si on allait à Houston ? On partirait demain. Ou après-demain au plus tard. Il faudra prendre la voiture. On est trop fauchés pour se payer l'avion. On pourra s'arrêter pour la nuit, à l'aller et au retour.

On l'invite à déjeuner. Il y a de superbes endroits par là-bas, avec des nappes blanches, du vin blanc. Faut le convaincre qu'on n'est pas des sauvages. On lui fait notre petit numéro de séduction. (Il darda un coup d'œil inquiet à Longtree.) Je suppose que tu refuses toujours de te faire couper les cheveux ?

Longtree avait écouté Abbott sans cacher son amusement.

— C'est du temps perdu, George. Christopher Hart va venir nous trouver.

Abbott laissa tomber sa main.

— Venir nous trouver ? *Nous* ? Tu parles du même type que moi ? (Sa voix grimpa d'un ton, se perdant dans les aigus.) Il n'avait qu'une hâte, se débarrasser de nous !

Longtree lisait dans les pensées de son compagnon. Abbott était en train de se dire qu'il y avait du vrai dans ce qu'on racontait, qu'il n'y avait pas de fumée sans feu. Le chef Longtree avait la réputation d'un personnage puissant. Fort. Passionné. Déterminé. Intimidant. Hélas, parfois, il perdait la boule et délirait comme un malade. Les gens vissaient leur doigt sur leur tempe et secouaient la tête d'un air navré.

« C'est à cause du drame qu'il a vécu », radotaient les anciens, « parfois, ça le reprend ».

Abbott était trop jeune pour avoir assisté à la tragédie mais il avait entendu raconter maintes fois comment Longtree avait sombré dans la folie. Le vieil Indien avait lentement remonté la pente mais il avait tendance aux rechutes. Pas de doute, Abbott assistait à une récidive. Le mal qui rongeait l'aïeul venait de refaire surface. D'accord. Il ne fallait pas le contrarier.

— George, rien ne convaincra Christopher Hart de se joindre à nous. Quoi qu'on dise, il prendra sa décision au moment opportun. Tout seul. Ça viendra des profondeurs de son être.

Abbott ne l'écoutait pas. Il avait trouvé une nouvelle idée.

— Nous pourrions augmenter sa rétribution. Lui donner un meilleur salaire.

— Notre offre était équitable et raisonnable.

— Et si on lui offrait une prime à la signature comme pour les sportifs professionnels? Le problème, c'est que je ne sais pas où on prendra l'argent. La caution de l'immeuble va nous mettre sur la paille. Peut-être devrions-nous attendre avant de le louer.

— Le cas Hart n'est pas d'ordre financier.

— Non, il refuse d'assumer ses origines. (Il recracha une rognure d'ongle.) Il a beau ressembler à un Indien, il est blanc à l'intérieur. J'adorerais pouvoir lui dire d'aller se faire voir, à ce salaud.

Longtree lui adressa un pâle sourire.

— Excellente suggestion, George. Très persuasif. Je suis sûr que ça va le faire revenir.

Irrité, Abbott flanqua un coup de pied dans une canette vide abandonnée par un ancien locataire. Elle roula sur le sol nu.

— Tu as raison. Nous avons besoin de ce paon vaniteux. Ça me ramène à ce que je disais. Faut mettre la pression. A fond. Le travailler au corps, faire appel à sa conscience.

— Christopher Hart n'est pas un homme consciencieux.

Abbott poursuivait sa litanie sans prêter attention aux paroles de Longtree.

— Comment y parvenir ? Il faut lui dégoter un avantage en nature qui ne nous coûte rien. Une indemnité de logement. Ou une voiture ? C'est ça ! Une voiture. On pourrait peut-être demander à Fred Eagle de lui refiler un véhicule de son garage ?

— As-tu vraiment envie d'embaucher quelqu'un de vénal ?

La corruption, liée aux casinos et à l'obtention des permis de construire, qui sévissait dans les réserves était l'une des préoccupations majeures du futur PIA.

— En outre, à mon avis Hart est du genre incorruptible, reprit-il.

Abbott leva les mains en signe d'impuissance.

— Alors, que suggères-tu ?

— Allons au bureau de location verser la caution pour cet appartement avant qu'il nous file sous le nez.

— Sans un engagement de la part de Hart ? Tu veux continuer sans lui ?

— Nous le tenons, George.

— Comment le sais-tu ?

— Je le sais.

— Encore une de tes visions !

Ignorant le mépris qui perçait dans la voix de Abbott, Longtree se dirigea vers la sortie.

— Je le sais. Lui l'ignore encore. Mais ça viendra... Bientôt.

***

Jem Hennings descendit de sa voiture, indifférent au portier en uniforme qui s'était avancé pour lui tenir la portière. Il lui adressa un signe de tête rapide puis s'arrêta brutalement.

— Qui êtes-vous? Vous êtes nouveau?

— C'est mon premier jour, monsieur. Je m'appelle Harry Clemmet.

— Jem Hennings. 17 D.

— Oui, monsieur Hennings. Je suis à votre entière disposition. Si vous avez besoin de quelque chose, n'hésitez pas.

Il me lèche le cul pour ses étrennes de fin d'année, pensa Jem en traversant le hall. Il était presque parvenu à l'ascenseur quand Harry l'interpella :

— Vous êtes un homme rudement chanceux, monsieur Hennings.

Jem ne partageait pas ce sentiment. Sa journée avait été détestable. Il n'était vraiment pas d'humeur à se préoccuper du petit personnel. Mais la sagesse lui conseillait de se montrer aimable. On ne sait jamais : il pourrait avoir besoin du jeune gardien un jour ou l'autre. Il fit volte-face.

L'homme lui souriait d'un air stupide.

— Chanceux? s'étonna Jem.

— Oui, monsieur, j'ai rencontré votre fiancée.

Quel imbécile heureux! Comment pouvait-il avoir croisé Gillian s'il travaillait ici pour la première fois? Jem revint lentement sur ses pas.

— Comment? Quand l'avez-vous vue, Harry?

Déconcerté par le ton de Jem, Harry bredouilla :

— Ce... Cet après-midi. Quand elle est passée prendre des affaires pour vous.

***

— Nous devons prendre une décision, décida Chief en quittant l'immeuble de Jem.

— A propos de quoi? demanda-t-elle.

— De notre logement. J'en ai assez des motels pouilleux, Melina.

— Vous n'en avez habité qu'un seul.

— C'est un de trop.

— Il était propre, pourtant.

— C'est loin d'être suffisant.

Sur ces paroles définitives, il partit réserver des chambres dans un hôtel plus confortable qui restait néanmoins modeste selon ses critères.

— Vous n'avez pas utilisé votre carte de crédit, n'est-ce pas? lui demanda-t-elle quand il remonta en voiture.

— J'ai payé en liquide. L'employé a demandé le numéro de la plaque d'immatriculation.

— Vous le connaissiez?

— Non, j'en ai inventé un. Il n'a pas vérifié. Il m'a gratifié d'une courbette et m'a souhaité un agréable séjour. Il doit croire que nous sommes là pour passer du bon temps. Un petit coup rapide.

Effectivement. L'employé leur avait attribué une chambre avec un grand lit double. Aucun des deux n'émit la moindre remarque. Ils n'étaient même pas sûrs d'y dormir. Tout dépendrait des événements à venir. Au pire, il y avait un canapé dans l'entrée. Elle s'y installerait. Elle n'avait aucune envie de passer la nuit dans la même pièce que Chief. Elle était mal à l'aise rien que d'y songer.

Chief dégageait une séduction indéniable. Même la maternelle Linda Croft s'y était montrée sensible. N'importe quelle femme aurait nourri des espoirs romantiques en sa compagnie. Elle préférait éviter une trop grande intimité. Surtout en ce moment. Dans leur situation.

— Je vais me rafraîchir, annonça-t-elle en gagnant la salle de bains.

Quand elle réapparut quelques minutes plus tard, Chief était assis au pied du lit devant la télévision. Il lui fit signe d'approcher et monta le volume.

— C'est ce type, n'est-ce pas ? demanda-t-il.

Elle prit place à ses côtés.

— C'est lui.

Le visage de Frère Gabriel, auréolé d'une lumière dorée, emplissait l'écran. Avec son costume couleur crème, sa chemise bleu clair et sa cravate assortie, il irradiait la pureté innocente. Son regard limpide paraissait éclairé de l'intérieur.

— Il est beau, hein ? s'enthousiasma-t-elle.

— Ouais. Si vous aimez les blonds genre anglo-saxon.

Elle fronça les sourcils d'un air comique puis tourna son attention vers le poste.

— Vous vous sentez perdu et isolé au milieu de ceux qui affirment vous aimer, psalmodiait le prédicateur. Je comprends ce sentiment d'aliénation. Vos parents ne sont jamais satisfaits de vous. Les ordres de votre patron vous semblent déraisonnables. Vos enfants vous manquent de respect. Vos prétendus amis vous injurient et vous trahissent. Même votre épouse vous ridiculise et vous traite en être insignifiant. Ecoutez-moi, (Il modula l'expression de sa voix qui sonnait comme une caresse.) écoutez, mon enfant ! Si vous vous laissez porter par les mots qui coulent de mes lèvres, alors vous entendrez la parole divine. Je suis Celui qui vous aime. Ecoutez-moi car votre vie future en dépend. Votre Eternité.

Il marqua une pause pour garantir un effet dramatique et reprit avec emphase :

— A mes yeux, vous possédez une valeur immense. Je vous aime. Je veux vous protéger du dédain qui annihile votre vie. Du mépris de vos parents, de votre employeur, de votre professeur, de votre ami, de votre mari, de votre femme. Leurs déclarations d'amour et d'amitié sont mensongères. Mensongères, martela-t-il.

« Je veux vous conduire à moi, vous adopter. Ma famille est innombrable. Elle compte déjà des millions de membres. Je vous y ai réservé une place. Rien que pour vous. Si vous la refusez, elle restera inoccupée.

« Je sais ce que vous pensez. Vous vous dites : comment Frère Gabriel me connaîtrait-il ? Alors, entendez ma voix. Ces doutes sont l'œuvre du diable. Refusez-les. Fermez vos yeux et vos oreilles. Fille, fils, mes bien-aimés, susurra-t-il. Je vous connais. Je vous veux avec moi dans le nouvel ordre mondial.

— Le nouvel ordre mondial ? Qu'est-ce que ça veut dire ? questionna Chief.

— Chut ! siffla Melina en lui faisant signe de se taire.

Ils écoutèrent l'émission jusqu'à la fin. Frère Gabriel termina son prêche avec une bénédiction lyrique. Aussitôt, l'adresse de son site internet et son e-mail apparurent sur l'écran, avec en arrière-plan, une photo du Temple illuminé par un éblouissant coucher de soleil. Une voix off priait les téléspectateurs de commander des livres et des recueils de prières.

— Il a manifestement les réponses à tous les problèmes, s'étonna-t-elle.

— Ouais. Je me demande où il va chercher ça, renchérit Chief en coupant le son.

— Tous les Dale Gordon de la planète en sont dingues.

— Il n'est pas le seul, Melina. Certains de mes collègues à la NASA affirment qu'il a transformé leur vie.

— Vous plaisantez?

— Non. La fille d'un de mes confrères étudie dans son école.

— Comment des gens intelligents peuvent-ils croire qu'un seul homme détient la vérité?

— C'est facile, expliqua-t-il en haussant les épaules. Il leur dit ce qu'ils veulent entendre. Il fait appel à ce qu'il y a de pire en eux : la peur, le sentiment de rejet. Il les met en valeur en prétendant que grâce à lui, ils feront partie de l'élite.

— Incroyable! Terrifiant.

— Ça n'a rien d'étonnant mais je suis d'accord, c'est positivement effrayant. Hilter est la preuve vivante qu'un homme est capable d'exercer une influence illimitée sur les foules. Ils étaient très nombreux à croire qu'il avait raison. Regardez les gourous, les sectes. Ils fleurissent un peu partout.

Elle frissonna et serra les bras sur sa poitrine.

— Ce type ne se considère pas comme un prophète ou un simple pasteur, expliqua-t-il. Il se prend pour une divinité, il est habité par son dogme. Il affirme posséder le secret de la vie. Si vous le suivez, vous entrerez dans l'éternité.

Elle laissa échapper un petit rire nerveux.

— En un mot, il se croit supérieur à Dieu.

— Etes-vous croyante, Melina?

La douceur de sa voix l'arrêta. Elle le considéra, gravement.

— Oui. Et vous? questionna-t-elle.

— Je crois à la science.

Elle médita sa réponse un instant.

— Avez-vous toujours voulu être astronaute ?

— Dès mon plus jeune âge, j'ai été fasciné par l'espace, les planètes et la lune. Je lisais tout ce qui me tombait sous la main. Une nuit, quand j'étais enfant, je me suis enfui à vélo de la maison pour aller en pleine campagne admirer les étoiles. J'ai fixé le ciel pendant des heures, espérant apercevoir unc météorite, un ballon météorologique ou un satellite. Les premiers cosmonautes étaient mes héros. Oui, pour répondre à votre question, je crois que confusément, j'ai toujours souhaité faire ce métier mais j'ai longtemps cru que c'était sans espoir.

— Pourquoi ?

— Parce que je vivais dans une réserve.

— Et alors ?

— Les opportunités étaient limitées.

— Aujourd'hui, vous avez les moyens de faire changer les choses, non ?

Il la considéra avec attention.

— Que voulez-vous dire ?

— Pourquoi ne pas adhérer à cette organisation dont vous m'avez parlé ?

Il fronça les sourcils.

— Qu'est-ce qui vous en empêche ? insista-t-elle. Ce Longbush ?

— Longtree.

— Mettez-vous en doute sa moralité ?

— En partie. (Il haussa les épaules comme pour se débarrasser du poids de sa curiosité.) Je ne sais pas, concéda-t-il insatisfait.

— Vous devriez peut-être y réfléchir ?

— Ce n'est pas simplement à cause de lui.

— Alors quoi ? Il ne vous propose pas assez d'argent ?

— Non. D'après lui, j'aurais la possibilité d'avoir d'autres activités. Enfin, tant qu'elles n'iront pas à l'encontre de leur politique.

— Ça me paraît une excellente formule pour tout le monde.

— Pourquoi parler de ça? gémit-il. J'ai déjà pris ma décision. J'ai dit non.

— Manifestement, vous le regrettez.

— Qu'est-ce qui vous fait dire ça?

— Vous prenez la mouche, Chief. Vous êtes extrêmement susceptible sur la question. Si vous êtes si sûr de vous, pourquoi ce ton agacé? (Elle le défia du regard et il baissa la tête, embarrassé.) Craignez-vous d'être déçu ou trahi? Peut-être avez-vous peur de ne pas tenir vos engagements, conclut-elle d'une voix plus douce.

Il arrondit la bouche et émit un long sifflement.

— Ouch! Vous balancez des flèches bien acérées, Melina.

— Ah, Ah! Encore votre humour indien. (Elle l'étudia longuement.) J'ai raison? C'est ça n'est-ce pas?

— Quoi?

— Vous êtes un surdoué qui méprise l'échec, Chief, ironisa-t-elle. Vous devriez apprendre à vous pardonner. Après tout, qui n'a jamais commis d'erreur?

Il se pencha et approcha son visage du sien.

— Vous l'avez fait?

— Quoi?

— Vous vous êtes pardonnée?

Elle avala sa salive.

— Vous voulez dire pour avoir laissé Gillian prendre ma place, cette nuit-là?

— L'avez-vous fait?

— J'y travaille, répondit-elle avec franchise. C'est difficile. Je suis rongée par mon sentiment de culpabilité.

— J'admire votre honnêteté.

— Merci.

— Après cet aveu, je me vois forcé de me confesser à mon tour.

— Allez-y.

Il se carra au fond de sa chaise.

— Lors de ma dernière mission, j'ai fait une prière.

Elle resta silencieuse pour l'obliger à poursuivre. Il eut un haussement d'épaules involontaire.

— Pas vraiment comme celles qu'on entend dans les églises, se corrigea-t-il en indiquant du menton le poste de télévision. L'équipage était endormi. Je regardais par les hublots. L'immensité. Tout était si vaste, si...

Il marqua une pause, cherchant les mots pour décrire les sensations qui jaillissaient dans son souvenir.

— C'est si beau, Melina. On a presque l'impression d'être de trop. Minuscule et insignifiant. En même temps, on se sent lié à quelque chose de mystérieux qui vous dépasse. Quelque chose de plus grand que l'espace lui-même. Dieu peut-être... Alors... euh... il m'est venu à l'esprit une supplique, une envie de remercier Celui qui avait créé cet infini et qui m'avait offert le droit de l'admirer en silence. Voilà. C'est tout, conclut-il en la fixant.

— C'est déjà beaucoup.

Les yeux de Melina s'embuèrent. Elle battit des paupières, la gorge nouée. Après une confession aussi intime, elle n'oserait plus le tarabuster. Parviendrait-elle à lui faire comprendre à quel point elle était honorée de sa confidence? Mais elle était incapable de parler. Elle aurait souhaité toucher sa joue meurtrie, le supplier de ne plus avoir honte mais elle préféra se taire. Pourquoi avait-il tant de mal à assumer ses élans de spiritualité?

— Vous pouvez croire en la science et avoir la foi, Chief. Ce n'est pas antinomique, se contenta-t-elle d'affirmer.

— Oui, sans doute.

Il avala sa salive avec difficulté et se leva. Après avoir contourné le lit, il s'allongea de tout son long, ses bottes aux pieds, la tête sur l'oreiller et, ouvrant son portable, passa plusieurs coups de fil. D'abord à son bureau puis à sa messagerie personnelle. Manifestement, il n'y avait rien d'urgent car il ne chercha pas à contacter ceux qui lui avaient laissé un message.

Pour finir, il téléphona au Mansion et s'enquit des appels arrivés en son absence. Voyant qu'elle l'observait en silence, il lui jeta un coup d'œil par-dessus son épaule. Après quoi, il raccrocha.

— Tobias.

— Il a téléphoné?

— Lawson a dû lui dire où j'étais descendu. Il demande que je le contacte au plus vite. Il paraît que c'est important.

— Vous allez le rappeler?

Il secoua la tête.

— Non. Je n'ai pas envie d'être impliqué officiellement dans une affaire menée par le FBI. Les médias l'apprendront tôt ou tard. Il vaut mieux que je mène l'enquête avec vous, sans que ça se sache. Par contre, on devrait peut-être noter les coordonnées qu'il a laissées. On ne sait jamais.

Elle releva les chiffres qu'il lui dicta.

— C'est son portable.

— Vous vous en souvenez?

— Je suis imbattable à ce jeu-là. A ce propos, chez Jem, j'ai relevé des numéros dans l'annuaire de son GSM. Certains ne portaient pas de nom de correspondant. Il faudra les vérifier un par un. L'un d'eux nous mettra peut-être sur une piste. Je suis curieuse de savoir pourquoi Jem nous a envoyé ses gorilles.

— Vous êtes sûre que Hennings a écouté de bout en bout l'appel de Lucy Myrick ?

— Je ne vois pas qui d'autre aurait pu le faire. C'est forcément lui.

— A moins que vous n'ayez été mise sur écoute ?

Cette hypothèse était effrayante.

— Par qui ? Pourquoi ?

— Attention, je ne dis pas que c'est ce qui s'est passé. Je joue l'avocat du diable, je cherche des solutions.

Elle resta songeuse un instant puis secoua la tête avec obstination.

— Jem est impliqué dans cette histoire. Je le sais. Je le sens.

— Une intuition féminine ?

— Peut-être... En tout cas, j'en mettrais ma main au feu. Depuis qu'on a découvert le corps de Gillian, il se comporte de manière étrange. Rappelez-vous quand il a déclaré dans le bureau de Lawson qu'il avait toujours été opposé à cette insémination artificielle. Gillian m'a affirmé le contraire. D'après elle, c'est lui qui la poussait à avoir un enfant. A qui mentait-il ? A elle ou à nous ?

Elle leva les yeux au ciel attendant que Chief lui fasse signe de poursuivre.

— Autre chose ?

Elle rencontra son regard.

— Il ment également à propos des fiançailles. Je suis persuadée que Gillian m'en aurait parlé. C'est une certitude absolue. Jem a prétexté des excuses bidon pour expliquer cet engagement secret.

— A votre avis, cache-t-il autre chose?

— C'est ce qui m'ennuie.

— Vous pensez vraiment qu'il a joué un rôle dans l'assassinat de Gillian?

— Cette idée me fait horreur mais j'avoue qu'elle m'a traversé l'esprit, admit-elle.

Chief crispa la mâchoire. Elle rendit grâce au ciel de ne pas compter parmi ses ennemis, espérant ne jamais provoquer ses foudres. Son visage osseux était pâle comme de la cire, sa peau semblait tendue à craquer sur ses pommettes saillantes, faisant ressortir ses multiples bleus et entailles.

— Vous avez mal? demanda-t-elle, gentiment.

— Ça va.

— Vous êtes sûr?

— Oui.

Il la considéra, l'air appréciateur.

— Vous avez raté votre vocation.

— D'infirmière?

— De flic. Faut-il prévenir Tobias de vos compétences?

— Arrêtez!

Elle s'allongea à l'autre bout du lit et cala l'oreiller sous sa tête.

— Seigneur, je suis crevée.

— C'est fatigant de jouer les détectives.

Melina avait fouillé l'appartement de Jem, la peur au ventre, inquiète à l'idée de voir quelqu'un faire irruption. Finalement, ses craintes s'étaient révélées sans fondement. La police n'était pas intervenue et elle n'avait rien trouvé de compromettant.

— Je souhaiterais pouvoir démontrer la culpabilité de Jem. Je n'ai déniché aucun indice prouvant ses liens avec les brutes qui se sont présentées chez moi ce matin. S'il a quelque chose à cacher, il est sacrément prudent.

— Et dans ses livres?

— Il y avait juste des magazines, *Forbes, Money, Robb Report*. Normal pour un trader. Pas de trace de calendrier, d'agenda et de carnet d'adresses. Aucun reçu, aucune facture. En fait, il n'y a pas un seul bout de papier chez lui. Même pas dans la poubelle. On dirait un musée.

— Ça lui ressemble. Une vraie tanière de célibataire.

— J'y suis allée une fois avec Gillian. Jem avait préparé le dîner. L'endroit était immaculé et sa cuisine ressemblait à un laboratoire. J'ai cru que c'était pour nous épater. Apparemment, c'est toujours comme ça. (Elle s'interrompit et secoua la tête, la mine désabusée.) Je l'ai toujours pris pour quelqu'un de coincé et de pointilleux, mais maintenant que je le connais mieux, je me demande comment Gillian pouvait être attirée par lui.

— L'aimait-elle?

Elle médita la question avant de répondre avec précaution.

— Elle a voulu s'en convaincre, j'imagine.

— Pourquoi?

— Franchement, Chief, ça me gêne de discuter de la vie amoureuse de ma sœur avec vous.

— Je suis pourtant la personne idéale. Elle a passé la nuit avec moi. Notre liaison n'avait rien de sordide.

— Vous vous sentez coupable?

— A cause de Hennings? Non. Peut-être réagirais-je autrement si Gillian l'avait aimé sincèrement. Mais je suis sûr du contraire, asséna-t-il avec fermeté.

— Elle approchait du cap fatidique des 40 ans. N'ayons

pas peur des mots, pour une femme, c'est un vrai coup de semonce. C'est l'heure du bilan. Gillian a dû croire que Jem représentait sa dernière chance de fonder une famille.

— On ne commence pas une relation sur une base pareille.

— Vous avez raison.

— Etait-elle au courant de vos réticences le concernant ?

— Oui, bien sûr. Je lui en parlais fréquemment. Je l'ai fait, par exemple, au cours de notre dernier déjeuner.

— Je me demande à quoi elle pensait ce fameux soir, murmura-t-il. Quand elle est rentrée, a-t-elle exprimé des regrets ?

Elle tourna la tête dans sa direction. Ses yeux bleus étaient rivés sur les siens.

— Je n'ai pas le droit de vous raconter ses secrets, Chief.

— Ce ne sont pas des secrets. J'étais là.

— Alors, vous...

— Je veux savoir ce qu'elle vous a dit. Vous m'avez laissé entendre qu'elle avait passé un très bon moment en ma compagnie. Vous a-t-elle raconté qu'on avait pris une douche ensemble ?

— Non. Elle est allée se laver à son retour.

— Nous ne nous sommes pas douchés.

Elle le toisa avec un froid dédain.

— Oh, je vois ! C'était un piège. Pour voir ce que je savais réellement.

— Je suis désolé.

— Allez vous faire foutre.

Elle sauta sur ses pieds pour s'enfuir mais il la saisit par la main.

— S'il vous plaît, Melina. Parlez-moi. Décrivez-moi son état d'esprit. S'il vous plaît.

Chief ne mentait pas. Son besoin de savoir était pressant. Cherchait-il une motivation supplémentaire pour s'impliquer davantage dans cette affaire? Rien ne l'obligeait à l'accompagner dans sa recherche de la vérité, elle devait le reconnaître. Il avait raison, il avait le droit de savoir ce qu'elles s'étaient raconté.

Elle se dégagea de son étreinte, reposa sa tête sur l'oreiller et fixa le plafond, fuyant son regard.

— D'après elle, vous n'avez pas eu le temps de la séduire. Elle a pris l'initiative. Vous êtes d'accord? (Elle devina qu'il hochait la tête.) Elle craignait de vous avoir froissé.

Il eut un geste de dénégation.

— A peine, grogna-t-il.

— C'est parfait, alors.

Voyant son hésitation à poursuivre, il prit la parole :

— Quoi d'autre, Melina?

— Chief...

— S'il vous plaît.

Elle inspira une grande goulée d'air.

— Les hommes... pourraient...

— Allez-y. Pourraient...

— Se vanter.

— De quoi?

Elle lâcha un petit rire cristallin.

— De tout.

— Plus précisément?

— Vous le savez bien.

Elle darda un rapide coup d'œil dans sa direction avant de se replonger dans la contemplation du plafond.

— Du nombre de fois où ils...

— Oh... (Puis, après un silence) Gillian vous a parlé du nombre de fois?

— Pas exactement.

— Plusieurs.

— Je l'avais deviné.

— Alors, comment aurait-elle pu être amoureuse de Hennings?

Elle l'observa avec curiosité.

— On peut déraper une fois, reprit-il. Se laisser aller et le regretter immédiatement. On a des remords et on se dit « plus jamais ». Ça ne s'est pas passé comme ça. Gillian vous a-t-elle dit à quel point...

— Chief, s'il vous plaît, taisez-vous.

— ... c'était intense? Je n'arrivais pas à être rassasié.

Il fixait sur elle son regard brûlant. La distance qui les séparait, d'un bout à l'autre du lit, lui parut soudain insuffisante. Au bord de la panique, Melina s'assit, posa ses pieds par terre et vérifia sa montre.

— Il est probablement rentré chez lui maintenant. Il faut y aller. (Elle se leva d'un bond et se mit à ramasser ses affaires.) Prenez vos bagages. Nous ne sommes pas sûrs de dormir ici cette nuit.

Ils regroupèrent leurs effets personnels dans un silence pesant, chargé de tous les mots qu'ils avaient échangés ainsi que ceux qu'ils avaient tus.

D'un coup d'œil circulaire, elle vérifia qu'elle n'avait rien oublié puis se dirigea vers la porte, ses sacs à bout de bras.

— Je vous ouvre.

En une enjambée, Chief s'approcha d'elle, la frôlant presque. Elle sentait son souffle chaud sur ses cheveux. Il abattit sa main sur la poignée.

— Melina? (Son corps n'était qu'à quelques centimètres du sien.) Vous connaissiez Gillian mieux que quiconque.

Elle hocha la tête frénétiquement.

— Comment a-t-elle pu coucher avec moi tout en aimant Hennings? supplia-t-il.

Elle mit du temps avant de pouvoir répondre.

— Vous êtes dans l'erreur, souffla-t-elle. Cette nuit-là n'avait rien à voir avec Jem, l'insémination, ni même le désir d'avoir un enfant. Il ne s'agissait que de vous. De vous.

Imperceptiblement, il se pencha en avant et elle frissonna.

— J'avais besoin de vous entendre dire ça.

— S'il vous plaît, Chief, implora-t-elle d'une voix rauque et basse.

— Quoi?

— N'oubliez pas que je suis Melina. Je ne suis pas Gillian.

CHAPITRE 25

Tony et Candace Anderson vivaient dans un quartier chic situé au nord de Dallas. Les pelouses étaient bien entretenues et chaque garage contenait au moins deux véhicules. Les propriétaires de ces villas cossues avaient les moyens d'envoyer leurs enfants dans des écoles privées et de s'offrir des vacances au ski à Vail ainsi qu'une carte de membre au Country Club local.

— Jolie banlieue, fit remarquer Chief.

— Hummm.

Melina était indifférente au décor environnant. Elle appréhendait l'accueil que les Anderson allaient leur réserver. D'un commun accord, Chief et elle avaient attendu la fin de la journée pour être sûrs de les trouver chez eux.

La maison, d'architecture moderne, était camouflée au bout d'une petite impasse. Lentement, ils remontèrent l'allée à pied. A travers la porte d'entrée entièrement constituée de panneaux de verre biseauté, ils aperçurent Tony Anderson qui s'apprêtait à leur ouvrir. Un chien aboya à l'intérieur sans grande conviction. Pas de quoi effrayer les visiteurs de passage.

— Monsieur Anderson, s'enquit Melina.

— Oui, c'est moi.

Il était de taille moyenne et extrêmement séduisant. D'allure élancée et athlétique, il avait la peau hâlée d'un homme qui s'adonne à un sport de plein air comme le tennis. Il les considéra l'un après l'autre d'un regard interrogateur, l'air amical mais prudent.

— Mon nom est Melina Lloyd. Voici Christopher Hart.

Surpris, Anderson dévisagea Chief ouvertement, sans cacher sa curiosité devant sa figure meurtrie.

— L'astronaute ?

— Tony ?

Avec sa masse de cheveux blonds décolorés par le soleil et ses grands yeux de biche, Candace Anderson avait le physique de la parfaite meneuse de bans de rodéos. Elle portait un vieux jean déchiré aux genoux et un boléro en tricot qui laissait entrevoir son nombril. Son beau visage était empreint de tristesse, son regard hanté par une blessure secrète.

Elle s'approcha de son mari et se tint serrée contre lui, dans un geste de protection.

— Je me disais aussi que vous me rappeliez quelqu'un, poursuivit Tony Anderson. Enchanté de faire votre connaissance.

Bien qu'il ait du mal à dissimuler sa perplexité, il paraissait heureux de serrer la main de Chief.

— Heu... voici ma femme, Candace. Candace, Christopher Hart. Et mademoiselle... désolé.

— Lloyd. Melina Lloyd. Pourriez-vous nous accorder quelques minutes? Je m'excuse de notre manque de correction. Nous aurions dû vous prévenir de notre arrivée mais je craignais que vous refusiez de nous recevoir.

— C'est à quel propos?

La voix de Tony vacilla imperceptiblement. Manifestement, il avait deviné le motif de leur visite. Il passa un bras protecteur autour des épaules de Candace.

— L'enlèvement de votre bébé, amorça Melina.

Candace baissa la tête. L'attitude de Tony changea brusquement. Toute trace d'amabilité avait disparu en lui. Il reprit d'un ton hostile :

— Etes-vous journaliste, mademoiselle Lloyd?

— Non. Pas du tout. Ma sœur a été assassinée, il y a quelques jours.

— Je l'ai lu dans les journaux, murmura Candace. (Elle leva les yeux et considéra Melina, l'air anxieux.) C'était votre jumelle.

— Oui. Je pense que son meurtre a un rapport avec le kidnapping de votre fils.

Candace l'interrogea du regard.

— Gillian a été soignée comme vous à la clinique Waters, expliqua Melina.

— C'est ça que vous appelez un lien? riposta Tony sévèrement. (Il fit mine de refermer la porte.) Je ne crois pas que...

Chief avança d'un pas.

— Pouvons-nous entrer, s'il vous plaît?

La célébrité avait ses avantages. Il l'exploitait rarement mais les circonstances l'exigeaient.

— S'il vous plaît, supplia-t-il. C'est extrêmement important pour Melina. Pour vous aussi peut-être.

— Nous ne resterons pas longtemps, ajouta-t-elle.

Tony lança un coup d'œil à Candace qui hocha légèrement la tête.

Le couple les conduisit à travers la cuisine en direction du salon. Les restes d'un repas et des assiettes repoussées à la hâte encombraient encore la table. Ils avaient dû les déranger en plein dîner.

Avec ses étagères remplies de livres, la salle de séjour était agréable. Un retriever, allongé paresseusement devant la cheminée, les lorgna d'un air morne avant de se rendormir. Tony leur fit signe de s'asseoir et poliment, baissa le volume de l'énorme poste de télévision qui trônait sur une commode.

Il prit place sur le canapé aux côtés de sa femme et saisit sa main entre les siennes. Elle cala sa joue contre son épaule dans un geste d'abandon empreint de confiance.

Chief se surprit à envier leur hôte. Malgré sa souffrance, il dégageait une sérénité peu commune. Chief aimait sa maison chaleureuse, le chien paisible devant l'âtre, l'intimité physique et amoureuse qu'il partageait avec son épouse. Chacun d'eux paraissait répondre au moindre mouvement de l'autre comme si leurs corps étaient accoutumés à se mouvoir ensemble. Ils communiquaient en silence d'un geste, d'une caresse ou d'un regard. Leur relation était inestimable.

Il faut savoir en payer le prix, se rappela Chief intérieurement.

Pour vivre en parfaite harmonie avec quelqu'un, on devait obligatoirement accepter de baisser sa garde.

— Nous n'aimons pas parler de la disparition d'Anthony à des étrangers attaqua Tony. A moins qu'ils aient des informations susceptibles d'aider à le retrouver.

— Malheureusement, nous sommes là également pour recueillir des renseignements, admit Melina.

— Je ne vois pas ce que vous attendez de nous.

— Ma sœur Gillian a subi une insémination artificielle à Waters moins de vingt-quatre heures avant d'être assassinée. Le Colonel Hart et moi-même pensons qu'il y a un lien entre son meurtre et cet établissement.

Tony se tourna vers Chief.

— En quoi cette affaire vous concerne-t-elle?

— Bonne question. J'ai passé la plus grande partie de la nuit avec Gillian. Elle m'a quitté à l'aube et a été tuée peu de temps après.

Tony resta interdit. Candace prit la parole :

— Etiez-vous le donneur de sperme, Colonel Hart?

— Appelez-moi Chief. Non, ce n'était pas moi.

— Ma sœur a fait appel à une banque, rectifia Melina. Pardonnez ma franchise, monsieur Anderson, mais je dois vous poser la question. Est-ce votre semence qui a servi à la conception d'Anthony?

— Votre curiosité ne me gêne pas, rétorqua Tony. Ça fait longtemps que j'ai perdu tout sentiment de honte. Quand un couple met les pieds dans une clinique spécialisée dans les traitements contre la stérilité, il doit laisser sa fierté et sa vanité au vestiaire. La nature des examens auxquels vous devez vous soumettre, les questionnaires sur votre vie intime, sexuelle et amoureuse vous condamnent à oublier toute sensibilité.

« Pour en revenir à votre demande, la réponse est non.

Je suis stérile. Apparemment à cause d'un médicament qu'on m'a administré quand j'étais enfant. Mon sperme est si pauvre qu'il est inutilisable. Je n'ai pas hésité à recourir à celui d'un donneur anonyme. C'est même moi qui l'ai suggéré.

« Nous avons choisi un individu avec des caractéristiques physiques proches des miennes, même si à ce stade-là, nous nous en moquions un peu. Nous voulions simplement un bébé en bonne santé.

Anthony était mon enfant. Mon fils.

Chief et Melina firent semblant d'ignorer la fêlure qui résonnait dans sa voix. Mais comment ne pas remarquer les larmes qui perlaient dans les yeux de Candace ?

— Je suis désolée de vous faire revivre ce drame, bredouilla Melina, sincèrement bouleversée. Si ce n'était pas aussi important, je...

— Ne vous inquiétez pas, la rassura Candace. Après la disparition d'Anthony, nous aussi nous avons cherché des réponses. Je comprends votre besoin de savoir ce qui est arrivé exactement à votre sœur jumelle.

Elle leur relata les grandes lignes du drame.

— J'étais à la clinique avec le bébé dans une chambre individuelle, expliqua-t-elle. Tony était parti déjeuner. Anthony dormait dans son berceau près de mon lit. Avant l'heure de la tétée, je me suis rendue dans la salle de bains. J'y suis restée deux à trois minutes. Quand je suis revenue, le couffin était vide.

Les quatre derniers mots étaient à peine audibles. Candace semblait tenir le coup par miracle. Melina avait également du mal à réfréner ses émotions. Elle luttait contre ses larmes, la gorge nouée, le poing serré sur sa bouche pour l'empêcher de trembler.

Tony reprit le récit interrompu par son épouse :

— La vidéosurveillance a filmé une femme vêtue d'une blouse sortant de la chambre avec un paquet de linge sale. Nous pensons qu'elle y avait dissimulé le bébé. Manifestement, elle connaissait les lieux car elle a évité de montrer son visage aux caméras. Cela dit, on a pu déterminer avec certitude qu'elle n'appartenait pas aux membres du personnel.

« Les agents du FBI ont comparé les clichés à leur fichier anthropologique. Ça n'a rien donné. Elle ne correspondait à aucun suspect recherché pour un crime similaire et n'avait jamais eu affaire à la justice.

— Quelqu'un d'aussi audacieux a pu très facilement changer d'apparence, interjeta Candace.

— Les fédéraux et les policiers ont remonté la piste de toutes les voitures garées ce jour-là sur le parking de la clinique. Ils ont supposé qu'elle avait quitté l'établissement à pied avec Anthony avant de monter dans le véhicule d'un complice. Personne ne l'a remarquée. En tout cas, aucun témoin ne s'est présenté.

— Vous n'avez jamais reçu de demande de rançon? demanda Melina.

— La kidnappeuse voulait un bébé, pas de l'argent.

Chief se pencha en avant et s'enquit d'une voix douce :

— Qu'est-ce qui vous fait dire ça, Candace?

— Je sais qu'il est vivant. Je le sais.

— La police a procédé à des recherches minutieuses pour retrouver... son corps, proféra Tony avec difficulté. Ils ont imaginé tous les scénarios possibles : un ennemi personnel qui se serait emparé de l'enfant pour se venger de nous ou un mouvement opposé à l'IA. On n'a trouvé aucune trace. Ni layette, ni couche, ni même son bracelet d'identification, rien. Candace et moi avons le sentiment qu'il a été enlevé par une femme en mal de maternité. On nous a arraché notre fils.

Sa voix se lézarda à nouveau. Aussitôt, Candace ôta sa main de la sienne et glissa son bras menu autour de ses épaules, l'attirant à elle tendrement.

Chief évalua Melina du regard. Elle ne parvenait plus à contenir son chagrin. De grosses larmes coulaient sur ses joues. Elle pleurait en silence sur le malheur des Anderson et peut-être également sur le sien. Elle semblait perdue, vulnérable, engloutie dans une tristesse sans fond. Depuis qu'il la connaissait, elle avait fait montre d'une extraordinaire détermination. Il était épaté par sa bravoure, sa maîtrise d'elle-même. Comment ne pas admirer une femme pareille, capable de surcroît d'exprimer sa compassion avec une telle sincérité ?

Pendant un instant, personne ne parla. Le chien se leva et se dirigea en trottinant vers le couple effondré. Il remua la queue et posa sa grosse tête sur les cuisses de Tony, comme s'il était habitué aux manifestations de douleur de ses maîtres. L'air absent, Tony caressa la boule de poils, le grattant derrière les oreilles. L'animal réconforté retourna vers la cheminée et se recoucha, le museau entre les pattes, fixant les Anderson d'un œil affligé.

Chief avait la gorge nouée. Il détourna les yeux et reporta son attention sur le poste de télé. C'était l'heure des informations. Une maison en feu emplit l'écran, avec son cortège de gyrophares, de pompiers et une civière qu'on évacuait en toute hâte.

Melina se moucha et rompit le silence pesant.

— L'assassin de ma sœur s'appelait Dale Gordon. Il travaillait à la clinique Waters.

— J'ai lu ça quelque part, reconnut Candace. Mais je

ne me souviens pas y avoir rencontré quelqu'un portant ce nom.

— Grand, osseux, résuma Chief en se remémorant le visage de l'homme qu'il avait croisé au restaurant mexicain. De fins cheveux blonds. Avec des grosses lunettes. Une allure étrange, un peu gauche.

— Oh !

Les regards se tournèrent vers Candace qui venait de pousser une exclamation. C'était la première fois depuis leur arrivée qu'elle paraissait aussi animée.

— Lui ! Je m'en souviens. A chacune de mes consultations, il venait me parler. (Elle prit son mari à témoin.) Tu t'en souviens, chéri ? Celui qui nous a apporté un ours en peluche ?

Tony tressaillit.

— Ce type-là ?

Chief échangea un coup d'œil rapide avec Melina.

— Gordon vous a offert un cadeau pour le bébé ? Il est venu dans votre chambre d'hôpital ?

— Oui. Il était très gentil. Il m'a prise en photo avec Anthony dans les bras. Je l'ai rencontré lors de ma première visite à Waters. Il semblait très intéressé par... (Son visage devint pâle comme de la craie.) Moi ! acheva-t-elle dans un souffle.

— Par Gillian également, remarqua Chief avant de réaliser que Melina avait les yeux dans le vide.

Elle était ramassée sur elle-même comme si elle avait froid.

Chief relata aux Anderson sa rencontre avec Gordon et la façon étrange dont l'homme s'était comporté.

— Il a paru bouleversé quand il m'a vu avec Gillian. Il l'a tuée pour la punir. Il était persuadé d'avoir des droits sur elle.

— J'ai eu la même impression, reprit Candace, hésitante. Par contre, quand je suis tombée enceinte, il était enchanté.

— Il s'est montré très ému en voyant Anthony, continua Tony. Il était au bord des larmes. C'était embarrassant.

— J'avais pitié de lui, précisa Candace. Il me faisait l'effet d'un pauvre bougre qui s'intéresse aux bonheurs des autres pour compenser sa solitude.

Tony l'interrompit :

— Pensez-vous qu'il ait pu jouer un rôle dans l'enlèvement ?

— C'est vraisemblable, n'est-ce pas ? rétorqua Melina.

— Mais il s'est suicidé ?

En proie à une détresse grandissante, Candace agrippa la main de Tony.

— S'il savait où se trouve notre bébé, alors il a emporté le secret dans sa tombe, s'écria-t-elle.

— Pas nécessairement, commenta Chief d'un air sombre. Je suis convaincu que la clinique détient la clé de toute cette affaire.

— De quoi parlez-vous ?

— Comment le savez-vous ?

Melina le contempla avec ahurissement.

— Tony, coupa Chief brutalement, montez le volume de la télé, s'il vous plaît. Ecoutez ça !

Anderson appuya sur la télécommande et la voix du présentateur résonna dans la pièce.

« ... corps a été découvert ce soir, à son domicile. Ce sont ses amies qui l'attendaient pour leur partie de bridge hebdomadaire qui ont donné l'alerte. » Une femme en larmes balbutiait des paroles hachées dans le micro.

« Elle n'avait jamais... raté notre rendez-vous... En ne la

voyant pas, nous avons compris qu'il s'était passé quelque chose. Nous nous sommes précipitées chez elle et nous l'avons trouvée ».

Face à la caméra, le journaliste expliqua que le crime était pour l'heure sans mobile.

« D'après le Bureau des Homicides, la victime a été matraquée à mort, probablement avec le marteau qu'on a retrouvé près du cadavre ».

Un travelling arrière révéla dans l'arrière-plan un brancard, recouvert d'un drap, que l'on hissait dans l'ambulance.

« La police poursuit ses investigations en interrogeant les voisins, continua le reporter, mais aucun témoin ne semble... »

Melina poussa un cri étouffé. La maison de Blanche Neige ! Le cottage de Linda Croft avec ses fenêtres à meneaux et sa porte de forme gothique.

Elle se tourna vers Chief, le regard agrandi par l'horreur et l'incrédulité. Des larmes de rage brillaient dans ses yeux.

— Ces espèces de salauds !

Chief se leva d'un bond et lui prit la main. L'attirant à lui, il s'adressa aux Anderson, complètement affolés :

— Ecoutez-moi bien : vous ne nous avez jamais vus. Vous nous avez pris pour des cinglés. D'accord ? Je vous jure que nous ne le sommes pas, mais cette femme qui a été assassinée... s'écria-t-il en indiquant la télé. Nous lui avons rendu visite aujourd'hui. Elle travaillait à la clinique Waters. C'est grâce à elle que nous avons eu votre adresse. Malgré le règlement, elle a accepté de nous la donner. Manifestement, ça fait peur à quelqu'un. Quelqu'un qui est prêt à tout pour que nous ne puissions pas échanger nos informations.

Candace pressa ses doigts contre ses lèvres décolorées par la peur.

— Ça veut dire que Dale Gordon n'a pas agi seul?

Chief hocha la tête.

— Ce pauvre pervers a été manipulé. La personne qui se cache derrière est autrement plus dangereuse. Je vous conseille de partir d'ici dès ce soir. Prenez votre chien et filez.

— Et la police? bredouilla Candace. Pourquoi ne pas l'appeler ou prévenir le FBI?

— Bonne idée, mais déguerpissez d'abord. L'agent Tobias est...

— De Washington? Nous le connaissons, renchérit Tony. Il nous a interrogés une fois.

— Vous sauriez le reconnaître?

— Bien sûr. C'est un bel homme.

— Parfait.

Chief leur raconta brièvement les événements qui s'étaient déroulés le matin même chez Melina.

— Tony? supplia Candace, effrayée, en agrippant le bras de son mari.

Anderson avait compris la gravité de la situation. En une enjambée, il se précipita vers un petit secrétaire et griffonna quelque chose sur un post-it. Il le tendit à Chief.

— C'est mon numéro de portable. Candace est la seule à le connaître. Tenez-nous informés.

Il saisit la main de Chief entre les siennes tout en fixant Melina.

— Si vous découvrez ce qui est arrivé à notre fils, je vous en supplie, dites-le-nous. Même si ce sont de mauvaises nouvelles.

— Vous avez ma parole.

*
**

— Merci, Seigneur, soupira Chief, une fois dans la voiture. Ils nous ont fait confiance. Je suis soulagé qu'ils aient accepté de ficher le camp de Dodge. Je les aime bien.

— Moi aussi. Beaucoup. J'appréciais également énormément Linda Croft. Pourquoi ne l'avons-nous pas avertie du danger qu'elle courait ?

Elle se couvrit la tête de ses bras et se mit à sangloter.

— Oh, mon Dieu, Chief, elle est morte à cause de nous.

— Ce n'est pas nous qui l'avons tuée, Melina. Ni moi, ni vous. (Il étendit la main et lui tapota le genou avec gentillesse.) J'ai mauvaise conscience, moi aussi mais nous ne sommes pas responsables de sa mort, pas plus que de celle de Gillian. Quelqu'un a fait irruption chez elle et l'a frappée avec un marteau.

— Les faux agents du FBI ?

— Il y a de grandes chances.

En imaginant la peur que Linda avait dû ressentir face aux deux tueurs à gages, Melina s'effondra de nouveau en gémissant à voix haute.

— Elle était si gentille, si naïve. Ça me rend folle, hurla-t-elle. Toutes ces victimes innocentes ! Ma sœur. Poignardée dans son sommeil au moment où elle était le plus vulnérable. Le bébé des Anderson kidnappé. Comme une pomme sur un étal. Qui a pu faire ça ? Qui peut être assez monstrueux pour causer autant de souffrance ?

Elle se martela les cuisses de ses poings.

— Melina !

— Pauvres gens. Ils sont beaux, jeunes, vaillants et ils souffrent le martyre. Ils n'ont commis aucune faute. C'est injuste. Leur seul péché était de vouloir un bébé, sanglota-t-elle, la voix déchirée.

— Melina, arrêtez !

— Je ne peux pas, je ne peux pas, répétait-t-elle.

— Si ! Vous pouvez. Vous pouvez.

La force tranquille de sa voix la calma comme par enchantement. Ou était-ce la pression presque douloureuse de sa main sur sa jambe ? Peu à peu, elle revint à elle. Elle inspira de profondes goulées d'air et d'un geste, lui indiqua qu'elle avait retrouvé ses esprits.

— Ça va mieux ?

— Je suis désolée.

— Il ne faut pas, la rassura-t-il en souriant. Si ça peut vous réconforter, moi aussi, je suis à deux doigts de craquer.

Mais lui, contrairement à elle, avait su se maîtriser. Voilà sans doute pourquoi il faisait un bon astronaute. Melina ne regrettait pas d'avoir piqué une crise de nerfs. Non. L'histoire de Candace Anderson avait fait resurgir les émotions qui couvaient au fond de son cœur. En apprenant l'assassinat de Linda Croft, elles s'étaient embrasées comme un fagot.

Elle n'avait jamais ressenti une telle rage, une telle impuissance. Comment évacuer ce désespoir qui la consumait ?

Elle s'essuya le visage d'un revers de manche pour effacer ses traces de larmes et lissa ses cheveux.

— Chief, je veux savoir pourquoi Gillian a été assassinée et pourquoi on a enlevé le bébé des Anderson. Je n'aurai de cesse de trouver le responsable, lança-t-elle d'une voix affermie.

— La clinique.

— Dans quel but ? Son rôle est d'aider les femmes à

mener leur grossesse à terme. Tobias m'a affirmé que les établissements suspectés n'appartiennent pas tous au groupe Waters. Le point commun, ce sont les patientes.

— Non, c'est l'insémination artificielle.

— Comme Gillian?

— Comme Gillian.

L'évocation de la disparue parut jeter un froid entre eux. Chief enleva brusquement sa main de son genou. Avait-il été troublé en entendant prononcer le prénom de la jeune femme? Après tout, Melina s'en moquait. Elle n'avait pas le temps d'y penser. Elle avait des choses beaucoup plus importantes en tête.

Elle saisit son portable et composa un numéro.

On décrocha avant la troisième sonnerie.

— Tobias.

— Melina Lloyd.

CHAPITRE 26

La police s'était présentée à la clinique Waters avec un mandat de perquisition peu de temps avant la fermeture. Les quatre médecins ainsi que l'andrologue choisi la veille au soir pour remplacer Dale Gordon, avaient été interrogés par le lieutenant Lawson, en présence de Tobias et de Patterson. Leurs compétences professionnelles étaient indiscutables et, en citoyens respectueux de la loi, ils avaient accepté sans discuter de demeurer à leur poste malgré l'heure tardive.

Waters était l'une des filiales d'une chaîne d'institutions privées dont le siège social se trouvait à Atlanta. Les membres de la direction avaient annoncé leur arrivée le soir même en avion, inquiets de voir leur nom et leur réputation mêlés à une enquête fédérale.

Tobias supervisait les recherches quand Melina l'appela.

— Où êtes-vous ? s'enquit-il d'un ton autoritaire.

— Le lieutenant Lawson est-il avec vous ? questionna-t-elle.

— Pourquoi ?

— Il est là ?

— Oui.

— Dites-lui de s'intéresser au meurtre qui vient d'avoir lieu rue McCommas.

— Quel meurtre ?

— Il comprendra. Ou alors qu'il envoie un de ses adjoints. L'information a été diffusée au journal télé. La victime s'appelait Linda Croft. Elle était employée chez Waters. Je l'ai rencontrée aujourd'hui.

— Seigneur ! murmura Tobias. Attendez. Ne quittez pas.

Il couvrit le combiné de sa main et appela le lieutenant à grands cris. Lawson se précipita dans la pièce.

— Vous êtes au courant du crime qui a eu lieu rue McCommas ? jeta Tobias.

— J'en ai entendu parler.

— La victime travaillait ici. Melina Lloyd lui a parlé aujourd'hui.

Il n'eut pas besoin d'en dire davantage.

— Je m'en occupe, s'exclama Lawson en faisant volte-face et en se ruant vers la sortie.

Tobias reprit la communication :

— Le lieutenant s'en occupe. Où êtes-vous mademoiselle Lloyd ? Est-ce que le Colonel Hart est avec vous ?

— Notez cette adresse.

Elle lui épela.

— Attendez. De quoi s'agit-il?

— C'est là que Tony et Candace Anderson habitent. Vous vous souvenez d'eux? Eux en tout cas, ne vous ont pas oublié.

— Le couple dont le bébé a été kidnappé? Je les ai interrogés.

— Vous avez omis de leur demander s'ils avaient reçu des visites inattendues pendant leur séjour à la clinique.

— Inattendues?

— Pas prévues. Par exemple, une connaissance qui serait venue leur offrir un cadeau pour le bébé et qui l'aurait pris en photo avec sa mère. Dale Gordon.

Tobias passa une main nerveuse dans ses cheveux coupés ras. Avait-il posé ce genre de question aux Anderson? Il ne se souvenait plus. Il avait mentionné le mot étranger. Ça, il en était sûr. *Avez-vous aperçu quelqu'un rôder dans le couloir? Devant votre chambre? Avez-vous récemment reçu des menaces?*

A l'époque, il n'avait pas suspecté Dale Gordon, ni un quelconque employé de la clinique. Il s'était contenté de chercher à établir un lien entre cette affaire et d'autres cas d'enlèvements similaires, persuadé d'être en présence d'un réseau de trafic d'enfants.

— Les Anderson ont quitté leur domicile, l'avertit Melina. Ils sont partis se mettre à l'abri puisque les autorités sont incapables de protéger les innocents. C'est ce que j'ai fait moi-même.

Il s'abstint de répondre à la provocation.

— Cependant, continua-t-elle, si vous dépêchez un de vos hommes sur place, vous pourrez peut-être coincer les assassins de Linda Croft qui ne sont autres que mes agresseurs. Ce n'est qu'une suggestion, bien sûr. Je ne voudrais pas avoir l'air de vous apprendre votre métier, agent Tobias. Néanmoins, depuis que votre bureau m'a téléphoné hier soir, je suis en danger de mort. J'ai parlé à Linda Croft et elle a été assassinée. Il y a fort à parier que Tony et Candace Anderson seront les prochains sur la liste.

Tobias laissa son amour-propre de côté. Il nota l'adresse et la relut à voix haute. Après quoi, il la transmit à un officier de police en lui ordonnant d'envoyer une patrouille sur les lieux sans perdre un instant.

— Où êtes-vous Tobias? demanda Melina.

— Nous perquisitionnons la clinique Waters. Malheureusement, nous ne pouvons pas consulter les registres médicaux sans un ordre du tribunal. Avec un peu de chance, nous l'aurons demain.

— Que cherchez-vous exactement?

— Nous fouillons le laboratoire.

— De Gordon?

— C'est exact.

— En quoi consistait son travail? A part prendre des photos répugnantes à travers les cloisons?

Après une hésitation, Tobias lâcha à contrecœur :

— Il préparait les échantillons de sperme.

— En vue des inséminations?

— Des inséminations et des fécondations in vitro. J'ai demandé aux médecins de suspendre toutes les manipulations de semences congelées jusqu'à ce que nous ayons pu nous livrer à une enquête approfondie.

— Quelle sorte d'enquête?

— Cet établissement se fournit dans différentes

banques mais possède aussi sa clientèle de donneurs. Je veux les interroger un à un.

— C'est une violation de leur vie privée.

— On peut voir ça comme ça. N'empêche, je veux comparer tous les spécimens enregistrés et stockés ici à ceux des autres fournisseurs et tester immédiatement leur ADN.

Un silence lui répondit. Il comprit qu'elle était en train de réfléchir à ce qu'il venait de dire.

Enfin, elle réagit.

— Vous voulez vérifier que les échantillons proviennent bien du donneur inscrit sur l'étiquette ?

— Cette enquête n'avancera pas tant que j'ignorerai ce qui se trame ici, répliqua-t-il d'un ton évasif.

— En termes clairs, vous cherchez à vous assurer que le sperme fourni par le donneur XYZ comme l'indique le registre, par exemple, ne vient pas du donneur ABC.

Elle était trop intelligente pour son bien. Difficile de la mener en bateau. Elle avait mis le doigt dessus du premier coup. En trouvant les photos chez Dale Gordon, Tobias avait été saisi d'un mauvais pressentiment. Depuis quand un technicien de laboratoire s'intéressait-il autant à ses patientes ? Avait-on affaire à un simple pervers obsédé par les femmes nues ou s'agissait-il d'une entreprise criminelle d'envergure ?

Tobias redoutait cette dernière hypothèse. Il devait l'envisager tant qu'il ne pourrait pas prouver le contraire. Si les échantillons avaient été échangés en amont ou substitués au moment de l'insémination, les implications d'un tel trafic étaient vertigineuses.

Melina parut lire dans ses pensées.

— Vous pensez qu'il y a eu échange de sperme, n'est-ce pas ?

Prudent, il resta dans le vague. Il ne voulait pas créer de panique générale.

— Je ne sais pas.

— Mais c'est possible ?

— C'est déjà arrivé, admit-il avec réticence. Il y a quelques années, un gynécologue...

— A peuplé une région entière de cette façon. Il remplaçait les spécimens fournis par le laboratoire par sa semence. Je m'en souviens. Dale Gordon faisait la même chose ?

— Nous allons procéder à l'analyse dès que possible.

— D'après le résidu trouvé sur le pyjama...

— Oui. Nous le comparerons aux éprouvettes stockées à la clinique.

— Il était bien placé pour procéder à une substitution, sans être suspecté, fit-elle observer sans élever la voix.

— Pas de conclusions hâtives, mademoiselle Lloyd. Gordon n'a pas le profil psychologique. Il n'avait rien d'un égomaniaque. D'après ses collègues, c'était un scientifique rigoureux. Ses dossiers sont tenus à la perfection. Il détestait tout ce qui pouvait le distraire de son travail.

« L'andrologue qui a repris son poste affirme n'avoir jamais vu un laboratoire aussi bien tenu. Aux dires du personnel, Gordon tirait une grande fierté de sa mission. Il disait qu'elle lui permettait d'aider l'humanité.

— Le docteur Frankenstein pensait la même chose.

— Je n'en suis qu'au stade des suppositions, s'énerva Tobias. Je fais peut-être fausse route. Ça m'est déjà arrivé dans le passé.

— Je ne crois pas que vous fassiez erreur. Ce soi-disant scientifique exemplaire œuvrant pour le bien de ses congénères a tué ma sœur. Je veux savoir pourquoi.

Cette phrase le rendit mal à l'aise.

— Mademoiselle Lloyd, où êtes-vous? Vous êtes un témoin de première importance. Si vous refusez de vous présenter aux autorités, vous pourriez être mise en examen pour obstruction à la justice.

— Oui, on m'a déjà prévenue.

— Alors, vous... Merde!

Il poussa un juron. Elle lui avait raccroché au nez.

*
**

Melina rapporta à Chief sa conversation avec Tobias. Sa voix se mit à trembler quand elle évoqua Dale Gordon.

— Doux Jésus! Il échangeait le sperme?

— Tobias travaille sur plusieurs hypothèses, mais en gros c'est ça.

— Ça veut dire que Gillian... A-t-elle pu recevoir..?

Enfouissant son visage entre ses mains, Melina poussa un gémissement.

— Oh, mon Dieu!

— Ça va?

Elle secoua la tête avec violence et lui fit signe d'arrêter la voiture. A peine s'était-il garé sur le bas-côté qu'elle descendit en trombe, en titubant. Il sortit à son tour précipitamment du véhicule. Elle était en train de vomir.

Il apposa doucement une main sur sa nuque et lui soutint la tête. Voyant qu'elle le repoussait, il accentua sa pression. Après quelques spasmes, elle se redressa enfin, l'air hagard. Il la prit dans ses bras et l'obligea à s'appuyer contre le pare-chocs.

— Vous vous sentez mieux?

Avec un geste plein de douceur, il dégagea une mèche de cheveux de sa joue humide.

Elle n'osait pas le regarder en face.

— Je suis confuse, avoua-t-elle.

— Si vous saviez le nombre de fois où j'ai gerbé dans le simulateur ! Ne faites pas l'idiote.

Il sortit un mouchoir de sa poche et lui essuya les lèvres.

— Merci. Je n'ai jamais vomi devant un homme.

— Vous avez de bonnes raisons d'être malade.

Elle leva son regard vers lui. Des larmes perlaient sous ses paupières. La lueur des phares qui filaient à toute allure sur le boulevard se réfléchissait dans ses yeux.

— Gillian était tellement exaltée, tellement désireuse de réussir, commença-t-elle. Elle voulait un bébé. Est-ce un crime ? Méritait-elle d'être punie ?

— Melina. (Il l'enlaça et la serra contre lui.) Vous savez bien que ça ne marche pas ainsi.

— Comment un désir aussi intense et merveilleux peut-il être sali à ce point ?

— Vous n'avez aucune certitude que Gillian...

— Non, c'est vrai. (Elle frissonna.) Je ne peux pas supporter l'idée que Gordon ait utilisé son propre sperme. Rien que d'y penser, j'ai envie de gerber.

Il la berça doucement en lui caressant les cheveux. Quand elle fut calmée, il l'aida à se rasseoir dans la voiture.

— Où allons-nous maintenant ? s'enquit-il en se faufilant dans la circulation.

— A la maison. (Devant son air étonné, elle ne put retenir un large sourire.) Je veux rentrer chez moi. Retrouver ma baignoire. Mon lit. Mon oreiller.

— Mais vous êtes morte de peur !

— Je regrette de ne pas avoir prévenu Linda Croft du danger. Elle aurait peut-être pris ses précautions.

— Je suis sûr que Tobias ou Lawson vous feraient protéger.

— Pas question, asséna-t-elle avec virulence. Ils me boucleraient à double tour et je n'aurais plus aucune marge de manœuvre. Ils se contenteraient de me lancer quelques os à ronger pour me faire tenir tranquille. Je serais totalement impuissante. Je serais incapable de...

Elle s'interrompit.

— Quoi ?

— Rien.

— De retrouver celui qui a commandité la mort de Gillian ?

Elle l'évalua du regard. Les mots étaient superflus. Il lisait en elle comme dans un livre ouvert.

— Vous n'êtes pas obligé de continuer, Chief, suggéra-t-elle doucement. Je n'ai pas parlé de vous à Tobias. Il n'a pas la certitude que nous sommes ensemble. Je l'ai laissé dans le flou.

— Merci.

— Vous n'êtes pas impliqué dans cette affaire.

— De quoi parlez-vous ? rugit-il, furieux. Je suis dedans jusqu'au cou. Je serais ravi moi aussi de réduire en bouillie le responsable de ce carnage.

— Vous pourriez vous en mordre les doigts.

— Je meurs d'envie d'en prendre le risque.

— Et si ça fait la une des journaux ? Ça pourrait nuire à votre carrière, mettre votre avenir en péril.

— Mon avocat m'a dit la même chose. Il n'est pas parvenu à me convaincre et vous n'y arriverez pas non plus. Si ça tourne mal, il faudra que j'assume, c'est tout !

— Assumer, murmura-t-elle. Jem a employé ce mot, l'autre nuit.

« Gillian est morte, Melina. Il va nous falloir assumer cette réalité ».

— Plus j'entends parler de ce type, plus je le déteste.

Elle tira un papier de son portefeuille et alluma son portable.

— Voyons qui sont les correspondants de ce cher Hennings.

— Pendant que vous téléphonez, je vais acheter de quoi manger.

Il pénétra sur le parking d'un Burger King et s'avança dans la file du Drive.

— Juste un coca pour moi, s'il vous plaît.

— Avec sucre et caféine ?

— Oui.

Il commanda un cheeseburger avec des frites et deux grandes boissons. Le temps qu'il soit servi, Melina avait composé deux des numéros enregistrés dans l'annuaire électronique de Jem. C'étaient ceux de son bureau et de son domicile.

Elle pianota de nouveau une série de chiffres et, soudain, raccrocha brutalement, serrant l'appareil contre sa poitrine.

— Qu'y a-t-il ? lança-t-il en mordant dans son sandwich.

— Je suis tombée sur le répondeur de Gillian.

Chief faillit demander à Melina de recommencer. Il mourait d'envie d'entendre la voix de Gillian une dernière fois. Il se retint. Il n'était pas sûr de pouvoir le supporter.

Elle resta figée un long moment, les yeux perdus dans le vague, puis secouant la tête pour chasser son irrésolution, consulta sa liste et passa un autre appel. Tout en guettant la première sonnerie, elle avala une gorgée de coca.

A sa stupéfaction, Chief la vit déglutir avec difficulté.

— Hein ? s'écria-t-elle en manquant s'étrangler.

Elle colla prestement le portable contre l'oreille de Chief. A l'autre bout du fil, une voix féminine répétait :

— Bienvenue au Temple. Paix et Amour.

Melina interrompit sèchement la communication.

— C'est le domaine de ce prédicateur qui... commença Chief.

— Frère Gabriel.

— Sa propriété au Nouveau-Mexique.

— Le numéro est enregistré en mémoire. Jem doit l'appeler souvent.

Chief tourna la clef de contact et sortit du parking en marche arrière. Dans un crissement de pneus, il s'arrêta devant une poubelle le temps d'y jeter les emballages vides de son repas et écrasa l'accélérateur en se faufilant dans le flot de la circulation.

— Hennings est croyant ? demanda-t-il en s'engageant sur la bretelle menant à l'autoroute.

— Pas plus que ça. Il s'est montré surpris par le caractère religieux de la cérémonie que j'ai organisée en mémoire de Gillian.

— Il semble partager le même intérêt que Dale Gordon pour Frère Gabriel. Ce n'est peut-être qu'une coïncidence.

— Je ne crois pas. Dans ce cas, il en aurait parlé.

— Je suis d'accord avec vous. Je réfléchissais à voix haute.

— Vous vous rendez compte de ce que ça signifie : Le Temple figure dans son agenda électronique ! Il ne s'agit pas d'une simple curiosité. Ça ressemble à de la dévotion.

— Que savez-vous sur Hennings ? Il a de la famille ?

— Ses parents sont morts et il n'a ni frère ni sœur. Seulement de vagues cousins qui vivent à Londres.

— Un mensonge bien pratique quand on veut éviter qu'on retrouve votre trace. D'où vient-il ?

— Il est soi-disant originaire de l'Oregon.

— Vous n'en êtes pas persuadée ?

— Je ne suis plus sûre de rien. C'est effrayant, en fait ! Je me rends compte qu'on peut être proche de quelqu'un sans le connaître forcément.

— Il devait devenir votre beau-frère.

— Jamais de la vie. Un jour ou l'autre, Gillian aurait retrouvé ses esprits.

Ils continuèrent à discuter en avalant les kilomètres.

A l'arrivée au péage, ils étaient tombés d'accord : Jem avait joué un rôle dans cette affaire. D'une façon ou d'une autre, il avait un lien avec le meurtre de Gillian. Celui de Dale Gordon. L'agression contre Chief. Les hommes de main qui avaient débarqué chez Melina. Linda Croft.

— Ce n'est pas un simple exécutant, grommela Chief, la mâchoire crispée. Ce salaud est une des têtes pensantes.

— Mais pourquoi ? Cette histoire est totalement confuse, s'écria Melina, consternée. Jem est stérile.

— C'est ce qu'il dit.

— Quel homme mentirait sur un sujet pareil ? Et quel est le rapport avec Frère Gabriel ?

D'innombrables questions restaient sans réponse. Seul Jem détenait la vérité. Ils espéraient la lui arracher. Sous la menace, s'il le fallait.

— Vous n'avez pas l'air rassurée, Melina, fit remarquer Chief en voyant la jeune femme agripper le tableau de bord.

Il freina brutalement à un feu rouge.

— Vous êtes un véritable danger au volant.

— Vous m'avez dit de faire vite. Je me dépêche. Ah ! Si j'avais ma voiture !

— Que Dieu vous pardonne. Pour une fois, je suis heureuse d'avoir ce vieux tacot.

En réalité, elle était enchantée de ne pas conduire. Elle était plutôt bonne conductrice bien qu'un peu nerveuse parfois devant les automobilistes imprudents mais elle aurait été bien incapable de prendre autant de risques que Chief. Il slalomait entre les véhicules avec une maîtrise admirable sans quitter la route des yeux. Tant pis si elle serrait les fesses. Elle avait hâte d'affronter Jem face à face.

***

— Ils arrivent.

Jem était soulagé d'annoncer une bonne nouvelle à monsieur Hancock. Voilà longtemps qu'il n'en avait pas eu l'occasion.

— Vous en êtes sûr ?

— Ils ont quitté la banlieue nord de Dallas et se dirigent vers chez moi. Je crois que je vais avoir des visiteurs.

Il omit à dessein de lui relater leur halte chez les Anderson. Quand Joshua et son complice avaient fait irruption devant leur domicile, ils avaient disparu. Une voiture de police stationnait devant l'entrée.

Un échec qui n'était que temporaire. Les Anderson referaient surface. De la même façon, Jem n'avait pas mentionné le nom de Linda Croft. En apprenant la visite que Melina avait rendu à l'infirmière, il avait ordonné aux deux gorilles de la faire taire définitivement, sans consulter Frère Gabriel. Elle n'était pas vraiment dangereuse, mais il ne voulait prendre aucun risque.

La journée avait été riche en rebondissements. Stressante. Par la faute de Melina et de son copain indien, le prédicateur subissait toutes sortes de désagréments. Pourquoi aggraver les choses en lui parlant de gens aussi insignifiants ?

— Ils ne sont plus qu'à quelques minutes d'ici, annonça-t-il à Hancock. D'après le dernier rapport, ils viennent de franchir le carrefour. Ils seront là... Ah, on sonne. Ne quittez pas, s'il vous plaît.

Il se dirigea vers la porte et décrocha le combiné de l'interphone.

— Oui ?

— Vous avez des invités, monsieur Hennings.

— Oh, qui ça ?

— La jeune femme qui s'est présentée cet après-midi comme votre fiancée.

Le jeune portier s'exprimait avec un ton déférent. Jem l'avait réprimandé vigoureusement pour avoir laissé une inconnue pénétrer chez lui. « Ma future femme est morte il y a quatre jours, triple imbécile » avait-il hurlé.

— Il y a un monsieur avec elle.

— Faites-les monter, je vous prie.

— Bien, monsieur Hennings.

— Eh, Harry... j'attends l'arrivée de deux messieurs. Quand ils seront là, indiquez leur le chemin. Inutile de me prévenir.

— D'accord, monsieur.

— Pas un mot de tout ça à mademoiselle Lloyd.

— Non, monsieur.

Jem reprit sa conversation téléphonique avec Hancock.

— Ils sont là. Joshua n'est plus très loin.

— Vous ne devez faire aucun mal à la jeune femme, monsieur Hennings.

— Vous me l'avez déjà dit.

— Frère Gabriel a été très clair sur ce point. Il ne veut pas qu'elle soit blessée. Pas grièvement en tout cas.

— Je comprends, rétorqua-t-il.

Pourquoi le prédicateur ne se débarrassait-il pas de Melina ? Il fallait savoir couper les branches mortes. Le Programme n'avait pas besoin d'elle. Il y avait des milliers de postulantes dans le monde qui feraient l'affaire sans créer le dixième de problèmes.

Après tout, Frère Gabriel n'était pas un homme ordinaire. Il considérait la situation avec d'autres yeux. Melina était pour lui la pierre d'achoppement de sa mission divine. Elle avait besoin d'un guide spirituel, d'un lavage de cerveau et de discipline. Comme c'était admirable de vouloir offrir la rédemption à une créature aussi médiocre.

Jem n'était pas un saint. Pardonner lui devenait de plus en plus difficile. Il lui était insupportable de considérer les insultes répétées à son intelligence comme des imperfections spirituelles. La haine le consumait à petit feu.

— Ne vous inquiétez pas, monsieur Hancock, conclut-il d'une voix caressante. Mes hommes sont des professionnels. Joshua a fort bien compris la délicatesse de cette affaire. Il saura manœuvrer au mieux.

— Oui, j'en suis certain.

Hancock raccrocha le premier. Jem se jura que la prochaine fois il exigerait de parler directement à Frère Gabriel. Il détestait devoir passer par un intermédiaire pour faire son rapport. Après tout, cet homme n'était qu'un modeste secrétaire.

Jem balaya sa rancœur d'un mouvement de tête impatient. Il y avait plus urgent. L'arrivée imminente de Melina et de Christopher Hart l'obligeait à jouer serré. Il s'occuperait plus tard du cas Hancock.

CHAPITRE 27

A leur entrée, le portier les avait salués d'un air peu amène. Après avoir raccroché avec Jem, son ton s'était encore durci.

— Il dit que vous pouvez monter, mademoiselle Lloyd.

— Merci.

— Vous m'avez créé des problèmes avec monsieur Hennings. Pourquoi m'avez-vous menti en affirmant que vous étiez sa fiancée ?

— Alors... Il sait que j'ai pénétré dans son appartement ?

— Oui, m'dame.

— Génial, marmonna Chief.

Ils s'engagèrent d'un pas hésitant dans le couloir qui menait aux ascenseurs. Chief jetait sans arrêt des coups d'œil nerveux par-dessus son épaule. Melina n'était pas très rassurée, non plus. Elle retint une exclamation en voyant un voiturier descendre leur vieille guimbarde dans le parking souterrain. Elle s'en voulut de ne pas avoir exigé qu'on la laisse devant la porte.

Chief semblait sur des charbons ardents. A peine avaient-ils entamé leur ascension qu'il appuya frénétiquement sur tous les étages. Elle le considéra d'un air surpris.

— Je m'amuse, rétorqua-t-il, grognon.

— Vous croyez que nous sommes suivis ?

— Je n'en suis pas sûr. Je n'ai rien remarqué mais... (Il marqua une courte pause puis continua.) J'ai un drôle de sentiment, j'ai l'impression d'être surveillé en permanence.

— Je ressens la même chose.

— J'essaie de brouiller les pistes, expliqua-t-il en indiquant les boutons éclairés sur le tableau.

— Prenez les précautions nécessaires. En y réfléchissant, Jem doit être furieux que je sois allée fouiller dans son appartement. Il ne m'a même pas téléphoné pour me demander une explication.

— C'est de mauvais augure.

L'ascenseur s'arrêtait à chaque étage. A chaque fois que les portes s'ouvraient, ils échangeaient un regard angoissé, effrayés à l'idée que quelqu'un se précipite sur eux. La montée prit un temps fou. Heureusement, ils ne rencontrèrent personne. Les paliers étaient silencieux.

En arrivant au quinzième niveau, Chief lui fit signe de sortir.

— Mais l'appartement de Jem se trouve au 17e !

— Je sais.

Sans discuter, elle s'exécuta et ouvrit la marche. A sa demande, elle longea le corridor qui menait à l'escalier de service. Chief poussa la porte surmontée du panneau lumineux Exit et jetant un coup d'œil par-dessus son épaule, s'engouffra à sa suite dans la cage déserte. Après l'éclairage indirect et agréable du couloir, la lumière crue les fit cligner des yeux.

Les néons bleus et blancs fluorescents avaient la puissance de projecteurs.

Chief leva la main pour l'obliger à s'arrêter. Aucun d'eux ne soufflait mot. Seul le bruit de leurs respirations ponctuait le silence. Au bout d'une minute, Melina toisa

Chief d'un air interrogateur. Il secoua la tête comme pour lui intimer l'ordre de ne pas bouger. Pour faire passer le temps, elle posa son regard sur la veine qui battait au creux de son cou, dans l'échancrure de sa chemise.

Enfin, Chief pointa le menton en direction de l'étage supérieur. Ils se remirent en route sur la pointe des pieds. Quand ils parvinrent au 17e niveau, Chief stoppa brutalement et se tourna vers elle.

— OK? murmura-t-il d'une voix à peine audible.

Elle haussa les épaules, indécise, puis changeant d'avis, hocha la tête vigoureusement.

Chief se glissa sur le palier. Le son assourdi d'une télévision filtrait de l'un des appartements. La voie était libre.

Ils étaient en train d'hésiter sur la marche à suivre quand une porte s'ouvrit au bout du couloir. Jem Hennings apparut sur le seuil. Il jeta un regard mauvais en direction de l'ascenseur et consulta sa montre d'un air impatient et exaspéré.

Machinalement, il leva les yeux et les aperçut, tapis contre le mur. Il sursauta.

— Que faites-vous dans les escaliers?

— De l'exercice.

Serrés l'un contre l'autre, Chief et Melina s'avancèrent vers lui.

— Je me demandais où vous étiez passés, grommela Jem. Le portier m'a appelé il y a cinq minutes. On ne met pas autant de temps d'habitude. (Il considéra Chief avec dédain.) Tiens! Voilà notre célèbre bon à rien!

— Heureux de vous voir, Hennings. Vous nous invitez à entrer ou vous préférez qu'on parle ici devant tous vos voisins, de la façon dont vous avez voulu faire assassiner Melina, ce matin?

— Assassinée, répéta Jem en riant. Vous n'avez vraiment rien compris.

Il s'écarta pour leur laisser le passage. Chief retint Melina d'une pression de la main.

— Après vous, Hennings.

Jem éclata de rire. Il semblait beaucoup s'amuser. Il les devança dans l'appartement, laissant à Hart le soin de refermer la porte. Melina remarqua que Chief omettait de tirer le verrou. Sans doute pour leur permettre de fuir plus aisément si les choses tournaient mal. La précaution lui parut inutile. En cas de bagarre avec Jem, Chief aurait le dessus sans difficulté.

— Puis-je vous offrir quelque chose à boire ? s'enquit cordialement Hennings.

— Nous ne sommes pas là pour faire des mondanités.

— Non, Kemo Sabe, rétorqua-t-il avec un sourire railleur. Je le sais. Alors, comme ça, on joue les détectives ?

Il reporta son attention sur Melina et sa jovialité disparut comme par enchantement. Ses traits étaient figés.

— Tu as pris des risques en pénétrant dans mon appartement, Melina.

— Je n'avais pas peur que tu l'apprennes. J'ai trouvé ce que je cherchais.

— Quoi donc ?

— Un indice. La seule chose que j'ignore, c'est comment l'interpréter.

Jem s'affala au fond du canapé et leva les bras pour montrer sa bonne volonté.

— Dale Gordon, Jem, lança-t-elle sans préambule.

— Oui et alors ?

— Tu le connaissais.

— Oui.

Chief était aussi abasourdi que Melina. Ils ne s'étaient

pas attendus à une telle candeur. Pour dire vrai, ils s'étaient préparés à lui arracher les paroles de la bouche dans le cas où il s'obstinerait à répondre par monosyllabes à leurs questions.

Cette franchise était déconcertante. Melina se montra doublement méfiante. Il fallait que Jem se sente drôlement en confiance pour admettre aussi ouvertement qu'il connaissait le meurtrier de sa fiancée. Il devait être protégé par quelqu'un de puissant.

— Comment l'as-tu rencontré, Jem ? Je sais qu'il n'était pas un de tes amis.

— Loin de moi cette idée ! (Il fit mine de frissonner.) En fait, il me fichait la trouille. Notre relation n'était que professionnelle. Gordon et moi travaillions pour la même entité.

— La clinique Waters, suggéra Chief.

— Non, Chief, coupa Melina qui avait compris avant lui. Ils travaillent pour Frère Gabriel.

— Sais-tu, Melina, ironisa Jem en croisant les jambes et les bras d'un air décontracté, que j'ai toujours pensé que tu étais plus intelligente que Gillian ? Plus susceptible. Moins malléable et digne de confiance. Mais beaucoup plus futée.

Elle refusa de se laisser démonter par ces provocations.

— A quel genre de travail te livres-tu pour Frère Gabriel ?

— Tu ne l'as pas encore découvert ? (Il se moquait d'elle ouvertement.) Je pensais que tu avais déjà résolu le mystère. Surtout après avoir bavardé avec la mère Croft et les Anderson. Tu détiens toutes les pièces du puzzle, qu'attends-tu pour les réunir ?

Comment savait-il qu'ils avaient rencontré Linda Croft et les Anderson ? Elle brûlait d'envie de lui poser la question mais elle évita le piège. Il cherchait à détourner la conversation.

— Peux-tu me dire si Gordon substituait son sperme à...

— Son sperme? Seigneur, non. Quelle idée monstrueuse.

— Alors le tien?

Il aboya d'un rire joyeux.

— Je suis stérile. Tu te souviens?

— Ce n'est pas un mensonge?

— Non, Melina. C'est vrai. J'ai eu une vasectomie il y a des années. C'est obligatoire, se contenta-t-il de dire prosaïquement. J'ai été stérilisé en vue de cette mission.

Saisi de rage, Chief s'élança sur Jem et l'attrapa par le revers de sa chemise, le secouant sans ménagement.

— J'en ai assez de vos conneries. De quel boulot parlez-vous, Hennings?

— Je suis surveillant. Je veille sur les postulantes.

— Les postulantes?

— Comme Gillian. Comme Melina très prochainement. (Il se tourna vers elle, arborant un sourire qui lui flanqua la chair de poule.) Je ne dirai plus rien tant que ce sauvage ne m'aura pas relâché.

Elle fit un signe de tête à Chief qui desserra son étreinte à contrecœur. Il semblait prêt à éclater.

Jem demeura impassible. Il rectifia sa chemise et son col d'un air suffisant et déroula ses manches avant de poursuivre :

— Quand la femme est mariée ou vit en concubinage, son gardien est choisi parmi ses voisins ou ses collègues. C'est toujours quelqu'un de proche. Dans le cas de Candace Anderson, c'était sa femme de ménage qui venait chez elle trois fois par semaine. Pour les célibataires comme Gillian, on désigne un homme dans mon style.

— Ta mission consistait à sortir avec elle ?

— Depuis le jour où elle s'est rendue à la clinique.

— Votre rencontre était planifiée ?

— Oui, Melina, pérora-t-il d'un ton paternaliste. On m'a envoyé à elle. J'étais son ange gardien. Elle hésitait à subir une insémination artificielle alors je l'ai encouragée. Je l'ai rassurée. Etant son petit ami, ça m'était facile de lui dire que j'étais d'accord à cent pour cent, que c'était une idée merveilleuse. Après l'opération, je l'aurais entourée d'affection. Mais je n'en ai pas eu l'occasion.

— Pourquoi Gillian a-t-elle été tuée, Jem ?

Il fit mine de ne pas avoir entendu et continua son explication.

— En cas d'échec à la première tentative, je l'aurais poussée à recommencer jusqu'à ce qu'elle soit enceinte. Je l'aurais dorlotée pendant neuf mois et traitée comme une princesse. Elle avait été Elue pour ça. Gillian aurait été révérée. J'aurais veillé à ce qu'elle ne mette pas en péril la vie qu'elle portait, qu'elle ne s'éloigne pas du droit chemin. (A cet instant, il darda sur Chief un regard haineux.) Bien sûr, elle n'a pas pu s'en empêcher. A cause de vous. Vous l'avez profanée. Vous l'avez empêchée d'entrer dans le Programme.

Chief serrait rageusement les poings.

— Alors, c'est vrai. Vous avez fait tuer Gillian parce qu'elle avait passé la nuit avec moi ?

Il s'avança vers lui, menaçant, mais Melina l'intercepta.

— Non, Chief. Je veux connaître la suite. Même si c'est difficile à supporter, je veux savoir.

— Merci, Melina, ricana Jem. (Il toisa Chief avec mépris avant de reporter son attention sur elle.) Les

Elues ne peuvent vivre une relation intime qu'avec leurs partenaires réguliers ou leurs surveillants.

— Parce qu'ils sont stériles, s'exclama-t-elle.

— Ah ! Tu fais des progrès.

Elle hocha la tête lentement. Tout devenait clair dans son esprit.

— Vous choisissez des jeunes femmes telles que Gillian ou Candace Anderson. Toutes en bonne santé.

— Supérieures à tous les points de vue, souligna Jem en souriant.

Chief eut une illumination.

— Vous faites de la procréation génétique.

— Candace Anderson est une belle créature, n'est-ce pas ? renchérit Jem avec emphase. Un spécimen parfait, physiquement parlant. Et extrêmement intelligent. Doué d'un certain talent pour la musique. Nous espérons nous en resservir. Toi aussi, Melina, tu fais partie des Sélectionnées. Par la faute de Gillian et de ses désirs incontrôlés, tu as été choisie pour la remplacer. (Sa voix enfla en une étrange mélopée.) Gillian aurait fait une parfaite postulante. Dale Gordon s'en est aperçu immédiatement. Son travail consistait à repérer les éventuelles candidates, à les examiner. C'était facile puisqu'il avait accès à leurs dossiers médicaux. Ta sœur avait toutes les qualités. Elle était unique et, qui plus est, libre de toute attache. Le Programme avait besoin d'elle. Maintenant, c'est toi qu'Il veut, Melina. (Il serra ses mains avec force entre les siennes.) Je suis tellement heureux pour toi, ajouta-t-il, un rictus aux lèvres.

C'est alors que sa tête explosa.

CHAPITRE 28

Chief bondit sur Melina qui s'effondra par terre de tout son long, à moitié groggy. Jem Hennings gisait non loin de là, le corps déchiqueté, un trou béant au-dessus des épaules. La baie vitrée qui surplombait les hautes tours de Dallas avait volé en éclats.

Chief ne perdit pas de temps. En une fraction de seconde, il se redressa, et tendant le bras, arracha d'un coup sec le fil de la lampe posée sur la table. L'obscurité s'abattit sur eux.

— Qui... Où...

— A mon avis, du toit de l'immeuble en face, marmonna-t-il en réponse aux mots incohérents de Melina.

La jeune femme était pelotonnée sur elle-même, la tête entre ses mains couvertes de sang. Dans une telle circonstance, une autre aurait piqué une crise d'hystérie. Il craignit qu'elle soit en état de choc.

— Est-ce que ça va?

Elle le regarda, l'air hagard, sans répondre. Il répéta sa question avant de hurler son nom.

— Oui. Oui, réagit-elle enfin.

— Ne bougez pas.

— Chief...

— Attendez.

En rampant, il se dirigea vers la cuisine et revint de la même façon, avec un rouleau de sopalin.

— Essuyez-vous. Vite.

D'un geste malhabile, elle frotta ses joues avec le papier, laissant de grandes traînées rougeâtres sur son visage. Arrachant un bout d'essuie-tout, il ôta lui-même le reste des taches.

— Enlevez votre veste, ordonna-t-il.

Elle s'exécuta sans discuter et il constata avec soulagement que son pull était propre.

— J'en ai sur moi? demanda-t-il.

Elle l'examina avec attention.

— Je ne peux pas, je ne peux pas... Je ne crois pas...

Comment de temps s'était-il écoulé? Vingt secondes? Trente? Quarante?

— Nous devons sortir d'ici.

— Sommes-nous les prochains sur la liste?

— Pas vous. Vous êtes indispensable au Programme, rétorqua-t-il d'un ton sarcastique.

— Plutôt mourir.

— Plutôt vivre. Allez.

Chief l'aida à se mettre debout et l'entraîna à sa suite à croupetons vers la porte. Après plusieurs contorsions, il réussit à décrocher le combiné de l'interphone.

— Comment s'appelle le portier?

— Heu... Henry. Harry! corrigea-t-elle au moment où la voix de l'homme résonnait dans l'appareil.

— Au secours, ils sont devenus fous! hurla Chief. Ils ont foutu le feu. Harry, m'entendez-vous? Au secours! Au feu! Au feu!

Après quoi, il lâcha le téléphone et le projeta contre le mur avant de s'emparer de la main de Melina. Ils foncèrent dans le corridor. A peine avaient-ils atteint la sortie de secours qu'ils entendirent les premiers mugissements de la sirène incendie. Des portes s'ouvrirent en hâte sur le palier.

Les habitants de l'immeuble oseraient-ils quitter le confort de leurs appartements avant d'être absolument sûrs qu'ils couraient un danger? Etant donné la nature humaine, Chief ne pouvait pas compter dessus. Il espérait simplement qu'ils ne s'apercevraient pas qu'il était étranger à la résidence.

Il se mit à hurler en agitant les bras comme un forcené.

— Dépêchez-vous. Descendez. Il y a le feu au 17 D. Ça se propage rapidement.

Un voisin du 16e niveau qui avait entendu le signal d'alarme s'aventura dans la cage d'escalier.

— Ça brûle vraiment? s'égosilla-t-il.

— 17D, s'époumona Melina en retour. Faites évacuez votre étage!

Ils dévalèrent en catastrophe quelques volées de marches, bientôt rejoints par un flot de gens qui se ruaient vers le rez-de-chaussée. C'était la réaction que Chief avait escomptée en déclenchant l'alerte.

— Que ferons-nous une fois en bas? haleta Melina à bout de souffle.

— Si je savais! J'espère qu'il y aura une belle pagaille. On pourra peut-être se faufiler sans être vus. Quoi qu'il arrive, ne lâchez pas ma main.

Pour toute réponse, elle pressa ses doigts contre les siens tout en aidant à descendre une femme en sari qui portait deux enfants endormis.

Avant même d'arriver en bas, Chief entendit les sirènes des services de secours. Quand ils débouchèrent dans le hall, les agents de sécurité de l'immeuble procédaient déjà à l'évacuation par les issues de secours latérales. Harnachés de la tête aux pieds, les pompiers descendaient en trombe de leurs camions et se ruaient vers la loge de Harry qui discourait à perdre haleine, en faisant de grands moulinets avec les bras.

Dieu soit loué, pensa Chief. Le portier, occupé à

raconter le drame en long et en large à ceux qui voulaient l'écouter, ne les avait pas remarqués. Ils se fondirent dans la foule qui se pressait à toute allure en direction de la rue.

— Baissez la tête, ordonna-t-il en franchissant la porte.

Ils avancèrent lentement, l'œil fixé sur leurs chaussures. Une fois dehors, les vigiles les firent traverser la rue et se regrouper sur le parking de l'immeuble d'où d'après Chief étaient partis les coups de feu. Il attira Melina un peu à l'écart du groupe pour éviter la lumière des réverbères.

Soudain, il se figea en reconnaissant deux visages familiers qui, en plein cœur de la cohue, dévisageaient un par un les rescapés sans paraître le moins du monde effrayés par la situation.

Chief saisit Melina par les épaules et lui fit faire demi-tour.

— Ne vous retournez pas. A 14 heures. Nos faux agents du FBI. Je parie ce que vous voulez que ce sont eux qui ont tiré.

— Mais pourquoi auraient-ils voulu tuer Jem ? Ils étaient sous ses ordres, n'est-ce pas ?

— En tout cas, Hennings le croyait.

Anxieuse, elle tirailla sa lèvre inférieure.

— Qu'allons-nous faire ?

— Pourquoi ne pas essayer de raisonner ces brutes ?

— Bonne idée, rétorqua-t-elle d'un ton caustique.

— On pourrait appeler Tobias ou Lawson. Ils nous aideraient.

— Vous voulez dire qu'ils nous mettraient le grappin dessus, oui.

Chief n'était pas loin de penser qu'ils étaient fous de refuser la protection de la police et du FBI. Leurs vies étaient menacées. La sienne, plutôt deux fois qu'une. Maintenant que Hennings avait disparu, la prochaine balle lui était probablement destinée. Ces cinglés avaient déjà fait deux tentatives pour le punir d'avoir « profané » Gillian. Ils ne s'arrêteraient pas là. En outre, Chief n'avait pas oublié la menace de Hennings concernant Melina. Elle devait remplacer sa sœur dans le Programme. Il allait falloir jouer serré.

Après tout, Hennings n'était peut-être qu'un pauvre cinglé qui se servait du message de Frère Gabriel pour justifier ses propres perversions. Tout comme son copain Gordon, l'obsédé sexuel.

Mais si c'était vrai. Chief sentait ses cheveux se dresser sur sa tête. Si Frère Gabriel avait mis sur pied ce plan machiavélique de procréation génétique, alors il avait les moyens de provoquer un cataclysme d'envergure. Chief hésitait à appeler la cavalerie. D'un autre côté, il lui manquait encore certains éléments et il ne supportait pas l'idée que quelqu'un puisse livrer bataille à sa place. Cette fierté mal placée venait-elle de ses origines indiennes? Pourquoi avait-il tant de mal à l'accepter?

Il choisit de faire confiance à son instinct.

— Je suis d'avis de jouer le tout pour le tout, mais c'est à vous de prendre la décision, Melina, suggéra-t-il calmement en élevant la voix pour se faire entendre au-dessus du vacarme. Gillian était votre sœur.

— Elle était ma jumelle. J'en fais une affaire personnelle.

— Moi aussi.

— Alors, vous avez votre réponse.

— D'accord.

Maintenant qu'ils avaient pris leur résolution, le plus dur restait à faire. Chief avait provoqué une fausse alerte pour quitter le bâtiment mais comment s'enfuir sans moyen de locomotion ? Le garage souterrain était bloqué par les véhicules des pompiers. Impossible de récupérer le tacot. Ils n'avaient pas beaucoup de temps. Le meurtre de Jem Hennings serait vite découvert.

— Nous devons partir sans perdre une minute, s'impatienta Melina comme si elle lisait dans ses pensées.

— C'est vrai. Une fois que les autorités auront trouvé le cadavre de Hennings, elles se lanceront à nos trousses. Harry n'est pas près de nous oublier. Surtout vous. (Il avisa ses chaussures plates.) Vous pourrez courir ?

— Sans problème. Je m'entraîne trois fois par semaine.

— Où se trouve le centre commercial le plus proche ? Nous y serons à l'abri.

— Sur Oak Lawn. Par là, répondit-elle d'un léger signe de tête.

— Mettez-vous en marche lentement sans attirer l'attention. Je reste derrière vous, expliqua-t-il en posant ses deux mains sur sa taille.

A petits pas, ils se frayèrent un chemin au milieu de la foule, surprenant au passage des conversations indignées : « C'est une fausse alerte, il n'y a jamais eu d'incendie ». « C'est la faute du système de sécurité qui fonctionne de travers ».

Ils venaient d'émerger du dernier groupe de badauds quand Chief se retourna. Hissé sur la pointe des pieds, le « faux Tobias » scrutait les alentours en se dévissant la tête. Soudain, il pivota sur lui-même. Chief n'eut pas le temps de se détourner. Leurs regards se croisèrent.

— Courez ! cria-t-il à Melina en lui assénant une bourrade dans le dos.

Une exclamation résonna derrière eux.

Elle n'eut pas une seconde d'hésitation. Sans poser de

question, elle s'élança sur le parking et se mit à courir de toutes ses forces. D'un bond, elle sauta par-dessus les buissons qui bordaient la rue. L'endroit était désert. Un crissement de pneus la fit tressaillir. Jetant un coup d'œil rapide par-dessus son épaule, elle vit que leurs poursuivants avaient évité de justesse un véhicule et étaient bloqués sur le trottoir d'en face. Elle profita de ce répit pour escalader la palissade d'un terrain vague. L'obscurité était presque totale. Elle faillit trébucher sur une grosse motte de terre. Chief poussa un grognement rageur. Il s'était heurté le genou dans le panneau publicitaire d'une agence immobilière.

— Par là, chuchota Melina hors d'haleine en arrivant devant un passage en ciment qui protégeait un guichet de banque automatique. Ils le traversèrent sans ralentir leur rythme et débouchèrent dans un ancien parc de stationnement abandonné sur lequel se dressait une cahute en ruine. Ils la contournèrent et s'aplatirent contre le mur. Chief lui prit la main. Le bois sentait le moisi et l'odeur putride d'un animal en décomposition.

— Ça va? souffla-t-il en tentant de reprendre sa respiration.

— Ils sont toujours à nos trousses?

— Je n'en sais rien. On est loin encore?

— Deux ou trois pâtés de maisons. Vous voyez les lumières?

Au-dessus des toits et des cimes des arbres, il repéra les néons du centre commercial.

— On y va.

La plupart des vieilles bâtisses du quartier avaient été transformées en magasins — boutiques d'antiquaires, salons de coiffure, cabinets d'avocats. Ils étaient fermés à cette heure-là. Ils se remirent en route, avançant à couvert dans l'ombre des haies et des buissons.

— Quand nous serons là-bas...? haleta-t-elle par-dessus son épaule.

— Faites signe au premier taxi que vous verrez.

Dans cette ville qui détenait le record du nombre de voitures particulières par habitant, ils risquaient d'avoir du mal à en dénicher un. Le mieux était de foncer directement devant un bar ou une boîte de nuit. Les consommateurs préféraient éviter de rentrer chez eux par leurs propres moyens pour ne pas être arrêtés en état d'ivresse.

Ils franchirent au pas de charge le parking d'un restaurant, indifférents aux regards étonnés des clients qui récupéraient leurs automobiles après le dîner. Chief vit avec satisfaction que les trottoirs étaient bondés. Malgré l'heure tardive, le trafic était intense sur le boulevard.

— Mêlez-vous à la foule, ordonna-t-il en lui prenant le bras.

La sueur dégoulinait sur leurs visages rougis par l'effort. Hormis ce détail, on aurait pu les prendre pour un couple ordinaire.

— Là, s'exclama-t-il en repérant un véhicule orné d'une loupiote jaune qui se garait devant l'entrée d'un night-club.

Ils traversèrent la rue en trois enjambées sans prendre garde à la circulation et bondirent sur la portière arrière au moment où trois touristes japonais la refermaient.

Ils s'affalèrent sur la banquette.

— Où allons-nous? demanda le chauffeur en se retournant.

— En direction du sud, autoroute 45. Je vous donnerai les indications au fur et à mesure.

D'une bourrade, Chief força Melina à s'aplatir contre le

dossier en moleskine. Anxieuse, elle se laissa faire, sans discuter.

— Regardez, murmura-t-il. Sous le R de la pancarte restaurant.

Les traits convulsés de rage, le Noir et son acolyte se tenaient sur le bord du trottoir, fouillant la foule des yeux. Chief les suivit du regard jusqu'à ce qu'ils ne soient plus que deux petits points à l'horizon.

— Ils ne nous ont pas vus, souffla-t-il en s'étirant. (Il ferma les paupières et reprit son souffle.) Comment vous sentez-vous ?

Elle avait enfoui son visage dans son pull. Il remarqua que ses épaules tremblaient.

— Melina ? insista-t-il.

Il la prit par les bras et l'attira contre lui.

— Vous avez fait la course ? s'enquit le chauffeur, intrigué.

— Ouais. Un putain de marathon. Maintenant, occupez-vous de vos affaires et conduisez.

— Pourquoi vous me rembarrez ? On peut pas causer ?

Ignorant sa curiosité, Chief passa ses doigts dans les cheveux emmêles et humides de Melina.

— Ça va aller. Ne pleurez pas. Vous êtes en sécurité.

Elle releva la tête brusquement. A sa grande stupéfaction, il constata qu'elle riait à perdre haleine.

— Je dois être cinglée, gloussa-t-elle en hoquetant. J'ai vu un homme se faire décapiter devant moi. J'ai le FBI et deux tueurs à gages à mes trousses et tout ce que je trouve à faire, c'est rigoler comme une tordue.

A peine avait-elle achevé sa phrase que ses traits se crispèrent et ses yeux s'embuèrent.

Chief souleva son visage et l'appuya contre sa poitrine.

Elle pleura longuement en silence contre lui tandis qu'il lui massait le crâne avec des gestes pleins de douceur.

En temps normal, il détestait voir sangloter une femme. La peur, la frustration, le chagrin, la déception ou la colère étaient des émotions qu'il préférait ignorer.

Cependant, l'attitude de Melina ne le dérangeait pas. Elle avait le droit de se laisser aller. Elle avait montré jusque-là un courage hors du commun. Il l'embaucherait volontiers dans son équipage. Il était prêt à parier qu'elle pourrait en remontrer au plus costaud de ses coéquipiers.

Il la garda serrée contre lui, le menton appuyé sur sa chevelure en désordre, lui caressant le dos d'un geste circulaire de la main. Ses sanglots se calmèrent peu à peu. Il remua légèrement et lui releva la tête du bout des doigts.

— Vous vous sentez mieux?

— Je vomis, je braille. Vous parlez d'une équipière de choc!

— M'avez-vous entendu me plaindre?

Ils échangèrent un sourire.

Son cou reposait au creux de son coude, sa gorge blanche tendue vers lui. Il essuya une larme qui maculait sa joue et effleura doucement sa pommette avec son pouce. Lentement, il fit glisser son autre main vers son ventre, frôlant l'étendue de peau nue entre son chandail et son pantalon.

Elle entrouvrit les lèvres pour prendre une grande respiration.

Les yeux rivés aux siens, il la contempla en silence, immobile. Sans un mot, elle desserra ses doigts crispés autour du revers de sa chemise et les posa lentement, audacieusement sur la boucle de son ceinturon.

Chief avala sa salive. Une bouffée de chaleur l'envahit.

— Melina? bredouilla-t-il d'une voix sourde.

— Dites, euh... vous énervez pas, attaqua le chauffeur d'un ton anxieux, mais j'ai besoin de savoir... J'prends quelle sortie sur l'A45 ?

Elle se redressa comme à regret et s'éloigna de lui. Après avoir réajusté sa tenue, elle s'essuya maladroitement la figure et lissa ses cheveux derrière ses oreilles.

— Prenez vers l'est, ordonna Chief, à la prochaine bretelle.

Il se tourna vers Melina. Elle avait un air buté et se comportait comme s'il ne s'était rien passé. Chief était frustré. Pour un peu, il aurait pu l'embrasser. Il aurait appuyé ses lèvres sur sa veine bleutée, là, juste en dessous du pendentif en rubis.

Melina s'agitait nerveusement, mal à l'aise. Finalement, après s'être donné une contenance, elle posa son regard sur lui.

— Où allons-nous?

— Vous n'avez pas peur de l'avion, j'espère?

CHAPITRE 29

Frère Gabriel était en prière. C'était chez lui un rituel : il s'adressait au Seigneur trois fois par jour, au moment du petit déjeuner, au dîner et avant d'aller se coucher.

La journée avait été bonne et il était d'humeur joyeuse. Le sermon qu'il avait enregistré cet après-midi pour son show télé était particulièrement satisfaisant.

Il avait choisi de parler des fardeaux. Pas ceux avec un F majuscule que décrivait le Nouveau Testament des

Révélations, mais ces ennuis quotidiens qui polluaient la vie de tout un chacun.

— Donnez-les moi, avait-il imploré de sa voix la plus sincère. Déchargez-vous sur mes épaules.

Il avait expliqué à ses fidèles qu'il n'attendait en retour qu'une foi inébranlable. « Je suis Celui qui peut transformer votre vie » avait-il répété. Il croyait dur comme fer à cette idée. Lui seul pouvait offrir le paradis aux pauvres hommes égarés sur terre. Sa perfection était un modèle dont tous devaient s'inspirer. Il donnait de l'amour aux mal-aimés et de l'espoir aux désespérés. Il était la bienveillance personnifiée.

Bienveillance personnifiée. Humm. Une phrase facile à retenir. Il allait la noter.

Les enfants jouaient dans la cour, sous son balcon. Chaque soir, ils avaient le droit pendant trente minutes après le souper, de se livrer à leurs activités préférées. Sauf celle de s'installer devant le petit écran.

La télévision était interdite dans le domaine à l'exception de ses émissions. Le choix des journaux, des livres et des programmes était soumis à son approbation. Rien ne devait polluer l'esprit des disciples qui avaient l'immense honneur de vivre au Temple et de travailler pour le Ministère.

Quand le temps était clément, il permettait aux plus jeunes de s'ébattre dans le jardin sous ses fenêtres, leur offrant le privilège de le voir en prière. Il tenait à ce que chacun se rende compte de son degré de dévouement. C'était la meilleure façon de cultiver en eux le désir de lui ressembler.

Les parents et les éducateurs avaient pour consigne de laisser les jeunes décider de leur occupation. Frère Gabriel les surveillait du coin de l'œil, cherchant à découvrir leurs qualités respectives. Un tel avait-il un esprit scientifique ? Celle-là ferait-elle une bonne infirmière ?

Il les connaissait tous par leur prénom et, jour après jour, les étudiait sans pitié, traquant leurs faiblesses, prêt à les éliminer du Programme à la moindre défaillance. Jusque-là, il n'avait eu à déplorer qu'un minimum d'échecs, preuve que son procédé de sélection était au point.

Joël ferait un sportif de haut niveau. Margaret ? C'était indiscutablement une intellectuelle. William était pétri de loyauté alors que Sarah, une comédienne-née, savait se montrer diplomate en cas de dispute. David ferait-il un excellent homme d'affaires ?

Les garçons l'intéressaient davantage que les filles dont la mission essentielle était de procréer. Mais Frère Gabriel était réaliste. En quelques décennies, les femmes étaient parvenues à se faire une place dans l'industrie, en politique, dans les affaires, surtout en Amérique du Nord et en Europe occidentale. Il devait préparer ces futures adolescentes à un avenir professionnel.

Agenouillé, la tête penchée, il essayait de se projeter dans le futur, imaginant ses jeunes poulains lâchés dans un monde construit à leur image. Il fut saisi d'un vertige.

— Amen.

Il se leva et ramassa son coussin russe. Un jeune garçon, debout sous la balustrade, le salua avec effusion. Il lui fit un signe de la main. Tous les regards se tournèrent vers lui, quêtant son attention.

— Regardez-moi, Frère Gabriel.

Joël lança son ballon de basket dans le panier. Et s'il devenait une star du NBA ? Le prédicateur frémit à cette idée en pensant au nombre de jeunes gens que le gamin pourrait influencer, convertir grâce à son immense popularité. Il prit note mentalement de convoquer un entraîneur pour l'aider à se perfectionner.

— Beau travail, lança-t-il avec enthousiasme en applaudissant.

Leslie, la jeune fermière de l'Iowa, le dévorait des yeux avec une adoration muette. Depuis qu'elle lui avait rendu visite dans sa chambre, son attitude s'était nettement améliorée. Il avait entendu dire qu'elle n'avait plus le mal du pays. Elle s'appliquait à ses études et à ses corvées avec une rigueur accrue.

Il lui adressa un clin d'œil et elle rougit violemment. Parfait ! C'est ce qu'on attendait d'elle. Au lit, elle avait fait preuve d'une belle sensualité, caractéristique de ses origines rurales. C'était un bon coup !

Il réfréna son désir. Il était encore trop tôt pour la reconvoquer. Les autres seraient jalouses. Mary tenait son ventre à deux mains. Avec ses cheveux noirs et bouclés, elle était aussi appétissante qu'un fruit mûr sur le point d'éclater. Ses tétons volumineux pointaient sous le tissu tendu de sa robe.

Frère Gabriel sentit poindre une chaleur dans le basventre. Elle était trop près du terme pour qu'il fasse l'amour avec elle mais il y avait d'autres façons de prendre du plaisir. Il décida de la faire appeler un peu plus tard dans la soirée.

Il s'inclina une dernière fois devant ses adorateurs et rentra.

La bienveillance personnifiée. Les mots dansaient dans sa tête. Ce slogan ferait merveille sur une affiche, gravé en lettres d'or, juste au-dessus d'une photo le représentant, les bras ouverts en un geste de mansuétude.

Monsieur Hancock qui l'attendait dans le bureau, lui tendit un apéritif.

— Vous avez un appel de Dallas, annonça-t-il d'un air entendu en le débarrassant du coussin.

Frère Gabriel lui lança un regard significatif et avala une rasade d'alcool avant de décrocher le combiné.

— Oui, Joshua?

— Votre problème est réglé.

— Je vous écoute.

Etant donné la nature délicate de la communication, il s'était abstenu de brancher le haut-parleur. Il veillerait également à ne pas poser de questions compromettantes. Il avait beau faire confiance à son système de sécurité, il ne voulait prendre aucun risque. La technologie, même la plus avancée, n'était pas à l'abri d'une défaillance.

— Il a cru qu'on était à ses bottes, commença Joshua. Il ne lui est pas venu à l'idée que nous prenions nos ordres directement auprès de vous. Quel sale petit vaniteux !

Frère Gabriel savait par expérience que ses larbins seraient allés jusqu'à s'entretuer pour quémander ses faveurs. Moins il commandait, plus ils rivalisaient d'attentions. Rien de tel qu'un air distrait ou grognon pour pousser une femme à se livrer à des prouesses sexuelles. Les hommes fonctionnaient de la même façon. En jouant l'indifférent, il apprenait toujours ce qu'il voulait savoir. Ces imbéciles adoraient se vanter de leurs exploits.

Joshua comme les autres.

— Une vraie boucherie, fanfaronna-t-il. Y a peu de chances qu'il ressuscite.

Frère Gabriel regrettait la mort de Jem Hennings qui avait été, durant de nombreuses années, un collaborateur bien utile. Jusqu'à ce qu'il perde le sens de la mesure. Sa relation avec Gillian Lloyd était compromettante. Il n'avait pas été difficile de faire passer Dale Gordon pour un psychopathe mais Hennings représentait un danger susceptible de mener les autorités aux portes du Temple.

Ce que Frère Gabriel ne lui pardonnait pas, c'est d'avoir décidé seul du sort de Linda Croft. Il ne trouvait rien à redire sur la méthode employée — il aurait fait la même chose — mais de là à prendre une décision aussi importante de son propre chef... Comment un simple fidèle pouvait-il se montrer aussi présomptueux?

Hennings avait rempli sa mission. Point. Il n'était pas irremplaçable. Des dizaines de disciples n'attendaient qu'un signe de lui pour partir à leur tour en croisade. Assez pensé à ce blanc-bec. Il ne méritait pas qu'on s'appesantisse sur son cas. Frère Gabriel le chassa de son esprit.

— Et pour le reste? questionna-t-il.

L'hésitation de Joshua était de mauvais augure. Frère Gabriel sirota une nouvelle gorgée de bourbon en pianotant d'un air impatient sur son bureau.

— On peut dire qu'on s'est fait baiser.

Ainsi Christopher Hart était encore en vie et ils n'avaient pas capturé Melina Lloyd. Une colère sourde l'envahit.

— Et pourquoi donc?

— Ce ne sont pas des empotés, vous savez!

— Je sais, coupa-t-il sèchement. Ce n'est pas une excuse.

Il serra son verre avec une telle force que le cristal se fissura.

— Tu n'as pas envie de me décevoir, n'est-ce pas, menaça-t-il en articulant exagérément. Pense à ce pauvre homme, ce soir!

— Oui, monsieur.

— Il m'avait déçu. Tu ne veux pas qu'il t'arrive la même chose?

Joshua n'était pas particulièrement futé mais il comprit immédiatement l'allusion à Jem Hennings.

— Non, monsieur.

— Alors, je te suggère d'arranger le coup avant demain matin.

Il raccrocha brutalement et éclusa son apéritif, l'air furibond.

— Vous en voulez un autre? s'enquit Hancock.

— Oui. Et je veux que vous convoquiez Mary.

— La...

— Mary, Mary, ronchonna-t-il hors de lui. Tu sais qui c'est?

— Mais... Frère Gabriel, elle est enceinte de huit mois et demi.

— Je le sais parfaitement, hurla-t-il. Pourquoi est-ce que tout le monde discute mes ordres ce soir?

Le sang battait dans ses veines et une douleur sourde résonnait dans ses tempes. Il perdait rarement son sang-froid en public, encore moins en présence de monsieur Hancock. Il fit volte-face pour ne pas voir l'expression abasourdie de son assistant. Personne ne devait être témoin de son manque de maîtrise. Céder à la panique était une faiblesse humaine. Un véritable tabou pour Frère Gabriel.

C'est à cause de cette femme, pensa-t-il amèrement. Gillian Lloyd le persécutait au-delà de la tombe. Elle était responsable de tous les problèmes survenus ces derniers jours. Elle et l'astronaute. Et voilà que sa jumelle lui manquait d'égards à son tour.

— Monsieur Hancock, lança-t-il abruptement.

— Oui, monsieur?

— Avez-vous terminé votre enquête sur Melina Lloyd?

— Pas tout à fait, monsieur. J'attends quelques vérifications avant de vous la livrer.

— J'apprécie votre rigueur, pérora-t-il, en lui lançant un os à ronger pour faire oublier son coup de sang. Dès qu'elle sera achevée, présentez-la moi immédiatement. Je veux tout savoir sur cette fille depuis le jour de sa naissance.

— Absolument, monsieur. Je m'y remettrai dès que j'aurai appelé Mary. Voulez-vous dîner tout de suite?

— Je sonnerai quand j'aurai faim.

— Oui, monsieur.

Frère Gabriel s'engouffra dans sa chambre et referma la porte derrière lui avant de faire les cent pas. Melina lui taraudait l'esprit. C'est sûrement une pute comme sa sœur, pensa-t-il avec mépris.

Aucune femme, fût-elle la plus désirable, ne valait les ennuis qu'elle lui avait causés. Elle n'était qu'une poussière. Pas plus importante qu'un moucheron au cours d'une soirée d'été. C'était grotesque de penser que le Programme ne pouvait se passer d'elle. Ce dessein ambitieux était des millions de fois plus grand. Supérieur à n'importe quel être humain. Nulle créature ne pourrait arrêter sa progression, ni l'entraver.

Mais son orgueil exigeait qu'il plie Melina Lloyd à sa volonté. C'était devenu entre eux une guerre sans merci. S'il renonçait, comment interpréterait-on ce message? Quel exemple pour ses soldats qui se battaient sur le terrain en remplissant leurs missions?

Si on apprenait qu'il avait été vaincu par une simple garce, son pouvoir serait ébranlé. Les chefs d'Etat du monde entier l'appelaient pour quémander un conseil ou un encouragement. Lui, céder devant une femme? C'était impossible.

Ainsi, Melina Lloyd avait refusé le destin imposé à sa sœur et s'était alliée avec le FBI? Bien. Elle l'avait obligé à se séparer de Jem Hennings? Parfait! Elle s'était acoquinée à un être abject? Elle allait payer pour toutes ces transgressions.

Il la ferait amener de force devant lui pour la punir. Quand elle serait humble et repentante, alors seulement pourrait-il songer à lui pardonner, à la bénir, la prendre contre lui et à l'accepter dans sa famille. Elle se soumettrait à sa bienveillance. Bien sûr qu'elle se soumettrait. Qui refuserait de faire partie des élus?

Il allait gouverner le monde.

***

— Où sommes-nous?

Chief avait payé le taxi qui les avait laissés au milieu de nulle part. Les gratte-ciel de Dallas ne formaient plus qu'un point lumineux adossé à l'horizon. L'endroit était tellement désertique que le chauffeur s'était montré ombrageux. Il avait filé en trombe en faisant crisser ses pneus sur le gravier avant de reprendre la direction de la ville. La route s'achevait en cul-de-sac.

Chief la prit par la main et l'entraîna violemment vers un bâtiment de tôle ondulée.

— Laissez-moi parler.

— D'accord. De toute façon, je ne saurais pas quoi dire.

La vieille bâtisse ressemblait à une boîte de conserve qui aurait été coupée en deux dans le sens de la longueur avant d'être allongée sur le sol. A son sommet, un projecteur de forte puissance dardait ses rayons éblouissants sur le tablier en béton qui s'étendait sur plusieurs mètres devant l'entrée. A leur gauche, elle remarqua une piste d'atterrissage.

Les alentours étaient plongés dans les ténèbres. Soudain, Melina sursauta, effrayée. Un berger allemand avait surgi devant eux, les babines retroussées.

— Chief! hurla-t-elle en freinant des quatre fers.

Un homme apparut sur le seuil de l'édifice en fer blanc tout en s'essuyant les bras sur un tissu rouge décoloré. Ebloui par le faisceau lumineux, il grimaça.

— J'peux vous aider? demanda-t-il d'un ton rogue après avoir fait taire le chien.

— Je suis Christopher Hart.

Les mains graisseuses s'ouvrirent en un mouvement de surprise. L'inconnu resta bouche bée, l'air interdit. Chief s'avança dans la lumière.

— Ça alors, je veux bien être damné si... bredouilla le type.

— Je ne savais pas si c'était toujours ouvert.

— C'est ouvert. Mais y a pas trop de boulot. Qu'est-il arrivé à ton visage?

Chief s'abstint de répondre. Ils se toisèrent un long moment, puis Chief fit les présentations :

— Melina, voici Pax Royston. Pax, Melina.

Royston hocha brièvement la tête.

— Madame.

— Comment allez-vous?

Etant donné les circonstances, les formules de politesse paraissaient déplacées. L'ambiance n'était pas aux mondanités. Une tension presque palpable planait entre les deux hommes.

Elle examina Royston ouvertement. Il était vêtu d'une

salopette maculée de taches grasses, fermée par une fermeture éclair sur le devant. Son visage était sillonné de petites rides dues à une longue consommation du tabac. Il paraissait assez âgé. Il jeta un coup d'œil derrière eux, cherchant manifestement à comprendre par quel moyen ils avaient débarqué dans ce trou perdu.

— Z'avez été parachutés?

— On est venus en taxi.

— En taxi, répéta-t-il comme si cette notion lui était étrangère. De Dallas?

— Tu es seul ici?

— Y a juste moi et Bandit.

Il les dévisagea à tour de rôle d'un regard bizarre.

— Vous voulez entrer?

Après l'éclairage aveuglant de l'extérieur, la pièce leur fit l'effet d'une grotte étouffante. Ils clignèrent des yeux. Une télévision noir et blanc, posée sur un énorme bidon d'huile, diffusait un match de hockey. Pax se contenta de baisser le volume sans l'éteindre. Bandit renifla la main de Melina avec curiosité. Après quoi, il trottina avec satisfaction vers un bol rempli d'eau et se mit à boire bruyamment.

— Il fout la trouille aux gens mais pour un molosse, il est minable, expliqua Pax.

— Heureusement pour nous, renchérit Melina en souriant.

Pax lui rendit son sourire.

— Vous voulez du café?

— Un avion, coupa Chief en abrégeant l'échange naissant. J'ai besoin d'un avion.

Des aéroplanes démantibulés trônaient dans le hangar. Pax était manifestement en train de travailler sur une des machines quand ils étaient arrivés. Une ampoule nue encastrée dans un panier de métal pendait au-dessus de l'appareil désassemblé. Les différents morceaux de la carlingue étaient éparpillés sur un bout de moquette usée, effrangée sur les bords.

— Juste un coucou, continua Chief, rien de plus.

— Où allez-vous ?

— Tu en as un, oui ou non ? s'impatienta-t-il en ignorant la question.

— Ouais. Derrière.

— Il vole ?

— T'es pilote ?

Chief lui balança un regard mauvais. Pax haussa les épaules.

— Alors, il vole, grogna-t-il.

Melina était intriguée par l'animosité latente qui régnait entre eux. Chief exigea les clés.

— Je veux le vérifier.

Tandis que Pax se dirigeait en traînant les pieds vers le bureau vitré, Chief se tourna vers elle.

— Demandez-lui s'il a quelque chose à manger. Et à boire aussi. Occupez-vous de ça. Ah, au fait, avant de partir, allez aux toilettes. Le trajet sera long. Nous ne ferons escale qu'une fois pour nous ravitailler en carburant.

— Nous allons au Nouveau-Mexique, n'est-ce pas ?

Pax réapparut avec le trousseau et une feuille de papier sur laquelle il avait noté le numéro d'immatriculation du bimoteur.

— Il est dehors, à ta droite. C'est un beau petit bijou. Il vient de subir une révision complète.

— Merci.

Ils le regardèrent s'éloigner d'un pas rapide et pénétrer dans la remise en évitant les flaques d'huile. La porte de derrière claqua.

Pax reporta son attention sur elle.

— Alors, ce café?

— Non, merci. Mais j'aurais besoin de quelques denrées pour le voyage.

Il l'accompagna devant deux distributeurs automatiques.

— Les boissons sont fraîches mais j'peux pas vous garantir la qualité de la nourriture, précisa-t-il en indiquant des paquets sous cellophane suspendus à un crochet. J'sais plus quand la machine a été rechargée pour la dernière fois.

Elle fouilla dans son sac à la recherche de monnaie.

— Vous embêtez pas. (Pax ouvrit les portes vitrées au moyen d'un passe.) Servez-vous.

— Je ne suis jamais montée en avion avec Chief, expliqua-t-elle en faisant son choix.

— Faut pas vous inquiéter. C'est un as. Il a les meilleurs réflexes que j'aie jamais vus.

— Etiez-vous ensemble dans l'armée?

— On peut dire ça.

— Vous avez travaillé pour la NASA avant de monter votre propre affaire?

Il renifla.

— Non, madame. Pas moi.

— Vous vous êtes fréquentés longtemps?

— Jusqu'à ce qu'on soit fâchés, grogna-t-il avant d'ajouter en pointant le menton vers les étagères remplies de victuailles, ces petits gâteaux à la noix de pécan sont délicieux.

— Il y en a beaucoup, répondit-elle, déçue de constater qu'il préférait mettre un terme à la conversation.

S'étaient-ils disputés à cause d'une femme? S'agissait-il plutôt d'un conflit professionnel? Peut-être que Royston s'était montré jaloux quand Chief avait intégré le programme spatial.

La mine boudeuse, il cherchait avec frénésie un sac pour emballer les produits qu'elle avait choisis. Il finit par en dénicher un dans la poubelle.

— J'ai fait des courses, hier, commenta-t-il en rangeant les canettes et les biscuits. Surtout pour Bandit. Ce foutu chien mange autant qu'un cheval.

A ce moment, ils entendirent claquer la porte qui donnait sur l'arrière du bâtiment, puis les bottes de Chief marteler le sol en ciment.

— Il a l'air au poil, lança-t-il laconiquement en faisant irruption dans la pièce.

— Je t'ai pas menti, râla Pax.

— Etes-vous allée aux toilettes, s'enquit Chief en s'adressant à elle.

Elle secoua la tête.

— Allez-y. J'ai quelques coups de fil à passer. Après quoi, nous partirons.

— Par là, proposa Pax en lui indiquant un petit renfoncement. Je vous préviens, ça ressemble pas vraiment à une salle de bains.

Il avait raison. L'endroit était limite répugnant. Le lavabo était incrusté de calcaire et le sol glissant de graisse. Il n'y avait pour toute décoration qu'un méchant poster représentant un bataillon de filles nues figées dans une pose vulgaire. Un dessin ordurier était scotché sur le porte-rouleau des W-C.

Elle commença par se laver les mains et la figure avec le bout de savon délavé avant de jeter machinalement un regard rapide dans le miroir craquelé qui surplombait la vasque. Elle poussa un petit cri. Son cou et son visage étaient zébrés de taches sombres. Elle se pencha en avant. Du sang. Le sang de Jem. Elle en avait aussi dans les cheveux.

Au bord de la panique, elle respira un grand coup et plongea la tête sous le robinet. L'eau était glaciale mais elle se rinça en grimaçant jusqu'à ce que les éclaboussures aient disparu.

Pour finir, elle s'essuya maladroitement avec du papier et se coiffa du bout des doigts. C'était mieux que rien. Elle avait l'air à peu près présentable. Elle rêvait d'une bonne douche et d'un shampoing mais Dieu seul savait quand elle en aurait l'occasion. Elle avait l'impression qu'il s'était écoulé une éternité depuis qu'elle avait quitté sa salle de bains confortable, le matin même. De toute façon, ses affaires étaient restées dans le coffre de la voiture, dans l'immeuble de Jem.

Quand elle ressortit, Chief était toujours au téléphone. Il jeta un coup d'œil amusé à sa chevelure mouillée. Il avait manifestement compris les raisons de son geste.

Pax était assis sur un fauteuil devant son bureau. Elle alla le rejoindre. Bandit s'était réfugié contre lui, sa grosse tête posée sur sa cuisse.

— J'imagine que c'est pour ça qu'il est incapable de mordre les gens, fit-il remarquer en flattant l'encolure du berger allemand avec tendresse. Je l'ai trop gâté. J'en ai fait une poule mouillée.

— Vous semblez former une bonne équipe.

Il ébaucha un geste en direction de son visage encore humide.

— J'aurais pu vous dégoter une serviette quelque part.

— Ça séchera vite.

Elle avisa soudain une photographie qui le représentait debout avec une femme sous l'enseigne du Golden Nugget Casino.

— Est-ce madame Royston ? demanda-t-elle.

— Non, une petite amie.

— Allez-vous souvent à Vegas ?

— Non, la Louisiane est plus proche. Dès qu'on peut, on met les voiles. Je joue aux dés. Elle préfère les machines à sous. (Tout en discutant, il fixait Chief à travers la vitre poussiéreuse.) Vous êtes... ?

Elle suivit son regard et eut un geste de dénégation.

— Il sortait avec ma sœur.

Il parut surpris.

— C'est vrai ?

— Oui.

— J'aurais cru...

— Non.

Il grommela dans sa barbe. Par peur de se trahir, elle se détourna. Sa question lui avait remis en mémoire la scène embarrassante qui s'était déroulée dans le taxi. Chief avait été sur le point de l'embrasser. Le plus gênant, c'est qu'elle en mourait d'envie.

La conversation s'étiola. Un silence gêné s'abattit entre eux. Elle fit mine d'étudier une carte du Texas accrochée au mur tandis qu'il continuait de caresser le flanc de Bandit.

Une minute plus tard, Chief s'avança sur le seuil et, plongeant la main dans sa poche, en sortit trois billets de cent dollars qu'il jeta sur la table.

— C'est tout ce que j'ai en liquide. Je ne veux pas me servir de ma carte de crédit.

Pax considéra Melina, étonné. Elle fit celle qui n'avait pas entendu. Chief lui avait demandé de le laisser parler. L'atmosphère était électrique. Par peur de dire une bêtise et de mettre les pieds dans le plat, elle préférait se taire.

— Je te dois encore du fric, continua Chief. Je te paierai en ramenant l'avion.

— Je te fais confiance.

— Je l'espère car ce que je vais te demander maintenant est extrêmement important. (Il marqua une pause pour s'assurer que Pax l'écoutait avec attention.) Embarque ton chien et ta copine et casse-toi dès ce soir. En Louisiane. A Vegas. Où tu veux, mais fiche le camp.

Elle s'aperçut avec surprise que Chief avait entendu leur conversation.

Pax fronça les sourcils.

— Bon sang, je peux savoir ce qui se passe?

— Non, répliqua Chief sans élever la voix. Tu viens de dire que tu me faisais confiance. Ne pose pas de questions, obéis-moi. Pars. Immédiatement. J'ai bien peur que deux types s'amènent par ici dans peu de temps. Tu risques de regretter de les avoir attendus.

Pax le toisa.

— Pendant des années, je n'ai eu aucune nouvelle de toi. Puis, tu débarques de je ne sais où au milieu de la nuit, avec une tête à faire peur accompagné d'une séduisante jeune femme qui a l'air complètement déboussolée — vous m'excuserez, Melina. Tu déboules chez moi en te comportant comme Dieu le Père, tu loues un avion sans pouvoir banquer et tu m'ordonnes de quitter ma boîte et ma baraque. T'es gonflé! En plus, j'ai même pas le droit de demander des explications?

— Non, tu n'as pas le droit.

— Et bien, je te le dis tout net. Tu racontes des conneries. Pour quelle raison je devrais les écouter?

Chief hésita longuement. Enfin, il inspira et lâcha d'une voix sèche :

— Parce que tu es mon père et que je ne veux pas être responsable de ce qui pourrait t'arriver.

CHAPITRE 30

Tobias examina le corps de Jem Hennings et s'autorisa son deuxième juron de la soirée. Il avait poussé le premier quand Melina lui avait raccroché au nez.

— J'ai besoin d'un verre, gémit Lawson.

L'agent du FBI sourit d'un air lugubre.

— Moi aussi. Dès que nous aurons trouvé des réponses.

Les deux hommes n'avaient passé qu'une seule journée ensemble et malgré leurs antagonismes se respectaient profondément. A contrecœur. Force était de constater qu'ils n'avaient rien en commun. Si Tobias considérait son collègue comme le type le plus mal fagoté de sa connaissance, Lawson le prenait pour un paon vaniteux. Le premier avait banni le sucre raffiné et la graisse de ses repas alors que l'autre adorait les fast-food et raffolait des plats bourrés d'huile. En véritable amoureux des arts, Tobias hantait les opéras et les théâtres, friand de ballets et de musique symphonique. Lawson n'avait assisté dans sa vie qu'à un seul concert, celui de Willie Nelson, en plein air. Il était rentré couvert de piqûres d'insectes.

Ils abandonnèrent le cadavre au médecin légiste et sortirent dans le couloir. Lawson prit la parole :

— J'ai obtenu quelques informations auprès du concierge. Il ne s'est pas fait prier pour nous fournir la description de Christopher Hart et de Melina Lloyd. Ils sont arrivés chez Hennings moins de quinze minutes avant le déclenchement de l'alerte incendie. (Il consulta ses notes.) A 21 heures 8 précisément. La mort est estimée entre 21 heures et 21 heures 15.

— Vous ne pensez quand même pas...

— Non. Je vous informe, c'est tout.

— Désolé de vous avoir interrompu. Continuez.

— Les voisins de palier se souviennent d'avoir vu un couple, ressemblant exactement à nos deux oiseaux, qui hurlait depuis la cage d'escalier qu'il y avait le feu au 17D.

— Ils ont créé une diversion.

— C'est aussi mon avis, répliqua Lawson. Un de nos experts va se charger de déterminer la trajectoire du projectile. Je parierais que l'assassin était planqué dans le bâtiment situé de l'autre côté de la rue. Mes hommes passent les toits au peigne fin et fouillent tous les appartements donnant chez Hennings. Je suis persuadé qu'ils vont faire chou blanc.

— Un tireur d'élite?

— Ça ne ressemble pas vraiment à un crime passionnel. Il n'y a qu'une dum-dum pour faire éclater un crâne de cette manière. On a tiré deux coups successifs. Un des résidents affirme avoir entendu une détonation. Peut-être deux. Mais elles étaient si rapprochées qu'il a pu confondre.

« La première balle a fait voler la vitre en éclats. Nous l'avons retrouvée mais elle est si déformée que je doute qu'on puisse retrouver l'arme correspondante. En admettant qu'on mette la main dessus. La deuxième a fait exploser la boîte crânienne de Hennings. Elle est restée fichée dans ce qui lui servait de cerveau. Le meurtrier est expérimenté. Il savait ce qu'il faisait et il était équipé. Un type sacrément culotté.

Tobias se frotta les yeux d'un air las.

— De mieux en mieux ! A votre avis, Melina Lloyd et Christopher Hart l'ont-ils aperçu ?

— Je ne crois pas. Mais ils étaient présents quand Hennings s'est fait buter. Le fil de la lampe posée sur la table était débranché, expliqua le lieutenant. Il n'y a pas de plafonnier dans l'appartement. Même un spécialiste muni d'un viseur à infrarouge n'aurait pas pu tirer avec cette précision deux fois de suite, dans l'obscurité. En outre, je vois assez mal nos trois compères disserter dans le noir. Quelqu'un a éteint la lumière et ce n'est sûrement pas Hennings. Je ne l'imagine pas non plus se débarbouiller avec du sopalin.

Tobias analysa ces informations.

— La vitre est soufflée, Hennings est tué, l'un des deux éteint la lumière puis crée une diversion pour s'enfuir plus facilement.

— Un truc comme ça, convint Lawson. Des témoins se rappellent les avoir vus dans la rue mais après ça, pfft. Ils ont disparu.

— Et leur portable ne répond plus.

— Ils ont abandonné leur voiture dans le parking souterrain. On a retrouvé deux sacs dans le coffre, l'un appartenant manifestement à Hart, l'autre à la fille. Les vêtements étaient neufs. Ils portaient encore les étiquettes.

Il expliqua à Tobias comment il avait retrouvé la trace de la vendeuse de chez Neiman.

— Elle a admis avoir livré des affaires à Melina Lloyd un peu plus tôt dans la journée. Je lui ai décrit la veste que nous avons trouvée près du cadavre. Elle fait partie des fringues qu'elle lui a vendues. Forcément, elle a l'air moins neuve maintenant.

— Ils voyagent léger.

— Vous pouvez le dire. On a examiné le véhicule dans lequel ils sont arrivés. Ce n'est pas celui de Melina Lloyd. Celui de Hart a été verbalisé et mis en fourrière, en ville devant un night-club.

Tobias se passa la main sur le visage. Leur première perquisition à la clinique Waters ne leur avait rien appris de substantiel sur Dale Gordon. Il avait eu le moyen et l'occasion d'échanger les échantillons de sperme mais rien ne prouvait qu'il l'avait fait. Tobias avait chargé Patterson d'aller rendre visite à tous les donneurs.

Le jeune agent ne s'était pas montré enthousiaste.

— Je ne serai pas obligé de les regarder éjaculer, n'est-ce pas ?

Tobias avait poussé un lourd soupir.

— Votre boulot est de les contacter et de les amener dans l'établissement spécialisé où seront regroupées les éprouvettes, sous la surveillance d'un personnel médical. D'accord ?

— Oui monsieur, avait-il répondu, visiblement soulagé.

— On a trouvé quelque chose sur lui ? demanda Tobias en indiquant le brancard qui transportait les restes de Jem Hennings.

— Rien. Pas même un ticket de parking. Le dernier achat qu'il a effectué avec sa carte bleue, c'est le pendentif qu'il a donné à Gillian — euh, à Melina — la veille du meurtre.

— Hé, Lawson.

L'un des policiers l'interpela de l'intérieur de l'appartement. Le lieutenant le rejoignit aussitôt. Tobias était sur le point de lui emboîter le pas quand son portable sonna.

⁂

Lucy Myrick avait l'impression d'avoir passé toute sa vie dans cette pièce sans fenêtre. A force de contempler les murs avec ses yeux injectés de sang, elle avait l'impression qu'ils étaient devenus rosâtres. Les hamburgers qu'elle avalait à longueur de journée lui donnaient des gaz. Voilà ce que c'était de ne pas consommer assez de fibres. La caféine lui provoquait des palpitations et elle avait des vertiges à cause du manque de sommeil. Sans compter qu'elle aurait eu bien besoin d'une douche.

— Comment regretter les actes accomplis par amour? roucoula-t-elle à voix haute.

Son caractère passionné, son travail et Tobias unis dans le même désir, l'avaient poussée à travailler sans relâche durant les dernières 48 heures. Elle cherchait frénétiquement à mettre en évidence le lien entre les jumelles Lloyd, Dale Gordon et les Anderson.

Tobias avait récemment ajouté un nouveau nom à la sauce : Jem Hennings. De sexe masculin. Type européen. Date de naissance : 10 février 1960 d'après son permis de conduire délivré au Texas treize mois auparavant. Taille : 1 m 80; Poids : 80 kilos.

Bel homme. Coquet. Le seul hic est qu'il avait donné un faux numéro de sécurité sociale à ses employeurs.

— Il y a quelque chose de pourri au royaume du Danemark, plaisanta Lucy intérieurement.

En l'occurrence, il s'agissait du Sud Dakota. Elle relut trois fois l'information avant d'appeler Tobias.

— Bonjour, c'est Lucy.

— Il est une heure du matin à Washington.

— Vous me devez un tas d'heures supplémentaires et un week-end sur le Chesapeake. Vous pouvez même vous fendre d'une ou deux bonnes bouteilles de vin.

— Vous avez trouvé quelque chose?

— Sud Dakota. Il y a sept ans. Une certaine Janine Hennings, âgée de 15 ans. Une fille plutôt difficile : un vrai cancre, mauvaises fréquentations, une rebelle, quoi ! Une infirmière de l'école, nommée Dorothy Pugh l'a prise sous son aile. Un ange de bonté, cette Pugh. En quelques mois, Janine a changé du tout au tout. Elle est devenue croyante, quasiment bigote. Peace and Love et tout le tremblement.

« A la fin de l'année scolaire, Dorothy Pugh a démissionné de son poste pour rallier le Nouveau-Mexique. Inconsolable, l'adolescente s'est enfuie de chez elle pour aller la rejoindre. Ses parents étaient furieux. Ils ont imputé le changement de personnalité de leur fille à cette nurse. Ils la soupçonnaient de faire partie d'une secte. Alors, ils ont embauché un *sectologiste*.

— Un quoi ?

— J'ai inventé le terme, répliqua fièrement Lucy. Un psy chargé de désintoxiquer ceux qui ont subi un lavage de cerveau.

— J'ai compris. Poursuivez !

— Accompagné de monsieur et madame Hennings, il a quitté le Sud Dakota pour voler au secours de Janine.

— Et ?

— Ils n'y sont jamais parvenus. On a retrouvé le mobile home qu'ils avaient loué en vue du voyage dans un camping du Colorado, intact. Eux s'étaient envolés.

— Acte criminel ?

— Indubitablement. Mais pas le moindre indice. Pas de corps. Pas de sang. Aucun signe de lutte. Rien de rien. Une famille qui campait à proximité n'a rien remarqué. Elle a levé le camp le lendemain matin de bonne heure après avoir passé la soirée de la veille au restaurant, sans rien noter d'étrange. Comme il avait plu cette nuit-là, il n'y avait aucune trace de pneus près du campement. Pfft ! Volatilisés ! A croire qu'ils ont été rayés de la surface de la terre par un laser extraterrestre. On n'a plus jamais entendu parler d'eux.

— Qui a signalé leur disparition ?

— Enfin ! J'ai cru que vous ne poseriez jamais la question. Jameson, alias Jem Hennings, le fils aîné. En voyant que ses parents ne lui téléphonaient pas, comme ils avaient promis de le faire tous les soirs, il s'est inquiété.

— A-t-il été suspecté ?

— Pas vraiment. Il avait un alibi en béton. Il a passé ses journées à son travail et le soir avec des amis. Il n'aurait pas eu le temps de faire un saut dans le Colorado. Cela dit, après cette tragédie, il a liquidé tous ses avoirs, déménagé et il s'est mis à utiliser un faux numéro de sécurité sociale.

— Ça sent le truc préparé.

— Un seul de ses copains a reçu de ses nouvelles depuis son départ du Dakota, poursuivit Lucy avec enthousiasme. Devinez d'où il lui a écrit ? De Drumroll, rien que ça. Oakland en Californie.

— Kathleen Asher ?

— Je n'ai encore trouvé aucun lien entre eux. Mais je vous parie mon week-end sur le Chesapeake que ça ne va pas tarder. Pour en revenir à la disparition de ses géniteurs, quand il a appris la nouvelle, il s'est répandu en sanglotant devant les caméras. Du genre : Le destin s'acharne sur moi. Je suis maintenant seul au monde. Déjà que ma petite sœur a rejoint une communauté religieuse. Ouin ! Ouin ! Notez qu'il n'a jamais employé le mot secte en parlant de ce mouvement.

— Inutile de vous demander duquel il s'agit ?

— Le Temple de Frère Gabriel.

— Lucy ?

— Quoi ?

— Serez-vous la mère de mes enfants ?

Avant qu'elle ait eu le temps de reprendre ses esprits, il avait déjà raccroché.

— Lawson !

Le lieutenant arriva en courant, l'air fébrile. Tobias ne l'avait jamais vu aussi animé.

— Vous allez être sur le cul quand vous saurez à qui appartient le numéro qu'on a trouvé enregistré en mémoire dans le portable de Hennings.

Tobias déploya un large sourire.

— J'ai un peu d'avance sur vous.

*
**

— Vous auriez pu m'avertir.

Depuis qu'ils avaient décollé, Melina ne décolérait pas. Ils avaient contourné Love Field et l'aéroport Fort-Worth de Dallas et mis le cap plein nord en direction de la zone métropolitaine avant de virer vers l'ouest.

Il leur avait fallu une bonne demi-heure avant de laisser derrière eux les lumières scintillantes de l'agglomération. Maintenant, ils volaient dans une obscurité presque totale. Le ciel se déroulait devant eux comme une couverture épaisse, à peine tachetée de petites lueurs blanches renvoyées par les bourgades qu'ils survolaient. Un mince croissant de lune nageait au milieu d'un champ d'étoiles éblouissantes.

Au début, il lui avait été facile d'ignorer sa désapprobation muette. Mais une telle critique méritait une réponse.

— De quoi ?

— Ne faites pas l'imbécile, Chief.

— Ce n'était pas utile.

— Peut-être pas, mais c'était une information intéressante.

— Pour quelle raison?

— Vous ne m'aviez pas dit que votre père était anglo-américain.

— Vous saviez parfaitement que j'étais métis. Même Dale Gordon s'en était rendu compte. Vous avez déjà vu un Indien avec des yeux bleus?

— Bon sang, pourquoi êtes-vous si chatouilleux?

— Bon sang, pourquoi êtes-vous si curieuse?

— Que lui reprochez-vous?

— Seigneur, vous n'arrêtez jamais?

— Vous voulez des chips?

— Hein?

— Des pommes de terre.

Elle ouvrit un sachet et lui présenta. Comme il la regardait avec étonnement, elle sourit d'un air désabusé.

— Je laisse tomber, soupira-t-elle.

Il plongea la main dans le paquet et en fourra une poignée dans sa bouche. Il avait brûlé pas mal de calories depuis qu'il avait avalé son cheeseburger.

Melina piochait alternativement dans le sac et dans une boîte de crackers.

— Mélange original, fit-il remarquer.

— J'ai faim.

— Parfait. Je vous rappelle seulement qu'au cas où vous vomiriez, je ne pourrais pas vous soutenir la tête.

— Il n'y a pas de poches prévues à cet effet?

— C'est un vol non commercial.

Ils échangèrent un sourire.

— Vous avez une miette, là, glissa-t-il, taquin en lui indiquant le coin de sa bouche.

Elle tenta de l'enlever d'un coup de langue.

— De l'autre côté, reprit-il.

Elle répéta son geste qui lui parut soudain très érotique. Il chercha une distraction. Vérifia les jauges. Le ciel. Tout plutôt que de la regarder.

— Quelles autres spécialités culinaires avez-vous en réserve ?

— Voyons... Du pop-corn à la ciboulette et à la crème.

— Seigneur Dieu !

— Vous en voulez ?

— Je préfère encore ce qu'on mange à bord de la navette.

— Désolée, mon stock est épuisé. (Elle farfouilla au fond du sac plastique.)

Des Cheetos. Du chocolat aux cacahuètes. Je ne vous le conseille pas. Il est un peu gris. Des Lorna Doones. Et des frites de maïs, sauce barbecue. Croyez-moi, j'ai choisi ce qu'il y avait de mieux.

— Je vous crois. Je veux bien quelques crackers.

Elle lui passa les biscuits. Leurs yeux se rencontrèrent.

— Que vous a-t-il fait pour que vous le haïssiez ?

— Je ne le hais pas.

— Ah bon ? Alors, j'ai imaginé cette hostilité latente ?

— Il nous détestait.

Melina attendit. Elle préférait le laisser venir. Il soupira et commença à se livrer, lentement, avec réticence.

— Pax était dans l'armée de l'air. Stationné à Holloman. Ma mère était employée civile sur la base militaire. Elle était belle. Petite et menue. Je suppose qu'elle représentait une nouveauté pour lui, une jolie petite Indienne. Ils se sont mariés au bout de quelques mois et je suis né avant leur premier anniversaire de mariage. Nous avons formé une famille heureuse pendant un certain temps.

« Mon premier souvenir remonte à un meeting aérien. Je me souviens que mon père m'a présenté à ses amis. L'un d'eux m'a offert du chewing-gum, c'était la première fois que j'en mangeais. Vous savez, le truc carré, recouvert d'un bonbon qu'on trouvait dans les distributeurs ? Il m'a laissé choisir la couleur que je préférais. Puis il m'a montré les avions en m'expliquant à quelle hauteur et à quelle vitesse ils pouvaient voler. Je me disais qu'il devait être la personne la plus intelligente du monde pour connaître tout ça.

« Il me portait sur ses épaules pour que je surplombe la foule. Au début, j'ai eu peur alors il a posé ses mains sur mes genoux en me rassurant. Il m'a expliqué comment l'agripper par les cheveux. Je devais me cramponner très fort mais il ne se plaignait pas. Je savais qu'il ne me laisserait pas tomber par terre. Je pensais qu'il m'aimait. Qu'il aimait ma mère également.

Par peur d'être ridicule, il marqua une pause. Il n'aimait pas regarder en arrière, se remémorer le passé, surtout ces années-là. Melina le forçait à revivre des souvenirs qu'il avait enfouis profondément en lui.

Grâce à son travail, il avait appris à lutter contre le sentimentalisme, s'entraînant à gérer instinctivement des situations complexes et techniques. Ce mode de pensée avait déteint sur lui. Il fonctionnait sur des impulsions cérébrales dénuées d'émotions. Les émotions, c'était tout juste bon à obscurcir le jugement. Gouverner avec son cerveau était bien plus facile.

— Y a-t-il un truc à boire, grogna-t-il de mauvaise humeur.

Elle décapsula une canette de Mountain Dew et lui tendit.

— Que s'est-il passé pour que vous changiez d'avis ? Je veux dire à propos de l'amour que Pax vous portait ?

— Moi qui pensais que vous étiez différente.

— De qui ?

— Des autres femmes. Elles adorent bavasser. Mettre les choses sur la table. Analyser. Disséquer. Elles se délectent à essayer de comprendre les motivations des autres, surtout des hommes.

— C'est parce que vous êtes fascinants.

— Merci, madame, ironisa-t-il d'une voix traînante.

— Du calme, cow-boy. Je voulais dire *vous*, au pluriel. La gent masculine. Votre façon de fonctionner et de penser est palpitante. Je pense que vous êtes différents de nous. Cela m'intrigue.

— Vous nous appréciez ?

— Beaucoup.

— Ah bon !

Il se tourna vers elle.

— A quel moment préférez-vous faire l'amour ?

— Quand j'en ai envie.

— Pas partante, hein ?

Elle fronça les sourcils d'un air sévère.

— D'accord, lança-t-il. Parlons politique. Que pensez-vous de la position des Koweïtiens ?

— C'est une blague éculée, Chief.

— Vous la connaissez ?

— Je l'apprécie beaucoup mais mon partenaire se plaint que ça lui brûle les coudes, rétorqua-t-elle en saisissant la balle au bond.

— Je croyais que c'était une plaisanterie de bidasses.

— Elle circule quand même.

— Alors, quelle est votre position préférée ?

Elle garda le silence. Il fit les gros yeux, cherchant à

l'amadouer par tous les moyens mais elle restait sur la défensive. S'il s'attendait à la voir rougir, il risquait d'être déçu. Elle ne se laisserait pas démonter par une drague à deux sous.

Il poussa un soupir résigné.

— C'était quoi votre dernière question?

— Comment en êtes-vous arrivé à penser que Pax ne vous aimait plus?

— Il a sûrement épuisé le plaisir de la nouveauté. Il n'était que mécanicien. Il ne pouvait pas voler à cause de problèmes d'oreille mais comme il participait à des essais de bombardiers, dans le désert, il s'absentait souvent pour de longues périodes. Des missions secrètes. Enfin, c'est l'excuse qu'il donnait pour expliquer qu'on ne pouvait pas le joindre.

« Une nuit, alors qu'il était à la maison, j'ai entendu ma mère pleurer. Elle l'accusait d'avoir une maîtresse. Je ne sais pas si c'était vrai mais après ça, ils n'ont plus jamais dormi dans la même chambre. Leur mariage a périclité. Il s'est mis à balancer des vannes sur la couleur de mes yeux, probablement pour se donner bonne conscience. Vous avez dû remarquer que les siens sont marron. Comment son fils pouvait-il avoir ce regard bleu, avec ses ascendances indiennes?

« Ma mère n'a pas supporté ces sous-entendus qui l'accusaient ni plus ni moins d'avoir eu un enfant avec un autre. C'était complètement non fondé mais je suis sûr qu'il l'a fait exprès pour la démoraliser. Après quoi, ils ont divorcé. Quand il a pris sa retraite, il est reparti pour le Texas d'où il était originaire. Dès qu'il le pouvait, il me rendait visite au Nouveau-Mexique.

« Puis, il s'est fait de plus en plus rare. Il essayait de faire décoller cette affaire de charter privé — littéralement parlant — et il affirmait ne pas pouvoir s'éloigner même pour quelques jours. Ce qui ne l'empêchait pas d'aller en virée à Las Vegas.

« Une année, ma mère m'a suggéré d'aller passer quinze jours avec lui pendant les vacances d'été. J'imagine qu'elle a dû insister. En tout cas, il m'a invité. Il vivait à l'époque avec une femme après avoir eu une ribambelle de petites amies. Naturellement, comme tous les enfants de couple séparé, je n'avais qu'un seul rêve : que mes parents se remettent ensemble. J'ai détesté cette Betsy, Becky ou Betty... Je ne me souviens plus de son nom.

« A sa décharge, je dois préciser que je me suis comporté comme un sale morveux. J'avais environ 13 ans. J'étais très content de moi. Maussade. Sarcastique. Un après-midi, elle a piqué une crise parce que je refusais d'enlever mes pieds de la table basse malgré ses demandes répétées. Quand Pax est arrivé, elle l'a pris à témoin en fulminant : « Je sais bien que sa mère est indienne mais elle aurait pu lui apprendre la politesse ! » Ça m'a mis hors de moi et j'ai hurlé : « Fermez-la ! » J'ai quêté le soutien de Pax : « Dis-lui, dis-lui de la boucler en ce qui concerne maman ». Il s'est contenté de hausser les épaules et de répondre : « Que veux-tu Chris, elle est indienne. »

« J'ai réalisé soudain qu'il ne m'exhibait plus devant ses amis, comme lors de ce meeting aérien. Je réussissais partout, à l'école, chez les scouts, en sport. Le Conseil des Profs m'avait décerné le tableau d'honneur mais il n'y avait aucune photographie de moi chez lui. C'était comme s'il refusait toute preuve de notre existence, à ma mère et à moi. Je leur ai crié d'aller se faire foutre. J'ai fait mes bagages et je suis parti immédiatement. J'ai traîné des heures à la gare routière en attendant de trouver un bus qui allait vers l'ouest. J'ai remâché ma colère pendant près de mille deux cents bornes en me jurant de lui rendre la pareille, de le renier comme il l'avait fait. J'ai changé de nom et pris celui de ma mère. Je voulais le rayer de ma vie. Il a fallu que je sois aux abois ce soir pour aller lui demander service.

Melina avait écouté tranquillement sans bouger ni faire le moindre commentaire. A quoi bon débiter des platitudes ? Il l'examina du coin de l'œil pour juger de sa réaction.

Elle remua, prit sa respiration et déglutit.

— C'est la dernière fois que vous l'avez vu ? demanda-t-elle doucement. Quand vous êtes parti ce soir-là ?

Il acquiesça.

— Après ça, il m'a téléphoné à plusieurs reprises mais j'ai refusé de lui parler. Pendant deux ans, il m'a envoyé des cadeaux de Noël que je lui renvoyais systématiquement sans les ouvrir. Il a fini par laisser tomber. Quand j'ai eu mon bac, il m'a fait parvenir un billet de cent dollars. Je l'ai gardé parce que j'avais besoin d'argent pour la fac. Mais depuis ce jour, nous n'avons plus eu de contact personnel.

— Votre mère ne s'est jamais remariée ?

Il aboya un rire mauvais.

— Elle est morte sans l'avoir oublié. Vous vous rendez compte ? Je la soupçonne de lui avoir donné de mes nouvelles jusqu'au jour de sa mort.

— Il vous a reconnu tout de suite.

— Il a la télévision.

— Il a suivi votre carrière.

— Peut-être.

— J'en suis sûre.

Il la considéra d'un air intrigué.

— Sur son bureau, il y avait une coupure de presse

relatant votre dernière mission, expliqua-t-elle un peu hésitante. Je me suis dit que c'était touchant de la part d'un vieux copain. J'ai compris qu'il était fier de vous. Je ne lui ai pas fait remarquer par peur de le mettre mal à l'aise. Maintenant, je comprends mieux.

— Ne tombez pas dans le mélo, Melina. Ce n'était qu'un article.

— Humm. Peut-être... mais vu la façon dont il a parlé de vos talents de pilote.

Sa pause était calculée. Elle voulait qu'il morde à l'hameçon. Bien qu'il ne fût pas dupe, il ne put résister à la curiosité et d'un regard, la poussa à continuer.

— Il m'a assurée que je serais en sécurité avec vous. Selon lui, vous avez les meilleurs réflexes du monde.

— Il ne m'a jamais vu piloter.

— Qu'en savez-vous ?

— De toute façon, ça n'a pas d'importance parce que...

Il s'arrêta brutalement et se pencha en avant, examinant le pare-brise.

— Qu'y a-t-il ? chuchota Melina soudain anxieuse. Qu'avez-vous vu ?

Il resta un temps silencieux, puis murmura :

— Salauds !

— Chief, que se passe-t-il ?

— Je viens de comprendre comment ils arrivent à nous localiser.

CHAPITRE 31

— Qui? Les faux agents du FBI? s'écria Melina.

— Ouais. Vous vous souvenez, je vous ai dit que j'avais le sentiment d'être surveillé en permanence? Et bien, c'était le cas. Ils nous suivent à la trace grâce à une technique sophistiquée. Regardez là-haut. A dix heures. Vous voyez?

Elle repéra presque immédiatement l'objet brillant, en mouvement.

— C'est un satellite.

— Exactement. Un émetteur lui envoie un signal et...

— On peut vous repérer n'importe où. On appelle ça un PGA, un truc comme ça.

Il sourit.

— Un GPS. Satellite de Positionnement Global.

— La police les utilise souvent. J'ai vu des reportages. Aujourd'hui, c'est assez courant. Gillian voulait s'en procurer un. Un de ses collègues de l'agence s'en sert pour trouver son chemin.

— Mouais. En tout cas, ces types en font un autre usage, murmura-t-il. S'ils ont réussi à coller sur vous un transmetteur, ils peuvent vous traquer partout dans le monde.

— On l'attache à une cheville ou un poignet, n'est-ce pas?

— Il y a eu d'énormes progrès dans ce domaine. Ils sont beaucoup plus petits.

— Chief, je m'en serais aperçue si on en avait dissimulé un sur moi.

— Hennings?

Elle réfléchit une seconde puis secoua la tête.

— Non. A part me prendre la main ou me tapoter l'épaule pour me consoler, il ne m'a jamais touchée. Sauf, le soir où il m'a fait un massage de la nuque.

— Il vous a fait un massage?

— Avant que vous fracassiez ma porte. Mais, c'est une autre histoire, rumina-t-elle d'un air absent en se mordillant la lèvre. Il n'aurait pas pu le glisser dans mes vêtements. Je n'avais qu'une robe de chambre. En outre, j'ai quitté la maison sans emporter d'affaires ce matin. (Elle porta brusquement ses doigts à sa gorge.) Le pendentif.

Chief l'avait toujours vue avec ce bijou. Lors de leur première rencontre, dans le bureau de Lawson, elle l'avait déjà autour du cou.

— C'est Hennings qui vous l'a donné?

— La nuit avant le meurtre. Il pensait que j'étais Gillian. J'ai déjà expliqué tout ça à Lawson le jour du crime, avant que vous n'arriviez. C'était un gage de bonheur pour fêter l'insémination. Jem a insisté pour que je le garde.

— Hennings était le... ? Quel terme a-t-il employé? Le surveillant de Gillian?

— Espion serait plus adéquat, coupa-t-elle amèrement.

Elle détacha d'un geste fébrile la fine chaînette dorée et examina attentivement le cœur en rubis.

— Est-ce qu'il s'ouvre? interrogea Chief.

— Non. Le dos n'est pas plein. Sinon, la lumière ne pourrait pas passer à travers.

— Je ne connais rien aux pierres précieuses.

Elle scruta la monture avec attention et soupira, déçue.

— Y a rien.

— Zut!

Il était dépité. Le collier était un objet idéal pour dissimuler un émetteur.

— Vérifiez votre sac à main, ordonna-t-il.

— Jem a pu y avoir accès des centaines de fois.

Elle renversa le contenu sur ses genoux. Il abritait un portefeuille avec des cartes de crédit, quelques pièces de monnaie et l'argent liquide qu'elle avait retiré à la banque le matin. Elle vérifia chacune des poches en passant son doigt sur les coutures et les replis.

— C'est vide. De toute façon, ce n'est pas un bon endroit pour planquer un transmetteur. J'aurais pu changer de fourre-tout.

— Qu'est-ce que vous portez sur vous en permanence ? Dans votre besace ?

— Mon téléphone portable.

— Par précaution, il vaudra mieux le jeter. Quoi d'autre ?

Elle sortit une boîte à pilules en argent qui avait appartenu à sa mère.

— Je ne sors jamais sans elle. Malheureusement, elle ne cache aucune cavité. Il n'y a rien dedans à part deux cachets d'aspirine.

Elle la secoua vigoureusement pour prouver ses dires.

— Ecrasez-les.

Elle s'exécuta.

— Votre poudrier ? continua-t-il.

Elle l'ouvrit et pressa la houppette pour voir si on avait cousu quelque chose à l'intérieur.

— Négatif ! A moins que dans le miroir...

Chief lui lança un regard significatif, et après une légère hésitation, elle écrasa la glace contre sa semelle, éparpillant les débris de verre sur le tapis de sol.

— Vous m'en rachèterez un ! râla-t-elle.

— Il est rechargeable ?

Elle dégrafa la cartouche neuve.

— Voyez vous-même !

— Un porte-clés?

— Vous le savez bien, il est resté dans ma voiture!

— D'accord, d'accord. Des épingles à cheveux?

— Je n'en utilise jamais.

— Des tampons?

— Ils sont chez moi.

— Du rouge à lèvres?

Elle en avait emporté deux. Elle dévissa les capuchons et les examina l'un après l'autre. Les tubes étaient neufs et lisses.

— Rien.

— Un stylo?

— Jamais. Je suis connue pour toujours emprunter celui des autres.

L'air perplexe, il analysa la situation.

— A part la boîte à pilules, y a-t-il autre chose dans votre sac dont vous ne vous séparez jamais?

— Non. Je n'ai pas d'agenda. J'ai rentré toutes mes adresses et les numéros de téléphone dans mon ordinateur.

— Quand nous atterrirons...

— Je balancerai tout, y compris mon portable.

Il hocha la tête.

— S'ils sont toujours à nos trousses, nous saurons alors que nous sommes en présence de quelque chose de sacrément puissant.

— Comme quoi?

Sa réponse n'était pas faite pour calmer ses inquiétudes.

— Je ne sais pas. J'essaie de deviner.

*
**

— Melina ?

— Humm ?

Elle sentit une caresse sur sa cuisse. Une douce chaleur l'envahit.

— Nous sommes presque arrivés. Réveillez-vous.

A contrecœur, elle ouvrit les yeux. La main de Chief était posée sur le haut de son genou. Sans s'en rendre compte, elle l'effleurait amoureusement du bout des doigts. Elle se dégagea rapidement et se redressa, en clignant des paupières.

Quelques heures auparavant, ils avaient atterri quelque part au nord-ouest du Texas le temps de faire le plein de carburant et de se dégourdir les jambes. Le vent était glacial. Chief avait insisté pour lui prêter sa veste de cuir pendant qu'ils traversaient le tarmac désert. Une fois réfugiés dans la misérable cabane qui servait d'aéroport, ils avaient jeté son sac à main et son portable dans une poubelle en métal. L'endroit était encore plus lugubre que la tanière de Pax. Dès le décollage, elle avait sombré dans un sommeil profond.

— Combien de temps ai-je dormi ? s'enquit-elle en bâillant.

— Environ une heure.

Elle poussa un grognement.

— Je ne sais plus à quand remonte ma dernière nuit complète.

En fait, elle s'en rappelait parfaitement. Depuis que les deux policiers avaient fait irruption chez elle en lui annonçant la mort de sa sœur, elle avait à peine fermé l'œil. Sa vie d'avant avait disparu comme par enchantement. Avant ce drame, elle avait vécu une existence paisible, ponctuée de petites déceptions, de bonheurs et de malheurs insignifiants. Presque monotone, lisse.

Si on lui avait dit alors qu'elle se retrouverait à bord d'un coucou à deux places en direction du Nouveau-Mexique, elle aurait éclaté d'un rire incrédule. Elle devait se faire une raison. Elle était en pleine tourmente.

Qui avait donné l'ordre de tuer Gillian ? Frère Gabriel ? Cet homme de Dieu était-il réellement l'instigateur de ce Programme dont Jem leur avait parlé ? S'agissait-il d'un réseau de procréation génétique ? Utilisait-il des femmes inconnues comme génitrices ? Des incubateurs humains ?

Cela paraissait démoniaque mais il arrivait parfois que la réalité dépassât la fiction. Combien de femmes et de bébés avaient-ils été sacrifiés à ce jour ? L'enfant des Anderson ? Probablement. Jem n'avait-il pas dit « Nous aimerions la réutiliser » en faisant référence à Candace ?

A chaque fois qu'elle le revoyait disant ces mots avec son sourire aimable, elle était prise d'un frisson d'effroi. Elle se rappelait son air extasié tandis qu'il lui expliquait qu'elle avait été choisie pour remplacer sa sœur. La fuite en avant de Melina ne répondait plus simplement à un besoin de vengeance. Elle luttait pour sauver sa vie.

Chief la tira brutalement de ses pensées.

— Je suis sur le point de m'assoupir, moi aussi, lança-t-il.

— Ce n'est pas une chose à dire à votre passagère. Surtout quand on s'apprête à faire atterrir un avion.

Il lui sourit.

— C'est du gâteau.

— Vous voulez votre veste ?

— Gardez-la.

Elle fut heureuse de sa réponse. Elle aimait la sensation

du cuir lustré et doux, l'odeur qui s'en dégageait. Elle le huma légèrement, appréciant le parfum musqué de Chief.

L'obscurité était toujours aussi intense. En traversant la zone montagneuse, ils avaient changé de fuseau horaire et gagné une heure. Par les hublots, elle ne discernait rien, ni lumière, ni point de repère.

— Chief, où allons-nous nous poser ?

— Devant nous.

— Il y a une ville ?

— Une piste d'atterrissage.

— Comme celle de Pax ?

— Pas aussi élaborée.

Ce n'était pas rassurant.

— Avez-vous prévenu quelqu'un de notre arrivée ?

— J'ai fait mon plan de vol. On nous attend. J'ai mis ça au point pendant que vous faisiez des mondanités à mon paternel.

— Je ne faisais... Vous avez vu cette montagne ?

— Quelle montagne ?

Elle lui jeta un regard terrifié.

— Melina ! ricana-t-il. Je plaisante, bien sûr que je l'ai vue. Je sais ce que je fais, faites-moi confiance.

— Bien sûr. Excusez-moi.

Malgré tout, elle n'était pas franchement rassurée. Au moment où l'appareil franchissait en rase-mottes le dessus de la crête, elle faillit lever le pied pour l'aider à prendre de l'altitude. Ouf ! Ils étaient passés ! Elle poussa un soupir de soulagement. C'est alors que l'avion tangua violemment sur la gauche.

— Chief !

— C'est trop rapide pour une approche directe. Je descends par paliers en faisant des cercles. Comme les faucons.

Elle essaya d'imaginer l'oiseau de proie glissant dans les courants mais elle ne parvenait pas à oublier la paroi de granit qui se rapprochait d'eux dangereusement. Elle avait l'impression de pouvoir la toucher rien qu'en tendant le bras.

— Voilà les lumières, nota-t-il.

Deux rangées de projecteurs brillaient au cœur de la nuit, délimitant une piste étroite.

— Elles sont suffisantes, reconnut-elle.

Chief se faufila avec précision entre deux cuvettes étroites et réduisit progressivement sa vitesse. L'avion rasa le haut de la végétation qui parsemait le terrain. Quelques secondes plus tard, les roues se posèrent en douceur sur l'asphalte. C'était l'atterrissage le plus agréable que Melina avait connu.

— Bon travail, lança-t-elle, admirative.

— Merci.

Ils roulèrent jusqu'au hangar et il coupa le moteur. L'hélice ralentit avant de s'arrêter dans un léger cliquetis. Il la contempla un instant et murmura, presque à regret :

— J'en ai fait des tonnes.

— Je vois.

— Je voulais vous impressionner.

— Vous y êtes parvenu.

— Pour vous montrer que vous n'aviez aucune raison d'avoir peur.

— Je n'ai pas eu peur. Sincèrement.

— Vous êtes en sécurité avec moi, Melina.

Elle étudia son visage un long moment.

— Non, Chief. Avec vous, je suis en danger.

— De quoi?

— De...

Alors qu'elle s'apprêtait à lui livrer le fond de sa pensée, un coup sourd résonna contre le hublot. Aucun des deux n'avait remarqué l'homme qui s'était hissé sur l'aile de l'appareil dans le but d'atteindre la porte qui se trouvait à la hauteur du passager. Surprise, Melina tourna vivement la tête. Un visage illuminé par une torche la regardait fixement. Elle retint un cri de terreur.

La peau était marquée et burinée, tendue sur deux pommettes osseuses, si acérées qu'elles semblaient capables de fendre du bois. Les yeux se limitaient à deux fentes, la bouche à une étroite ligne creusée entre deux sillons qui descendaient d'un nez pointu. Des nattes grises complétaient cette vision de cauchemar.

L'inconnu lança un regard interrogatif à Chief.

— Hart?

Melina examina l'Indien sans masquer son inquiétude et reporta son attention sur Chief. Il avait dû noter son anxiété car il la rassura aussitôt.

— Du calme, Melina. Il ne va pas vous scalper. Enfin je ne crois pas, ajouta-t-il, lugubre.

***

Cinq minutes plus tard, Chief n'en était toujours pas revenu. Avaient-ils débarqué dans la quatrième dimension sans qu'il s'en soit rendu compte? Jamais au cours de ses trois missions dans l'espace, il n'avait connu de situation plus surréaliste.

L'individu chargé de les escorter n'avait proféré aucun mot. A croire qu'il était muet. Il n'avait même pas pris la peine de se présenter. Après avoir vérifié leurs identités, il avait grommelé quelques instructions lapidaires et était allé dans le hangar éteindre le commutateur qui contrôlait l'éclairage de la piste. Sans ébaucher le moindre geste pour aider Melina à descendre de l'appareil, il les avait attendus, sa lanterne à la main près d'un pick-up au moteur allumé.

Le sol était caillouteux et désertique. L'air s'infiltrait à travers la carrosserie délabrée qui semblait ouverte à tous vents et le plancher arborait un trou de belle taille. Melina s'était assise, les jambes repliées de côté contre celles de Chief par peur de tomber dedans. Elle était coincée entre les deux hommes, tremblant de froid malgré sa veste de cuir.

Leur chauffeur semblait prendre un malin plaisir à foncer droit dans les ornières, sans se soucier des cahots qui faisaient grimacer ses passagers. A chaque secousse, Chief retenait un gémissement. Il avait mal aux mâchoires à force de serrer les dents et son dos était en compote. Le silence régnait dans le véhicule. Entre les hurlements du vent et les grincements du tacot, toute tentative de conversation aurait été vaine et épuisante.

Au bout de quarante minutes qui leur parurent une éternité, ils parvinrent au sommet d'une colline. Une aube blafarde perçait à l'horizon, éclairant un bâtiment isolé, perdu en contrebas dans la vallée. Chief reprit espoir. Mais en examinant avec attention le corps de ferme, il déchanta aussi vite.

Ils avaient dû se tromper de destination. Il ne s'attendait pas à ça : la maison était trop modeste, le véhicule garé dans la cour, trop antique.

Comme pour le contredire, l'Indien freina brutalement et s'engagea sur le chemin embroussaillé bordé de pierres qui, malgré la bonne volonté évidente des propriétaires, ne dégageait aucun charme.

— Etes-vous sûr d'avoir bien compris les explications

qu'on vous a données? Savez-vous où vous devez nous emmener? cria Chief en s'adressant à l'inconnu.

— Ici.

Chief coula un regard en coin à Melina et haussa les épaules en répétant laconiquement :

— Ici!

Le pick-up s'arrêta dans un grincement effroyable à quelques mètres du perron. Le moteur continuait de tourner.

— Je suppose que nous devons descendre, hésita Melina.

— Oui, marmonna Chief.

Il sortit du véhicule et lui tendit la main.

— Merci, lança-t-il au conducteur qui ne tourna même pas la tête.

Avant qu'il ait le temps de claquer la portière, l'homme enclencha une vitesse, desserra le frein et démarra sur les chapeaux de roues.

— Quelle affabilité, grogna Chief en toussotant sous le nuage de poussière.

— Jed est un homme de peu de mots.

Ils pivotèrent sur eux-mêmes. La silhouette de Dexter Longtree se découpait dans l'encadrement de la porte ouverte.

CHAPITRE 32

Chief fit signe à Melina d'avancer. Elle grimpa les marches, l'œil fixé sur Longtree.

— Melina Lloyd, voici le chef Dexter Longtree.

— Chef Longtree.

— Bienvenue mademoiselle Lloyd.

— S'il vous plaît, appelez-moi Melina.

— Entrez.

Il s'écarta et elle pénétra dans la maison. Chief fit halte sur le seuil pour serrer la main de leur hôte.

— Merci. Quand je vous ai téléphoné, vous auriez pu me dire d'aller me faire voir.

Un sourire flotta sur les lèvres sévères du vieil Indien.

— C'est un nouveau jour qui commence.

Il suivit Chief à l'intérieur de la pièce éclairée en son centre par un plafonnier. Le reste était plongé dans l'obscurité. Les meubles étaient vieillots, usés, de médiocre qualité. Seule la cheminée, où brûlait un maigre feu, était de toute beauté.

Melina y dirigea ses pas et tendit ses mains vers l'âtre.

— Humm. C'est agréable.

Faisant volte-face, elle présenta son dos à la chaleur des flammes en se frottant les bras.

— Il fait frisquet le matin. Ça réchauffe mes vieilles douleurs, expliqua Longtree.

Ils échangèrent un sourire. Chief ressentit un petit pincement. Le même élan de jalousie puéril et irrationnel qu'il avait déjà éprouvé en la voyant discuter avec Pax.

— J'espère que nous ne nous imposons pas, commença-t-il en la rejoignant ostensiblement.

— Ne vous inquiétez pas, Colonel Hart, rétorqua Longtree. Nous étions destinés à nous revoir. Je vous attendais.

— Vous m'attendiez ? Il y a encore quelques heures, je ne savais même pas que je me rendrais au Nouveau-Mexique. Comment auriez-vous pu le savoir ?

Longtree lui lança un long regard impénétrable avant de leur demander s'ils avaient faim.

— Enormément, déclara Melina avec candeur.

Il pointa le menton vers la cuisine. Melina lui emboîta le pas avec hésitation. Chief n'esquissa aucun mouvement. Il ne voulait pas se montrer trop amical envers Longtree. Il avait beaucoup hésité à faire appel à lui. Quand il avait compris qu'il était devenu nécessaire de réunir le maximum d'informations sur Frère Gabriel et que leur visite devait avoir lieu dans le plus grand secret, il s'était vite rendu à l'évidence qu'il ne connaissait plus personne dans la région. Il n'avait pas de famille. Sa mère était morte depuis des années et il n'avait gardé aucun contact avec ses amis de la réserve. Une fois quitté le lycée, il avait tiré un trait sur son passé, sans nostalgie.

Certes, un de ses anciens collègues de la NASA, avec lequel il avait effectué sa première mission dans l'espace, avait pris sa retraite à Albuquerque mais il n'avait pas envie d'aller le trouver. Il n'avait aucune envie que l'agence spatiale soit mise au courant de ses agissements. Il ne se méfiait pas de son ex-coéquipier, mais l'affaire était délicate. Ils étaient en danger et c'était inutile de prendre le risque de faire parler d'eux.

Alors, à contrecœur, il avait contacté Longtree en sachant que l'autre abuserait sûrement de la situation. Il détestait l'idée de lui être redevable. Il lui avait brièvement expliqué ce dont il avait besoin, puis avait coupé court sèchement :

— Pouvez-vous m'aider?

Longtree avait consenti à organiser l'atterrissage et avait promis de leur envoyer un chauffeur avec une voiture. Chief avait insisté pour le payer mais l'Indien s'y était opposé. Il ne voulait pas recevoir d'argent pour ce qu'il considérait comme un service. A force d'insistance,

Chief avait réussi à le persuader d'accepter au moins un dédommagement.

Mais il n'était pas naïf. Il s'attendait à ce que le vieux Chef lui présente une autre facture bien plus salée. Malheureusement, il n'avait pas eu le choix.

La cuisine était plus lumineuse et chaleureuse que le salon. Melina se proposa pour aider à préparer le dîner mais Longtree l'obligea à s'asseoir sur une chaise chromée datant des années cinquante. Elle prit place devant la table et le remercia d'un sourire. Quand il lui proposa un rafraîchissement, elle opta pour du thé.

— Colonel Hart? demanda poliment Longtree.

— Appelez-moi Chief, répondit-il en prenant place en face de Melina. Je prendrai du café si vous en avez de fait.

Après avoir apporté une tasse remplie d'un liquide bouillant, Longtree se mit aux fourneaux. Chief en profita pour étudier la pièce ouvertement. L'électroménager était vétuste, le plâtre des murs craquelé et fissuré et le lino s'écaillait en dessins géométriques.

Longtree était vêtu d'un jean et de bottes usagées qui avaient connu des jours meilleurs. La poche de sa chemise en flanelle était trouée. Il n'avait plus rien de l'homme influent que Chief avait rencontré au bar du Mansion, même si sa stature majestueuse était toujours aussi intimidante.

— Où se trouve la réserve la plus proche ? demanda Melina en sirotant son thé.

— Vous êtes dedans, depuis que vous avez atterri.

— Je ne savais pas. Je pensais que c'était un lieu beaucoup plus... fermé. Excusez mon ignorance.

— J'aimerais bien que tous les préjugés concernant les Indiens soient aussi gentils, glissa-t-il, à peine déridé.

Il posa sur la table des assiettes fumantes et s'installa à côté d'eux pour leur tenir compagnie. Après avoir goûté une première bouchée, Melina exhala un soupir de contentement.

— Délicieux!

Il ne s'agissait que de simples œufs brouillés au bacon avec des toasts mais Chief s'était mis à saliver en sentant les arômes monter dans la pièce. Il fit un effort pour ne pas se jeter dessus comme un affamé et joignit ses compliments aux siens.

— Quand ma femme est morte, j'ai dû apprendre à cuisiner, expliqua Longtree.

— Ça fait longtemps? s'enquit Melina, doucement.

— Oui, il y a de longues années.

— Vous avez des enfants?

Il marqua une hésitation avant de répondre :

— Non.

La fin du repas se poursuivit en silence. Après quoi, Longtree ramassa les assiettes, les porta sur le comptoir avant de remplir à nouveau les tasses.

— Expliquez-moi la raison de votre venue, lança-t-il en se rasseyant.

Chief pressa Melina du regard.

— Allez-y! C'est votre histoire.

Elle résuma les événements qui les avaient conduits au Nouveau-Mexique sans omettre les points essentiels depuis son dernier déjeuner avec Gillian. Après s'être appesantie un long moment sur ses regrets d'avoir laissé sa sœur prendre sa place, elle s'arrêta comme si elle attendait que Longtree lui donne son avis. Il restait impassible, les traits figés telle une statue. Alors, elle poursuivit, un peu désorientée :

— Peut-être sommes-nous un peu paranos en ce qui

concerne ce transmetteur mais je suis sûre que nous avons raison. Nous avons vu ces types à l'œuvre. Aussi sûre que je suis assise ici, ils ont tué Linda Croft et Jem Hennings.

— Hennings a admis qu'il travaillait pour un réseau de procréation génétique, intervint Chief. Il l'a appelé « Le Programme ». S'il a dit la vérité, étant donné l'influence de Frère Gabriel, il s'agit d'un complot tentaculaire.

Longtree n'avait pas bougé. Depuis le début du récit, il était resté aussi silencieux qu'une montagne. Enfin il prit la parole :

— Vous êtes certains que ce prédicateur est derrière tout ça ?

— Non, rétorqua Melina avec honnêteté. Je ne veux pas accuser quelqu'un de crimes aussi abominables sans preuve. Mais Jem a reconnu que lui et Dale Gordon exécutaient les ordres de Frère Gabriel. Certaines patientes de la clinique sont inséminées avec du sperme qui n'appartiendrait pas au donneur qu'elles ont choisi. C'était le boulot de Gordon. Lorsque la femme est enceinte, un surveillant, comme Jem, la prend en charge durant sa grossesse pour prévenir tout dérapage.

— Par exemple, coucher avec moi, grogna Chief, amer. Frère Gabriel parle d'établir un nouveau monde. Ça colle avec ce scénario. Il a besoin d'enfants et il souhaite contrôler leur conception de A à Z.

— Je suis convaincue que si Gillian avait donné naissance à un bébé, il aurait été kidnappé comme celui des Anderson, renchérit Melina en se tournant vers Longtree. Nous savons que Jem ne voulait pas que je rencontre les agents du FBI.

— J'ai pensé tout d'abord que c'était Hennings qui avait donné l'ordre de nous éliminer, disserta Chief mais après ce qui lui est arrivé... Vu ma formation militaire, j'ai tendance maintenant à croire qu'il obéissait à un supérieur.

Après un temps de réflexion, Longtree demanda :

— Où cache-t-il les petits qu'il kidnappe? Dans quel but?

— C'est pour le savoir que nous sommes venus, répliqua Chief. Le domaine de Frère Gabriel n'est pas très loin d'ici. Que savez-vous sur lui?

— Le Temple se trouve à environ 150 kilomètres à vol d'oiseau. On n'en dit pas grand bien.

Longtree arborait une expression encore plus lugubre que d'habitude.

— Frère Gabriel a volé des terres aux Indiens. Il voulait leur montagne et eux refusaient de vendre. On est nombreux à penser qu'il a forcé l'un de leurs chefs à accepter la transaction à l'insu de son peuple.

— De quelle manière?

— Il faut faire la part des rumeurs. En tout cas, ce chef avait deux filles, jolies et accomplies. L'une s'est soi-disant suicidée peu de temps avant que son père ne cède son terrain.

— Soi-disant? s'étonna Melina.

Longtree haussa les épaules d'un geste éloquent.

— C'est la version officielle mais les gens se sont posé des questions. L'autre jeune femme a coupé tous les liens avec sa famille et ses amis et s'est enfuie pour rejoindre le Ministère. Aux dernières nouvelles, elle serait toujours au Temple, qui est bâti sur une parcelle appartenant de plein droit à la tribu qu'elle a reniée. Le rôle de Frère Gabriel dans cette double tragédie a donné lieu à pas mal de spéculations. A mon avis, la coïncidence est trop flagrante pour qu'on puisse l'ignorer.

Chief échangea un regard avec Melina.

— Je commence à croire que ce salaud est encore plus diabolique que ce que nous pensons.

— Croyez-vous que les adeptes soient retenus contre leur volonté ? demanda-t-elle.

— Ils ne sont sûrement pas enchaînés, mais un bon lavage de cerveau vaut toutes les prisons du monde.

— Frère Gabriel a-t-il déjà fait l'objet d'une enquête ? s'informa Chief.

— Par les autorités, vous voulez dire ? (Le vieil homme secoua la tête.) Pas à ma connaissance. La police et les fédéraux le laissent tranquille. Il paie ses impôts et respecte la loi. Le gouvernement ne veut pas d'un autre Waco.

— En outre, il prêche le civisme, fit remarquer Melina. Il n'est pas antigouvernemental. Du moins, pas ouvertement.

Chief remarqua qu'elle gardait les yeux fermés et se massait le front tout en parlant. Elle semblait à bout.

— Avant de donner l'assaut au Temple, nous avons besoin de prendre un peu de repos, décida-t-il.

Elle darda sur lui un regard étonné.

— Je me sens bien.

— Moi non. Y a-t-il un endroit où nous pouvons dormir quelques heures ? demanda-t-il à Longtree.

L'Indien se leva et accompagna Melina jusqu'à une chambre d'amis, à l'autre bout de la maison. Chief demeura dans la cuisine. Quand Longtree réapparut, il avait passé les assiettes sales sous le robinet d'eau chaude.

— Ne vous donnez pas cette peine, Colonel Hart.

— Chief. C'est le moins que je puisse faire.

Ils finirent de débarrasser et entassèrent la vaisselle dans l'évier.

— Je terminerai plus tard, remercia Longtree. Voulez-vous un autre café ?

— Non, merci. Il faut que j'aille dormir, moi aussi.

Malgré ces paroles, il revint sur ses pas et se rassit devant la table. Longtree s'installa face à lui et attendit. En croisant le regard de son hôte, Chief éprouva comme un malaise.

— Je ne m'attendais pas à ça.

— Ça quoi ?

Chief pointa un menton incertain autour de lui.

— Je pensais...

Longtree étira ses lèvres minces en un faible sourire.

— A quelque chose de plus joli ?

— Je croyais que vous étiez riche.

— C'était l'idée de George Abbott.

— Je vois, rétorqua Chief qui manifestement ne comprenait rien du tout.

— George voulait vous faire bonne impression. Il croyait que nous l'emporterions plus facilement si nous avions l'air fortuné. On s'est cotisés pour m'acheter un costume neuf. De l'argent foutu par la fenêtre. Quand vais-je le porter ? (Il ébaucha un rictus.) Je suppose que je peux le jeter maintenant.

— Comment gagnez-vous votre vie ?

— Je suis diplômé en droit mais ma clientèle est pauvre. Je possède un petit élevage de vaches de boucherie.

— Vous vivez seul ?

— Ma femme est morte il y a vingt-six ans.

Chief baissa les yeux, peiné d'avoir abordé un sujet qui causait manifestement beaucoup de chagrin à Longtree. Il s'attendait à ce qu'il change de conversation et fut surpris de le voir poursuivre.

— Elle était enceinte de notre premier enfant. La grossesse s'était déroulée sans problèmes. Quand elle a ressenti les premières douleurs, je l'ai emmenée à la clinique de la réserve mais l'accouchement s'est révélé difficile. L'établissement était mal équipé et manquait de personnel capable de faire face à ce genre d'urgence. Le Conseil avait lancé plusieurs pétitions en vue d'obtenir des fonds pour le moderniser mais nos demandes n'ont jamais abouti.

« L'état de ma femme a rapidement empiré. Nous n'avions plus le temps de la faire transporter ailleurs ou d'appeler un obstétricien. J'ai assisté impuissant à son agonie. Elle a fait une hémorragie et elle est morte. Quand on a sorti mon fils, il avait le cordon enroulé autour du cou. Il n'a jamais respiré. Je les ai enterrés ensemble.

Un silence épais tomba sur la pièce. Le tic-tac de l'horloge faisait un vacarme effroyable.

Chief remua.

— Je suis désolé de vous avoir rappelé ce triste souvenir.

— Ne le soyez pas. J'ai un peu perdu la tête pendant quelque temps, puis j'ai récupéré. Mais j'y repense continuellement. Je me suis fixé comme but d'aider les Indiens à connaître un sort meilleur. Je suis persuadé que les défunts luttent de toutes leurs forces pour m'obliger à tenir ma promesse.

Chief examina Longtree avec attention et comprit qu'il avait affaire à un homme de conviction. Pourquoi ne s'en était-il pas aperçu plus tôt? Comment avait-il pu se laisser berner par l'apparence sans lire dans le cœur de l'homme qui se cachait dessous?

— Pourquoi m'avez-vous induit en erreur?

— Je servais mon objectif, même si ce n'est pas

comme George l'avait prévu. En fait, j'ai plutôt été content de votre décision. Ma déception a été de courte durée parce que votre réaction a révélé le caractère que j'espérais trouver en vous. J'ai su que vous étiez un type intègre.

Chief ricana doucement pour masquer son embarras.

— Vous avez touché des points sensibles. Vous m'avez fait réfléchir.

Longtree hocha la tête.

— Je ne veux pas que vous vous décidiez en fonction de l'opinion que vous avez de moi. J'en arrive à penser que vous nous avez été envoyé. Pour nous aider. Pour tendre la main aux Indiens, nous permettre d'entrer dans le 21e siècle sans renier notre fierté, notre dignité et notre héritage.

« Certains pensent que nous ne pourrons pas réussir cette transition sans perdre de nous-mêmes. Moi pas. Je ne crois pas que notre modernisation doive s'accompagner de sacrifices. Beaucoup de nos frères jouent les victimes et c'est regrettable. Ils se servent de leurs racines comme d'une excuse à leurs faiblesses. Alcoolisme, dépression, manque d'ambition.

« Je suis persuadé qu'ils ont des raisons d'être malheureux. Nous subissons depuis toujours de graves préjudices : la haine et le racisme. Savez-vous que les Indiens sont deux fois plus victimes de crimes que la moyenne des Américains ? Les coupables n'appartiennent pas à notre race. Ce n'est pas qu'une opinion. Les statistiques le prouvent. Nous avons des ennemis. Nous nous défendons seuls. Sur tous les fronts. Il y a beaucoup à faire.

— Je ne suis pas l'homme qu'il vous faut, chef Longtree, répliqua Chief, sincère.

— Si vous n'éprouviez pas un sentiment de parenté avec nous, vous n'auriez pas fait appel à moi.

— Je suis métis, vous le savez.

— Quanah Parker l'était également.

Chief ne put s'empêcher de sourire au souvenir des histoires que sa mère lui racontait sur leur ancêtre prestigieux : l'enlèvement de la petite Cynthia Ann Parker, âgée de neuf ans, du Fort Parker, au Texas par des Comanches en 1836. Il connaissait l'anecdote depuis sa plus tendre enfance.

En quelques années, elle avait appris leur langue, s'était adaptée à leurs coutumes. Elle avait épousé le chef Peta Nacona et lui avait donné trois enfants, deux fils et une fille.

Elle avait vécu vingt-deux ans avec la tribu indienne avant d'être capturée avec sa fillette par les Texas Rangers et rendue à sa famille. Elle n'avait jamais pu se réadapter et était décédée peu de temps après sa fille. La légende disait qu'elle était morte de chagrin d'avoir été séparée des siens. Au moment de l'enlèvement de sa mère, Quanah était adolescent. Il avait été nommé chef après la disparition de son père et avait la réputation d'un guerrier valeureux qui n'avait jamais perdu une seule bataille contre les armées ennemies.

Cependant, en 1875, à court de vivres, il s'était rendu et avait installé sa tribu à Fort Hill, devenu aujourd'hui Oklahoma.

A l'inverse de sa mère, Quanah s'était intégré à la culture anglo-saxonne, avait repris le nom de sa branche maternelle et avait encouragé son peuple à cultiver le sol et à adopter les lois américaines.

Il avait créé des écoles et était devenu juge au sein d'une réserve. Il comptait Théodore Roosevelt au nombre de ses amis et s'était lancé dans la politique. Une façon de continuer le combat. Et s'il faisait toujours la guerre au nom des Indiens, il la livrait désormais entre les quatre murs du Congrès.

— Certains Comanches se méfiaient de Quanah parce qu'il était métis, reprit Longtree. On lui reprochait d'avoir rallié le camp des Blancs. Si vous deviez nous rejoindre, attendez-vous aussi à être critiqué. Mais qui, dans la vie publique, n'a pas d'opposants? En ce qui me concerne, votre métissage est un avantage comme il l'a été pour Quanah Parker.

— J'y réfléchirai, promit Chief.

— C'est la seule chose que je vous demande.

— Vous n'exigerez pas que je vous rembourse *votre hospitalité*?

— Je n'aurais aucune confiance en vous si ce genre de service entrait en ligne de compte.

Ils restèrent un moment, silencieux.

— Gillian, vous l'aimiez?

Les yeux du vieil homme le transperçaient. Il semblait exiger de lui une sincérité totale.

— Oui, je l'aimais vraiment beaucoup, s'entendit répondre Chief.

Longtree hocha la tête d'un air docte puis changea de sujet.

— Quelle est votre stratégie?

— Foncer au Temple et pousser Frère Gabriel à l'aveu.

Longtree fronça les sourcils.

— Je ne pense pas que ce soit aussi simple. Le domaine est protégé par un système de sécurité draconien. C'est ce que je me suis laissé dire. Il y a des caméras. Comment avez-vous l'intention d'entrer?

— Vous avez une idée?

— Le shérif s'appelle Max Ritchey. Il collabore avec la police de la réserve. Il paraît être un homme raisonnable. Vous pourriez déjà le rencontrer.

— J'apprécie le coup de pouce.

Chief se leva et s'étira.

— Je suis crevé. Si vous voulez bien m'excuser, je vais aller dormir un peu. Ça ne vous gêne pas si je prends une douche ?

— Il faudra demander à Melina. La salle de bains est contiguë à sa chambre.

— D'accord.

— Je dois m'absenter pour régler une affaire. Je ne serai pas de retour avant le milieu de l'après-midi. Faites comme chez vous.

Sentant que Longtree serait gêné par une effusion de gratitude, Chief lança, laconique :

— Merci pour tout.

— De rien.

Chief se dirigeait vers la porte quand l'autre l'interpella. Pour la première fois, Longtree l'avait appelé Chief au lieu de Colonel Hart. Il se retourna.

— Oui ?

— Quanah Parker n'avait pas renoncé à toutes les traditions Comanches. À la consternation du BIA, il était resté polygame.

Chief haussa les épaules d'un air interrogateur.

— Votre aïeul pensait manifestement qu'il est possible d'être amoureux de deux femmes en même temps. J'ai pensé que ça vous soulagerait peut-être de le savoir.

CHAPITRE 33

Il frappa à la porte.

— Entrez.

La tête penchée en avant, Melina séchait ses cheveux avec une serviette. Elle était en soutien-gorge et en culotte. La vue de sa peau nue le stoppa net.

— Désolé. J'ai cru que je pouvais entrer.

D'un mouvement léger, elle se redressa et chassa de la main une mèche humide de son visage.

— Où est le problème? Puisque vous avez déjà vu Gillian...

— C'est la même chose?

— Pratiquement. De toute façon, vous connaissez mes sous-vêtements.

C'était exact. Mais ce n'était pas pareil de les voir suspendus sur un rideau de douche. Il restait figé, bouche bée comme un écolier.

Ses seins débordaient du bonnet en dentelle ivoire, ses tétons formaient une ombre brune sous le tissu diaphane. Il avait embrassé ce ventre blanc, là, juste au-dessous du nombril. C'est là qu'il avait posé ses lèvres, la première fois.

Non, non, pas elle. Zut! Gillian.

— Chief? Ça va?

Non, il ne se sentait pas bien. Son cœur battait la chamade et sa bouche était sèche comme du coton.

— Bien sûr.

— Je suis faite de chair et de sang, vous savez.

— C'est évident.

— Mais on dirait que vous avez vu un fantôme.

Elle avait raison. Il avait une impression de déjà vu

presque désagréable. L'érection n'était pas loin. Si ce n'était son bleu sur la clavicule hérité de la bagarre avec le faux Tobias, elle était en tout point identique à Gillian. Tellement semblable que des milliers de souvenirs érotiques déferlaient dans son esprit. La courbe de sa hanche épousait sa main, à la perfection. Son corps était aussi doux et duveteux qu'une pêche. Quand il la touchait à cet endroit précis, elle réagissait au quart de tour.

— Désolé.

Il retint l'envie de se frotter, violemment, les yeux comme un personnage de dessin animé confronté à un fantasme. Il évita de la regarder en face.

— Cela aurait pu être Longtree, fit-il remarquer un peu sèchement. Comment saviez-vous que c'était moi ?

— A votre démarche. Je l'ai notée quand vous avez traversé le hangar de Pax. Vous avez un bruit de pas très particulier.

— Oh !

Il devait arborer un air sévère et coincé car elle le considérait avec étonnement, en proie à une certaine irrésolution.

— Je m'excuse si je vous ai mis mal à l'aise. Gillian était la plus pudique de nous deux.

En se rappelant la façon dont elle s'était plantée devant lui avant de faire glisser sa robe, il répliqua d'une voix rauque :

— Pas vraiment.

— C'est vrai ?

— Hummm.

— Oh.

Elle médita l'information un court instant et reprit :

— Mais elle jouait mon rôle, rappelez-vous ?

— C'est vrai.

— Vous préférez que je m'habille, roucoula-t-elle, contrainte.

— Bien sûr que non.

— En fait, c'est parce que je suis très fatiguée. A l'idée de dormir dans ces frusques que je n'ai pas quittées depuis...

— Vous n'avez pas besoin de me donner d'explication, Melina. J'ai juste été étonné de vous trouver dans cette tenue. Ce n'est pas tous les jours qu'un homme a la chance de tomber sur une femme à moitié nue.

Il esquissa un sourire qui ne lui parut pas du tout convaincant. Néanmoins, elle sembla satisfaite et bâilla à s'en décrocher la mâchoire, en guise de réponse.

Elle s'affala au bord du lit et se frictionna le cuir chevelu énergiquement avec le tissu éponge décoloré. Il chercha quelque chose d'intelligent à dire.

— Longtree m'a suggéré d'aller rendre visite au shérif local.

— C'est probablement une bonne idée.

— S'il accepte de nous aider, ce sera peut-être plus facile de pénétrer dans le Temple. Il paraît qu'il est sous haute surveillance.

— Comment allons-nous convaincre ce flic que nous ne sommes pas cinglés ?

— Nous avons un peu plus de 150 kilomètres pour y réfléchir.

— On y va comment ?

— En voiture ?

— Ah bon ? Je croyais qu'on prendrait l'avion.

— C'est à vous de voir, mais si vous voulez mon avis...

Comme il s'interrompait, elle le relança d'un regard.

— Allez-y !

— Ce matin, nous avons pu passer inaperçus parce

que Longtree nous a facilité la tâche en nous permettant d'atterrir sur une piste privée et isolée. Mais deux citadins qui débarquent sur un aéroport public, ça se remarque.

— Vous avez raison. Je préfère me rendre là-bas sans tambour ni trompette. Ce serait bien aussi d'arriver avant la nuit pour pouvoir jeter un coup d'œil aux environs.

— Il y a un gros problème, cependant. Nous n'avons pas de voiture.

— Je suis sûre que le chef Longtree nous trouvera un véhicule...

— Si c'est vous qui lui demandez, il sera d'accord, marmonna-t-il entre ses dents.

— Il est très distingué, n'est-ce pas?

Ce panégyrique l'énervait profondément. Certes, Longtree était un être digne et intéressant mais Chief n'était pas aussi emballé que Melina.

— Ouais, il est plutôt pas mal.

— J'aime son visage.

— Vous aimez son visage?

— Son apparence. Son attitude.

— Il a l'air d'un vieil Indien ridé.

Elle lui jeta un regard désapprobateur.

— Ces rides le rendent encore plus séduisant. Il dégage une certaine fierté, une... (Elle hésita à la recherche du bon adjectif et lança, triomphante.) noblesse.

Il grinça des dents, agacé par l'enthousiasme de sa compagne. Après avoir grommelé une phrase indistincte, il siffla, injuste :

— Il a eu sa part de tragédie.

Il lui relata le deuil de Longtree.

— C'est horrible, gémit-elle quand il eut fini. Sa femme et son bébé?

— Oui, c'est dur.

Son regard se perdit un instant dans le vide puis elle reposa les yeux sur lui.

— Il me fait penser à vous.

— Quoi ? s'exclama-t-il.

— Pas physiquement, bien sûr. Mais il a la même distance que vous, cette propension au secret. Cette rigidité et cette maîtrise.

— Ça vient peut-être de mes origines indiennes. Il paraît que nous sommes un peuple stoïque.

Sans percevoir l'ironie qui perlait dans sa phrase, elle poursuivit avec sérieux :

— Probablement. Mais à mon avis, vous avez davantage en commun.

Avant qu'il ait eu le temps de répliquer, elle laissa tomber la serviette mouillée et s'allongea sur le lit en remontant la couverture jusque sous son menton.

— Seigneur, je ne me rappelle pas avoir jamais été aussi fatiguée, dit-elle.

Elle ajusta son oreiller et ferma les yeux instantanément.

— Ça ne vous gêne pas si j'utilise votre douche ?

— Ce n'est pas ma douche, marmonna-t-elle, déjà à moitié endormie.

Elle roula sur le côté et ramena ses genoux contre elle.

Chief se rendit dans la salle de bains. Après avoir refermé la porte, il déboutonna son jean pour soulager la pression sur son bas-ventre.

En voilà un membre noble et fier, s'amusa-t-il intérieurement. Il resta un long moment, le front et les paumes appuyés contre le battant, les yeux clos, respirant lentement et profondément pour conserver son self-control.

Quelques minutes plus tard, il pivota sur lui-même et étudia la pièce. La baignoire venait d'être lavée. Melina avait étendu avec soin le drap de bain sur les barres chauffantes. L'endroit sentait le savon, le tube dentifrice et la peau humide. La peau féminine. La peau douce et nue d'une femme. La peau de Gillian. La peau de Melina.

Chief ouvrit les robinets et se déshabilla, avec rage, d'un geste haché. Il était de mauvaise humeur. Il se savonna de la tête aux pieds et, une fois sorti de l'eau, se lava les dents avec son index. Melina avait dû faire la même chose. Ils n'avaient pas pensé à prendre leurs brosses à dents en quittant Dallas.

Une phrase dansait dans sa tête. Qu'avait voulu dire Longtree en parlant de Quanah Parker et de sa capacité à être amoureux de deux femmes en même temps ? Quelle sornette ! Il ne voyait pas de quoi il voulait parler ! En maugréant, il chassa ce rébus de son esprit. Encore un charabia d'Apache ! C'était comme ces trucs mystiques à propos de visions, de rêves prémonitoires. Des foutaises ! Il se souvenait de ces vieux, avec leurs nattes grises et leurs figures burinées par les intempéries, qu'il avait croisés dans la tribu de sa mère. Ils lui fichaient la trouille quand il était enfant. Leurs incantations et leurs chants gutturaux lui faisaient dresser les poils sur la tête. Une fois adolescent, il les avait tournés en dérision en les traitant de fous.

Dexter Longtree n'était pas aussi cinglé, mais la moitié de ses propos était énigmatique. Le vieil homme voulait se faire passer pour un sage, histoire de donner l'impression qu'il communiquait avec les esprits. Il jouait les sorciers, ceux qui soi-disant savent lire les présages et les oracles.

— N'importe quoi ! grommela Chief en renfilant son jean à contrecœur.

Il était un scientifique. Il ne croyait qu'aux preuves concrètes, à ce qu'il avait expérimenté lui-même. Longtree était un homme crédule. Peut-être n'était-il pas vraiment lui-même. Il avait reconnu qu'il avait perdu la boule un moment après la mort de sa femme et de son bébé. S'en était-il jamais remis au fond ?

N'en déplaise à Melina et à son enthousiasme puéril pour « ce vieil homme au visage fier et noble », il n'accordait aucun crédit à ses divagations.

Quand il quitta la salle de bains, il était d'une humeur de chien. Il ouvrit la porte avec tant de vigueur qu'elle rebondit sur le mur dans un claquement sec. Melina ne bougea pas. Il s'était rhabillé pour pouvoir se coucher dans le lit à côté d'elle. Il espérait qu'elle n'allait pas râler.

Après tout, il en avait bien le droit.

Pendant qu'elle faisait la sieste dans l'avion, il était resté aux commandes des heures durant. Lui aussi avait dû lutter pour rester en vie. Pourquoi aurait-il dû s'installer dans le vieux canapé bosselé du salon alors que ce plumard confortable était assez grand pour deux ?

Quand il s'allongea, elle ne protesta pas. Sa respiration était profonde et sereine. Il retapa son oreiller plusieurs fois en prenant garde de ne pas la réveiller. Elle dormait comme une souche. Manifestement, sa présence ne la gênait pas.

Il ignorait s'il devait s'en montrer soulagé ou agacé.

***

— Asseyez-vous, messieurs.

Le shérif Max Ritchey indiqua des chaises aux deux hommes qui se tenaient debout devant son bureau.

— Puis-je vous offrir un jus de fruits?

— Non, merci, répondit Lawson. Nous venons de déjeuner. Un chili.

— Avez-vous aimé?

— C'était délicieux.

— Bien. Bien. (Il se carra confortablement dans son fauteuil, semblant indiquer qu'il était temps de passer aux choses sérieuses.) Vous n'avez pas fait tout ce chemin depuis Dallas pour goûter à notre excellente spécialité régionale. Que puis-je pour vous?

— Nous nous sommes parlé au téléphone, il y a quelques jours, vous vous souvenez? commença Lawson.

— Bien sûr. A propos d'un crime.

— Gillian Lloyd.

— Je croyais que l'affaire était résolue. Vous aviez mis la main sur le coupable, n'est-ce pas? Quand vous m'avez appelé, vous tentiez juste de réunir quelques pièces du puzzle.

— C'est exact.

Il lui rappela les points essentiels du dossier bien que Ritchey paraisse s'en souvenir parfaitement.

— Comme je vous l'ai raconté, expliqua le shérif, je me suis rendu au Temple pour enquêter sur Dale Gordon. Ils ne l'avaient pas oublié. Vu le nombre de coups de fil qu'il a passé là-bas, cela aurait été difficile. Il était complètement dérangé, ce type. Son suicide le prouve. (Perplexe, il leva les bras en signe d'impuissance.) Quel est le problème? Vous avez dégoté autre chose?

— Vous pouvez le dire, shérif.

L'agent Tobias se mit à parler d'une voix contenue,

presque indifférente en se limitant aux faits. Ritchey gigotait sur sa chaise, de plus en plus inquiet.

Chaque phrase qu'il entendait s'empilait sous ses yeux comme un mur de briques jusqu'à ressembler à une montagne d'ennuis.

Quand les deux hommes avaient fait irruption dans son bureau sans être annoncés, il avait compris qu'ils étaient des oiseaux de mauvais augure. Un lieutenant du Bureau des Homicides d'un Etat aussi éloigné ne se rendait pas dans le Comté de Lamesa avec un agent du FBI de Washington sans motif sérieux. Ils enquêtaient forcément sur une affaire d'envergure nationale.

Max Ritchey sut d'instinct qu'il pouvait dire adieu à sa petite vie tranquille et bien organisée. Il n'avait plus qu'à espérer qu'elle ne soit pas complètement chamboulée.

— Nous faisons analyser la balle qui a tué Jem Hennings, expliquait Tobias. Mais les chances de retrouver l'arme sont pratiquement nulles. Nous sommes quasi certains qu'il s'agit d'un professionnel.

— Vous voulez dire, un homme de main? quêta Ritchey.

— C'est une possibilité, répliqua Tobias, évasif.

Lawson poursuivit à sa place :

— Hennings était le fiancé de Gillian. Dale Gordon travaillait dans la clinique où elle a subi une insémination artificielle la veille de sa mort. Nous avons découvert que Hennings fréquentait le ministère de Frère Gabriel. Il nous a été confirmé par ailleurs que Dale Gordon avait des contacts directs et réguliers avec le Temple. (Il haussa les épaules d'un air détaché.) Vous additionnez le tout.

Ritchey eut un mouvement de recul, stupéfait :

— Vous insinuez que Frère Gabriel a quelque chose à voir avec ces trois morts?

— Pas du tout.

Ritchey ne crut pas un seul instant à la dénégation de Tobias. Elle avait fusé bien trop vite.

— Alors, pourquoi êtes-vous là?

— Parce que quelqu'un croit à la culpabilité de Frère Gabriel, continua Lawson. La sœur de Gillian Lloyd. Sa jumelle; son sosie parfait. Elle était avec Hennings quand il a été tué.

Ritchey se mordilla la lèvre inférieure, pensif.

— Si ce Hennings faisait la cour à sa sœur dans un but criminel, elle avait un mobile, pontifia-t-il en lançant une réplique qu'il avait récemment entendue dans sa série policière préférée. Je suis sûr que vous y avez pensé.

— Oui, mais ça ne tient pas debout. Hennings a été abattu par un tireur posté dans l'immeuble de l'autre côté de la rue. Melina Lloyd n'a pas pu tirer. Par contre, elle est un témoin direct. Nous voulons l'interroger avant qu'elle commette un acte insensé.

— C'est-à-dire?

— Défoncer les portes de Frère Gabriel. Elle exige des réponses. Nous aussi, martela Lawson.

— Le lieutenant Lawson et moi — ainsi que vous, shérif — sommes obligés de passer par les voies légales pour éclaircir l'affaire, déclara Tobias. Malheureusement, mademoiselle Lloyd n'a pas ce genre de contraintes. Elle nous a prouvé qu'elle était pleine de ressources. Elle est parvenue à nous échapper à plusieurs reprises et elle est poussée par un aiguillon redoutable : la vengeance.

— Elle a l'air un peu dérangée, elle aussi. Peut-être qu'elle est aussi instable que Dale Gordon?

Tobias réfuta l'idée d'un violent mouvement de tête.

— Elle est sans aucun doute sujette à une forte crise émotionnelle mais, détrompez-vous, elle est sensée. Une femme qui travaillait à la clinique Waters a été tuée hier après-midi. Quelques heures après lui avoir parlé, ajouta-t-il après un silence significatif.

« Je constate que vous êtes choqué, shérif. C'est normal. Mademoiselle Lloyd sait qu'elle est sur une piste et elle ne s'arrêtera que lorsqu'elle aura mis un point final à son enquête. Elle n'abandonnera pas tant qu'elle ne saura pas exactement pourquoi sa sœur jumelle a été tuée. Le lieutenant et moi sommes convaincus qu'elle va débarquer ici.

— Elle ne devrait pas tarder, précisa Lawson.

Ritchey expira bruyamment.

— Je vais en avertir le Temple immédiatement. Cependant, si elle avait essayé de s'introduire dans le domaine, j'en aurais entendu parler. La sécurité y est très stricte.

— Pourquoi ça ? interrogea Lawson.

— Demandez à John Lennon ou à ce couturier de Floride. Frère Gabriel est une célébrité internationale. Les gens comme lui représentent une excellente cible pour les maniaques qui veulent faire parler d'eux dans les journaux.

Tobias fronça les sourcils d'un air pensif.

— Etes-vous sûr qu'il n'y a pas une autre raison qui justifie une surveillance aussi pointue ?

— Laquelle ?

L'agent du FBI se pencha en avant. Ritchey remarqua que ses manchettes arboraient ses initiales.

— Shérif Ritchey, êtes-vous déjà entré au Temple ?

— A deux reprises seulement. J'y suis allé pour la dernière fois il y a trois jours, interroger Frère Gabriel au sujet de Dale Gordon.

— Quelle impression en avez-vous gardé ?

— Je ne suis pas sûr de comprendre votre question.

Tobias eut un mouvement d'agacement. Lawson semblait prêt à lui extirper la réponse d'un coup de ses grosses pattes carrées.

— Mes impressions du lieu? L'endroit est magnifiquement entretenu. Les bâtiments...

— L'ambiance générale! Les gens, l'interrompit Lawson, agacé. Avez-vous noté des choses qui vous font dire qu'ils sont retenus contre leur volonté?

— Vous plaisantez? s'indigna Ritchey en éclatant d'un rire bref.

Les deux hommes gardèrent une mine impassible.

Son sourire s'évanouit aussitôt et il s'éclaircit la gorge, nerveusement.

— Les fidèles de Frère Gabriel considèrent comme un honneur le droit de vivre et de travailler là-bas. Ils sont des milliers à postuler pour avoir cette chance. Le système est basé sur le mérite. Si vous parvenez à rendre un service exceptionnel au Ministère, vous gagnez votre place dans le saint des saints. Un truc comme ça.

— Quelle sorte de service?

— Pardon?

— Vous avez dit que si un fidèle rend un service exceptionnel au Ministère...

— Une BA. Une collecte de fonds. Du prosélytisme. N'est-ce pas ce que font la plupart des églises? Recruter des croyants?

— Connaissez-vous quelqu'un qui a quitté le Temple après y avoir vécu quelque temps? s'enquit Tobias.

— Non, répondit-il avec honnêteté. Ça ne veut pas dire que ça n'est pas arrivé. Je ne suis pas au courant, c'est tout. (Il les considéra d'un air intrigué.) Pourquoi voudrait-on en partir si on a travaillé dur pour y être admis? Ça serait comme vouloir quitter le paradis? Ça n'a aucun sens.

***

Ils quittèrent le bureau du shérif et remontèrent dans leur voiture de location. Tobias s'installa au volant. Lawson était impressionné par l'autorité qu'il dégageait. Ils s'étaient retrouvés à l'aéroport d'Albuquerque, où une conduite intérieure les attendait. Ils avaient roulé jusqu'à Lamesa, le chef-lieu du comté. Tobias avait tout organisé en un tour de main : un seul coup de téléphone lui suffisait alors que lui ne pouvait pas obtenir un stylo Bic sans remplir un formulaire.

— Que pensez-vous de Ritchey? attaqua Lawson.

— Je n'arrive pas vraiment à le cerner mais je parierais qu'il ne dit pas complètement la vérité.

— C'est également mon impression. Il cache quelque chose.

— Probablement par fierté. Il déteste les étrangers qui viennent fouiner dans ses affaires. Ou il est incompétent, ou bien...

— Oui?

— Peut-être qu'il ne ment pas et que nous devenons paranos.

— Peut-être, répliqua Lawson. Je crois voir des complots à tous les coins de rue. (Il se tut un instant avant de reprendre :) Si ça se trouve, c'est un fidèle convaincu. Il estime dépendre d'une juridiction supérieure à celle du comté, de l'Etat ou du gouvernement fédéral.

— Vous voulez dire que Frère Gabriel l'a acheté ainsi que d'autres membres de l'autorité locale?

— Qui peut dire où s'arrête son influence? Nous savons qu'elle s'étend au moins jusqu'à Dallas.

— Et jusqu'au Sud Dakota. C'est là que Hennings a été enrôlé.

— Vous pensez que Hennings et sa sœur ont été convertis par l'infirmière de l'école et qu'ils ont éliminé leurs parents qui s'opposaient à leur conversion?

— Quelqu'un les a fait disparaître.

— Vous soupçonnez Frère Gabriel?

— Ou un fidèle zélé qui agit en son nom.

— Avec sa bénédiction?

— C'est une supposition plutôt effrayante, n'est-ce pas?

— S'il a des disciples prêts à tuer pour lui... (Il se tourna vers Tobias et poursuivit comme s'il pensait à voix haute.) Cela signifie que Dale Gordon a tué Gillian Lloyd sur ses ordres.

— Je l'ai envisagé.

Lawson se rembrunit.

— Je veux affronter ce prêcheur aux cheveux oxygénés face à face. Savoir ce qu'il a dans le ventre. Je vous parie un bon steak contre une bouteille de scotch qu'il n'est pas aussi angélique que son sourire et son beau visage veulent bien le faire croire.

— Raté! Je ne mange pas de viande rouge.

Lawson renifla. Le téléphone de Tobias sonna. Il répondit à la première sonnerie tout en riant sous cape de sa plaisanterie.

— Oui, Lucy. Quoi?

Il écouta, la remercia pour le rendez-vous et reporta son attention sur Lawson.

— Vous allez être servi, expliqua-t-il en souriant. Vous

allez pouvoir vous mesurer avec le Grand Homme. Il nous accorde une audience demain matin.

— Pourquoi demain matin? Pourquoi n'y allons-nous pas tout de suite?

— Nous n'avons pas de motif valable. Mis à part ces appels téléphoniques dont il s'est déjà expliqué, il n'a aucun lien avec Dale Gordon. Encore moins avec Gillian Lloyd ou Jem Hennings. Il nous reçoit par politesse et nous devrons veiller à ne pas le bousculer.

« Tant que nous n'avons pas récupéré tous les échantillons de sperme stockés à Waters et les premiers résultats des analyses ADN, nous ne pouvons pas prouver que Gordon échangeait les semences. Nous n'avons que des suppositions. Même si nous prouvons la substitution, nous n'avons rien qui relie ce tripatouillage à Frère Gabriel, excepté un disciple mort complètement taré. En résumé, nous n'avons aucune raison d'interroger un homme de Dieu aussi éminent.

— Mon cul. (Vexé, Lawson fit courir sa main dans sa coupe en brosse.) Bon Dieu, le pire c'est que vous avez raison. D'un point de vue légal, s'entend. Mais mon instinct me chuchote que ce prédicateur est la tête pensante de toute cette affaire. (Il rumina ses propres mots un instant.) Et Melina Lloyd? Que va-t-elle faire d'après vous?

— Elle va se ruer au Temple.

— Je suis d'accord.

Silence.

— Putain, tout est une question de timing, n'est-ce pas?

— C'est-à-dire?

— J'étais en train de penser que si j'avais eu connaissance plus tôt de cette piste menant à la clinique, j'aurais exigé qu'on fasse un examen vaginal de Gillian Lloyd. Elle avait subi une insémination artificielle moins de vingt-quatre heures avant sa mort.

— Et si le test ADN avait révélé que le sperme n'appartenait pas au donneur choisi...

— Ni à Christopher Hart.

— ... Alors vous auriez eu la preuve de manipulations anormales au sein de l'établissement.

— Mais nous connaissions déjà l'assassin, corrigea Lawson d'un air morose. Il n'y avait pas de traces de sperme visibles. Vu que le couteau retrouvé chez Gordon était indéniablement l'arme du crime, je n'avais aucune raison de ne pas rendre le corps à Melina en vue de l'incinération.

Tobias lui expliqua qu'il attendait un ordre du tribunal pour faire exhumer les restes de la jeune femme assassinée à Oakland, en Californie.

— Nous testerons l'ADN de l'embryon qu'elle portait et nous le comparerons à celui de son donneur. Bien sûr, tout ça prend du temps. Cela aurait été plus rapide de faire ça sur Gillian Lloyd.

— Désolé, grommela Lawson.

— Comme vous venez de le dire, vous ne saviez pas à l'époque ce que vous savez maintenant.

Tobias était bien aimable de le tirer d'affaire. Il lui rendit la pareille.

— J'ai apporté le dossier. Si vous voulez le consulter à nouveau.

— Peut-être, soupira Tobias. La nuit va être longue et je n'ai rien de mieux à faire.

CHAPITRE 34

— Melina?

— Humm?

— Il est presque trois heures.

Avec un gros soupir, elle roula sur le dos et lorgna Chief, les yeux entrouverts.

— Pourquoi me réveillez-vous tout le temps?

— Parce que vous n'arrêtez pas de dormir.

— Je rêvais.

— A quoi?

— Je ne me rappelle pas.

— C'était agréable?

— Je crois. (Elle s'étira avec délice.) Quelle heure est-il?

— Je viens de vous le dire.

— Je n'écoutais pas, admit-elle en souriant, l'air encore assoupi. Redites-le-moi.

Il s'abstint de répondre. Il préférait se taire et goûter le silence qui les environnait. Melina prit conscience brutalement de la douce intimité qui venait de se glisser entre eux. Chief la contemplait, ses poings fichés de part et d'autre de sa tête, sur l'oreiller. Il ne souriait plus. Arc-bouté sur ses bras tendus, il supportait son poids dans une posture qui dessinait chacun de ses muscles. Le bleu de ses yeux semblait s'être intensifié comme le ciel après un coucher du soleil, s'irisant de violet et d'indigo.

Obéissant à une impulsion, elle tendit ses doigts vers son visage, lui caressant d'abord les sourcils avant de glisser vers sa joue blessée. Elle effleura d'un geste léger l'arête de son nez, en traça le contour et descendit jusqu'à sa bouche. Elle s'attarda sur chacun de ses traits comme une aveugle qui cherche à retrouver la mémoire.

S'enhardissant, elle frôla sa poitrine. Sa peau dégageait une chaleur suave qu'elle avait soif de sentir contre elle. Sans perdre des yeux le papillonnage de sa main, elle affermit son étreinte sur son torse musclé. Elle titilla son téton avec son pouce. Encouragée par sa respiration haletante, elle leva la tête et le lécha du bout des lèvres.

D'une voix rauque, il étouffa un juron, rejeta les couvertures, s'allongea sur elle et pressa son visage contre sa gorge. Affamé, il libéra ses seins de leur cage de dentelle et les embrassa à pleine bouche comme si une faim inextinguible le dévorait. Sa barbe de trois jours lui picotait la peau mais c'était une sensation agréable, érotique, et presque malgré elle, elle souleva les hanches. Sa langue courait sur sa poitrine, malaxant la chair ferme et avant qu'elle eût le temps de le supplier, il dégrafa son soutien-gorge sans l'enlever totalement. Elle saisit ses cheveux à pleines mains en grognant de plaisir.

Dans un gémissement guttural, il lui demanda de déboutonner son pantalon. Elle tâtonna maladroitement en direction de sa braguette et entreprit de défaire les boutons en métal. Ses doigts heurtèrent un doux renflement. Il grommela une phrase indistincte et ils éclatèrent de rire à l'unisson. Enfin après quelques tentatives maladroites, elle parvint à faire glisser son jean le long de ses jambes. Il prit sa main dans la sienne et la guida entre ses cuisses. Il grimaça de plaisir, les yeux fermés tandis qu'elle le caressait.

— Plus doucement. (Il appuya son front contre le sien.) Oh, Seigneur ! Dites-moi si vous n'êtes pas d'accord.

— Je suis d'accord.

Elle s'arc-bouta contre le matelas et se souleva légèrement pour l'aider à libérer son balconnet. Après l'avoir ôté, il leva la tête et la contempla un long moment. Puis, comme s'il était incapable de rester loin d'elle une minute, il enfouit de nouveau sa bouche entre ses seins, les léchant d'une langue autoritaire, les mordillant.

— Chief! marmonna-t-elle le souffle court.

— Je sais. Moi aussi. Mais je ne veux pas aller trop vite. Vous feriez mieux d'arrêter, souffla-t-il en repoussant doucement sa main.

Il glissa ses pouces dans l'échancrure de sa culotte et acheva de la déshabiller. Ses poings refermés autour de ses chevilles, il lui ouvrit délicatement les jambes. Elle fut sur le point de résister et de rouler sur le côté mais son regard ardent distillait une telle tendresse qu'elle se laissa aller. Ses yeux brûlants de désir remontèrent lentement sur son corps, la couvant d'une douceur infinie, quêtant son attente, l'accrochant. Ils restèrent un long moment, l'œil fixé l'un à l'autre, tandis que ses mains couraient sur elle frénétiquement. Il lui massa les cuisses, les mollets et remonta progressivement vers le bas de son ventre sans rompre le fil qui les reliait à la magie de l'instant. Il accentua sa pression, jouant des doigts dans les replis de son sexe. Une vague de plaisir la submergea. Elle se mordit la lèvre, en cherchant sa respiration. Elle ferma les paupières et l'image de Chief s'enfonça dans une brume d'ivresse.

— Si tu continues, bredouilla-t-elle, pantelante, je vais craquer.

— C'est ce que je désire plus que tout.

— Je te veux en moi.

Il la pénétra. Avec une possessivité farouche, il glissa ses mains sous ses hanches et l'amarra à lui pour aller plus avant, toujours plus loin. Elle crispa ses doigts sur sa peau douce, l'attirant en elle, accordée à sa cadence.

Il paraissait ne jamais pouvoir se rassasier. Chacun de ses mouvements vibrait d'une générosité totale, inouïe. Derrière eux, elle sentait une force indomptable qu'il avait du mal à maîtriser. Mais étrangement, elle n'avait pas peur. Elle s'abandonna sans lutter et lui répondit avec férocité, sans plus de pudeur.

Sa respiration s'accentua. Il hoqueta et enfouit son visage au creux de son cou. Avant d'exhaler un long grognement :

— Tu... baises... comme...

Et il jouit en criant un prénom.

***

— Hé, Tobias, j'ai trouvé un truc drôlement bizarre. Ça vous intéresse ?

— Vous ne rentrez jamais chez vous ?

— Je suis dans mes pénates, rétorqua Lucy à 3200 kilomètres de là.

L'info est arrivée alors que je quittais le bureau. J'ai fait une sortie papier pour la potasser à la maison. J'ai donné à manger à mon poisson rouge avant qu'il ne cède à un acte de cannibalisme. J'ai pris un bain moussant, grignoté un plat surgelé, ouvert une bouteille de vin médiocre et j'y ai jeté un coup d'œil.

Un peu plus tôt dans la soirée, Tobias avait dégusté un sandwich grillé au fromage dans le café du motel pendant que Lawson déglutissait deux cheeseburgers au chili avec une portion supplémentaire d'oignons. Ils s'étaient ensuite séparés en prévoyant de se retrouver au petit déjeuner. Tobias avait pris une douche, et s'était allongé, la tête soutenue par un oreiller, adossé à la tête de lit en imitation bois. Il sirotait un verre d'alcool qu'il avait pris dans le mini-bar.

Il buvait très rarement, mais ce soir, il s'était accordé le droit d'avaler un whisky soda. Il n'était pas sur son territoire. Le silence du désert environnant l'oppressait et l'absence de trafic à l'extérieur le rendait nerveux. Les murs de la chambre s'ornaient de peintures bon marché d'un genre artisanal décrivant des scènes de vie indienne. De quoi lui flanquer le bourdon !

Bien qu'il eût exigé une chambre non-fumeur, un cendrier en forme de serpent à sonnette enroulé, la gueule ouverte, le narguait sur la table de chevet. Ses yeux rouges luisaient dans le faisceau de lumière qui émanait de la télévision.

C'était agréable d'entendre la voix familière de Lucy avec son accent du nord.

— Quelle information ? reprit-il.

— Ce Frère Gabriel me glace les sangs ! commença Lucy. J'ai regardé son émission la nuit dernière, au bureau. Son discours sur un Nouvel Ordre Mondial me fait penser à un slogan hitlérien. Pas de quoi être rassuré. J'ai envie de lui demander : « Qui sera chargé de le mettre en place ? » Malheureusement, je connais déjà la réponse !

« Bref ! J'ai mené quelques recherches aujourd'hui et je suis tombée à la renverse quand j'ai appris à qui on avait affaire en réalité. Il n'est pas un simple prédicateur télé. Ses sermons sont traduits en trente langues. Il a des fidèles dans des pays à majorité juive, catholique, musulmane ou bouddhiste. Devant le nombre croissant de ses adeptes, les églises traditionnelles sont de plus en plus inquiètes.

« Sa doctrine ne s'apparente pas réellement à celle des

chrétiens. En fait, elle n'est même pas écrite. Jésus-Christ y est rarement mentionné sauf comme un exemple d'humilité. Mais cette absence de dogme n'a manifestement pas nui à son charisme qui semble universel. (Elle prit une longue respiration.) Du coup, j'ai fouillé du côté d'Interpol.

Intéressé, Tobias posa son verre sur la table de nuit.

— Je suis sûr que vous aviez une raison logique pour ça.

— Et bien, on pataugeait en ce qui concerne le lien avec Jem Hennings, quand nous...

— Quand vous, corrigea Tobias.

— Merci du fond du cœur, s'exclama-t-elle, ravie. Après avoir recherché des cas rappelant le meurtre de Gillian Lloyd et l'enlèvement du bébé des Anderson, j'ai pensé qu'il fallait peut-être creuser du côté de l'étranger. Et devinez quoi?

— Je suis tout ouïe.

— Durant ces deux dernières années, cinq femmes ont été tuées — meurtre ou mort accidentelle — après avoir subi une insémination artificielle. Toutes étaient célibataires, en bonne santé, de niveau social et intellectuel au-dessus de la moyenne. En outre, trois bébés conçus in vitro ou par IA ont été kidnappés peu de temps après leur naissance pendant la même période. Deux chez eux, un à l'hôpital.

— Mais statistiquement, Lucy...

— J'ai déjà contrôlé, rétorqua-t-elle en repoussant son objection. Une Portugaise a été assassinée alors qu'elle était enceinte sans avoir eu recours à un moyen de procréation assistée. Le meurtrier a été arrêté. Il a reconnu l'avoir éliminée pour s'emparer de ses bijoux. Tous les autres kidnappings qui sont intervenus dans le même laps de temps ont fait l'objet d'une demande de rançon. Tous ces dossiers ont été résolus. On a retrouvé les enfants, soit vivants, soit déjà morts.

Il aurait dû se douter que Lucy avait vérifié les faits avant de lui en faire part.

— Et les trois qui sont nés dans une clinique spécialisée ?

— Je n'ai pas besoin de vous faire un dessin, n'est-ce pas ?

— On a perdu leur trace, c'est ça ? Comme le bébé des Anderson ?

— Exactement. (Elle le laissa digérer l'information trente secondes.) Je poursuis mes investigations, reprit-elle. Pour vérifier si des disciples de Frère Gabriel ont été impliqués dans ces affaires.

— Parfait, mais reposez-vous un peu.

— Merci. Et vous, vous comptez vous détendre, ce soir ?

— C'est une façon de parler.

Il lança un coup d'œil à l'épaisse chemise noire qui contenait le dossier afférent au meurtre de Gillian Lloyd. Il l'avait emprunté à Lawson pour la soirée mais il trônait, fermé, sur la table de nuit. Il en avait par-dessus la tête de cette enquête et répugnait à relire des informations qu'il connaissait déjà par cœur.

— Où êtes-vous ? interrogea Lucy.

— A l'ombre du Temple.

— Menteur.

— Non, je vous le jure. Je vois les lumières de mon lit.

— J'aimerais être là-bas avec vous. Dans le secteur, je veux dire, s'empressa-t-elle de corriger à la hâte. J'aimerais bien demander à Frère Gabriel quand est-ce que Dieu lui a refilé sa place.

— Appelez-moi dès demain pour me tenir au courant.

— Sans faute. A quoi ça ressemble ?

— Quoi ?

— Votre chambre de motel.

— Le genre plus vite on la quitte, mieux on se porte. Les draps sont propres mais les oreillers sont durs.

Il lui décrivit l'horrible cendrier.

— Vous plaisantez. J'en aurais des cauchemars. Y a-t-il quelques prestations croustillantes ? Un lit à vibrations ? Des cassettes pornos ?

— Il y a une brochure au-dessus de la télé qui liste les films pour adultes proposés à la location.

— Dites pour voir, il y a peut-être des titres que je connais.

— Au revoir, Lucy.

— Je n'ai pas vu celui-là.

Il raccrocha en riant. Leur petite conversation l'avait rendu de meilleure humeur.

***

Melina fut la première à se lever. Elle ramassa ses sous-vêtements et se retira dans la salle de bains en l'ignorant ostensiblement. Quelques secondes plus tard, il entendit la douche couler.

Chief se voila les yeux de son avant-bras et jura à mi-voix dans le silence. Qui aurait pu penser qu'il lui arriverait une chose pareille ? Quand il avait rencontré Gillian Lloyd sur le perron du Mansion, aurait-il pu imaginer qu'en quelques jours, il serait emporté dans la tourmente de son assassinat et qu'il coucherait avec sa jumelle ?

« Coucherait avec ? »

Un bel euphémisme, complètement inapproprié. Lui,

Christopher Hart, l'homme public, l'astronaute pourchassé par ses fans et héros des cours de récréation, avait baisé avec la sœur de Gillian, son sosie. Le pire, c'est qu'il avait aimé chaque seconde passée en sa compagnie. Il s'était perdu en elle avec autant d'ivresse qu'en Gillian.

Il était vraiment tordu. Oui, vraiment.

La porte du cabinet de toilette s'ouvrit et Melina apparut, habillée de pied en cap.

— Est-ce que Longtree est revenu? demanda-t-elle d'une voix neutre et formelle.

— Je crois avoir entendu du bruit dans la cuisine.

Elle traversa la chambre et s'arrêta, la main posée sur la poignée.

— Alors dès que vous serez prêt...

— D'habitude, je ne fais pas pleurer les femmes, Melina.

Sans même se retourner, elle ouvrit le battant et répliqua :

— Je vous attends.

La porte claqua derrière elle.

— Merde! s'exclama-t-il en rejetant les couvertures.

Cinq minutes plus tard, il la rejoignit dans la cuisine. Elle était assise, devant un verre rempli d'un liquide transparent et discutait avec Longtree. A son approche, elle ne leva pas la tête. Longtree lui proposa quelque chose à boire.

— De l'eau, ce sera parfait.

— Le chef Longtree a gentiment accepté de nous prêter son pick-up, expliqua Melina en se débrouillant pour éviter son regard.

— C'est très généreux.

Le vieil homme lui tendit le verre.

— J'ai pensé que vous pourriez en avoir besoin. J'ai

fait le plein d'essence et je vous ai préparé une carte routière sur laquelle j'ai indiqué l'itinéraire le plus commode. Ce serait peut-être mieux d'éviter les axes les plus fréquentés.

Il la déposa devant lui, ainsi que le trousseau de clés.

Chief le remercia d'un brusque mouvement de tête.

— Je ne sais pas quand nous pourrons vous ramener le véhicule.

— Jed m'accompagnera si j'ai besoin de me déplacer.

Melina jeta un coup d'œil à l'horloge murale et se leva.

— Nous apprécions tout ce que vous avez fait pour nous.

— Le pendentif de Gillian ! s'écria soudain Chief tandis qu'elle prenait congé de leur hôte.

Melina caressa légèrement le rubis qui scintillait autour de son cou.

— Je viens de le remettre.

— Je croyais que vous l'aviez jeté en même temps que votre sac à main.

— On l'a examiné sous toutes les coutures, rappela-t-elle. En outre, je déteste l'idée de m'en défaire. C'est probablement le dernier objet que Gillian a touché avant de mourir.

Il resta silencieux un instant avant de tendre la main.

— Regardons-le de plus près, Melina. L'éclairage est meilleur ici que dans l'avion.

Elle hésita une fraction de seconde puis dégrafa le bijou et lui donna. Laissant pendre la chaînette à quelques centimètres de son visage, il le plaça en pleine lumière. C'est alors qu'il remarqua une minuscule tache noire sur le cœur translucide, à la limite de la monture. Elle était presque indiscernable. Même un observateur avisé aurait pu croire à une imperfection de la pierre.

— Avez-vous un pic à glace? demanda-t-il à Longtree.

Quelques minutes plus tard, il approchait l'outil du collier. Longtree et Melina l'observaient d'un air anxieux pardessus son épaule. Avant qu'ils aient eu le temps de s'en rendre compte, une petite pastille roula sur la toile cirée qui recouvrait la table. Elle était plus petite qu'une tête d'épingle et avait la couleur d'une mine de crayon. Chief la remua avec la pointe acérée de son ustensile.

— Que pensez-vous du cadeau choisi amoureusement par Jem Hennings? Il est magnifique, n'est-ce pas?

Melina frémit.

— Quel salaud. Je regrette qu'il soit mort. J'aurais adoré lui cracher mon mépris à la gueule.

Chief expliqua à Longtree le fonctionnement du système GPS.

— La technologie a fait davantage de progrès que je croyais. Je suis convaincu que ce genre de transmetteur n'est pas encore sur le marché. Je me demande comment ces ordures se le sont procuré.

— Oh, mon Dieu, s'exclama Melina. Ça signifie que nous les avons attirés jusqu'ici. Je suis sincèrement navrée, chef Longtree. Après la gentillesse dont vous avez fait preuve, nous vous remercions en vous mettant en danger.

— Ne vous inquiétez pas pour moi.

— Elle a raison, souligna Chief avec gravité. Ce sont des criminels. Hier, ils ont tué deux personnes. Ils obéissent aux ordres d'un homme très puissant, probablement Frère Gabriel et ils font très bien leur boulot.

— Vous êtes parvenus à leur échapper.

— D'extrême justesse. Maintenant ils savent que nous sommes venus ici. Ils vont se lancer à notre poursuite. Y a-t-il un endroit où vous pouvez vous réfugier quelques jours?

Longtree lui adressa un sourire.

— Les Indiens d'Amérique sont expropriés de leurs terres depuis trois siècles. Je ne pourrais plus me regarder dans une glace si je laissais deux brutes me chasser de chez moi. Je suis de taille à me défendre.

Sur ce, il se dirigea vers une commode et en sortit un revolver.

— Prenez ça avec vous.

— Vous risquez d'en avoir besoin.

— J'insiste.

Il lui tendit le pistolet ainsi qu'une boîte de balles.

— Vous saurez le charger?

Chief fut sur le point de refuser mais il se ravisa aussitôt en se remémorant le sort qu'avait rencontré Jem Hennings.

— Faites-le pour moi.

— Par précaution, je laisse la première chambre vide, expliqua-t-il. Il faut appuyer deux fois sur la gâchette pour faire feu.

— On ne peut pas partir en vous laissant seul, sans arme ni moyen de transport, s'effraya Melina.

— Je n'ai pas peur. Mon destin n'appartient pas à ces deux monstres. (Arborant un air amusé, il l'entraîna doucement vers la porte.) Si vous voulez arriver à Lamesa avant la nuit, vous feriez mieux de partir maintenant. Le soleil descend vite derrière les montagnes.

Sur le seuil, Chief agrippa sa main entre les siennes. Ils échangèrent un long regard. L'éclair de compréhension qui passait entre eux rendait toute parole inutile.

CHAPITRE 35

— En général, les femmes ne sanglotent pas après avoir fait l'amour avec moi, Melina.

A moins de sauter en marche du pick-up qui roulait à 90 kilomètres heure, elle ne pouvait pas fuir. Elle ne pouvait plus, comme tout à l'heure chez Longtree, se contenter de lui tourner le dos et de quitter la pièce. La seule solution était de l'ignorer. Elle resta silencieuse un long moment comme si elle avait choisi cette option.

Finalement, elle prit la parole.

— Cela n'aurait jamais dû arriver, Chief.

— Mais c'est arrivé. Alors, parlons-en.

— Pourquoi ne pas l'oublier?

— Parce que c'est là et que nous le savons. Vous voudriez faire comme si rien ne s'était passé. C'est impossible. Et vous le savez parfaitement.

— Et c'est vous qui accusez les femmes de vouloir tout analyser, marmonna-t-elle en tournant la tête pour contempler le paysage.

— Vous pleuriez, Melina. Je voudrais savoir pourquoi.

— Parce que c'était une mauvaise idée.

— Mauvaise peut-être mais drôlement agréable.

Elle l'effleura du regard avant de scruter de nouveau l'horizon.

— Je n'ai jamais dit que ce n'était pas agréable.

— Donc, nous sommes d'accord là-dessus. Ce qui rend ma première question encore plus pertinente. Pourquoi pleuriez-vous?

Le silence s'éternisa. Elle envisagea un instant de faire comme si elle n'avait pas entendu mais se ravisa. Sa réponse le laissa interloqué.

— Gillian m'a confié que vous ne l'aviez embrassée qu'après l'amour.

Saisi, il lui lança un coup d'œil acéré.

— Quoi ?

Elle l'étudiait sans ciller.

— Vous lui avez déclaré que c'était génial de garder le meilleur pour la fin. C'est la limite que vous vous êtes fixée ?

Mal à l'aise, il reporta son attention sur la route.

— Vous ne m'avez pas embrassée sur les lèvres, poursuivit-elle. Pas une seule fois.

— Ce n'est pas très important.

— Si vous l'aviez fait, non. Mais c'est significatif. Surtout à la lumière de ce que m'a raconté Gillian.

Ses paroles avaient fait mouche. Il se composa une attitude et tenta de se justifier.

— C'est malsain de discuter de détails aussi intimes.

— Vous trouvez ça plus sain de se taper une fille à la place d'une autre ?

— Ce n'était pas ça.

— Ah bon ?

— Non, lâcha-t-il d'une voix amère. (Il lui jeta un regard furieux.) Qui vous dit que vos larmes ne m'ont pas empêché de vous embrasser ? Peut-être ai-je oublié parce que j'étais occupé à quelque chose de plus plaisant ?

— Autre chose, oui. Mais vous ne vous souciiez pas de moi.

— Je ne vous aurais pas fait l'amour si je n'en avais pas eu envie.

— Oh, mais vous en aviez envie, je ne le nie pas, lâcha-t-elle avec un petit rire sans joie. Je l'ai remarqué. Je l'ai senti. Physiquement, vous étiez partant à cent pour cent. Mais c'est à Gillian que vous pensiez.

Il crispa les mâchoires. Que pouvait-il répondre à ça? S'il acquiesçait, il prenait le risque de la blesser profondément. S'il niait, il se mentait à lui-même. La vérité se trouvait à mi-chemin. Pour se montrer totalement honnête, il devait lui confesser qu'il n'en savait rien. Paradoxalement, c'est ça qu'elle aurait le plus de mal à croire.

Comment lui avouer que jusque-là, il avait réussi à faire la différence entre elle et sa sœur? Se sentirait-elle soulagée de l'apprendre? Mais après l'avoir caressée, touchée, découverte, l'avoir entendue gémir sous lui, il avait du mal à les distinguer l'une de l'autre.

Il ne méritait pas une telle torture. Il ne voulait pas faire preuve d'injustice envers Melina qu'il avait appris à apprécier et à respecter. Ni envers Gillian qui l'avait séduit en premier et dont le souvenir ne quittait pas sa mémoire. Il cherchait simplement à faire montre d'élégance envers les deux jeunes femmes pour pouvoir continuer à se respecter.

— Ne vous croyez pas obligé de me faire plaisir, Chief. Je sais que vous pensiez à Gillian, cet après-midi. Vous avez crié son nom.

Il la foudroya du regard.

— Vous ne vous en êtes pas aperçu? souffla-t-elle devant son air surpris.

Il secoua la tête.

— Vous l'avez fait, avoua-t-elle calmement. Vous l'avez appelée. Avec passion.

— Oh, mon Dieu, Melina. Je suis désolé.

Elle lui adressa un sourire triste.

— Vous n'avez pas à vous excuser. Ce qu'on dit dans un moment pareil est toujours sincère, même si c'est brutal.

Sa gentillesse le désarçonnait. Il était extrêmement mal

à l'aise de voir qu'elle lui pardonnait une gaffe aussi énorme. Il se sentait lamentable. Il comprit qu'il était temps de se montrer clair vis-à-vis d'elle.

Avant même de réfléchir à ce qu'il allait dire, il obliqua vers le bas-côté de la route. Le pick-up tressauta sur les cailloux et s'arrêta en grinçant. Il coupa le moteur et se tourna vers elle.

— Je vous ai menti, Melina.

Elle le considérait avec un intérêt non dissimulé, l'air perplexe, la bouche ouverte. Ses grands yeux gris étaient fixés sur lui, calmes et légèrement interrogateurs. Chief commença à parler, lentement, avec la même prudence qu'il mettait à faire atterrir sa navette.

— Vous avez lu en moi comme dans un livre. Vous m'avez percé à jour dès l'instant où vous m'avez vu dans le bureau de Lawson. Je refusais d'être impliqué dans cette affaire. Je pleurais Gillian mais je voulais le faire seul, pas devant les caméras de télévision. J'avais peur que les médias s'en mêlent.

« Franchement, j'étais agacé à l'idée qu'une seule nuit — aussi belle soit-elle — puisse ruiner une carrière construite à la force du poignet. Cette rencontre unique, romantique avec votre sœur était de taille à gommer instantanément des années de boulot. Mais lorsque Lawson m'a annoncé que le dossier était bouclé et que j'étais libre de reprendre mon chemin, je me suis aperçu que quelque chose me retenait. Un sentiment étrange, indéfini qui m'a poussé à rester dans les parages. Ce n'est que le soir, après le service, que j'ai pigé de quoi il s'agissait.

Il marqua une pause pour indiquer qu'il était sur le point de révéler le plus important.

— Quand Dale Gordon a assassiné Gillian, asséna-t-il avec fermeté, il a peut-être également tué mon bébé.

Il la vit déglutir et se hâta de poursuivre avant qu'elle l'interrompe.

— Vous vous rappelez quand j'ai débarqué chez vous, ce soir-là, contusionné et pissant le sang, vous m'avez demandé pourquoi j'avais changé d'avis ? Pourquoi j'avais soudain décidé de m'impliquer ?

— Parce que quelqu'un avait essayé de vous tuer, coupa-t-elle en hâte. Vous pensiez que votre agression avait un lien avec le meurtre de Gillian. C'est ce que vous m'avez dit.

— C'était vrai. En partie. Au cours de cette conversation, vous m'avez demandé si j'avais utilisé un préservatif avec Gillian. Je vous ai répondu oui.

Elle acquiesça.

— C'était un mensonge. Je ne m'en suis pas servi. Pas une seule fois.

— Oh ! (Elle baissa les yeux sur ses genoux, nouant convulsivement ses mains.)

Ni aujourd'hui d'ailleurs.

— Ce qui est totalement irresponsable de ma part.

— Vous n'avez pas à vous inquiéter en ce qui me concerne.

— Vous ne comprenez pas, Melina. Si je vous dis tout ça, c'est pour vous expliquer pourquoi j'ai décidé de risquer ma réputation et ma carrière, et manifestement ma vie aussi, pour mener cette enquête à son terme.

(Il prit l'une de ses mains entre les siennes et la serra avec force.) Gillian s'était rendue à la clinique pour une fécondation, n'est-ce pas ? Hennings l'a fait remarquer dans le bureau de Lawson, mais il m'a fallu un certain temps pour comprendre la portée de cette information. Ça veut dire qu'elle était en période d'ovulation.

— Oui.

— Donc, il y a de grandes probabilités pour qu'elle soit tombée enceinte de moi. Je suis sûr que vous y avez songé quand vous m'avez parlé des capotes.

Un flot d'émotions se bousculait dans sa poitrine. Il fut surpris par leur intensité comme dans ce bar de Greenville Avenue quand il avait brusquement réalisé qu'il ne pourrait jamais se désintéresser de ce drame et oublier qu'il avait passé une nuit avec une femme nommée Gillian Lloyd.

— Mon père m'a pratiquement abandonné, Melina, confessa-t-il. Je me suis juré il y a longtemps que si un jour j'avais un enfant, je resterais à ses côtés quoi qu'il arrive. J'ai fait le serment qu'il pourrait compter sur moi, que je le protégerais envers et contre tout. (Il referma ses doigts sur les siens.) Alors, s'il y a la moindre chance que Gillian ait été enceinte, je veux trouver le salaud qui est responsable de sa mort et de celle de mon bébé.

Elle lui tendit les bras et il se jeta contre elle. Elle le berça sur sa poitrine et lui caressa les cheveux tout en murmurant des paroles de réconfort. Lové contre son sein, il s'abandonna à la chaleur que lui prodiguait sa voix douce. C'était délicieux de se laisser aller enfin, d'abandonner le contrôle de la situation à quelqu'un d'autre. Ses défenses cédèrent une à une. Il cessa d'être un militaire, un commandant ou une célébrité. Il était juste un homme. Même pas. Il était redevenu le petit Christopher qui quêtait avidement la tendresse et la consolation qu'on lui avait toujours refusées.

Au bout d'un instant, elle relâcha son étreinte. Des larmes sillonnaient ses joues et quand elle parla, sa voix était à peine audible.

— Personne ne l'aurait jamais su, à part vous. Vous auriez pu partir quand même.

— Non. Non, je ne pouvais pas.

Elle retint un sanglot et le regarda de ses yeux humides.

— Chief, êtes-vous tombé amoureux de Gillian?

Il se posait la même question depuis le matin où il s'était aperçu de son départ. Cette interrogation le taraudait sans relâche. Elle l'avait hanté quand il avait appris la nouvelle de sa mort. A cet instant, il avait ressenti une souffrance aiguë. Quand il avait compris que leur nuit d'amour avait peut-être donné vie à un enfant, il l'avait tournée et retournée dans sa tête. Ainsi qu'à chaque fois qu'il avait éprouvé une attirance irrépressible pour Melina. C'est cette obsession qui l'avait empêché d'assouvir son désir. C'est à cause d'elle qu'il se sentait si coupable de n'avoir pas pu le maîtriser.

Il était fatigué de nier. Il connaissait la réponse depuis le premier jour.

— Oui, reconnut-il. Que Dieu me vienne en aide, je l'aimais.

***

Le shérif Ritchey s'agita sur sa chaise inconfortable. Il attendait depuis plus d'une demi-heure. Comme le voulait le protocole du Temple, il avait téléphoné pour prévenir de sa visite. On lui avait donné un rendez-vous et il s'était présenté à l'heure dite. Comment osait-on le faire attendre alors qu'il avait expressément fait savoir qu'il devait rencontrer Frère Gabriel, sans délai?

— Dans combien de temps, à votre avis?

Monsieur Hancock se détourna de son écran d'ordinateur sur lequel il travaillait depuis l'arrivée de Ritchey.

— Je ne saurais vous le dire. Puis-je vous offrir quelque chose?

— Non, merci. (Puis d'une voix coupante, il reprit.) C'est très important.

— Oui. Vous me l'avez dit et je l'ai signalé à Frère Gabriel.

Il s'écoula encore un quart d'heure avant que les doubles parois coulissantes de la porte ouvragée s'ouvrent enfin, livrant passage à Frère Gabriel.

Il portait un coûteux peignoir de soie, agrémenté d'une ceinture frangée nouée autour de sa taille menue. Ritchey n'en avait jamais vu de pareil, même sur les catalogues.

— Bonsoir, monsieur Ritchey.

Oubliant sa mauvaise humeur, le shérif bondit sur ses pieds en triturant du bout des doigts le bord de son chapeau.

— Comment allez-vous, Frère Gabriel?

— Extrêmement bien, merci. Je vais boire un Brandy. En voulez-vous un?

— Je suis en service.

— Bien sûr. Alors, autre chose?

— Non, merci.

Le prédicateur était pieds nus. Sa robe de chambre laissait apparaître ses longues jambes bronzées et musclées. De bien belles jambes pour un homme, pensa Ritchey en les contemplant fixement tandis que Frère Gabriel traversait la pièce. Le tissu léger ne cachait pas grand chose. Ritchey évita de poser son regard sur son sexe et ses fesses que l'on devinait sous la tenue légère. Cette indécence était plus étonnante que choquante.

Frère Gabriel prit le verre des mains de Hancock et l'emporta jusqu'à son bureau. Il s'assit devant la table avec indolence.

— Vous m'avez tiré du lit, shérif Ritchey. J'espère que vous avez une bonne raison.

— Je ne pensais pas que vous étiez déjà couché. Je m'excuse de vous avoir réveillé.

— Je ne dormais pas. Je me reposais simplement. Alors, de quoi s'agit-il ? Qu'y a-t-il de si urgent ?

Le visage de Ritchey s'empourpra.

— Si j'avais estimé que ça pouvait attendre, je ne vous aurais pas dérangé.

Frère Gabriel avala une gorgée d'alcool et la garda en bouche avant de l'avaler.

— Nous avons passé un contrat, il y a sept ans, n'est-ce pas ? Aussi longtemps que vous le voulez, vous conserverez votre poste de shérif. En échange, je veux connaître toutes les informations me concernant, moi ou mon ministère.

— Oui, monsieur, c'est bien notre accord. Je l'ai toujours observé.

— Alors, quel est le problème cette fois-ci ?

— Le même que la dernière fois.

Frère Gabriel lança un coup d'œil furtif en direction de monsieur Hancock. L'assistant abandonna sa console et s'approcha de lui comme pour démontrer que l'affaire qui amenait Ritchey était plus importante que celle sur laquelle il travaillait.

Le shérif avait presque plus peur de Hancock que du prédicateur. Comment faire confiance à un homme qui portait une fleur à la boutonnière ? Le seul individu dans le comté de Lamesa qui arborait une décoration pareille était l'entrepreneur des pompes funèbres. Rien que l'idée d'associer les deux hommes le rendait mal à l'aise.

— Je suppose que vous faites allusion au meurtre de cette jeune femme à Dallas, reprit Frère Gabriel.

— Malheureusement.

— Vous avez parlé au lieutenant chargé de l'enquête ?

— Ainsi que vous me l'avez demandé. Dès le lendemain de notre rendez-vous.

— Vous lui avez expliqué que je regrettais profondément qu'un de mes soi-disant disciples soit impliqué dans cette affaire ?

— Je lui ai répété vos paroles mot pour mot.

— Vous avez fait savoir à monsieur Hancock que le lieutenant s'était montré satisfait de vos explications et qu'il avait clos le dossier.

— C'est ce qu'il m'avait dit. (Il cessa de tripoter son chapeau et le posa sur ses genoux.) Mais cet après-midi, il est venu me rendre visite. Il était accompagné d'un agent du FBI.

— L'agent spécial Tobias, coupa Frère Gabriel.

Pris de court, Ritchey leva un regard stupéfait vers Hancock. L'homme était aussi impassible que s'il avait été façonné dans le marbre. Se retournant vers Frère Gabriel, le shérif demanda :

— Comment le savez-vous ?

— Parce que je dois le rencontrer demain. Regardez-moi, ai-je l'air paniqué ? Votre affolement n'avait pas lieu d'être et vous m'avez dérangé pour rien.

— Ils sont venus au Nouveau-Mexique chercher la sœur jumelle de la victime.

— Melina Lloyd, fit remarquer Frère Gabriel d'un ton mielleux.

Ritchey fut étonné que Frère Gabriel ait également entendu parler de la jeune femme. Comme s'il lisait dans ses pensées, le prêcheur ajouta :

— Vous n'êtes pas ma seule source d'informations, shérif Ritchey.

— Non, monsieur.

— Alors, que se passe-t-il avec mademoiselle Lloyd? Que vous a dit Tobias?

— D'après lui, elle est en route pour le Temple et elle pourrait commettre un acte insensé. Se venger, quelque chose comme ça.

Frère Gabriel gloussa.

— Se venger? De moi? Pour quelle raison? Je veux croire qu'elle ne me tient pas pour responsable du geste de ce cinglé.

— Elle a remué ciel et terre à Dallas pour obtenir des réponses. Il semble que Dale Gordon n'ait pas choisi Gillian Lloyd par hasard. Il l'a connue dans une clinique spécialisée contre la stérilité où elle a subi une insémination artificielle. La nuit dernière, Jem Hennings, son fiancé, a été assassiné. Tobias est convaincu que c'est l'œuvre d'un professionnel. Melina est bouleversée par ces événements et pense que vous détenez la clé de toute cette affaire parce que Gordon et Hennings avaient des liens avec votre ministère.

Frère Gabriel prit quelques minutes pour digérer la nouvelle. Du bout de ses doigts effilés, il caressait le bord de son verre en cristal.

— Je suis curieux de savoir pourquoi le FBI vous a contacté en premier, lâcha-t-il enfin. Si Tobias est persuadé que cette femme est à mes trousses pourquoi n'est-il pas venu directement me prévenir?

— Parce que...

Ritchey redoutait cet instant depuis le début de la conversation et maintenant qu'il se présentait, il sentit la sueur dégouliner sous ses aisselles. Il s'éclaircit la gorge mais sa voix lui parut venir de très loin.

— Parce qu'il pense que les déductions de Melina Lloyd sont peut-être exactes.

Un long silence s'ensuivit. Imperturbable, Frère Gabriel ne montrait aucun signe apparent de désarroi. Seule une lueur glaciale au fond de son regard indiquait qu'il était en proie à une lutte intérieure. De la rage, estima Ritchey. Des millions de fidèles le considéraient comme un saint, un prophète, un sauveur. Des allégations insinuant qu'il pourrait être impliqué dans plusieurs meurtres n'étaient pas les bienvenues.

— Tobias a dit ça?

Ritchey retint sa respiration.

— Pas directement. Mais il m'a posé plusieurs questions étranges. C'était facile de voir où il voulait en venir.

Frère Gabriel s'accouda au bras rembourré de son fauteuil, posa son menton au creux de sa main en faisant courir son index sur sa joue. Il attendait la suite. Ritchey comprit que c'était à lui de parler. Il répéta mot pour mot sa conversation avec les deux enquêteurs. Quand il eut fini, il se passa la langue sur les lèvres d'un air anxieux.

— Je dois vous prévenir, Frère Gabriel, avec tout le respect que je vous dois, que je suis un peu nerveux quand il s'agit du FBI.

Frère Gabriel fit signe à son assistant de lui resservir à boire. Ritchey attendit que monsieur Hancock débouche le flacon puis verse avec délicatesse le liquide doré. Frère Gabriel fit rouler le verre entre ses mains pour réchauffer l'alcool.

— Que voulez-vous dire exactement, shérif Ritchey? A propos de votre nervosité concernant le FBI?

— Et bien... ça signifie... c'est que... je ne peux pas prendre de risques. Je ne peux pas me montrer aussi... flou avec des agents fédéraux que je l'ai été avec les curieux qui venaient me tirer les vers du nez pour savoir ce qui se passe dans votre domaine.

Frère Gabriel leva son Brandy sous la lampe pour en admirer les reflets irisés.

— En d'autres termes, votre loyauté envers moi serait remise en question?

— Non. Non, monsieur. Vous avez ma loyauté. Vous le savez. Mais...

Il frissonna en rencontrant son regard insondable.

— Mais quoi?

— Mais nous parlons du Bureau Fédéral d'Investigation. Ces types ne sont pas du genre à perdre leur temps. Ce ne sont pas des rigolos. S'ils pensent que je protège... Ce que je dis, c'est que si les choses se précisent, il faudra que je songe à mes propres intérêts. Je suis sûr que vous comprenez ça.

Frère Gabriel se fendit d'un large sourire.

— Bien sûr, je comprends. Je comprends même très bien. Parce que moi aussi, je dois veiller à *mes intérêts*.

Il jeta un coup d'œil à Hancock qui, réagissant immédiatement à son ordre muet, traversa la pièce et poussa les doubles portes dorées qui menaient à la chambre.

— Parlez-moi de Tobias, exhorta Frère Gabriel sur le ton de la conversation. Est-ce un homme intelligent ou un crétin?

— Très intelligent, je dirais. Il parle d'une voix douce. Il est observateur et est vêtu avec raffinement.

— Et Lawson?

— Il a le comportement et l'allure d'un ancien boxeur.

Frère Gabriel lui adressa un sourire suffisant et hocha la tête.

— Je parie qu'ils sont tout juste bons à se demander où va surgir Melina Lloyd.

— Ils semblaient inquiets à son sujet. Vraiment. Mes

hommes fouillent tous les motels du comté pour voir si elle est descendue quelque part.

— Elle est incroyablement intelligente. Elle est sûrement cachée dans un endroit où personne ne pense à la chercher. Tobias ou Lawson ont-ils mentionné le nom du colonel Hart ?

Ritchey secoua la tête.

— Qui ça ?

— Ah, Mary ! s'exclama Frère Gabriel en lorgnant pardessus l'épaule de Ritchey. Viens ici, ma douce.

CHAPITRE 36

Pivotant sur lui-même, Ritchey la reconnut immédiatement. C'était la fille qu'il avait vue quelques jours plus tôt. Elle débarquait manifestement tout droit du lit de Frère Gabriel — voilà pourquoi ce dernier avait rejoint sa chambre de bonne heure. Ses cheveux bruns bouclés étaient ébouriffés, ses joues rosies. Son peignoir blanc était plus simple que celui du prédicateur mais comme lui, elle était complètement nue en dessous.

Cette tenue soulignait sa grossesse encore plus nettement que l'uniforme d'écolière qu'elle portait la fois précédente. Ses seins étaient lourds et son ventre si tendu qu'on devinait la forme de son nombril sous le tissu diaphane.

Frère Gabriel l'attira contre lui.

— Vous comprenez pourquoi j'hésitais à être dérangé, ce soir, shérif ?

Ritchey fut incapable de répondre ni même de hocher

la tête. Il était stupéfait par l'attitude alanguie de la fille, l'obscénité que cela suggérait. Il avait envie de prendre ses jambes à son cou. De fuir cette réalité implacable et insoutenable. Il aurait donné n'importe quoi pour pouvoir conserver ses illusions sur Frère Gabriel. Malheureusement, ses sens ne le trompaient pas. Le monde s'écroulait autour de lui.

Frère Gabriel caressa les pommettes écarlates de la gamine.

— C'est une chance que j'aie recueilli Mary toute petite, ainsi j'ai pu faire son éducation correctement. Cela s'est révélé payant pour nous deux. N'est-ce pas, Mary ?

— Oui, Frère Gabriel.

— Pour dire vrai, elle s'est montrée un peu mal à l'aise avec moi ce soir. (En jouant, il tapota ses lèvres boudeuses.) J'ai été obligé de faire attention, d'avoir des gestes doux car sa grossesse est très avancée. Rien ne doit mettre le bébé en danger. N'est-ce pas, Mary ?

Il lui adressa un sourire béat.

— Bien sûr, Mary n'est pas son vrai nom. Je l'ai rebaptisée quand elle est arrivée au Temple. Comment t'appelais-tu avant ?

Elle haussa les épaules.

— Monsieur Hancock, vous vous en souvenez ?

— Oleta.

— Oleta ?

Frère Gabriel partit d'un rire affreux.

— Un prénom de péquenaude. Ça me rappelle mon enfance chez les ploucs. Pas étonnant que j'aie choisi quelque chose de plus joli.

Il ébouriffa ses frisettes puis de ses doigts caressants, descendit vers sa poitrine.

— Comme ce sera attendrissant de voir bientôt un bébé téter ces seins-là !

Ritchey avait perdu l'usage de la parole. Son chapeau était tombé par terre mais il ne s'en était pas aperçu. Avec une répulsion croissante, il regardait Frère Gabriel caresser l'adolescente qui se laissait faire éhontément, sans protester. Elle ronronnait comme un petit chat avec une obéissance aveugle, ignorant sa présence et celle de monsieur Hancock. Le regard fixé sur Frère Gabriel, elle ne les avait pas remarqués.

— Bien sûr, Mary est condamnée à subir des préjugés, fit remarquer Frère Gabriel d'un ton neutre. Ceux qui n'ont pas reçu la lumière comprendraient mal sa vie au Temple. Ils l'injurieraient. Qui pourrait entrevoir le destin que je lui ai offert ? Quand je la regarde, je vois un ventre sacré qui mérite d'être chéri et honoré.

« Mais les ennemis du ministère verraient les choses autrement. Ils la traiteraient de tous les noms, l'accableraient de sarcasmes. Elle serait marginalisée. (Il cessa de peloter ses seins plantureux et reporta son attention sur Ritchey.) Voulez-vous que cette jeune et belle créature soit jetée aux loups ? Pensez-y la prochaine fois que vous vous débattrez avec votre conscience. Je vous conseille de réfléchir avant de céder à votre tentation d'aider le FBI.

Il étendit sa main sur le ventre de la fille et le caressa langoureusement sans quitter Ritchey des yeux.

— Vous affirmez que vous devez protéger vos intérêts, conclut-il. Ainsi que je vous l'ai promis, shérif, moi, je protégerai les miens.

Après quoi, il releva le menton de Mary et l'embrassa passionnément. Leurs langues se mêlèrent, s'explorant, sans jamais perdre le contact. Celle de la gamine entrait et sortait de la bouche de l'homme tandis que ses doigts disparaissaient dans les plis du peignoir et commençaient à le titiller vigoureusement.

En riant, Frère Gabriel arrêta son geste et l'embrassa.

— Va-t-en maintenant. File au lit. Je te rejoins bientôt. Dis au revoir au shérif et retire-toi.

Elle se laissa glisser de ses genoux.

— Au revoir, shérif, répéta-t-elle d'un ton mécanique.

Sur ce, elle fit demi-tour et disparut dans la chambre.

Ritchey était pris de nausée. Il avait le vertige et une sueur froide lui coulait entre les omoplates. La révolte grondait en lui mais il était bien incapable d'exprimer sa répulsion à voix haute. De toute façon, Frère Gabriel se fichait pas mal de son opinion. Sinon, il ne serait pas affiché aussi ouvertement avec cette fille.

Frère Gabriel la regarda s'éloigner puis soupira :

— Une créature adorable, douce et compréhensive. Et quel talent pour la fellation ! (Il se frotta les mains vigoureusement.) De quoi parlions-nous ? Ah, oui ! De ce poison de Melina Lloyd. Laissez-moi vous dire, shérif Ritchey, que vous n'avez rien à craindre à ce sujet. A l'heure où nous parlons, ce problème est résolu.

***

La voiture arriva en haut de la crête, décéléra et descendit la colline.

Dexter Longtree faisait le guet. Les ennemis dont Melina et Hart lui avaient parlé venaient manifestement d'arriver. Après la tombée de la nuit, il y avait peu de passage sur cette portion de route solitaire. Et qui pouvait rejoindre la vallée tous phares éteints ?

Longtree avait été envoyé au Viêt-nam à l'époque où on

parlait encore de conflit et où les batailles s'appelaient des escarmouches. Bien qu'il n'aimât pas la guerre, il avait été un bon soldat. Une décennie plus tard, il avait pris part aux manifestations organisées par le Mouvement des Indiens d'Amérique contre le gouvernement fédéral. Il avait été arrêté et jeté en prison à plusieurs reprises pour avoir participé à des marches de protestation qui avaient mal tourné.

Une poussée d'adrénaline familière, semblable à celles qu'il avait ressenties au cœur de la jungle du sud-est asiatique et dans les halls des bâtiments fédéraux, s'empara de lui. Ce n'était pas de la peur. Il était trop vieux pour craindre la mort. Il n'allait pas au-devant mais quand elle apparaissait, il ne résistait pas. La mort n'était qu'un passage, pas une fin. En outre, comme il l'avait affirmé à Melina, son destin n'appartenait pas à ces tueurs à gages.

Ses battements de cœur s'accélérèrent. Il réalisa soudain qu'il n'avait pas complètement anticipé le danger. Les vieux étaient rarement autorisés à se battre sur le terrain. Ils étaient relégués au rang de conseiller, le corps-à-corps étant réservé aux hommes jeunes, plus forts. C'était agréable de se retrouver sur un champ de bataille. Ces brutes avaient beau posséder un équipement sophistiqué, un instinct affûté de professionnels, lui avait un avantage : il était indien. Ce mode de pensée pouvait se révéler payant.

La voiture ralentit en approchant la grille puis continua sa route.

— Bonne tactique, murmura-t-il.

Le véhicule s'arrêta quatre cents mètres plus loin. Longtree ne le voyait plus, mais il entendit le moteur s'arrêter. Les sons lui parvenaient, intacts, grâce à l'absence de vent. Même s'il avait soufflé en rafales, ça n'aurait rien changé. Il vivait depuis toujours sur cette propriété et en connaissait tous les bruits familiers. Il se faisait fort au cœur de la nuit de les distinguer les uns des autres. Il attendit, figé comme un roc. Sa vision nocturne était infaillible, un énorme atout quand la lune était réduite à un minuscule croissant comme ce soir-là.

Quelques minutes plus tard, il aperçut un mouvement près du portail. En plissant les yeux, il distingua deux silhouettes qui, après avoir hésité un instant, s'élancèrent vers la maison à croupetons en restant dans les zones d'ombre. Longtree avait laissé toutes les lumières allumées à l'intérieur. La télévision branchée dans le salon laissait filtrer une lueur bleutée à travers les fenêtres. Il entendait les dialogues assourdis d'une série médicale.

Ces hommes ne se rendraient pas chez lui. Pas tout de suite. Si leur GPS était aussi révolutionnaire que Hart le prétendait, ils fonceraient en direction du hangar qui se trouvait à moins de deux cents mètres, à la recherche de Melina.

De sa cachette, Longtree ne les quittait pas des yeux. Après s'être consultés à l'ombre d'un abreuvoir dans le corral, ils filèrent droit sur la remise où il avait abandonné le transmetteur. Il avait eu l'idée d'y laisser une lanterne allumée pour leur faciliter la tâche.

Sans deviner sa présence, les tueurs passèrent à dix mètres du tas de bois derrière lequel il était tapi. Longtree discerna très nettement leurs visages. L'un était noir, l'autre blanc. C'étaient eux. Une fois qu'ils l'eurent dépassé, il s'élança sur leurs traces.

Quand il atteignit le poste d'observation qu'il avait repéré auparavant, il était à bout de souffle. Mais en s'accoudant contre le gros bloc de pierre, jamais il ne s'était senti plus vivant. Il prit deux longues respirations profondes. Du coin de l'œil, il observa les deux hommes qui, après s'être aplatis contre les murs du hangar, s'avançaient maintenant pas à pas en direction de la porte. Au signal de l'un d'eux, l'autre ouvrit le battant d'un coup de pied. Revolvers au poing, ils se ruèrent à l'intérieur.

Une bordée de jurons et de cris retentit dans le silence de la nuit. Longtree rit sous cape : en lieu et place de Melina Lloyd et Christopher Hart, les malfrats étaient tombés nez à nez avec une énorme fournée de fumier entreposée là pour servir d'engrais.

Luttant contre la nausée, ils émergèrent en titubant, les jambes et les bottes crottées. C'est alors que les hommes placés en embuscade sur le toit bondirent sur eux.

En poussant des cris stridents impressionnants — même Longtree en avait la chair de poule — un jeune Indien parvint à assommer le Noir qui, après avoir eu le temps de faire feu avec son pistolet automatique, roula au tapis, groggy. Son acolyte tira un coup en l'air avant de connaître le même sort.

Les gamins s'amusaient beaucoup.

Ils commencèrent par désarmer les deux brutes et les remirent d'aplomb, non sans les avoir menottées. A ce moment, une lance jaillit de l'obscurité et vint se ficher en terre à quelques centimètres de leurs pieds. Elle oscilla un court instant, l'air menaçant.

— Merde ! grommela le Blanc d'une voix tremblante.

— Tais-toi, ordonna l'autre.

Longtree sortit de sa cachette et s'avança vers eux. Il avait revêtu sa coiffe de guerre. Juste pour le spectacle. Pour leur foutre la trouille. Son plan marchait comme sur des roulettes. Même le Noir avait perdu de sa superbe.

Longtree se planta devant les deux hommes et les

fixa en silence pendant quelques minutes. Le Noir s'esclaffa :

— A quoi tu joues, Geronimo?

Un des garçons lui asséna un coup dans le ventre avec la crosse de son fusil, histoire de lui faire comprendre qu'il ne tolérerait aucun manque de respect.

Longtree s'adressa à eux dans sa langue natale. Il répéta sa phrase trois fois.

— Qu'est-ce qu'il dit? chuchota le Blanc, paniqué, à son complice. Qu'est-ce qu'il dit?

Longtree baissa les yeux sur leurs chaussures maculées.

— J'ai dit : « Vous êtes dans une sacrée merde! »

⁂

Frère Gabriel aimait visiter les dortoirs à la nuit tombée. Ce soir, il avait choisi de se rendre dans la nursery. Sa soirée avec Mary et la vue de son corps mûr, l'avaient mis d'humeur à contempler les bébés. La crèche était aussi stérile qu'un laboratoire médical mais rien n'avait été épargné pour la rendre confortable et agréable. La température et le taux d'humidité y étaient contrôlés constamment. Des affiches aux couleurs vives illustrant des comptines décoraient les murs. Les berceaux étaient ornés de mobiles et de jeux interactifs. Des haut-parleurs soigneusement dissimulés diffusaient de la musique classique. Il avait confié le développement mental de ces êtres en devenir à des professionnels qui savaient au mieux stimuler leurs jeunes esprits et accroître leurs capacités d'apprentissage.

Mais il en supervisait personnellement chaque aspect. Il constata, ravi, que les mélodies s'étaient arrêtées, faisant place à des enregistrements de sa voix. Une bande audio sur laquelle il déclamait des contes pour enfants et chantonnait des ritournelles. Une idée brillante, pensa-t-il. Il désirait que chaque nouveau-né grandisse bercé par sa présence. Malheureusement, malgré la qualité exceptionnelle du Programme et les nombreux tests auxquels étaient soumises les futures mères, il arrivait parfois que certains soient atteints d'une déficience génétique qui les rendaient impropres, physiquement ou mentalement, à l'avenir qu'il leur préparait. Étrange coïncidence, ces bébés avaient une propension à contracter une pneumonie à laquelle ils succombaient rapidement. Mais ces échecs ne le tourmentaient pas outre mesure, pas plus que les disparitions de Dale Gordon ou de Jem Hennings. Quand quelqu'un ne lui était plus d'aucune utilité, il le chassait de son esprit à vitesse grand V.

Il inspecta un à un les petits lits, distribuant amour et tendresse. Il attendait toujours que les bébés soient endormis pour faire le tour de la nursery. Cela lui épargnait le spectacle des couches sales et des braillements intempestifs qui lui portaient sur les nerfs.

Il adorait surprendre les nourrissons en plein sommeil et les caressait amoureusement l'un après l'autre en se rappelant la fresque de la chapelle Sixtine sur laquelle Dieu étendait ses mains sur Adam, sa création la plus parfaite. Il aimait sentir leur peau douce, apposer sa paume sur leurs petits corps en les imaginant adultes. Des êtres superbes, aux membres forts et aux visages séduisants. Il songeait avec délice qu'un jour peut-être, ils lui ressembleraient.

En arrivant devant une nacelle vide, il se tourna vers la nurse qui le suivait à distance depuis le début de sa visite.

— C'est pour le bébé de Mary, expliqua Dorothy Pugh

d'une voix déférente. Elle doit accoucher d'une fille. La naissance est prévue dans deux semaines.

— Oui, je le sais.

— Tout est prêt pour l'arrivée de l'enfant.

Infirmière dans une école du Sud Dakota, Dorothy Pugh s'était révélée aux dires de ses espions, l'une de ses disciples les plus fidèles. Elle remplissait sa mission avec dévotion, convertissant les incrédules. Il l'avait alors contactée pour lui proposer de faire une formation en soin néonatal. Sans hésiter, elle avait sauté sur l'occasion qu'il lui offrait de venir vivre et travailler au Temple. Quand elle avait compris que son travail consisterait à veiller sur les nouveau-nés issus du Programme, elle avait exprimé sa gratitude avec une telle ferveur qu'il s'était senti mal à l'aise. Du moins, c'est ce qu'il avait fait croire aux témoins de la scène. Son dévouement était total et elle méritait sa confiance.

— Je tiens à être prévenu quand Mary entrera en travail.

— Bien sûr, Frère Gabriel.

— Et dans le cas où vous devez procéder à l'évacuation des dortoirs...

— Nous nous sommes livrés à plusieurs exercices de simulation, Frère Gabriel. Si nos ennemis projettent de nous envahir, nous transférerons les enfants ailleurs.

— Vous faites un excellent travail, opina-t-il en lui tapotant la joue.

Elle rougit. Ses yeux brillants d'adoration illuminèrent son visage disgracieux, la faisant paraître presque jolie. Elle était trop vieille pour le Programme, mais il y avait peut-être un autre moyen de récompenser sa loyauté. Il nota mentalement de demander à monsieur Hancock de la convoquer un soir prochain. Elle serait anxieuse de lui plaire. Cette pensée le fit sourire.

— Frère Gabriel.

Monsieur Hancock venait de se glisser subrepticement à ses côtés.

— Pardonnez-moi. Je sais que vous détestez qu'on vous interrompe pendant que vous profitez des enfants, mais j'ai pensé que c'était important.

Captant la tension qui perçait dans sa voix, Frère Gabriel chassa aussitôt ses fantasmes et l'entraîna dans le couloir. Le vaste corridor était surplombé d'une verrière qui, en pleine journée, laissait filtrer les rayons du soleil et faisait écho aux rires des enfants. A cette heure tardive, il était désert et plongé dans l'obscurité.

Monsieur Hancock tenait un talkie-walkie à la main.

— Le shérif Ritchey devait-il quitter le domaine après votre rendez-vous?

— Bien sûr. Je lui ai confié une nouvelle mission. Il doit surveiller de près les faits et gestes de Tobias et Lawson et attendre que Melina Lloyd et Christopher Hart se manifestent.

Joshua l'avait informé de leur arrivée au Nouveau-Mexique. Il attendait la confirmation de leur capture avec impatience, intrigué par le retard de l'opération.

Monsieur Hancock fronça les sourcils.

— Le véhicule du shérif est toujours dans le parking.

— Mais il est parti il y a au moins une heure!

— Il a quitté vos appartements. Le gardien de l'entrée principale ne l'a pas vu sortir.

— Alors, où est-il?

— Les agents de sécurité vérifient les toilettes des hommes.

— Les toilettes? s'écria Frère Gabriel avec une acrimonie croissante. Il ne faut pas une heure pour pisser. En outre, il y a des caméras partout. Ce n'est pas difficile de savoir s'il est dedans.

— Je suis persuadé qu'il n'y a aucune inquiétude à avoir.

— Bien sûr que si, il y a de quoi s'inquiéter, coupa-t-il sèchement. Vous avez perdu la tête, Hancock?

— Tout ce que je dis, c'est que...

— Un homme armé a disparu.

Il n'avait pas peur de Ritchey. L'homme était un lâche, une limace sans colonne vertébrale. Le mot fierté lui était étranger. On pouvait lui botter le cul sans qu'il réagisse. La preuve c'est qu'il avait pu l'acheter en claquant des doigts. Malgré tout, il s'était volatilisé à un mauvais moment alors qu'il avait des tâches capitales à accomplir.

— Je veux que vous le retrouviez.

— Oui, monsieur. (Hancock fit signe à deux gardes.) Par mesure de précaution, j'ai demandé à ces hommes de rester avec vous.

— Ce n'est pas nécessaire.

— S'il vous plaît, Frère Gabriel, faites-moi plaisir.

— Bon, d'accord, grogna-t-il avec impatience.

Il se dirigea vers ses quartiers, les deux vigiles sur ses talons. Il était d'une humeur massacrante. Alvin Medford Conway était sur le point d'achever son rêve de grandeur. Il allait faire l'Histoire. Son nom serait immortalisé sans qu'il ait eu besoin de connaître le martyre. Il était à des millions d'années-lumière de ces misérables soucis terrestres, tellement supérieur aux Melina Lloyd de ce monde. Les flics, les agents du FBI et les astronautes étaient insignifiants, des chiures de mouches, comparés à lui. A lui qui représentait le futur de l'humanité. Ritchey? Pauvre insecte rampant. Que représentait-il dans ce dessein céleste ? Moins que rien, mais il s'était débrouillé pour gâcher sa soirée, et ça c'était intolérable.

CHAPITRE 37

Quand ils arrivèrent à Lamesa, la nuit était presque tombée. Le centre-ville se limitait à quelques magasins serrés les uns contre les autres comme des vêtements sur un fil à linge, de chaque côté de la route nationale.

Chief remarqua une banque, un bureau de poste, une supérette et une pharmacie qui faisait également office de barbier. Un mobile home avait été transformé en bibliothèque. Les femmes de Lamesa pouvaient aller se faire coiffer ou manucurer chez Marta qui vendait aussi du pain indien frit, fait maison. Il n'y avait qu'un seul motel. Son néon rouge clignotant signalait aux voyageurs de passage qu'il y avait encore des chambres libres. Un véhicule solitaire était garé sur le parking. L'école, qui allait de la primaire à la terminale, occupait un grand terrain à la sortie du bourg. Le quartier résidentiel était formé de petits groupes de maisons, disséminées çà et là.

— Avez-vous déjà mangé du pain frit, Melina ?

— C'est quoi ?

— C'est délicieux. Ça me fait penser que je suis affamé.

Sans même la consulter, il s'arrêta devant un guichet de vente à emporter qui, bien que sommairement équipé, proposait des cheeseburgers, du poulet et des tacos.

— Le petit déjeuner de Longtree est déjà loin, ajouta-t-il.

Melina hocha la tête. Il devina qu'elle ne pensait pas à la nourriture. Elle fixait d'un air absent la montagne qui se dressait au milieu du désert, à l'ouest de Lamesa. Le Temple se trouvait au sommet.

Chief frissonna comme pour chasser un mauvais pressentiment et demanda à Melina ce qu'elle voulait manger.

— N'importe quoi, ce sera parfait.

Il se leva et s'approcha de la guérite. Comme il s'y attendait, il n'y avait qu'un seul employé qui, après avoir pris sa commande, plongea les morceaux de poulet et les pommes de terre dans de l'huile bouillante. Chief regagna la voiture, les bras chargés. Ils mangèrent dans le pick-up d'où ils avaient une vue dégagée sur la crête.

— Ketchup? Sel?

Il offrit les sachets à Melina.

— Merci.

Chief cassa les glaçons de son coca avec le bout de sa paille qui émit un couinement en dérapant contre le bord du verre en plastique. Il éclata d'un rire grossier.

— Quoi? demanda-t-elle.

— Rien. Un truc de mec.

— Vous riez parce que ça ressemble à un pet?

— Melina, quel langage! Je suis choqué!

— Vous? Le poète de la NASA, le spécialiste de la vulgarité et des obscénités?

Il sourit.

— Je suis ravi que vous ne soyez pas précieuse. Vous savez apprécier un homme à sa juste valeur.

— Un gamin, vous voulez dire.

Son sourire s'élargit.

— J'aimerais bien sortir avec vous.

— Quoi?

— Sortir. Vous savez, aller dîner... Dans un restaurant, par exemple.

— Oh.

Chief fut soudain frappé par l'absurdité de la situation. Malgré leur profonde intimité, ils n'étaient jamais sortis ensemble. C'était un sujet qu'il valait mieux ne pas explorer.

Elle dut penser la même chose car elle reprit, sur le même ton enjoué :

— Je crois me rappeler ce qu'est un restaurant, dit-elle en léchant ses doigts couverts de ketchup. Je sais même comment me servir d'un couteau.

— Moi aussi. Quand je suis en forme.

Ils échangèrent un regard complice.

Mais la montagne qui se dressait à quatre kilomètres de là et le domaine du Temple, brillant de mille feux, semblaient les narguer. Sa présence pesait entre eux comme un secret honteux, les empêchant de soutenir la moindre conversation, même banale.

Chief reconnaissait à contrecœur que la citadelle paraissait imprenable. Ils s'étaient tous deux préparés à une vision imposante mais chacun en son for intérieur se demandait comment ils allaient parvenir à contourner le système de sécurité. Une fois lancés, ils ne pourraient plus reculer. Que ça tourne bien ou mal, ils seraient obligés d'assumer les conséquences de leur acte.

Avant de se rendre à Dallas, Chief avait songé à son avenir en dilettante. Après sa dernière rencontre avec Longtree, il ressentait un besoin urgent de se rendre utile. Maintenant qu'il avait vu où vivait le vieux chef, qu'il avait perçu ses convictions, il brûlait d'envie d'aider ses congénères à sortir de leur misère et de leur désespoir.

Jusque-là, il n'avait éprouvé aucune passion pour ses

origines. Longtree l'avait fait changer d'avis en lui infusant un sentiment d'appartenance. Qui sait, peut-être sommeillait-il en lui depuis toujours, attendant d'être accepté et reconnu ?

Et puis il y avait Melina.

Quoi Melina ?

Il nageait en pleine confusion. L'attirait-elle parce qu'elle était le sosie de Gillian ? Il l'avait cru. Un temps. Maintenant, il se le demandait. Il avait soif de sa présence. Il voulait découvrir ce qu'il avait raté en omettant de l'embrasser. Mais comment pouvait-il la désirer et continuer à déclarer qu'il était tombé amoureux de Gillian ?

Pourtant c'était vrai. C'était indiscutable.

Quelle incohérence. La seule chose dont il était sûr, c'est que quand il s'agissait de ses émotions, il était à côté de ses pompes, pour parler vulgairement. Il n'y pouvait rien s'il était pragmatique. Habituellement, quand il avait un problème, hop, il remontait à la source et il le résolvait. Facile. Du tout cuit. Là, c'était autre chose.

Trêve d'états d'âme. Avant de penser à tout ça, il devait s'occuper de Frère Gabriel et de la forteresse illuminée dans laquelle il vivait.

— La NASA nous fournit autant de lumière pour un décollage de nuit, fit-il remarquer en jetant leurs déchets dans une poubelle.

Il démarra le pick-up, fit demi-tour et reprit le chemin du centre-ville.

En admettant qu'ils obtiennent une audience avec le prédicateur, comment faire pour aller et venir librement dans le Temple ? Ils seraient pris en charge et on ne leur montrerait que les quartiers réservés aux visiteurs. Et s'ils s'introduisaient là-bas sans l'autorisation du shérif en s'arrangeant pour passer outre le système de sécurité...

Il imaginait les gros titres de la presse internationale :

UN ASTRONAUTE ARRETE POUR VIOLATION DE DOMICILE.

LA NASA RENIE UN DE SES ANCIENS COMMANDANTS.

LE COUP DE FOLIE D'UN ANCIEN PILOTE DE LA NAVETTE SPATIALE.

C'est ainsi qu'on interpréterait son geste et ce serait exact. C'était insensé. Il n'était pas trop tard pour faire machine arrière. Il avait encore le temps de contacter Tobias et de laisser faire les agents fédéraux. Fuir toute cette affaire.

Boucle-la, pensa-t-il en chassant l'idée au moment même où elle se présentait. Non, Mon Dieu, non. Il était impliqué. Il devait aller jusqu'au bout.

Le bureau du shérif qu'ils avaient repéré quelques heures plus tôt était situé dans la rue principale. Chief se gara sur l'un des parkings et coupa le moteur.

— Et maintenant ?

Melina prit une profonde inspiration.

— Je ne sais pas. Si on fonçait à l'instinct, histoire de voir sa réaction ?

— C'est votre plan ?

— Vous en avez un autre ?

Après être descendu de voiture, il fit le tour pour l'aider à descendre mais elle l'attendait déjà sur le bord du trottoir en se frottant les bras. Il faisait beaucoup plus froid que chez Longtree à cause de l'altitude.

— Vous voulez ma veste ? proposa-t-il.

— Non, ça ira mieux à l'intérieur.

Une feuille de papier griffonnée à la main était scotchée sur la porte : « Le shérif revient dans un petit instant ». Précision ultime, le policier avait même indiqué l'heure de son départ.

— Tu parles d'un « petit instant ». Il prend ses aises. Ça fait presque trois heures qu'il est parti.

— Quel genre de shérif laisse son bureau vide ?

Ils lorgnèrent par la fenêtre et constatèrent que les locaux étaient déserts.

— Il n'a pas d'assistants ?

— Peut-être sont-ils en patrouille.

Melina était visiblement ennuyée par ce contretemps.

— Nous n'avons qu'à l'attendre. Nous n'avons pas le choix.

La porte n'était pas fermée à clef. Ils pénétrèrent dans une pièce surchauffée. En prévision de la nuit glaciale, le shérif avait déjà allumé le chauffage central.

— Au moins, ici vous n'aurez pas froid ! s'exclama Chief en suspendant sa veste à la patère près de l'entrée. On pourrait y faire cuire des gâteaux.

Le bureau exigu était de forme carrée et s'ouvrait sur un long corridor obscur. Les murs s'ornaient d'un panneau d'informations qui supportait les habituels avis de recherche et d'une immense carte d'état-major du comté qui occupait presque tout un pan de la pièce. Il y avait trois armoires de rangement mais manifestement, le travail de Ritchey ne générait que peu de paperasse. Sa table de travail était extraordinairement bien rangée.

Chief s'apprêtait à en faire la remarque à Melina quand il s'aperçut qu'elle avait disparu pour aller explorer le reste des locaux.

— Qu'y a-t-il par là ? lui cria-t-il.

— Un petit réduit. Zut ! Ils ont oublié d'éteindre la cafetière !... Ainsi qu'une sorte de chambre.

Soudain, elle poussa un hurlement.

— Oh, non!

Chief se rua comme un fou dans le vestibule. En franchissant le seuil, il se heurta le bras dans le chambranle de la porte. Un élancement lui vrilla le coude. Sans prêter attention à la sensation d'engourdissement qui remontait jusqu'à l'épaule, il descendit le couloir en deux enjambées et faillit déraper sur le carrelage glissant.

Melina était recroquevillée par terre à l'intérieur de la cellule. Serrant convulsivement quelque chose contre sa poitrine, elle gémissait bruyamment.

— Bon sang, que se passe-t-il? (Il s'agenouilla près d'elle et passa son bras autour de ses épaules.) Melina?

— Oh, Chief, Chief, sanglotait-elle. Je suis tellement désolée.

Elle leva le bras brutalement et l'abattit sur sa tête. L'objet qu'elle tenait entre ses doigts heurta sa joue à peine cicatrisée. Il tomba à la renverse et s'affaissa lourdement sur le sol, les jambes écartées. Il poussa un grognement de douleur et pressa sa main contre sa pommette éclatée.

— Merde!

Prestement, Melina se remit sur ses pieds et se précipita hors de la geôle, en tirant la porte derrière elle. La grille claqua et, dans un sinistre bruit métallique qui résonna dans le bâtiment désert, se referma sur lui. Elle se laissa glisser contre le mur d'en face en laissant tomber son arme, un presse-papiers en laiton imitant la forme de l'Etat du Nouveau-Mexique qu'elle avait dû subtiliser sur le bureau du shérif.

Etourdi, au bord de l'évanouissement, Chief se redressa en ahanant et empoigna les barreaux de la cage. Sa main droite était en sang. Un liquide poisseux dégoulinait sur son visage.

— Bon sang, à quoi jouez-vous? hurla-t-il.

Elle respirait bruyamment, la bouche ouverte et le contemplait sans ciller, le regard agrandi d'horreur.

— Je vais là-haut. Au T... Temple!

Il lança son poing contre les barres de fer, comme un fauve enchaîné.

— Faites-moi sortir d'ici, Melina.

Elle secoua la tête et se dirigea à pas lents vers la sortie.

— Ils ne nous laisseront jamais entrer ensemble, Chief. (Elle se mordit la lèvre, sans parvenir à masquer ses sanglots.) Je suis désolée de vous avoir frappé. Oh, mon Dieu, je suis désolée.

Il resserra son étreinte sur la grille.

— Melina...

— Non.

Elle ferma les yeux pour faire taire ses supplications.

— J'ai besoin d'y aller seule. Elle était ma sœur. C'est à moi de la venger et... je refuse que vous en payiez les conséquences. Vous ne le méritez pas.

— Ecoutez-moi, ordonna-t-il d'un ton martial. (Sa formation militaire reprenait le dessus.) Vous allez vous faire tuer!

— Il ne me fera pas de mal. A vous, oui. Pas à moi.

— Vous n'en savez rien. Allez, laissez-moi sortir.

— Il ne me touchera pas, répéta-t-elle.

— Pourquoi en êtes-vous si sûre?

Elle déglutit avec difficulté, puis faisant volte-face, s'élança dans le couloir.

— J'ai une arme secrète, cria-t-elle par-dessus son épaule.

⁂

Tobias ressentait les effets des dernières quarante-huit heures. Son corps était entraîné à supporter des nuits blanches, mais les deux derniers jours avaient été particulièrement rudes. Le voyage s'était révélé épuisant et le scotch qu'il venait d'avaler ne l'aidait pas à garder les yeux ouverts. En outre, son enquête était particulièrement complexe. On aurait dit une toile d'araignée. A chaque nouveau meurtre, il fallait tout revoir depuis le début. Les pièces du puzzle refusaient pour l'instant de s'imbriquer les unes dans les autres.

Il y avait eu d'abord l'assassinat de Gillian Lloyd, le suicide de Dale Gordon suivi de la tentative d'agression contre Melina. Puis la disparition de Linda Croft et la découverte du double jeu de Hennings. Et son élimination brutale.

Tobias était convaincu que Frère Gabriel se cachait au centre de la machination. Si ses soupçons se révélaient exacts, ça promettait un beau scandale.

Depuis une heure, il luttait contre le sommeil, le dossier de Gillian Lloyd ouvert sur ses genoux. Il s'était assoupi à plusieurs reprises, incapable de maintenir sa concentration. Si encore, il savait ce qu'il cherchait ! Restait-il un indice oublié par les enquêteurs ? Difficile à croire ! Les éléments de l'enquête avaient été tournés et retournés dans tous les sens.

D'un air absent, il feuilleta les intercalaires de couleur qui dépassaient de la chemise et pour la centième fois, passa en revue les faits qu'il connaissait déjà.

La scène du crime.

Les antécédents de Dale Gordon et sa personnalité.

Les déclarations de Melina Lloyd, Christopher Hart, Jem Hennings et le voisin qui avait trouvé le corps.

Le rapport d'autopsie.

Les renseignements sur Waters.

Il devait reconnaître que, du président directeur général au petit personnel, la clinique s'était montrée très coopérative. Des employés s'étaient proposés pour aider l'agent Patterson à retrouver les donneurs de sperme au lieu d'attendre d'y être obligés officiellement. A vrai dire, ils paraissaient sincèrement choqués par le comportement de Dale Gordon. Tobias était maintenant convaincu que l'établissement n'avait rien à voir dans cette affaire.

Il s'adossa contre la tête de lit et ferma les yeux. La télévision rediffusait un épisode de la série *Cheers*. En souriant, il écouta d'une oreille le dialogue entre Sam et Woody. Mais même cette comédie pleine d'allant ne parvenait pas à le garder éveillé. Sa tête commença à dodeliner. Son esprit glissa progressivement dans le sommeil. Il dérivait vers l'inconscient.

Soudain, quelque chose lui revint en mémoire. Quelque chose qu'il venait de lire.

En sursautant, il sortit de sa torpeur. C'était comme apercevoir la lueur d'un feu de camp au beau milieu de la nuit. L'information pouvait s'évanouir en une seconde. Il fallait qu'il sache. Maintenant. C'était presque trop flou pour être réel.

Bon sang ! Il savait qu'elle était là, pas loin, tapie dans un coin de son cerveau. Elle était réelle et capitale. Une question de vie ou de mort. C'était quoi ? C'était quoi ?

Réfléchis, bon sang ! Il ferma hermétiquement ses paupières et se pinça le bout du nez jusqu'à se faire mal. *Réfléchis.*

Puis soudain, la pensée revint doucement, fragile, et

s'éclaircit, s'affina. Il se redressa et feuilleta frénétiquement les pages du dossier jusqu'au document qu'il cherchait. Il lut avidement le premier paragraphe et dans sa hâte à tourner la page, faillit arracher les œillets.

D'abord, il ne trouva rien. L'avait-il ratée? Fébrile, il recommença depuis le début, s'arrêta et lut. Puis relut. Enfin, il s'affaissa doucement sur l'oreiller et contempla d'un œil vide l'écran de télé. Carla se moquait de Diane mais ses sarcasmes glissaient sur Tobias. Il tentait d'assimiler sa découverte. Elle était à la fois minuscule et monumentale. Tellement minuscule qu'elle avait été obscurcie jusque-là par des faits beaucoup plus importants.

Quand il comprit brutalement ce que ça impliquait exactement, il bondit de son lit, ouvrit la porte en coup de vent et s'élança en direction de la chambre de Lawson.

CHAPITRE 38

La route serpentait maintenant en lacets au bord du précipice. Depuis plusieurs kilomètres, la pente s'était accrue et elle devait amorcer ses virages avec précaution. Il faisait nuit noire et elle avait du mal à tenir son volant avec ses mains moites. Le pick-up était presque aussi volumineux qu'un tank et plus difficile à manœuvrer que sa voiture.

En s'enfuyant, elle avait emprunté la veste que Chief avait accrochée au portemanteau et subtilisé le trousseau de clés.

Elle répugnait à penser qu'elle l'avait blessé. Mon Dieu! Comment avait-elle pu faire une chose pareille? Elle sentait encore l'impact du presse-papiers contre sa joue, entendait le bruit mat de la chair déchirée. Elle n'avait pas eu le choix. Son geste était un geste d'amour. Difficile à accomplir mais nécessaire pour le protéger. Elle savait qu'elle allait au-devant du pire. Les sœurs Lloyd avaient déjà causé assez de mal à Christopher Hart. Il fallait que ça s'arrête.

Sans s'en rendre compte, elle était arrivée devant l'entrée du Temple. La grille massive se dressait droit devant elle, à la sortie d'un virage. Elle freina brutalement. Il n'était plus temps de faire demi-tour, ni de s'appesantir sur sa résolution. Elle y était !

Un homme vêtu d'un uniforme bleu foncé portant le logo du Ministère de Frère Gabriel, cousu en lettres d'or sur sa poitrine, sortit de sa guérite et s'avança vers le pick-up. Elle abaissa sa vitre.

— Paix et amour, lança-t-il en guise de bonjour.

L'ironie de la phrase paraissait lui échapper. Il portait une arme au ceinturon et vivait dans un univers barricadé dont la moindre barrière était hérissée de fils barbelés.

— Puis-je vous aider, Madame ?

— Je viens voir Frère Gabriel.

Il sourit avec indulgence. Manifestement, il était fréquent que des fidèles débarquent sans prévenir en quémandant une audience avec le saint homme.

— Frère Gabriel s'est retiré pour la nuit. Vous pouvez entendre un de ses messages en appelant le 1- 800...

— Dites-lui que Melina Lloyd veut le voir.

— Je suis désolé, madame, mais...

— Si vous ne l'avertissez pas immédiatement de mon arrivée, vous serez chômeur demain matin. Il serait regrettable que votre manque de discernement vous prive de votre place au sein du nouvel ordre mondial. Si j'étais vous, je prendrais le risque de le déranger.

Son sourire aimable fit place à un rictus. Il rentra dans son poste de garde et décrocha son téléphone. Elle le vit lancer quelques mots dans le combiné puis attendre une minute sans la lâcher du regard. Enfin, il reporta son attention sur sa communication, lança quelques onomatopées et hocha la tête avant de raccrocher.

Il revint vers elle, l'air compassé et autoritaire.

— Vous devez laisser votre véhicule ici.

Frère Gabriel craignait-il les attentats à la voiture piégée ? S'il était intelligent, il ferait bien. Surtout si on apprenait qu'il avait mis au point un trafic de sperme dans des cliniques spécialisées contre la stérilité.

Elle était parvenue à cette conclusion au cours des huit cents kilomètres qui l'avaient menée de chez Longtree à Lamesa. C'était la seule conclusion logique. Insoutenable mais logique. Si Frère Gabriel s'apprêtait à créer un univers à son image, il refuserait de le peupler d'êtres marginaux, instables psychologiquement et repoussants comme Dale Gordon. Jem était stérile. Comme les autres fidèles, il avait été endoctriné et se dévouait pour donner naissance à ce dogme tordu. Il n'était pas l'instigateur de cette machination, il n'en était que le vecteur.

Cette idée n'avait pu germer que dans le cerveau d'un maniaque égocentrique : Frère Gabriel. Il se prenait pour Dieu et cherchait à se reproduire, par l'intermédiaire de femmes triées sur le volet. Enfin, jusqu'à aujourd'hui. Il paierait ses crimes ce soir.

Elle descendit du pick-up.

— Je garde les clés, maugréa le vigile.

Elle laissa tomber le trousseau dans sa paume ouverte.

— Dois-je faire le reste du chemin à pied?

— Quelqu'un va venir vous chercher.

Elle attendit devant le portail électronique. Vexé, le gardien s'était retiré dans sa guérite sans l'inviter à le suivre. Cela ne l'étonna pas. Il s'était couvert de ridicule.

En dépit de la veste de Chief, elle claquait des dents. Il faisait encore plus froid au sommet de la montagne qu'en centre-ville. Effrayée, elle garda ses coudes serrés contre son corps. Bientôt des phares trouèrent l'obscurité. Son cœur bondit dans sa poitrine. En voyant la barrière s'ouvrir, elle faillit pousser un soupir de soulagement. Ce n'était pas pour elle. Mais qui pouvait sortir du domaine à une heure pareille?

— Reculez s'il vous plaît, madame, ordonna le garde.

Elle bondit sur le bas-côté alors que trois autocars de tourisme franchissaient l'entrée avant d'emprunter la route qui descendait dans la vallée. Ils ne portaient aucune inscription et les vitres étaient opaques. Impossible de voir ce qu'ils transportaient.

— A quoi servent ces cars? Où vont-ils?

L'homme se contenta de lui faire signe d'avancer.

— Voici votre voiture.

A cause des cars, elle ne l'avait pas vue arriver. Elle stationnait, le moteur allumé et la portière arrière ouverte à son intention.

Elle s'approcha lentement. A cet instant, un homme assis sur la banquette se pencha vers elle.

— Mademoiselle Lloyd? S'il vous plaît, montez.

Son ton était neutre, ses manières dépourvues d'hostilité. Tout en se morigénant de se jeter volontairement dans la gueule du loup, elle se glissa à ses côtés.

— Je suis monsieur Hancock, l'assistant personnel de Frère Gabriel, reprit-il.

Deux agents de sécurité étaient installés à l'avant. Le

chauffeur fit demi-tour et s'engagea dans un sentier sinueux encadré de peupliers et d'arbres à feuillage persistant. Personne ne parla. Elle fut heureuse de ne pas avoir à faire la conversation. Elle aurait eu du mal à leur cacher sa peur.

Monsieur Hancock n'avait pas vraiment l'air sinistre. Avec sa fleur à la boutonnière, il avait tout d'un dandy mais elle n'avait aucune confiance en lui et d'instinct, évita de lui tourner le dos.

Le domaine était gigantesque. Ses jardins entretenus à la perfection et son architecture ambitieuse lui donnaient un cachet hors du commun. Ils s'arrêtèrent devant le bâtiment principal. Le chauffeur descendit en hâte pour lui ouvrir la portière et l'aider à descendre. Elle ignora sa main tendue.

— Suivez-moi !

A la suite de monsieur Hancock, elle grimpa quelques marches étroites qui menaient à une porte vitrée laissant entrevoir un hall en marbre.

— Mot de passe, s'il vous plaît.

Elle sursauta en entendant la voix désincarnée résonner dans le silence.

— La corne de Gabriel, énonça Hancock.

La porte électronique cliqueta. Après avoir poussé le battant, il s'écarta pour la laisser passer.

— Vous avez un mot de passe ? s'étonna-t-elle.

— Pas toujours. C'est une procédure d'urgence. Nous avons également un autre code pour les situations de crise. Si je m'étais présenté sous la contrainte, je l'aurais donné et le gardien nous aurait refusé l'entrée.

— Cette précaution est-elle nécessaire ce soir ?

— Nous avons renforcé la surveillance et doublé le nombre de gardes. Nous avons des raisons pour ça.

Effectivement. Des hommes armés, en uniforme, stationnaient à divers endroits de l'immense hall. Son arrivée intempestive justifiait-elle ces mesures? Quelle autre raison pouvait expliquer un tel dispositif? Que redoutait Frère Gabriel? Tobias et Lawson? Le domaine était-il placé en alerte à cause de l'enquête du FBI? Elle redouta un instant de devoir passer sous un portique de détection mais la voie se révéla libre jusqu'aux ascenseurs.

Alors qu'ils entamaient leur ascension, elle demanda à Hancock depuis combien de temps il travaillait pour Frère Gabriel.

— Je ne me souviens pas avoir servi quelqu'un d'autre, répondit-il de façon ambiguë.

Une double porte de plus de deux mètres de haut dominait le palier du troisième étage. Hancock ouvrit l'un des battants et la fit pénétrer dans les quartiers privés du prédicateur. Rien ne l'avait préparée à une telle splendeur.

Elle fut d'abord frappée par la profusion de dorure. Les rideaux en velours bleu roi étaient tirés, masquant une longue rangée de fenêtres. Avec sa figure messianique ressemblant trait pour trait à Frère Gabriel, la fresque qui ornait le plafond lui parut obscène.

— Melina.

Monsieur Hancock lui tendit une chaise.

— Non, merci.

— Cela ne vous gêne pas que je vous appelle Melina?

— Je me fiche complètement du nom que vous me donnez.

— Voulez-vous boire quelque chose?

— Bouclez-la, monsieur Hancock. Je ne suis pas venue ici pour faire des mondanités. Mais pour accuser ce salaud et ce maniaque d'avoir tué ma sœur.

— Délicieuse.

En entendant cette voix familière, son premier réflexe

fut de faire volte-face, mais elle refusa de lui offrir cette satisfaction et prit son temps pour se retourner. Frère Gabriel avançait vers elle avec la grâce puissante d'un félin. En acteur consommé, il s'arrêta soudain au centre de la pièce, sous un faisceau de lumière qui jaillissait du plafond. Une lueur presque blanche qui semblait l'immortaliser, en renforçant la blondeur dorée de ses cheveux.

— Je m'attendais à vous trouver excitante. Farouche. Courageuse. (Il la déshabilla d'un regard appréciateur.) Vous ne me décevez pas. Bienvenue, Melina, ma très chère.

C'était le plus bel homme qu'elle avait jamais vu.

***

Chief avait pesté comme un beau diable pendant une demi-heure maudissant pêle-mêle l'endroit où il se trouvait, la femme qui l'y avait enfermé, la douleur qui lui tenaillait la joue et sa propre naïveté.

Après avoir fait les cent pas dans la cellule en poussant des jurons et en martelant le sol, il avait renoncé à se débattre contre son sort. Il s'époumonait en pure perte. Il était seul dans ces locaux déserts. Quand il en avait eu assez de frapper les barreaux de ses poings, il s'était jeté sur le matelas inconfortable. Il n'irait nulle part en piquant une crise. Bon Dieu de bon Dieu, il avait marché dans l'espace, piloté trois navettes, commandé des équipages, il allait bien trouver une solution pour sortir de cette prison miteuse, perdue au fin fond d'un trou paumé.

Quelles étaient les ressources qui s'offraient à lui ? Il ne pouvait pas se tortiller comme un ver entre les barres de fer, ni creuser le ciment sous ses pieds. Il n'y avait pas de fenêtre. Le plafonnier ? Non. Il était entouré d'une grille de métal et le temps qu'il parvienne à le trafiquer, il serait mort électrocuté. Le boîtier du système d'air conditionné ? Il faisait à peine quinze centimètres sur sept et fonctionnait en dépit du bon sens.

La preuve, il avait dû ôter sa veste tellement il faisait chaud. Il poussa brusquement une exclamation étouffée. Le trousseau de clés ! Il était resté dans la poche. Il ne pourrait même pas s'en servir pour forcer la serrure. Dans les films, les types parvenaient toujours à s'évader en deux temps trois mouvements. Il laissa échapper un rire amer. De toute façon, le problème était résolu. Il n'avait rien pour se tirer de là : ni clé, ni portable, ni pistolet.

Bon Dieu ! Melina avait emporté le revolver... Cette pensée le rendit fou. Comment parviendrait-elle à se tirer des griffes de Frère Gabriel ? Soit elle était la femme la plus courageuse du monde, soit une imbécile bornée. Elle avait parlé d'une arme secrète... Faisait-elle allusion à celle que Longtree leur avait donnée ? Sûrement. De quoi d'autre pouvait-il s'agir ?

Elle était complètement inconsciente pour croire qu'elle pourrait l'introduire dans ce bunker. Irait-elle jusqu'à commettre un meurtre si elle en avait l'occasion ? Sa vengeance serait perçue par n'importe quel jury comme un assassinat prémédité. Elle n'avait aucune preuve que Dale Gordon ait agi sur ordre.

Il s'échauffait. Si ça continuait, il perdrait les pédales. Comment sortir d'ici ? Cette pensée le minait. Hurler et tempêter ne servirait qu'à perdre le peu d'énergie qui lui restait. Le bâtiment était isolé. D'après ce qu'il avait vu, il n'y avait aucun voisin dans les parages.

La résignation s'empara de lui. Le mieux était d'attendre le retour du shérif. Qu'est-ce qu'il fichait celui-là ? Ça faisait presque quatre heures qu'il s'était absenté.

Chief se recroquevilla sur sa paillasse en grommelant à voix basse, la tête entre les mains. Sa joue lui faisait un mal de chien et la douleur irradiait jusqu'à son crâne. Cela l'empêchait presque de réfléchir. Melina avait agi sous le coup de l'impulsivité. Il revoyait son expression effarée, incrédule, quand elle avait pris conscience de son geste. Pour venger Gillian, elle était prête à tout. Étant donné la situation, cette pensée n'avait rien de rassurant.

Mais comment oublier sa tendresse? pensa-t-il en se rappelant leurs récents ébats. Il avait aimé son audace, ses initiatives, sa liberté dans le désir. Sans sacrifier sa féminité, elle avait su lui prouver son appétit sexuel. Il sentait encore le contact de ses doigts sur son visage, ses caresses intimes. Quand elle avait effleuré ses lèvres, il avait eu du mal à se maîtriser. Il s'était allongé sur elle, au bord de la jouissance. Et lorsqu'elle avait posé ses mains sur sa poitrine...

— Bon sang, grogna-t-il.

L'instant avait été magique. Pourquoi avait-il fallu qu'un mur de silence s'élève entre eux, que la tension reprenne le dessus? Une question le hantait. S'il avait rencontré Melina à la place de sa sœur le premier soir, l'histoire aurait-elle été différente? En croisant Dale Gordon au restaurant de tacos, elle aurait probablement dit : « Désolée. Vous me confondez avec ma jumelle ». Ils auraient éclaté de rire, Gordon se serait éloigné, vexé. Et Gillian serait encore en vie.

Aurait-il couché avec Melina? Comment le savoir? Peut-être. Probablement. Parce que les deux jeunes femmes étaient quasiment identiques. Chacune à tour de rôle l'avait attiré comme jamais personne avant elles. Grâce à Melina, le souvenir de Gillian restait vivant en lui. Comme tout à l'heure lorsque...

Il se figea brusquement. Un fragment de passé jaillit dans sa mémoire. Il le visualisa avec une netteté presque effrayante comme s'il s'agissait d'une vidéo. Il rembobina la bande. Ferma les yeux et laissa la scène se dérouler derrière ses paupières baissées. Encore! *Là! Ça!* Ce mouvement involontaire. Un réflexe? Naturel? Apparemment sans importance. Mais incroyablement significatif.

Chief se redressa d'un coup.

« Oh, mon Dieu! »

Son cœur battait à tout rompre. Vite et fort. Son souffle haché résonnait dans le silence.

Facile, facile. Attends, attends. Une minute, dix secondes. Repasse la scène encore une fois. Réfléchis.

Calmement, objectivement, il s'exécuta.

Les fusées s'élancèrent dans le ciel. Décollage réussi.

Chief bondit de sa paillasse et se jeta sur les barreaux en hurlant :

— Laissez-moi sortir de là!

A cet instant, la porte du bureau du shérif s'ouvrit dans un fracas.

— Hé, qui que vous soyez, cria Chief. Par là.

Lawson se rua dans le couloir, suivi par un Noir de belle prestance.

En voyant l'expression de Chief, le policier comprit immédiatement.

— Vous savez ce qu'elle a fait.

Chief rétorqua :

— Elle va le tuer.

CHAPITRE 39

— Je suis si heureux que vous soyez venue, Melina.

Frère Gabriel était éblouissant. Rien d'étonnant à ce que ses fidèles se comptent par milliers. Il respirait la vitalité et semblait illuminé de l'intérieur comme un objet phosphorescent au milieu d'une pièce obscure.

Mais les plus beaux reptiles étaient parfois aussi les plus venimeux. Quand il s'approcha d'elle, elle recula d'un pas. Sa réaction sembla l'amuser.

— Melina, Melina. Pourquoi vous éloignez-vous de moi? se moqua-t-il en souriant.

— Parce que je ne veux pas être contaminée.

— Alors, c'est vrai? Vous avez l'intention de me blesser avec ce revolver ridicule? (Prestement, il plongea la main dans la veste de Chief et en retira l'arme qu'il jeta à Hancock.) Il y a un détecteur de métaux, comme dans les aéroports, caché dans le chambranle de cette porte et relié à une caméra, expliqua-t-il en indiquant les battants dorés par lesquels elle était entrée. J'ai fait installer des moniteurs partout : dans ma chambre, dans le cabinet informatique de monsieur Hancock et au QG de sécurité. Vous voyez, vous n'aviez aucune chance de me tromper. (Il lui caressa la joue.) Pensiez-vous vraiment me tuer aussi facilement?

Elle repoussa sa main.

— Je ne suis pas venue pour ça. Je veux que vous viviez.

— Vraiment? J'étais persuadé que ce pistolet m'était destiné. Me voilà intrigué. Allez-y, continuez. S'il vous plaît.

— Je veux que vos crimes soient exposés au grand

jour et que vous passiez de longues années derrière les barreaux. Vous aurez le temps de penser au mal que vous avez fait.

En riant, il s'assit sur le coin de son bureau, et avec indolence, balança sa jambe d'avant en arrière.

— C'est une sentence abominable, Melina. Qu'ai-je fait pour la mériter?

— Vous avez commandité la mort de ma sœur jumelle.

— Ah, cette douce Gillian. Je dois concéder que sa disparition a été un horrible gâchis. J'ai vu des photos d'elle.

— Les torchons de Gordon?

— Ainsi que les clichés pris par Jem Hennings. J'aime particulièrement celui où elle fait le clown. Elle portait un chapeau de paille à larges bords qui lui allait merveilleusement bien.

Hérissée par sa nonchalance, elle hurla :

— Vous l'avez tuée!

Il la toisa d'un air serein, le regard légèrement désapprobateur.

— C'est elle la coupable, pas moi, Melina.

— Vous osez affirmer qu'elle a choisi d'être poignardée sauvagement?

— La moralité de votre sœur n'était pas à l'égal de sa beauté.

Il était bien placé pour dire ça! Elle s'abstint de répliquer par peur qu'il en profite pour changer de sujet de conversation.

— Vous l'avez assassinée parce qu'elle a passé la nuit avec le colonel Hart, insista-t-elle.

— Une bien jolie périphrase, grinça-t-il avec une trace de mépris dans la voix. (Son sourire s'évanouit.) Gillian a fait le mauvais choix.

— Choix ! D'accord, parlons-en. A-t-elle choisi d'être inséminée avec votre sperme ?

— Quelle différence pour elle ? De toute façon, elle avait recours à un donneur anonyme.

Sa supposition était donc exacte. Elle aurait tant voulu se tromper. Elle avait la nausée rien que de penser aux femmes qu'il avait avilies, et en même temps, elle leur enviait leur innocence. Savoir était pire que tout. Peut-être.

Elle eut envie de le frapper, de lui faire mal. Avec brutalité. Elle serra les poings de rage, se contenant avec difficulté.

— Et Dale Gordon ? Vous êtes également responsable de son assassinat.

— Je regrette sa disparition. Sa dévotion était totale.

— Une dévotion que vous avez exploitée pour le pousser au suicide.

Il agita les mains avec négligence comme si la vie de cet individu pathétique était de peu d'intérêt à ses yeux.

— Vous espériez que sa mort mettrait un terme à l'enquête sur le meurtre de Gillian, reprit-elle.

— Pourquoi ne pas laisser tomber, Melina ? se moqua-t-il gentiment. J'admire votre ténacité et votre fidélité à la mémoire de votre sœur bien que vous vous soyez comportée comme une petite peste cette semaine.

— Ces brutes que vous avez envoyées chez moi...

— Joshua et son assistant.

— Qui sont-ils ?

— Des fidèles irréprochables. De bons soldats.

— Pas si bons que ça, railla-t-elle. Chief et moi sommes parvenus à leur échapper. Plus d'une fois.

Manifestement, il ne supportait ni la critique ni la dérision. Il continua de balancer ses jambes d'un air paresseux et insouciant mais les muscles de son visage s'étaient crispés. Son sourire n'était plus qu'une mince fente et ses yeux brillaient d'une lueur glaciale.

— Vous avez eu de la chance, répliqua-t-il. Surtout le colonel Hart.

— Pourquoi avez-vous essayé de le tuer?

— A votre avis, Melina?

— Pour le punir d'avoir couché avec Gillian.

— Une punition méritée. Gillian avait été distinguée.

— J'ai du mal à appeler ça une distinction, cracha-t-elle, méprisante.

— Elle avait été sanctifiée, choisie par Dieu.

— Vous voulez dire choisie pour porter votre enfant?

— Précisément.

— Mais Chief a eu une relation intime avec elle.

— Il l'a salie.

— Il a pris soin d'elle.

— Il l'a *baisée*.

Ainsi, elle ne s'était pas trompée. C'était donc ça le défaut de la cuirasse. La jalousie mêlée à la rancœur. Elle décida de le pousser dans ce sens. De le titiller.

Elle sourit et murmura, en se penchant vers lui :

— Et elle a aimé ça, déclara-t-elle. Elle m'a dit qu'elle n'arrivait pas à se rassasier de son corps. Sa bouche. Son pénis. Il était fort, dur, viril. Selon ses mots, c'est le meilleur amant qu'elle avait jamais eu. Il savait donner du plaisir à une femme. Elle était impatiente de refaire l'amour avec lui. Elle espérait que le père de son enfant serait Christopher Hart et non pas le donneur.

Il sauta à bas de son bureau comme un boulet de canon, le visage rouge de colère.

— Elle méritait de mourir.

— Vous leur réservez toutes le même sort une fois qu'elles ont accouché de vos enfants ?

— Seulement les salopes comme Gillian.

— Et les autres ?

— Elles continuent leur vie en ignorant tout.

— Candace Anderson.

— Par exemple.

— Ça ne vous gêne pas que ce malheureux couple pleure la disparition de son bébé ?

— Quel égoïsme de leur part.

— Egoïsme ? s'exclama-t-elle, incrédule.

— Leur fils est heureux ici.

— Sans ses parents.

— *Je suis* son parent.

Avec cette tactique, elle n'irait nulle part. Il fallait essayer autre chose. Après avoir exacerbé sa jalousie, elle fit appel à son ego monumental.

— Comment avez-vous conçu un plan aussi brillant ?

— Par hasard, en fait. (Il reprit un air impassible et se rassit négligemment sur le bord de la table.) Au départ, le Programme était limité aux femmes vivant au Temple. Mais leur nombre était insuffisant. Un jour, je suis tombé sur un article de presse qui parlait de l'intérêt de l'insémination artificielle pour la reproduction des espèces menacées. Pendant des décennies, cette méthode avait été utilisée pour le bétail.

Elle fut à deux doigts de vomir sur son tapis luxueux.

— Alors, vous l'avez appliquée aux êtres humains.

— Cette technique était au point. Je n'ai eu qu'à trouver parmi mes fidèles des gens capables de la mettre en place. Des andrologues.

— Et assez de perversité pour intervertir les échantillons de semences.

— Et suffisamment de finesse pour ne pas être suspecté, ajouta-t-il sans relever sa remarque.

— Combien de femmes ont été...

Incapable d'achever sa phrase, elle déglutit.

— Fécondées par mon sperme? Vous seriez prise de vertige si je vous donnais le chiffre. Toutes ne sont pas tombées enceintes. Certaines n'ont pas mené leur grossesse à terme. Mais notre pourcentage d'échec est infime. Nous avons ici un dortoir rempli d'enfants en bonne santé qui attestent de notre réussite.

A l'entendre, on avait peine à croire qu'il parlait d'êtres humains.

— Le centre opérationnel se trouve au Temple?

— Nous avons deux autres domaines, un en Europe, l'autre en Asie. (Il lui adressa un clin d'œil.). Bien sûr, la semence est collectée à l'endroit où je me trouve.

— Comment est-elle stockée? Expédiée?

— Par des médecins. La procédure est extrêmement scientifique, je vous l'assure.

— Si Gillian avait vécu et avait eu un enfant, vous l'auriez fait kidnapper comme celui des Anderson?

— Il aurait été conduit ici, aimé et soigné.

— C'est le rôle d'une mère.

— Nous avons d'excellentes nurses, Melina. Les bébés ne sont privés de rien, pas même de lait maternel.

— Ils sont dépossédés de leur maman, de leur véritable identité, de leur famille.

Il secoua la tête.

— *Je* suis leur famille et je suis capable de satisfaire tous leurs besoins. Les mères ne sont qu'une nécessité biologique, des génitrices. Rien de plus. Lorsque mes chercheurs auront mis au point un utérus artificiel, elles seront inutiles. Ce sera une énorme économie pour le

Programme. (Il lui glissa un regard contrit.) Je dois confesser que j'éprouve une certaine tendresse pour elles parce qu'elles rendent un service essentiel. Mais les enfants ne leur appartiennent pas. Ils sont à moi. A moi ainsi qu'au Mouvement.

Si ce n'était son physique exceptionnel, il paraissait aussi normal que n'importe quel homme. Sa voix était douce, agréablement modulée, ses manières affables, mais il était fou à lier. Il avait beau se comporter comme un être sensé, chacun des mots qu'il prononçait était ceux d'un fanatique désaxé.

— Vous êtes un malade.

Au lieu d'en prendre ombrage, il sourit d'un air désabusé.

— La plupart des génies sont confrontés à ce genre de malentendu, Melina. Toutes les figures historiques qui se sont illustrées par leurs découvertes médicales, religieuses, architecturales ou même politiques ont été montrées du doigt. Ridiculisées. Nommez-moi un grand homme qui ne s'est pas heurté à l'incompréhension générale, qui n'a pas été traité de mégalomane. Jamais je ne laisserai le scepticisme et les esprits étroits me détourner de mon dessein.

— Quel est-il? Peupler l'univers de Frères Gabriel miniatures?

Il partit d'un rire perlé.

— Ma chère, vous avez une façon merveilleuse de vous exprimer. Vous simplifiez tout à l'extrême. Mais je dois reconnaître que vous avez saisi l'essence même de mon projet.

— Votre nouvel ordre mondial.

— Je constate que vous avez écouté mes sermons, pérora-t-il fièrement. Dans quelques années, mes enfants seront prêts à assumer leurs rôles dans le monde. Ils posséderont un pouvoir illimité de nature à faire rêver les anciens chefs d'Etat. Ils dirigeront les gouvernements de la planète. Manipuleront l'économie internationale. Dirigeront la mondialisation, en contrôlant tous les moyens de communication.

« Grâce à leurs visions créatrices, ils façonneront l'art et la culture de demain et décideront ce que les gens doivent lire, voir, entendre et penser. Ce sont eux qui décideront des guerres à mener. Qui perdra et qui gagnera. C'est alors que naîtra une révolte spirituelle, une révolution universelle contre les vieilles religions établies.

— Et c'est là que vous apparaissez.

— De ce chaos œcuménique émergera un culte unique et international.

— Vous.

— Moi.

Sa présomption était si monstrueuse qu'elle donnait le frisson.

— Vous pensez être capable de donner naissance à ce nouvel ordre mondial ?

— Il est déjà en route, corrigea-t-il aimablement. Des millions de gens l'attendent avec impatience. Ils sont pressés de l'adopter, de m'adopter. Mais le temps n'est pas encore venu. Jusqu'à cette heure de gloire, nous devons œuvrer dans le plus grand secret, Melina. Imaginez ce qui se passerait si mes projets étaient révélés avant que mes héritiers soient en âge d'assumer les postes pour lesquels ils sont éduqués.

— Les Anderson et les autres couples détruiraient votre Temple.

— Vous comprenez mon point de vue.

— Les femmes qui ont subi des inséminations artificielles seraient prises de panique.

— Exactement.

— Elles seraient terrifiées à l'idée du risque d'inceste.

— Le problème ne se pose pas pour l'instant, rétorqua-t-il. La première génération d'enfants n'a pas atteint la puberté. Mais nous nous y sommes préparés. Nous avons déjà mis en place un système de marquage pour éviter que les frères et sœurs, ou les fils et les mères s'accouplent dans le futur.

Elle ferma les yeux en frissonnant.

— Oh, mon Dieu.

— De toute façon, continua-t-il mielleusement, je ne vois pas l'intérêt d'informer le public. Il sera prévenu en temps voulu.

— Quand il ne sera plus possible de vous arrêter?

— Je ne peux pas me permettre que cela se produise. (Il claqua ses mains sur ses cuisses en soupirant.) En conséquence, je suis face à un dilemme. Que dois-je faire de vous?

Elle le toisa de toute sa taille.

— Vous ne me tuerez pas.

Il arqua un sourcil blond, d'un air interrogateur.

— Vous n'êtes pas stupide, je le sais, reprit-elle. Beaucoup de gens sont au courant de ma venue ici.

Son visage s'éclaira d'un large sourire.

— Ce n'est pas un problème. Nous avons prévu un plan d'urgence. N'est-ce pas monsieur Hancock?

— C'est exact, Frère Gabriel.

Elle darda un regard inquiet vers l'assistant qui se tenait devant la porte, lui bloquant le passage.

— Eh oui, Melina, comme Gillian, vous avez commis

une erreur fatale. Vous avez fait le mauvais choix. Du coup, nous avons décidé de nous passer de vous.

— Et le Programme ?

— Que voulez-vous dire ?

Il faisait exprès de ne pas comprendre et y prenait un malin plaisir.

— Vous aviez dit..., bredouilla-t-elle. Vous vouliez que je prenne la place de Gillian...

— C'était le projet initial. Mais à ma grande tristesse — sincèrement à ma grande tristesse — nous avons découvert que vous n'êtes pas le sosie parfait de votre sœur.

— Mais nous sommes jumelles !

— Non, asséna-t-il en insistant sur le mot. Il y a une différence entre vous. Et elle est énorme, j'en ai peur. Surtout en ce qui concerne le Programme. (Ses magnifiques yeux bleus s'adoucirent et se teintèrent de tristesse. Les coins de sa bouche s'affaissèrent.) Melina, ma chère, vous n'avez aucune valeur à mes yeux. Ma très chère, vous avez eu une hystérectomie.

CHAPITRE 40

— Jem Hennings n'était pas au courant, n'est-ce pas ? poursuivit Frère Gabriel de la même inflexion sarcastique. Gillian ne l'a pas informé de vos antécédents médicaux. (Il baissa la voix.) De vos problèmes gynécologiques.

Elle demeura imperturbable bien qu'elle ait du mal à supporter son ton méprisant.

— Gillian n'a jamais raconté à monsieur Hennings que vous aviez eu des kystes ovariens à l'âge de vingt-sept ans, siffla-t-il. Heureusement pour vous, ils étaient bénins. Après votre opération, vous avez vite récupéré. Sauf que vous n'aviez plus aucun organe de reproduction.

— Comment avez-vous... Comment... ?

— Comment l'ai-je su ? Hennings était un excellent soldat mais sur ce point précis, il a failli à sa mission. Il était tellement impatient de remplacer Gillian. Monsieur Hancock s'est livré à une enquête plus approfondie. (Il lui prit la main et la serra entre les siennes.) Je suppose que vous avez débarqué ici en croyant que vous pourriez échanger votre vie contre une contribution au Programme. Vous misiez sur le fait que je ne vous ferais aucun mal puisque je vous avais choisie pour porter un de mes enfants à la place de Gillian. Malheureusement... (Il haussa les épaules avec tristesse.) Lorsque l'agent Tobias arrivera — et nous savons qu'il sera bientôt là — en compagnie de Lawson et probablement du colonel Hart, ils trouveront le domaine en pleine effervescence. Une femme à moitié cinglée, persuadée à tort de ma culpabilité dans le meurtre de sa sœur, aura réussi à violer le système de sécurité.

« Bien que dérangée mentalement, cette créature sera parvenue jusqu'à mes quartiers privés afin de me menacer d'une arme. Pendant quelques minutes terrifiantes, elle m'aura gardé en joue avant d'être enfin maîtrisée par mes agents de sécurité. Désespérée à l'idée de se rendre, elle aura préféré retourner son revolver contre elle.

Il marqua une pause pour renforcer l'effet dramatique.

— Dès que le calme sera revenu, reprit-il, les autorités seront libres de passer le Temple au peigne fin. Si vous êtes très gentille avec moi, Melina, je vais vous confier un petit secret. Monsieur Hancock a codé tous les documents. Lui seul est capable de les déchiffrer. Chuutt ! Ne dites rien !

Il posa son doigt sur ses lèvres en clignant de l'œil.

Elle était prisonnière d'un fou.

— Lorsque le FBI prendra connaissance de mes archives, continua-t-il, ils ne trouveront rien d'illégal. Au contraire, ils constateront que je suis un citoyen modèle, respectueux des lois. Je ne bénéficie pas de l'exonération fiscale accordée aux mouvements religieux. Je paie mes impôts. Mon mouvement n'est pas antigouvernemental. Et comme vous le constatez, je suis un ardent défenseur de ma patrie. (Il pointa le menton en direction du drapeau américain qui flottait dans un coin de la pièce.) Certes, ils découvriront des enfants dans la communauté, mais accompagnés de leurs mères qui ont fait le choix librement de vivre ici. Ce n'est pas une infraction. Ils s'apercevront que notre école est dûment agréée et qu'elle est de loin supérieure à la plupart des établissements scolaires de ce pays. Le domaine est pourvu des structures médicales nécessaires.

« Bien sûr, je ne manquerai pas de me lamenter sur la décrépitude psychologique de Dale Gordon et sur le malheureux enchaînement de circonstances qui a conduit à votre suicide.

— Paix et amour, répliqua-t-elle calmement.

— Précisément.

Son sourire aimable lui donna envie de le frapper. Elle se dégagea de son étreinte et recula.

— Vous avez oublié quelque chose.

— Je ne pense pas mais je serais ravi d'écouter vos observations.

— Tobias et Lawson connaissent les liens qui vous

unissaient à Dale Gordon. Chief était là quand Jem a avoué qu'il travaillait pour vous.

— Mon explication est toute trouvée. Hennings et Gordon ont monté leur plan de concert. Ils ont perverti mon message. Joshua et...

— Joshua?

— L'homme qui s'est fait passer pour Tobias. Il a été payé par Hennings. Je n'étais au courant de rien. Ils ont probablement eu un désaccord concernant son salaire. Et il l'a tué.

— Joshua peut raconter une autre version.

— Il est très habile pour disparaître et refaire surface sous une autre identité. Il l'a déjà fait. Il le refera.

— Jem et Dale Gordon n'auraient jamais pu ourdir ce complot sans votre coopération. Vous deviez leur envoyer le sperme.

— J'avais expédié des échantillons à Gordon pour...

— Pour...?

— Vérifier d'éventuelles anomalies génétiques que j'avais peur de transmettre. Il réalisait les analyses pendant ses heures libres, à ma demande. Je suis resté sans voix quand j'ai découvert après coup ce qu'il avait fait de ces semences.

Elle se mordit la lèvre inférieure.

— Et les enfants qui sont au Temple?

— Leurs mères avoueront, un peu contrites, que ce sont les miens. Engendrer en dehors des liens du mariage est peut-être considéré comme un péché mais ce n'est pas un délit. Pour moi, c'est une mission divine.

— Mais on pratiquera des tests d'ADN sur les autres et on découvrira que vous êtes leur père.

— Quels autres? s'enquit-il innocemment.

— Le bébé des Anderson. Tous ceux que vous avez fait kidnapper. Les...

Elle s'arrêta soudain. Tout devenait clair dans son esprit. Elle reprit lentement :

— Ceux qui étaient à bord des cars.

Il jeta un coup d'œil à monsieur Hancock.

— Parle-t-elle des cars de production ?

— Il me semble, Frère Gabriel. Ce sont les seuls que je connais.

Le prédicateur reporta son attention sur elle comme pour l'enjoindre à poursuivre. Voyant qu'elle n'avait rien à ajouter, il enchaîna :

— Au fait, excusez ma négligence. J'ai oublié de vous remercier d'avoir incinéré le corps de Gillian, éliminant ainsi la possibilité d'analyser les tissus utérins. Cela ne prouvait pas ma participation aux manipulations de Gordon, mais cela risquait de compliquer l'enquête. Mon emploi du temps est bien assez chargé. Je n'ai vraiment pas le loisir de me disperser. Je suis soulagé que ça soit bientôt fini. Je vais pouvoir continuer mon travail.

— Ne vous réjouissez pas si vite. Et la femme d'Oakland que vous avez fait tuer quelques jours après son insémination ? Tobias a demandé l'exhumation du corps. Il va faire analyser le fœtus.

— Et alors ? Il correspondra à mon ADN. Heureusement, j'ai fait plusieurs dons de sperme à la banque qui approvisionne la clinique où elle consultait. Cette explication tient la route.

Elle soutint son regard quelques instants, convaincue qu'il était en proie à une redoutable folie.

— Vous semblez avoir tout prévu.

— Nous nous y sommes efforcés. C'est le gage de notre réussite. Des années de...

A sa grande stupéfaction, elle éclata de rire.

— Melina ? s'exclama-t-il, éberlué.

— Je suis désolée de devoir doucher votre enthousiasme mais il vous manque un élément, *prêcheur*.

Son ton méprisant lui déplut fortement. Menaçant, il fit un pas en sa direction.

— Monsieur Hancock, je ne vois pas l'intérêt d'attendre davantage.

D'un bond, Hancock lui tordit les bras dans le dos. Imperturbable, elle se laissa faire sans se débattre. Lorsque l'assistant pointa le revolver de Longtree contre sa tempe, elle resta de marbre.

— Donc, maintenant, je me suicide, c'est ça votre plan ?

— C'est ça. (Frère Gabriel approcha son visage du sien.) Je suis sincèrement navré que cela s'achève ainsi, Melina. (Il fit courir ses doigts sur ses joues, son cou et sa gorge.) Sincèrement.

Ses caresses la révulsèrent mais elle le toisa avec dédain, refusant de lui montrer sa peur.

— Si vous lui ordonnez d'appuyer sur la détente, vous allez le regretter amèrement.

— Pourquoi ça ?

— Parce que c'est plus dur de regarder une femme mourir de sa propre main sous ses yeux que de la faire tuer à distance.

— Il faudra trouver mieux que ça.

— D'accord. Si vous me tuez, vous vous détruirez.

Il lui adressa un sourire suffisant.

— Vous parlez par énigmes, Melina ?

Elle ne saurait jamais ce qui l'avait le plus touché : son rire moqueur ou la remarque qu'elle lui lança, d'un air presque innocent.

Il ôta sa main brusquement comme s'il s'était brûlé. Son masque tomba. Une lueur de panique brilla dans ses yeux. Ce n'était plus Frère Gabriel qui la scrutait, le regard dévorant de haine. C'était Alvin Medford Conway.

Alvin Medford Conway qui ordonna, d'un geste furieux, à Hancock d'appuyer sur la détente.

***

Pénétrer dans le Temple s'était révélé plus aisé que Tobias l'avait prévu. Il avait rencontré certaines difficultés mais ça s'était passé somme toute assez paisiblement. Il avait redouté que ça vire au règlement de compte avec les membres de la secte. Le bureau fuyait la publicité comme la peste et si l'opération avait tourné au bain de sang, il aurait pu dire adieu à sa carrière. Il aurait fini dans un placard pendant des années le temps que l'enquête soit bouclée.

En fait, quand il avait présenté son badge à l'entrée, le garde s'était montré terriblement impressionné par les hommes qui l'accompagnaient. N'ayant pas eu le temps d'attendre l'arrivée de renforts de Santa Fe ou d'Albuquerque, et vu l'absence du shérif local, Tobias avait fait appel aux policiers de la réserve indienne.

Il y avait aussi Lawson et Hart. Si Tobias avait su que ce dernier insisterait pour les accompagner, il l'aurait laissé croupir dans sa cellule. Mais, malgré sa tête de boxeur qui a livré un combat de trop, Hart n'avait rien voulu entendre.

Le jeune vigile avala sa salive avec difficulté, l'air anxieux.

— Est-ce que quelqu'un a commis une infraction?

— Avez-vous laissé entrer une jeune femme ce soir?

— Oui, monsieur. Il y a environ une heure.

— Alors, c'est vous qui avez fait une bêtise. Elle en veut à la vie de Frère Gabriel. Ouvrez la grille.

— Puis-je appeler mon supérieur ?

Presque immédiatement, une Jeep arriva en trombe. Un homme en descendit et s'avança vers eux, sur la défensive. Ses phares qu'il avait oublié d'éteindre éclairaient son visage de façon inquiétante.

— Baker, chef de la sécurité, grogna-t-il à travers les barreaux. Quel est le problème ?

— Agent spécial Hank Tobias du FBI.

Cet énoncé ne sembla pas l'impressionner. Bien au contraire. Son hostilité monta d'un cran :

— Je vous repose la question : quel est le problème ? (Il n'était pas très chaud pour laisser les autorités pénétrer dans le domaine.) Mes hommes sont informés de la présence de cette cinglée. Nous nous en occupons.

— Ecoutez, coupa Tobias, agacé. Je me fous de ce que vous fabriquez ici. Vous pouvez danser avec des serpents ou décapiter des poulets vivants, ce n'est pas mon problème. Moi, je suis là pour empêcher que Frère Gabriel soit assassiné. Si vous ne me croyez pas, regardez comment cette femme lui a arrangé le portrait. (Il pointa son pouce en direction de Hart dont le visage était maculé de sang séché.) Et il est soi-disant un de ses amis... Si vous préférez avoir demain tous les journalistes à vos trousses et leur expliquer pourquoi nous n'avons pas pu sauver votre patron, tant pis pour vous. En ce qui me concerne, je n'ai pas une passion démesurée pour lui.

« Je n'ai aucun intérêt particulier dans cette affaire excepté celui de faire mon devoir qui consiste à appréhender une créature dangereuse et armée. Je n'ai pas besoin de votre permission pour faire sauter cette grille mais je préférais éviter d'en arriver là. En un mot, vous avez le choix de me compliquer la tâche ou de me la faciliter.

Lawson se montra moins diplomate. Il sortit son neuf millimètres.

— Ouvrez ce foutu portail.

Baker obtempéra.

— Coupez les caméras, ordonna Tobias.

— Sans l'autorisation de monsieur Hancock, je ne peux pas.

— Qui est monsieur Hancock?

— L'assistant personnel de Frère Gabriel.

— Et où est-il?

— Dans les quartiers privés de Sa Seigneurie. Avec lui et mademoiselle Lloyd.

Hart fit un pas en avant.

— Y a-t-il des caméras là-bas?

Tobias ne chercha pas à l'interrompre. Il était sur le point de poser la même question.

— C'est le seul endroit de la propriété où elles sont interdites, répondit l'officier de sécurité.

— Ils peuvent nous voir?

— Oui, s'ils regardent les écrans de contrôle.

— Alors, je vous conseille de les éteindre. A moins que vous ne vouliez prévenir mademoiselle Lloyd de notre présence et la pousser aux pires extrémités.

Baker lança immédiatement un ordre dans son talkie-walkie et retournant à sa Jeep, leur fit signe de le suivre.

— Je monte avec lui, décréta Lawson. Je n'ai pas confiance.

Trois minutes plus tard, Baker les introduisait dans le hall du bâtiment principal qui grouillait d'hommes en armes. Tobias contenait mal son anxiété. L'attente lui vrillait les nerfs.

— A quel étage se trouvent les appartements de Frère Gabriel ? lança-t-il à Baker.

Comme il faisait la sourde oreille, Lawson lui asséna une bourrade dans le dos.

— Vous êtes dur de la feuille ou quoi ?

— Au troisième. Je vais vous accompagner.

— Non, vous restez là.

Au signal de Tobias, un des jeunes Indiens soulagea Baker de son arme et de son talkie-walkie. Fou de rage, le chef de la sécurité se mit à hurler.

— Si vous ne vous calmez pas, je vais être obligé de vous attacher, gronda Tobias. C'est pour vous protéger.

C'était faux et Baker le savait. Il continua à ronchonner à voix basse sans oser aller plus loin. Il était assez futé pour ne pas s'attaquer à un agent du FBI en mission.

Tobias ordonna à trois flics de demeurer en bas pour le surveiller ainsi que ses hommes de main.

— Vous aussi, vous restez là, intima-t-il à Hart qui venait de se précipiter à sa suite dans l'ascenseur. Gardez l'œil sur Baker.

— Jamais de la vie.

— Justement, c'est à votre vie que je pense.

— Ça, ça me regarde.

— Ce soir, non. Je ne veux pas qu'un héros national trouve la mort au cours d'une de mes opérations. Sortez de là.

Alors qu'il s'exécutait en silence, Hart croisa le regard des policiers indiens. Un à un, ils sortirent sur le palier et se regroupèrent autour de lui.

Tobias savait s'avouer vaincu. Il avait besoin de renforts et ne pouvait compter que sur les hommes de la réserve.

Dieu sait s'il avait eu du mal à les enrôler. Leur supérieur s'était montré drôlement réticent à l'idée de les lui prêter pour la nuit, prétextant que la majorité de ses officiers étaient en mission et qu'il était à court d'effectif. C'était bizarre quand on savait à quel point ils en voulaient à Frère Gabriel de les avoir dépossédés de leur terre.

Tobias n'avait pas été convaincu par l'argument. La vérité est que les Indiens se méfiaient des agents fédéraux. Il fallait reconnaître qu'ils avaient de bonnes raisons pour ça, même si en tant que Noir, il aurait cru pouvoir échapper à cette haine viscérale.

Toujours est-il que Christopher Hart était presque l'un des leurs. Sans lui, il n'aurait jamais rien obtenu. Il avait suffit qu'il demande au chef de la police de lui rendre ce service personnel pour qu'on leur adjoigne aussitôt une équipe de huit agents. Hart avait indiscutablement les qualités d'un leader. D'un seul regard, il avait su se faire obéir. Tobias devait reconnaître qu'il serait incapable d'en faire autant.

— Nous pouvons prendre l'escalier, proposa Hart.

— Montez, répliqua Tobias, sèchement.

Pendant que l'ascenseur grimpait dans les étages, ils vérifièrent leurs armes. Une fois sur le palier, ils longèrent le couloir et s'approchèrent des doubles cloisons dorées. C'est alors qu'ils entendirent une voix qui disait :

— Si vous me tuez, vous vous détruirez.

Puis celle de Frère Gabriel :

— Vous parlez par énigmes, Melina.

— Non. Je vous donne une réponse. Si vous m'éliminez, votre bébé mourra aussi.

Christopher Hart en avait assez entendu. Il repoussa Tobias d'un revers de main et ouvrit la porte à toute volée. Les policiers bondirent dans le bureau, armes au poing, prêts à tirer. Tobias n'eut besoin que d'une seconde pour évaluer la situation.

— Lâchez votre arme et libérez-la, hurla-t-il.

Les flics se déployèrent en arc de cercle autour de la pièce. Tandis que certains braquaient leur revolver sur Frère Gabriel, les autres tenaient en joue son assistant.

Furibond, Chief se précipita sur Hancock.

— Si vous la touchez, je vous tuerai, siffla-t-il d'un ton comminatoire.

Tobias comprit qu'il n'hésiterait pas.

— Laissez-moi m'en occuper, Hart.

Il semblait ne pas l'avoir entendu.

— Gillian, vous allez bien ?

— *Gillian ?* s'exclama Frère Gabriel, stupéfait.

— Lâchez-la ! répéta Tobias à Hancock qui tenait toujours son pistolet pointé sur la tête de Gillian Lloyd.

Frère Gabriel qui s'était recomposé une attitude, reprit la parole d'un ton doucereux :

— Monsieur Hancock, vous pouvez la laisser maintenant. Le danger est écarté. Elle n'osera pas me tirer dessus devant témoin. Ces hommes sont arrivés à temps.

Hancock hésita une seconde puis lâcha son arme. Les policiers qui l'encadraient étroitement la repoussèrent du pied. Christopher Hart s'élança alors vers Gillian et, l'attrapant par la main, l'entraîna à l'écart. Leurs regards se croisèrent avec une telle intensité que Tobias en eut des frissons. Il avait beau être un célibataire endurci, leur émotion était presque palpable.

Au bout de quelques instants, elle se ressaisit et reporta son attention sur l'évangéliste.

— Je suis Gillian.

— Vous mentez !

— J'ai eu une insémination il y a presque une semaine.

Une simple analyse de sang prouvera si je suis enceinte ou pas.

— C'est vrai, espèce de salaud, cracha Chief. C'est Gillian.

— Vous pouvez les croire, trancha Tobias. J'ai relu soigneusement le rapport d'autopsie. Le corps que le médecin légiste a examiné n'avait ni utérus, ni ovaire.

— Je suis passé à côté, admit Lawson. Melina Lloyd avait subi une hystérectomie.

— Il est au courant, expliqua Gillian. Hancock l'a découvert en faisant des recherches sur ma sœur.

— Eh bien, eh bien ! Quelle surprise ! Ainsi, vous êtes Gillian. Ravi de vous rencontrer, déclama Frère Gabriel, aimablement.

— Allez vous faire foutre ! (Elle regarda Hart.) Si Longtree avait chargé la première chambre, je serais morte. Cette ordure a pressé la gâchette.

Hart esquissa un pas menaçant en direction de Hancock. Rappelé sévèrement à l'ordre par Tobias, il s'arrêta, calmé, la main de Gillian reposant toujours sur son bras.

Enfin, le fédéral se tourna vers Frère Gabriel qui, à sa grande surprise, souriait de toutes ses dents.

— Nous n'avons pas vraiment été présentés. Je suppose que vous êtes l'agent Tobias.

— C'est exact.

— Nous n'avions rendez-vous que demain. Pourquoi êtes-vous venu ce soir ?

— Sous prétexte de vous sauver la vie.

— Prétexte ?

— Je désire vous interroger sur les meurtres de Melina Lloyd, Linda Croft et Jem Hennings, s'interposa Lawson.

Le prêcheur pivota vers le policier.

— Et... vous devez être Lawson. (Il jaugea d'un coup

d'œil acéré les vêtements usés aux couleurs mal assorties.) Votre réputation vous a précédé, lieutenant. Un interrogatoire ? Je ne comprends pas. Je n'étais pas à Dallas quand ces gens ont été tués.

Lawson poussa un grognement rageur.

Frère Gabriel lui tourna le dos ostensiblement et reporta son attention sur Tobias.

— Mademoiselle Lloyd-Gillian, comme je viens de l'apprendre — s'est introduite ici en toute illégalité en proférant des accusations mensongères.

— Il ment, rétorqua-t-elle, calmement.

— Elle m'a menacé d'une arme. Monsieur Hancock venait de lui arracher des mains quand vous avez fait irruption.

— Trois autocars chargés d'enfants ont quitté le domaine à mon arrivée, reprit Gillian. Je suis persuadée que le bébé des Anderson se trouve parmi eux.

— Des équipements audiovisuels et des caméras, démentit Frère Gabriel en haussant les épaules d'un air désinvolte. Quand nous devons tourner dans un endroit retiré, nous les transportons en autocars.

— Il y a également une crèche avec des nouveau-nés.

— Certes, concéda-t-il en riant. Ce sont ceux des disciples qui vivent et travaillent au Temple. Elle fantasme. La mort de sa sœur jumelle l'a...

— Bouclez-la, hurla Lawson.

— Lawson ! gronda Tobias en le fusillant du regard avant de s'intéresser de nouveau à Frère Gabriel.

— Pourquoi la menaciez-vous d'un revolver ? Pourquoi ce type la tenait-il ?

— Monsieur Hancock a cru cela nécessaire. Elle délire, tout comme cette espèce de Colombo, maugréa-t-il en jetant une œillade assassine à Lawson. Elle est persuadée à tort que je suis responsable de la mort de sa sœur. Monsieur Hancock la tenait en joue en attendant qu'on appelle le shérif.

— Je n'ai pas besoin qu'on m'appelle.

D'un seul mouvement, ils firent volte-face, considérant avec stupéfaction l'homme en uniforme qui venait de surgir de derrière les lourdes tentures de velours. Brandissant son arme de service, il visait Frère Gabriel.

— A partir de maintenant, ce n'est plus votre parole contre la sienne. Je peux tout raconter.

— Shérif Ritchey ! C'est donc là que vous vous cachiez ?

— C'est le dernier endroit où vous pensiez me trouver, hein, grommela-t-il en reniflant. Je n'ai pas perdu un mot de tout ce que vous avez dit.

— Comment vous êtes-vous glissé dans cette cachette ?

— J'ai profité de ce que Hancock et vous ayez débarrassé le plancher. A votre retour, vos foutus gardes du corps n'ont même pas vérifié derrière les rideaux.

Le regard rétréci, Frère Gabriel ne quittait pas Hancock des yeux.

— Ils seront virés. (Puis, se tournant vers Ritchey :) Pouvez-vous m'expliquer à quoi vous jouez ?

Ritchey crispa sa main sur son arme. Il tremblait comme une feuille.

— Je voulais vous entendre avouer, expliqua-t-il d'une voix chevrotante.

Tobias réfléchissait à toute allure. *Zut, Zut ! Voilà un élément que je n'avais pas prévu.*

— Attention avec ce revolver, Shérif Ritchey, lança-t-il, inquiet.

Mais Ritchey semblait indifférent au reste du monde.

Ses yeux brillants de larmes étaient fixés sur Frère Gabriel.

— Je veux vous entendre prononcer son nom.

— Quel nom ?

— Celui de Oleta, hurla-t-il. Elle ne s'appelle pas Mary. Et ce n'était pas une pute quand vous l'avez emmenée. Vous avez transformé ma douce petite fille aux cheveux bouclés en putain. Vous m'avez affirmé qu'ici, elle serait traitée comme une princesse. Qu'elle aurait une belle vie, une meilleure éducation que celle que je pouvais lui offrir. Mais la seule chose que vous lui avez appris, c'est de...

Sa voix se fissura. Il était presque incapable de poursuivre.

— Shérif Ritchey, rangez votre arme, menaça Tobias.

— Non. Cette fois, il ne s'en sortira pas avec des sourires, des mensonges et des courbettes.

— S'il est coupable, il en répondra devant un tribunal.

Ritchey rejeta ces paroles apaisantes d'un violent mouvement de tête mais quand il aperçut un des policiers indiens s'avancer vers lui à la dérobée, il éructa :

— Reculez ! C'est entre lui et moi ! Vous pouvez me tirer comme un lapin si vous voulez, de toute façon, je le tuerai. De là, je ne le raterai pas.

Frère Gabriel supplia Tobias.

— Vous êtes le FBI, pour l'amour de Dieu. Faites quelque chose.

— Qui est Mary ? De qui parle-t-il ?

— J'ai vendu ma petite fille pour une étoile de shérif, sanglotait Ritchey. Une étoile. Vous m'avez convaincu que je ferais son salut. Son salut, c'est ce que vous avez dit. Vous avez dit que ce serait mieux pour tout le monde.

Mais vous avez volé son innocence. Vous en avez fait une prostituée !

Il était sur le point de craquer. Tobias cherchait frénétiquement une solution. Comment éviter un bain de sang ?

— Ritchey ! Lâchez votre arme. Immédiatement !

— Shérif, vous avez entendu l'agent Tobias, essaya Frère Gabriel d'un ton suave. Mary n'a jamais été pure. Je ne l'ai jamais forcée à quoi que ce soit. Elle est née pour le plaisir. Demandez-lui. Elle vous dira à quel point elle adore baiser avec moi.

Brusquement, les traits convulsés du shérif se détendirent. Il se moucha et essuya ses larmes d'un revers de manche avant de proclamer d'une voix étonnamment calme.

— Vous allez mourir !

CHAPITRE 41

— Il savait ce qu'il faisait.

L'agent Tobias s'adressait au groupe qui s'était réuni dans le bureau du shérif, faute d'un autre endroit où aller. Chief avait baissé le thermostat du chauffage. Les policiers locaux, qui avaient été rappelés en hâte, avaient préparé du café. Choqués de voir leur patron occuper la cellule, ils allaient et venaient comme des robots, complètement hébétés. Ritchey avait été placé sous surveillance constante par crainte qu'il ne se suicide. La porte qui donnait dans le couloir était fermée.

Gillian était soulagée. Ce corridor lui rappelait de mauvais souvenirs, néanmoins, il lui suffisait de regarder le visage de Chief pour réaliser ce qu'il endurait à cause d'elle. Enfin, en partie. Pas la plus grave, d'ailleurs.

Tobias poursuivait :

— Il a touché Conway — Alvin Medford Conway, alias Frère Gabriel — à l'abdomen. Il a tiré deux fois avant que nous ayons eu le temps d'intervenir. Il n'a pas voulu le tuer tout de suite. Il voulait qu'il ait le temps de voir la mort arriver.

Les structures médicales du Temple étant inadaptées à la gravité de l'état de Frère Gabriel, on avait appelé le 911.

— Il est mort dans l'ambulance avant d'arriver à l'hôpital, expliqua Tobias. Il a souffert le martyre pendant une demi-heure, en proie à une hémorragie. Il a eu le temps de réaliser qu'il ne s'en sortirait pas. Ritchey a eu ce qu'il voulait.

Lawson renifla, l'air satisfait, puis avala une longue gorgée de son Dr Pepper.

— Et la fille de Ritchey? questionna l'un des hommes de la réserve.

Tobias leur rapporta la confession du shérif.

— Il avait connu plusieurs échecs professionnels et était endetté jusqu'au cou. Conway est venu le trouver et lui a proposé un marché. Ils ont mis en scène l'enlèvement de Oleta, alors âgée de dix ans. Madame Ritchey va retrouver sa fille qu'elle croyait disparue depuis des années. (Il regarda par terre, entre ses mocassins ornés de pompons.) J'ai cru comprendre qu'elle est sur le point d'accoucher du bébé de Frère Gabriel.

Gillian entendit Chief pousser un juron.

— Il a vendu sa fille comme esclave sexuelle?

— Si vous voulez, répliqua Tobias. Mais je le crois quand il affirme qu'il pensait avoir agi pour son bien. Il n'a appris le rôle qu'elle tenait au Temple que depuis peu. Frère Gabriel se servait d'elle pour s'assurer de son silence et de sa collaboration. Ce soir, son sentiment de culpabilité l'a submergé. Il se félicite de la mort de Conway et est tout prêt à vous apporter son témoignage, mademoiselle Lloyd.

— Appelez-moi Gillian, s'il vous plaît.

Il n'eut pas le temps d'acquiescer. Un bruit sourd provenant de l'entrée les firent se retourner. Une escouade d'Indiens armés pénétrèrent dans le bureau en poussant, devant eux, deux hommes dont les mains étaient menottées dans le dos. Gillian et Chief les reconnurent immédiatement. L'un des Apaches arborait deux peintures de guerre sur la joue.

Il se détacha de ses compagnons.

— Agent Tobias?

Le fédéral se leva et lui tendit la main.

— Je suis l'agent Tobias.

— Nous appartenons à la Brigade Spéciale de la réserve. Suite à une plainte, nous avons arrêté ces hommes en flagrant délit de violation de domicile mais après vérification, nous avons découvert un véritable arsenal dans leur voiture. Nous avons mis la main sur des fusils automatiques, du matériel de surveillance et des médicaments de contrebande venant de Mexico. (Il jeta un coup d'œil à Gillian et à Hart.) Nous avons des raisons de croire qu'ils ont un lien avec votre affaire.

— C'est lui qui s'est fait passer pour vous, s'exclama Gillian en désignant le Noir à Tobias. D'après Frère Gabriel, il s'appelle Joshua mais c'est probablement un nom d'emprunt. Ils étaient à nos trousses.

— Grâce à ça, lança une voix familière.

Emergeant de derrière un homme de grande taille, Dexter Longtree sortit du groupe et s'avança vers eux. Il tenait à la main le pendentif en rubis ainsi que l'émetteur qui y était dissimulé.

— Merci, répondit Tobias, sincèrement heureux de la collaboration de Longtree.

Il déposa la puce électronique sur le bureau puis se tourna vers les deux gorilles, dardant un œil sévère sur celui qui avait eu l'outrecuidance d'usurper son identité.

— Comment vous appelez-vous ?

— Va t'faire voir.

— C'est votre nom de famille ?

Tout le monde éclata de rire.

— Je m'occuperai de vous plus tard, menaça Tobias avant de les confier aux agents du FBI qui venaient d'arriver de Santa Fe.

Sans ménagement, ils furent entraînés dans un véhicule banalisé qui devait les ramener en ville.

Chief et Gillian se levèrent à leur tour et s'approchèrent de Longtree. Les deux hommes se serrèrent la main. Chief le remercia.

— J'ai été heureux de vous aider, répliqua Longtree. En fait, c'était amusant.

Ils échangèrent un sourire.

— J'aimerais que nous reparlions du PIA.

Le vieil Indien le contempla un long moment.

— Vous ne me devez rien.

— A vous, peut-être.

Une lueur scintilla dans son regard.

— Je serais ravi d'organiser un rendez-vous à votre convenance.

— Je reprendrai contact.

Après un nouveau salut, Chief s'écarta pour permettre à Gillian de s'approcher à son tour. Elle prit la main de

Longtree entre les siennes. Elles étaient chaudes, calleuses et robustes et inspiraient confiance.

— Vous avez été tellement gentil. En plus, vous avez risqué votre vie pour moi. Je vous suis reconnaissante.

Elle hésita, puis cédant à une soudaine impulsion, l'enlaça fougueusement. Sans se formaliser, il lui tapota l'épaule avant de la relâcher.

— Merci, chef Longtree.

— De rien, Gillian.

Les policiers de la réserve s'écartèrent respectueusement pour lui laisser le passage avant de lui emboîter le pas. C'est en voyant la porte se refermer que Gillian réalisa que Longtree l'avait appelée par son prénom.

Elle rencontra le regard de Chief.

— Quand lui avez-vous dit?

— Je n'ai rien dit.

— Alors, comment a-t-il...?

— Je ne sais pas. Il semble savoir beaucoup plus de choses que nous.

La voix de Lawson les tira de leurs méditations.

— Comment s'oriente l'enquête? demandait-il à Tobias.

— Une commission spéciale doit arriver d'ici demain. Dans l'immédiat, j'ai demandé aux agents de Santa Fe et d'Albuquerque de surveiller les archives du Temple pour veiller à ce que rien ne soit détruit. Les activités du ministère ont été suspendues, même à l'étranger. On va avoir du pain sur la planche. Les vérifications des données informatiques vont prendre un temps fou, admit le Noir.

— D'après Frère Gabriel, elles sont codées et Hancock est le seul à pouvoir les déchiffrer, coupa Gillian.

— Nos experts ont l'habitude. Ils mettront sûrement

des mois mais je suis confiant. Ils parviendront à lire ces informations.

— Peut-être Hancock acceptera-t-il de coopérer, déclara Chief.

— J'en doute. Notre gouvernement lui a appris à résister à toutes les pressions. Hancock était un agent de la CIA. Quand il a pris sa retraite, il a rejoint les rangs de Frère Gabriel. (Voyant leur air choqué, il s'empressa d'ajouter.) Madame Myrick m'en a informé il y a à peine une demi-heure après avoir enquêté sur ses antécédents.

— Terrifiant, murmura Gillian doucement. Et significatif. L'influence de Frère Gabriel était redoutable.

— Espérons qu'elle est morte avec lui, dit Chief d'un ton apaisant.

— Certains fidèles risquent de mal réagir, indiqua Tobias. Nous devons nous préparer à un retour de manivelle. Beaucoup vont penser que nous avons tué un homme de foi.

— Frère Gabriel ne parlait pas au nom de Dieu, rétorqua Gillian avec force.

— Espérons qu'ils changeront d'avis quand les accusations portées contre lui seront rendues publiques.

Ils méditèrent là-dessus un moment. Gillian se rappela qu'un collègue de Chief avait envoyé sa fille à l'école du Temple. Comment réagiraient les gens en apprenant la nature diabolique du prédicateur? Des légions de disciples se sentiraient trahis. D'autres, refusant la vérité, chercheraient peut-être à se venger. En rencontrant Dale Gordon au restaurant de tacos, jamais elle n'aurait imaginé le drame qui s'ensuivrait.

— Ont-ils localisé les cars? s'enquit-elle.

Tobias hocha la tête.

— On les a interceptés sur la route de Mexico. Ils

étaient remplis de matériel audiovisuel. Et de quarante-sept enfants.

Gillian poussa un long soupir de soulagement.

— Tous paraissaient en bonne santé, poursuivit-il, mais ils étaient terrorisés. Ils ont été emmenés à notre bureau du Nouveau-Mexique. Obéissant aux ordres du gouverneur, l'agence fédérale s'est montrée extrêmement coopérative. Dorothy Pugh et la sœur de Hennings accompagnée de deux de ses gamins se trouvaient également à bord du car.

— Le père était Frère Gabriel?

— Nous le supposons. Elle a craché sur le policier qui l'a appréhendée.

— Et le bébé des Anderson?

— Il y avait plusieurs garçonnets de son âge dans le groupe. Il faudra vérifier les identités.

— Chief et moi leur avons promis de les appeler dès qu'il y aurait du nouveau. J'ai leur numéro de portable.

Tobias se trémoussa, mal à l'aise et toussota.

— J'ai bien peur que vous n'ayez pas envisagé le problème dans son ensemble. Gillian se figea tandis que les autres dressaient l'oreille, attentifs.

— Les Anderson refuseront peut-être de le reprendre. En fait, je crains que la plupart des couples rejettent ces enfants quand ils sauront qui les a engendrés. C'est déjà difficile d'avoir un bébé grâce à un donneur anonyme. Alors, quand on apprend que le père est un maniaque...

Il s'interrompit.

— Seigneur, murmura Lawson. Je n'avais pas pensé à ça.

Gillian s'y était préparée. Cette pensée la taraudait jour et nuit depuis que l'hypothèse des manipulations de sperme avait été envisagée. Elle l'avait rendue malade au point de la faire vomir sur le bord de la route.

Rien que d'y songer à nouveau, elle se sentait prise de vertige. En frissonnant, elle porta ses mains à ses lèvres et d'un air absent, souffla dessus pour réchauffer ses doigts transis. Quand elle reprit ses esprits, elle s'aperçut qu'un silence pesant avait envahi la pièce. Tous les regards étaient braqués sur elle.

Tobias s'éclaircit la gorge.

— Je pense exprimer la curiosité de chacun. Pourquoi avez-vous fait ça? Pourquoi vous êtes-vous fait passer pour Melina?

Elle le contempla longuement avant de poser ses yeux sur Lawson puis sur Chief. Incapable de supporter son œil inquisiteur, elle préféra s'adresser au lieutenant de police.

— A cause d'une phrase que vous avez prononcée.

Il faillit lâcher sa canette de Dr Pepper.

— Moi?

— Quand les deux policiers ont fait irruption chez Melina, ce fameux matin, ils ne m'ont pas appelée par son nom. En tout cas, je ne l'ai pas remarqué. J'avais été réveillée en sursaut. Tout ce que j'ai compris c'est que ma jumelle avait été assassinée.

— Pourquoi étiez-vous chez votre sœur?

— Après avoir quitté... (Elle hésita et se reprit, gênée) Après avoir quitté le Mansion, je suis rentrée chez moi. Melina dormait déjà. Je l'ai tirée du lit. Nous avons parlé un moment. C'est comme ça que j'ai appris que Jem était venu offrir le pendentif. Je l'ai laissé sur la table de chevet. Melina m'a raconté leur rencontre en détail. Ça m'a été facile, après de faire croire à Jem que j'étais celle qu'il avait vue la veille au soir.

— Bon Dieu, je m'emmêle, grommela Lawson.

— Moi aussi, un peu, admit-elle avec un sourire triste. Melina m'a demandé de la laisser finir sa nuit là où elle était. Elle m'a convaincue, alors je suis allée coucher chez elle. (Elle vacilla légèrement, perturbée par les souvenirs qui remontaient à sa mémoire.) Quand je me suis précipitée chez moi, sur la scène du crime, vous m'avez empêchée d'aller dans la chambre, lieutenant Lawson. Rappelez-vous, vous m'avez retenue. Vous disiez que je risquais de brouiller des pistes ou de détruire malencontreusement des indices. « Vous voulez savoir qui a tué Gillian, n'est-ce pas ? » m'avez-vous demandé.

« Votre question m'a fait l'effet d'une gifle en pleine figure. Puis j'ai réalisé votre erreur. Le corps de Melina avait été identifié comme étant le mien. Manifestement, le meurtrier s'était fait avoir, comme vous. Quand j'ai découvert les inscriptions sur le mur, j'ai compris que ma soirée avec Chief avait signé mon arrêt de mort. Mais qui pouvait savoir que j'étais sortie avec lui ? Et pourquoi me liquider ? J'ai décidé de garder l'identité de Melina jusqu'à ce que j'aie obtenu des réponses.

« Quand Jem est arrivé, les choses ont pris une tournure bizarre. Il ignorait que j'avais — moi Gillian — passé la nuit avec Chief et donc que Frère Gabriel avait commandité ce meurtre. Il paraissait sincèrement bouleversé. Mais quand j'ai annoncé que Gillian avait pris la place de Melina au cours de la soirée et lorsqu'il a vu les mots griffonnés dans la chambre, il a immédiatement réalisé pourquoi Gillian avait été tuée. Je pense même qu'il a tout de suite pensé à Dale Gordon. C'est pour ça que dans votre bureau, il n'a pas arrêté d'interrompre Chief quand il en donnait la description.

« Pour dire vrai, j'ai commencé à le soupçonner bien

plus tôt. Pourquoi mentait-il à propos des fiançailles? Pourquoi affirmait-il qu'il s'était opposé à l'insémination artificielle alors qu'il m'y avait encouragée depuis le début? Pour découvrir la vérité, il fallait que je me protège. Et qu'officiellement, Gillian soit décédée.

« Jem ne s'est jamais douté de rien. J'en suis persuadée. J'ai eu du mal à lui cacher mon aversion mais comme il ne s'était jamais entendu avec Melina, il a vraiment cru que j'étais elle. J'ai eu plus de difficultés à abuser les autres.

Elle ne put résister à l'envie de regarder Chief qui la dévorait des yeux. Elle prit une courte respiration et reporta son attention sur Lawson avant de reprendre :

— Je vous ai avoué que nous avions échangé nos identités en vue de la soirée tout en vous laissant croire que nous les avions reprises à la fin. C'était faux.

— Et évidemment, j'ai oublié de vérifier si vous l'aviez fait!

Elle approuva de la tête.

— Vous m'avez simplement demandé à quelle heure Gillian était rentrée du Mansion. En fait, je suis arrivée chez moi vers deux heures et demie et après avoir discuté brièvement avec Melina, je suis allée à son domicile. Elle a dormi dans mon lit et s'est fait tuer à ma place. (Elle se racla la gorge comme pour se libérer de l'émotion qui l'étreignait.) C'était horrible de voir les gens me pleurer alors que c'était Melina qui avait disparu. J'ai failli craquer à plusieurs reprises. Mais j'étais déterminée à retrouver les coupables. C'est ça qui m'a retenue.

— Combien de temps pensiez-vous continuer ce petit jeu? s'enquit Lawson.

— Combien de temps allais-je laisser croire que j'étais Melina? Aussi longtemps qu'il le faudrait pour la venger. C'était mon seul objectif. Je ne voyais pas au-delà. Je suppose que j'ai commis un délit, n'est-ce pas? C'est interdit de se faire passer pour quelqu'un d'autre?

— J'étudierai la question, marmonna Lawson.

— Vous avez permis l'arrestation de Frère Gabriel. Voilà qui me suffit! coupa Tobias.

Gillian se tourna vers Chief.

— J'avais tellement peur que vous oubliiez notre rencontre avec Gordon. Quand nous étions dans le bureau de Lawson, j'ai essayé de toutes mes forces de vous pousser à vous souvenir, même si j'étais sensée ne pas vous connaître. Je voulais faire savoir à la police que Dale Gordon représentait une piste sérieuse. Je ne pouvais pas l'avertir directement.

— Vous l'aviez reconnu au restaurant de tacos?

— Immédiatement. Mais je ne me souvenais pas où je l'avais vu. Jusqu'à ce qu'il parle de la clinique Waters. Effectivement, je l'avais croisé là-bas. Il m'avait abordée à plusieurs reprises. Comme... d'autres apparemment.

Elle frissonna au souvenir des photos qu'il avait prises d'elle à son insu.

— C'est là que j'ai appris qu'elle avait une sœur jumelle, expliqua Chief aux autres. Elle m'a dit que Gordon avait dû la prendre pour sa sœur Gillian.

— Mais vous *étiez* Gillian, bredouilla Lawson, complètement perdu.

— ... Qui se faisait passer pour Melina, lui rappela Chief.

Lawson la toisa d'un air renfrogné.

— Vous êtes bien sûre d'être Gillian maintenant?

— Oui, acquiesça-t-elle en esquissant un sourire. Je suis bien Gillian.

— C'est elle assurément, rétorqua Tobias qui paraissait

médusé. Le rapport d'autopsie est formel. C'est Melina qui a été tuée.

— J'étais terrifiée à l'idée que vous découvriiez le pot aux roses, dit-elle à l'adresse de Lawson. Pourquoi une femme sans organe reproducteur aurait-elle fait une insémination artificielle ?

— C'est pour ça que vous avez fait incinérer le corps en toute hâte ?

— Oui. Ensuite, quand j'ai appris que vous aviez confié le dossier à l'agent Tobias, j'ai eu peur qu'il découvre la vérité.

— Je n'ai compris qu'il y a quelques heures, avoua Tobias. J'ai couru prévenir Lawson et nous sommes partis immédiatement à la recherche de Ritchey. L'urgence était de vous localiser. Nous avons trouvé le colonel Hart dans la cellule. Il était bon pour la camisole.

Elle s'adressa enfin directement à Chief.

— Ils vous ont mis au courant ?

Il n'eut pas le temps de répondre. Lawson lui brûla la politesse.

— C'était inutile. Il avait deviné.

— Ah bon ? lâcha-t-elle sidérée. Quand ?

Chief ouvrit la bouche. A cet instant, un des policiers ouvrit en trombe la porte du couloir.

— Agent Tobias, Ritchey vous demande. Il veut savoir s'il est obligé de recevoir son épouse. Il dit qu'il ne pourra pas la regarder en face, ni elle, ni ses enfants.

— J'arrive ! (Tobias se leva et mit fin à la réunion avant d'annoncer à Chief et Gillian qu'il leur avait réservé des chambres au motel.) Un hélicoptère viendra nous chercher demain à dix heures pour nous conduire à Albuquerque. De là, vous pourrez prendre l'avion pour Dallas... Ou ailleurs, ajouta-t-il. N'oubliez pas de me laisser un numéro de téléphone où je pourrai vous joindre. J'aurai encore plein d'informations à vous demander. Des tonnes de paperasse.

Son portable sonna.

— Agent Tobias, grogna-t-il en décrochant. Ah ! Oui, Lucy. Merci de me rappeler. Non, rien d'autre pour ce soir. Rentrez chez vous, reposez-vous. Vous pourrez finir demain. Je vous ai juste appelée pour vous redire à quel point vous avez fait du bon boulot. Vraiment magnifique.

Il s'écarta de quelques pas et leur tourna ostensiblement le dos mais Gillian entendit sa dernière phrase :

— ... Et pour vous demander quelles sont les fleurs que vous aimez. C'est ça. Des fleurs.

CHAPITRE 42

— J'aurais dû vous greffer moi-même un de ces transmetteurs.

Gillian ouvrit la porte de sa chambre d'hôtel. Chief se tenait sur le seuil, bras écartés, les deux mains posées sur le chambranle. Il fronçait le sourcil.

— Ça fait cinq bonnes minutes que je frappe à la porte.

— J'étais sous la douche.

Elle était enveloppée dans un peignoir blanc, cadeau de l'hôtel. Ses cheveux soigneusement peignés étaient encore mouillés.

— Ça fait trois jours que je vous laisse des messages partout, à votre bureau, chez vous. Pourquoi ne m'avez-vous pas rappelé ?

— Qui vous donné cette adresse?

— Tobias.

— Il a accepté?

— Oui. Mais il a fallu que je menace de lui coller aux fesses le service de relations publiques de la NASA.

— Je ne pouvais pas rentrer chez moi, Chief. Je n'y remettrai jamais les pieds. Quant à la maison de Melina... Là-bas, j'ai l'impression de violer son intimité. Je m'en veux d'y avoir vécu, même quelques heures.

— Avez-vous l'intention de me laisser moisir dans le couloir?

Elle s'écarta d'un pas et referma la porte derrière lui.

— J'ai parlé à Candace Anderson cet après-midi, dit-elle.

— Ils ont récupéré leur fils, je sais. Tobias me l'a annoncé. Ils étaient complètement désorientés. Malgré tout, ils lui ont ouvert les bras sans se poser de questions.

— Il n'a que sept mois et demi. Heureusement. On peut espérer que son traumatisme sera minime.

— Je leur fais confiance. Ils sauront régler ce problème.

Elle partageait son assurance.

— Vous avez pris des nouvelles de Pax?

— Bandit va bien. Lui aussi. Nous avons projeté d'aller boire une bière ensemble la semaine prochaine. Tout va pour le mieux. Et maintenant...

— Voulez-vous un truc à boire?

— Non, coupa-t-il avec impatience. Et le vol pour Dallas? Je pensais que vous étiez déjà à bord.

— Comment va votre visage?

— On m'a posé des agrafes.

— Combien?

— Sept, je crois. A l'aéroport, après être allé aux toilettes, je vous ai cherchée. Ne vous voyant pas, j'ai pensé que vous aviez déjà embarqué.

— Ça va faire une cicatrice.

— J'aurai l'air impressionnant.

— C'est déjà le cas.

— Mais vous n'étiez pas dans l'avion et j'étais coincé à côté de Lawson. Qui, au passage, a le béguin pour vous.

— Lawson ?

— Il ne peut pas m'encadrer. A chaque fois qu'il me regarde, il manque de s'étrangler.

— J'ai pris un autre vol.

— Pour m'éviter ?

— J'avais quelque chose d'important à faire, Chief.

— Quoi ?

— Une analyse de sang.

Il redressa le menton comme si une main invisible avait tiré sur une ficelle au sommet de son crâne.

— Oh !

Il n'avait pas le courage de poser d'autres questions. Devant son air anxieux, elle se refusa à prolonger le suspense.

— Elle est négative.

Il déglutit avec difficulté.

— Il aurait pu être le mien.

— J'y ai pensé.

Le coin de ses lèvres s'était légèrement affaissé. Elle eut l'impression qu'il éprouvait du regret.

— Mais il aurait pu aussi être le sien. Et ça...

Elle ferma les paupières sans parvenir à contenir ses larmes. Il murmura son nom doucement et saisit son visage entre ses mains.

— Je suis désolée, Chief, reprit-elle.

— Désolée ?

— J'ai tellement de remords. (Elle ouvrit les yeux.) Je ne savais pas que j'allais vous rencontrer ce soir-là. Je ne savais pas ce que j'allais ressentir en croisant votre regard. Quand je suis allée dans votre chambre, quand nous avons commencé...

— Chuttt !

— Je n'ai même pas songé à l'insémination artificielle. Ça ne m'a jamais traversé l'esprit. Je vous le jure.

— Je vous crois.

— C'est vrai ?

Il acquiesça.

— Parce que moi-même je ne pensais à rien d'autre.

Elle repoussa une longue mèche brune de son front.

— Si vous saviez à quel point j'avais du mal à me retenir à chaque fois que je vous regardais ! Quand nous nous sommes retrouvés dans le bureau de Lawson, il y avait à peine douze heures que j'avais quitté votre lit et je devais me comporter comme une étrangère. J'ai cru mourir à force de vouloir vous prendre dans mes bras. J'avais envie que vous me serriez contre vous. Tellement. J'avais vu le cadavre de Melina, tout ce sang... J'avais si peur. J'avais besoin qu'on me rassure, qu'on me cajole et je voulais que ce soit... Toi !

— Je me faisais l'effet d'un pervers. Un dépravé. Parce que je désirais Melina aussi fort que j'avais désiré Gillian ?

— Quand as-tu compris ?

— Lorsque j'étais dans la cellule.

— Comment ?

— Je ne pouvais pas m'empêcher de vous comparer toutes les deux. A chaque fois, je vous trouvais des milliers de points communs, mais jamais aucune différence. Pas une seule. L'image de Gillian mangeant ses tacos dans la chambre d'hôtel m'est revenue brusquement. Je me suis souvenu comment elle avait sucé son doigt après s'être coupée. C'était tellement érotique. Tu as eu le même geste.

Elle écarquilla les yeux à ce souvenir.

— Lorsque j'ai mangé mes frites dans le camion de Longtree? Oui! La plaie s'est rouverte et le sel m'a piquée. Je n'ai même pas réalisé ce que je faisais.

— Moi non plus. C'est plus tard en y réfléchissant. Les deux scènes se sont superposées dans mon esprit. Le même doigt. La même façon de le porter à la bouche. J'ai commencé à rapprocher les pièces du puzzle et voilà!

— J'ai été si injuste avec toi. A cause de moi, tu as vécu un véritable cauchemar. Peux-tu me pardonner?

Il se laissa tomber sur le lit et la prit à califourchon sur ses genoux. Puis à la hâte, il ôta sa veste, déboutonna ses manches et retira sa chemise encore boutonnée par-dessus sa tête tandis qu'elle lui enlevait son jean. Il dénoua la ceinture de son peignoir et écarta les pans de tissu. L'attente était presque douloureuse. Elle s'empala sur lui.

— Je le savais, lui murmura-t-il à l'oreille. Je savais que je ne pouvais pas me tromper. On ne peut pas vivre deux fois un tel sentiment. Surtout pas en l'espace de quelques jours.

Ils s'étreignirent et restèrent ainsi un long moment. Puis il glissa ses mains sous l'étoffe et lui caressa le dos et les hanches avant de l'agripper par la taille. Elle fourra son visage dans ses cheveux et gentiment, embrassa sa joue bandée. Il caressa son épaule blessée.

— Comment ça va?

— Je n'ai plus mal.

— J'aurais dû tuer ce salaud.

Il baissa la tête et promena sa langue sur ses seins. Elle poussa un gémissement.

— Cet endroit est incroyablement sensible, chuchota-t-il sans s'arrêter. Celui-là aussi.

Il fit courir ses doigts entre leurs deux corps enlacés. Elle haleta, le souffle court.

— As-tu raconté notre nuit à Melina? s'enquit-il brusquement.

Incapable de parler, elle secoua la tête.

— Non?

— Non, Chief. Je ne l'ai confié à personne. C'était trop personnel. Trop unique.

— Mais vous partagiez tout?

— Pas toi. (Elle effleura son torse puis son ventre et s'emparant de sa main, la porta à ses lèvres.) Je voulais te garder pour moi toute seule.

— Alors les soi-disant confidences de Gillian...?

— C'étaient mes sentiments. Mes propres mots. Des aveux que je ne pouvais pas te faire directement mais qui m'étouffaient.

Il apposa ses paumes ouvertes sur sa poitrine, jouant sur sa peau avec dextérité.

— Pourquoi as-tu pleuré quand nous avons fait l'amour?

— Parce que j'aurais voulu te dire ce que je ressentais et que je ne le pouvais pas. Quand tu as crié mon nom — Gillian —, mon cœur s'est brisé. De joie et de désespoir.

— Tu avais raison. Dans un tel moment, on ne dit que la vérité.

— C'est vrai?

— Oui, grommela-t-il d'un ton bourru.

Elle commença à bouger les hanches en rythme. En avant, en arrière. Chaque mouvement lui arrachait un gémissement. Elle enserra ses cuisses avec force.

D'un geste possessif, il la saisit par la taille et la guida vers lui. Ses doigts s'imprimaient dans sa chair. Ils étaient soudés l'un à l'autre. Si près...

Soudain, à sa surprise, il s'arrêta.

— Attends !

Il la souleva brusquement et l'allongea sur le lit. Promptement, il ouvrit son peignoir et s'allongea sur elle. Quand il la pénétra de nouveau, elle colla son corps au sien.

— Doucement, doucement, grogna-t-il.

— Mais...

Sa bouche se fondit dans la sienne. Avec une passion farouche qui les électrisait de la tête aux pieds. Leur désir ne connaissait pas de limite. Leur soif de l'autre était intense, totale, comme leur vulnérabilité et leur peur dépassées. Puis peu à peu, leur baiser se fit léger, joueur. En souriant, ils s'effleurèrent de la langue et des lèvres, s'excitant, s'amusant, flirtant. Il laissa échapper son nom dans un soupir et elle lui répondit avec une tendresse ineffable. La douceur flottait autour d'eux. Une bulle d'amour qui les englobait tout entiers. Puis la passion les embrasa de nouveau, les engloutit. Leur étreinte redevint exigeante.

Enfin, il s'interrompit et la regarda droit dans les yeux.

— Tu es incroyablement belle, murmura-t-il.

Dans son regard, sa nudité était comme une offrande. Ses joues étaient rosies par le désir, enfiévrées. Ses lèvres, pleines, douloureuses et humides. Elle lui mordilla le coin de la bouche.

— Et sexy en diable.

Elle jeta ses bras autour de son cou.

— Ne te retiens pas.

Couchés au milieu du grand lit, ils restèrent longtemps blottis l'un contre l'autre, silencieux. Finalement, il se redressa, l'embrassa avec douceur sur le front.

— Je suis amoureux de toi, Gillian.
— Je sais, tu me l'as dit.
— Ça ne compte pas. Je croyais parler à Melina.
Elle secoua la tête, le cœur débordant.
— Mais c'est moi qui t'écoutais.

Achevé d'imprimer par N.I.I.A.G.
en Mars 2003
pour le compte de France Loisirs, Paris

N° éditeur : 38186
Dépôt légal : Mars 2003
Imprimé en Italie